아주
달콤한
갈증

초판 1쇄 인쇄일 2018년 2월 26일
초판 1쇄 발행일 2018년 3월 09일

지은이 | 서별아
펴낸이 | 김기선

편집장 | 김은지
편집부 | 박지은, 김지현, 김아름, 박신혜
디자인 | 금장미

펴낸곳 | 와이엠북스(YMBOOKS)
출판등록 | 2012년 7월 17일 (제2014-17호)
주소 | 서울시 도봉구 노해로 379, 1005호(창동, 대성빌딩)
전화 | 02)906-7768 / 팩스 | 02)906-7769
E-mail | ymbooks@nate.com

ISBN 979-11-322-4477-6 (04810)
ISBN 979-11-322-4475-2 (set)

값 12,800원

아주 달콤한 갈증 2

서별아 장편소설

YM BOOKS

차 례

12장. 살아야 하는 이유

또각또각, 오피스텔 복도에 구두 굽 부딪치는 소리가 외롭게 울려 퍼졌다. 스케줄을 마치고 돌아온 라희는 현관 앞에서 오늘따라 유난히 어두운 복도를 바라봤다. 이 오피스텔은 유현의 소유로 오래전 그가 그녀에게 마련해준 거처였다. 동시에 그녀가 철저하게 외롭게 지내도록 그가 쳐놓은 덫이기도 했다.

유현은 오피스텔을 마련해준 뒤로 단 한 번도 이곳에 찾아오지 않았다. 뿐만 아니라 라희가 누군가와 소통하며 위안을 얻지 못하게끔, 오피스텔에 입주하는 이들을 철저하게 통제했다. 이곳에 거주하는 이는 대부분 몽마였다. 간혹 안티 팬이나 스토커처럼 라희의 인생을 불행하게 만들 인간이 잠깐 나타났다 사라지기도 했다. 라희는 그들의 괴롭힘이 유현의 방관에 의한 것임을 알면서도 아무런 반항도 하지 못했다. 유현의 잔인한 소유욕에 라희는 누구에게도 위로받지 못한 채, 외로움이라는 늪에 점점 더 깊이 빠져들었다.

'오늘은 또 어떤 불행이 나를 기다리고 있을까?'

비밀번호를 누르고 현관문을 여는 그녀의 어깨가 불안함에 파르르 떨렸다. 찰나, 낮에 다녀갔던 시하와 안나의 모습이 환상처럼 머릿속을 스치고 사라졌다. 거실에 들어서면 서로 손을 꼭 붙잡고 있던 둘의 모습이 선명하게 떠오를 것 같아 불을 켜기 망설여졌다.

"휴우……."

이런 감정조차 유현에게는 좋은 먹이가 되겠지. 쓸쓸한 생각이 습관처럼 라희를 덮쳐왔다. 라희는 결국 불을 켜지 못한 채 어두컴컴한 상태에서 소파로 다가갔다. 오늘따라 유독 몸도 마음도 피곤했다. 그럴 만도 했다. 스케줄이 끝나자마자 유현의 병원에 불려가 어코드를 했고, 그 후 몸이 회복되자마자 해우에게서 충격적인 이야기를 전해 들었다. 그리고 곧바로 다시 저녁 스케줄을 소화하고 돌아온 탓에 체력이 많이 떨어진 상태였다.

핸드백을 아무렇게나 집어 던지고 라희는 소파 위로 드러누웠다. 침실까지 갈 여력조차 없었다. 하지만 얼마 못 가 라희는 비명을 지르며 소파에서 튕겨지듯 일어섰다.

"꺄아악! 누, 누구야?"

누군가 소파 위에 누워 있었다. 라희는 침을 꿀꺽 삼키며 뒷걸음질 쳤다. 거실에 불을 켜지 않은 것과 호신용품이 들어 있는 핸드백을 바닥에 집어 던진 것, 모두 뒤늦게 후회가 되었다. 이런 식의 위협을 느껴본 건 13년 만에 처음이었다. 종종 스토커나 안티 팬으로 인해 정신적 피해를 입긴 했지만, 그들은 늘 손이 닿을 수 없는 어둠에 숨어서 라희에게 협박만 할 뿐이었다. 언제 어느 때고 어코드를 할 경우를 대비해 라희가 육체적으로 다치는 것만큼은 늘 유현이 철저하게 금했던 까닭이었다. 마지막 방어선이었던 그 금기가 깨졌다는 사실이 라희를 더욱 두렵게 했다.

'유현 씨…….'

당신은 날 어디까지 불행하게 만들어야 직성이 풀리는 건가요? 바로 그때였다. 스으윽. 소파에 누워 있던 인영이 바로 서는 게 느껴졌다. 라희의 가녀린 두 손에 바짝 힘이 들어갔다. 동시에 두려움에 목석처럼 굳어버린 그녀의 귓가에 문득 익숙한 목소리가 들려왔다.

"라희 씨……."

처연한 음성의 주인은 다름 아닌 해우였다. 시하와 안나가 먼저 돌아가고, 라희는 스케줄 때문에 도무지 눈물을 멈출 줄 모르는 해우만 혼자 남겨둔 채 오피스텔을 나서야 했다.

'감정이 좀 추슬러지면 돌아가요.'

분명히 그렇게 말을 하고 갔기에 이미 집에 돌아간 줄로만 알았다. 그가 아직까지 제 집에 있을 거라고는 생각조차 못 했다. 라희는 놀란 마음을 간신히 진정시키고 거실 형광등 스위치가 있는 곳으로 가 불을 켰다. 소파 앞에 위태롭게 서 있는 해우의 모습이 눈에 들어왔다. 울다 시쳐 삼블었는시 해쓱한 뺨에 눈물 자국이 메말라 있었다.

"잠들었던 거예요?"

"……."

"깼으면 지금이라도 돌아가 주세요. 피곤해서 쉬고 싶어요, 저."

라희는 일부러 더 냉정하게 말했다. 해우의 표정이 슬피 일그러졌다. 바닥에 내던진 핸드백을 주워 일어선 라희가 또다시 젖어든 해우의 눈시울을 보곤 당황스러운 표정을 지었다.

"강 선생님……?"

"아, 죄송해요, 라희 씨."

"지금 울어요?"

"정말 죄송해요. 라희 씨 오기 전에 돌아갔어야 했는데. 진짜 얼른 돌아가려고 했는데……."

해우가 후두둑 눈물이 떨어지는 눈가를 손바닥으로 거칠게 닦아내며 말했다.

"돌아갈 곳이 없더라고요."

해우는 지금껏 미래 병원에서 교수진에게 제공하는 아파트에서 지냈다.

공교롭게도 그곳엔 유현의 거처도 있었다. 해우가 그곳으로 돌아가는 건 있을 수 없는 일이었다. 그는 유현이 지시한 일을 실패했고, 그래서 잔인하게 버려졌다. 시하가 차원 이동으로 유현의 원장실에 도착한 그 시각, 해우는 이미 유현에게 꿈을 모두 빼앗기고 내쳐진 상황이었다.

유현은 그대로 해우를 소멸시킬 생각이었다. 라희가 발견해 이곳으로 데리고 오지 않았다면, 해우는 정말로 그곳에서 허무하게 소멸해버렸을지도 몰랐다. 그것이 꿈을 먹지 못한 몽마의 운명이었다. 다행히 라희가 해우를 발견했고, 부축을 받을 때 그녀의 몸에 묻은 찌꺼기나마 먹어서 지금까지 버틸 수 있었다. 하지만 그것도 이제는 한계였다.

"라희 씨, 정말로 미안했어요."

해우가 비틀거리며 소파 위로 무너졌다.

"비록 용서는 받을 수 없었지만…… 내가 내 죄를 사과할 수 있도록 해줘서 고마웠…… 크억!"

말을 채 끝내지도 못하고 해우는 마치 피를 토해내듯 무언가를 쏟아냈다. 한계에 치달은 그의 몸이 버텨내지 못한 몽마의 힘이었다. 일순 잠시나마 붉게 빛나던 해우의 눈동자가 깜깜해졌다. 생명의 불씨가 꺼진 것처럼, 그렇게 그의 눈빛은 그렇게 완전히 생기를 잃고 말았다.

"강 선생님!"

멍하니 그 모습을 바라보던 라희가 소스라치게 비명을 지르며 해우에게 다가갔다. 그녀는 쓰러진 해우를 안고 다급히 핸드백 안을 뒤졌다. 당황한 탓에 물건을 쉽게 찾지 못하자, 망설임 없이 핸드백을 뒤집어 안에 담긴 물건을 죄다 바닥에 쏟아냈다. 그러곤 뒤엉킨 물건들 중에서 원하는 물건을 찾아내 다시 해우를 살폈다.

"정신 차려요, 강 선생님!"

그를 이대로 죽게 놔둘 순 없었다. 해우가 자신을 기만했다는 사실에는 여전히 화가 났지만, 라희의 손은 멋대로 움직이고 있었다. 그녀가 방금 찾은 물건은 향수였다. 유현이 무자비하게 자신의 꿈을 빼앗아갈 때마다, 스스로를 지키기 위해 늘 지니고 다녔던 페르소나 향수. 라희는 서둘러 해우에게 페르소나를 뿌렸다.

"자요, 얼른 먹어요."

어느새 라희의 눈에서 눈물이 흘러내렸다. 그러나 그녀가 흘리는 이 눈물은 동정심 같은 게 아니었다.

"제발 눈 좀 떠봐요, 강 선생님."

라희는 유현에게 이용만 당하다 잔인하게 버려진 해우의 모습이 제 모습처럼 보였다. 동시에 해우가 죽어가는 모습을 보며 마치 자신이 죽어가는 듯한 처참한 고통을 느꼈다. 어느새 해우에게 느꼈던 배신감을 진부 잊은 채 라희는 그를 꼭 끌어안았다.

"죽지 마요. 죽으면 안 돼요, 강 선생님……."

라희의 구슬픈 목소리가 넓은 거실에 계속해서 울려 퍼졌다. 제발 죽지 말라는 그녀의 말은, 마치 살고 싶다는 간절한 애원처럼 들렸다.

*

고요한 어둠이 내려앉은 침실. 침대 위에는 해우가 곤히 잠들어 있었고, 라희는 그를 돌보다 머리맡에서 꾸벅꾸벅 졸고 있었다.

"윽……. 으으……!"

악몽을 꾸는 건지 계속 희미하게 신음을 내던 해우가 이윽고 단말마의 비명과 함께 잠에서 깼다. 그 바람에 덩달아 깬 라희가 눈을 비비며 일어났다.

"으음, 깼어요?"

점차 선명해지는 라희 모습에 해우는 멍한 표정을 지어 보였다.

'라희 씨, 정말 미안했어요. 비록 용서는 받을 수 없었지만…… 내가 내

죄를 사과할 수 있도록 해줘서 고마웠…….'

라희에게 남긴 마지막 말들이 머릿속을 어지럽게 맴돌았다. 그리고 암전된 기억. 분명 꼼짝없이 소멸했을 거라 생각했는데 제 심장이 뛰는 것이 생생하게 느껴졌다.

'나, 살아 있는 건가?'

해우가 자신의 심장 위로 가만히 손을 올렸다. 도대체 어떤 기적이 벌어진 건지 알 수 없었다.

"라희 씨, 어떻게 제가 아직 살아 있는 거죠?"

혼란스러워하는 해우를 지켜보던 라희가 어쩐지 부끄러운 기색으로 입을 열었다.

"처음엔 선생님한테 늘 내가 투여받던 페르소나를 먹여봤는데 아무 소용이 없었어요. 그래서……."

그래서? 해우가 퀭한 눈을 크게 뜨고 라희를 주시했다. 라희가 방금 전보다 더 창피해하는 표정을 지으며 대답을 이었다.

"내 꿈을 직접…… 먹였어요."

"라희 씨 꿈을 직접, 먹였다고요?"

라희가 한 말의 의미를 뒤늦게 파악한 해우가 본능적으로 고개를 저었다.

"말도 안 돼요. 그건 불가능해요. 라희 씨는 이유현의 스위트 노트인데 어떻게?"

"맞아요. 난 유현 씨의 스위트 노트니까 다른 몽마와의 어코드는 불가능하죠. 하지만 강 선생님은 원칙적으론 몽마가 아니니까, 혹시나 싶어서 먹여봤는데……."

그 말은 라희가 자신에게 성적인 접촉을 했다는 뜻이었다. 어둠 속에서 도톰하게 부풀어 오른 라희의 입술이 어렴풋이 보였다. 감히. 감히 저 입술을……. 부들부들 떨던 해우가 저도 모르게 고개를 푹 숙이고서 중얼거렸다.

"어째서……. 어째서 라희 씨가……."

"네? 잘 안 들려요, 강 선생님."

라희가 해우의 목소리를 잘 듣기 위해 허리를 숙여 그의 얼굴 가까이 다가갔다. 그 순간, 해우가 라희의 양 어깨를 꽉 감싸 쥐며 소리쳤다.

"왜 나 같은 걸 위해서 라희 씨가 그런 일까지 한 건데요? 그냥 사라지게 놔두지! 그냥 죽어버리게 놔두지! 나 따위는……! 나 같은 쓰레기는 그냥 없어져야 했는데!"

핏발이 터지다 못해 아예 피로 시뻘겋게 물들어버린 해우의 눈에 눈물이 가득 차올랐다. 위태롭게 출렁이는 그 눈물을 들여다보며 라희가 느리게 말했다.

"나 같아서요."

그 한 마디에 결국 해우의 눈에서 눈물이 흘러내렸다.

"선생님이 꼭 나 같아서. 유현 씨한테 이용만 당하고 버려진 그 모습이, 꼭 나 같아서……."

"라희 씨."

"근데요, 선생님. 나는 그렇게 죽을 것 같이 아프고, 슬프고, 힘들고, 외로운데……. 그런데도 죽고 싶지가 않아요. 살고 싶어요. 언젠간 유현 씨가 날 사랑해줄 것만 같아서. 그 바보 같은 희망 때문에 자꾸만 미련이 생겨요."

백 마디의 차가운 말. 천 번의 시린 눈빛. 그 후에 찾아오는 단 한 번의 뜨거운 손길.

그 어리석은 미련 때문에. 그 멍청한 희망 때문에.

"그래서 선생님을 죽게 놔둘 수가 없었어요. 아무리 힘들고 괴로워도, 살아서 언젠가 행복해졌으면 좋겠어요."

라희가 슬픔에 겨워 잔뜩 일그러진 얼굴로 해우를 향해 웃으며 말했다.

"그럼 나도 희망이 생길 것 같아."

그녀가 가녀린 손가락으로 눈물 젖은 해우의 뺨을 쓸어내렸다.

"그러니까 날 위해서, 살아주세요. 저와 함께, 살아주세요."

그 손길이 너무나 서글펐다. 그 미소가 너무나 예뻤다. 라희를 바라보던 해우의 잇새로 결국 처참한 울음이 터져 나왔다. 그가 손을 뻗어 부어오른 라희의 입술을 쓰다듬으며 말했다.

"살게요, 라희 씨."

저를 살리기 위해 애쓴 입술을 한없이 어루만지고 또 어루만지며 그녀의 부탁에 응답했다.

"저, 살아볼게요."

살아야 하는 이유가 생겼다. 해우는 그렇게 자신의 남은 삶이 얼마가 되든 평생 그녀를 위해 살겠노라, 맹세했다.

＊

오정숙이 안나를 살해하려던 시도는 결국 미수로 끝이 났다. 시하는 오정숙과 김주석이 안나를 죽이려다 실패하고 가로수를 들이받은 것으로 꿈을 조작했다. 그가 조작을 모두 끝마치고 두 사람의 꿈에서 나왔을 때, 마침 태주로부터 소환이 시작되었다. 펜트하우스에는 근무 시간을 빼기 어려운 윤희 대신 은재가 먼저 와서 둘을 기다리고 있었다.

"안나야!"

은재가 시하가 안나를 바닥에 내려놓기 무섭게 달려와 그녀를 끌어안았다.

"괜찮아? 어디 다친 데 없어? 오정숙이 널 해치려는 계획을 듣고 내가 곧바로 전화했는데, 아무리 해도 연락이 되질 않아서……."

그의 안색이 창백했다. 구석구석 안나가 다친 곳은 없는지 살피며 정신없이 말하던 은재가 곧 입을 다물었다. 안나와 연락이 닿지 않은 이유. 그건 안나가 전화번호를 바꿨기 때문이었다. 다시 한 번 그 쓸쓸한 이유를 떠올린 은재의 얼굴에 그늘이 드리워졌다. 안나가 당황하며 입을 열었다.

"아, 오빠, 내가 휴대폰 고장 나서 바꾼 거 말 안 해줬구나."

고장?

"지난번에 실수로 휴대폰을 바닥에 떨어트렸거든요."

정확하게는 실수가 아니라 누군가의 고의였지만. 안나가 시하를 힐끔 흘겨봤다. 그는 휴대전화를 고장 냈던 일에 관해 모르쇠로 구는 것도 모자라, 은재의 품에 안긴 안나를 마치 혼내듯 무서운 눈으로 쳐다보고 있었다. 안나는 시하의 눈치를 살피며 슬쩍 은재의 품에서 빠져나왔다. 그러곤 주머니에서 휴대전화를 꺼내 은재에게 내밀었다.

"어기요, 오빠 번호 다시 일러줘요."

빤히 시하를 보던 은재가 말없이 안나의 휴대전화에 자신의 번호를 입력해 건넸다. 그의 표정이 눈에 띄게 밝아져 있었다. 안나는 일부러 자길 피해서 전화번호를 바꾼 것이 아니었다. 겨우 이런 사소한 일에도 마음이 천국과 지옥을 왔다 갔다 했다. 방금까진 시궁창에 빠진 것처럼 비참하더니, 절 보고 웃어주는 미소 하나에 청량한 숲길을 거니는 것처럼 기분이 산뜻해졌다. 안나가 그에게 고마움을 표시했다.

"고모 일, 알려주려고 한 거 고마워요. 아까 서 지배인님이 전화한 것도 오빠가 알려줘서 그런 거예요?"

"어? 어어."

"근데 나랑 서 지배인님이 가까운 건 어떻게 안 거예요?"

은재는 예상치 못한 질문에 난감한 표정을 지었다. 그가 서 지배인의 존재를 알게 된 건 오정숙의 꿈에 들어가 그녀를 봤기 때문이었다. 게다가 지금은 자신이 그녀 대신 이중 스파이라는 위험한 일을 하고 있었다. 절대 그 사실을 들킬 수는 없었다. 은재가 변명을 찾지 못해 우물쭈물하자 시하가 끼어들었다.

"내가 알려줬어."

"시하 씨가요?"

"어. 주은재 씨가 전에 여기 다녀갔을 때 내가 배웅한 적 있잖아. 네 옆에 나만 있는 게 도저히 미덥지 않다고 해서 믿을 만한 사람이 널 돌봐주고 있다고 말해줬거든."

"아, 그때!"

시하가 급히 둘러댄 변명에 안나가 납득하자 은재는 몰래 안도의 한숨을 내쉬었다. 그때, 안나에게 윤희가 전화를 걸어왔다. 조금 전 일로 걱정이 이만저만이 아닌지 전화를 받자마자 다급한 목소리가 시하와 은재에게까지 들렸다.

"저 잠깐 통화 좀 하고 올게요."

안나가 자리를 피하자 시하가 은재의 어깨를 툭 치며 말했다.

"이제 넌 이 일에서 손 떼."

"어째서요?"

"조만간 기자회견 할 거야. 오정숙이 저지른 악행 다 폭로하고 두 번 다신 안나한테 손도 못 대게 할 테니까."

너도 위험한 짓은 그만해. 시하의 말뜻을 이해한 은재가 흥분을 가라앉히고 고개를 끄덕였다. 더 이상 오정숙 쪽 정보는 필요 없었다. 그가 아예 뿌리를 뽑아버릴 테니까. 결국 차시하, 이 남자가 안나를 지켜줬다. 은재는 제 무력함에 씁쓸하게 웃었다. 그사이 시하는 지친 듯 수영장의 선베드에 가서 몸을 눕히고 있었다. 은재가 조심스럽게 말을 건넸다.

"안색이 안 좋네요."

"그래? 오랜만에 힘을 써서 그런가."

"필요하면 말해요. 페르소나까지는 아니어도 엇비슷한 수준의 향수는 만들어줄 수 있으니까."

"그래주면 고맙고. 그렇지 않아도 지금 사용하는 페르소나가 거의 떨어져가던 참이었거든."

"고마워할 필요 없어요. 안나 지켜준 것에 대한 성의 표시니까."

"뭐? 내 여자 내가 지키는데 네가 왜 성의 표시를 하고 난리야?"

선베드에 누워 있던 시하가 벌떡 상체를 일으켜 세우며 외쳤다.

"다 죽어가는 것 같더니 목청은 쌩쌩하네요. 난 이만 갈 테니까 쉬기나 하세요, 전무님."

은재가 못 말리겠다는 듯 핀잔을 주며 뒤돌아섰다. 말은 그렇게 해도 당장 가서 향수를 만들려는 것이었다. 통화를 끝내고 나온 안나와 인사를 주고받은 은재가 곧 엘리베이터에 올라탔다. 엘리베이터 문이 닫힐 때까지 손을 흔들던 안나가 천천히 시하에게로 다가갔다. 시하는 그사이 눈을 감고 있었다. 상당히 피곤한 모습이었다.

"시하 씨."

시하는 가물가물한 눈을 간신히 떴다. 어느새 이렇게 가까이 와 있었는지 안나의 여리여리한 몸이 그의 가슴에 바짝 안겨 있었다. 시하가 당황한 눈으로 그녀를 올려다봤다. 어쩐지 안나의 눈빛이 평소와 달랐다. 긴장한 듯 침을 꿀걱 삼킨 시하가 물었다.

"왜, 왜 그래?"

그 순간, 안나가 시하에게 억지로 입술을 밀어붙였다.

"웃!"

말캉한 입술이 폭신하게 그를 덮쳤다. 본능적으로 그녀의 매끈한 허리를 끌어안고 만 시하가 이내 가까스로 이성을 되찾고 안나를 떼어냈다.

"갑자기 뭐 하는 거야?"

시하는 크게 당황했다. 느닷없이 입을 맞추는 행동도 이상했지만, 그보다 안나의 커다란 눈망울에 가득 차오른 눈물이 그를 더욱 당혹스럽게 했다.

"너, 울어?"

"흑……!"

"진짜 우는 거야? 왜 울어? 어?"

오늘만 벌써 몇 번째 그녀를 울리는 건지. 시하가 안절부절못하며 안나의 작은 얼굴을 두 손에 감싸 쥐었다. 그의 커다란 손 안에서 안나는 눈물을 참으려고 애쓰며 간신히 입을 열었다.

"그동안 당신이 날 위해서 억지로 본능을 참아온 거 잘 알아요."

"어?"

"지금까진 우리가 만날 티격태격했으니까 그게 당연했지만, 이젠 아니잖아요. 우리 서로 좋아하잖아요."

"그, 그래서?"

"내 꿈 먹어요. 당신 힘들어하는 거 보기 싫어."

은재와 나눈 대화를 들은 모양이었다. 시하는 난감한 표정을 지었다. 조금 전 입맞춤으로 본능은 순식간에 달아올랐다. 하지만 무턱대고 그녀가 하라는 대로 할 순 없었다. 시하는 극도의 인내심을 발휘하며 안나를 밀어냈다.

"내가 분명 전에 말했지? 얌전히 네 꿈만 먹을 자신 없다고."

그런데도 안나는 막무가내였다.

"나 괜찮아요. 진짜 괜찮아. 참지 말고 내 꿈 먹어요. 페르소나보다 직접 내 꿈 먹는 게 효과도 훨씬 좋다면서요."

"나도 괜찮아, 아직 버틸 만해. 너 준비될 때까지 기다린다고 약속했잖아."

"언제까지 버틸 수 있는데요? 계속 참는 게 옳은 방법은 아니잖아요. 봐요, 시하 씨 이렇게 지친 모습 내가 한두 번 보는 것도 아니고. 나 준비됐어요. 그러니까……."

하지만 말은 그렇게 하면서도 그녀의 몸은 정직했다. 사시나무처럼 떠는 안나를 눈에 담으며, 시하는 언젠가 지금과 똑같이 흘러갔던 순간을 머릿속에 떠올렸다. 일부러 짓궂게 침실에 초대해 달라고 말했던 그날 밤. 아직 어린 안나는 제 거침없는 본능에 결국 눈물까지 흘리고 말았더랬다.

'바보. 난 정말 괜찮은데…….'

네가 진심으로 준비될 때까지 얼마가 걸리든 기다릴 수 있는데. 계속 꿈을 먹지 못한 자신이 잘못될까 두려운 마음과, 처음을 앞두고 겁나는 마음이 뒤섞인 안나의 눈동자가 어지럽게 흔들렸다. 가만히 그 눈동자를 들여다보던 시하가 그녀를 다시 품에 안으며 속삭였다.

"그럼 우리, 이렇게 하자."

자신도 체력을 회복할 수 있고, 안나의 걱정도 덜 수 있는 방법이 있었다. 안나의 꿈을 직접 추출해 페르소나 향수를 만드는 것. 아주 특별한 조향사는 인간의 감정이나 생각, 꿈까지도 직접 향료로서 추출하는 것이 가능했다. 바로 향의 마녀들이었다. 과거에는 꽤 많은 마녀가 존재했지만, 향의 일족이 모두 멸한 현재에는 그런 조향사가 딱 한 명 존재했다.

양하연. 향의 일족에게서 꿈을 추출하는 비법을 전수 받았다는 하급 여자 몽마. 그녀가 천한 신분으로 몽마의 왕이 군림하는 에뚜알르 호텔의 전속 조향사가 될 수 있었던 건 바로 일족에게서 전수 받은 그 특별한 능력 때문이었다. 오래전 시하에게 머스크 페르소나를 만들어준 조향사도 바로 그녀였다. 시하는 안나에게 양하연에 관해서 짧게 설명하고 몸을 일으켰다.

"잠깐만 있어 봐. 서재에 그녀가 직접 사인한 보증서가 있을 거야. 거기서 냄새를 맡아 차원 이동을 하면……."

"고마워요."

그 순간, 안나가 두 팔로 그의 목을 끌어안으며 속삭였다.

"힘들 텐데도 나 먼저 배려해줘서."

"배, 배려는 무슨. 이 정도 가지고."

"다가오는 내 생일에는 절대 이러지 않을 거예요. 그러니까 기대해도 좋아요."

"뭘?"

"우리의 첫날밤."

시하의 눈이 커다래졌다. 한창 자존심 싸움만 하던 시절. 가여운 짐승처럼 파들파들 떠는 모습이 보고 싶어 내뱉었던 짓궂은 말을 그녀는 아직 잊지 않고 있었다. 미안함에 그가 입술을 꾹 깨물며 말했다.

"그땐…… 미안했어."

"미안하라고 한 말 아닌데."

"아니. 늦었지만, 사과하고 싶어. 그때 난 누굴 좋아해본 게 처음이라, 오로지 널 갖고 싶다는 생각밖에 못 했어. 근데 걱정하지 마. 그 뒤로 누누이 말했지만, 네가 원하지 않으면 절대 억지로 널 갖는 일은 없을 거야."

"걱정 안 해요."

안나는 뜸도 들이지 않고 대답했다.

"당장 굶어 죽게 생겼는데도 내 생각밖에 안 해주는 남잔데, 그런 걱정을 왜 해요?"

안나는 시하의 품에 안기며 벅차오르는 진심을 고백했다.

"당신을 만나서 다행이에요. 그때 회중시계에 대고 소원을 빌길 정말 잘했어."

시하의 얼굴 근육이 부드럽게 당겨지는 것을 느낀 안나가 그의 목과 어깨 사이로 더욱 파고들며 중얼거렸다.

"왜 아빠는 당신한테서 날 떼어놓기 위해 그렇게 애를 쓴 걸까요? 이렇게 좋은 남자인데……."

안나가 무심결에 중얼거린 말에 시하는 쓸쓸하게 대답했다.

"나는 악마니까."

우직한 성정을 가진 오태영에게 자신의 첫인상이 어땠을지는 뻔했다. 대대로 정직하게 경영해왔다고 믿어왔던 호텔이 악마에 의해서 유지되고 있었다니. 그가 받은 충격이 어마어마했으리란 사실도 어렵지 않게 짐작이 되었다. 하나 그마저도 그때엔 염두에 두지 않았다. 오태영이 받았을 충격 따위. 자신의 가족만은 악마에게서 지키고 싶었던 그 애절한 마음 따위.

'배신감에 눈이 뒤집혀 영혼까지 지옥불에 던져 넣겠다는 생각만 하고 있었지.'

어쩐지 안나의 눈을 똑바로 들여다보기 힘들었다. 민망함에 입에선 멋대로 엉뚱한 말이 튀어나왔다.

"근데 너도 처음엔 나 싫어했잖아. 기억 안 나?"

자기가 불러내 계약을 원한다고 말해놓고, 사사건건 불만에 가득 차 있던 안나의 모습이 주마등처럼 머릿속을 스쳐 지나갔다.

"아, 그건······!"

다급히 변명하려던 안나가 이내 입술을 말아 물며 시하의 품에 뺨을 비볐다. 그녀가 떠올린 기억도 시하가 간직한 것과 별반 다르지 않았는지, 그의 목덜미에 닿은 피부가 점점 더 뜨거워졌다.

"나는 그때 누구도 믿지 못했어요. 믿었던 고모와 찬영 오빠 때문에 그런 일을 겪고 나니까 그냥 그렇게 돼버리더라고요. 근데 무서운 티는 내기 싫고. 누구한테 도움받는 건 자존심 상하고."

"이해해. 어떤 상황이든 악마와 계약하는 것이 고마울 인간이 어딨겠어? 넌 그때 내가 네 부모님과도 얽혀 있을 거라는 합리적인 의심을 하고 있었잖아. 날 경계하는 게 당연했어. 오태영이······."

시하가 습관처럼 아무렇지 않게 오태영의 이름을 부르다 안나의 눈치를 살폈다. 예전에는 안나 앞에서도 오태영의 이름을 막 불렀던 것 같은데, 지금은 입술이 딱 붙어 떨어지질 않았다. 비록 자신이 오태영보다도 나이가 훨씬 많다지만, 아무리 그래도 좋아하는 여자의 아버지 이름을 이렇게 막 불러도 되는 걸까? 그렇다고 난데없이 오태영을 장인어른이나 아버님이라고 부르는 것도 어색한 노릇이었다. 그의 흔들리는 눈동자에 갈등하는 기색이 그대로 드러났다. 시하가 무엇을 고민하는지 눈치챈 안나가 애써 웃음을 삼키며 말했다.

"하던 대로 해요. 당신 입에서 장인어른 소리라도 나오면 그게 더 이상할 것 같으니까."

하지만 시하는 이제껏 하던 대로는 죽어도 할 수 없었다. 아무리 그래도 좋아하는 여자의 아버지인데. 한참을 호칭에 대해 고민하던 시하가 목을 가다듬으며 다시 말을 이었다. 그나마 가장 나은 호칭이 방금 떠올랐다.

"큼! 오태영 대표님이……."

하지만 그가 진지하게 고민한 호칭마저 어색했는지 안나가 웃음을 터뜨렸다.

"뭐라고요? 오태영 대표님이요? 와, 어색해도 이렇게 어색할 수가!"

"웃지 마. 나한테 이게 최선이야."

시하의 말에 안나가 크게 웃던 입을 냉큼 다물었다. 방금 말한 대로 그는 지금 엄청나게 노력하고 있었다. 악마인 그가 인간의 호칭에 관해서 이렇게까지 깊이 고민해본 적이 과연 있을까? 그의 진지한 마음을 생각하니 더는 웃으면 안 될 것 같았다. 안나는 자꾸만 튀어나오려는 웃음을 꾹 눌러 삼키며 이야기를 이어갔다.

"우리 아빠가 뭐요?"

"어?"

"아까 말하다 말았잖아요."

"아, 호텔에 결계를 친 것도 당연하다고. 어떻게든 너랑 날 못 만나게 하고 싶었을 테니. 그게 널 지키는 방법이라고 믿었을 거야."

시하의 목소리가 시무룩했다. 안나는 그의 기분을 풀어주고 싶어서 황급히 말을 돌렸다.

"그러고 보니 결계가 자연적으로 사라지는 건 한 달 후라고 했죠?"

"책엔 그렇게 적혀 있는데, 모르지. 오태영, 대표님이 날 절대 허락 못 해서 유효기간이 지나도 그대로일지."

안나는 우울한 와중에도 계속 '오태영 대표님'이라는 호칭을 사용하는 시하의 모습을 물끄러미 바라봤다. 끝까지 예의를 차리려는 그의 모습이 은근히 감동적이었다. 안나는 시하를 위해서 하루라도 빨리 결계를 깨고 싶었다. 자연스럽게 효과가 사라질 때까지 기다리는 시간이 너무 길게만 느껴졌다.

오늘 낮의 일만 해도 그랬다. 은재나 윤희에게서 연락만 제때 받았어도 고모가 하려는 일을 더 빨리 막았을 수도 있었다. 그랬다면 시하는 그런 위험한 일을 벌이며 괴로워하지 않았을 것이다. 좀 더 빨리 결계가 사라지게 할 수는 없을까? 열심히 방법을 고민하던 안나가 문득 무릎을 탁 치며 입을 열었다.

"아까 시하 씨가 말한 조향사! 그 양하연이라는 분이요!"

"그 여지기 왜?"

"회중시계에 향수를 뿌려서 결계를 친 거라면, 그분이 문제를 해결해줄 수도 있겠네요? 그분은 향수에 관해선 굉장한 전문가일 테니까."

제법 가능성 있는 추리였다. 양하연 정도의 실력이라면 향수의 효력을 없애는 것도 분명 가능했다. 시하가 부정하지 않자 안나가 황급히 그의 팔을 잡아끌었다.

"가요, 얼른. 내 꿈으로 페르소나를 만드는 것도 부탁하고, 결계도 깨달라고 부탁하러 가요."

어째서인지 시하는 망설이는 기색이었다.

"왜 그래요? 무슨 문제라도 있는 거예요?"

시하가 머뭇거리며 대답했다.

"그 결계, 네 부모님이 너를 위해 남긴 거야. 그걸 억지로 깨트리면 네 마음이 편하지 않을 것 같아서. 나 때문에 일부러 그럴 필요는 없어."

뭉클함에 안나의 눈가가 살짝 붉어졌다. 이 남자는 도대체 제 마음을 어디까지 헤아리고 있는 걸까? 분명 예전이었다면 시하의 말대로 마음이 많이 무거웠을 것이다. 하지만 지금은 달랐다.

"난 하나도 불편하지 않아요. 이토록 나를 위해 애써주는 남자인 줄 알았다면 우리 부모님, 절대 그런 결계를 치지 않았을 테니까.”

안나는 확신에 찬 눈빛으로 시하를 보며 말을 이었다.

“당신은 내가 좋아하는 남자잖아요. 그러니까 부모님도 분명 당신이 내 곁에 있는 걸 허락해줄 거라고 생각해요. 나 믿죠?”

애써 무거운 분위기를 걷어낸 안나가 활짝 웃어 보였다. 시하는 안나를 끌어당겨 이마에 꾹꾹 입을 맞춘 뒤, 화답하듯 미소 지었다.

“그래, 안나 네 말이라면 무조건 다 믿어, 난.”

“그럼 얼른 보증서나 가지고 나와요.”

안나에게 등을 떠밀린 시하가 서둘러 서재에서 보증서를 챙겨 수영장으로 나왔다. 양하연이 직접 쓴 보증서에는 다행히 그녀의 향기가 남아 있었다. 보증서에 묻은 냄새를 맡고 능력을 발동시키면, 양하연이 있는 곳으로 차원 이동이 가능했다.

“이제 준비는 다 끝난 거죠?”

예전에 시하가 태주가 있는 곳으로 차원 이동을 하는 모습을 본 적 있었기에 안나도 순서를 알고 있었다. 하지만 왜인지 시하는 곧바로 냄새를 맡지 않았다.

“시하 씨?”

안나가 의아해하며 시하의 얼굴 앞에서 손을 살살 흔들었다. 갑자기 무슨 문제라도 생긴 걸까? 걱정이 가득한 안나의 손을 시하가 허공에서 탁 잡아챘다.

“아직. 마지막으로 하나 더 준비할 게 남았어.”

어쩐지 심각한 분위기에 안나가 떨리는 목소리로 되물었다.

“뭐, 뭔데요?”

시하의 눈빛이 너무 뜨거워서 그의 눈을 제대로 볼 수가 없었다. 시하는 시선을 피하는 안나의 턱을 가볍게 감싸 쥐며 자신을 보게끔 고개를 돌려세웠다. 그러곤 천천히 고개를 기울이며 속삭였다.

"영역 표시."

"영역 표시?"

안나는 언젠가 영역 표시라며 시하가 자신에게 아주 뜨겁고 진하게 입을 맞췄던 기억을 떠올리고 얼굴을 붉혔다. 시하가 황급히 변명했다.

"오해하지 마! 키스가 하고 싶어서 수작 부리는 거 아니야! 우리가 지금 가려는 곳에 왕족 몽마도 있어서 어쩔 수가 없어. 진짜야."

에뚜알르 호텔은 몽마의 왕인 판이 다스리고 있는 만큼, 몽마의 낙원이나 다름없다. 아직 어코드를 하지 않은 안나가 가기엔 꽤 위험한 곳이었다. 서재에서 체취를 지우는 향수를 찾아 안나에게 뿌려줬지만, 그것만으로는 안심할 수 없었다. 어코드에 버금갈 정도의 제 진한 향기를 안나에게 각인시켜야 했다. 장황하게 이유를 설명한 시하가 조심스럽게 물었다.

"해도, 돼?"

안나는 그와 키스를 한두 번 해본 것도 아닌데, 그가 굉장히 정중한 태도로 부탁해오니 부끄러움이 배가 되는 것 같았다.

"……몰라요. 앞으로 그런 건 묻지 말고 그냥 해요. 읍!"

시하는 안나가 허락하자마자 그녀의 얼굴을 끌어당겨 처음부터 짙게 입 맞췄다. 키스하고 싶어서 수작 부리는 게 아니라고 했지만, 본능은 어쩔 수가 없었다. 머릿속으로 수십 번 영역 표시임을 되뇌었음에도, 몸은 금방 정직하게 달아올랐다. 숨을 쉬기 힘든지 자꾸만 얼굴을 뒤로 빼는 안나를 다소 세게 잡아당긴 시하가 그녀의 모든 걸 빨아들일 듯 저돌적인 키스를 이어갔다.

안나에게서 아찔한 신음이 터져 나왔다. 시하는 멈추지 않고 안나의 말캉한 입술과 뜨거운 숨결을 거침없이 집어삼켰다. 그 바람에 손에 보증서를 든 채로 안나에게 입을 맞추던 그는 저도 모르게 양하연의 냄새를 맡아버리고 말았다.

결국 뜨거운 키스를 나누던 그대로 시하의 능력이 발동되었다. 그 사실을 깨닫기도 전에 둘은 양하연의 조향실로 눈 깜짝할 사이 이동해 있었다. 뒤늦게 차원을 이동한 사실을 알아차린 시하가 다급히 안나에게서 떨어졌다.

"차시하?"

하지만 이미 때는 늦었다. 아끼는 조향실을 온통 물바다로 만든 것도 모자라, 남의 작업실에서 강렬한 애정행각까지 벌인 시하를 하연이 잔뜩 화가 난 눈으로 노려봤다.

"너 지금 내 조향실에 무슨 짓을 한 거야?"

카랑카랑한 하연의 목소리에 시하는 번쩍 정신이 들었다. 그의 머릿속에 안나를 이곳으로 데려오는 데 급급해서 잊고 있던 사실 하나가 뒤늦게 떠올랐다.

"감히 내 소중한 향료를 바닥에 처박아? 당신, 뒤지고 싶니?"

그건 바로 하연의 성격이 까칠하다 못해 살벌하다는 것. 그녀의 까칠함은 신분을 가리지 않았고, 향수를 의뢰하는 손님에게도 예외가 아니었다. 시하는 여전히 매섭게 자신을 노려보고 있는 하연을 향해 어색하게 인사를 건넸다.

"오, 오랜만이야. 잘, 지냈어?"

하연이 판의 전속 조향사가 되면서 자연스레 연락이 끊겼다. 그 후로 자그마치 20년이 넘는 세월이 흘렀다.

"오오랜만? 자알 지냈어어?"

하연은 20년 만에 자신을 찾아와서 태연하게 인사를 건네는 시하가 못마땅하기만 했다.

"지금까지 쭈욱 잘 지내고 있었는데, 누구 덕분에 1분 전부터 잘 못 지내고 있어. 그러니까 썩 비켜."

무심히 시하를 스쳐 지나간 하연이 무릎을 굽히고 앉아 바닥에 흐트러진 시약병을 주우며 말했다.

"한 선생님 돌아가셨다는 이야기는 뒤늦게 전해 들었어. 그래서 찾아왔니?"

한강욱. 그는 1년 반 전에 죽은 시하의 전속 조향사였다. 그리고 하연에게 꿈을 추출하는 방법을 전수한 스승이기도 했다.

"아······."

시하는 사실 하연이 왜 이렇게까지 자신에게 적대적인지 이해할 수 없었다. 딱히 그녀에게 잘못한 기억도 없는데 말이다. 하지만 이제는 그 이유를 알 것 같았다. 당시 오태영의 배신에 잔뜩 화가 나 있던 터라 강욱의 장례를 태주에게 맡겨놓고 신경 쓰지 않았다. 당연히 하연에게 연락조차 하지 않았다. 하연은 제 스승을 무척 소중하게 여겼거늘. 그 모습으로 심작해 보면, 그녀가 자신을 달가워하지 않는 게 당연했다.

"미안하다. 그때 연락 못 해서."

예상치 못한 시하의 사과에 시약병을 줍던 하연의 손길이 우뚝 굳었다.

"당신 지금 뭐라고 떠드니?"

그는 본래 이런 사과를 할 줄 아는 악마가 아니었다. 지난 20년. 아니, 강욱의 부고조차 전하지 않은 1년 반 전까지만 해도 차시하에게 이런 느낌은 받을 수 없었다.

'차시하가 변했어?'

하연의 눈길이 여태껏 말 한마디 없이 구석에 서 있던 안나에게로 향했다.

'그러고 보니 저 여자애랑 키스를 하면서 내 조향실에 나타났지.'

차시하에 대한 원망 때문에 그 강렬한 등장마저 잊고 있었다. 하연은 다시금 다정하면서도 격렬하게 저 여자를 끌어안고 입 맞추던 시하의 모습을 떠올렸다. 그토록 상냥한 모습은 악마에게 어울리지 않았다. 그녀가 무의식 중에 긴 손가락으로 콧방울을 톡톡 두드렸다. 무언가 골똘히 생각할 때 나오는 버릇이었다.

'차시하가 변한 원인은 저 여자가 분명하겠네.'

탐색하듯 자신을 훑어보는 하연의 시선에 안나가 먼저 인사를 건넸다.

"아, 안녕하세요. 전 오안나라고 합니다."

"오안나?"

안나의 이름을 들은 하연이 흠칫 놀라며 벌떡 일어섰다.

"이름이 오안나라고?"

"네? 네에……."

잔뜩 긴장했는지 작게 대답하는 안나를 뚫어져라 바라보며 하연은 속으로 거듭 고개를 저었다.

'설마 아니겠지. 아닐 거야. 그냥 이름만 같은 걸 거야.'

그렇게 생각하면서도 확실히 확인하기 위해 하연은 코를 한껏 킁킁거렸다. 방금 전까지 향료를 추출하고 있던 터라 안나의 냄새를 오롯이 맡기가 힘들었던 탓이다. 후읍. 크게 냄새를 맡는 하연의 행동에 시하가 부리나케 안나를 자신의 등 뒤로 숨기며 말했다.

"내가 당신한텐 입이 열 개라도 할 말이 없지만, 그래도 안나는 건들지 마."

아무래도 시하는 하연의 행동을 안나의 체취를 탐하는 것으로 오해한 모양이었다. 그도 그럴 게 하연은 판을 위해서 인간의 달콤한 꿈을 향료로 만드는 일을 직업으로 가진 여자였다. 하연은 얼른 당황한 기색을 지우고 무심하게 입을 열었다.

"내가 이 아가씨 잡아먹기라도 해? 그나저나 냄새만 맡아도 스위트 노트 같은데, 아직 어코드는 안 한 모양이야? 둘이 섞인 냄새가 전혀 나지 않는 걸 보면?"

시하는 단번에 안나와 자신의 관계를 파악한 하연의 능력에 놀라움을 금치 못하며, 비로소 이곳에 온 목적을 말했다.

"그래서 왔어. 당신한테 부탁할 게 있어서."

"말해. 들어보고 할지 말지 결정할 테니까."

"안나의 꿈을 향수로 만들어줘."

"뭐?"

하연의 눈이 커다래졌다. 꿈을 향수로 만들어달라는 말만으로도 충분히 놀랐는데, 뒤이어 설명한 이유는 아예 하연의 혼을 쏙 빼놓을 지경이었다.

"그러니까 차시하 너는 이 아가씨를 지켜주고 싶은데, 아가씨는 차시하가 자기 꿈을 먹었으면 한다는 거야? 그래서 꿈을 향수로 만들고 싶다고?"

"어. 몇 번을 말해."

하연이 도무지 이해가 가지 않는 얼굴로 되물었다. 시하도 시하지만, 안나의 태도가 너 기가 막혔나.

"아가씬 왜 이 악마한테 소중한 꿈을 주고 싶은 건데? 그거 좋은 거 아니야. 헌혈 같은 게 아니라고."

"저도 알아요. 하지만 시하 씨는 꿈을 먹어야만 살 수 있잖아요. 그런데 절 만난 뒤론 제 꿈뿐만 아니라 다른 꿈도 먹질 않아요. 간신히 페르소나로 버티고 있긴 하지만, 이러다 시하 씨가 잘못되기라도 할까 봐 너무 걱정돼요."

"차시하가 꿈을 안 먹고 버틴다고? 차시하가?"

"네. 시하 씨는 제가 준비가 될 때까지 절 지켜주고 싶어 해요. 하지만 언제까지 배고픔을 참기만 할 수는 없는 거잖아요. 그래서 제 꿈을 직접 향수로 만들어 먹으면 어떨까 싶어서……."

"하!"

가만히 안나의 말을 듣고 있던 하연의 입에서 결국 비웃음 섞인 감탄사가 터져 나왔다. 그녀가 아는 차시하는 스위트 노트는 찾지 못했지만, 부족한 만큼 성운 호텔에 투숙하는 손님의 꿈을 먹어치우며 배고픔이란 걸 느껴볼 새도 없이 170년을 산 몽마였다. 번번이 정도를 지키지 못해서 그의 비서가 뒷수습에 하루가 멀다 하고 녹초가 되곤 했었다. 그런 그가 인간의 꿈을 먹지 않는다고? 인간은 죽을 때가 되면 안 하던 행동을 한다더니, 악마도 그런 것일까? 하연이 두통까지 느껴지는 관자놀이를 꾹꾹 누르며 입을 열었다.

"어째서? 번거롭게 뭐하러 향수를 만들어? 그냥 어코드하면 되잖아."

"말했잖아. 안나를 지켜주고 싶다고."

이번에도 되돌아오는 대답은 똑같았다. 하연은 설마설마 싶은 질문을 던졌다.

"그러니까 왜 악마인 당신이 이 아가씨를 지켜주고 싶은 건데?"

"좋아하니까."

"기가 막혀서 정말!"

막연히 예상은 했지만, 대놓고 들으니 오히려 실감이 나지 않았다. 악마가 인간을 좋아한다? 정말로 악마가 인간을 진심으로 좋아할 수 있는 걸까? 꿈을 먹어야만 하는 몽마의 본능마저 억누를 정도로?

"당신, 내가 알던 차시하 맞니? 당신이 누군가를 진심으로 좋아할 수 있는 남자였어?"

"이해해. 나조차도 처음엔 이런 내 모습이 당황스러웠으니까."

시하는 하연의 반응을 충분히 이해한다는 듯 고개를 주억거렸다. 하연은 더 이상 따져 묻는 것도 지친 기색이었다.

그녀는 여전히 식욕과 성욕이 일치하는 몽마가 사랑을 한다는 게 믿기지 않았다. 지금껏 그녀가 봐온 왕족의 몽마들은 하나같이 본능이 식고 나면 언제 밀어를 속삭였냐는 듯 잔인하고 차갑게 뒤돌아섰다.

그중 으뜸은 당연히 왕이었다. 그 아버지에 그 아들이라고, 차시하는 아직 뜨거운 본능에 사로잡혀 있기 때문에 자신의 감정을 착각하고 있는 것뿐이었다. 어코드를 하고 나면 언제 그랬냐는 듯 지금의 감정을 잊을 게 분명했다. 시하는 그런 하연의 차가운 시선을 덤덤하게 받아내며 말했다.

"당신이 믿든 안 믿든 상관없어. 나는 안나만 내 마음을 믿어주면 그걸로 되니까."

그는 정말로 하연의 의중은 조금도 개의치 않는다는 듯이 오직 안나만을 향해 사랑스러운 눈빛을 지어 보였다. 시하의 뜨거운 시선이 민망했던지 안나가 주머니에서 회중시계를 꺼내 이야기를 전환했다.

"그리고 조향사님께 한 가지 더 의뢰하고 싶은 일이 있는데요."

그 순간, 안나가 꺼내놓은 물건을 확인한 하연의 눈매가 움찔 경련했다.

"혹시 이 시계에 쳐진 결계를 깨주실 수 있을까요?"

하연은 회중시계를 말없이 내려다봤다. 그녀의 얼굴에 아주 잠깐이지만 동요의 기색이 스쳐 지나갔다. 그러더니 이내 다시 무표정한 얼굴로 되돌아와 묻는다.

"아가씨 이름 다시 한 번만 말해줄래?"

"네? 아, 오안나요."

자기가 뭔가를 실수한 건가 싶어 당황해하는 안나를 바라보다 하연은 회중시계를 집어 들었다. 그녀는 자못 심각한 표정이었다.

"흐음, 딱 봐도 깨부수기 쉽지 않은 결계 향수네."

"설마 조향사님도…… 깰 수 없는 건가요?"

"일단 포뮬러 분석부터 해보고. 시계는 여기 두고 가. 조사 끝나면 돌려줄 테니까."

"깰 가능성은 있다는 뜻이죠?"

"장담은 못 해. 결계를 만든 사람이 엄청난 공을 들였어. 뭔가를 차시로부터 간절히 지키고 싶었던 거야."

하연이 결계의 목적에 관해 떠보듯 말했다. 뒤돌아 시하를 살핀 안나의 안색이 잠시 어두워졌다가 이내 차분해졌다. 안나는 침착하게 입을 열었다.

"이건 제 부모님이 절 지키려고 만든 결계예요."

하연의 눈동자가 또다시 찰나 흔들렸다.

"그걸 알면서 왜 그렇게 결계를 깨고 싶어 하는 거지?"

이해가 되지 않는지 그녀의 언성이 조금 높아져 있었다.

"이젠 이 남자가 절 지켜주고 있거든요. 그래서 이 남자가 제 옆에 24시간 붙어 있어야만 해요."

말도 안 돼. 악마가 그녀를 지켜준다? 그것도 스위트 노트를?

"그러니까 꼭 깨주세요. 결계."

하연은 혼란스러웠다.

"잘 부탁드립니다."

악마 차시하가 정말로 변한 걸까? 하연은 복잡한 표정으로 고개 숙인 안나에게서 좀처럼 시선을 떼지 못했다. 그녀의 곁에서 시하가 간절한 표정을 짓고 있었다. 잠시 고민에 빠졌던 하연은 이내 한숨을 내쉬며 입을 열었다.

"알겠어. 의뢰 받아들일 테니까, 며칠만 기다려. 준비되면 내가 직접 찾아갈게."

초조했던 시하와 안나의 표정이 순식간에 밝아졌다.

*

하연에게 의뢰를 맡기고 며칠이 지났다. 그동안 시하와 안나는 숨 가쁘게 바쁜 시간을 보냈다. 오정숙의 악행을 밝힐 기자회견 준비 때문이었다.

드디어 기자회견이 열리는 날 아침. 밤잠을 설친 안나는 눈도 제대로 뜨지 못하고 태주에게 끌려 나왔다. 정신없이 메이크업을 받고 옷을 갈아입은 그녀가 향한 곳은 성운 호텔의 컨퍼런스 룸이었다.

안나는 시하가 준비한 기자회견의 규모에 입을 다물 수가 없었다. 이미 널따란 컨퍼런스 룸 가득 각종 방송사며 신문사의 기자들이 자리를 잡고 앉아 있었다. 안나가 무대 뒤 커튼에 몸을 숨기고 그 모습을 바라보고 있을 때였다.

"떨려?"

"엄마야!"

가뜩이나 긴장했던 안나는 갑작스럽게 나타난 시하로 인해 엉덩방아까지 찧으며 넘어졌다. 당황한 시하가 얼른 안나를 안아 의자에 앉혔다.

"미안. 많이 놀랐어?"

"괜찮아요. 기자회견 앞두고 긴장을 좀 했나 봐요."

시하는 다정하게 안나의 머리를 쓰다듬어주며 그녀를 달랬다.

"내가 같이 올라갈 거니까 긴장 풀어."

하지만 그렇게 말하는 시하 역시도 굉장히 긴장한 얼굴이었다. 안나는 터져 나오려는 웃음을 삼키며 시하의 뺨을 쓰다듬었다.

"그럴게요. 근데 그러는 시하 씨도 만만치 않게 긴장한 것 같아요."

"그래 보여?"

"응."

"사실, 엄청 떨고 있어. 그런데 기자회견 때문은 아니야."

그는 점점 더 떨기 시작했다. 놀란 안나가 눈을 동그랗게 뜨며 물었다.

"왜 그래요, 시하 씨? 무슨 일 있어요? 뭐 때문에 그러는 건데요?"

"바로 이거 때문에."

그 순간, 시하가 느닷없이 그녀 앞에 한쪽 무릎을 굽히고 앉았다.

"시하 씨⋯⋯?"

이윽고 그가 재킷 안주머니에서 작고 네모난 상자 하나를 조심스럽게 꺼내 들었다. 바보가 아닌 이상 그 상자 안에 담긴 물건이 무엇인지 모를 리가 없었다. 안나의 눈가에 금세 물기가 차올랐다.

"기자회견을 하면 분명 이런 질문을 받게 될 거야. 오안나 씨와 차시하 씨, 두 분은 무슨 관계입니까?"

달칵, 목소리만큼이나 떨리는 손길로 그가 상자를 열었다. 눈부시게 반짝이는 반지가 보였다.

"나는 네가 나를 모두 앞에서 내 남자라고 소개해줬으면 좋겠어."

조심스럽게 케이스에서 반지를 빼낸 시하가 안나의 눈을 올려다봤다.

"그리고 나 역시도 너를 내 여자라고 소개하고 싶어."

마주한 그의 눈빛은 올곧게 진심을 호소하고 있었다.

"목적이 있는 연극이 아니라, 계약 때문에 어쩔 수 없이 하는 거짓말이 아니라, 진심으로."

안나의 네 번째 손가락을 매만지며 그는 떨리는 고백을 겨우 이어 갔다.

"나는 평생 네 옆에 있고 싶어, 안나야. 그러니……."

그러곤 밤새도록 입에 맴돌던 그 말을 비로소 꺼내놓았다.

"이제 진짜 내 여자가 되어줄래?"

안나는 눈물이 펑펑 쏟아질 것 같았다. 하지만 간신히 참아내고서 시하 보란 듯이 네 번째 손가락을 까딱해 보였다. 어서 반지를 끼워주라는 듯 귀여운 손짓.

시하가 기쁨을 주체 못 하고 웃음을 살짝 터뜨렸다. 살며시 터지는 웃음 끝에 감정이 벅차올랐다. 드디어 오안나가 진짜 내 여자가 되는 순간. 시하는 몇 번이나 심호흡을 하고 나서야 간신히 안나의 네 번째 손가락에 자신의 마음을 담은 반지를 끼워줄 수 있었다.

"고마워, 안나야."

네 번째 손가락에서 반짝이는 그의 마음이 황홀하게 반짝였다. 안나는 시하와 마찬가지로 천천히 무릎을 굽히고 앉아 그의 어깨를 끌어안으며 속삭였다.

"시하 씨가 그랬죠. 평생 내 곁에 있고 싶다고. 나도 그래요. 당신 곁에 평생 있고 싶어요. 그러니 내가 이 반지를 빼기 전까진 계속 내 옆에 있어요."

"응. 계속 네 옆에 있을게. 계속."

"시하 씨 이제 완전히 나한테 코 꿰인 거예요. 나는 무슨 일이 있어도 절대 이 반지 안 뺄 거니까."

"그래, 절대로 빼지 마. 절대로."

안나의 간질간질한 머리카락에, 부드러운 뺨에, 오똑한 콧방울에, 가녀린 어깨에……. 미끄러지듯 촘촘히 입을 맞추며 내려온 시하가 그녀의 네 번째 손가락 위에 오래도록 입술을 눌렀다.

"무슨 일이 있어도 내가 네 곁에 있을 수 있게."

평생 오안나 곁에 있겠다는 그만의 애타는 맹세였다.

*

기자회견은 순조롭게 진행되었다. 안나가 자신이 성운 호텔의 숨겨진 상속녀임을 밝히며 시작된 기자회견은 오정숙이 저지른 악행을 폭로한 순간 걷잡을 수 없이 뜨거워졌다. 예상은 하고 있었지만, 기자들은 인정사정 봐주지 않았다.

"그러니끼 현재 성운호텔 대표인 오정숙 사장이 유산을 차지하기 위해서 오안나 씨를 감금해 왔다는 겁니까?"

"그 사실을 입증할 만한 증거는 있습니까?"

"오안나 씨가 성운 호텔 상속녀인 건 어떻게 증명하실 거죠?"

무차별적으로 쏟아지는 질문 세례에 시하는 안나를 보호하듯 그녀를 등 뒤에 세우고 입을 열었다.

"안나가 성운 호텔의 상속녀라는 사실은 출생 기록을 보시면 확인할 수 있을 겁니다. 그 문제에 관해선 이미 변호사를 통해 입증 자료를 각 언론사에 메일로 보내두었습니다. 당장 확인해보셔도 좋습니다."

분주하게 키보드를 두드리던 기자들이 서둘러 메일함을 확인했다. 시하의 말대로 이미 그의 법무팀이 안나의 출생 기록을 메일로 보내놓은 상태였다. 뿐만 아니라 법무팀이 보낸 증거 목록에는 오태영의 유언장과 그의 죽음 이후 오정숙의 계좌로 옮겨진 수백 억대의 돈, 그리고 안나가 은재에게 보냈던 거처와 관련된 편지, 마지막으로 은재가 안나에게 보낸 편지를 오정숙이 숨기고 있었던 증거 자료 등이 함께 들어 있었다.

"보셔서 아시겠지만, 오정숙이 안나를 자신의 집에 감금하고 유산을 빼돌린 정황 증거들도 이미 충분한 상황입니다."

"지금 차시하 전무님이 말한 모든 사안에 대해 오정숙 대표도 인정하고 있는 겁니까?"

"오정숙이 인정을 하든 안 하든 그녀는 법에 따라 심판받을 것이고, 자신이 저지른 죄만큼 엄중한 벌을 받게 될 것입니다."

"하지만 지금 말씀하신 증거들은 차시하 전무 말대로 대부분 정황 증거일 뿐입니다. 오정숙 대표가 인정하지 않으면 죄를 밝히기가 쉽지 않을 것 같은데, 그에 관한 대책은 있습니까?"

"물론 그에 관한 대책도 가지고 있습니다."

"그게 무엇이죠?"

"그건……."

그때였다. 시하의 등 뒤에 서 있던 안나가 한발 나서서 그의 옆에 나란히 섰다.

"이제부턴 내가 대답할게요."

그녀의 눈빛은 그 어느 때보다 당당하고 다부졌다. 시하는 기자의 질문에마저 대답하려던 것을 멈추고 잠자코 안나가 하는 행동을 지켜봤다. 안나는 시하에게서 받은 반지를 매만지곤, 천천히 기자들이 진을 치고 있는 정면을 바라보며 입을 열었다.

"고모가 절 감금했다는 명확한 증거……."

그녀의 손끝이 랩 스타일의 치마 매듭을 느릿하게 매만졌다.

"그런 증거라면, 있습니다."

그 순간, 안나가 랩 스커트의 매듭을 확 풀었다. 발목까지 완전히 가리고 있던 치마가 스르륵 바닥으로 떨어지고, 대신 무릎 바로 위까지 올라오는 짧은 치마가 드러났다. 그리고 함께 드러난 가냘픈 발목에 선명하게 새겨진 상처들. 순식간에 기자들이 술렁거렸다. 안나는 차분하게 상처에 관해 설명했다.

"이 상처는 고모가 절 집 안에 감금할 때 사용한 족쇄 때문에 생긴 것들입니다. 제겐 이 상처를 공개하는 일에 참으로 많은 용기가 필요했습니다.

하지만 이마저도 조작이라는 의심을 피할 수 없겠죠."

아무리 침착하게 굴려고 노력해도 목소리는 애달프게 떨려 나왔다. 안나는 모두 앞에서 상처를 드러낸 비참하고 끔찍한 기분을 참아내기 위해 입술을 사리물며 잠시 눈을 감았다. 그때, 시하가 그녀의 손을 말없이 잡아주었다. 서늘하기 짝이 없을 그의 온도가 거짓말처럼 뜨겁게 느껴졌다.

'괜찮아. 내가 네 옆에 있어.'

눈빛을 마주치지 않아도, 굳이 말해주지 않아도, 그의 진심이 오롯이 전달되었다. 이 손을 잡고 있으면 그 무엇도 두렵지 않았다. 안나는 다시 한 번 용기를 내어 입을 열었다.

"저는 이 상처가 고모가 제가 도망가지 못하도록 족쇄를 채워서 생긴 상처임을 입증해줄 만한 증인을 찾았습니다. 또한 고모가 저에게 약물을 써서 환각을 보게 하고, 그를 이용해 제가 몽유병인 것처럼 조작해 비명횡사하도록 음모를 꾸민 혐의도 분명하게 입증할 수 있습니다."

"그 증인이 대체 누굽니까?"

"증인의 신변 보호를 위해 당장은 밝히기 어렵습니다. 법원 다툼까지 가게 될 경우를 대비해 마지막까지 극비로 진행할 생각입니다. 하지만 재판까지 갈 가능성은 희박하다고 보셔도 좋습니다."

"어째서죠?"

"고모는 자신이 계획한 모든 음모가 통하지 않자 비서에게 차를 운전하도록 시켜 저를 죽이려고 했습니다. 그때 당시 고모는 뒷좌석에 타고 있었습니다. 그 상황이 찍힌 CCTV 영상도 입수한 상황입니다."

그간 저지른 납치, 감금, 횡령, 그 모든 죄에 살인미수죄까지 오정숙의 죄는 낱낱이 폭로됐다.

"그러니 고모가 죄를 인정하지 않는다고 해도 법이 모든 걸 심판해줄 것이고, 결국 제가 승리하게 될 것입니다."

오정숙이 빠져나갈 구멍은 전혀 없어 보였다. 아직 스무 살밖에 되지 않았다고는 믿기지 않을 만큼 당찬 안나의 모습에 기자들은 더욱 분주하게 움직였다. 카메라 플래시가 사방에서 번쩍였고, 키보드를 두드리는 소리가 더더욱 현란해졌다.

"그럼 앞으로 성운 호텔은 어떻게 되는 것입니까?"

기자의 날카로운 질문에 안나는 기다렸다는 듯이 대답했다. 이후 성운 호텔의 운영에 관해선 시하와 안나도 많은 고민을 했었다.

"지금 이 자리에서 성운 호텔 직원분들을 비롯한 관계자분들께 드리고 싶은 말이 있습니다. 제가 성운 호텔의 상속녀라고 해서 당장 경영에 참여하는 일은 없을 것입니다. 저는 밑바닥부터 차근차근 일을 배워 성운 호텔에 보탬이 될 수 있는 인재로 거듭나려고 합니다."

"그럼 그때까지 성운 호텔의 운영은 누가 맡아 하는 거죠?"

"옆에 있는 차시하 전무님께서 현재 오정숙 대표와 비리로 연관되어 있지 않은 성운 호텔 경영진들과 함께 힘써주실 겁니다."

"결국 에뚜알르 호텔의 힘을 빌리는 겁니까?"

폭풍 같은 진실 공방이 지나고 차분한 질의응답이 이어지던 도중, 불만스러운 목소리가 기자석에서 터져 나왔다. 이미 오래전부터 에뚜알르 호텔과 한국지사 계약을 체결한 성운 호텔에 대해 부정적인 여론이 계속 거듭돼 온 상황.

"그와 관련해선 제가 대답하도록 하죠."

안나가 용기를 낼 수 있도록 손을 붙잡은 채 가만히 지켜만 보던 시하가 다시 나섰다.

"지금까지 에뚜알르 호텔의 한국지사로 운영되어온 성운 호텔은 앞으로 전혀 다른 행보를 보일 것입니다. 에뚜알르 호텔 한국지사 계약은 작년까지였습니다. 이제부턴 대한민국에서 가장 오랜 전통을 자랑하는 최고의 호텔답게 독자적인 경영을 해 나갈 것입니다."

"하지만 차시하 전무이사는 에뚜알르 호텔에서 파견된 것으로 알고 있는데요?"

"에뚜알르 호텔 전무이사 직함은 버렸습니다. 저는 지금 에뚜알르 호텔 전무이사가 아닌 오안나 씨의 보호자 자격으로 이 자리에 서 있는 것입니다."

"오안나 씨의 보호자 자격이라면, 전 오태영 대표의 유언장에 나와 있는 법적 보호자가 바로 차시하 씨라는 뜻입니까?"

"물론 그런 의미이기도 하지만, 그런 건 이제 아무래도 상관없습니다."

"네? 그게 대체 무슨 뜻이죠? 오안나 씨와 차시하 씨는 도대체 무슨 관계인 겁니까?"

확실한 답변을 원하는 기사들을 바라보며 시하가 자신과 안나의 손을 살짝 겹쳐 들어 보였다. 둘의 네 번째 손가락에는 비슷한 디자인의 반지가 영롱히게 반짝이고 있었다.

"기자회견장에 올라오기 전, 안나에게 정식으로 고백했습니다. 저희, 서로 진심으로 좋아하고 있습니다."

시하의 폭탄선언에 이제까지와는 비교도 할 수 없을 만큼 열띤 플래시 세례가 쏟아졌다. 안나의 어깨를 부드럽게 감싼 시하. 그런 시하의 품에 살짝 머리를 기댄 안나. 다정한 둘이 맹세의 반지를 나눠 끼고서 손을 들어 보이는 모습이 실시간으로 기사화되었다.

"두 분, 결혼도 생각하고 있는 건가요?"

"차시하 씨, 그 반지가 프러포즈 반지입니까?"

기자들의 너무 멀리 나간 질문에 안나의 얼굴이 발그레해졌다. 안나가 창피한 듯 품으로 파고들자 시하가 대신 대답했다.

"저야 빨리 그녀와 결혼이 하고 싶은 건 사실입니다. 하지만 아직 안나 나이가 어리기도 하고, 성운 호텔을 다시 예전 오태영 대표님이 있을 때만큼의 궤도에 올려놓은 후에라야 면목이 설 것 같아서요. 그동안은 안나랑 연애나 실컷 하면서, 열심히 사랑하려고 합니다."

연애나 실컷 하면서, 열심히 사랑하는 것. 그건 안나가 기대하고 바란 미래이기도 했다. 시하 역시 저와 같은 미래를 꿈꾸고 있다는 사실에 가슴이 두근거렸다. 울컥 올라오는 감정에 안나가 시하의 품으로 더욱 파고든 순간이었다.

"누구 마음대로? 내가 둘을 가만히 보고만 있을 것 같아?"

갑자기 기자회견장 문이 벌컥 열리며 오정숙이 기자들 사이를 헤치고 들어섰다.

"내가 안나 법적 보호자야! 내가 이 아이 유일한 친척이라고! 안나 유산은 때가 되면 돌려주려고 했어! 성운 호텔 경영권도 안나가 자격이 생기면 내주려고 했다고!"

뻔뻔한 거짓말을 늘어놓으며 오정숙은 어느새 시하와 안나 바로 앞까지 당도했다. 당장에라도 안나를 단상에서 끌어 내릴 기세로 그녀가 손을 뻗었다. 마치 안나가 자신의 소유물이라도 되는 것처럼 그녀의 행동은 거침이 없었다. 하지만 직전에서 경호원에게 붙들린 탓에 비참한 모습으로 고래고래 소리를 지르는 게 그녀가 할 수 있는 전부였다.

"그런데 갑자기 차시하가 나타난 거야! 차시하 당신이야말로 순진한 애 꼬셔서 성운 호텔을 가로채려는 거잖아! 내가 방해가 되니까 모든 증거를 조작해서 날 파멸시키려는 거 누가 모를 줄 알아?"

오정숙은 목에 핏대가 설 정도로 마지막까지 발악을 했다. 그러나 그 자리에 있는 누구 하나 그녀의 말을 믿어주지 않았다. 그녀를 바라보는 시선 하나하나가 차가운 비수나 마찬가지였다. 안나는 단상에 서서 모두에게 외면받고 있는 정숙의 모습을 차갑게 내려다봤다. 바로 그 뒤에서 시하가 희미하게 입꼬리를 끌어 올렸다.

시하는 일부러 오정숙이 기자회견장에 나타나거든 안나의 곁에 가까이 오는 것만 막으라고 지시를 내렸다. 안나에게 신체적 위협을 가할 때만 오정숙을 저지하라고 명령을 내린 것이다. 모두 다 오정숙에게 이토록 참혹한 순간을 선물하기 위해서였다.

"이거 놔! 내가 누군 줄 알고 행패야? 나 성운 호텔 사장 오정숙이야! 당장 이거 놓으라고!"

헝클어진 채 산발이 된 머리, 화장도 제대로 하지 않아 엉망인 몰골, 경호원에 의해 사지를 결박당한 처참한 모습.

"내 말 못 들었어? 나 성운 호텔 사장 오정숙……!"

"때가 되면 돌려주려고 하셨다면서요?"

그 순간, 안나가 정숙의 말을 끊고 앞으로 나섰다. 정숙의 표정이 처참하게 일그러졌다.

"안나……! 네가 감히……!"

최후의 발악을 해내는 정숙을 향해 안나는 싸늘하게 입을 열었다. 드디어 끝을 낼 순간이 왔다.

"저한테서 빼앗아 간 거, 전부 돌려주세요. 고모는 이제 끝났어요."

동시에 쉼 없이 카메라 셔터 소리가 울려 퍼졌다. 그렇게 성운 호텔 대표로서 화려한 인생을 살았던 오정숙의 비참한 말로가 실시간으로 전국에 퍼지고 있었다.

*

빛 한 점 들지 않는 어두운 침실. 죽은 듯이 누워 있던 찬영의 입에서 미약한 목소리가 흘러나왔다.

"제발…… 제발 살려줘……!"

어김없이 그는 끔찍한 악몽을 꾸고 있었다. 엘리베이터에서 시하를 마주친 후, 누군가에게 살해당하는 환각에 시달린 지 벌써 두 달여. 번번이 죽음은 찾아오지 않고 죽음 직전 극한의 고통스러운 상황만이 반복되었다. 얼마나 많이 비명을 질렀는지 목구멍이 다 짓물렀다. 목이 졸리는 환각에 시달리다 못해 스스로 목을 조르는 일이 빈번해 찬영의 두 손은 침대 끝에 단단히 묶여 있었다. 또 죽음보다 더한 고통에 시달리다 기절하겠지. 그러다 한참 후 정신을 차리면 예외 없이 다시 악몽이 시작되는 거고. 찬영은 이번에도 그러리라 생각했다. 하지만 아니었다. 드디어 끝이 찾아왔다.

"아아아아악!"

꿈속에서 찬영의 숨이 확실히 끊어졌다. 죽음의 순간을 피와 뼈에 생생히 새기며 찬영이 눈을 떴다.

"헉……! 헉……!"

그는 거칠게 숨을 몰아쉬며 방 안을 살폈다. 사위가 온통 어두웠다. 얼마 후 가물가물한 시야가 정상으로 돌아왔어도 어둠은 사라지지 않았다. 그는 어둠이 이토록 공포를 느끼게 한다는 걸 처음 알았다. 빨리 이 방에서 나가고 싶었다. 하지만 두 손이 묶여 있어 상황이 여의치 않았다.

"어…… 머…… 니…….."

어눌한 목소리로 정숙을 찾던 찬영이 아무런 대답이 없자 이내 격렬하게 발버둥 치기 시작했다.

"어머니……! 어머니! 이것 좀 풀어주세요! 저 눈 떴어요! 깨어났다고요!"

비로소 찬영은 안나 혼자 깜깜한 방 안에 갇혀 느꼈을 공포가 이해되었다. 부드러운 천으로 묶여 손목이 찢어질 리도 없는데, 마치 날카로운 칼에 베인 것처럼 아팠다.

"어머니! 저 좀 풀어주세요! 아파요! 죽을 것처럼 아프다고요! 어머니!"

그렇게 얼마쯤 목 놓아 어머니를 불렀을까.

"도련님!"

주석이 헐레벌떡 찬영의 방으로 뛰어 들어왔다.

"드디어 깨어나신 겁니까? 도련님!"

"김 실장님, 이거! 이것 좀 빨리 풀어줘요! 그리고 불도 켜요! 어서!"

얼른 찬영에게 다가가 손목을 묶은 천을 풀던 주석이 황급히 불을 켜고 돌아와 말했다.

"그나저나 도련님! 지금 대표님께 아주 큰일이 생겼습니다!"

"어머니한테요? 무슨 일이요?"

두 달여 만에 보게 된 환한 빛에 눈살을 찌푸리고 있던 찬영이 고개를 돌려 주석을 바라봤다. 이제 보니 그의 낯빛이 무척 창백했다. 무더운 여름도 아닌데 비 오듯이 땀까지 쏟고 있었다.

"대체 무슨 일이에요? 김 실장님!"

찬영의 고함에 주석이 리모컨으로 텔레비전을 켰다.

"김 실장님, 대답은 안 하고 왜 갑자기 티브이를……? 어?"

얼얼한 손목을 문지르며 주석을 타박하던 찬영이 문득 말끝을 흐렸다. 텔레비전에선 믿기 힘든 뉴스 속보가 흘러나오고 있었다.

-방금 전 성운 호텔의 오정숙 대표가 전 오태영 대표의 딸 오안나 씨를 납치, 감금, 살인하려던 혐의로 구속되었습니다. 오늘 오전 10시, 오안나 씨가 기자회견을 열어 오정숙 대표의 혐의를 직접 밝히는 와중에 오정숙 대표 본인이 나타나 그 자리에서 검거된 것인데요. 자세한 정보는 영상을 보면서 전해드리도록 하겠습니다.

이윽고 뉴스 앵커를 비추던 화면이 취재 영상으로 바뀌었다. 다부진 모습으로 기자들의 질문에 대답하는 안나와 그녀를 다정한 눈빛으로 지켜보는 시하의 모습이 보였다. 잠시 후 정숙이 난동을 피우며 기자회견장에 나타났다. 사납게 소리를 지르며 안나에게 다가가는 정숙을 경호원들이 험하게 붙잡았다.

-이거 놔! 내가 누군 줄 알고 행패야, 니들? 나 성운 호텔 사장 오정숙이야! 당장 이거 놓으라고!

"어머니……."

찬영이 망연자실한 표정으로 텔레비전 앞에 바짝 다가갔다. 화면 속에 있는 어머니는 지금껏 그가 알던 어머니가 아니었다. 우아하고 엄격한 모습은 온데간데없이 그녀는 미친 사람처럼 광분하고 있었다.

-내 말 못 들었어? 나 성운 호텔 사장 오정숙……!

그 광기를 멈춘 건 다름 아닌 안나였다.

-때가 되면 돌려주려고 하셨다면서요?

차가운 말투. 싸늘한 시선. 단 한 번도 안나에게서 느껴보지 못한 감각들. 모멸감을 견디지 못한 정숙의 눈가가 붉게 충혈되었다.

-저한테서 빼앗아간 거, 전부 돌려주세요. 고모는 이제 끝났어요.

끝. 안나의 선고와도 같은 말이 끝나기 무섭게 결국 정숙은 경호원에 붙들린 채 강제로 기자회견장 밖으로 끌려나갔다.

"어머니! 어머니!"

차마 두 눈 뜨고 볼 수 없을 만큼 비참한 어머니의 모습에 찬영이 오열했다.

'문찬영. 이제부터 넌 내 아들이야.'

자신의 성조차 몰랐던 고아에게 핏줄을 주었던 유일한 존재.

'그러니까 넌 앞으로 내가 시키는 대로만 하면 돼. 알았지?'

찬영이 맹목적으로 따랐던 정숙의 야망이 그렇게 사그라지고 있었다.

*

"안나야!"

기자회견이 모두 끝난 뒤 재빨리 다시 커튼 뒤로 사라진 안나를 뒤쫓던 시하가 깜짝 놀라 소리를 질렀다. 앞서 걷던 안나가 갑자기 주저앉은 까닭이었다.

"왜 그래? 어디 아파?"

황급히 뛰어간 시하가 그녀를 등 뒤에서 감싸 안고 물었다. 안나는 자신을 끌어안는 든든한 팔에 뺨을 비비며 고개를 저었다.

"아뇨. 아픈 게 아니라 다리에 힘이 없어서 그래요. 다 끝났다고 생각하니까 긴장이 풀려서. 나 아까 질문에 대답 잘했어요?"

정말로 다리에 힘이 전혀 들어가지 않는지 안나는 시하의 가슴에 기댄 채 그대로 바닥에 엉덩이를 붙이고 앉아버렸다. 시하는 안나의 머리카락에 입술을 지그시 눌렀다. 한 번도 더듬거리지 않고 또박또박 말을 하기에 이 정도로 긴장하고 있을 거라곤 조금도 생각지 못했다.

"잘했어. 긴장한 거 티 하나도 안 났어."

"정말? 다행이다. 나, 얼마나 긴장했으면 무슨 말 했는지 하나도 기억이 안 나요."

시하도 편하게 바닥에 엉덩이를 붙이고 앉아 좀 더 안나를 꽉 끌어안았다.

"걱정 마. 너 진짜 멋졌어. 기분이 어때? 드디어 오정숙한테서도 벗어나고, 성운 호텔도 되찾았잖아."

"잘 모르겠어요. 막연히 상상만 할 땐 마냥 기쁠 줄 알았는데, 이상해요. 왜 슬픈 기분이 드는지 모르겠어."

안나가 작게 중얼거린 말에 시하는 잠시 침묵했다. 머릿속에 유현의 모습이 떠올랐기 때문이다. 그는 안나의 심성을 알 것 같았다.

"당연한 거야. 어찌 됐든 오정숙이 너한텐 유일하게 남은 가족이었으니까."

안나의 감정을 대신 설명하며 시하는 몰래 이를 악물었다. 그러나 일부러 내색하지 않았음에도, 안나는 시하의 마음을 이미 알고 있었다. 안나가 시하의 품에 안긴 채로 뒤를 돌아보며 그와 눈을 마주쳤다. 시하도 본능적으로 안나가 자신을 더 편하게 볼 수 있도록 고개를 앞으로 기울였다. 마주친 눈길이 눈물이 날 만큼 따스했다. 이 남자의 눈빛이 언제부터 이렇게 따뜻해졌더라? 안나는 사뭇 홀가분해진 기분으로 입을 열었다.

"생각해보면, 난 고모한테 배신감을 느낀 건 아니었어요. 복수를 하고 싶은 것도 아니고요. 배신감은 믿었던 사람한테 가지는 감정이잖아요. 근데 난 부모님이 살아 계셨을 때도 고모한테 애정을 느꼈던 적이 단 한 번도 없었거든요."

언젠가 안나를 걱정하는 척 가증스러운 연기를 펼쳤던 오정숙의 모습이 떠올라 시하가 주먹을 단단히 움켜쥐었다. 안나의 뜻대로 인간들의 법에 따라 오정숙이 벌을 받도록 했지만, 여전히 그 방식이 마음에 드는 것은 아니었다. 지금이라도 당장 오정숙을 끔찍한 악몽에 가둬버리고 싶은 심정이었다. 그가 주먹을 부들부들 떨었다. 어김없이 시하의 감정을 눈치챈 안나가 그의 손을 부드럽게 쓰다듬으며 말을 이었다.

"아마 난 은연중에 두려웠던 거 같아요. 고모마저 손에서 놔버리면, 난 정말 세상에 혼자 남겨지게 되니까."

외로움. 그것이 얼마나 강력하고 위험한 감정인지 시하도 잘 알았다. 그래서 본능처럼 기억한 어머니의 비극에도 불구하고, 한때는 맹목적으로 아버지의 애정을 갈구한 적도 있었다. 제 안의 외로움이 구원받지 못하리란 걸 인정하기까지 퍽 오랜 시간이 걸렸다. 시하는 마음 한쪽을 도려내는 심정으로 아버지에 대한 미련을 버렸다. 맹목적으로 붙잡고 있던 존재를 놓아버렸을 때, 그는 살아가야 할 이유도 함께 잃어버렸다.

170년을 외로움과 싸워온 저도 그토록 힘들었다. 악마의 피를 물려받아 인간의 마음을 잘 알지 못하는 저조차도 이렇게 괴로웠다. 그러니 아직 스무 살밖에 되지 않은 안나는 오죽할까.

"괜찮아?"

시하의 조심스러운 질문에 안나는 예상외로 힘차게 고개를 끄덕여 보였다.

"당연히 괜찮죠. 난 혼자가 아니잖아요. 시하 씨를 만났으니까. 당신이 내 곁에 계속 있어줄 거니까."

무언가 울컥 가슴속에서 치고 올라왔다. 시하의 눈빛이 금세 젖어들었다. 참아보려고 입술을 꾹 깨물고 안나를 껴안은 두 팔에 아프게 힘을 줬다. 그런데도 안나에게는 역시나 꼼짝없이 제 감정을 들키고 말았다. 안나가 환하게 웃으며 하얗게 깨물린 시하의 입술을 엄지로 부드럽게 매만졌다.

"그러니까 당신도 너무 오래 슬퍼하지 마요. 외로워하지도 마요. 시하 씨 옆엔 내가 있어요. 혼자가 아니에요."

방금까진 눈물이 나올 것 같더니, 갑자기 풍선에 바람 빠지듯 웃음이 터졌다. 시하는 울먹이다 웃는 자신의 모습이 창피해서 괜히 정색했다.

"오안나 너 진짜, 대체 지금 누가 누굴 위로하는 거야? 지금은 내가 널 위로해줄 타이밍이거든?"

안나가 사랑스럽게 반박했다.

"그게 뭐가 중요해요? 어쨌든 우리 둘이 뭔가를 함께한다는 게 중요한 거지."

"우리 둘이, 함께?"

"그래요, 함께."

혼자가 아니다. 함께였다.

"우린 앞으로도 계속 함께 살아갈 거예요. 이 반지에 대고 맹세했잖아요."

그리고 앞으로도 함께할 것이다.

"외로움도, 즐거움도, 슬픔도, 기쁨도, 아픔도, 행복도, 같이 느껴요."

안나의 입술 사이로 흘러나오는 감정들이 시하는 낯설면서도 익숙했다. 전부 다 안나를 만난 후로 처음 느껴보거나, 혹은 안나를 좋아하면서 해소된 감정들이었다. 10년간 제 안에 쏙쏙 숨어 있던 감정들이 안나를 좋아하게 된 겨우 몇 달 만에 봉인해제 된 것 같은 기분이었다. 새롭게 태어났다는 표현은 이럴 때 쓰라고 있는 것처럼 느껴졌다.

무의미하게만 느껴졌던 삶이 수많은 의미로 가득 채워졌다. 살아야 하는 이유가 생겼다. 살고 싶어졌다. 안나의 곁에서. 시하는 안나의 허리를 더욱 바짝 끌어당기며 그녀의 귓가에 대고 애틋한 목소리로 답했다.

"그래, 전부 다 함께하자. 그러자, 우리."

안나는 기다렸다는 듯 시하에게 입술을 포갰다. 커튼 뒤에 아직 회견장을 떠나지 않은 기자들이 가득 있었지만, 신경 쓰지 않았다. 그와 함께하는 이 소중한 순간을 그냥 흘려보낼 수는 없었다. 시하도 같은 마음이었다. 그가 안나를 꽉 끌어안고 더 깊이 입술을 묻었다.

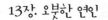

13장. 오붓한 연인

기자회견 후, 안나는 본격적으로 검정고시 준비를 하겠다고 선언했다. 약속을 지키기 위해서였다. 바닥부터 시작해 성운 호텔의 인재로 거듭나겠다는 약속. 그 시작이 바로 검정고시에 합격하는 것이었다. 고졸 이상의 학력이어야지만 성운 호텔에 룸메이드로 취업이 가능했기 때문이다.

본격적인 공부에 돌입하기 전, 안나는 시하와 마지막 데이트를 하기로 했다. 앞으로 한 달간 제대로 된 데이트는 꿈도 못 꾸게 된 그의 억울한 마음을 달래주기 위해서였다.

공식적으로 연애를 시작한 지 며칠이나 됐다고 바로 독수공방 신세냐며 불만이 가득한 시하였지만, 데이트를 하기로 한 날만큼은 제법 들뜬 기색이었다. 하지만 그들의 데이트는 직전에 무산되고 말았다.

"누가 우릴 찾아왔다고?"

"그게……."

주인의 살벌한 목소리에 태주의 목소리가 점점 더 기어들어 갔다.

"양하연 조향사님이 찾아오셨어요."

하필이면 오늘, 하연이 의뢰를 이행하러 찾아온 까닭이었다.

"그녀는 지금 어디에 있지?"

시하는 평정심을 찾기 위해 어금니를 악물며 물었다.

"수영장에서 기다리고 계세요."

그는 예쁘게 차려입은 안나의 손을 잡고 호텔 밖이 아닌 펜트하우스로 다시 향해야만 했다.

"그런데 좀 이상한 점이 있어요."

"이상한 점?"

"짐을 바리바리 싸 오셨더라고요. 꼭 이삿짐처럼요."

시하는 처음엔 태주가 유난을 떤다고 생각했다. 그러나 엘리베이터 문이 열리지마자 눈앞에 펼쳐진 광경을 보고 태주의 표현이 정확했다는 걸 깨달았다. 수영장 앞에는 말 그대로 이삿짐을 방불케 하는 어마어마한 짐들이 시야를 가릴 정도로 높이 쌓여 있었다. 그 상자 중에서 하나를 의자 삼아 앉아 있던 하연이 엘리베이터에서 내리는 시하와 안나를 발견하고 반갑게 손을 흔들었다.

"양하연, 이…… 짐들은 다 뭐야?"

탑을 쌓은 상자에서 좀처럼 눈을 못 떼던 시하가 인사도 건너뛰고 질문을 던졌다.

"이거?"

하연은 별거 아니라는 듯 대수롭지 않게 대답했다.

"나 당분간 여기서 신세 좀 지려고."

기함할 소리를 아무렇지 않게 내뱉으면서, 그녀는 활짝 미소 지었다.

"미안, 내가 방금 잘못 들은 것 같은데. 당분간 여기서 뭘 하겠다고?"

"신세를 지겠다고 했는데?"

"여기서 살겠다는 거야?"

시하가 어마어마한 높이로 쌓여 있는 상자를 올려다보며 물었다. 정색한 시하의 표정에 하연은 태도를 바꿔 진중하게 대답했다.

"당신도 알잖아. 꿈을 향수로 만드는 게 얼마나 어려운 작업인지. 게다가 그냥 꿈도 아니고 스위트 노트가 꾸는 꿈이야. 당분간 가까이에서 이 아가씨를 관찰할 시간과 장소가 필요해. 특히, 이 아가씨 잘 때."

하연은 시하의 곁에 딱 붙어 서 있는 안나를 위아래로 훑어보며 냄새를 맡았다. 안나에게선 단번에 파악하기 힘든 복잡 미묘한 달콤한 냄새가 풍겼다.

"역시. 이 아가씨 꿈은 나조차도 어떤 종류의 향기가 섞여 있는지 파악하기 힘들어. 얼마나 많은 종류가 섞여 있는지, 그 비율은 어느 정도인지 감도 안 잡혀. 분명 어려운 작업이 될 거야. 어쩔 수 없어. 파악할 때까지 여기서 나도 같이 살아야지."

꿈을 향수로 만드는 작업이 그리 간단한 일이 아니라는 건 시하도 잘 알고 있었다. 하연이 안나의 가까이에 있으려 하는 이유를 이해 못 하는 것도 아니었다. 하지만 그녀가 펜트하우스에서 함께 사는 건 다른 문제였다. 시하는 재빨리 대안을 제시했다.

"그렇다면 바로 아래층에 스위트룸을 내줄게. 굳이 우리랑 같이 지낼 필요는……."

"어머, 지금 나더러 밤마다 도둑고양이처럼 이곳에 들락날락하라는 소리야?"

하연이 앙큼하게 속눈썹을 깜빡이며 정색했다.

"이거 왜 이래? 계속 이렇게 나오면 당신 의뢰 안 받아."

시하는 아무리 생각해도 하연이 굳이 같이 살아야 하는 이유는 이해가 가지 않았다. 하지만 의뢰까지 도로 물리겠다고 하니 결국엔 그녀의 요구를 받아들일 수밖에 없었다.

"알았어, 알았다고. 근데 대체 시간이 얼마나 걸리는데? 일주일이면 돼?"

그렇다면 최대한 빨리 작업을 끝내는 수밖에. 그러나 이번에도 하연의 반응은 그의 기대를 저버렸다.

"무슨? 내가 손만 대면 꿈이 뚝딱 향수로 만들어지는 줄 아니?"

"그럼 보름?"

"인심 좀 넉넉히 써봐."

"말도 안 돼. 한 달이나 걸린다고?"

하연은 답지 않게 투정을 부리는 시하를 빤히 응시했다. 초조한 눈빛과 더 하고 싶은 말을 참는 듯 굳게 다물어진 입술. 그가 작업 기한을 단축시키려는 의도는 명백했다. 오안나. 저 아가씨와의 시간을 방해받고 싶지 않기 때문이었다.

몇 번을 봐도 차시하의 이런 모습은 적응이 되질 않았다. 계속 낯선 모습을 보고 있으니 여전히 차시하가 진실한 사랑을 할 리 없다고 믿으면서도 동시에 하연의 마음 한구석에선 작은 파문이 일었다. 이 악마가 정말로 사랑을 하고 있는지도 모르겠다고. 하연이 애써 그런 생각을 부정하듯 시하에게서 시선을 거두며 대답했다.

"나도 몰라. 최대한 시간 단축하려고 노력은 해보겠지만, 사실 평범한 인간의 꿈도 포뮬러를 다 알아내기까지는 수일이 걸려. 그러니 스위트 노트는 그 꿈에 얼마나 다양한 맛과 향이 담겨 있겠어?"

하연은 이번엔 안나를 뚫어지게 바라보며 말을 이었다.

"매일 밤 꿈을 들여다봐야 해. 일일이 그 맛과 향을 기록해서 포뮬러를 완성해야 하고. 그렇게 꿈에서 나는 모든 맛과 향을 내가 알게 되면."

그러곤 안나의 얼굴 가까이에서 손을 부드럽게 휘저었다. 지금은 손끝에 아무것도 걸리는 게 없었다. 하지만 포뮬러만 완벽히 파악한다면…….

"이렇게 내 손이 스쳤을 때 이 아가씨 꿈이 액체가 돼서 뚝뚝 흘러내릴 거야. 그때부턴 꿈을 향수로 만드는 게 가능해져."

"그러니까 포뮬러를 완성하는 기간이 얼마나 걸릴지 당신도 모른다?"

"정답."

시하에게서 깊은 한숨이 터져 나왔다. 태주로도 모자라 하연까지 펜트하우스에 안에 돌아다니면 스킨십 할 때마다 그들의 눈치를 봐야 할 텐데. 태주마저 분가를 하겠다며 눈치를 주는 판에 까탈 마녀 양하연까지 신경 써야 한다니. 무엇보다 오늘은 안나와 데이트를 하기로 한 날이었다. 앞으로 한 달간 자주 못 보는 걸 위로하기 위해 잡은 금쪽같은 데이트! 시하는 정말이지 안나와 오붓하게 둘만의 시간을 보내고 싶었다.

"양하연 당신, 왜 하필 오늘 짐을 싸들고 온 거야."

마른세수를 하며 그가 앓듯이 작게 중얼거렸다. 그의 목소리가 잘 들리지 않았는지 하연이 가까이 다가가 귀를 기울였다.

"뭐? 방금 뭐라고 했어?"

그 순간, 얌전히 두 사람을 지켜보기만 하던 안나의 눈매가 움찔거렸다. 시하는 여전히 고개만 푹 숙인 채 같은 말을 중얼거렸다.

"왜 하필 오늘이냐고."

"주어 좀 말해주지 않을래? 다짜고짜 오늘이 뭐 어쨌다는 건데? 오늘이 무슨 날이야?"

"오늘은……!"

그때였다.

"시하 씨랑 제가 정식으로 사귀고 처음 데이트하기로 한 날이거든요."

뜻밖에 안나가 시하가 하고 싶었던 대답을 대신 했다.

"단둘이 오붓하게."

마치 텔레파시라도 통한 것처럼 그의 속마음 그대로를 또박또박, 아주 당차게.

"그렇지만 양하연 조향사님은 방금 오셨고, 또 짐 정리도 하셔야 하니까……."

동시에 안나가 얼떨떨한 표정을 짓고 있는 시하의 손을 잡았다. 풍만한 하연의 몸에 바짝 닿아 있던 시하가 안나의 곁으로 끌려왔다.

"우리가 나가요."

그길로 안나는 시하를 무작정 잡아끌었다.

*

'헉! 내가 지금 무슨 짓을 한 거지?'

시하를 엘리베이터에 태운 후, 안나는 뒤늦게 정신이 번쩍 들었다.

'아아, 뒷수습을 어떻게 하려고!'

하연의 풍만한 가슴이 시하의 팔에 닿는 걸 본 순간, 그만 유치한 질투심에 눈이 멀고 말았다. 실은 향수 의뢰를 하러 갔을 때부터 하연이 신경 쓰였다. 시하가 그녀의 이름을 편하게 부르는 것도, 하연이 시하에게 반말을 쓰는 것도 마음에 들지 않았다. 둘의 관계가 20년이나 되었다는 사실을 알았을 땐 서운한 기분이 들기도 했다. 그렇게 꾹꾹 눌러온 질투심이 사소한 스킨십 한 번에 폭발하고 만 것이다.

'아무리 그래도 겨우 그런 거로 질투를 하면 어떡해? 내내 아무렇지 않은 척하다가 이게 뭐냐고, 진짜!'

안나가 속으로 자기 자신을 꾸짖었다. 누군가를 좋아하는 일이 이토록 유치한 것일 줄은 몰랐다. 그가 자신에게 스킨십을 할 때도 살 떨리게 긴장되더니, 그가 다른 이와 스킨십을 해도 질투심에 온몸이 다 움찔거렸다.

'대체 뭐라고 변명하면 좋지?'

안나는 변명거리를 고민하며 억지로 입을 열었다.

"저기……."

힐끔 옆을 돌아본 그녀의 눈이 휘둥그레졌다.

"시, 시하 씨?"

숨죽인 시하의 얼굴이 바로 코앞에 다가와 있었다. 안 그래도 섹시하게 생긴 입술이 보란 듯이 야릇하게 달싹였다.

"단둘이 오붓하게."

"네?"

"라고 했지, 분명?"

조금 전 하연 들으라고 일부러 한 말이 엉뚱하게도 다시 안나 자신에게 되돌아왔다. 느닷없이 명치를 얻어맞은 것처럼 숨이 쉬어지지 않았다.

"나랑 뭐 할 생각이었어? 단둘이, 오붓하게?"

한 단어, 한 단어 힘을 줄 때마다 한 발짝씩 걸음을 옮긴 시하가 안나를 자신의 팔 안에 가두며 속삭였다.

"이런 거?"

짧지만 강렬하게 안나의 입술을 빨아들인 시하가 콧등을 비비며 시선을 맞췄다.

"아니면, 이런 거?"

이번엔 조금 더 깊숙이 그가 들어왔다. 그는 한 손으로 안나의 두 손을 붙잡아 엘리베이터 벽에 붙이고 입술을 더욱 밀착했다. 찰나에 입 안 구석구석을 살살이 훑고 물러난 그의 입술에 희미한 웃음이 매달려 있었다. 어쩐지 그 미소를 보는 것조차 부끄러워서 안나는 그의 품에 갇힌 채 바르작거렸다. 시하는 그대로 안나의 허리를 끌어당겨 그녀가 달아나지 못하게 하고 나서야 입술을 떼어냈다.

부풀어 오른 입술 새로 나른한 숨이 터져 나왔다. 비록 입맞춤은 멈췄지만, 여전히 입술이 너무나 가까이 있었다. 그의 뜨거운 숨결에 얼굴이 화끈거렸다. 닿지 않아도 열기가 느껴졌다. 시하가 안나의 달뜬 뺨을 손등으로 매만지며 다시 고개를 숙였다.

"얼른 뭘 할 생각이었는지 말하는 게 좋을걸? 난 네가 정답 말해줄 때까지 계속 물어볼 거니까."

하지만 아무리 재촉해도 솔직하게 답할 수는 없었다. 당신과 그녀를 떨어트리고 싶었다는 유치한 속내를 어떻게 털어놓는단 말인가. 창피함에 결국 안나가 대답하지 못하자 시하가 또 한 번 물었다.

"그것도 아니면 이런 건가?"

또다시 다른 느낌으로 부딪치는 입술. 뒤섞이는 숨결. 이번 입맞춤은 감미로웠다. 다음번엔 거칠고 남자다웠고 그다음엔 눈물이 날 만큼 따스했다. 안나는 한 남자와 이토록 다양한 키스를 나눌 수 있다는 것이 놀랍기만 했다.

"이것도 아니야? 그럼 이번엔 이거……."

그렇게 단둘뿐인 엘리베이터 안에서 시하의 오답 행진은 계속되었다.

*

안나가 시하를 데리고 나간 후, 하연은 태주를 데리고 짐 정리를 시작했다. 프랑스에 짐을 꽤 많이 버리고 왔는데도 양이 상당했다. 그녀는 결국 펜트하우스의 방을 두 개나 사용해야만 했다. 그것으로도 모자라 둘 곳 없는 조향 도구들은 성운 프라그랑스의 남는 작업실을 가져다 놓기로 했다. 조향 도구가 가득 담긴 두 개의 박스를 힘겹게 든 태주가 방 정리에 여념 없는 하연을 향해 소리쳤다.

"그럼 여기 있는 조향 도구들을 전부 성운 프라그랑스 건물로 옮겨 놓을게요!"

"잠깐만! 이것도 같이 가져가!"

방을 정리하다 말고 나온 하연이 상자를 낑낑거리며 들고 있는 태주에게 뛰어갔다. 그러곤 맨 위에 방금 가지고 나온 액자를 조심스레 올려두었다. 힐긋 상자 위를 본 태주가 턱짓으로 액자를 가리키며 물었다.

"굉장히 아끼는 물건인가 봐요?"

액자 주변에 바닥에 떨어트려도 유리가 깨지지 않도록 푸르스름한 결계가 쳐져 있었다. 몽마의 조향사들이 향수가 새어 나가지 않게 용기 주위에 이런 결계를 치곤 했다.

"당연하지. 하나밖에 없는 내 보물이야."

보물? 방금 하연이 상자 속에 담은 액자에는 언뜻 봐도 열 살은 넘지 않은 남자아이의 사진이 들어 있었다. 분명 평범한 인간 남자아이였다. 태주는 그리운 듯 액자를 손가락으로 톡톡 건드는 하연을 물끄러미 바라봤다. 하연은 몽마였다. 그런 그녀가 인간 남자아이를 소중한 보물이라고 여기는 사연이 뭘까? 한동안 태주의 수상한 시선을 깨닫지 못하고 애틋하게 사진을 들여다보던 하연이 뒤늦게 그를 의식했다.

"어머, 내 정신 좀 봐. 방 정리하던 중인 걸 깜빡했네."

그녀는 눈에 띄게 당황하며 상자를 덮었다. 그러곤 허둥지둥 태주의 등을 떠밀었다.

"작업실 정리도 내가 할 테니까 이 상자 작업실에 가져다 놓기만 해. 부탁할게."

찰나에도 꼼꼼하게 상자를 닫아 액자를 가린 하연이 쏜살같이 다시 펜트하우스 안으로 들어갔다. 하지만 태주는 아주 잠깐 본 사진 속 남자아이의 얼굴이 왠지 계속 머릿속에 떠올랐다. 하연의 조향 도구를 다시 품에 안고 엘리베이터에 올라탄 태주가 무심결에 중얼거렸다.

"분명 익숙한 생김새였는데⋯⋯."

사진 속 남자아이의 얼굴이 낯설지가 않았다.

'한 번만 다시 확인해볼까?'

하연의 물건을 몰래 보는 것이 내키진 않았지만, 호기심을 참지 못하고 태주가 상자를 다시 열어보려던 순간이었다. 돌연 그의 휴대전화가 요란하게 울려댔다.

＊

성운 호텔 1층에는 아주 특별한 스위트룸이 존재했다. 아주 가까이에서 호수를 감상할 수 있는 널찍한 테라스가 딸린 스위트룸. 꼭대기 층에서 도심의 반짝이는 야경을 감상할 수 있는 스위트룸도 인기가 많았지만, 이곳 1층 스위트룸도 고객들 사이에서 늘 인기였다. 특히 호수 주변에 벚꽃이 만개하는 봄에는 예약이 항상 가득 차고는 했다. 시하는 태주를 시켜 바로 그 스위트룸을 예약했다.

하연의 갑작스런 등장이 전화위복이 되었다고 느낄 만큼 테라스 뷰를 본 안나는 뛸 듯이 기뻐했다. 덕분에 중간에서 태주만 고생을 했다. 갑작스럽게 연락을 받고, 원래 예약 손님의 꿈을 조작해 객실을 바꾸고 돌아온 그는 많이 지친 기색이었다.

"미안해요, 태주 씨. 우리 때문에."

안나가 힘들어 보이는 태주의 안색에 미안함을 표시했다. 태주가 부리나케 손을 휘저으며 말했다.

"아니에요, 안나 님. 예전에 안나 님 안 계실 때 제가 얼마나 힘들었는데요. 다 죽어가는 여자들 회복시키느라 사흘 밤낮 피 말리던 때에 비하면 객실 바꾸는 정도는 껌이에요. 아, 나든 손님들 객실은 여기보다 너 비싼 곳으로 바꿨으니까 그 점은 걱정 안 하셔도 돼요."

"네, 세심하게 신경 써줘서 감사해요. 그런데 방금 다 죽이기는 여자들…… 이라고 하셨어요?"

태주의 살벌한 푸념에 안나가 기겁하며 놀라자, 시하가 얼른 둘 사이를 가로막았다.

"태주 너, 더 볼일 없으면 얼른 가. 얼른."

대체 언제 적 얘기를 하고 있어, 이놈이. 시하가 더 이상 제 과거에 대해서 한마디라도 더 떠들면 악몽에 가둬버리겠다는 듯 손가락을 까딱거렸다. 하지만 태주는 그런 시하의 손짓이 하나도 무섭지 않았다. 안나 앞에서 제 주인이 그런 짓을 할 수 있을 리가 없으니까.

"안 그래도 이것만 전해드리고 가려고 했거든요?"

태주는 심드렁한 투로 문 옆에 몰래 가져다두었던 물건을 끌어냈다.

"또 뭘 하려고……."

그 순간, 혹시나 태주가 안나에게 또 이상한 말을 할까 투덜거리던 시하의 입이 이내 얌전히 다물어졌다. 태주가 내민 건 꽃으로 장식된 와인과 글라스, 그에 어울리는 음식이 올라가 있는 룸서비스용 카트였다.

"두 분, 1일 진심으로 축하드려요."

"어? 어어."

예상하지 못한 선물에 시하가 멋쩍은 표정을 지으며 카트를 건네받았다. 그는 너무 당황해서 고맙다는 말조차 하지 못했다.

"모쪼록 좋은 시간 보내시길."

태주는 정중하게 인사를 건네고 재빨리 뒤돌아섰다. 무뚝뚝한 시하 대신 안나가 태주의 등에 대고 감사의 말을 전했다.

"고마워요, 태주 씨!"

이윽고 태주가 완전히 사라지자, 안나가 다시 객실 안으로 발걸음을 돌리며 말했다.

"와! 태주 씨 진짜 감동이에요. 언제 이런 걸 다 준비했지?"

"그러게. 기특해서 월급이라도 두 배로 올려줘야겠네."

"정말요? 태주 씨한테 나중에 확인할 거예요. 진짜 월급 올려줬는지, 안 올려줬는지."

기분이 좋아진 안나의 발길이 곧장 테라스로 향했다. 벚꽃이 흩날리는 호수의 풍경이 온 시야를 사로잡았다. 그사이 와인을 개봉한 시하가 투명한 와인이 출렁거리는 잔 두 개를 들고 안나에게 다가왔다.

"태주의 정성을 봐서 한 잔 정도는 괜찮지?"

"물론이죠!"

안나가 시하에게서 잔을 건네받으며 초롱초롱하게 눈을 빛냈다.

"나 태어나서 술 처음 마셔봐요!"

그런데 기뻐하는 안나의 모습을 보고 있자니, 시하는 도리어 가슴이 뻐근해졌다. 생애 첫 음주. 지금 이 순간은 그녀의 또래라면 이미 경험해봤을 순간이었다. 하지만 안나는 불행한 시간을 견디느라 남들보다 늦게 이 순간을 맞이했다.

"별거 아닌데 되게 긴장된다."

안나가 침을 꼴깍 삼키며 잔 속에 담긴 투명한 와인을 물끄러미 바라봤다. 설레하는 안나의 모습을 보면서 시하는 문득 그녀가 놓친 많은 순간들이 머릿속에 떠올랐다. 고등학교 졸업식이라든가, 대학 신입생 환영회 같은 것들.

말은 안 해도 안나는 어쩌면 그런 순간을 사는 또래들을 부러워하고 있을지도 몰랐다. 아니, 부러워하는 게 당연했다. 그렇다면 저와 함께 있는 동안 안나가 그 소소한 일상을 모두 누렸으면 좋겠다는 생각이 들었다. 자신이 이런 섬세한 생각을 한다는 게 스스로도 믿기지 않았지만, 그래도 그것이 시하의 진심이었다. 쨍. 잔을 부딪치며 시하가 조심스레 안나를 불렀다.

"안나야."

"네?"

와인을 마시던 안나가 눈을 동그랗게 뜨고 시하를 올려다봤다. 시하는 안나의 머리를 부드럽게 쓰다듬으며 말했다.

"이제부터 하고 싶은 거 있으면 뭐든 말해. 갖고 싶은 것도 다 말하고, 먹고 싶은 것도 전부 말해줘."

"뭐든요?"

"응. 참지 말고, 뭐든. 내 곁에서 네가 누구보다 행복해졌으면 좋겠어."

이제까지 겪은 불행을 모두 잊을 만큼. 서툴지만, 오롯이 전한 진심에 눈이 마주친 안나가 배시시 웃으며 화답했다.

"어쩌죠? 난 이미 당신 곁에서 하고 싶은 것도 다 하고, 갖고 싶은 것도 다 가지고, 먹고 싶은 것도 전부 먹고 있는데."

와인 한 잔에 달뜬 뺨이 어여뻤다.

"그러니까 내 말은, 나 이미 행복하다고요."

행복하다 말해주는 사랑스러운 입술에 시하가 참지 못하고 키스했다. 와인잔을 든 안나의 두 손에 단단히 힘이 들어갔다. 바로 아래에서 풍기던 와인의 감미로운 향이 한순간 사라졌다. 대신 안나의 달콤한 체향이 시하를 덮쳤다. 안나의 부드러운 머리카락에 코를 묻고 흠뻑 체향을 들이마셨다. 시하는 문득, 오늘 밤엔 이성을 잃을지도 모르겠다는 생각이 들었다.

이런 상황을 의도한 건 아니었겠지만, 로맨틱한 와인을 준비해준 태주에게 고마운 마음도 들었다. 그런 의미에서 윤태주 월급 세 배 인상. 한껏 기분이 좋아진 시하가 갈급히 안나의 허리를 부둥켜안았다. 안나를 더 꽉 안고 싶은데, 손에 든 와인 잔은 번거롭기만 했다. 시하가 손을 더듬거려 테이블을 찾았다. 겨우 와인 잔을 내려놓고 그가 다시 안나의 허리를 끌어안으려는 순간이었다.

"엇!"

갑자기 안나가 손에서 잔을 놓쳤다. 탁, 간발의 차로 그녀가 떨어트린 와인 잔을 받아낸 시하가 안도의 한숨을 내쉬었다. 하지만 안도의 한숨은 이내 절망의 한숨으로 바뀌었다. 품에 안긴 안나의 몸이 축 늘어져 있었다.

"오안나, 너 설마 잠든 거야?"

어깨를 아무리 흔들어도 그녀의 예쁜 속눈썹은 올라갈 기미가 보이지 않았다. 술을 처음 마셔본다고 했으니, 겨우 와인 한 잔도 마시지 못하는 자신의 주량을 알 리도 없었다.

"정말 날 미치게 하려고 작정을 했구나."

시하가 애타는 속을 달래기 위해 테이블에 내려놓았던 와인을 다시 집어 들어 벌컥벌컥 들이켰다. 그러곤 축 늘어진 안나를 안고서 침대로 향하며 중얼거렸다. 윤태주 이 녀석, 쓸데없이 와인 같은 걸 줘서. 월급 올려주기로 한 거 취소. 완전 무효.

결국 태주는 영영 알지 못했다. 그날 밤, 자신의 월급이 세 배까지 치솟았다 곤두박질쳤다는 사실을.

*

"으음……."

안나가 나지막한 신음을 내며 잠에서 깼다. 오늘따라 유난히 머리가 핑글핑글 돌고 온몸에 힘이 하나도 없었다. 정신을 차리기 위해 찌뿌듯한 몸을 기지개 켜는데 쭉 뻗은 손끝에 뭔가가 걸렸다.

'이게 뭐지? 끈?'

아직 눈도 다 뜨지 못한 상태에서 안나는 본능적으로 끈을 잡아당겼다. 단단하게 매듭지어져 있던 끈이 풀리며 무언가 양옆으로 슬쩍 한 번 벌어지는 느낌이 났다. 그 사이를 손끝으로 더듬으니 단단하면서도 차가운 뭔가가 화가 난 것처럼 움찔거렸다. 그리고 그 순간.

"이번에도 또 풀면, 나 진짜 안 참는다."

살짝 잠긴 목소리가 안나의 귓가를 파고들었다. 안나는 눈을 번쩍 떴다. 코앞에 시하의 얼굴이 보였다. 그 밑에 살짝 벌어진 배스 가운 사이로 드러난 선명한 가슴 근육도 보였다. 그때야 안나는 자신이 무슨 짓을 저실렀는지 파악이 되었다. 그녀가 잡아당겨 스르륵 풀어진 끈의 정체는 바로 시하가 입고 있는 배스 가운에 딸린 끈이었다. 물론 그녀의 손끝에서 자꾸만 화를 내던 것은 시하의 가슴 근육이었다.

"엄마야! 미, 미안해요!"

모든 전말을 깨달은 안나가 비명을 지르며 몸을 일으켰다. 부끄러움에 몸부림치며 침대를 벗어나려는 안나의 손을 시하가 재빨리 붙잡았다. 안나는 저항할 틈도 없이 다시 시하의 품 안으로 쓰러졌다. 방금 전 자신이 반쯤 풀어 헤쳐놓은 맨가슴에서 청량한 향기가 났다. 심신을 편하게 해주기로 유명한 성운 프라그랑스의 아로마 보디워시 향이었다. 하지만 안나의 심신은 편해지기는커녕 점점 더 경직되어갔다. 귓가에 대고 알 수 없는 말을 속삭이는 이 남자 때문이었다.

"어딜 도망 가? 책임은 져야지."

"책임?"

"그래, 내가 밤새 너 때문에 얼마나 힘들었는 줄 알아?"

몰라요, 몰라! 그런 거 나는 몰라요! 억울한 눈으로 시하를 올려다보던 안나의 시선 끝에 테라스 풍경이 보였다. 그 순간 안나는 절망했다. 대리석 테이블 위에 놓인 와인만 보지 않았더라면 끝까지 오리발을 내밀었을 텐데. 하지만 안나의 머릿속에는 어느새 드문드문 잘려나간 간밤의 기억이 파도처럼 밀려오고 있었다.

'내 곁에서 네가 누구보다 행복해졌으면 좋겠어.'

서툴지만, 진심이 가득 담겨 있던 고백.

'그러니까 내 말은, 나 이미 행복하다고요.'

그 고백에 화답하며 배시시 웃던 자신을 뜨겁게 삼키던 입술. 키를 맞추기 위해 까치발을 하느라 팽팽하게 당겨졌던 근육의 감각과……

'오안나, 너 설마 잠든 거야?'

한순간 눈앞이 새까매지며 축 늘어지던 감각.

'정말 날 미치게 하려고 작정을 했구나.'

고작 와인 한 잔에 정신을 잃었던 기억이 선명하게 떠올랐다. 안나가 무서운 표정을 짓고 있는 시하를 향해 멋쩍게 웃으며 말했다.

"하하하, 나도 몰랐는데, 내가 술이 좀 약한 편인가 봐요."

"좀?"

능청을 떨려던 안나는 뒤늦게 바짝 엎드렸다.

"미안해요! 내가 술을 처음 마셔봐서……. 다신 안 그럴 테니까 한 번만 용서해줘요."

"용서? 어떻게 용서를 구할 건데?"

"네?"

"어떻게 내 마음을 풀어줄 거냐고."

"어, 어떻게 하면 시하 씨 마음이 풀리는데요?"

순진하게 묻는 안나와 눈을 마주치며 시하는 곰곰 고민했다. 술기운이 오른 안나는 밤새도록 덥다며 시하의 차가운 피부를 손으로 더듬고 뺨을 댔다. 급기야 배스 가운 매듭까지 풀고 맨가슴에 얼굴을 비비기까지 했다. 그녀는 시원하다고 좋아했지만, 덕분에 시하는 찬물로 샤워를 몇 번이나 했을 만큼 고통스러운 밤을 보냈다. 다음번에 또 이런 기회가 찾아온다면 절대로 술 따위로 날려버리지 않으리라. 고민을 끝낸 시하가 안나의 귓가에 다가가 속삭였다.

"다음엔 꼭 맨정신에 이 매듭 풀어줘. 이 방에서. 술은 절대로 마시지 말고. 그날은 정말로 단둘이 오붓하게 시간을 보내는 거야."

안나는 시하가 손에 쥔 배스 가운 매듭을 물끄러미 내려다봤다. 기억이 완벽하진 않아도 밤새 취해 잠든 절 옆에 두고 그가 얼마나 힘들었을지는 느껴졌다. 그런데도 그는 또 기다림을 선택해주었다.

잔뜩 무서운 표정을 짓고 있지만, 실은 상냥하고 자상한 남자. 그의 다정한 배려에 코끝이 찡해졌다. 안나가 천천히 손을 뻗어 시하가 다시 단단히 매듭지어 놓은 배스 가운 끈을 쥐었다. 그러곤 아슬아슬하게 끈이 풀어지지 않을 정도로만 힘을 주며 작게 속삭였다.

"약속해요. 그땐 꼭 맨정신에 이 매듭 풀게요."

에고편처럼 안나가 시하에게 다시금 사랑스럽게 입 맞췄다. 창 너머로 보이는 벚꽃보다 훨씬 더 달콤한 입맞춤이었다.

*

그날의 설레는 약속을 가슴에 품은 채, 시간은 쏜살같이 흘러갔다. 시하를 잠 못 들게 했던 황홀한 벚꽃도 다 지고, 어느새 4월도 막바지에 다다랐다.

안나는 낮에는 검정고시 공부에 매진하고, 밤에는 꿈을 추출하기 위해서 하연과 이런저런 얘기를 나누다 잠이 들었다. 덕분에 시하가 안나와 같이 있을 수 있는 시간은 매우 적었다. 안나의 공부를 방해하지 않도록 만나는 횟수도 최소한으로 줄였기 때문에 얼굴 한번 제대로 못 본 날도 부지기수였다.

그나마 다행인 점은 시하도 성운 호텔의 경영을 복구하느라 무척 바빴다는 것이었다. 한 달 정도 시간이 흐르자 오정숙이 구속되고 불거졌던 문제점들 대다수가 해결되었다. 태주에게서 지난 한 달간의 실적을 보고받은 시하가 의자 등받이를 한껏 젖히며 앉았다. 주말을 앞두고 손님이 더욱 늘어난 호텔 정경을 바라보다가 그가 문득 무언가 생각이 난 듯 몸을 일으켰다.

그는 황급히 탁상달력을 집어 들더니, 매의 눈으로 별 다섯 개로 표시해

둔 안나의 시험 날짜를 찾았다. 시험 당일에는 안나와 함께 밥을 먹기로 약속이 되어 있었다. 그녀와 마주 앉아 식사를 하는 건 거의 열흘 만이었다. 열흘 전에 했던 식사는 겨우 30분 만에 끝이 났다. 안나의 시험 날짜를 확인한 시하의 눈매가 활짝 휘어졌다.

"드디어 내일이네. 우리 안나 시험."

물론 그 후에도 안나는 계속 바쁠 것이다. 검정고시에 합격하면 곧바로 성운 호텔 룸메이드로 취직해 윤희에게 일을 배운다고 했다. 하지만 적어도 시험이 끝나면, 잠깐 얼굴 보러 가는 것조차 그녀에게 부담을 줄까 발길을 돌리는 일은 없을 터였다. 시하가 콧노래까지 부르며 오래전부터 뽑아놓은 레스토랑 목록을 살피기 시작했다.

"그렇게 좋으세요?"

보고를 끝내고 나가라는 말이 없어 대기 중이던 태주가 모처럼 환하게 웃는 주인의 모습에 넌지시 물었다. 제 주인이 저토록 밝게 웃을 때는 오로지 한 가지 경우밖에 없었다. 안나 님을 떠올릴 때뿐이었다.

"걱정은 안 되세요? 만에 하나 안나 님이 시험을 망치시면 식사 분위기도 엉망일 텐데요. 게다가 다음 시험은 8월에나 있다던데."

시하가 날아갈 것 같은 기분에 찬물을 끼얹는 태주를 눈을 가늘게 뜨며 바라봤다. 태주가 그 눈빛에 반사적으로 한발 물러섰다. 그런데 혼을 낼 줄 알았던 시하는 예상 밖에 픽 웃어넘겼다.

"쓸데없는 걱정이야. 보고 싶고, 만지고 싶은 마음 참아가면서 그렇게 열심히 공부했는데 시험을 망칠 리가."

시하는 믿고 있었다. 안나 역시 저처럼 그리운 마음을 애써 참아가며 최선을 다해 노력했으리란 걸. 그러니 그 노력이 꼭 보답받으리란 걸.

"내 여자 걱정 그만하고 레스토랑 리스트나 다시 뽑아봐. 좀 더 특별한 곳 없어?"

"안 그래도 연인들 사이에서 데이트 코스로 유명한 레스토랑만 고르고 고른 거거든요?"

"그래?"

데이트 코스로 유명한 레스토랑이라는 말에 시하는 말없이 다시 목록을 살폈다. 그러다 또 뭔가 번뜩 생각이 났는지 돌연 고개를 들어 올리며 물었다.

"그런데 내일 아침에 내가 직접 시험장까지 데려다주면 안나가 부담스러워할까? 얼굴 보고 응원해주고 싶은데."

"그냥 문자나 보내세요. 부담돼서 괜히 시험 망치면 어쩌시려고."

"그렇겠지?"

그가 애써 씁쓸한 마음을 다독이며 책상에 세워져 있는 액자를 바라봤다. 액자엔 콧잔등을 찡그리며 사랑스럽게 미소 짓는 안나의 사신이 들어 있었나.

"오안나."

시하가 그리운 마음을 꾹꾹 눌러 담아 그녀의 이름을 불렀다.

"딱 내일 아침까지만이야. 보고 싶어도 억지로 내 마음 참는 건."

그러곤 실제 안나가 눈앞에 있는 것처럼 손가락으로 유리 위를 튕겼다. 마치 정말로 안나가 한 번만 봐달라며 애교를 부리는 것처럼 보였다. 한참을 안나의 사진을 들여다보던 시하가 애틋한 목소리로 애원 같은 명령을 했다.

"정말이야. 시험만 끝나면 한시도 안 떨어질 테니까, 각오하라고."

사진과 대화하는 주인의 모습에 태주가 고개를 절레절레 흔들었다. 시하는 멋쩍게 헛기침을 하며 석양이 번지는 바깥 풍경에 눈을 돌렸다. 유난히 안나가 보고 싶었던 그의 하루가 그렇게 저물어가고 있었다.

*

내일 있을 시험 탓인지 잠이 오질 않았다. 안나가 마지막 점검을 끝내고 억지로 잠자리에 든 시각. 꿈의 포뮬러를 알아내기 위해 하연이 어김없이 그녀의 방에 찾아왔다. 안나는 작은 기척에 살짝 몸을 일으켰다.

"오셨어요?"

하연이 다시 자라는 듯 손짓하며 민망한 목소리로 대답했다.

"나 오든 말든 그냥 편하게 자라니까. 번번이 미안하게."

"안 자고 있었으니까 저한테 미안해하실 필요 없어요. 저는 이렇게 자기 전에 언니랑 이야기하는 게 좋아요. 혹시 저랑 얘기 나누는 게 싫으세요?"

침대 옆 작은 테이블에 포뮬러를 적어놓은 노트와 간단한 조향 도구들을 늘어놓던 하연이 안나의 질문에 뒤를 돌아봤다. 이곳에 머문 지도 벌써 한 달째. 둘은 그사이 매일 밤 함께하며 이런저런 얘기를 나눴다. 그러다 보니 안나가 자연스럽게 하연을 언니라고 부를 정도로 둘은 가까워졌다.

처음엔 하연에게 질투심도 느꼈지만, 그런 감정은 금방 사라졌다. 안나는 이제 하연이 정말로 친언니처럼 친밀하게 느껴졌다. 하연도 마찬가지였다. 안나랑 같이 보내는 시간은 더없이 즐거웠다. 하연은 천천히 안나의 머리맡에 다가가 말했다.

"싫다니. 그럴 리가 없잖아. 나도 안나 너랑 얘기 나누는 거 좋아. 꼭 내 친구랑 함께 있는 것 같아."

"아, 그 친구분. 저를 보면 친구분이 생각난다고 하셨죠?"

"응, 정말 많이 닮았어. 예쁜 얼굴도, 사랑스러운 성격도."

매일 밤 나눴던 이야기 중엔 하연이 이 세상에서 가장 소중하게 여겼던 두 친구에 관한 이야기도 있었다. 그 친구들을 위해서라면 기꺼이 목숨도 바칠 수 있다고. 하연은 안나가 그 친구 중 하나를 닮았다고 했다. 자신을 바라보던 하연의 눈빛에 간절한 그리움이 가득 담겨 있어서 그때부터 안나는 그녀에게 마음을 열게 됐다.

"아직도 그 친구분이 많이 그리우세요?"

"응. 아마 평생 그리워할 거야."

대체 어떤 사연이 있기에 그토록 절절하게 그리워하는지 알고 싶었지만, 안나는 묻지 않았다. 언제나 당당하고 까탈스럽게 보일 정도로 자신감 넘치는 모습이던 하연이 금방이라도 울 것 같았기 때문이다. 안나는 서둘러 화제를 돌렸다.

"참, 오늘도 그거 뿌려주실 거죠? 저 내일 시험이니까 집중력 최고로 끌어 올릴 수 있게 오늘은 많이 뿌려주세요."

하연은 매일 밤 포뮬러를 파악하는 작업을 하면서 동시에 집중력을 높여주는 아로마 향수를 안나에게 뿌려주곤 했다. 냄새는 조금 독특했지만, 안나는 크게 신경 쓰지 않았다. 하연의 실력을 믿었고, 원래 몸에 좋은 약은 입에 쓰다고 했으니까.

"응. 시험 쭉 살 보라고 팍팍 뿌려줄게."

하연이 테이블 위에 올려둔 작은 용기 하나를 집어 들었다. 그러곤 안나에게 향수를 뿌려주며 물었다.

"그럼 내일 차시하도 만나겠네?"

"네. 아까 시하 씨가 문자로 시험 잘 보라고 응원도 해줬어요. 제가 부담스러워할까 봐 시험 끝나고 데리러 오겠대요."

졸음이 쏟아지는지 안나의 말소리가 점점 느려졌다.

"같이 밥 먹기로 약속했거든요. 열흘 전에 보고 오랜만에 보는 거라 떨려요. 하암……."

안나는 하품을 하더니 이내 완전히 잠들어버렸다. 하연은 잠든 안나에게 향수를 몇 번 더 뿌렸다. 치이익. 분사된 향수가 순식간에 안나의 피부 속으로 스며들었다. 그 모습을 바라보며 하연이 들릴 듯 말 듯 작게 중얼거렸다.

"잘자, 안나야. 내일이면 모든 게 제자리로 돌아갈 거야. 다 괜찮아질 거야. 그러니 좋은 꿈 꾸렴."

왠지 모르게 비밀스러운 인사였다.

*

다음 날 아침. 따스한 햇살이 내리쬐는 정원을 가로지르며 안나는 시험장으로 향했다. 기자회견 이후 부쩍 알아보는 시선이 많아져 그녀는 중무장을 하고 있었다. 그때, 호텔 정문에 세워져 있던 차에서 별안간 클랙슨 소리가 울렸다. 깜짝 놀라 두리번거리는 안나를 보고 운전석에 앉아 있던 여자가 창문을 내렸다. 라희였다.

"어? 라희 언니!"

안나는 반가운 마음에 한달음에 라희에게 달려갔다.

"언니가 여긴 어쩐 일이에요?"

"지난번에 통화할 때 오늘이 시험이라고 그랬잖아. 시험장까지 태워주려고."

"이렇게까지 안 해주셔도 되는데. 시하 씨도 기사 보내준댔는데, 제가 그냥 택시 타고 간다고 했거든요."

"알아. 그 기사가 바로 나거든."

"네? 진짜요?"

"응. 나래도 계속 거부할 거야?"

"아뇨! 그럴 리가요!"

토라진 척 볼을 부풀려 보이는 라희를 향해 손사래를 치며 안나가 얼른 보조석에 올라탔다. 고모의 혐의를 입증하는 문제로 해우와 자주 연락해야 했는데, 그때 많은 도움을 준 사람이 바로 라희였다. 스위트 노트라는 공통점을 가진 데다 자주 연락까지 주고받으면서 안나와 라희는 친자매처럼 가까운 사이가 되었다. 지난번에 봤을 때보다 더 마른 라희를 걱정스럽게 바라보며 안나가 조심스럽게 물었다.

"요즘 강해우 씨는 좀 어때요?"

"똑같지, 뭐. 처음부터 순조로울 거라고 생각 안 했어."

안나가 해우를 통해 자신의 꿈과 몽유병이 전부 조작된 것이라는 진실을 알게 된 날. 라희는 그 후로 쭉 유현에게 버림받은 해우를 보살펴왔다. 계속 다시 인간으로 되돌아갈 방법을 연구하고 있지만, 아직 이렇다 할 성과는 없는 상황. 오히려 시간이 지날수록 인간의 꿈을 먹고 싶어 하는 욕구가 강해져 충동을 제어하기 힘든 상태라고 했다. 얼마 전에도 해우가 갑자기 뛰쳐나가 인간의 꿈을 먹으려 하는 걸 라희가 자신의 꿈을 내어줘 간신히 막았다는 이야기를 들었다.

그런 와중에도 계속 유현에게 불려가 어코드를 하니 라희의 건강 상태는 극도로 악화될 수밖에 없었다. 그녀가 언제까지 버틸 수 있을지 미지수였다. 안나는 라희가 그저 걱정스럽기만 했다.

"언니 전보다 살이 더 빠졌어요. 안색도 안 좋고. 매번 말하지만, 강해우 씨보디 인니를 민저 챙거아 해요. 이유헌 씨가 요구해노 힘들면 서부하고요."

"괜찮아. 강 선생님도 노력하고 있고, 요즘엔 유현 씨도 나 잘 안 찾아."

아무렇지 않은 척 말했지만, 사신 그녀의 속은 이미 문드리길 데로 문드러져 있었다. 얼마 전 유현의 집에 찾아갔다가 그가 다른 여자들을 안는 걸 봤다. 슬슬 끝이 다가오고 있음을 직감했다.

"나도 이제 정신 차리려고. 더 이상 의미 없는 감정에 매달리는 바보 같은 짓은 그만해야지."

화사한 화장으로 꾸민 얼굴. 붉은 립스틱이 칠해진 미소. 하지만 그 이면에 자리한 우울함을 안나가 모를 리 없었다. 카메라 속에서 연기하듯 웃고는 있지만, 라희가 느끼는 쓸쓸한 기분은 그대로 느껴졌다. 꿈을 다 내어주고 소멸하는 한이 있어도 유현이 계속 자신을 찾아주길 바라는 마음. 안나는 그런 라희가 애처로워 입술만 꾹 깨물었다. 룸미러로 안나의 표정을 본 라희가 불현듯 다정한 손길로 머리를 쓰다듬어주며 말했다.

"후, 이런 얘긴 그만하자. 시험 잘 보라고 응원차 온 건데 나 때문에 기분 울적해져서 시험 망칠 것 같아. 그럼 나 시하 씨한테 미움받을걸?"

라희의 기분을 더 슬프게 만들기 싫어 안나도 애써 씩씩하게 웃어 보였다.

"무슨 소리예요. 언니가 와줘서 무조건 합격할 것 같은데."

"정말?"

"당연하죠! 아, 저 시험 끝나고 같이 밥 먹으실래요? 시하 씨 오기로 했는데."

"아쉽지만 다음에. 오늘은 단둘이 오붓하게 보내."

"네?"

"둘이서 좋은 시간 보내라고. 거기 끼었다가 무슨 소릴 들으라고?"

라희가 던진 농담에 안나의 볼이 발그레 달아올랐다. 안나는 슬쩍 차창을 내렸다. 선선한 봄바람이 뺨을 식혀주며 지나갔다. 시하가 주는 사랑에 행복하면서도, 그 사랑을 받지 못해 불행한 삶을 사는 라희가 가여워 마음은 더없이 복잡하기만 했다.

*

유현의 아파트. 한낮인데도 블라인드가 전부 내려져 있어 집 안은 어둠에 잠겨 있었다. 아무런 기척도 느껴지지 않는 고요한 공간에 별안간 도어록 버튼을 누르는 소리가 울렸다. 이내 문이 열리고, 날렵한 구두를 신은 남자가 현관에 들어섰다. 성재였다. 그는 집 안에 들어서자마자 눈살을 찌푸리며 코부터 틀어막았다.

"어우, 냄새. 자칫하면 불이라도 난 줄 알겠어."

온 집 안에 유현의 힘이 발휘될 때 나는 매캐한 냄새가 진동하고 있었다. 성재는 신발도 벗지 않은 채 그대로 침실로 향했다.

"나 들어간다."

그는 허락도 구하지 않고 침실 문을 열었다. 문을 열자 제일 먼저 벽에 기대 앉아 있는 유현과 쓰러져 있는 두 명의 여자가 보였다. 여자들 주위로는 미처 스며들지 못한 유현의 붉은 힘이 거미줄처럼 엉켜 있었다. 방금까지도 여자들의 꿈을 먹었는지 유현의 입가에 먹다 만 꿈의 흔적이 남아 지저분했다.

"어쩐지 라희가 갑자기 왜 그런 소리를 하나 했더니……."

숨을 쉬기 곤란할 정도로 풍기는 매캐한 냄새에 성재가 창가로 다가가 창문을 활짝 열었다. 쏟아지는 빛줄기에 기절해 있던 여자들이 몸을 움찔거렸다. 성재는 미리 준비해온 페르소나를 여자들 위로 무심하게 톡톡 뿌리며 말했다.

"미쳤구나? 금기를 어길 생각이야? 이 여자들, 최소한 잠에선 깨게 해줘야지. 계속 이대로 놔두면 죽는 거 몰라서 그래?"

몽마에게 꿈을 빼앗긴 인간은 일단 잠에서 깨면 스스로 어느 정도 회복이 가능하지만, 그렇지 않으면 죽음에 이르게 된다. 요즘 미래 병원에서 환자 몇이 이유도 모른 채 죽었다는 흉흉한 소문이 돈다더니, 그 근원지가 바로 유현이었던 모양이다. 단 한 번도 병원 이미지에 타격을 줄 만한 행동은 하지 않았으면서 갑자기 왜 이렇게 막무가내인지 알 수 없었다. 쓰러져 있는 다른 여자에게도 페르소나를 뿌리며 성재가 혀를 찼다.

"형이 오안나를 스위트 노트로 만들었단 얘기는 들었어. 왜 그런 거야? 그냥 놔뒀다간 시하가 평생 스위트 노트를 못 찾을 것 같았어?"

오래전부터 유현은 유독 힘에 집착했다. 그리고 순혈들에게 무시 받는 걸 극도로 못 견뎌 했다. 어떻게든 왕에게 인정받길 원했고, 나아가 순혈들을 무릎 꿇리고 자신이 아버지의 옆에 서길 바랐다. 그 욕심은 한국 땅에서 태어난 다른 형제들에게도 뻗어 나갔다. 자신과 같은 처지의 형제들이 보란 듯이 강한 힘을 손에 넣길 원한 것이다.

"게다가 오안나 꿈까지 조작했다며? 시하가 자신을 죽이려 한다고 믿게끔."

유현의 의도는 너무나 뻔했다. 오안나가 불행해지길 바란 것이다.

"스위트 노트가 행복해지면 꿈이 약해질 거고, 그럼 시하의 힘도 약해질 테니까. 그걸 막으려던 거야? 라희한테 그랬던 것처럼?"

다시 라희를 떠올리자 성재의 목소리가 커졌다. 유현의 거미줄에 걸려든 라희가 얼마나 숱한 불행을 겪었는지, 그 불행을 대가로 치르고서 피워낸 달콤한 꿈을 유현에게 얼마나 냉정하게 빼앗겼는지. 소속사 사장으로서 그녀의 곁에서 지켜본 성재가 제일 잘 알았다.

"형 방식을 우리한테까지 강요하지 마. 시하 일은 시하가 알아서 해. 참견하지 말라고."

유현은 그런 성재의 잔소리가 귀찮은 듯 손을 휘휘 저었다.

"시끄러워. 네 목소리 때문에 머리 아프니까."

"그건 형이 술을 마셔서 그런 거고."

바닥에 나뒹구는 양주병을 발로 툭 차며 성재가 심드렁하게 대꾸했다. 유현은 데굴데굴 굴러와서 발치에 부딪힌 빈 병을 바라보다 천천히 고개를 들어 올렸다. 자신을 한심하다는 듯 내려다보는 성재의 눈빛에 절로 턱에 힘이 들어갔다.

"그 눈빛 안 치워?"

"지금 형 꼴을 봐. 내가 이런 눈빛 안 짓게 생겼나."

"마성재. 대체 여긴 뭐하러 왔어?"

"나도 오고 싶어서 온 거 아니거든? 물어볼 게 있어서 왔어."

네 명의 형제들 가운데 유독 사이가 좋지 못했던 둘이었다. 유현은 물어볼 게 있다는 성재의 말에 코웃음을 치며 물었다.

"네가? 나한테?"

"라희에 관한 일이야."

하지만 성재가 물어볼 일이 라희에 관련된 일이라면 이해할 수 있었다. 요 며칠 다른 인간의 꿈을 먹느라 라희를 보지 못했던 유현은 무심하게 되물었다.

"라희가 왜?"

"느닷없이 은퇴를 하겠다잖아!"

성재는 다시 떠올려도 어처구니가 없는지 언성을 높였다. 며칠 전 직접 성재의 사무실로 찾아온 라희는 돌연 은퇴를 하고 싶다고 말했다. 시청률 1위로 무사히 작품을 끝내고 차기작을 알아보던 시기였다. 이런 시기에 은퇴라니, 말도 안 되는 일이었다.

'갑자기 은퇴를 하겠다니? 이유가 뭐야?'

'특별한 이유 같은 건 없어요. 그냥 지쳐서 그래.'

'유현 형 때문이야? 민라희. 내가 처음부터 말했지. 우리 몽마들한테 사랑

같은 거 기대하지 말라고.'

'알아요. 그런데 시하 씨는 하잖아.'

그때야 그는 라희에게 왜 심경의 변화가 생겼는지 납득할 수 있었다. 유현이 아무리 잔인하게 굴어도 단 한 번도 무너진 적 없던 그녀의 사랑은…… 결국 진실한 사랑에 빠진 시하를 보면서 산산이 깨지고 부서졌다.

'성재 씨. 나도 지금까지 몽마가 인간을 사랑하는 건 말도 안 된다고 체념하고 살았어. 그런데 아니잖아. 사랑, 할 수 있잖아.'

'이유현이랑 차시하는 날라. 엇번 희망 같은 거 갖지 마.'

'알아. 그래서 후회해.'

'뭘?'

'예전엔 13년 전에 날 구해준 게 유현 씨라서 행복했어. 근데 이제 아니야. 죽도록 후회해. 유현 씨를 만난 걸. 그때 유현 씨가 내민 손을 잡은 걸.'

'민라희, 너 지금 무슨 말을 하려는 거야? 너 설마……'

'그래, 나 유현 씨를 떠날 거야. 하지만 그러면 내 세상도 같이 무너지겠지. 아무런 희망도 없이 살아가야 할 테니까. 그러니까 연기도 더는 못 해. 사랑에 빠진 연기 같은 거, 나는 이제 절대 못 해.'

그것이 라희가 은퇴를 결심한 이유였다. 유현의 곁을 떠나겠다는 건 살아도 죽은 것처럼 텅 빈 채로 살아가겠다는 의미였으니까. 성재는 후회한다던 라희의 눈빛이 아직도 잊히질 않았다.

그 눈빛을 보면 알 수 있었다. 라희가 정말로 후회하는 건 유현을 만난 게 아니었다. 유현을 사랑하게 된 자신. 이별 후에도 잔인한 그를 평생 마음에 담고 외롭게 살아갈 자신. 그토록 미련한 자기 자신을 후회하는 것이었다.

-성재 씨. 나 가출해. 당분간 대본도 안 써. 성재 씨가 나 만나러 올 때까지 파업할 거야. 그러니까 선택해. 나랑 연애할지, 말지.

그런 라희의 모습을 보면서 성재는 며칠 전 수민이 남긴 음성메시지가 떠올렸다. 한수민. 달콤한 과일 향을 풍기는 마성재의 스위트 노트. 성재는 의붓아버지의 폭력에 시달리다 스스로 목숨을 끊으려던 수민을 만나 구원을 약속하며 계약을 맺었다.

하지만 그 후로 두 번 다시 수민을 안지 않았다. 스위트 노트인 수민과 계약을 맺은 건 순전히 순혈 왕족들에게 자신의 기세를 보여주기 위함이었다. 정통성을 과시하는 몇몇 순혈들은 몽마의 세계를 정화해야 한다며 혼혈을 사냥하고는 했다. 성재는 그들에게 스위트 노트를 소유함으로써 나도 너희들만큼 강한 힘을 손에 쥐었으니 더 이상 함부로 공격하지 말라는 일종의 경고를 한 셈이었다. 그에게 수민이 가지는 의미는 그것으로 충분했다.

문제는 수민이 그런 그에게 자꾸만 사랑을 갈구한다는 것이었다. 성재는 결코 사랑을 믿지 않는데도.

300년 전 그의 어미는 왕에게 배신을 당해 독을 마시고 스스로 목숨을 끊었다. 그 끔찍한 고통을 어미의 배 속에서 피와 뼈에 새기고 태어난 성재는 결코 사랑 같은 건 할 수 없었다. 게다가 유현의 곁에서 점점 더 피폐해져 가는 라희를 보면서 수민을 사랑하지 않겠다는 그의 결심은 더욱 굳건해졌다.

때문에 의붓아버지에게서 벗어나 자유로운 삶을 살아가도록 해주었는데도, 드라마 작가라는 꿈을 이뤘는데도, 수민은 여전히 불행 속에 있었다. 성재의 사랑을 갈구하며, 지독한 외로움에 시달리며. 그동안 불행한 수민의 꿈은 나날이 더 달콤해져갔다.

성재는 그런 수민의 존재가 달콤하면서도 고통스러워 견딜 수가 없었다. 인간이란 지독한 절망 속에서도 희망을 품는 어리석고 가련한 존재였다. 그러니 잔인한 희망 고문을 일삼는 유현을 사랑하면서 라희는 얼마나 힘들었을까? 잠자코 성재를 바라보던 유현이 비식 웃으며 말했다.

"라희가 은퇴를 하겠대?"

성재는 라희의 비참한 심정에 동화되었던 감정을 애써 지우고 침착하게 대꾸했다.

"그래. 형도 라희가 연기를 얼마나 좋아하는지 알지? 그 녀석한텐 연기가 유일한 행복이었는데, 그것마저 포기하는 심정을 형이 알아?"

"그걸 내가 왜 알아야 해?"

"당연히 알아야지! 형 때문인데!"

"그렇담 잘됐네. 이제 더 불행해질 테니."

"형!"

일말의 가책도 느끼지 않는 유현을 보면서 성재가 부들부들 떨리는 주먹을 움켜쥐었다. 유현은 또다시 코웃음 치며 비아냥거렸다.

"마침 이 녀석들도는 부족했는데, 오늘 밤엔 라희나 무를까?"

"이유현, 너 진짜!"

화가 난 성재가 유현의 멱살을 잡아 일으켰다.

"적당히 해! 라희가 지금 어떤 심정인지 다 알면서도 그런 소릴 지껄여? 이럴 거면 언젠가 사랑해줄지도 모른다는 희망이나 주지 말지!"

그 순간, 유현이 무서우리만치 싸늘한 눈빛으로 성재를 바라봤다.

"마성재. 너 지금 뭐 하냐?"

그 섬뜩한 시선에 성재가 저도 모르게 손을 놓았다. 유현의 붉은 힘이 순식간에 성재의 손과 팔목 부근까지 시뻘겋게 물들였다. 그가 한동안 성재가 바득 움켜쥐고 있던 넥타이를 느슨하게 끌러내며 물었다.

"라희를 동정하기라도 해?"

"뭐? 아니야!"

성재는 거칠게 고개를 저었다. 동정이라니, 자신에겐 가당치도 않은 말이었다. 하지만 유현은 성재의 말을 믿지 않았다.

"이것들이 귀엽게 봐주니까 자꾸 까먹네?"

"유현 형……?"

"정신 차려. 인간의 피 좀 섞였다고 착각하나 본데, 우린 악마야. 인간을 홀려서 꿈을 빼앗는 잔인한 악마."

반박할 수 없는 진실이었다. 성재는 아무 말도 하지 못했다. 한참 후에야 그는 간신히 이 한 마디만을 남겨놓고 떠났다.

"형. 라희 잃고 후회하지나 마."

유현은 대답할 가치도 없다는 듯 대꾸조차 없었다. 그렇게 성재가 떠나고, 그사이 잠에서 깬 여자들이 비명을 지르며 집을 뛰쳐나갔다. 유현은 정신을 차리기 위해 샤워를 하고 나왔다. 말끔히 옷을 갈아입고 넥타이를 매며 거울을 바라보는 그의 눈빛이 매서웠다.

지난 한 달, 유현은 거의 폐인처럼 살았다. 시하가 자신의 계획을 알아차린 거로도 모자라 판에게 내쳐지기까지 한 까닭이었다. 시하가 더 이상 오안나를 건드리지 말라는 경고를 남기고 떠났던 그날. 유현이 난장판이 된 연구실에서 잔뜩 술에 취해 흐트러져 있을 때였다.

그는 마치 기절하듯 잠에 빠져들었다. 유현은 제게 어떤 일이 벌어진 건지 단번에 알아차렸다. 누군가 자신의 꿈에 침입했다. 왕족 몽마인 그를 순식간에 잠재우고서. 혼혈이라곤 하나 스위트 노트를 통해서 계속 강한 힘을 축적해온 유현을 이렇게 순식간에 제압할 만한 존재는 그리 많지 않았다.

'판······.'

유현은 어둠 그 자체가 되어 자신의 꿈을 지배한 존재의 이름을 숨죽여 불렀다. 어둠이 성난 파도처럼 흔들리더니 이윽고 목소리가 들려왔다.

'내가 시킨 일을 실패했더구나.'

'그, 그건······.'

'변명은 듣기 싫다!'

어둠과 함께 진동하는 목소리에서 억눌린 노기가 느껴졌다. 자신이 내뿜는 열기를 순식간에 빼앗아가 꿈속의 공기는 얼어붙을 듯 차갑게 변했다.

'이제 넌 그 일에서 손을 떼거라.'

유현은 창백해져서 애원했다.

'한 번만······ 한 번만 더 기회를 주십시오! 이번엔 기필코 성공할 자신 있습니다!'

'아니. 널 믿고 있다간 그 귀한 먹이를 놓칠 게 뻔해.'

'그렇지 않습니다! 제발 한 번만 더 기회를 주십시오. 아, 아버지……'

'아버지?'

어둠 속에서 비웃음이 새어 나왔다. 짧은 고요 후에 판은 말했다.

'누가 네 아버지라는 거지? 다시는 날 그렇게 부르지 말거라. 너는 더 이상 내 자식이 아니다.'

그는 순식간에 잠에서 깨어났다. 유현은 여전히 그때의 충격을 잊을 수가 없었다. 분명 사신의 꿈속임에도 불구하고 손가락 하나 까딱하지 못했다. 마치 판이 제게 목소리 하나만 허락한 것처럼 말하는 것 빼곤 뭐 하나 마음대로 할 수 없었다. 정밀이지 임청난 힘이었다.

또다시 버림받았다는 생각에 유현은 모든 걸 다 포기하고 싶었다. 미래병원을 열심히 운영해 인간의 꿈을 차곡차곡 빼앗아도 판에게 인정받지 못하면 무의미했다. 술에 취해 아무 인간의 꿈이나 흡수하며 살았다. 병원의 환자도 가리지 않았다. 닥치는 대로 허기를 채웠다.

하지만 지금 이 순간, 판에게 인정받기 위해 노력했던 500년의 삶이 문득 억울해졌다. 다시 한 번 판에게 제대로 인정받고 싶다고 생각했다.

거의 손에 넣을 뻔한 기회를 목전에서 놓친 것이 뼈아프기는 했지만, 그렇다고 이대로 계속 후회만 하고 있을 수는 없었다. 아직 기회를 완전히 잃은 것이 아니다. 판의 눈에 들 수 있는 분명 기회는 또다시 찾아올 것이다. 그날을 대비해둬야 했다.

"나답지 않게 어리석었어."

넥타이 매무새 정리를 끝낸 그가 자조적으로 중얼거렸다. 그깟 핏줄이 뭐라고. 지난 1년, 시하가 스위트 노트를 찾지 못해 때때로 순혈에게 공격받는 게 안타까워 벌였던 일들이 전부 소용없는 짓이었다.

오안나를 스위트 노트로 만들기 위해 자신이 무슨 일까지 벌였는데. 인간을 죽이는 것만큼 악마들의 세계에서 금기시되는 것이 바로 인간을 악마로 만드는 일이었다. 유현은 해우를 이용하기 위해 그를 몽마로 만들었다. 그 사실이 발각되면 그는 끔찍한 형벌을 받게 될 것이다. 그럼에도 불구하고 시하를 위해서, 동생이 강한 힘을 손에 넣기를 바라서 저지른 일이었다. 하지만 시하는 그가 했던 모든 행동을 부정했다.

'……모든 게 날 위해서라고?'

'그래. 널 위해서, 내가 그 아이를 스위트 노트로 만들었어.'

'웃기지 마! 그딴 건 날 위한 게 아니야!'

"너야말로 웃기지 마, 차시하! 그 모든 게 널 위해서였다고!"

미처 억누르지 못한 분노에 유현이 마치 시하의 환영을 눈앞에 둔 듯 소리를 질렀다. 하지만 그는 다시 금세 냉정을 되찾았다. 이제부턴 아무리 형제들이라도 거들떠보지 않을 것이다. 시하도, 성재도, 정우도. 처음부터 반쪽짜리도 형제라고 마음을 준 것이 잘못이었다.

마음을 거두는 일은 어렵지 않을 것이다. 다시 혼자인 삶으로 돌아가면 그만이었다. 500여 년 전, 왕에게 배신당해 스스로 집에 불을 질러 목숨을 끊었던 어미의 비극을 배 속에서 목격한 그때처럼. 유현은 다시 철저하게 고독하고 잔인해지기로 결심했다. 오직 판에게 인정받는 것만 생각할 것이다.

"그럼 우선 오정숙을 한 번 만나러 가볼까?"

잔인한 계획을 떠올린 그의 눈빛이 섬뜩하게 번뜩였다.

*

"드디어 끝났다!"

시험을 마치고 나오는 안나의 표정이 밝았다. 곧 있으면 시하를 본다는 생각에 그녀의 입가에 자꾸만 미소가 지어졌다. 직전까지도 라희에 대한 걱정으로 마음이 복잡했지만, 일단 시험이 시작되자 문제에만 집중했다. 오늘 시험을 잘 봐야지만, 앞으로 마음껏 시하를 볼 수 있기 때문이었다.

결과는 노력을 배신하지 않았다. 실수 없이 시험을 치르고 나온 안나가 만세까지 해가며 뛰어나오다 문득 걸음을 멈춰 세웠다.

"아차, 전화 먼저 해야지."

안나는 가방에서 휴대전화를 꺼내 황급히 전원을 켰다. 시험이 끝났으니 시하에게 얼른 데리러 오라고 연락해야 했다. 액정에 환하게 불이 들어오길 기다리다 마음이 급해진 안나는 발까지 동동 굴렀다. 이윽고 휴대전화가 완전히 켜지고, 안나는 곧바로 시하에게 전화를 걸기 위해 잠금을 해제했다.

그러다 부심코 알림에 뜬 문자를 먼저 확인한 안나의 표정이 차갑게 굳었다. 어떻게 전화번호를 안 것인지 찬영에게서 문자가 와 있었다.

[안나야. 마지막으로 한 번만 부탁할게. 어머니 좀 만나줘. 만나주기만 하면, 앞으로 다신 연락하는 일 없을 거야.]

안나는 착잡한 심정으로 찬영의 문자를 읽어 내려갔다. 지난 한 달 동안 고모에게서 끊임없이 만나달라는 연락이 왔다. 혐의가 입증되고 교도소에 수감된 후에도 편지까지 보내며 한 번만 만나달라고 호소했다. 그동안은 계속 무시해왔지만, 찬영을 통해 연락이 온 이상 더는 무시가 답이 아닌 듯했다. 안나는 누구보다 찬영의 광기 어린 집착을 잘 알았다. 그가 스스로 단념하지 않는 이상 집착은 끝나지 않을 것이다. 고모와의 인연도, 찬영의 집착도 이번 기회에 모두 확실히 끊어내야겠다고 다짐하며 안나는 찬영에게 답장을 보냈다.

[알았어요. 고모를 만나러 갈게요. 이번이 정말 마지막이에요.]

찬영에게선 1초도 걸리지 않아 알겠다는 답장이 왔다. 휴대전화를 쥔 안나의 손이 파르르 떨렸다. 무의식중에 찬영과의 기억을 떠올리고 만 탓이었다. 다 괜찮아진 줄만 알았는데 아니었나 보다. 어두운 방 안에서 찬영이 속삭이던 소름 끼치는 말들, 절 바라보던 징그러운 눈빛이 마치 지금 벌어지는 일처럼 선명하게 되살아났다. 저도 모르게 다리가 후들거렸다. 안나는 벽을 짚어 간신히 바닥에 주저앉으려는 걸 버텼다. 그때, 전화가 걸려왔다.

[내 남자]

시하였다. 액정에 뜬 발신인을 보자마자 거짓말처럼 떨림이 잦아들었다. 안나의 입가에 희미한 미소가 지어졌다. 아무리 두려운 일이 있어도, 아무리 힘든 일이 있어도, 아무리 슬픈 일이 있어도…… 이 남자가 곁에 있다고 생각하면 용기가 생기고, 기운이 나고, 미소가 지어졌다. 단지 떠올리는 것만으로도 힘이 되는 든든한 내 남자가 자신의 곁에 있었다. 가방을 서둘러 닫은 안나가 정문을 향해 걸어가면서 전화를 받았다. 1분 1초가 아까울 만큼 빨리 그의 얼굴이 보고 싶었다.

"네, 시하 씨. 나 방금 시험 끝났는데 출발했어요? 지금 어디예요? 내가 어디서 기다리면 될까요?"

보고 싶은 마음에 그에게 대답할 시간도 주지 않고 다급한 질문을 연달아 던졌다. 그사이 구불구불한 길을 지나자 비로소 정문이 보였다. 그 순간, 그녀의 걸음이 또다시 우뚝 멎었다. 저 멀리 보이는 낯익은 모습. 그리고 귓가에 들려오는 달콤한 목소리.

"안나야. 나 보여?"

정문에 차를 대고 기다리고 있던 시하가 안나에게 더 잘 보일 수 있게 손을 높이 들어 흔들었다.

"고작 100미터밖에 안 되는데 멀게 느껴진다. 내가 뛰어갈까?"

"아뇨, 내가 갈게요."

멍하니 마치 꿈같은 그 모습을 바라보다 안나는 이내 뛰기 시작했다.

"시하 씨!"

정문까지 쉬지 않고 뛰어간 안나가 다짜고짜 시하에게 안겼다. 시하는 당황한 기색도 없이 안나의 허리를 끌어안아 허공으로 들어 올렸다. 안나는 그의 목덜미에 얼굴을 비비며 어느새 잔뜩 젖어버린 목소리로 물었다.

"뭐예요. 언제부터 기다렸어요?"

시하가 안나의 눈가에 맺혀 있는 눈물을 쪽, 쪽, 빨아 마시며 대답했다.

"1시간 전부터."

"그렇게나 일찍?"

"응. 보고 싶어서 견딜 수가 있어야지."

말투는 담백했지만, 그리움에 잔뜩 일그러진 표정이 그가 얼마나 자신을 보고 싶어 했는지 말해주었다. 안나도 참지 못하고 시하의 목을 더 꽉 끌어안으며 벅차오르는 진심을 고백했다.

"나도요. 나도 보고 싶어 죽는 줄 알았어."

시하 역시 그런 안나의 목과 어깨에 입을 맞추며 그녀를 더 꽉 끌어안았나. 그렇게 붙은 한동안 서로를 꼭 끌어안은 채 오랜 그리움을 달랬다. 오붓한 연인의 따사로운 한때였다.

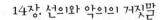

14장. 선의와 악의의 거짓말

"이게 도대체 어떻게 된 거지?"

검정고시 시험장에서 시하와 안나의 모습을 지켜보다 호텔로 돌아온 하연은 손톱을 물어뜯으며 당혹감을 감추지 못했다.

"어째서 향수가 아무런 소용이 없는 거야? 대체 왜!"

하연이 안나가 검정고시 공부에 매달린 한 달 동안 뿌려준 향수는 사실 집중력을 높여주는 테라피 향수가 아니었다. 그건 미움의 향수였다. 아무리 열렬히 좋아하는 상대라도 미워하게 만드는 강력한 향수.

그녀는 시하와 안나를 떼어놓기 위해서 이곳에 왔다. 안나의 꿈을 향수로 만들어달라는 의뢰를 받아들인 것도, 회중시계에 뿌려진 향수 결계를 깨달라는 의뢰를 받은 것도, 다 그 때문이었다.

하지만 이곳에 온 뒤로 안나가 시하와 자주 만나지 않아 향수의 효과를 확인해볼 수 없었다. 섣부르게 행동해서 계획을 망칠 수 없기에 인내심을 가지고 오랫동안 기다렸다. 그리고 드디어 직접 두 눈으로 그 결과를 확인했다.

그런데 무슨 이유에서인지 안나에게 미움의 향수는 전혀 통하지 않았다.

분명히 시하를 미워해야만 하는데, 그에게 안겨 있는 안나의 표정은 오히려 전보다 더 애틋해 보이기까지 했다.

하연은 혹시나 싶어 빈 용기의 냄새를 다시 한 번 확인했다. 하지만 미약하게 맡아지는 냄새만으로도 포퓰러대로 만들어진 완벽한 향수라는 걸 알 수 있었다. 향수가 문제가 아니라 향수를 뿌린 대상이 문제라는 뜻이었다.

하연은 곧바로 성운 프라그랑스로 향했다. 향수로 안나의 마음을 변하게 할 수 없다면, 차시하의 마음을 변하게 만드는 방법밖엔 없었다. 눈치 빠른 차시하를 속이기 어려울 것 같아 안나를 택한 것이었는데, 이제는 그런 걸 따질 형편이 아니었다.

다급하게 길음을 재촉한 하연은 곧 성운 프라그랑스 선물에 노착했다. 그녀가 지난번에 짐 정리를 위해 한 번 다녀간 조향실을 향해 막 걸음을 옮겼을 때였다. 달칵. 누군가 하연이 향하던 작업실 옆방에서 문을 열고 나왔다.

그 순간, 하연을 본 상대방의 얼굴이 단번에 울 것처럼 일그러졌다. 그는 이내 믿을 수 없는 호칭을 사용해 하연을 불렀다.

"……어머니?"

은재였다. 하연이 오래도록 그리워했던 소중한 아들. 하연은 너무 놀라 나무토막처럼 굳어버리고 말았다. 한국에 돌아오면서 당연히 아들과의 재회를 꿈꾸기는 했지만, 이렇게 갑자기 그 순간이 찾아올 거라고는 예상하지 못했다.

"으, 은……."

지난 10년간 다 포기해버리고 싶은 마음과 싸우느라 차마 입에 담지도 못했던 아들의 이름이 멋대로 튀어나오려고 했다. 하연은 가까스로 버텼다. 은재가 그녀에게 가까이 다가가며 한 번 더 물었다.

"정말 어머니세요?"

예민하고 까탈스러운 인상을 가진 여자 몽마의 모습은 그의 기억 속 모습과는 전혀 달랐다. 하지만 이건 분명히 어머니의 냄새였다. 은재는 몇 번이나 숨을 크게 들이마셔 하연의 존재를 확인하고 또 확인했다. 몇 번을 다시 냄새를 맡아도 그녀는 자신의 어머니가 맞았다. 확신이 선 은재가 하연에게로 다가가 어깨를 그러쥐며 말했다. 어느새 그의 눈은 발갛게 젖어 있었다.

"대체 어머니가 어떻게 여기에……? 그보다 왜 몽마인 척하고 있는 거예요, 어머니?"

"뭔가 대단히 착각했나 본데, 이봐요! 내가 어딜 봐서 그쪽 어머니라는 거죠?"

하연은 페르소나 향수를 써서 한 위장을 들키지 않기 위해 재빠르게 거짓말을 했다. 은재를 만나야 한다면 적어도 이런 몽마의 모습이 아니라 그의 기억 속 따뜻한 어머니의 모습이고 싶었다. 게다가 이 위장을 들키면 은재 역시 위험한 일에 휘말리게 될지도 몰랐다. 그녀는 제발 아들이 자신의 어설픈 거짓말에 속아주길 바랐다. 하지만 은재는 하연의 바람을 들어주지 않았다.

"절 속일 생각 마세요, 어머니. 분명 어머니 냄새예요. 그리고 이거, 거짓말할 때 나는 냄새잖아요."

은재가 손을 들어 하연의 얼굴 주변을 훑었다. 그러자 느닷없이 우울하고 탁한 빛깔의 액체가 그의 손끝에서 뚝뚝 떨어졌다. 하연이 고개를 번쩍 들었다. 그녀는 다급히 은재의 눈동자 색깔을 살폈다. 청록색이 감도는 은재의 눈동자를 확인한 그녀는 크게 탄식했다.

"어째서……!"

하연의 입에서 비명과도 같은 날카로운 목소리가 터져 나왔다. 너무 절망해서 계속 거짓말을 해야 한다는 생각도 완전히 증발해버리고 말았다.

"은재 너! 대체 어쩌자고 내 말을 듣지 않은 거야? 내가 분명 이 힘을 선택하지 말라고 했잖아!"

하연은 제 아들에게 대물림된 자신의 능력 앞에서 뼈저리게 절망했다. 은재가 주저앉은 하연의 앞에 무릎을 꿇고 앉아 눈을 마주치며 말했다.

"죄송해요, 어머니. 어쩔 수 없었어요."

"뭐가? 대체 뭐가 어쩔 수 없어?"

하연은 아무리 생각해도 이해가 가지 않았다. 제 아들이 왜 스스로 고통스러운 삶을 택했는지. 은재는 하연의 손을 꼭 붙잡으며 입을 열었다.

"경험해보지 않고서는 어머니가 아버지와 절 떠나는 이유를 이해할 수 없을 테니까. 제가 이 힘을 선택하지 않으면, 어머니가 이 힘 때문에 왜 그토록 고통받았는지 절대 알 수 없을 테니까. 그래서 그랬어요."

은재가 설명한 절박한 이유에 하연의 가면은 결국 깨지고 말았다. 끝내 눈물 한줄기가 그녀의 여린 뺨 위로 흘러내렸다.

"어머니. 저도 이제 알아요. 이 힘이 얼마나 고통스러운지. 알고 싶지 않아도 저절로 다른 사람의 생각이나 감정을 알게 되는 건 정말 괴로운 일이에요. 각성 전까진 그 사람이 정말 말하고 싶어 하지 않는 비밀 같은 건 알 수 없었지만, 지금은 아니에요."

스무 살 성년식의 밤에 각성을 하고 난 뒤로, 은재는 제 선택의 대가를 혹독하게 치러야만 했다.

"나도 모르게 알게 돼요. 상대방의 은밀한 생각을, 비밀스러운 감정을. 그러다 보니 계속 좋은 관계를 유지할 수 없게 되더라고요. 처음엔 실수가 많았거든요. 저도 모르게 그들의 비밀을 말하고 나면, 모두가 절 떠나갔죠."

은재는 호감 가는 외모에 사교성까지 좋아 처음 대학에 들어갔을 때만 해도 인기가 많았다. 하지만 각성 후로 순식간에 외톨이가 되어버렸다. 자신의 능력을 다루는 데 서툴렀기 때문이다.

그리고 친구를 모두 잃은 외로운 그 시절에, 그는 기적처럼 꿈을 찾았다. 조향사가 되고 싶다는 꿈을 꾸기 시작한 것이다. 우연히 안나 어머니의 향수 공방에서 일을 배우기 시작하면서 꿈은 더욱 특별해졌다. 매일매일 흥분되었다. 게다가 하루가 멀다고 공방에 찾아와 오빠를 좋아한다며 들이대는 소녀 때문에도 지루할 틈이 없었다.

덕분에 은재는 무사히 대학을 졸업하고 프랑스로 유학을 떠날 수 있었다. 그곳에선 누구와도 깊은 관계를 만들지 않았고 외톨이를 자처했다. 그리고 깨달았다. 자신이 외로운 대학 시절을 버틸 수 있었던 건, 전부 사랑스러운 안나가 곁에 있었기 때문이라고. 그래서 자신의 비밀까지 끌어안아줄 가족의 곁을 제 발로 떠난 어머니가 더더욱 이해되지 않았다.

"어머니. 왜 어머니가 저희 곁을 떠나야 했는지 그 이유를 전 아직도 모르겠어요."

"은재야……."

"말해주세요. 왜 저희를 떠난 거예요?"

아아. 이 말을 묻기 위해 지난 세월, 제 아들은 얼마나 괴로운 삶을 살았을까? 하연의 눈에서 하염없이 눈물이 흘러내렸다. 그 애달픈 눈물은 흐르고 흘러, 아주 오랜 세월을 거슬러, 눈이 시릴 만큼 푸르렀던 바다로 이어졌다.

*

사람들의 발길이 드물게 이어지는 어느 외딴섬. 그곳에 지금은 이 땅에서 완전히 사라졌다고 여겨지는 특별한 존재들이 살고 있었다.

향(香)의 일족. 그들은 생각이나 감정처럼 보통 사람은 절대 냄새를 맡을 수 없는 것에서 냄새를 맡으며, 눈에 보이지 않는 냄새를 물로 만들어 저장할 수 있는 특별한 능력을 가진 존재였다. 그 기이한 물을 잠든 이에게 뿌리면 길몽을 꾸게 해준다 하여 알음알음 무당처럼 여겨지는 영험한 존재이기도 했다.

대대로 향의 일족에선 여자아이가 귀했다. 향의 일족의 남자들 역시 생각이나 감정에서 냄새를 맡는 신통한 능력을 가진 존재이긴 했으나, 그들은 꿈에서 냄새를 맡지는 못했다. 길몽을 꾸게 하는 물을 만들어내기 위해선 무릇 인간이 꾸는 꿈의 냄새를 맡을 수 있어야 하는데, 그 영험한 능력은 오직 향의 일족의 여자들에게만 허락되었다.

하여 일족의 남자들은 스무 살 성년식을 치른 밤, 각성을 통해 능력을 물려받을지 말지 선택을 하도록 되어 있었다. 각성 전에는 적어도 상대방이 결코 말하고 싶어 하지 않는 비밀을 냄새로 알아낼 순 없었다. 그러나 각성을 하게 되면 그 보호막마저 사라져버렸다. 때문에 일족의 남자 대부분은 각성의 밤에 능력을 포기했다. 누군가 직접 말하지 않은 생각이나 감정을 냄새로 아는 능력은 선물이기보다 저주에 가까웠기 때문이다. 그렇게 되면 그들은 더는 특별한 냄새를 맡을 수 없게 되고 평범한 인간으로 살아갈 수 있었다.

하지만 불행하게도 일족의 여자에게는 선택권이 없었다. 스무 살 성년식이 치러지는 각성의 밤, 여자들에겐 죽음과 불멸이라는 갈림길이 놓여졌다. 죽음과 비슷한 고통을 감내하며 각성한 일족의 여자들은 불멸의 생을 살게 되며, 버티지 못한 여자들은 목숨을 잃었다. 그렇게 각성이 끝나면, 살아남은 일족의 여자들은 인간의 생각과 감정이 복잡하게 엉켜 있는 꿈에서마저 냄새를 맡을 수 있게 되었다.

나아가 그들은 꿈마저도 물로 만드는 것이 가능했다. 좋은 꿈으로 만든 물을 잠든 이에게 뿌리면 당연히 길몽을 꿀 수 있었다. 또한 그렇게 길몽을 꾼 자들은 반드시 소원하는 바를 이루었다. 꿈과 현실은 긴밀하게 연결되어 있기 때문이었다. 꿈속에서 사랑하는 이와 맺어지면 현실에서도 인연을 맺었고, 꿈속에서 부귀영화를 얻으면 현실에서도 부자가 되었다.

그 신통한 힘 덕분에 항간에선 향의 일족의 여자들을 향의 마녀라고도 불렀다. 덕분에 향의 마녀가 지닌 힘을 빌리려 하는 자들은 아무리 세월이 흘러도 끊이지 않았다.

향의 마녀들은 때로 목숨을 위협받기도 했다. 그리하여 일족 전체가 마녀들을 지키기 위해 쉬이 찾아갈 수 없는 외딴섬으로 숨어들었다. 하나 무슨 수를 쓴 것인지 그곳까지 찾아오는 사람들이 적지 않았다. 개중엔 간교한 속셈을 가지고 섬을 찾는 이도 있었다.

언젠가부터 마녀들이 섬에서 하나둘 사라지기 시작했다. 마녀의 특별한 능력을 소유하려는 비열한 무리의 소행이었다. 세월이 흐르는 동안 일족의 숫자는 점점 줄어들었다. 어느덧 이 외딴섬에 마녀는 열 남짓밖에 남지 않았다.

그중, 일족이 아닌 사내와 마녀 사이에서 태어난 여자아이가 하나 있었다. 일족의 여자가 일족이 아닌 사내와 통하면 서서히 힘을 잃게 된다. 소녀의 어미 역시 그러했다. 그녀는 불멸의 생을 잃고 스무 살에서 점차 나이를 먹어갔다. 그리고 마을 사람들의 냉대와 괄시를 견디지 못하고 결국 병환으로 일찍 죽고 말았다. 소녀의 아비는 진즉 마을 사람들에 의해 매질을 당해 죽었으니, 끝내 소녀는 혼자 남게 됐다.

마을 사람들은 다른 피가 섞인 소녀를 잔인하게 손가락질하며 천대했다. 심지어 소녀를 바닷가 동굴에서 살게 하며 마을에는 함부로 드나들지도 못하게 했다.

그러나 일족은 소녀를 죽이지는 않았다. 스무 살 성년식의 밤, 각성을 통해서만 소녀가 일족의 능력을 물려받았는지 아닌지를 알 수 있기 때문이었다. 각성이 끝나고 나면, 부여받은 능력의 증표로 눈동자 색깔이 변했다. 일족은 그것을 확인하려는 것이었다. 그리고 소녀가 만일 능력을 물려받았다면 힘을 원하는 무리에게 비싼 값에 팔아넘길 무자비한 생각을 하고 있었다.

그런 무서운 생각은 꿈에도 모른 채, 소녀는 자신이 능력을 인정받기만 하면 일족이 절 받아들여줄 거라는 달콤한 꿈을 매일 밤 꾸었다. 그 달콤한 꿈의 냄새는 짠 바닷내도 거두며 마을까지 퍼져 나갔다. 당연히 향의 마녀라면 그 달콤한 냄새를 못 맡을 수가 없었다.

어느 날, 호기심을 참지 못한 두 아이가 마을 사람들 몰래 동굴을 찾았다. 모닥불에 조개를 구워 먹던 소녀가 얼굴에 숯 검댕을 묻히고 두 마녀에게 말했다.

"내 이름은 승혜. 차승혜. 너희들은 이름이 뭐야?"

"나? 나는 강희수. 그리고 얘는……."

"어어? 희수 너, 내 이름은 내가 직접 말할 거야."

"그래라. 누가 뭐래니."

"승혜야, 안녕. 나는 양하연이라고 해."

물끄러미 희수와 하연을 바라보던 승혜가 막 구워져 입을 벌린 조개를 내밀었다.

"이거. 니들도 먹을래? 엄청 맛있어."

머뭇거리던 희수와 하연이 눈이 마주쳤다. 둘은 고개를 끄덕이며 환히 웃는 얼굴로 대답했다.

"응!"

그것이 170년 전 어느 날 있었던, 세 소녀의 첫 만남이었다. 그렇게 인연을 맺게 된 세 소녀는 마을 사람들의 눈을 피해 몰래 우정을 키워 나갔다. 그러던 어느 날, 장맛비가 무섭게 쏟아지던 밤이었다.

"나, 여길 떠나려고 해."

승혜가 갑자기 이별을 고했다. 여느 날처럼 몰래 동굴로 승혜를 찾아간 희수와 하연은 갑작스러운 이별에 눈물을 글썽거렸다.

"어째서? 왜 섬을 떠나려는 건데? 그것도 이렇게 갑자기! 우리 우정이 겨우 그 정도였니?"

"가지 마! 가지 마, 승혜야! 외로워서 그래? 앞으론 우리가 더 자주 놀러 올게!"

하연은 화를 냈고, 희수는 매달렸다. 하지만 승혜의 결심은 확고했다.

"나한테 처음으로 고맙다고 말해준 사람이 있어. 그분이 내게 떠나자 하셨어."

승혜의 말을 듣고 불현듯 떠오른 남자의 모습에 하연이 매섭게 쏘아붙였다.

"그 남자 말하는 거지? 괴이한 색깔의 머리카락이랑 눈동자를 가졌다는 그 수상한 남자!"

승혜는 조심스럽게 고개를 끄덕이며 말을 이었다.

"나, 그분이랑 도망갈 거야. 일족이니 아니니 그런 거 따지지 않는 평범한 사람들 틈에서, 날 예뻐해주는 그분이랑 행복해질 거야."

승혜의 간절한 눈길이 동굴 밖 가파른 절벽 뒤를 가늠하듯 바라보았다. 그곳엔 다 부서진 배 한 척이 있었다. 어느 날 갑자기 외딴섬에 찾아온 난파된 이양선. 금발과 벽안을 가진 괴이한 남자가 그 배에 타고 있었다.

수상하나 그래서 더욱 아름답게 느껴지는 그 남자를 제일 먼저 발견한 것은 바닷가 동굴에 사는 승혜였다. 승혜는 정신을 잃고 쓰러져 있는 남자에게 물을 가져다주고, 다음 날엔 제가 먹을 주먹밥과 제가 덮을 이불까지 챙겨주었다.

"고맙다."

"예? 뭐가요?"

"날 구해줘서 고맙다고."

남자는 환하게 웃으며 승혜에게 고맙다고 말해주었다. 태어나 처음으로 들어본 상냥한 말. 심지어 남자에게서 답례로 아주 귀한 선물까지 받았다.

어둠 속에서도 금은보화처럼 노랗게 빛나는 동그란 물건. 뚜껑을 열면 작고 푸른 보석이 줄지어 반짝거리고, 가운데 길고 얇은 막대기가 째깍째깍 소리를 내며 빙글빙글 돌아가는 이 물건을 남자는 주머니 시계라 하였다.

"사실 이건 내가 살던 나라의 왕비가 직접 주문해 제작한 아주 귀한 물건이다."

"예? 그 귀한 물건을 어찌 이 미천한 소녀에게 주시려 하십니까?"

"내 목숨을 구해준 답례다. 그리고 너는 미천하지 않아. 아주 귀한 존재다. 내가 본 것 중 가장 특별하고 귀한 존재."

미천하다 손가락질받던 자신을 아주 귀하다고 말해준 남자. 자신이 본 것 중 가장 특별하고 귀하다 어여삐 여겨준 남자. 승혜가 남자와 사랑에 빠진 것은 거부할 수 없는 운명이었다.

난파선이 섬에 나타난 지 겨우 보름. 달빛이 흐드러지던 그 밤. 희뿌연 살결 위로 흐르던 그 반짝임을 증인 삼아 승혜와 푸른 눈의 남자는 영원을 맹세했다.

"연모합니다."

"나 역시 그댈 연모해."

그 달콤함이 영원할 줄로만 알았다. 그러나 그 무렵 마을에선 흉흉한 소문이 돌고 있었다. 빛나는 머리카락과 푸른 눈을 가진 괴물이 나타나 마을의 처녀들을 밤마다 범하고 사라진다는 것이었다. 아닌 게 아니라 매일 밤, 처녀들의 달뜬 비명이 담장을 넘었다.

곧바로 바닷가 동굴에 사는 소녀가 그 끔찍한 괴물을 비호하고 있다고 소식이 들어왔다. 소녀는 괴물의 아이까지 가졌다 했다. 수런거리던 마을의 장정들이 이내 하나둘 무기를 손에 들었다.

"지금 당장 가서 그 소녀를 죽여야 합니다. 애까지 뱄다지 않습니까?"

"그대로 뒀다간 마을에 큰 재앙이 닥칠 겁니다. 그자가 가지고 온 수상한 물건이랑 배 속에 있는 괴물의 아이를 바다에 제물로 바칩시다! 그 방법밖에는 없습니다. 어서요, 촌장님!"

그 순간, 가만히 사내들의 이야기를 듣고 있던 노인이 일어나 지팡이를 챙겼다. 몰래 그 모습을 지켜보고 있던 희수와 하연의 눈엔 그 지팡이가 장정들이 손에 든 시퍼런 무기와 진배없어 보였다. 둘은 허겁지겁 승혜가 있는 곳으로 달려갔다.

'나, 그분이랑 도망갈 거야. 일족이니 아니니 그런 거 따지지 않는 평범한

사람들 틈에서, 날 예뻐해 주는 그분이랑 행복해질 거야.'

이럴 줄 알았으면 그때 어서 도망치라고 할걸. 마을 사람들이 알기 전에 빨리 떠나라고 할걸. 부디 행복해지라고 응원해줄걸. 희수와 하연은 후회로 가슴을 치며 울었다. 신발이 벗겨지는 것도 모르고 빗속을 뛰었다.

하지만 간절한 두 아이의 뜀박질은 분노한 장정들을 이길 수 없었다. 희수와 하연이 동굴이 있는 절벽에 도착했을 때, 승혜는 이미 낭떠러지에 내몰려 있었다.

"정녕…… 소녀만 죽으면 모든 것이 끝나는 것입니까?"

승혜의 절박한 목소리가 들렸다.

"그래. 너만 죽으면 모든 게 끝이다. 그러니 자진해서 그 물건과 함께 바다에 뛰어들거라."

촌장의 한숨 같은 목소리도 들려왔다.

"우리도 정말 이러고 싶지 않다. 하지만 저주를 풀기 위해선 이 방법밖에 없구나. 미안하다, 얘야."

감쪽같은 거짓말. 노인의 뒤로는 장정들이 저마다 등 뒤에 무시무시한 무기를 숨기고 있었다. 여차하면 소녀를 무자비하게 죽일 기세였다. 희수와 하연은 그 날카로운 칼이 무서워 차마 나서지 못하고 뒤에서 숨죽이고만 있었다.

바로 그때, 물안개 사이로 승혜와 눈이 마주쳤다. 그날, 그 순간, 그 반짝이는 눈빛에 깃든 건 슬픔이었을까? 아니면 원망이었을까?

"……끝이 아닙니다."

승혜의 사무치는 목소리가 자신을 둘러싼 사내들뿐 아니라 희수와 하연의 마음에까지 깊숙이 파고들었다.

"제가 죽어도 저주는 끝나지 않을 것입니다."

풍덩. 승혜는 스스로 죽음을 택했다. 위협적인 폭풍우가 몰아치던 밤. 차가운 바다는 승혜와 승혜의 아이를 집어삼키고 나서야 비로소 고요해졌다.

그리고 승혜의 말대로 저주는 끝나지 않고 계속됐다. 작은 외딴섬에 모여 살던 향의 일족은 뿔뿔이 흩어지게 되었다. 결국, 그들이 지키던 섬은 지도상에서조차 깨끗이 사라지고 말았더랬다.

*

회상을 끝낸 하연은 눈물로 온통 젖어버린 얼굴을 감싸며 은재에게 호소했다.

"미안해, 은재야. 내가 꼭 지켜줘야만 하는 아이가 있어. 그 아이를 지키기 위해서 난 떠나지 않으면 안 됐어."

그러나 하연의 대답은 은재에게 충분하지 않았다.

"그 아이가 대체 누군데요? 어머니한텐 저랑 아버지보다도 그 아이가 소중했던 건가요?"

비참해하는 은재의 얼굴을 보며 하연은 더 이상 진실을 고백하는 것을 미룰 수 없다고 생각했다. 모든 일을 마무리 짓고, 그 아이를 잔인한 운명에서 완벽히 구한 후에 은재에게도 진실을 말해줄 계획이었지만, 어쩔 수 없었다. 제 아들이 외롭고 괴로운 시간을 보낼 수밖에 없었던 이유를, 이제는 알려줘야만 했다. 하연은 품에서 사진 한 장을 꺼내 내밀었다.

"이게…… 뭐예요?"

그녀가 건넨 사진에는 아무도 볼 수 없게끔 까만 결계가 쳐져 있었다. 하연이 손으로 결계를 걷어내자 비로소 사진에 담긴 누군가의 모습이 보였다. 갓난아기를 안고 있는 한 여성의 모습. 그 순간, 은재의 눈이 커다래졌다.

"사진 속 그 아이가, 바로 내가 지켜야 할 아이야. 그 아이의 엄마는 내 소중한 친구였어. 그 친구는……."

그리고 하연이 채 친구의 이름을 말하기도 전에, 은재의 입에서 먼저 그 이름이 튀어나왔다.

"강희수…… 사장님?"

덩달아 놀란 하연이 은재처럼 눈을 휘둥그레 뜨고 물었다.

"은재 네가 희수를 어떻게 알아?"

은재는 하연의 말에 이성적으로 대답할 정신이 없었다. 사진 속 여자가 은재가 일했던 향수 공방 부케의 강희수 사장님이 맞다면……. 그녀가 안고 있는 이 아이는 안나라는 소리였다. 또한 자신의 어머니가 가족의 곁을 떠나면서까지 지켜야 했던 아이가 바로 안나라는 뜻이었다. 은재는 조금 전 어머니가 했던 말을 곰곰 떠올려보았다.

'내가 꼭 지켜줘야만 하는 아이가 있어. 그 아이를 지키기 위해서 난 떠나지 않으면 안 됐어.'

혹시 어머니가 안나를 지키고 싶어 하는 대상이 차시하인 걸까? 실제로 안나의 부모님은 회중시계에 결계를 치면서까지 차시하가 안나에게 접근하는 걸 막으려고 했었다. 거기까지 생각한 은재가 돌연 무언가 깨달았다는 듯 하연에게 물었다.

"혹시 차시하의 회중시계에 쳐진 결계 향수를 만든 게 어머니셨어요?"

"은재 네가 어떻게 그걸……?"

그의 예측은 정확했다. 은재는 황급히 말을 이었다.

"어머니, 이제 괜찮아요. 차시하는 안나를 위협하는 대상이 아니에요."

처음엔 그도 차시하가 안나가 향의 마녀라는 사실을 알게 되면 틀림없이 위험해질 거라고 생각했다. 그래서 어떻게든 둘을 멀어지게 하려고도 했었다. 몽마와 향의 마녀. 그 비극적인 운명을 절대 바꿀 수 없다고 여겼으니까.

하지만 진심으로 사랑에 빠진 둘의 모습을 보면서 은재의 생각은 바뀌었다. 차시하라면 안나를 끝까지 지켜줄 것이다. 인정하기 싫었지만, 결국 인정할 수밖에 없었다.

"그는 안나를 진심으로 사랑해요. 절대 안나를 위험하게 하지 않을 거예요. 제가 보장해요. 그러니까 어머니, 이제 이런 위장은 안 하셔도 돼요."

아들의 간절한 애원에 하연은 힘없이 고개를 저었다.

"아니야……."

차시하가 안나를 진심으로 사랑한다는 건 곁에서 지켜보는 동안 하연도 뼈저리게 알게 됐다. 하지만 그럼에도 그 둘을 그냥 내버려둘 순 없었다.

"은재야. 내가 말한 안나를 위험하게 만드는 자는 차시하가 아니야."

"네? 어머니. 차시하가 아니라니, 그게 무슨 말이에요? 그럼 대체 누가 안나를 위험하게 만드는 건데요?"

하연이 파르르 떨리는 입술을 꼭 깨물며 대답했다.

"……판."

"판?"

"그자가 안나의 존재를 알면, 분명 가만두지 않을 거야. 그것만은 무슨 수를 써서든 막아야 해. 그러니 안나를 더 이상 차시하와 엮이게 할 수는 없어."

하연은 급기야 마치 그자가 눈앞에 있는 것처럼 온몸을 바들바들 떨었다. 은재가 그런 하연을 진정시키려 어깨를 부드럽게 쓸어주며 물었다.

"어머니. 판, 그자가 누군데요? 대체 누구기에 안나와 차시하를 엮이게 두면 안 된다는 거예요?"

아들의 손길에 간신히 진정한 하연이 대답했다. 그자에 관해 설명하려니 입을 떼기도 전부터 치가 떨렸다.

"판. 그자는 차시하의 아버지야. 170년 전 내 소중한 친구를 속이고 죽음으로 몰아간 존재이자…… 이 세상 모든 몽마의 왕. 아주 잔인하고 무자비한 군주."

안나를 위협하는 자는, 은재의 생각보다 훨씬 더 위험한 자였다. 은재는 막연한 공포에 자신도 모르게 떨면서 입을 열었다.

"그런 위험한 자가 대체 왜 안나를 노리는 거예요?"

"회수……. 그러니까 안나의 엄마는 판의 신부였어."

"판의 신부……?"

"백 년에 한 번 태어나는 특별한 힘을 가진 향의 마녀. 판은 그 마녀를 데려다 매일 밤 꿈을 빼앗아 힘을 키워."

"강희수 사장님이 바로 그 특별한 향의 마녀라는 말씀이세요?"

"그래, 맞아. 안나 역시 그 피를 이어받았겠지. 그러니 절대로 안나의 정체를 들키면 안 돼. 절대로."

하지만 안나가 계속 차시하의 곁에 있으면 언젠간 판이 그녀의 정체를 눈치챌지도 몰랐다. 그렇기에 하연은 필사적으로 안나에게서 차시하를 떼어내려 했던 것이었다. 그 생각은 오래전 희수 역시 마찬가지였다. 하연은 어느 날 갑자기 사색이 되어 자신을 찾아왔던 희수의 얼굴을 머릿속에 떠올렸다.

'하연아, 나 좀 도와줘.'

'무슨 일이야, 희수야?'

'이 물건에 결계를 좀 쳐줘. 악마도 뚫을 수 없을 만큼 아주 강력한 거로.'

그날 희수가 내민 물건은 낡은 회중시계였다. 바로 안나가 하연에게 결계를 깨달라며 가져온 그 회중시계였다. 하연은 그날 담담히 의뢰를 받아들이는 척을 하는 것이 끔찍하리만치 고통스러웠다. 이 결계를 치기 위해서 자신이 무슨 짓까지 벌였는데.

악마의 차원 이동을 막는 결계 향수를 만들어내는 일은 예상했던 것보다 훨씬 어려웠다. 지정된 영역에 몽마가 침입하는 걸 막아주는 향료를 아무리 해도 만들 수가 없었던 것이다. 몽마가 싫어하는 여러 향료를 조합해봤지만, 번번이 실패였다.

그 후로도 몇 번의 시행착오를 겪은 후, 하연은 결심했다. 직접 몽마의 소굴로 들어가 향료를 추출하기로. 왕족의 몽마는 달콤한 꿈을 꾸는 인간 여자와 어코드란 걸 해서 힘을 강하게 하는데, 한 번 어코드를 하면 다른 몽마는 그 인간 여자와 어코드를 하는 것이 불가능했다. 그 현상에서 향료를 추출할 수만 있다면, 완벽한 결계 향수를 만들어낼 수 있을 터였다.

하연은 곧바로 동료였던 한강욱과 함께 성운 호텔에 조향사로 잠입했다. 그때, 차시하와도 알게 된 것이었다. 그러나 차시하는 스위트 노트를 찾을 생각도 없을뿐더러 그 누구와도 어코드를 하지 않았다. 심지어 성운 호텔 안에 다른 몽마들조차 없어 향료를 추출할 기회가 전혀 없었다.

결국 하연은 왕족의 몽마가 가장 많이 존재하는 에뚜알르 호텔에 잠입하기로 결심했다. 하지만 그건 너무나 위험한 일이었다. 그곳엔 판이 있기 때문이었다.

'안 돼, 하연아. 거기가 어떤 곳인지 네가 제일 잘 알잖아! 게다가 너 가족은 어떡하고!'

희수는 하연의 계획을 끝까지 반대했다. 판이 군림하는 곳에 잠입이라니, 목숨이 몇 개라도 위험했다. 그러나 하연의 결심은 확고했다.

'괜찮아, 희수야. 나한테 다 생각이 있어. 몽마로 위장할 거야. 절대 내 정체를 들키지 않을 자신 있어. 향료만 추출하면 곧바로 빠져나올 테니까, 걱정하지 마. 응?'

끝내 그녀는 에뚜알르 호텔에 잠입했고, 악마의 차원 이동을 막는 향료를 추출해 완벽한 결계 향수를 만들어내는 데 성공했다.

하지만 하연은 끝내 희수의 곁으로도, 가족의 곁으로도 돌아올 수 없었다. 뛰어난 조향 실력 탓에 그만 판의 눈에 띄고 만 것이다. 판의 전속 조향사가 된 하연은 자신만큼 뛰어난 조향사를 양성해야만 한국으로 돌아갈 수 있다는 계약을 맺고 제자를 가르쳤다.

향의 능력을 가진 제자를 양성하는 일은 수월하지 않았다. 그녀는 무려 네 명의 제자를 가르쳤다. 그리고 마침내 그녀가 가르친 네 번째 제자가 꿈을 향료로 추출하는 일을 성공해냈다. 하연은 비로소 고향으로 돌아가 가족도 만나고, 안나를 찾아내 이제는 자신이 보호해주겠노라 생각하며 희망에 부풀었다. 그랬는데…….

"안나가 다름 아닌 판의 아들과 사랑에 빠졌을 줄이야."

하연에게서 아득하고 깊은 탄식이 터져 나왔다. 하연의 설명을 전부 들은 은재가 주먹을 바득 움켜쥐었다. 지금껏 안나가 차시하를 선택했기 때문에, 그리고 차시하 역시 안나를 진심으로 사랑하기에 그들의 선택을 존중해주고 싶었던 그 역시도 사정이 달라졌다. 차시하가 안나를 사랑한다고 해서 안나가 안전해지는 것이 아니었다. 그것으로 끝날 문제가 애초부터 아니었던 것이다. 몽마의 왕. 그 잔인한 군주가 안나를 노리고 있다. 더는 이대로 계속 한발 물러나 있을 수 없었다.

"그래서 어머니는 앞으로 어떻게 할 계획이세요?"

결연해진 은재의 물음에 하연은 품에서 텅 빈 향수 용기를 꺼내 내밀었다.

"이건 미움의 향수야. 이걸 차시하에게 지속적으로 뿌려서 안나와 헤어지게 만들 계획이야."

"하지만 차시하는 눈치가 빨라서 쉽지 않을 거예요. 차라리 안나한테 뿌리는 게……."

"그건 이미 실패했어."

"실패…… 했다고요?"

"어. 이 향수를 왜 다 쓴 줄 아니? 지난 한 달간 계속 안나한테 뿌렸기 때문이야. 보통 인간이라면 몇 방울만 뿌려도 효과가 나타났을 텐데, 안나는 이 한 통을 다 썼는데도 소용이 없었어."

하연은 낮에 본 서로를 더없이 소중하게 끌어안고 있던 시하와 안나의 모습을 떠올렸다. 정말이지 향수 한 통은커녕, 한 방울도 뿌리지 않은 것 같은 모습이었다.

"아마 안나가 희수의 피를 물려받은 특별한 마녀이기 때문에 향수가 통하지 않은 걸 거야. 정말이지 큰일이야. 안나가 각성하기 전에 빨리 이 일을 마무리 지어야 하는데."

초조한 듯 입술을 깨무는 하연의 모습에 은재가 말했다.

"제가 도울게요."

"은재, 네가……?"

"네, 저 지금 성운 프라그랑스에서 수석 조향사로 일하고 있어요. 새로 향수 개발했다고 시향해달라고 하면 쉽게 의심하진 못할 거예요."

확실히 좋은 방법이긴 했다. 펜트하우스에 수시로 향수를 뿌린다고 해도 차시하가 향수를 직접적으로 흡입하는 경우에 비할 바가 못 되었다. 안나와 시하에게 거짓말을 해야 하는 것이 마음에 걸렸지만, 은재는 애써 모두를 위한 선의의 거짓말이라며 자신을 설득시켰다.

살능하고 괴로워하는 은새의 보습에 하언이 남볼래 이를 악물났다. 소중한 아들을 제 손으로 위험에 끌어들인 것이 견딜 수 없이 속상했다. 이럴까 봐 모든 일을 완벽히 해결하고 은재의 곁으로 돌아오고 싶었는데.

"미안해, 은재야. 갑자기 나타나서 이런 일에 휘말리게 해서."

"아니에요, 어머니. 제가 원해서 하는 일이에요. 안나를 위해서라면 뭐라도 하고 싶으니까."

하연이 물끄러미 은재를 바라봤다. 은재는 그저 우연히 희수가 운영하는 공방에서 아르바이트를 하게 됐고 덕분에 안나와도 친한 오빠 동생 사이로 지냈다고 했지만, 어렴풋이 알 것 같았다. 자신의 아들이 희수의 딸을 마음에 품었다는 걸.

"어머니, 이제 뭐부터 하면 될까요?"

애써 밝게 웃어 보이는 은재를 향해 하연도 일부러 아픈 마음을 내색하지 않았다. 하연이 손가락으로 작은 문을 가리키며 말했다.

"새로 향수를 만들어야 하니까 저기 창고 안에서 도구들 좀 꺼내다 줄래?"

"네, 그럴게요."

조향 도구를 가지러 가기 위해 은재가 뒤돌아서자 그때야 하연의 표정이 살짝 일그러졌다. 승혜, 희수, 저. 그리고 자식들에게까지 대물림된 인연. 그 인연이 그저 동화 속 이야기처럼 행복하기만 했다면 얼마나 좋을까? 제 손으로 억지로 떼어놓아야만 하는 연인과 그런 연인의 뒤에서 가슴앓이를 하고 있는 은재. 거기에 몽마와 향의 마녀라는 잔인한 운명까지 얽혀버린 인연에 하연은 마치 제 가슴이 무너지는 것만 같았다. 그때, 은재가 도구를 가지고 창고에서 나왔다. 그러곤 커다란 테이블을 가리키며 물었다.

"여기에 도구들 준비하면 될까요?"

"응, 일단 정리하고 있어. 나는 필요한 향료들 좀 구해 올게."

하연은 슬픈 표정을 감추기 위해 재빨리 등을 돌렸다. 은재는 그녀가 조향실을 빠져나가기 직전 다정하게 말했다.

"바로 옆이 제 조향실이에요. 향료는 웬만한 건 다 있을 거예요."

"그래, 고마워."

하연은 조향실을 나서며 다짐했다. 170년 전부터 시작된 이 인연이 더 잔인해지기 전에, 하루라도 빨리 끝을 내겠노라고. 그녀가 지금은 곁에 없는 소중한 친구들에게 빌었다.

'승혜야, 희수야. 내가 부디 이 아이들을 지킬 수 있게 도와줘.'

*

검정고시 시험장 앞에서 얼마나 오랫동안 끌어안고 입을 맞췄던 것일까? 뒤늦게 쏟아져 나오는 사람들의 시선을 느낀 안나가 바르작거리며 시하를 밀어냈다.

"시하 씨, 이제 그만 내려줘요."

하지만 시하는 안나의 목에 입술을 누르며 그동안 참아온 갈증을 푸는 데에만 열중했다.

"안 돼. 아직 한참 모자라. 더 해줘, 키스."

"나중에. 사람들이 계속 쳐다본단 말이에요. 응?"

안나가 부끄러워 어쩔 줄 몰라 하자, 그때야 시하가 그녀를 바닥에 내려 주었다. 그러곤 거듭 다짐을 받았다.

"이따 집에 가면 지금 못한 것까지 두 배로 해줘."

"알았어요. 알았으니까 얼른 여기서 벗어나요."

창피함에 얼굴이 발갛게 달아오른 안나의 시하의 팔을 잡아끌었다. 시하는 마지못해 차에 올라타 운전대를 잡았다. 그 모습을 본 안나가 깜짝 놀라며 물었다.

"설마 시하 씨가 직접 운전하려고요?"

"당연하지. 너 시험 준비하는 동안 나도 놀고만 있지 않았거든?"

시하는 이내 부드러운 운전 실력을 뽐내며 차를 출발시켰다. 한참을 그가 운전하는 모습을 입을 벌리고 쳐다보던 안나가 자기도 모르게 중얼거렸다.

"놀랐어요. 시하 씨가 그사이 운전면허까지 땄을 줄이야."

차원 이동을 하는 악마가 운전면허라니, 어울리지 않았다. 시하는 그런 안나의 시선마저 기분 좋은지 희미한 미소를 지으며 차창에 턱을 괴었다. 이따금 자신을 향하는 부드럽고 뜨거운 시선에 안나가 뺨을 붉히며 중얼거렸다.

"호텔 일 때문에 무지 바쁘다고 들었는데……."

"아무리 바빠도 너 보러 갈 시간은 있었어. 근데 널 보러 갈 수 없으니까, 태주가 그 시간에 운전면허나 따라고 해서 그냥 해본 거야."

안나의 생각대로 날개를 쓰거나 차원 이동을 하는 그로선 운전은 지루하기만 했다. 그래서 운전을 배우는 동안 내내 이렇게 안나와 함께 있는 순간을 상상했었다. 그러면 재미없는 운전도 나름 버틸 만했다. 시하는 그 끝에 찾아온 이 순간이 상상이 아님을 확인하듯 오른손으로 안나의 손을 꼭 붙잡았다.

"운전 이거 적성에 안 맞아서 괜히 배웠다 싶었는데, 이제 보니 면허 따두길 잘했네."

"왜요?"

"운전기사가 있으면 이런 짓 할 때마다 네가 펄쩍 뛸 게 뻔하니까."

"이런 짓? 무슨…… 읍!"

잠깐 신호에 걸려 차를 멈춘 시하가 재빨리 안나의 두 뺨을 감싸 진하게 입을 맞췄다. 안전띠를 길게 잡아당겨 느슨하게 만든 그가 안나의 허리를 꽉 끌어안았다. 그러곤 그녀의 달콤한 입 안을 꿀을 핥듯 샅샅이 훔쳤다.

이대로 시간이 멈췄으면 좋겠다는 생각이 들었다. 하지만 야속하리만치 빠르게 신호는 다시 바뀌었다. 안나가 가슴을 때리며 눈치를 주자 시하가 마지못해 다시 핸들을 잡았다. 마치 애피타이저를 먹은 것처럼 갈증만 더욱 돋아난 시하의 노골적인 표정에 안나가 손으로 얼굴을 가리며 구박했다.

"면허 괜히 땄네요. 운전 중에는 어차피 이런 짓 못 하는데."

"너야말로 하나만 알고 둘은 모르네. 키스가 꼭 입술에만 하는 건 아니잖아?"

"네? ……앗!"

할짝. 순식간에 안나가 얼굴을 감싼 손을 끌어온 시하가 짓궂게 손바닥을 핥아 올렸다. 안나는 마치 감전이라도 된 것처럼 몸을 부르르 떨었다. 그녀가 눈물이 찔끔 고인 눈으로 시하를 쏘아봤다.

"못 본 사이에 왜 이렇게 야해졌어요?"

시하가 이번엔 안나의 손끝을 살짝 깨물며 대꾸했다.

"한 달 동안 자주 못 봐서 잊었나 본데, 네 남자 원래 야했어."

"와……. 와아……."

기가 막혀 말도 제대로 못 하는 안나를 곁눈질로 보며 시하가 핸들을 꽉 움켜쥐었다.

"왜? 못 믿겠어? 지금 당장이라도 확인시켜줄 수 있는데. 보여줘?"

"아뇨!"

진심이었는지 급하게 차를 멈춰 세우려는 시하를 안나는 가까스로 말렸다. 시하가 갑자기 말수가 적어진 안나를 힐끔 바라봤다. 너무 오랜만에 함께하는 거라 자신이 그녀를 지나치게 밀어붙인 건 아닐까 뒤늦게 걱정이 들었다.

"그나저나 뭐 먹고 싶은 거 있어?"

어색한 분위기를 풀어보려고 그가 질문을 던졌을 때였다. 안나가 돌연 심각한 표정으로 그를 불렀다.

"시하 씨."

그 모습을 오해한 시하가 지레 대답했다.

"걱정 마. 당장은 아무 짓도 안 해. 지금은 그냥 이렇게 너랑 함께 있는 것만으로도 좋으니까. 키스도 조금 참아볼게."

"그게 아니라……."

안나는 고개를 저으며 간신히 본론을 꺼냈다. 그에게 고모를 만나러 가기로 했다는 말을 해야만 했다. 몰래 위험한 일을 해서 걱정을 끼치고 싶지 않았다. 그렇게 그의 마음을 덜컥 내려앉게 하는 건 절대 원하지 않았다. 안나는 어렵게 말을 이었다.

"밥 먹기 전에 잠깐 들르고 싶은 곳이 있어요."

시하가 의아한 눈길로 안나를 바라봤다. 대답을 기다리는 시선에 안나가 혀로 입술을 축이며 말했다.

"고모를 만나야 할 것 같아요."

"뭐?"

예상대로 시하의 표정이 사납게 변했다. 오정숙이 사리분별을 잃고 안나를 죽이려 했던 기억이 아직까지도 선명했다. 그런 자가 기자회견장에서 수모까지 당했으니 안나에게 무슨 짓을 하려 할지 몰랐다.

"대체 오정숙을 왜 또? 혹시 무슨 조치가 필요하다면 내가 해. 네가 오정숙을 만나야 할 이유는 없어."

안나도 그가 무엇을 걱정하는지 잘 알았다. 고모를 만나 자신이 다치거나 상처받을까 염려스러운 것이다. 그 다정한 마음을 알기에 안나는 일부러 더 다부진 말투로 대답했다.

"걱정 마요. 나, 이제 정말 고모를 끊어내려고 이러는 거예요. 사실 고모한테서 계속 연락이 왔었어요. 계속 무시했었는데 더는 무시가 답이 아닌 것 같아요. 내가 만나주지 않으면 고모는 끝까지 포기하지 않을 테니까."

"하지만 아무리 갇혀 있어도 오정숙이야. 그 여자가 마음만 먹으면 너한 테 해코지하는 건 일도 아닌 거 알잖아."

"알아요. 근데 내 옆엔 시하 씨가 있잖아요. 시험 끝날 때까지 일부러 고 모 만나는 거 미뤘어요. 이렇게 당신 손 잡고 찾아가려고. 이러면 하나도 겁 안 나니까."

"너 정말!"

시하가 더는 말을 잇지 못하고 크게 한숨을 내쉬었다. 이렇게 나오면 자 신은 도저히 안나의 고집을 꺾을 수가 없다. 그리고 가만히 생각해보면 결 코 안나가 먼저 오정숙을 보러 갈 마음을 먹었을 리가 없다. 안나가 이런 결 심을 하기까지 얼마나 오정숙이 집요하게 연락을 했을까? 기왕 이렇게 된 거, 이번 기회에 오정숙이 안나한테 두 번 다시 접근하지 못하도록 단단히 조처해야겠다고 시하는 생각했다. 고민을 끝낸 그가 안나가 부드럽게 쥔 손 에 단단히 깍지를 끼며 말했다.

"알았어. 대신 옆에서 절대 떨어지지 마. 무조건 내 옆에만 있어."

"응, 시하 씨 옆에 찰싹 붙어 있을게요."

안나의 대답에 시하가 확연히 달라진 눈빛을 하고서 차의 속력을 높였다. 이내 그가 운전하는 차가 오정숙이 수감된 교도소를 향해 거침없이 달리기 시작했다.

*

"오정숙 수감자를 면회하려고 왔는데요."

시하와 안나가 교도소에 도착해 막 정숙의 면회를 신청했을 때였다. 누군 가 기척을 죽인 채 다가오더니, 무턱대고 안나에게 손을 뻗었다. 불길한 기운을 느낀 시하가 곧바로 그 손을 붙잡았다. 반사적으로 상대의 얼굴을 확인한 그의 표정이 순식간에 사나워졌다.

"너 이 자식, 감히 누구한테 손을 대?"

바로 문찬영이었다. 찬영은 시하가 등 뒤에 숨긴 안나를 보며 노골적으로 아쉬운 표정을 짓고 있었다.

시하는 뻔뻔한 찬영의 모습에 이를 악물었다. 분명 한동안 악몽에서 깨지 못하도록 저주를 걸어뒀건만, 그사이 효력이 다한 모양이었다. 인간의 꿈을 충분히 먹지 못한 탓에 저주의 효력이 지속되는 시간이 눈에 띄게 짧아졌다. 예전의 그였다면 최소한 1년은 악몽에서 헤어 나오지 못했을 텐데.

그러니 시하가 매섭게 노려보는 시선에도 불구하고 찬영의 눈길은 오로지 안나만을 향하고 있었다. 시하의 어깨너머로 찬영과 눈이 마주친 안나가 불안한 듯 눈을 피했다. 이곳에서 찬영을 다시 만나리라곤 전혀 생각도 못했다. 찬영의 소름 끼치는 집착에 안나의 목소리가 절로 떨려 나왔다.

"오빠가 왜 여기에 있어요?"

"왜긴. 나도 어머니 보러 왔어."

"하필 왜 지금인데요? 내가 올 거라는 거 알고 있었잖아요. 처음부터 이럴 계획이었어요?"

"아니야, 나도 어쩔 수 없었어. 어머니 상태가 좋지 않으셔서 한동안 면회가 불가능했었거든."

순간적으로 내뱉은 찬영의 변명에 안나의 얼굴이 사색이 되었다.

"고모 상태가 안 좋다는 게 무슨 말이에요? 그럼 나한테 편지는 어떻게 썼는데……. 잠깐만."

문득 안나의 머릿속에 끔찍한 추측이 떠올랐다. 그러고 보니 이상했다. 처음 몇 번은 전화를 걸어왔던 고모가 언젠가부터 갑자기 편지를 쓰기 시작한 정황이 수상쩍었다. 어차피 찬영에게 물어봐도 거짓말만 할 게 뻔해서 안나는 교도관에게 가서 직접 물었다.

"혹시 오정숙 수감자가 편지 보낸 적 있나요? 한 보름쯤 전부터 사흘에 한 번씩 편지가 왔었는데요."

교도관은 난감한 표정을 지으며 대답했다.

"그럴 리가 없을 텐데요. 오정숙 수감자라면 딱 보름 전부터 이상 증상을 보여서 독방으로 옮겨졌는데."

"이상 증상이라니, 정확히 어떤 증상을 말하는 거죠?"

"환각 증세요. 자꾸 악마를 봤다고 헛소리를 해대서."

"악마…… 라고요?"

"네. 다른 수감자들이 시끄러워서 잠을 못 자겠다고 불만이 많아서 독방으로 옮겼어요. 추후 검사를 통해서 정신병원으로 이송할지 말지 결정할 겁니다."

아마도 오정숙은 안나를 살해하려던 그날의 기억을 환각으로 보고 있는 것 같았다. 곧바로 꿈을 조작해 기억은 지웠지만, 극도로 신경이 예민해진 상태에서 그때 느낀 공포를 되풀이하고 있는 것이다. 그런 상태라면 도저히 온전한 정신으로 편지 같은 걸 쓸 수 있을 리 없었다. 반사적으로 안나는 끔찍한 눈길로 찬영을 노려봤다.

"고모가 나한테 보낸 편지들, 사실은 오빠가 썼던 거죠?"

자신을 벌레 보듯 쳐다보는 시선에 찬영이 다급히 변명했다.

"안나야, 내 말 좀 들어봐. 나도 그럴 수밖에 없었어. 너한테 반드시 해야 할 말이……."

"입 다물어요!"

안나가 날카롭게 소리를 질렀다. 그리 오래되지 않은 소름 끼치는 기억들이 그녀의 뇌리에 되살아났다.

"또 오빠 거짓말에 속았어. 바보같이……."

어떻게든 혼자서 몽유병을 극복해보려 했던 안나가 고모 집에 들어가게 된 이유도 바로 찬영의 이 거짓말 때문이었다. 안나가 끝내 완전히 의식을 잃고 밤거리에서 쓰러진 채 발견된 날. 찬영은 이렇게 말했다.

'불안해서 안 되겠어. 우리 같이 살자. 오빠가 안나 병 나을 수 있게 열심히 도와줄게. 어머니도 유명한 의사분 알아봐 주신댔어.'

기댈 곳이 없었던 안나는 그 다정한 거짓말을 믿었다. 하지만 고모가 특별히 알아봤다는 의사가 와서 그녀의 두 발에 족쇄를 채웠을 때, 찬영의 태도는 달라졌다.

'오빠. 제발 나 좀 여기서 나가게 해줘. 이런 건 치료가 아니야. 고모가 날 이곳에 가두려 하는 것 같아.'

'미안해, 안나야. 오빠는 어머니를 거역할 수가 없어.'

고모의 뜻을 거스를 수 없다는 말은 허울 좋은 변명일 뿐이었다. 찬영이 미안하다는 말을 할 때마다 토악질이 날 만큼 역겨운 거짓말의 냄새가 풍겼다. 거짓말 속에 숨긴 악의에 안나는 질식할 것만 같았다. 머지않아 결국 그의 본심은 드러났다.

'오빠는 이렇게라도 안나와 같이 살 수 있어서 좋아. 아니. 오히려 안나가 오빠한테서 달아날 수 없게 돼서 너무 행복한걸.'

'우리 안나. 이제 아무 데도 못 가. 오빠랑 이렇게 평생 같이 살자.'

어둠 속에서 울려 퍼지던 그 말들이 다시 생생하게 떠올라 안나는 귀를 틀어막았다.

"안나야, 왜 그래?"

깜짝 놀란 시하가 재빨리 다가와 안나를 감싸며 물었다. 안나는 시하의 다정한 손길에 바싹 메마른 입술을 달싹여 간신히 말했다.

"여기서 나가고 싶어요."

식은땀까지 흘리는 안나의 모습에 시하는 곧바로 고개를 끄덕였다.

"알았어. 바로 나가자. 걸을 수 있겠어?"

"네……."

안나가 시하와 함께 교도소를 나서려 하자 찬영이 다급하게 손을 뻗었다.

"안나야, 잠깐만. 내 말 좀 들어보래도. 내가 꼭 할 말이……."

"멈춰, 문찬영."

그 앞을 시하가 재빨리 가로막았다.

"차시하⋯⋯!"

찬영이 핏발 선 눈으로 시하를 노려봤다. 시하는 찬영의 어깨를 세게 뒤로 밀었다.

"더 이상 안나한테 다가가면 가만두지 않아. 이번엔 절대 악몽에서 깨지 못하게 만들어줄 테니까. 내 말 명심해."

그러자 찬영이 시하를 향해 날카롭게 소리쳤다. 안나가 아예 자신의 말을 들으려 하지도, 하물며 자신과 눈도 마주치지 않으려는 지금 이 사태가 모두 빌어먹을 차시하 탓인 것만 같았다.

"이게 다 차시하 너 때문이야! 네가 다 망쳤어!"

"아니, 이건 다 문찬영 네가 자초한 일이야. 안나를 겁주고, 상처 준 죗값을 치르는 거라고."

"웃기지 마! 당신이 뭘 안다고 떠드는 거야? 나는 안나를 사랑해! 나는 그저 안나랑 함께 있고 싶었던 것뿐인데, 당신이 갑자기 나타나서 나한테서 안나를 빼앗아 갔잖아!"

그 순간, 시하의 등 뒤에 서 있던 안나가 찬영의 말을 막았다.

"아뇨!"

찬영이 자신의 감정을 사랑이라고 포장하는 것만큼은 결코 참을 수가 없었다.

"오빠가 하는 건 사랑이 아니야! 착각하지 마요!"

"그렇지 않아, 안나야! 나는 널 처음 봤을 때부터 사랑했어. 진심이야!"

"정말 진심으로 날 사랑했다면, 고모 때문에 밤마다 무서워하는 날 모른 척하면 안 되는 거였어요! 도리어 오빠는 제발 구해달라고 애원하는 날 보면서 좋다고, 행복하다고 말했잖아요. 그게 어떻게 사랑이에요? 그런 추악한 소유욕이 어떻게 사랑이냐고!"

안나는 격앙된 심정을 숨김없이 토해냈다. 처음으로 자신의 마음을 송두리째 부정당하자 찬영은 울면서 애원했다.

"그런 게 아니야, 안나야. 널 너무 사랑해서 그랬어. 네가 내 옆에 있는 게 너무 행복해서……. 대체 내가 어떻게 해야 내 말을 믿어줄 거야? 정말이야. 진심으로 널 사랑한단 말이야!"

하지만 안나는 이번에도 고개를 가로저었다. 시하를 만나기 전이라면, 찬영의 감정을 이렇게까지 확신하지 못했을지도 모른다. 그러나 시하를 만나고 확실히 알게 됐다. 사랑에 빠진 남자에게서 얼마나 달콤하고 다정한 냄새가 나는지.

"소용없어요. 나는 이제 사랑에서 어떤 냄새가 나는지 아니까. 이제 다신 오빠 거짓말에 속지 않아."

그렇게 말하며 안나가 시하의 옷깃을 잡아당겼다. 빨리 이곳에서 자신을 데리고 나가달라는 신호였다. 시하는 그 신호를 놓치지 않고 재빨리 다시 안나의 어깨를 감싸 안았다. 찬영이 둘을 살벌하게 노려봤다. 시하도 무섭게 찬영을 노려봤다. 안나가 시하를 다시 잡아끌었다.

"어서 가요. 나 1초도 더는 여기에 있고 싶지 않아."

"그래. 얼른 나가자."

문찬영의 태도가 영 꺼림칙했으나 시하에겐 무엇보다 안나가 원하는 것이 최우선이었다. 시하는 이내 문찬영에게서 등을 돌리고 교도소를 나섰다. 그리고 그렇게 찬영이 홀로 남겨졌을 때였다.

"당신한텐 내 도움이 필요할 것 같군요. 저 여자를 되찾고 싶어요?"

어두운 그림자처럼 다가온 남자가 찬영에게 위험한 손길을 내밀었다.

*

남자는 인적이 드문 교도소 주차장으로 찬영을 데리고 가 위험한 제안을 건넸다.

"저, 정말 시킨 대로만 하면 되는 거죠?"

찬영이 설명을 끝낸 남자에게 마지막으로 한 번 더 물었다. 남자는 귀찮은 기색을 선글라스 안에 구겨 넣고서 답했다.

"물론. 내가 시킨 대로만 하면 오안나 옆에서 차시하를 완전히 떼어놓을 수 있을 겁니다."

남자는 안나와 차시하에 관해서 무척 잘 알고 있는 것처럼 보였다. 제 존재를 어떻게 알았는지. 자신이 원하는 바를 어째서 이미 알고 있는 건지. 의심의 여지가 너무나 많았지만, 찬영의 눈은 가려져 있었다.

"오안나를 완전히 소유하고 싶죠?"

급기야 안나를 오롯이 소유할 수 있다는 망상은 찬영의 이성을 송두리째 앗아갔다.

"네. 오로지 나만 볼 수 있고, 나만 만질 수 있었으면 좋겠어요. 감히 차시하 따위는 손도 못 대게."

"그렇다면 내가 알려준 방법대로만 하세요."

남자가 선글라스를 벗고 찬영을 샅샅이 살폈다. 까만 안경 너머 감춰져 있던 남자의 눈매가 선명하게 드러났다. 비릿한 미소를 머금고 있는 날렵한 눈. 찬영은 얼핏 미소 짓는 남자의 눈동자가 불길처럼 붉다고 생각했다. 하지만 찰나의 착각이었는지 다시 마주 본 남자의 눈동자 빛깔은 검은색이었다. 뒤늦게 남자의 정체에 대한 궁금증이 일었다.

"근데 당신은 대체 누구죠? 왜 날 아무 대가도 없이 도와주는 거예요?"

남자는 한 박자 늦게 느긋한 말투로 대답했다.

"……나는 문찬영 씨와 똑같은 걸 원하는 자입니다."

"나와 같은 걸 원한다고요?"

"나도 차시하 곁에서 오안나가 없어지길 바라거든요."

같은 듯하지만, 미묘하게 다른 문장이었다. 오안나 곁에서 차시하가 사라지길 바라는 찬영. 차시하 곁에서 오안나가 없어지길 바라는 남자. 같으나 분명히 다른 의도를 가지고 접근해온 남자는 바로 유현이었다. 유현은 속내를 감추듯 다시 선글라스를 쓰며 말했다.

"처음이자 마지막 기회가 될 겁니다. 그러니 반드시 한 번에 성공해야만 합니다."

"아, 알겠습니다."

의뭉스러운 남자의 정체를 고심하던 찬영이 귓가에 들려오는 단호한 말에 어깨를 바짝 움츠렸다. 그러곤 긴장감에 침을 꿀꺽 삼키며 거듭 고개를 끄덕였다. 유현은 그 모습을 만족스럽게 바라보다 잠겨 있던 차 문을 열었다.

"그럼 이제 가보세요."

찬영은 마치 최면에 걸린 것처럼 곧바로 유현의 지시대로 움직였다. 멀어져 가는 찬영의 뒷모습을 바라보던 유현이 손을 뻗어 그가 앉아 있던 자리에 묻은 꿈의 흔적을 손가락에 묻혔다. 천천히 손을 입가로 가져가 손끝을 혀 위에 뭉근히 비볐다. 추악하고 역겨운 맛이 서서히 그의 안으로 흡수되었다.

생각했던 것보다 문찬영의 속내는 훨씬 더러웠다. 오안나에 대한 집착도, 시하에 대한 질투도 상상 이상이었다. 예상보다 일이 한결 수월해졌다. 유현의 입꼬리가 매끄럽게 치켜 올라갔다.

사실 처음엔 실패한 계획을 성공시키기 위해 오정숙을 이용할 생각이었다. 그러기 위해서 오정숙이 수감되어 있는 교도소를 찾았던 것인데, 더 적합한 인물이 그의 앞에 제 발로 나타났다. 오정숙의 아들 문찬영이었다.

오안나를 가지기 위해서라면 설사 범죄라 해도 저지를 수 있는 존재. 안나 옆의 시하를 노려보는 문찬영의 눈빛을 보자마자 유현은 알았다. 그가 자신의 훌륭한 마리오네뜨가 되어주리란 것을. 문찬영을 속이기 위해서는 특별히 꿈을 조작할 필요도, 금기를 어길 필요도 없었다. 오안나를 향한 비뚤어진 애정 탓에 시하에게 깊은 질투심을 느끼고 있는 문찬영은 손쉽게 미끼에 걸려들었다.

어느새 문찬영의 찌꺼기를 다 흡수한 유현이 천천히 입술을 혀로 핥았다. 그의 입가에 잔뜩 비틀린 미소가 매달려 있었다.

*

교도소에서 집으로 돌아온 후, 시하는 옷을 갈아입고 안나의 방으로 향했다. 안나가 이미 잠들었을지도 모른다는 생각에 그는 문 앞에서 노크를 하고 조심스레 물었다.

"안나야. 자?"

"아뇨!"

"그럼 나 들어가도 돼?"

"네? 네! 들어와도 괜찮아요."

조금 당황한 듯했지만, 안에선 금방 허락의 말이 흘러나왔다. 이미 자고 있을지도 모른다는 예상과는 달리 방금 씻고 나왔는지 안나의 눈은 초롱초롱했다. 시하는 망설이다 천천히 안나에게로 다가갔다. 그러곤 침대에 누워 자신의 옆자리를 툭툭 두드렸다. 언뜻 누우라는 뜻 같았지만, 그는 이불을 깔고 침대에 앉아 있었다. 안나는 영문을 모르겠다는 듯 두 눈을 동그랗게 뜨고서 시하를 바라봤다. 그가 약간 달아오른 얼굴에 마른세수를 하며 입을 열었다.

"그냥 잠만 재워주려고."

역시 누우라는 뜻이 맞았다. 답지 않게 부끄러워하는 모습에 엷은 미소를 머금은 안나가 시하가 깔고 누운 이불을 빤히 바라봤다.

"그럼 이불을 깔고 누우면 안 되죠. 내가 덮을 수가 없잖아요."

"그게, 한 이불 덮는 건 좀 위험한 것 같아서."

시하의 말에 이번엔 안나의 얼굴이 붉게 달아올랐다. 안나는 마치 고장

난 로봇처럼 어색한 동작으로 이불 위에 반듯하게 누웠다.

"이, 이렇게 누우면 되는 거죠?"

"어? 어……."

아주 가까이에서 둘의 눈이 마주쳤다. 고개를 돌려 눈을 피해도 뜨거운 체온과 달콤한 숨결은 피할 수 없는 좁은 간격. 자신이 제안해놓고 한동안 굳은 채 움직이지 않던 시하가 용기를 내어 안나의 머리를 쓰다듬었다.

"기분은 괜찮아?"

부드러운 손길과 함께 들려오는 상냥한 목소리. 재워주려는 그의 행동이 무엇을 의미하는지 깨달은 안나의 눈시울이 붉어졌다.

"미안해. 분잔영이 나타났을 때 내가 바로 막았어야 했는데."

"아니에요. 고모를 보러 가자고 한 것도, 찬영 오빠 거짓말에 또 속은 것도 나였는데 시하 씨가 왜 미안해요."

"그래도……."

미안하단 말을 하려던 시하의 타이밍을 가로챈 안나가 전혀 다른 말을 했다.

"당신이 옆에 있어서 나 안 울고 당당하게 할 말 다 했어요."

그래, 완전히 두려움을 떨쳐내진 못했지만, 안나는 정말 씩씩하게 문찬영을 상대했다. 시하는 자신이 안나에게 용기를 주었다는 사실이 뿌듯했다.

"근데 아까 그랬지?"

"네? 뭐가요?"

"사랑에서 어떤 냄새가 나는지 안다고. 도대체 사랑에선 어떤 냄새가 나는 거야?"

느닷없는 시하의 질문에 안나가 놀라 움찔했다. 그녀는 뒤늦게 깨달았다. 찬영의 거짓말에 반박하려다 그만 자신의 비밀을 노출시키고 말았다는 사실을. 하지만 다행히 그는 자신의 말을 심각하게 받아들이는 것 같진 않았다. 안나는 잠시 고민하다 시하의 품으로 파고들었다.

"이 냄새요. 시하 씨한테서 나는 좋은 냄새. 이게 바로 사랑의 냄새가 아닐까 싶어요."

완벽한 거짓말도, 완벽한 진실도 아니었다. 안나의 복잡한 심정을 알 리 없는 시하는 기분이 좋아졌는지 그녀를 더 꼭 끌어안았다. 신기했다. 단 한 번도 자신에게서 어떤 냄새가 나는지 궁금한 적이 없었는데, 이 순간 진심으로 궁금해졌다.

하지만 지금 이 방엔 온통 안나의 달콤한 향기가 가득해 자신의 냄새는 맡아지지도 않았다. 시하는 대신 품에 안은 안나의 체향을 담뿍 들이마셨다. 안나가 맡은 제 냄새도 이토록 달콤할까? 안나에게서 나는 달콤한 냄새가 사랑의 냄새였으면 좋겠다고 생각하며 시하는 눈을 감았다.

그 순간, 안나가 고개를 슬쩍 들어 그에게 입을 맞췄다. 깜짝 놀란 시하가 멍한 얼굴로 내려다보자, 안나가 수줍게 말했다.

"낮에 그랬잖아요. 집에 가면 그때 못 한 것까지 두 배로 해달라고…… 흡!"

그녀가 말을 채 끝내기도 전에 시하가 다시 입술을 겹쳤다. 말캉한 입술의 감촉에 도저히 정신을 차릴 수가 없었다. 방 안 가득, 달콤한 사랑의 향기가 한층 짙어졌다. 그 어떤 향수보다도 유혹적이고 사랑스러운 향기가 가득한, 그런 밤이었다.

*

다음 날이 되자 시하는 아직 잠에서 깨지 않은 안나를 지켜보다 바깥으로 나섰다. 그는 곧장 라운지 카페로 향했다. 오늘 이곳에서 매우 중요한 약속이 있었다.

시하는 잠시 후 나타난 남자와 함께 분주하게 이야기를 나눴다. 곁에는 태주도 함께였다. 긴 설명을 마친 남자가 테이블 위에 어지럽게 흩어진 종이를 뭉쳐 바닥에 대고 탁탁 두드렸다. 그가 정리를 마칠 때까지 기다린 시하는 마지막으로 한 번 더 물었다. 집요하게 보이겠지만, 제대로 확인을 받아야만 했다. 시간이 얼마 남지 않았으니.

"그럼 지금부터 시작하면 제가 원하는 기한 내에 분명히 성공 가능하다는 뜻이죠?"

시하의 질문에 마주 앉은 남자가 고개를 끄덕이며 대답했다.

"네. 2주 정도는 제가 이렇게 직접 찾아와서 설명해드리고, 그 후부터 직접 제 사무실에 오셔서 작업 시작하시면 충분히 가능할 거예요."

"좋습니다. 그럼 앞으로 잘 부탁드리겠습니다."

"물론이죠. 그럼 내일부터 이 시간에 이곳으로 찾아오겠습니다."

남자는 일어나 악수를 청했다. 시하도 정중하게 악수에 응했다. 엘리베이터까지 그를 배웅하고 다시 원래 있던 자리로 돌아와 남자가 두고 간 팸플릿을 물끄러미 바라봤다. 호텔에 관한 일만으로도 하루 24시간이 모자랄 지경이었지만, 그에게 있어 경영만큼, 아니 그보다 더 중요한 일이 바로 이것이었다. 태주가 그런 시하를 못 말리겠다는 시선으로 바라봤다.

"정말 직접 하시려고요?"

시하는 다부지게 대답했다.

"응."

"가뜩이나 성운 호텔 운영 때문에 무리하시는데, 일 끝나면 쉬셔야죠."

"이거 하고 쉬면 되지."

"그러고 나면 쉴 시간이 어딨습니까? 그리고 2주 동안은 저분이 호텔로 직접 오신다지만, 그 후에는 어떡하실 건데요? 아직 결계 못 깨서 호텔 바깥에 나갔다 돌아오려면 소환으로만 가능하잖아요."

태주의 지적에 시하가 턱을 매만졌다. 태주의 말대로 결계는 아직도 깨지지 않았다. 자연스럽게 사라질 날짜가 지났음에도 불구하고 결계는 여전히 그 효력이 강했다. 하연에게 물어봐도 도저히 이유를 모르겠다는 대답만 돌아올 뿐이었다. 게다가 결계 향수의 포뮬러 분석은 아직도 끝나지 않았다. 당연히 회중시계는 하연이 계속 가지고 있는 상황. 시하가 답답하게 목을 조이는 넥타이를 살짝 풀어내며 태주에게 말했다.

"그래서 말인데, 네가 양하연한테 부탁해서 매일 밤 회중시계 잠깐씩 빌려. 그리고 내가 호텔 밖에서 일 끝나는 시간에 맞춰서 소환하는 거야."

"네?"

태주가 깜짝 놀라 눈을 크게 떴다. 까다로운 하연에게 매일 밤 부탁이라니, 태주는 벌써 머리가 아픈 것 같았다.

"어우, 그분 성격 모르세요? 일하는 데 방해나 하지 말라며 내쫓으실 게 뻔한데."

"당분간 호텔 외부에서 일정이 있다고 해. 나 소환한 다음 돌려준다고."

"휴우. 그 짓을 한 달 넘게 해야 하다니……."

"그 전에 결계가 깨질 수도 있으니까 너무 상심하진 말고."

"하나도 위로가 안 됩니다. 날짜가 지나도 안 깨지는데 무슨 수로요?"

"아, 맞다. 그러고 보니 이번에 펜트하우스 정원에 네가 좋아하는 꽃들을 좀 심을까 하는데."

봄의 절정에 피는 화사한 꽃들은 태주에게 더할 나위 없이 훌륭한 식사였다. 태주는 곧장 태도를 바꿨다.

"조금 번거롭겠지만, 열심히 하겠습니다. 맡겨만 주세요."

그런 태주를 힐긋 바라본 시하가 미소를 머금으며 한 마디 더 덧붙였다.

"참, 나 소환할 때 안나한텐 들키지 않게 조심해. 안나도 시험 합격해서 곧 일 시작할 테니까 한동안은 정신없을 거야. 그래도 방심하진 말고."

"어째 저한테만 계속 번거로운 일이 느는 것 같은데요?"

"꽃, 네가 좋아하는 거로 마음껏 골라."

"그런다고 제가 기뻐할 줄 아십니까?"

하지만 말만 그렇지, 어느새 태주의 입은 귀에 걸려 있었다. 시하가 만족스러운 표정을 지으며 다시 아까 살펴보던 팸플릿에 시선을 두었다. 무슨 상상을 한 것인지 그의 입가에 서서히 미소가 번졌다. 세상에서 가장 행복한 존재처럼 미소 짓는 그의 모습을 멀리 떨어진 자리에서 검은 모자를 푹 눌러쓴 남자가 몰래 지켜보고 있었다.

*

"2주 후에 시하가 호텔 바깥으로 나갈 계획이라고?"

-네, 분명히 그렇게 말했습니다.

조금 전까지 몰래 시하를 지켜보고 있던 자기 전화기 너머의 존재에게 깍듯하게 보고했다.

-앞으로 한 달 정도는 계속 호텔 바깥에 있는 사무실에 나갈 거라고 합니다. 그때마다 윤태주가 회중시계를 가지고 소환할 거라고 하더군요.

"그럼 우리한테 기회가 아주 많다는 뜻이겠군."

-어떻게 할까요? 계속 살펴볼까요?

"아니, 이제 그만해. 눈치 빠른 녀석이니 낯선 인물이 주위에 계속 기웃거리면 수상하게 여길 수 있어."

-알겠습니다.

보고를 받은 자는 유현이었다. 전화를 끊고 난 후, 유현은 와인을 한 모금 들이켰다. 미리 추출해놓은 라희의 꿈을 뿌린 와인은 황홀할 정도로 달콤했다. 물론 직접 라희의 살결을 어루만지며 달콤한 숨결과 뜨거운 체온, 아찔한 신음과 함께 빨아들이는 꿈에 비할 바는 못 되지만.

'그러고 보니 라희와 어코드를 안 한 지도 꽤 오래된 것 같군.'

유현은 잔에 남은 와인을 마지막 한 방울까지 전부 다 마시고 휴대전화를 꺼내 들었다. 라희에게 전화를 걸자 몇 번 신호가 가더니 곧바로 음성사서함 연결 안내 멘트가 흘러나왔다. 언제부턴가 라희에게 전화를 걸면 이렇게 번번이 음성사서함으로 연결이 되곤 했다.

대체 언제부터였더라? 정확한 기억조차 나지 않았다. 판에게 다시 인정받고 싶다는 생각이 머릿속에 가득해서 미처 신경 쓰지 못했는데, 지금 와서 생각해보니 이렇게 오랫동안 라희를 보지 못한 것이 수상했다. 그가 성마르게 다시 그녀에게 전화를 걸었다. 하지만 이번에도 전화는 연결되지 않았다. 라희가 계속 전화를 받지 않는 건 분명 이상한 신호였다.

두 번 생각해 볼 것도 없이 유현은 와인 잔 조각에 남아 있는 라희의 꿈의 향기를 폐부 깊숙이 빨아들였다. 그는 거침없이 꿈틀거리는 차원에 몸을 맡겼다. 매캐한 연기가 피어오르고, 뜨거운 열기가 출렁거렸다.

'민라희.'

어김없이 차원은 순식간에 유현을 집어삼켜 그가 방금 맡은 냄새가 부유하는 곳으로 이끌었다.

'넌 절대 내 손에서 벗어날 수 없어.'

하나 자신만만하던 유현의 표정은 이내 참혹하게 일그러졌다. 차원 이동이 끝나고 익숙하지만 낯선 풍경이 곧 그의 눈앞에 펼쳐졌다. 냄새를 통해 이동한 곳은 다름 아닌 라희의 집이었다.

그녀의 오피스텔은 텅 비어 있었다. 라희가 사용하던 물건들이 전부 사라지고, 벽지마저 흉물스럽게 찢겨 나가 있었다. 유현에게서 풍기는 매캐한 연기와 아지랑이 같은 열기까지 더해지니 텅 빈 오피스텔은 정말 폐허처럼 보였다.

"하!"

유현은 거친 실소를 터뜨렸다. 몽마가 냄새를 통해 차원 이동을 할 때는, 냄새가 마지막으로 남겨진 곳이 목적지가 되었다. 즉, 냄새를 풍기는 대상이 있는 곳이 바로 목적지가 되는 것이다. 하지만 지금 이곳엔 냄새의 주인이 없었다. 그것은 라희가 일부러 자신의 체취를 지우고 사라졌다는 뜻이었다.

'민라희가 사라져?'

막연한 추측을 현실로 확인한 유현은 주먹만 으스러지게 움켜쥐었다. 극도의 분노가 치미는 동시에 가슴에 구멍이 뻥 뚫린 것처럼 공허했다. 차분했던 호흡이 단숨에 거칠어졌다. 유현은 숨을 고르느라 바짝 힘을 준 턱을 쓰다듬으며 문득 언젠가 자신을 찾아왔던 성재의 말을 떠올렸다.

'라희가 느닷없이 은퇴를 하겠다잖아!'

그땐 라희가 은퇴를 결심했다는 것이 무얼 의미하는지 깊이 생각해보지 않았다. 왕에게 인정받고 싶은 자신의 목표가 무너진 것에 분노하고 절망하는 데 눈이 멀어 있었으니까. 아니, 굳이 그 이유가 아니더라도 라희의 감정 따윈 유현에게 고민해볼 가치도 없는 문제였다. 그런데 이제 와서 뒤늦게 그녀의 감정이 신경 쓰이기 시작했다.

아마도 그녀는 더 이상 혼자 하는 사랑을 감당할 수 없었던 것일까? 그래서 다 포기해버린 것일까? 그렇게…….

'제발 날 버리지 말아요.'

애틋하게 매달렸던 그 손을 스스로 놓아버리고.

'사랑해요, 유현 씨.'

진심을 호소하던 그 입술을 스스로 닫아버린 걸까?

"정말 그런 거야? 민라희?"

어금니를 으득 깨문 유현이 화를 참지 못하고 팔을 휘둘렀다. 그 바람에 유리창이 산산조각이 났다. 개중 한 파편이 벽에서 튕겨 유현의 볼을 스쳤다. 그가 천천히 발치에 떨어진 피 묻은 파편을 주워 들고 싸늘하게 읊조렸다.

"웃기지 마, 민라희. 내가 순순히 널 놔줄 것 같아?"

그 순간, 유현은 저도 모르게 손으로 가슴 부근의 옷을 움켜쥐었다.

"으윽!"

멋대로 치미는 신음을 억눌러 삼켰다. 스위트 노트야 또 찾으면 그만인데 왜 이렇게 가슴이 욱신거리는 것인지 알 수 없었다. 가슴속을 지배하는 배신감과 상실감이 무엇을 의미하는지도 모르면서, 유현은 계속해서 한 가지 상황만을 떠올리고 또 떠올렸다.

라희가 떠났다. 민라희가 이유현을 떠났다. 대체 어떻게, 그럴 수 있나? 이유현은 민라희의 전부인데! 일순 유현의 눈동자가 붉게 일렁였다.

'다시 라희를 내 옆에 데려다 놔야 해.'

빨리 지금 계획하고 있는 일을 끝마치고 라희를 다시 잡아 올 생각에 그의 마음이 조급해졌다. 순식간에 그의 몸에서 불길 같은 붉은 힘이 뻗어 나오기 시작했다.

*

시하의 사무실이 웬일로 요란했다. 오늘은 안나의 검정고시 시험 합격자 발표가 있는 날이었다. 그녀는 무사히 합격 소식을 듣고 시하에게 찾아왔다. 덤으로 룸메이드로 취업했다는 소식도 함께.

"어때요? 나 잘 어울려요?"

안나는 기분이 좋은지 룸메이드 유니폼을 입고서 빙그르르 한 바퀴 돌아 보였다. 문찬영을 만나고 온 뒤로 한동안 우울한 것 같아 걱정이 많았는데, 다시 밝아진 모습에 안도감이 밀려들었다. 룸메이드 업무가 고되진 않을까 걱정이 태산 같았지만, 이렇게 좋아하니 티를 낼 수도 없다. 가만히 그녀를 지켜보던 시하가 팔을 쭉 뻗으며 말했다.

"이리 와봐."

"왜요?"

"예뻐서."

노골적인 말에 안나가 손으로 얼굴을 가렸다. 슬쩍 손가락 틈을 벌려 훔쳐보려다 시하와 눈이 딱 마주쳤다. 그녀의 손가락 사이에서 그가 환하게 웃으며 다시금 손을 흔들었다.

"빨리."

안달 난 듯한 몸짓에 안나는 못 이기는 척 시하에게 다가갔다. 그가 잽싸게 안나의 허리를 끌어안아 제 무릎 위에 올렸다. 안나는 또 한 번 못 이기는 척 그의 품에 기댔다. 시하의 손은 그녀가 입고 있는 유니폼의 리본 매듭을 연신 만지작거리고 있었다. 그가 어떤 말을 꺼낼지 예감한 안나의 얼굴이 붉게 달아올랐다.

"네 생일, 이제 진짜 얼마 안 남았다. 알고 있지?"

몇 번의 위험한 고비가 있었지만, 시하는 안나와 약속한 대로 얌전히 그날만 기다리고 있었다.

"네가 기대하라고 해서 엄청 기대 중이야."

달빛이 얇은 커튼처럼 드리워졌던 수영장. 창밖으로 붉은 동백꽃이 비처럼 흩날리던 안나의 침실. 달콤한 벚꽃 향기와 와인 향기가 가득했던 스위트룸. 자신의 인내심을 극한까지 시험했던 황홀한 순간들을 떠올리며 시하가 매듭 끝을 느슨하게 잡아당겼다.

"그날은 꼭 맨정신에 매듭 푸는 거다?"

은밀한 자극에 시하의 가슴에 얼굴을 기대고 있던 안나가 흠칫 놀라며 고개를 들었다. 찰나에 시하가 고개를 기울여왔다. 순간, 지금 키스를 해버리면 쉽게 불을 끌 수 없을 거라는 예감이 들었다. 안나는 다가오는 시하의 얼굴을 두 손으로 감싸 버렸다. 시하가 불만스러운 표정을 지어 보였다.

"이젠 키스만 하는 것도 안 돼?"

"여기선 안 돼요."

이미 많은 경험으로 키스가 얼마나 야해질 수 있는지 안나는 누구보다 잘 알고 있었다. 차마 시하의 사무실에서 그런 야한 짓을 할 수는 없었다. 그럼 그의 사무실에 올 때마다 야한 생각만 날 것 같으니까.

"대체 어디서 해야 허락해줄 건데? 시험 끝나면 맘껏 연애할 수 있을 줄 알았더니, 집에서도 양하연 때문에 눈치만 보게 하잖아."

그런 안나의 마음도 모르고 시하는 잔뜩 뿔이 나 있었다. 태주야 눈치껏 낄 때 끼고 빠질 때 빠져주니 그다지 문제가 되진 않았다. 하지만 양하연은 낄 때도 끼고 빠질 때도 껴서 문제가 심각했다. 그녀가 약속한 한 달에서 벌써 보름이 더 지났다. 견디다 못한 시하가 언제 향수가 완성되는 거냐고 한마디 물었다가 그게 그렇게 쉬운 일인지 아냐며 타박만 들었다. 결계를 깨는 문제도 여전히 감감무소식이었다. 마치 일부러 아무것도 안 하고 있다는 생각마저 들 정도였다. 덕분에 교도소에 다녀온 날 이후로 또다시 제대로 키스조차 못 하고 애꿎은 시간만 흘려보냈다. 한계였다.

"향수고 결계고 다 필요 없으니까 그냥 양하연 돌려보낼까?"

"안 돼요. 날 봐서라도 그러지 마요. 응?"

안나가 시하의 목 뒤를 두 손으로 감싼 채 귀밑을 부드럽게 어루만지며 그를 달랬다. 시하가 자신을 위해 얼마나 힘들게 참고 있는지 알기에 늘 그에게 미안했다. 미안한 마음을 담아 안나는 그에게 조심스럽게 다가가 살포시 입술을 마주 댔다. 그러곤 최대한 야해지지 않게 노력하며 속삭였다.

"대신 오늘은 여기까지. 여긴 당신 일하는 곳이잖아요."

쪽 소리가 나게 입술을 떼어 낸 안나가 시하의 무릎 위에서 내려왔다. 그녀는 순식간에 문이 있는 곳까지 달아나 손을 흔들었다. 오랜만에 닿은 안나의 입술에서 쉽사리 헤어 나오지 못하던 시하가 뒤늦게 벌떡 일어섰다.

"벌써 가려고?"

"점심시간에 잠깐 나온 거예요. 교육 있어서 또 가봐야 해요. 이따 집에서 봐요!"

이내 안나는 문을 열고 쏜살같이 사무실을 빠져나갔다. 달칵. 문이 닫힘과 동시에 시하가 다시 의자에 주저앉았다.

"후우······."

허리를 숙인 채 얼굴을 감싼 그가 땅이 꺼져라 한숨을 내쉬었다. 그러곤 뜨끈해진 귀밑을 두 손으로 짚으며 가빠진 숨을 골랐다. 그러길 잠시, 시하는 돌연 전광석화 같은 움직임으로 책상 위에 놓인 달력을 집어 들었다. 페이지를 두 번 넘기자 안나의 생일을 표시해놓은 게 보였다. 이제 딱 한 달반만 더 지나면……. 그가 애타는 심정으로 안나의 생일이 표시된 날짜 위를 엄지로 더듬었다. 순간, 그의 눈빛이 의아해졌다.

'이게 뭐지?'

방금 그가 문지른 자리에 얼룩이 묻어 있었다. 분명 처음에는 없던 얼룩.

'교육 받나 왔나너니 안나한테서 묻은 건가?'

시하가 대체 어디에서 이런 얼룩이 묻은 건지 손끝으로 이곳저곳을 더듬이보고 있을 때였다. 노그 소리기 들려오더니 은재가 문을 열고 사무실 안으로 들어섰다.

"또야?"

시하가 노골적으로 귀찮은 표정을 지으며 의자 등받이에 몸을 휙 기댔다. 벌써 한 달이 넘도록 은재는 신제품 향수의 테스트를 하겠다며 시하를 찾아오고 있었다.

"이번엔 상큼한 시트러스 계열로 준비해봤어요."

여름 시즌을 겨냥한 향수를 새로 론칭할 예정이라기에 직접 결재를 맡으라고는 했지만, 아무리 생각해도 이건 아니었다. 은재가 하루에도 몇 번씩 시향을 부탁하며 찾아오는 일이 한 달째에 접어들자 시하는 슬슬 자신의 결정을 후회하고 있었다.

"대체 언제까지 개발만 할 거야? 여름 이제 한 달밖에 안 남았어."

"그럼 빨리 통과시켜주시면 되잖아요."

은재가 투덜거리자 시하가 눈썹 끝을 추켜올리며 대답했다.

"번번이 미묘한 냄새가 섞여 있는 것 같은데, 어떻게 그냥 통과를 시켜?"

분명 은재가 가져온 향수는 여름에 사용하기에 적합하도록 시원하고 상큼했지만, 아주 살짝 기분 나쁜 향이 섞여 있었다. 은재는 그것을 향수에 고급스러움을 주기 위해 사용한 애니멀 계열의 향료라고 했으나 시하는 못내 그 향이 불편했다.

"이번에도 불쾌한 향이 나. 다시 만들어 와."

"봐요. 또 이렇게 퇴짜 놓을 거면서."

"그러니까 다음엔 제대로 만들어 오라고."

"네, 네, 알겠습니다. 명심하겠습니다."

은재는 능청스러운 말투로 철렁 내려앉은 심정을 애써 숨겼다. 시향을 할 때마다 시하가 내놓는 불편하다, 불쾌하다, 미묘하다는 답변에 혹시 미움의 향수를 사용한 걸 들켰을까 조마조마했다. 다음번엔 지금 가져온 것보다 미움의 향수 비율을 조금 더 낮춰서 조향을 해야 할 것 같았다. 조심스레 시하의 눈치를 살피던 은재의 눈이 그 순간 돌연 커다래졌다.

시하의 목에 아주 익숙한 냄새가 나는 얼룩이 묻어 있었다. 시향용 향수에 섞어 최근 한 달간 시하가 계속해서 흡수하도록 만들었던 미움의 향수였다.

'대체 저게 어떻게 추출이 된 거지?'

은재는 애써 덤덤한 척 손수건을 쥐고 시하를 향해 손을 뻗었다. 저 얼룩에서 나는 냄새가 방금 가져온 시향 향수에서 나는 미묘한 냄새라는 걸 차 시하가 알아차리기라도 하면 낭패였다.

"뭐 하는 거야?"

시하가 이상한 눈으로 쳐다봐도 은재는 아무렇지 않은 척 표정을 유지하며 손수건으로 얼룩을 깨끗이 닦아냈다.

"칠칠치 못하게 얼룩을 묻히고 다니세요?"

하지만 그의 태연한 가면은 이어지는 시하의 말에 너무 쉽게 벗겨지고 말았다.

"아, 목에도 묻었어? 안나가 다녀갔는데 룸메이드 교육받고 왔다더라고. 아무래도 안나한테서 묻은 것…… 왜 그래, 주은재?"

"네?"

"갑자기 낯빛이 하얗게 질려서는 왜 그러는 거냐고."

은재는 재빨리 얼굴에서 동요의 기색을 지우고 대답했다.

"별일 아닙니다. 신제품 개발 때문에 잠을 제대로 못 자서 그런가 봐요."

그 대답에 시하가 꼭 핀잔이라도 들은 것처럼 멋쩍은 표정을 지으며 은재가 가져온 향수 샘플을 도로 건넸다.

"잘 안 풀리면 좀 쉬었다 해. 너무 무리하지 말고. 이만 가서 쉬어."

"네, 그럼 나가보겠습니다."

애써 미소를 쥐어짜낸 은재는 곧장 시하의 사무실을 빠져나왔다. 그러곤 서둘러 하연에게 문자를 씌어 보냈다.

[어머니. 아무래도 안나가 차시하한테서 우리가 뿌린 미움의 향수를 무의식중에 추출하고 있는 것 같아요. 지금 이대로라면 계획은 실패할 거예요. 만나서 얘기해요.]

그의 얼굴에서 억지로 만들어냈던 웃음기는 어느새 싹 사라져 있었다. 은재는 휴대전화를 주머니에 집어넣고 심각한 얼굴로 시하가 있는 사무실 문을 바라봤다. 안나를 어떻게든 시하에게서 떨어트리려 하고 있지만, 계획은 자꾸만 어긋나고 있었다. 게다가 안나가 자신도 모르게 능력을 발휘하고 있는 상황.

은재의 입에서 묵직한 한숨이 흘러나왔다. 아무리 긍정적인 생각을 하려 해도 안나의 생일이 가까워질수록 자꾸 불길한 예감만 들 뿐이었다.

*

은재에게서 문자를 받은 직후 하연은 곧장 그의 조향실로 향했다. 벌컥, 문을 열자 의자에 앉아서 심각한 눈길로 손수건을 들여다보는 은재의 모습이 보였다. 하연은 곧장 그 앞으로 가서 다급하게 물었다.

"안나가 미움의 향수를 빼내고 있다니, 그게 무슨 소리야?"

은재는 흔들리는 어머니의 눈동자를 올려다보며 천천히 손을 뻗었다.

"말씀드린 대로예요. 안나가 우리가 차시하한테 뿌린 미움의 향수를 자신도 모르게 추출해내고 있어요. 이걸 보세요."

하연의 시선이 은재가 내민 물건으로 향했다. 하얀 손수건에 흐릿한 얼룩이 묻어 있었다. 얼룩에선 희미하지만 익숙한 냄새가 풍겼다.

"이게 차시하한테 묻어 있었다는 거야? 정말로 안나가 추출한 거 맞아?"

"네. 그게 아니면 향수가 자연적으로 체내 밖으로 빠져나왔다는 건데, 그 가능성은 희박해요."

"하지만 어떻게? 안나는 아직 각성도 하기 전인데."

"어머니가 그러셨잖아요. 안나는 백 년에 한 번 태어나는 특별한 마녀인 강희수 사장님의 능력을 물려받았을 확률이 크다고."

"맞아, 그랬지. 그 특별한 힘이라면 각성 전부터 무의식적으로 발휘되는 것도 충분히 가능한 얘기야."

하연은 난감한 듯 이마를 짚었다. 희수는 향의 마녀들 가운데 가장 뛰어난 능력을 가지고 있었다. 그래서 그녀의 사랑이 얼마나 고단했던가. 몽마의 조향사로 끌려갔던 마녀 몇몇이 가까스로 탈출해 마을로 돌아왔을 때 있었던 일을 하연은 아직도 잊지 못했다.

희수는 노예로 끌려갔던 곳에서 한 남자를 만나 사랑에 빠졌다. 그가 바로 몽마와의 계약을 끝내는 방법을 찾아서 바다를 건너온 오태영이었다. 외로운 둘은 서로의 비밀을 꿈에도 모른 채 결혼까지 결심했다.

하지만 둘의 사랑은 순탄하지 못했다. 마을 사람들이 둘의 결혼을 극구 반대했기 때문이다. 일족이 아닌 자와 사랑에 빠져 아이를 가지면 마녀는 힘을 잃는다. 일족은 백 년에 한 번 태어나는 뛰어난 마녀가 힘을 잃는 것을 용납할 수 없었다. 그 상황을 지켜보며 하연은 지독한 환멸감을 느꼈다.

어리석은 마을 사람들은 저주에 걸려 일족이 전부 멸할 위기에 빠졌던 그때에서 달라진 게 하나도 없었다. 일족은 승혜에게 했던 짓을 희수에게도 똑같이 저질렀다. 희수를 두 번 다시 오태영과 만날 수 없게 가둔 것이다. 하연은 가여운 희수를 돕고 싶었다. 아니, 돕지 않을 수가 없었다.

'나, 섬에서 도망칠 거야. 평범한 곳에서 평범하게 사랑하면서, 그렇게 태영 씨랑 행복하게 살고 싶어.'

과거 언젠가 승혜가 품었던 소망과 똑같은 소원을 빌며 섬을 떠나려던 희수를 하연은 마을 사람들 몰래 풀어줬다. 그리고 그녀가 은밀하게 섬을 떠날 수 있도록 도왔다. 그 밤, 괴물이 아귀를 벌린 것처럼 넘실대던 파도를 위태롭게 헤쳐 나가던 배 위에서 희수가 했던 말이 반드시 이뤄지길 빌고 또 빌었다.

'하연아, 고마워. 나, 꼭 행복해질게! 꼭!'

하늘도 무심하지. 그렇게 희수가 겨우 손에 넣은 행복을 무참히 다시 빼앗아가다니. 그것도 모자라 그녀가 목숨과 맞바꿔 지킨 딸을 도로 위험에 빠트리다니. 하연은 긴장감에 바싹 말라버린 입술을 질끈 깨물며 은재에게 물었다.

"차시하는 아직 이 얼룩이 뭔지 모르는 거지?"

"네. 그런데 제가 동요하는 바람에 조금 수상하게 보였을지도 몰라요."

"괜찮아. 더 이상 향수를 뿌려봤자 무의미해. 다른 방법을 찾아야 해."

"다른 방법이라니요?"

"아무래도 차시하한테 이 모든 사실을 말해야겠어."

미움의 향수를 써선 안나의 마음도, 시하의 마음도 조작할 수 없다. 인위적으로 마음을 조작할 수 없다면 방법은 한 가지뿐이었다. 둘 중 하나가 스스로 마음을 바꾸게 만드는 것. 죽을 것 같이 힘들겠지만, 상대에게 더 이상 널 사랑하지 않는다는 거짓말을 하도록 만드는 것.

처음엔 안나에게 이 모든 진실을 말하려고도 생각했다. 하지만 아무리 고민해봐도 안나는 자신에게 닥친 위험을 무릅쓰고 시하의 곁에 남으려 할 것 같았다. 실제로 몽마와 스위트 노트의 관계를 알면서도 그녀는 차시하의 곁에 남았으니까. 이미 그 관계만으로도 안나는 충분히 위험한 상황이었다.

선택지는 하나였다. 시하에게 모든 걸 말하고 안나를 놓아주길 부탁하는 것뿐이었다.

"하지만 어머니! 만에 하나 차시하가 모든 걸 다 알고도 안나를 곁에 두려고 하면……."

"아니, 그는 놓아줄 수밖에 없을 거야. 제 곁에 있으면 안나는 반드시 위험해질 테니까."

되도록 둘 모두에게 과거의 일을 숨기고 싶었지만, 이제는 정말 방법이 없었다.

"기회를 봐서 내가 차시하한테 말할게. 그러니까 은재 넌 그때까지 안나가 이 일을 눈치채지 못하게 살펴줘."

"안나를요?"

"응. 안나가 이 사실을 알면 분명 차시하 곁을 떠나지 않으려고 할 거야. 사랑에 빠지면 자신이 위험에 처하는 것 따윈 신경 쓰지 않게 되니까. 그렇게 되면 차시하도 쉽게 마음을 먹지 못할 테니 조심해야 해."

"알겠어요, 어머니."

은재는 마지못해 물러섰다. 그가 생각했을 때도 시하에게 말했을 때 부탁을 들어줄 가능성이 안나의 경우보다 더 커 보였기 때문이다. 결국 마지막까지 안나를 지키는 것은 차시하의 몫으로 남겨졌다. 은재의 마음을 진작 알아차렸던 하연은 아들의 상심한 표정을 보곤 조심스럽게 물었다.

"속상하니?"

은재는 억지로 고개를 저어 보였다. 이런 와중에도 차시하를 질투하는 못난 자신이 한심하게 여겨졌다. 하지만 이 비참한 기분마저 그에게는 너무도 익숙했다. 은재는 얼룩이 묻은 손수건을 꼭 움켜쥐며 하연의 질문에 답했다.

"저는 안나만 무사하다면 다 괜찮아요. 안나를 지켜주는 게 제가 아니어도 상관없어요. 정말이에요."

"그래, 무엇보다 중요한 건 안나의 안위야. 우린 오직 안나를 지키는 것만 생각하자."

하연은 애써 마음을 접는 아들의 어깨를 토닥였다. 사랑에 빠지면 자신보다 상대방을 더 지켜주고 싶어지기 마련. 은재는 지금 지독한 외로움과 싸우며 사랑을 하고 있었다. 하연이 그런 아들을 위해 해줄 수 있는 건 그저 묵묵히 지켜봐 주는 것 말고는 없었다.

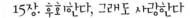

15장. 후회한다, 그래도 사랑한다

"다녀왔습니다."

늦은 저녁, 안나가 지친 기색으로 펜트하우스에 들어섰다. 그녀는 지금 완전히 녹초가 된 상태였다. 쉽지 않을 거라고 예상은 했지만, 난생처음 해 보는 일은 생각보다 더 어려웠다. 특히나 집안일이라곤 해본 적도 없는 아 직 어린 그녀에게 객실을 꼼꼼하게 관리하고 청소하는 일은 더더욱 고된 일 이었다. 일을 시작한 지 한 달째에 접어들자 업무는 제법 익숙했지만, 체력 관리가 제대로 되지 않은 탓에 매일 밤 온몸의 근육이 고통을 호소했다.

불도 켜지 않은 채 응접실 소파 위에 드러눕듯이 앉았던 안나가 문득 주 위를 둘러봤다. 집 안에는 아무도 없는 것 같았다. 최근 들어 자주 이런 상황 이 벌어졌다.

원래 예상했던 기간을 훌쩍 넘겨서 작업 중인 하연은 일이 잘 안 풀리는 지 성운 프라그랑스에 있는 조향실에 틀어박혀 지냈다. 시하도 여름에 출시 될 신제품 향수와 더불어 대규모 프로모션을 준비 중인 탓에 매일같이 야근 이었다. 주인이 야근이니 비서인 태주도 당연히 쉴 수 없었다.

텅 빈 집 안을 둘러보다 안나는 문득 외로운 기분이 들었다. 자신이 검정

130

고시 때문에 바빴을 때 시하도 이런 기분이었을까? 정작 그땐 시험에 합격해야 한다는 것만 생각하느라 그의 외로운 기분을 헤아리지 못했다. 뒤늦게 미안한 마음이 밀려와 코가 시큰거렸다.

'지난번에 스킨십도 마음대로 못 한다고 서운해했었는데……'

오늘은 그가 돌아올 때까지 기다렸다가 꼭 안아줘야지. 피곤을 무릅쓰고 안나는 굳은 결심을 했다. 깜빡 잠들지 않도록 찬물로 씻고 나온 그녀는 시하를 놀라게 해주기 위해 불을 켜지 않고 기다렸다. 그렇게 한 시간 정도 지났을까.

창 너머로 누군가의 모습이 보였다. 수영장 물결에 그림자가 드리워져 있었다. 희미하게 풍기는 이끼 냄새로 보아 태주가 분명했다. 그런데 태주의 모습이 어딘가 수상했다. 자꾸 주변을 두리번거리며 누가 없는지를 확인하는 듯한 태도에 안나는 저도 모르게 창 아래로 몸을 숨겼다.

그때, 아무도 없는 걸 확인한 태주가 품에서 회중시계를 꺼내더니 이내 소환을 시작했다. 곧 수영장에 물보라가 일어나더니 시하가 모습을 드러냈다.

"안나는?"

"지금 주무시고 계실 거예요. 아까 한 시간 전에 집 안으로 들어가시는 거 확인했거든요."

저 대화만 아니었다면 안나는 별 의심 없이 시하가 외부에서 일정이 있었겠거니 여겼을 것이다. 그러나 제게 들키지 않으려 평소 자신이 잠드는 시간에 맞춰 태주에게 소환을 시키는 그의 모습은 의심을 사기에 충분했다.

'대체 나 몰래 어딜 다녀온 거지?'

하룻밤에 불과할 줄 알았던 시하의 수상한 외출은 그 후로도 이어졌다. 다음 날도, 그다음 날도 계속.

*

"도저히 안 되겠어!"

시하의 수상한 외출을 보름이 넘도록 목격한 안나는 더 이상 참을 수가 없었다. 그녀는 출근 준비를 마치자마자 시하에게로 향했다. 오늘은 기필코 밤마다 몰래 어딜 다녀오는 건지 그의 입으로 들을 생각이었다. 그런데 시하와 먼저 이야기를 나누고 있는 누군가의 모습이 보였다. 하연이었다.

"차시하, 할 말이 있어."

순간, 시하의 얼굴이 눈에 띄게 밝아졌다.

"드디어 페르소나 향수 완성한 거야?"

하연은 미안한 기색으로 고개를 저었다.

"아직. 내가 하려는 건 다른 얘기야."

"그럼? 결계 깼어?"

"아니. 그것도 아직……."

"둘 다 아니면 대체 할 말이 뭐야?"

실망이 역력한 시하의 반응에 하연이 초조한 듯 입술을 깨물었다. 번번이 기회가 있음에도 불구하고 아직 시하에게 안나의 비밀을 털어놓지 못한 상황. 이제 정말 안나의 생일이 얼마 남지 않았으니 빨리 말을 해야만 하는데, 차마 입술이 떨어지질 않았다. 그래도 더는 비밀을 털어놓을 시기를 미룰 수 없었다. 두 주먹을 꽉 움켜쥔 그녀가 굳은 결심을 하고 입을 열었다.

"중요한 얘기야. 차시하 네가 꼭 알아야만 하는……!"

그때였다. 멀리서 안나의 모습을 발견한 그녀가 곧바로 입을 다물었다.

"왜 말을 하다 끊어? 들을 테니까 계속해. 중요한 얘기라며?"

시하가 그런 하연을 걱정스러운 듯 바라봤다. 하연은 애써 담담한 표정을 꾸며내며 말했다.

"아니야, 사실 별일 아니었어. 신경 쓰지 마."

그러곤 빠른 걸음으로 자신의 방에 들어갔다. 그 모습을 지켜본 안나가 천천히 시하에게로 다가가 물었다.

"왜 그렇게 하연 언니한테 못되게 말해요? 하연 언니 표정 안 좋아졌잖아요."

가뜩이나 제게 비밀을 만든 시하에게 불만이 쌓여 있던 터라 말투는 퉁명하기 짝이 없었다. 시하는 자연스럽게 안나를 끌어안으며 대답했다.

"너랑 단둘이 오붓하게 있고 싶은데 번번이 훼방을 놓으니까 그러지."

안나는 곧바로 그의 품을 빠져나오며 쏘아붙였다.

"거짓말. 나랑 단둘이 오붓하게 있고 싶다면서 매일 밤마다 나 몰래 어딜 다녀오는 건데요?"

시하는 '단둘이 오붓하게'란 표현을 쓰면 안나가 또 얼굴이 빨개져서 어쩔 줄 몰라 할 거라 생각했다. 하지만 그건 명백한 오산이었다. 느닷없이 비밀을 폭로하는 안나 때문에 그는 답지 않게 말까지 더듬어가며 되물었다.

"안나 네가 ㄱ, ㄱ걸 어떻게 알았어?"

"태주 씨가 수영장에서 시하 씨 소환하는 거 봤어요."

시하는 속으로 혀를 쯧 찼다. 윤태주 이 자식. 그렇게 안나한테는 들키지 말라고 신신당부를 했건만.

"매일 밤 대체 어딜 다녀오는 거예요? 그것도 내가 잠들면 몰래 소환하라고 태주 씨한테 시키면서까지?"

안나는 어느새 시하를 벽으로 몰아넣고 두 팔로 그가 빠져나가지 못하게 단단히 벽을 짚고 서 있었다. 꼼짝없이 눈이 마주쳐야 하는 상황에 시하는 침을 꿀꺽 삼켰다. 곤란했다. 아직은 안나에게 말해줄 때가 아니었다.

"말해요, 얼른. 절대 나한테서 도망 못 가니까."

안나는 이전에 비할 바 없이 집요했다. 거침없이 얼굴을 들이대는 안나를 피해 시하가 고개를 돌렸다. 그때, 돌연 안나의 휴대전화가 무섭게 울려댔다. 윤희에게서 걸려온 전화였다. 급한 연락이었는지 중간에 짧게 전화가 끊어지고 문자가 들어왔다.

[어제 아가씨께서 담당한 1304호 손님께서 물건을 도난당했다며 컴플레인을 걸어오셨어요. 문자 보시거든 곧바로 연락 주세요.]

문자 내용을 확인한 안나는 한숨을 내쉬며 시하를 가두고 있던 손을 풀었다.

"왜 그래? 무슨 일 생겼어?"

"아뇨! 별일 아니에요. 오늘은 아침 일찍 나오라고 했는데 깜빡했지 뭐예요. 얼른 가봐야겠어요."

시하에게 괜한 걱정을 끼치고 싶지 않아 안나는 순간적으로 둘러대고 현관문 쪽으로 향했다. 그러다 기습적으로 뒤를 돌아봤다. 그녀의 날카로운 눈초리에 가슴을 쓸어내리고 있던 시하가 깜짝 놀라 움찔했다.

"왜, 왜?"

"오늘도 나갈 거예요?"

시하는 우물쭈물 대답하지 못했다. 안나가 나직한 한숨을 내쉬며 덧붙였다.

"내가 지금은 바빠서 일단 그냥 나가는데, 일 끝나고 와서 봐요. 오늘도 집에 없기만 해봐라, 아주."

쌩하니 현관문을 열고 나가는 안나의 뒷모습을 바라보며 시하는 묵직한 한숨을 토해냈다.

"휴우. 꼼짝없이 들키는 줄 알았네."

그 와중에도 그의 손은 연신 재킷 안주머니를 더듬고 있었다. 마치 소중한 보물을 숨겨놓은 듯 그가 몰래 어루만지는 재킷 안주머니에는 조그만 상자가 하나 들어 있었다.

드디어 오늘이면 완성이 되는데 여기까지 와서 안나에게 들킬 수는 없었다. 마침 안나가 일 때문에 외출한 지금이 절호의 기회였다. 시하는 태주에게 3시간 뒤에 소환하라고 문자를 보내고 곧바로 나갈 채비를 서둘렀다.

*

서울 도심에 위치한 주얼리 디자인 사무실.

"드디어 완성됐네요. 처음이라고 하기엔 솜씨가 아주 훌륭합니다."

한 남자가 시하가 손에 든 물건을 보고 입에 침이 마르도록 칭찬을 했다. 그는 일전에 호텔로 시하를 찾아와 수상한 팸플릿과 서류를 전해주고 간 남자였다. 시하는 그때부터 매일매일 남자와 만나며 한 가지 물건을 완성시켰다.

바로 반지였다. 그는 지난번 기자회견 때, 안나에게 급하게 고백을 하느라 반지 역시 충동적으로 준비했던 것이 줄곧 마음에 걸렸다. 그래서 안나의 생일을 기념해 제대로 선물을 준비하기로 결심했다. 제 손으로 직접 반지를 만들어 안나의 손에 끼워주기로 한 것이다.

부디 안나가 이 반지를 끼고서 행복한 마음으로 제게 안기기를. 반지를 세공하면서 수천 번도 더 빈 소원이었지만, 막상 완성해놓고 보니 자신이 전문가가 아니라는 사실에 불안이 앞섰다. 시하는 여전히 자신을 지켜보고 서 있는 남사에게 확인을 받듯 물었다.

"선생님, 그녀가 이걸 받으면 기뻐할까요?"

알고 보니 시하가 매일 만난 이 남자는 해외에서도 유명한 주얼리 디자이너였다. 시하는 하루도 빼놓지 않고 작업실에 와서 디자이너에게 보석 세팅의 기초부터 배웠다. 그의 손가락은 하루도 상처가 새겨지지 않은 날이 없을 정도였다.

심지어 시하는 반지 케이스까지 직접 만드는 정성을 보였다. 갖은 정성으로 만들어진 반지는 시하가 불안해하는 것이 무색하게 신부라면 당연히 탐을 낼 만큼 아름다웠다. 디자이너는 다시 봐도 전문가 못지않은 시하의 작품에 진심을 담아 말했다.

"그럼요. 누가 이 반지를 끼게 될지 모르겠지만, 선물을 받으면 분명 아주 기뻐할 거예요."

그 말에 시하가 부드러이 미소 지으며 속으로 안나를 떠올렸다. 이곳에 오기 전 단단히 토라졌던 그녀의 모습이 떠올라 또다시 미안한 마음이 들었다.

'안나야. 그동안 말 안 해줘서 미안. 조금만 참아. 곧 이 반지, 네 손에 끼워줄게.'

안나의 생일까지는 이제 정말 얼마 남지 않았다. 곧 그가 고대하던 디데이였다.

그러나 그 순간의 시하는 알지 못했다. 자신이 행복한 상상에 빠져 있던 그때. 소환 없이는 돌아갈 수 없는 호텔 안에서 안나에게 어떤 끔찍한 일이 벌어지고 있었는지.

*

"안나 아가씨!"

윤희는 헐레벌떡 나타난 안나를 곧장 1304호로 데리고 갔다. 상황이 심각한 건지 건장한 경호원들의 모습도 보였다. 시하 앞에서만큼은 멋진 어른이고 싶어 별일 아닌 척 혼자서 여기까지 왔지만, 막상 심각한 분위기를 맞닥뜨리니 안나는 덜컥 겁이 났다. 그녀가 윤희의 팔을 붙잡으며 호소했다.

"서 지배인님, 저 진짜 물건 안 훔쳤어요. 제가 훔쳤을 리가 없잖아요."

"그럼요. 제가 왜 모르겠어요."

과거 똑같은 일로 안나의 아버지에게 큰 은혜를 입었던 윤희는 마치 제일처럼 안나를 감싸주었다.

"일단 다른 직원한테 1304호 손님 호텔 안에서의 행적 CCTV로 추적해 보라고 했으니까 뭔가 단서가 나올지도 몰라요. 너무 걱정하지 마세요, 아가씨."

"근데 손님은 어디 계세요?"

"안에 계세요. 아가씨 혼자 들여보낼 수가 없어서 혹시 몰라서 경호원도 불렀으니까 저랑 같이 들어가요."

안나는 안도의 한숨을 내쉬었다. 만약 혼자서 오해를 하고 있는 손님을 상대하라고 했다면 막막했을 것 같았다. 앞장서서 벨을 누르는 윤희의 모습을 보며 안나는 빠르게 뛰는 심장을 애써 진정시켰다.

그렇다고 마냥 윤희에게 의지만 할 수는 없었다. 침착하게 손님을 설득하고 도난의 진상을 밝혀야 하는 건 자신의 몫이었다. 그사이 벨이 그치기 무섭게 문 안쪽에서 손님의 목소리가 들려왔다.

"내가 시킨 대로 담당 룸메이드는 데려왔어요?"

"네, 지금 함께 와 있습니다. 문 좀 열어주시겠어요?"

"잠깐만 기다려요."

남자는 잠시 문밖의 기척을 살피는가 싶더니 이내 문을 열어주었다. 바로 그 순간! 치이익 소리가 나는 동시에 무언가가 안나와 윤희를 비롯한 경호원의 얼굴 위로 뿌려졌다. 안나는 본능적으로 그것이 엔트라스임을 알아차렸다.

하지만 깨달았을 땐 이미 늦었다. 털썩! 윤희가 문 안쪽으로 힘없이 고꾸라졌고, 건장한 경호원들 역시 복도에 맥없이 쓰러졌다.

"서 지배인님!"

반사적으로 윤희를 향해 주저앉았던 안나가 머리 위에서 느껴지는 소름 끼치는 기척에 황급히 뒤로 물러섰다. 하지만 안나는 곧바로 문 안쪽에서 튀어나온 검은 손에 의해 붙잡혔다. 그녀의 입이 순식간에 틀어 막혔다.

"읍!"

안나의 입을 손아귀에 틀어쥔 남자가 쓰고 있던 검은 모자를 벗어 던졌다. 상대의 얼굴을 본 그녀의 두 눈이 경악으로 물들었다. 남자의 얼굴이 마치 피가 나는 것처럼 뭉개지더니 이목구비가 서서히 바뀌기 시작했다. 이윽고 남자의 얼굴은 완벽히 달라졌다. 붉다 못해 시커먼 몽마의 힘을 위태위태하게 뒤집어쓴 남자. 그 남자는 바로…….

"오랜만이야, 우리 안나."

문찬영이었다.

"당신이 여기엔 어떻게……?"

안나는 입을 틀어막았던 손을 힘겹게 뿌리치고, 겁에 질린 눈동자로 찬영을 바라봤다. 그의 얼굴은 마치 피칠갑을 한 것처럼 붉은 연기에 둘러싸여 있었다. 찬영이 그 기괴한 얼굴을 일그러뜨리며 다시 손을 뻗어 안나의 뺨을 엄지로 더듬었다.

"당신? 우리 안나. 이젠 날 오빠라고도 불러주지 않는 거야?"

"웃기지 마! 당신은 더 이상 내가 믿었던 사촌 오빠가 아니야!"

안나는 고함을 지르며 힘껏 찬영의 몸을 밀어냈다. 하지만 찬영은 꿈쩍도 하지 않았다. 오히려 더 사나운 힘으로 안나를 끌어안으며 소름 끼치게 속삭일 뿐.

"그래, 맞아. 난 네 사촌 오빠 따위가 아니야. 처음부터 그랬어."

찬영에게서 풍기는 역겨운 냄새가 코를 찔렀다. 동시에 숨통을 조여오는 매캐한 냄새. 안나는 찬영을 실타래처럼 감싸고 있는 붉은 연기와 그 연기에서 풍기는 무언가 불에 타는 냄새를 통해 본능적으로 알아차렸다. 언젠가 은재가 설명해주었던 바로 그 향수.

'레플리카?'

'응. 뿌리면 일시적으로 몽마의 힘을 얻게 되는 향수야.'

찬영은 이유현의 힘으로 만들어진 레플리카를 뿌린 것이 분명했다. 그렇다면 찬영을 끌어들여 이 일을 꾸민 진짜 배후가 이유현이라는 뜻……? 안나의 눈동자가 불안하게 흔들렸다. 그 모습을 잠자코 바라보던 찬영이 다시 입을 열었다.

"그 남자가 그랬어. 시키는 대로만 하면 너를 온전히 내가 가질 수 있게 해주겠다고."

시키는 대로만 하면? 찬영의 텅 빈 눈동자가 마치 보이지 않는 실에 매달린 마리오네트처럼 보여서 안나는 온몸에 소름이 돋았다.

"대체…… 나한테 무슨 짓을 하려는 거야?"

"걱정하지 마. 안나 널 아프게 하려는 게 아니니까."

"이러지 마. 지금 이유현한테 속고 있는 거야!"

"아니! 그자가 분명히 널 나한테 주겠다고 약속했어!"

찬영은 그렇게 말하며 주머니에서 엔트라스가 아닌 또 다른 향수를 하나 꺼내 들었다. 그러곤 향수의 뚜껑을 열고 최면에 걸린 것처럼 계속 같은 말을 중얼거렸다.

"이것만……. 이 향수만 너한테 뿌리면……!"

일순 불길한 예감이 안나의 뇌리를 스치고 지나갔다. 탁! 안나는 자신의 얼굴에 향수를 원액 그대로 끼얹으려는 찬영의 손을 본능적으로 붙잡았다. 찬영의 눈빛이 더욱 흉포해졌다.

"……반지?"

그의 입에서 흘러나온 스산한 목소리에 안나는 반사적으로 손을 빼어냈다. 하지만 찬영이 다시 그녀의 손을 우악스럽게 붙잡아 자신의 눈앞으로 가져갔다.

"이거, 차시하가 끼워준 거야?"

찬영의 목소리가 더없이 섬뜩했다.

"말해! 차시하 그 새끼랑 벌써 반지까지 나눠 꼈어?"

찬영이 한 손으론 안나의 손목을 단단히 틀어쥔 채, 다른 한 손으로 약지에 끼워진 반지를 건드렸다.

"안 돼! 손대지 마! 건들지 말라고!"

안나는 찬영의 손아귀에서 빠져나오기 위해 손을 힘껏 비틀었다. 그녀의 머릿속엔 시하가 이 반지를 끼워주며 나눈 대화가 맴돌고 있었다.

'내가 이 반지를 빼기 전까진 계속 내 옆에 있어요.'

'응. 계속 네 옆에 있을게. 계속.'

'시하 씨 이제 완전히 나한테 코 꿰인 거예요. 나는 무슨 일이 있어도 절대 이 반지 안 뺄 거니까.'

'그래, 절대로 빼지 마. 절대. 무슨 일이 있어도 내가 네 곁에 있을 수 있게.'

절대로, 빼면 안 돼! 안나는 필사적으로 손가락을 구부리고 버텼다. 찬영은 막무가내로 반지를 잡아당겼다. 무자비한 힘에 의해 안나의 손이 시뻘게졌다.

"싫어! 제발 이러지 마!"

비명을 지르며 안간힘을 썼지만, 결국 안나는 레플리카를 뿌린 찬영의 사나운 힘을 버텨내지 못했다. 아뜩한 통증과 함께 손가락이 꺾이고, 찬영이 순식간에 안나의 손가락에서 빼낸 반지가 바닥을 데굴데굴 굴러갔다. 그는 곧 반지를 쫓아 뒤돌아섰다. 반지에다 분풀이라도 할 작정인 모양이었다.

'시하 씨…….'

퍽, 퍽! 찬영에게 거침없이 짓밟히는 반지를 바라보며 안나는 속으로 애타게 시하를 불렀다. 이럴 때 자신이 회중시계를 가지고 있었다면 당장에 그를 소환할 수 있었을 텐데. 안나가 이를 악물며 절망하던 그 순간이었다. 문득 그녀의 뇌리에 이곳에 오기 전 시하와 나눈 대화가 떠올랐다.

오늘도 나갈 거냐는 질문에 대답을 얼버무리던 시하의 태도를 봐선 그는 곧장 호텔을 나섰을 게 뻔했다. 그렇다면 또다시 태주가 그를 소환해야만 한다는 뜻이었다. 회중시계는 분명 태주가 갖고 있을 터.

'어떻게든 태주 씨한테 연락만 할 수 있다면…….'

아무런 말이 없는 전화만으로도 태주는 수상한 낌새를 눈치챌 수 있을 것이다. 안나는 반지를 망가뜨리는 데에만 혈안이 되어 있는 찬영 몰래 유니폼 주머니에서 휴대전화를 꺼내 들었다. 그러곤 아직까지도 통증이 얼얼하게 남아 있는 손가락으로 태주의 단축번호를 꾹 눌렀다. 그때였다.

큭큭큭! 느닷없이 찬영의 어깨너머 어둠 속에서 웃음소리가 들려왔다. 그러더니 흐릿하게 소파에 앉아 있던 인영이 천천히 몸을 일으키는 것이 보였다. 이윽고 그림자의 주인이 어둠을 빠져나와 모습을 드러냈다.

"이유현……."

안나가 주먹을 꽉 움켜쥐며 그의 이름을 불렀다. 유현이 입꼬리를 비틀어 웃으며 말했다.

"윤태주한테 전화 거는 거야? 시하한테 구하러 와달라고 말하려고?"

"……."

"걱정하지 마. 안 그래도 열심히 네가 위험하다는 소식을 전하러 가고 있을 테니까. 하지만……."

그 순간, 유현이 슈트 안주머니에서 무언가를 꺼내 손에 쥐곤 허공으로 들어 올렸다. 그는 뜸 들이지 않고 손에서 물건을 떨어트렸다. 촤라락. 물건은 바닥에 부딪히는 대신, 기다란 술 끝에서 대롱대롱 흔들렸다. 빠르게 흔들리다 천천히 정지한 물건을 바라보는 안나의 눈빛이 절망으로 물들었다.

"과연 네가 위험하다는 사실을 알아도 차시하가 여기 올 수 있을지 모르겠네."

그가 손에 들고 있는 건, 바로 회중시계였다.

*

"하아, 하아!"

태주는 거칠게 숨을 몰아쉬며 어디론가 향하고 있었다. 그의 얼굴이며 몸 여기저기가 피투성이였다. 여느 때처럼 안나 몰래 호텔 밖 주얼리 디자인 사무실에 간 시하를 소환하려던 순간. 갑자기 유현이 나타났다. 온몸에 난 상처는 그에게서 회중시계를 지키려다 입은 상처였다. 하지만 이 수많은 상처에도 불구하고 결국 시계를 빼앗기고 말았다. 식물의 꿈이나 흡수해서 생명을 유지하는 하급 몽마는 절대 왕족의 몽마에 대적할 수 없었다. 태주는 아직도 귓가에 이명처럼 울리는 유현의 목소리에 이를 꾹 사리물었다.

'가서 차시하한테 전해. 오안나가 지금 위험에 처해 있다고. 올 테면 와보라고.'

그는 그렇게 말하며 시하의 처지를 비웃었다.

'하지만 이게 없으면 호텔 안으로는 절대 들어올 수 없겠지. 그 녀석이 절망하는 표정을 눈앞에서 볼 수 없는 게 안타깝군.'

분하지만 그의 말대로였다. 회중시계를 빼앗겼으니 호텔 바깥에 있는 시하가 호텔 안에서 위험에 빠진 안나를 구할 방법은 없었다. 그러다 문득 태주는 하연이 떠올랐다. 계속 결계를 깰 방법을 찾고 있던 그녀라면 어쩌면 이 문제를 해결할 수 있을지도 몰랐다.

태주는 황급히 하연에게 향했다. 하연은 요즘 들어 계속 성운 프라그랑스 조향실에 틀어박혀 있었다. 가까운 거리였지만, 체력이 바닥난 것인지 자꾸만 걸음이 느려지고 시야가 가물거렸다. 급기야 태주는 무릎이 힘없이 꺾여 비틀거렸다.

'안 되는데……. 여기서 쓰러지면 안 되는데…….'

그러나 속으로 되뇌는 간절한 바람에도 불구하고 태주는 속절없이 허물어지고 말았다. 그런데 그 순간, 날렵한 움직임으로 누군가 태주를 부축했다.

"윤 비서님? 괜찮으세요?"

당황한 눈동자로 태주를 내려다보는 남자는 바로 은재였다.

*

시하는 호숫가에서 태주의 소환을 기다리고 있었다. 하지만 이미 약속한 시간을 훌쩍 넘긴 상황. 그의 얼굴엔 불안이 잔뜩 드리워진 채였다.

"왜 아직도 소환을 안 하는 거지?"

자신이 시킨 일을 아무 이유 없이 안 할 태주가 아니다.

'분명 무슨 일이 생겼다는 뜻인데…….'

그런데 어째서 자꾸만 환하게 웃는 안나의 모습이 떠오르는 걸까? 왜 그 이렇게 심장이 기분 나쁠 정도로 빠르게 뛰어대는 걸까? 불길한 일이 생긴 것 같아 마냥 기다려야 하는 자신의 상황에 짜증이 솟구쳤다.

"젠장!"

답답한 마음에 시하는 결계 너머로 억지로 몸을 밀어 넣었다. 순식간에 전신이 갈기갈기 찢어지는 고통이 혈관 안쪽까지 덮쳐왔다.

"으으윽!"

억지로 버텨보려던 시하가 결국 비명을 토해내며 결계에서 튕겨 나왔다. 그대로 한참을 바닥에 나뒹군 그는 사지가 끊어지는 고통에 이가 부서질 정도로 턱에 힘을 주고 버텼다. 그러나 결계에 다친 고통보다 무력감이 더 그를 비참하게 만들었다. 시하가 온몸의 뼈가 어긋난 듯 힘없이 바닥에 드러누워 산혈석으로 신음만 토해내고 있을 내었나.

호숫가에서 성운 호텔로 이어지는 산책로 저 끝에서 누군가의 모습이 보였다. 얼굴을 분간할 수 없는 상대는 큰 소리로 시하의 이름을 외치며 달려오고 있었다.

"차시하!"

시하는 목소리를 듣고서야 상대가 누군지 알아차렸다. 하연이었다. 전신에 가해진 충격으로 다시 일어설 힘조차 없는 시하는 하연이 가까이 다가올 때까지 꼼짝없이 누워 있어야만 했다. 어느새 쓰러진 시하의 곁에 무릎을 꿇고 앉은 하연이 다급하게 상처를 살폈다.

"너 설마 맨몸으로 결계를 지나가려고 했던 거야?"

결계에 직접 닿은 부분의 상처들이 꽤 깊었다. 하연은 서둘러 챙겨 온 테라피 향수를 시하의 상처 부위에 뿌렸다. 향수가 스며들면서 고통이 조금씩 사그라지자 시하가 물었다.

"안나한테 무슨 일이 생긴 거지?"

비록 결계는 넘을 수 없어도 시하는 그 안에서 무슨 일이 벌어지고 있는 건지 이미 직감하고 있었다. 하연은 시하를 부축해 일으켜 세우며 대답했다.

"그래, 맞아. 이유현이 무슨 일을 저지르려는 것 같아. 안나가 위험해."

"당신은 그걸 어떻게 알았어?"

"이유현한테 당한 윤태주가 날 찾아왔어. 그가 윤태주한테서 회중시계를 빼앗고 너한테 이렇게 전하라고 했대."

시하가 어서 말하라는 듯 하연의 눈을 빤히 들여다봤다. 하연은 자신이 전할 말이 시하를 얼마나 고통스럽게 만들지 알기에 힘겹게 말을 이었다.

"오안나가 위험하니…… 올 수 있으면 와보라고."

유현의 말에 시하는 방금 전 결계에서 튕겨 나온 끔찍한 고통이 되살아나는 것 같았다. 그가 인상을 찌푸리며 하연의 어깨를 억세게 그러쥐었다.

"양하연 당신이 나한테 온 건, 결계를 뚫을 방법이 아주 없는 건 아니라는 뜻이지?"

"어. 그렇지만 쉽지 않을 거야. 많이 다칠 수도 있어. 그때를 대비해서 테라피 향수를 가져온 건데 벌써 다 써버렸으니 아무리 고통스러워도 그냥 참아야 할 거야."

"상관없어. 온몸이 찢기는 한이 있어도 나는 안나한테 가야만 해."

단호한 시하의 말에 하연은 테라피 향수와 함께 가져온 또 다른 향수 하나를 꺼내 들었다.

"이건 그림자 향수라는 거야. 일시적으로 너한테서 몽마의 힘을 가려줄 거야. 하지만 완벽히 위장을 하려면 이 향수를 뿌리고 30분 정도가 지나야 해."

"그럴 시간 없어."

"뿌린 직후에 효과는 원래의 6, 70퍼센트 정도야. 나머지 30퍼센트 정도는 그대로 결계에 노출돼서 치명상을 입게 될 거야. 감당할 수 있겠어?"

"감당 못 해도 상관없어."

"후우. 그럴 줄 알았어."

굳은 결심이 서린 시하의 눈빛에 하연은 나직한 한숨을 내쉬며 그림자 향수의 뚜껑을 열었다. 그러곤 출렁이는 액체 상태 그대로 시하에게 끼얹었다. 그냥 분사하는 것보다는 훨씬 흡수 속도가 빠를 것이다. 이렇게라도 그림자 향수가 가릴 수 있는 몽마의 힘이 조금 더 늘어나기를 바랄 뿐이었다.

이윽고 그림자 향수를 시하의 몸 구석구석에 끼얹은 하연이 그의 등을 탁탁 두드렸다. 원래 느끼는 고통보다 6, 70퍼센트가 줄어든 고통이라지만, 그것도 끔찍하긴 매한가지일 터였다. 운이 나쁘면 타격을 받은 신체의 일부가 영영 불구가 될 수도 있었다.

"차시하. 제발 조심해."

"그래, 도와줘서 고맙다."

하연의 어깨를 살짝 싶은 뒤 시하는 곧상 날개를 펄쳤다. 일단 호텔에 신입만 성공하면, 안나와 나눠 낀 반지에서 냄새를 맡아 차원 이동을 할 수 있었다. 조급한 마음만큼 그가 날아가는 속도가 빨라졌다.

시하는 단숨에 결계에 진입했다. 미처 그림자 향수가 스며들지 못한 부위에서 격렬한 통증이 느껴졌다. 그중에서도 아예 향수를 뿌리지 않은 날개에 가해지는 고통이 가장 컸다. 급기야 왼쪽 날개 뿌리가 절반 이상 뽑혀 나갔다. 하지만 시하는 작은 신음조차 내지 않고 더욱 날갯짓을 빨리했다. 그의 머릿속엔 오로지 빨리 안나에게 가야 한다는 생각밖에는 없었다.

'내가 지금 갈게. 그러니 조금만 버텨줘, 안나야. 제발! 부디 제발!'

그리고 결계를 완전히 통과했을 때, 그의 왼쪽 날개는 결국 완전히 찢겨지고 말았다.

*

"태주 씨한테 대체 무슨 짓을 한 거야?"

유현이 손에 든 회중시계에는 피가 묻어 있었다. 태주가 그것을 지켜내려 얼마나 필사적이었는지 느껴졌다. 입술을 깨물어 눈물이 비집고 나오려는 걸 참아낸 안나가 매섭게 유현을 노려봤다.

"태주 씨 어쨌냐니까!"

"말했지, 내가."

유현은 그런 안나를 가소롭다는 듯 차갑게 내려다보며 천천히 걸음을 옮겼다.

"네 소식 전하러 차시하한테 가고 있을 거라고. 회중시계를 내놓지 않으려고 해서 무력을 쓰긴 했지만, 멀쩡히 살아 있으니까 당장 오안나 네 걱정이나 해. 그건 그렇고 문찬영 당신."

그 순간 안나에게 다가가는 것 같던 유현이 순식간에 방향을 바꿔 찬영에게 향했다. 유현은 그때까지도 분풀이로 반지를 짓밟고 있던 찬영을 밀치더니 구두 굽으로 우지끈 밟았다.

"으윽! 가, 갑자기 왜 이러는 거예요?"

"내가 이깟 반지나 부수라고 내 힘으로 만든 귀한 레플리카를 너한테 뿌려준 줄 알아?"

"악! 아아악!"

찬영의 어깨를 사정없이 뭉갠 발이 바로 옆에 나뒹굴고 있는 반지마저 지르밟았다.

"안 돼!"

유현의 발끝을 시야에 담은 안나에게서 비명이 터져 나왔다.

"뭐, 저 표정을 보는 건 나쁘지 않지만……."

그가 보란 듯이 바닥에 구두 굽을 비볐다. 잘각잘각, 깨진 보석의 파편이 구두 굽 아래에서 쓸리는 소리가 들려왔다.

"흑……! 흐윽!"

결국 안나의 눈에서 눈물이 후드득 떨어졌다. 다시금 시하와 했던 맹세가 그녀의 귓가를 울렸다. 정신을 잃은 찬영을 발로 툭 밀쳐낸 유현이 다시 느릿느릿 걸음을 옮기며 말했다.

"뭐, 그 대가로 꿈속에서 정도는 영원히 오안나를 소유할 수 있게 해주지."

어느새 다시 안나의 곁으로 다가온 그가 잔인하게 그녀의 턱을 손아귀에 틀어쥐며 미소 지었다.

"네 이 표정을 차시하도 봤어야 하는 건데."

만족스러워하는 유현의 표정에 안나는 더 이상 울지 않기 위해 이를 악물었다. 유현은 안나가 미약한 반항조차도 못 하도록 턱을 바짝 끌어 올렸다. 그러곤 아주 가까이에서 눈을 맞추며 냉정하게 속삭였다.

"아쉽지만 그 녀석은 영영 이곳에 올 수 없을 테니 이만 순서를 진행해야겠지. 재밌는 게 하나 더 남았거든. 너는 시산을 시체할 수도 없고 밀이야."

무미건조한 말투로 이야길 늘어놓은 유현이 쓰러진 찬영에게서 가져온 향수를 다시 안나의 얼굴 위로 들어 올렸다. 그는 안나의 눈앞에서 꿈틀거리는 검은 액체가 담긴 향수 용기를 흔들어 보이며 설명했다.

"이건 본디지라고 하는 향수야."

뚜껑을 열자 향수는 마치 채찍처럼 입구에서 기어 나왔다.

"네 의식을 구속해서 완벽히 내 꼭두각시로 만들어줄 향수지."

의식을 구속한다는 뜻이 무엇인지 정확히 알려주듯, 용기를 빠져나온 향수가 어느새 안나의 목과 사지를 단단히 결박했다.

"지금부터 얌전히 내가 시키는 대로 따라줘야겠어. 판께 바쳐야 할 먹이에 함부로 생채기를 낼 수는 없으니까."

스산하게 읊조리며 유현이 본디지 향수를 안나에게 전부 끼얹었다.

"아무리 너라도 어쩔 수 없을 거야. 방금 끼얹은 본디지 향수는 한번 뿌리면 아무리 향의 마녀라도 다시 추출해내지 못하는 향수거든. 왜냐하면 흡수되는 게 아니라, 피부 표면에서 밧줄처럼 작용하는 거니까."

유현의 말대로 본디지 향수는 마치 살아 있는 것처럼 안나를 더욱 옭아매었다. 발버둥 치는 안나를 향해 싸늘하게 내뱉은 유현이 용기를 완전히 거꾸로 뒤집으며 소리쳤다.

"그러니까 얌전히 이대로 판의 제물이 되라고!"

그렇게 안나가 유현의 꼭두각시가 될 위기에 처한 바로 그때였다. 쏴아아! 순식간에 룸 안이 차디찬 물보라로 뒤덮이더니, 찰나 유현이 손에 들고 있던 본디지 향수 용기가 바닥에 내팽개쳐져 산산조각이 났다. 동시에 물보라를 뚫고 나온 손이 유현의 목을 사납게 움켜쥐었다.

"크윽!"

금방이라도 부러질 것 같은 목뼈를 간신히 세운 채, 유현이 눈알만 굴려 자신의 목을 틀어쥔 자의 얼굴을 바라보려 애썼다. 아득한 물안개가 걷히고 광포한 손의 주인이 얼굴을 드러냈다. 순간적으로 유현이 당황한 표정을 지었다.

"너……! 네가 여길 어떻게?"

극렬한 살기를 내뿜는 자는 바로 시하였다. 절대 이곳에 나타날 리 없다고 믿어 의심치 않은 시하를 눈앞에서 목격한 유현의 눈이 경악으로 물들었다. 시하가 피투성이가 된 얼굴을 하고서도 또렷이 빛나는 푸른 눈동자로 맹렬하게 유현을 노려보며 소리쳤다.

"내가 두 번 다시 안나 건드리지 말라고 했지!"

잔뜩 분노가 서린 호통과 함께 시하가 지닌 몽마의 힘이 폭발했다. 날카로운 송곳처럼 끝을 뾰족하게 세운 그의 푸른 힘이 유현을 향해 거침없이 돌진했다. 원래라면 충분히 방어하고도 남았지만, 시하가 이곳에 나타날 거라고 예측하지 못한 유현은 그만 방심하고 말았다.

푹! 유현을 향해 날아간 시하의 힘이 그의 사지에 정확히 꽂혔다. 유현은 손가락 하나 까딱하지 못하고 그대로 결박당했다. 그 순간, 가녀린 목소리가 시하의 귓가에 흘러들었다.

"시하 씨……."

안나였다. 시하가 황급히 유현을 손에서 놓고 안나에게 달려갔다. 그의 품에 안긴 채 안나는 힘겹게 말했다.

"날 구하러 와줬구나. 그럴 줄…… 알았어. 당신이 올 줄…… 알고 있……."

"안나야!"

시하의 모습을 보고 안심했던 것일까? 가물가물한 의식을 애써 붙잡고 있던 안나는 결국 정신을 잃었다. 뒤늦게 시하를 쫓아 도착한 하연이 안나를 살폈다. 그녀의 표정이 이내 심각해졌다.

"큰일이야. 벌써 본디지 향수가 혈관에 뿌리를 내렸어."

아슬아슬하게 유현이 안나의 의식을 구속하는 건 막았지만, 이미 본디지 향수가 가시넝쿨처럼 그녀를 옭아매고 있는 상태였다. 누군가 본디지 향수를 이용해 인간의 의식을 조종하는 것만큼, 조종하는 자 없이 본디지 향수가 인간을 지배하는 상태도 위험했다.

"빨리 제거해주지 않으면 안나의 의식이 잡아먹힐 거야."

이대로 두면 안나는 본디지 향수의 숙주가 되어 영영 의식을 회복하지 못하게 될 것이다. 하연이 다급히 안나를 등에 업으며 말했다.

"차시하. 안나는 내가 데려갈게. 여긴 너한테 맡긴다."

"그래, 어서 가서 안나를 살려줘. 제발 부탁이야."

"응, 나만 믿어."

하연은 재빨리 룸을 빠져나갔다. 그 뒷모습을 말없이 지켜보던 시하가 주먹을 바득 움켜쥐며 일어섰다. 안나를 저렇게 만든 유현에게 한없이 화가 났다. 그는 곧바로 유현에게 다가가 다시금 그의 목을 사납게 틀어쥐었다.

"왜 그랬어!"

유현의 목을 움켜쥔 시하의 손이 부들부들 떨렸다.

"그래도 형을 끝까지 믿어보려고 했는데……."

시하는 유현이 자신의 부탁을 들어줄 거라 여긴 것이 얼마나 무른 생각이었는지 이제야 깨달았다. 호텔 안이라면 안나가 안전할 거라고 안심한 자신의 생각이 얼마나 어리석었는지도 이제야 깨달았다.

"대체 언제부터 이런 일을 꾸민 거야?"

유현은 아마도 자신이 호텔 밖으로 나간 틈을 이용해 안나를 납치하기 위해 많은 걸 준비해야 했을 것이다. 시하의 시선이 바닥에 쓰러져 있는 문찬영을 향했다. 그는 제일 먼저 안나에게 비틀린 애정을 품고 있는 문찬영을 납치에 끌어들였다. 그 후 룸메이드로 일하는 안나의 스케줄과 매일 밤 호텔 바깥으로 나가는 자신의 비밀스러운 생활 패턴까지 은밀히 조사했다. 이 모든 걸 준비하기 위해선 많은 시간이 필요했을 터. 그건 이 납치가 충동적으로 벌인 일이 아니라 치밀하게 계획된 일이라는 뜻이었다.

"대체 왜……! 왜 이렇게까지 하는 거야? 안나를 불행하게 만드는 건 이제 그만해! 지난번에 안나 꿈을 조작했던 거로 충분했잖아!"

그의 가슴속에서 형제에게 느끼는 배신감과 안나에게 드는 죄책감이 마구 뒤섞였다. 시하의 표정이 처참하게 일그러졌다. 제 목을 틀어쥐고 있는 손아귀 힘이 느슨해지자 유현이 밭은기침을 쏟아내며 말했다.

"켁, 켁. 차시하. 너 뭔가 착각하고 있는 것 같은데."

숨조차 제대로 쉬기 힘들 만큼 고통스러운 와중에도 유현은 웃고 있었다. 시하는 젖은 눈시울에 바짝 힘을 주며 싸늘하게 유현을 내려다봤다.

"내가 오안나 꿈을 조작해서 널 살인자로 만든 게 단순히 불행해지길 원해서였다고 생각해?"

"뭐? 그게 무슨 뜻이야?"

"그래. 처음엔 널 위해서 오안나를 스위트 노트로 만들고 싶었어. 널 내 형제라고 생각했으니까."

유현은 한때 시하를 형제로서 아꼈던 자신을 혐오한다는 듯이 표정을 일그러뜨리며 말을 이었다.

"오안나의 경우엔 이미 충분히 조건을 갖추고 있었지. 부모가 죽고, 고모에 의해 재산을 다 뺏긴 채 감금당하고, 사촌 오빠한테 스토킹까지 당했으니까. 난 그저 오안나 꿈속에 자신이 살해당할지도 모른다는 공포심 정도만 심어주면 됐거든."

모든 건 그의 계획대로였다. 비오는 날 우연인 척 오안나와 접촉해 악몽의 씨앗을 심고, 그녀가 몽유병에 걸린 거로 위장해 비명횡사시킬 음모를 꾸민 오정숙의 장단에 맞춰 강해우를 주치의로 잠입시켰다. 강해우는 오정숙의 사주를 받아 따르는 척하면서 실은 유현의 지시대로 움직였다. 약물을 써서 오안나가 환각을 보게 함과 동시에 일루전 향수를 사용해 살해당하는 거짓 예지몽을 꾸게 한 것이다.

유현은 오안나가 죽고 싶다는 생각이 들 만큼 불행하게 만들었으나, 결코 오정숙의 뜻대로 그녀를 진짜 죽일 생각은 없었다. 그렇게 되면 기껏 준비한 훌륭한 먹이를 시하가 맛도 못 보게 될 테니까.

시간이 지날수록 오안나는 점점 더 달콤한 꿈을 꾸게 되었다. 그리고 스위트 노트가 된 오안나를 결국 시하가 찾아냈다.

하지만 그 직후부터 유현의 계획은 어긋나기 시작했다. 시하가 오안나와 사랑에 빠진 것이다. 오안나의 꿈을 먹어치워 힘을 키우긴커녕, 시하는 그녀를 지키기 위해 최대한 꿈을 먹는 것을 자제했다. 급기야 몽마의 본능을 억누르며 오안나와 함께 살아갈 결심까지 했다. 다시금 그날 느꼈던 배신감이 목구멍까지 치밀어 올랐다. 유현은 짓씹듯이 목소릴 뱉어냈다.

"하지만 네가 오안나를 사랑하게 된 걸 알게 된 후에 난 내 선택이 틀렸다는 걸 깨달았어. 그래서 오안나를 죽이기로 결심했지. 오정숙한테 뒤집어씌우면 되니 별로 어려울 것도 없었어."

안나를 진짜로 죽이려 했다는 유현의 말에 시하의 표정이 사납게 굳었다. 형이 정말 안나를 죽일 생각이라면 자신은 어떤 선택을 해야만 하는 것일까? 고뇌하는 시하의 모습에 유현이 비웃음을 지으며 말을 이었다.

"그렇게 고민할 필요 없어. 오안나를 죽일 생각 같은 건 곧바로 접었으니까."

시하가 의아한 얼굴로 유현을 쳐다봤다. 그가 하는 말이 도무지 납득이
되지 않았다.

'어째서 형은 곧바로 생각을 바꾼 걸까?'

저에 대한 배신감이 더 커졌을 텐데. 안나를 죽이고 싶다는 욕구가 더욱
강해졌으면 강해졌지 도리어 그 마음을 접을 이유는 전혀 없었다.

"네가 생각해도 이상하지?"

유현이 재밌다는 듯 피식 웃었다.

"난 왜 그동안 오안나 꿈속에서 베일에 가려두었던 살인자를 굳이 너로
조작했을까? 오안나를 죽이는 대상이야 누가 되든 상관없었는데."

유현의 말을 듣고 보니 정말로 그랬다. 안나를 불행에 빠뜨려 꿈을 더욱
달콤하게 만들려는 의도가 아니라면, 굳이 자신을 살인자로 조작할 필요가
없었다. 그건 안나를 죽일 계획이었을 때도 마찬가지였다.

"그 바람에 쓸데없는 의심만 키워서 결국 배후에 내가 있다는 사실까지
들키게 됐는데 말이야."

유현의 말대로 안나의 무의식과 반대되는 꿈속 상황은 시하로 하여금 누
군가 그녀의 꿈을 조작했다고 확신하는 계기가 됐다. 결국 시하가 안나의
꿈에 개입함으로써 그의 계획은 실패하고 말았다. 똑똑한 유현이라면 결코
그런 상황까지 예측하지 못했을 리 없다. 그렇다면 그는 왜 그런 선택을 한
것일까? 대체 왜?

"생각해봐. 내가 왜 그런 위험을 감수했을 것 같아?"

시하는 곰곰이 유현이 가장 우선순위에 두는 것을 떠올렸다. 그가 제일
간절히 바라는 것. 그건 판에게 인정받는 것이었다. 그를 위해서라면 유현
은 무슨 짓이든 저지를 수 있었다.

"설마……?"

시하의 안색이 파리해졌다. 설마 안나를 납치하는 일에 판이 개입되었다
는 뜻인가?

"눈치챈 것 같네? 그래, 맞아. 이 모든 건 판이 내게 시킨 거야."

유현은 시하가 마지막까지 부정한 진실을 단칼에 인정했다. 판. 이 세상에 존재하는 모든 몽마들을 다스리는 절대적인 왕. 자신의 탐욕을 채우기 위해 끝없이 인간의 꿈을 취하는 잔인하고 무자비한 악마. 그리고 시하와 유현을 비롯해 수많은 형제를 이 땅에 태어나게 만든 비정한 아버지.

"어느 날 갑자기 판이 내 꿈에 나타났어."

유현은 그날을 떠올리는 것인지 아득한 눈빛으로 먼 곳을 응시했다.

'이유현. 나의 아들.'

태어나 처음 들어본 아버지의 다정한 목소리.

'이 아비를 위해 네가 해줄 것이 있나.'

그건 유현에게 절대 거부할 수 없는 달콤한 유혹이었다.

"그리고 내게 명령하셨지. 오안나를 먹이로 바치라고. 그럼 정식으로 날 후계자로 인정해주겠다고."

그날 이후, 유현은 일말의 망설임도 없이 아버지의 명령을 따랐다.

"난 곧바로 계획을 바꿨어. 판에게 인정받을 기회를 놓칠 순 없었으니까."

그때부터 그는 안나에게 접근할 기회만 호시탐탐 노렸다. 그러다 드디어 기회가 찾아왔다. 오안나가 시하 없이 호텔을 빠져나온 것이다. 유현은 안나에게 접근해 정신을 잃게 만든 다음, 일부러 미래 병원에서 가까운 곳에 그녀를 데려다 놓았다. 그의 예상대로 시하는 안나를 발견해 미래 병원으로 데려왔다.

원장의 지위를 이용해 유현은 강해우가 안나를 치료하도록 만들었다. 그후 일루전 향수를 섞은 알약을 처방해 오안나가 그 약을 먹게 될 경우 다시 살해당하는 악몽을 꾸도록 했다. 그리고 그녀가 먹게 될 맨 마지막 알약에는 시하의 향기를 미량 섞었다. 그럼 번번이 검은 연기에 둘러싸여 있던 살인자의 모습을 차시하로 바꾸는 것이 가능했다.

"그렇게 내가 오안나 꿈속에서 너를 살인자로 만든 거야. 오안나가 스스로 네 곁을 떠날 결심을 하도록."

오안나가 시하의 곁을 떠나면, 그때 안나를 납치해서 판에게 바칠 생각이었다. 시하는 안나가 자신을 떠났다고 생각해서 찾지 않을 테니 귀찮은 방해도 받지 않을 터였다. 호텔 밖에서 안나를 발견했을 때, 곧바로 그녀를 납치하지 않았던 건 바로 그 때문이었다.

유현은 이만큼 철저하게 준비했으니 자신의 계획이 반드시 성공하리라고 여겼다. 그의 예상대로 마지막 알약을 먹은 날 밤, 드디어 안나는 시하가 자신의 목을 졸라 죽이려 하는 꿈을 꿨다. 하지만 또다시 예상치 못한 일이 벌어졌다.

"그런데 이번엔 오안나가 예상 밖의 행동을 하더군. 네가 자신을 죽이려 한다고 의심하면서도 끝까지 네 옆에 남으려 했어."

오안나는 시하가 자신을 죽이려 하는 살인자라고 확신하고 그의 곁을 떠나야 마땅했다. 하지만 오안나의 판단은 단지 의심에서 그쳤다. 시하가 눈치채지 못하도록 알약에 미량의 일루전만을 섞었던 것이 바로 그 변수의 이유였다. 꿈속에서 오안나를 완벽히 죽여야만 차시하가 자신을 살해하려 한다고 확신하게 만들 수 있는데, 거기까진 실패한 것이다. 게다가 생각보다 오안나가 시하를 깊이 좋아하고 있었던 것도 이유 중 하나였다.

결국 오안나의 의심을 확신으로 조작하기 위해선 그녀의 꿈에 직접 들어가 숨통을 끊어놓는 최후의 수단을 쓸 수밖에 없었다. 유현은 그 일에 강해우의 손을 빌리기로 했다. 다시 인간으로 되돌아가길 간절히 바라는 강해우를 회유하는 건 무척이나 쉬웠다.

'나약한 생각은 하지 마. 이 일만 제대로 끝내면 다시 인간이 될 수 있게 해줄 테니까.'

그렇게 유현은 강해우를 협박했고, 그는 꼼짝없이 유현의 말에 따를 수밖에 없었다. 마침내 드디어 계획을 실행에 옮기로 한 날. 유현은 강해우에게 전화를 걸어 마지막 당부를 남겼다.

-네, 강해우입니다.

'나야. 이유현. 시킨 대로 오늘 밤 계획을 마무리해. 대신. 오늘 밤엔 향수만 뿌릴 게 아니라 꿈에 들어가서 조작이 제대로 끝났는지 눈으로 직접 확인해. 혹 변수가 생기면 직접 나서도 좋아.'

말인즉, 꿈속에서 오안나의 숨이 끊어지는 걸 눈으로 직접 확인하라는 지시였다. 행여 변수가 생기거든 제 손으로라도 그녀의 숨통을 끊어놓으라는 뜻이기도 했다. 유현의 뜻을 알아들은 해우는 사오를 나선 듯, 나식이 심호흡을 하곤 대답했다.

-시시하신 내로 오늘 밤 모든 일을 끝내겠습니다. 그럼.

그러나 최고급 페르소나까지 내어주며 몽마의 능력치를 최상으로 끌어올려주었음에도 불구하고 강해우는 실패했다. 시하가 결정적인 타이밍에 나타나 훼방을 놓은 것이다.

"너 때문에 그렇게 허망하게 첫 번째 기회를 잃었는데⋯⋯."

유현은 판에게 인정받을 기회를 놓쳤다는 생각에 절망했다. 정신을 차리고 다시 기회를 도모하기까지 많은 시간을 허비했다. 하지만 인내심을 잃은 판은 또 한 번 유현의 꿈에 나타나 말했다. 그때의 왕은 결코 처음과 같이 다정하지 않았다.

'제발 한 번만 더 기회를 주십시오. 아, 아버지⋯⋯.'

'누가 네 아버지라는 거지? 다시는 날 그렇게 부르지 말거라. 너는 더 이상 내 자식이 아니다.'

그때 판이 흘렸던 비웃음 소리가 유현은 아직도 생생했다. 다시는 그런 비굴함을 느끼지 않을 것이다. 당당하게 판을 아버지라고 부르겠노라. 마지막 기회라고 여기며 유현은 다짐하고 또 다짐했다.

이번엔 모든 단계를 치밀하고 신중하게 준비했다. 문찬영을 이용해 오안나를 납치하는 것까진 모두 그의 계획대로였다. 윤태주에게서 회중시계까지 빼앗았으니 이번에는 절대 시하가 자신을 방해할 수 없을 거로 여겼다.

그런데 믿을 수 없게도 시하가 눈앞에 나타났다. 유현은 시하가 미치도록 원망스러웠다.

"결국……."

한땐 그 누구보다 아꼈던 핏줄이었건만!

"결국 네 녀석이 내 마지막 기회마저 앗아갔어!"

분노로 이성을 잃은 유현이 시하에게 달려들었다. 그의 사지에 송곳처럼 날카롭게 박혀 있던 시하의 푸른 힘이 순식간에 튕겨 나왔다.

"차시하!"

유현은 당황한 시하를 바닥에 쓰러트리고 사정없이 압박했다.

"차라리 너부터 먼저 없앴어야 했는데……!"

광기를 견디지 못하고 시하의 푸른 힘이 박혀 있던 자리에서 피가 울컥울컥 쏟아졌다. 붉은 피가 그의 밑에 깔린 시하에게로 거침없이 흘러내렸다. 유현의 피를 흠뻑 뒤집어쓴 채 시하가 힘겹게 입을 열었다.

"형……."

유현은 듣기 싫다는 듯 소리쳤다.

"시끄러워, 차시하!"

"제발 이러지 마! 형!"

"형이라고 부르지도 마! 나한텐 너 같은 동생 없어! 너처럼 자기가 악마인지 인간인지 분간도 못 하는 어리석은 놈은 내 형제가 아니라고!"

그 시하는 안타까운 목소리로 한 번 더 유현의 이름을 불렀다.

"유현 형……."

그는 유현이 느끼는 고통을 그 누구보다 뼈저리게 공감했다. 반쪽짜리 악마가 기댈 수 있는 건 인간보단 차라리 악마였다. 인간은 악마를 두렵고 끔찍하게 여긴다. 진심으로 악마를 받아들여주는 인간은 매우 드물었다. 어떤 노력을 해도 악마는 인간 세상에 섞일 수 없었다.

하지만 악마 세계의 사정은 조금 달랐다. 혼혈이라는 이유로 무시를 받기야 했지만, 그들이 악마의 세계에 섞이는 것은 가능했다. 500년이 넘는 세월을 혼혈로서 고독하게 살아온 유현에겐 그래서 더욱 간절했을 것이다. 악마의 세계에서 인정받는 것이. 몽마의 왕에게 아들로서 떳떳하게 인정받는 것이.

그 희망이 무너져 느끼는 유현의 절망감을 오래전 시하도 느낀 적이 있었다. 시하는 악마도 인간도 아닌 자신을 혐오하며 하루하루 끔찍한 삶을 살았다. 그렇게 참혹한 나날을 의미 없이 버티나 안나를 만났다. 사랑에 빠졌다. 그 순간을 기점으로 시하의 인생은 완전히 바뀌었다. 시하는 유현의 인생도 얼마든지 바뀔 수 있다고 믿는다. 지독한 불행 속에서도 한결같이 그를 사랑해온 라희가 그의 곁에 있으니까.

"형, 굳이 판에게 인정받으려 애쓸 필요 없어. 형한텐 라희가 있잖아."

사실 시하는 유현을 떠나온 라희를 몰래 보살펴주고 있었다. 비록 어쩔 수 없이 유현의 곁을 떠났지만, 라희는 아직도 형을 진심으로 사랑했다. 여전히 유현을 그리워하는 라희의 모습을 떠올리며 시하가 말했다.

"형만 원하면 라희와 함께 행복해질 수 있어. 내가 도와줄게. 그러니까 형……"

"그만!"

유현이 참을 수 없다는 듯 시하의 말을 끊었다. 언젠가부터 라희를 떠올리면 심장이 욱신거려서 견딜 수가 없었다. 라희가 떠난 뒤 그는 지독한 갈증에 시달렸다. 그 갈증은 그가 몽마이기 때문이 아니었다. 그를 목마르게 만드는 건 라희의 달콤한 꿈이 아니라, 사랑한다고 말하던 목소리, 뜨겁게 저를 바라봐주던 눈빛이었다. 그는 그것이 그리워 죽을 것만 같았다. 유현은 그 사실을 인정할 수 없어 더욱더 판에게 인정받는 것에만 매달렸다. 그런데 그 마지막 기회마저 앗아간 시하가 라희의 이름까지 들먹이니 그는 더더욱 참을 수가 없었다.

"쓸데없는 소린 그만 떠들어! 누가 누굴 도와? 네가? 나를? 차시하 너나 잘해!"

"형, 제발! 내가 볼 땐 형도 라희를 사랑해! 솔직하게 인정하면 행복해질 수 있다고! 나랑 안나처럼!"

그러자 유현이 이전에 비할 수 없이 차갑게 시하를 비웃었다.

"하! 너랑 오안나처럼이라고?"

"……형?"

"내가 한 말 잊었어? 판이 오안나를 원해! 네가 아무리 오안나랑 함께 있길 꿈꾼다고 해도 그 바람은 이루어질 수 없다고! 나는 실패했지만, 판은 무슨 수를 써서든 오안나를 차지하려고 할 거야."

시하는 혼란스러웠다. 대체 왜 판이 안나를 탐내는 건지 조금도 이해가 되지 않았다.

"어째서 판이 안나를 원한다는 거야? 스위트 노트라면 얼마든지 가지고 있잖아."

유현은 여전히 아무것도 모르는 시하를 가소로운 듯이 내려다보며 대답해주었다.

"꼴을 보니 너도 아직 오안나가 어떤 존재인지 모르는 것 같군."

"안나의 존재?"

"잘 들어, 차시하."

시하는 엄습하는 불안감에 주먹을 바득 움켜쥐며 유현의 말에 귀를 기울였다.

"오안나는 향의 일족의 숨겨진 후손이야. 그것도 백 년에 한 번 태어난다는 특별한 향의 마녀."

"특별한 향의…… 마녀?"

"그래. 네가 사랑하는 여자가 바로 판의 신부라는 뜻이야."

판의 신부. 그 말에 시하의 눈빛이 파르르 흔들렸다. 시하도 익히 알고 있었다. 판의 신부가 어떤 존재인지.

"말도…… 안 돼……. 그럴 리가 없어. 절대 그럴 리가 없다고!"

충격을 받은 시하가 고통스럽게 소리쳤다. 하지만 유현은 광기에 휩싸여 거기서 멈추지 않고 더 잔인하게 시하를 몰아붙였다.

"그거 알아? 너만 아니었으면 오안나는 절대 아버지 눈에 띄지 않았을 거야."

"그게…… 무슨 소리야?"

"오안나가 판의 신부라는 걸 아버지가 어떻게 알았을 것 같아?"

시하의 눈빛이 조금 전보다 더욱 비참하게 물들었다. 유현이 들려줄 대답이 얼마나 잔인힐지 예감힐 수 있었다.

"네 몸에 흐르는 아버지의 피. 판은 그 피로 느낀 거야. 네 곁에 있었기 때문에 오안나의 정체를 판에게 들킨 거라고."

"큭……! 크윽……!"

끝내 시하의 입에서 이를 악문 흐느낌이 흘러나왔다. 그 순간, 문득 시하의 머릿속에 오래전 유현이 했던 말이 떠올랐다.

'시하 너, 후회할 거야. 운명은 우리가 선택할 수 있는 게 아니니까.'

이제야 왜 그때 유현이 자신에게 그런 말을 했는지 알 것 같았다. 동시에 유현도 그 순간을 떠올렸는지 시하에게 물었다.

"시하 너. 예전에 내 앞에서 네가 잘도 지껄였던 말 기억해?"

물론 기억했다. 그때의 어리석은 자신은 유현에게 분명 이렇게 답했었다.

'후회 안 해. 절대로.'

"지금도 그 대답을 똑같이 내뱉을 수 있는지 궁금하군."

유현의 입가에 냉정한 미소가 걸려 있었다. 그 미소가 예리한 비수가 되어 시하의 심장을 푹 찔렀다.

"차시하, 너. 정말로 후회 안 해?"

그 말이 날카로운 칼날이 되어 시하의 가슴을 사정없이 난도질했다. 시하는 이번에는 차마 아무런 대답도 할 수가 없었다. 선택할 수 없는 운명. 그 잔인하고 끔찍한 운명을 꿈에도 모른 채 안나를 사랑해버리고 만 자신을, 이 순간 죽도록 후회하고 있었으니까.

*

판의 신부. 한창 정체성에 관한 혼란을 겪던 때, 시하는 몽마에 관한 책을 탐독하다 그들의 모습을 그림으로나마 본 적이 있었다. 그들은 그림 속에서 입에 재갈을 물고 사지가 단단히 묶여 있었다. 도망을 치거나 자결을 하는 것을 막기 위해서였다. 죽지 않으면 벗어날 수 없는 고통을 감내해야만 하는 그들은 하여 마음대로 죽지도 못했다.

가장 특별한 힘을 지녔지만, 그로 인해 가장 불행한 삶을 살아야만 했던 여인들. 그때 본 비참한 여인의 얼굴이 서서히 안나로 변해갔다.

"안나야……."

차라리 죽여달라 애원하는 가냘픈 목소리가 귓가에 아스라이 번졌다.

"안나야……!"

죄책감이 빚어낸 가혹한 환각과 환청.

"아아아아악!"

시하는 눈물과 피가 얼룩진 얼굴을 일그러뜨리며 고통스럽게 울부짖었다. 유현이 알려준 진실이 다시금 날카롭게 그를 할퀴고 지나갔다.

'오안나가 판의 신부라는 걸 아버지가 어떻게 알았을 것 같아? 네 몸에 흐르는 아버지의 피. 판은 그 피로 느낀 거야. 네 곁에 있었기 때문에 오안나의 정체를 판에게 들킨 거라고.'

날개가 뜯겨 나간 자리에서 흐른 피가 그의 온몸을 적시고 있었다. 시하는 자신의 피 냄새가 진하게 밴 옷을 사정없이 잡아 뜯었다. 유현이 흘린 피와 뒤섞였어도 물비린내가 섞인 자신의 피 냄새만큼은 선명했다.

"이 더러운 피 때문에 안나가……!"

셔츠를 쥐어뜯듯 벗어 던진 시하가 곧바로 욕실로 들어가 샤워기를 틀었다. 비처럼 쏟아지는 물줄기가 그의 머리카락을 적시고 굳어가는 피를 적셨다. 붉은 핏자국이 서서히 씻겨 내려갔다. 하지만 고통스러운 그의 마음은 어디로도 흘러가지 못하고 여전히 아프게 고여 있었다. 한참을 발작하듯 핏자국을 지워내던 그는 끝내 무너져 내렸다.

"큭……!"

신음처럼 토해낸 아픈 웃음 속엔 후회가 가득했다. 지금 낭상 놈에서 피흘리는 심장을 꺼내도 이 사무치는 후회가 사라질 것 같지 않았다.

시산을 뇌물릴 수만 있나면……! 안나를 처음 민넜던 그떼로 다시 들어갈 수만 있다면……!

그러나 시하의 가정은 거기서 멈췄다. 아무리 후회가 깊어도 끝끝내 바뀌지 않는 것이 하나 있었다.

"그래도 난……."

시하는 잔뜩 갈라져버린 목소리로 중얼거렸다.

"결국 너를 사랑했을 거야."

다시 과거로 돌아간다 해도 안나에게 반하지 않을 자신이 없었다. 잔인한 운명을 알게 됐다고 해도 도저히 그녀를 사랑하지 않을 자신이 없었다.

나직한 한숨을 내쉰 그가 천천히 고개를 들어 올렸다. 물기 어린 그의 푸른 눈동자가 단호하게 반짝였다. 과거의 무엇도 바꿀 수 없다면 미래를 바꿔야 했다. 후회만 하고 있다간 미래의 안나까지 다치게 할 수 있었다.

시하가 젖은 손을 꽉 주먹 쥐었다. 이런 나락으로 떨어진 기분을 전에도 느껴본 적 있었지만, 그때와 지금은 달랐다. 그때는 지키고 싶은 게 없었기 때문에 아무런 노력도 하지 않고 무기력하게 굴었지만, 지금은 목숨을 걸어서라도 지켜줄 사람이 있었다.

판. 그자로부터 기필코 안나를 지켜낼 것이다. 다만 당장은 그럴 수 없다는 걸 그 역시 잘 알았다. 지금의 자신은 절대로 판에게 대적할 수 없다. 안나를 지키기 위해선 판보다 강한 힘을 키워야만 했다. 성운 호텔을 그 어떤 위협도 통하지 않는 요새로 만들어야만 했다. 그리고 그때까진 안나를 제 곁에 두는 것보다 멀리 두는 것이 더 안전했다.

굳은 결심을 한 시하는 망설임 없이 몸을 일으켰다. 그러곤 하염없이 물줄기를 쏟아내는 샤워기를 끄고 욕실을 나섰다. 응접실에 발을 디디자 바닥에 쓰러져 있는 유현과 문찬영의 모습이 보였다.

시하는 유현 앞에서 잠시 걸음을 멈췄다. 유현은 시하가 처음 이곳에 나타났을 때 입힌 치명상만으로도 이미 움직일 수 없는 상태였다. 걷잡을 수 없는 분노에 이성을 잃고 다시 시하에게 달려들긴 했지만, 그것이 한계였다. 두 발로 서 있을 힘조차 잃은 유현은 마치 시체처럼 쓰러져 있었다.

시하는 저토록 심각한 상처를 입은 유현을 공격할 생각 같은 건 없었다. 게다가 판이 더 이상의 기회를 줄 리도 없으니, 아마 그는 두 번 다시 안나를 해하려 들지도 않을 것이다. 무엇보다 시하는 제 손으로 핏줄의 목숨까지 거두고 싶지 않았다.

자신의 푸른 힘이 꽂혔다 빠져나온 상처를 말없이 바라보다 시하는 이내 문찬영에게로 발걸음을 옮겼다. 문찬영은 완전히 정신을 잃은 상태였다. 평범한 인간이 유현의 힘으로 만든 레플리카를 사용했으니 버티지 못하는 게 당연했다. 이대로 둬도 적어도 일주일 이상은 눈을 뜨지 못할 것이다. 하지만 그 정도로는 어림도 없었다. 당장에라도 문찬영의 눈과 귀를 멀게 하고, 사지를 불구로 만들어 다시는 안나 곁에 얼씬도 못 하게 만들고 싶은 마음이 굴뚝같았다. 그러나 차마 그럴 수 없었다. 일전에 이성을 잃고 오정숙을 죽이려 했을 때 안나가 했던 말이 생각난 탓이었다.

'어차피 나는 악마야! 인간 한 명쯤 죽여도 눈 하나 깜짝 안 한다고!'

'아뇨! 나한테 당신은 내가 좋아하는 남자일 뿐이에요. 평생을 같이 있고

162

싶은 존재고, 뭐든 함께하고 싶은 존재란 말이에요!'

무심결에 손끝에 힘을 응집시키고 있던 시하가 주먹을 꽉 움켜쥐었다. 평생을 같이 있고 싶다는 안나의 바람이 이번에도 그의 들끓는 본능을 억눌러주었다. 앞으로 한동안은 자신이 안나의 곁에 있어줄 수 없을 테고, 그래서 안나가 또다시 저 없는 곳에서 위험해질까 미치도록 걱정이 됐지만, 그럼에도 불구하고 문찬영을 죽일 수는 없었다. 지금 이 자리에서 문찬영을 죽이면 언젠가 자신이 다시 안나의 곁으로 돌아갈 때 떳떳할 수 없을 것이다.

부들부들 떨며 문찬영을 내려다보던 시하가 그대로 그를 둘러멨다. 일단 문찬영의 꿈에 들어가 오늘 있었던 일의 기억부터 바꿔야 했다. 유헌이 접근했던 기억을 지우고 안나를 납치해 위협했던 일에 대한 법적인 책임을 달게 받게 할 생각이었다.

그 순간, 발밑에서 무언가 우지끈 짓밟히는 것이 느껴졌다. 슬쩍 발을 들어 올려 살피니 그것은 그가 안나에게 끼워준 반지였다. 보석은 산산조각이 나서 이미 형체조차 알아볼 수 없는 상태였다. 시하가 가만히 손을 뻗어 망가진 반지를 주워 들었다. 찰나 이 반지를 안나의 네 번째 손가락에 끼워주며 나눴던 맹세가 떠올랐다.

'내가 이 반지를 빼기 전까진 계속 내 옆에 있어요.'

'응. 계속 네 옆에 있을게. 계속.'

'시하 씨 완전히 나한테 코 꿰인 거예요. 무슨 일이 있어도 절대 안 뺄 거니까.'

'그래, 절대로 빼지 마. 절대로 무슨 일이 있어도 내가 네 곁에 있을 수 있게.'

망가진 반지를 보자 제 곁에서 안나를 떠나보내야 하는 현실이 그의 심장을 짓눌러왔다. 결국 안나의 손가락에서 빠져버린 반지. 깨진 맹세처럼 안나의 곁에 있을 수 없게 된 현실에 울컥 감정이 치밀었다. 시하는 이를 악물고서 신음을 꾹 눌러 삼켰다. 떨리는 손길로 반지를 코에 가져다 댔다. 당장 안나의 얼굴을 보고 싶었다. 본디지 향수에 당한 그녀의 상태가 미칠 듯이 걱정되기도 했다. 그런데 그때, 정신을 잃은 줄 알았던 유현이 시하의 발목을 붙잡았다.

"뭐…… 하는 거야? 차시하……."

유현은 힘겹게 몸을 뒤집어 시하의 눈을 마주쳤다.

"너 설마 문찬영을 죽이지 않을 생각이야?"

시하는 아직까지도 저에 대한 미련을 버리지 못한 유현을 복잡한 눈빛으로 바라보며 대답했다.

"어. 기억만 일부 조작해서 법대로 처벌받게 할 거야."

"하! 법? 너 정말로 네가 인간인 줄 착각하고 있는 거야?"

"착각이든 뭐든 상관없어. 지금부터 난 안나의 옆에 있기 위해서 뭐든 할 거야. 인간처럼 살 거고, 인간이 될 수 있는 방법이 있다면 그렇게 할 거야."

"그렇게 오안나랑 함께 있고 싶어? 하지만 그러려면 나부터 죽여야 할 거야. 안 그럼 내가 또 오안나 목숨을 노릴지도 모르니까."

시하는 유현을 물끄러미 바라봤다. 치명상을 입었으면서도 끝까지 저를 도발하는 유현의 의도가 적나라하게 읽혔다. 그는 자신에게서 악마의 본성을 이끌어내고 싶은 것이다.

"뭐 해? 어서 힘을 써. 나를 죽이려면 지금이 기회야."

하지만 이제 그런 도발엔 넘어가지 않는다. 시하는 자신이 안나를 위해서 무엇을 해야만 하는지 이미 답을 내린 후였다.

"아니, 안 죽여."

"왜? 왜 날 안 죽여? 오안나가 또 위험해질 거니까?"

"형을 죽여도 아무 의미가 없다는 걸 알려준 건 바로 형이야. 안나를 위협하는 건, 형이 아니라 판이잖아?"

유현이 믿을 수 없다는 듯 언성을 높였다.

"너 지금 무슨 소릴 하는 거야? 설마 판에게 대적하겠다는 거야?"

"맞아. 판이 안나를 노리고 있다면, 난 맞서 싸울 거야."

"어림없는 소리! 넌 절대 판에게 이길 수 없어!"

"알아. 그래서 강해지려고."

강해지고 또 강해져서 아무도 안나를 위협할 수 없게 할 것이다. 상대가 버러지 같은 문찬영이든, 소중한 형이든, 비정한 아버지든 상관없다. 시하의 눈빛에서 결연한 각오를 읽어낸 유현이 허탈하게 웃었다.

"어처구니가 없군. 인간처럼 살겠다면서 판보나 강해지셨나고? 그게 말이 된다고 생각해?"

"왜 말이 안 돼? 인간의 꿈을 믹어야만 살 수 있는 우리가, 괴연 인간보다 강하다고 할 수 있어?"

"시하 너, 제발 억지 부리지 마!"

"형이야말로 이제 그만 몽마의 악습에서 벗어나. 우리가 강해지는 방법에 스위트 노트를 억압하고 착취하는 방법만 있는 건 아닐 거야. 그러다 라희가 완전히 형 곁에서 떠난 후에 후회하지 말고 얼른 깨달아. 무엇이 정말로 형을 강하게 만들어주는지."

시하가 부서진 반지를 다시 코에 가져다 대며 마지막으로 입을 열었다.

"나는 내 방식대로 강해질 거야. 그러니까 이제 진짜 두 번 다시 안나한테 손대지 마. 그땐 절대 이번처럼 그냥 당하지만은 않을 테니까."

싸늘한 경고를 남긴 그는 찬영을 둘러멘 채 그대로 차원 속으로 뛰어들었다.

"차시하!"

홀로 남겨진 유현이 시하의 이름을 부르짖다 이내 거친 숨을 몰아쉬었다.

"하아! 하아! 하아……!"

힘을 너무 많이 쓴 탓인지, 아니면 치명상을 입은 탓인지 몸에 기력이 하나도 없었다. 그 와중에도 온몸의 피가 제멋대로 들끓어서 자꾸만 정신이 아득해졌다. 눈을 뜨고 있는 것만으로도 피곤해서 유현은 그대로 눈을 감았다. 어둠 속에서 라희의 얼굴이 선명하게 떠올랐다.

'라희…….'

이 계획만 성공하면 너를 다시 내 옆에 데려오려고 했는데. 절대 널 놓아주지 않으려 했는데.

그토록 바랐던 건 판에게 아들로 인정받는 것이었건만, 숨이 끊어질 것 같은 지금 이 순간 떠오르는 건 라희뿐이었다. 머릿속에 떠오른 라희의 얼굴을 쓰다듬고 싶어 손을 움직여보지만, 손가락 하나도 마음대로 할 수 없었다.

"라희."

유현은 마지막 힘을 쥐어짜 간신히 라희의 이름만을 달싹였다.

"라희야……."

그리고 나서야 그의 의식이 완전히 어둠 속에 잠겨 들었다.

*

팟! 물보라와 함께 시하가 차원을 빠져나왔다. 반지에 묻은 안나의 냄새를 맡아 이동한 곳은 성운 프라그랑스의 한 조향실이었다.

"안나야!"

침대에 누워 있는 안나를 발견한 시하가 문찬영을 내동댕이치고 재빨리 그곳으로 달려갔다. 다행히 본디지 향수의 뿌리를 뽑은 것 같긴 했지만, 가냘픈 몸 여기저기에 피멍울 맺힌 상처가 잔뜩 나 있었다. 시하는 마치 커다란 가시가 박혔다 뽑힌 것처럼 상처가 남은 안나의 손을 살짝 쥐고 무릎을 굽혀 앉았다. 그 순간, 안나가 마치 꿈을 꾸는 듯 몽롱한 눈빛으로 시하와 눈을 마주쳤다.

"시하 씨……."

미처 다 뽑지 못한 본디지 향수가 아직까지도 남아 있어 안나의 의식은 온전하지 않은 상태였다. 아마 치료를 다 받고 나면 그녀는 이 가물가물한 순간은 전혀 기억하지 못할 수도 있었다. 시하는 차라리 안나가 다 잊어주 길 바라며 마지막으로 진심을 고백했다.

"아마 너한테 이 말을 하는 건 처음일 거야."

이제 곧 안나를 떠나보내야만 하는 순간이 찾아올 테니. 그가 지금 하 려는 말은 아마도 꽤 오랜 시간, 절대 그녀에게 해줄 수 없는 말일 것이다.

"사랑해, 안나야."

온몸에 힘이 하나도 없을 텐데, 그 와중에도 손을 뻗어 제 머리카락을 어루 만져주는 안나의 온기가 느껴졌다. 그 손끝에 결국 다시 눈물이 터지고 밀았 다.

"사랑해⋯⋯."

눈물이 먹먹히 밴 시하의 고백이 안나에게 가서 닿았다. 안나는 여전히 꿈결 속에 있는 듯 환하게 미소 지으며 화답해주었다.

"나도⋯⋯. 나도 사랑해요."

그 목소리, 그 숨결, 그 표정, 그 마음을 절대 잊지 않으려는 듯 시하는 눈 을 감고 몇 번이나 방금 들은 고백을 다시 떠올렸다.

'안나야. 난 절대로 이 순간을 잊지 않을 거야.'

그렇게 한참의 시간이 지나고 시하는 천천히 감았던 눈을 떴다. 이것으로 되었다. 이것이면 족했다. 이 순간의 기억으로 너 없는 몇 년을 씩씩하게 버 텨낼 수 있을 테니. 그 후엔 꼭 다시 너에게 가겠다. 그땐 우리, 마음껏 사랑 만 하자.

맹세하듯 안나의 이마 위에 입맞춤을 남긴 시하가 천천히 몸을 일으켰다. 조금 전 그가 안나를 지키기 위해서 떠올린 계획을 실행에 옮기려면 하연의 도움이 필요했다. 시하가 두리번거리며 하연을 찾기 시작했을 때였다.

문 너머에서 하연이 누군가와 대화를 나누는 소리가 들려왔다. 일부러 엿

들으려고 한 것은 아닌데 대화 내용까지 선명하게 들렸다. 그리고 잠시 후. 대화 내용을 전부 들은 시하의 두 눈이 충격으로 물들고 말았다.

*

"어머니, 어쩌면 우리가 잘못 생각했던 걸지도 모르겠어요."

은재는 안나에게 쓸 테라피 향수를 만드느라 분주한 하연의 곁에서 조심스럽게 입을 열었다.

"우리가 했던 행동이 정말 안나를 위한 거였을까요?"

차라리 처음부터 안나에게 모든 걸 말했더라면. 그래서 스스로 위험을 대비할 수 있었더라면. 그랬다면 오늘 같은 끔찍한 일은 막을 수 있었을지도 모른다. 은재는 그 '만약'에 관한 생각을 도저히 멈출 수가 없었다.

괴로워하는 은재의 모습을 지켜보던 하연도 입술을 꾹 깨물었다. 그녀가 조향 도구를 내려놓고 은재의 어깨에 가만히 손을 올렸다. 어깨를 쓰다듬는 손끝이 파르르 떨고 있었다.

"이 일이 어떻게 우리 탓이야. 전부 내 탓이지."

"어머니."

"안나가…… 끝까지 모르길 바랐어. 170년 전에 어떤 일이 있었는지. 자신이 얼마나 끔찍한 운명에 휘말렸는지."

하연의 눈동자가 비가 거세게 퍼붓던 그날 밤처럼 흐려졌다.

'그분이랑 도망갈 거야. 일족이니 아니니 그런 거 따지지 않는 평범한 사람들 틈에서, 날 예뻐해주는 그분이랑 행복해질 거야.'

승혜의 목소리가 지금도 귓가에 어른거리는 듯했다. 그날, 마을에서 도망치려던 승혜는 결국 일족의 손에 의해 희생당했다. 저주를 풀기 위해선 어쩔 수 없다는 말로 죽음을 강요당했다. 천 길 낭떠러지 끝에 위태롭게 발을 디딘 채 승혜가 했던 말이 마치 지금 울려 퍼지는 것처럼 생생했다.

'……끝이 아닙니다. 제가 죽어도 저주는 끝나지 않을 것입니다.'

승혜의 말대로 저주는 끝나지 않았다.

"승혜가 그렇게 죽고, 저주는 다시 시작됐어."

그녀가 시푸른 바다에 몸을 던진 그 밤 이후로 마을의 여자들이 하나둘씩 사라지기 시작했다.

"하지만 그건 승혜가 내린 저주가 아니었어. 마녀들을 납치한 건 몽마들이었거든."

몽마가 인간 세상에 섞여 살기 시작하면서, 낮에도 꿈을 먹기 위해 꿈을 향수로 만들 수 있는 향의 마녀의 힘이 필요했던 것이다. 그들은 마지막 남은 향의 일족이 모여 살고 있는 섬을 찾아냈고, 사냥을 위해 바다를 건너왔다.

"희수와 난 뒤늦게 진실을 알게 됐어. 그때 마을 처녀들이 밤마다 피를 흘리고 비명을 질렀던 이유가…… 바로 몽마 때문이었다는 걸. 그리고 그 모든 걸 계획한 자가 바로 승혜가 사랑에 빠졌던 남자였다는 걸 말이야."

어느 날 갑자기 외딴 마을에 찾아온 금발과 벽안의 이방인. 승혜에게 사랑한다 속삭이며 함께 마을을 떠나자 했던 그자는 바로 몽마들의 왕, 판이었다. 하연과 희수는 그때 깨달았다. 마을의 마녀들이 사라진 것은 승혜가 내린 저주 때문이 아니라, 모두 판의 계략이었다는 사실을.

"그자는 진심으로 승혜를 사랑했던 게 아니야. 그저 승혜가 가진 마녀의 능력과 달콤한 꿈이 필요했던 거였어."

일족이 아닌 남자와 향의 마녀 사이에서 태어난 승혜는 마을 사람들의 냉대와 무시를 받았고 그 불행은 결국 그녀를 스위트 노트로 만들었다. 향의 마녀이면서 동시에 스위트 노트인 승혜는 판에겐 탐나는 최상의 먹이였다. 판은 승혜의 정체를 한눈에 알아봤다. 그리고 그는 승혜를 처음 본 순간, 모든 걸 간파했다. 외로운 승혜에게 달콤한 손길을 내밀었을 때 얼마나 쉽게 자신에게 속아 넘어갈지. 그 달콤한 손길을 다시 거두었을 때 승혜가 얼마나 더 불행해질지. 그리하여 그 꿈이 얼마나 황홀하게 맛있어질지.

"비록 승혜를 데려가려는 계획은 실패했지만, 그자는 마을에 사는 다른 향의 마녀들도 포기할 수 없었어."

그렇게 시작된 향의 마녀 납치. 백 년에 한 번 태어나는 특별한 마녀였던 희수는 제일 먼저 판의 신부로 끌려갔다. 머지않아 하연도 몽마의 조향사로 끌려가 노예처럼 부려졌다. 그리고 하연은 낯선 이국에서 전혀 예상치 못한 놀라운 사실을 알게 되었다. 승혜처럼 인간이 몽마의 아이를 잉태한 경우, 저주를 견디지 못한 어미가 자결을 하면 배 속의 아이는 죽지 않고 악마로 태어난다는 것이다. 그렇다는 건 승혜가 배 속에 품고 있던 아이도 죽지 않았다는 뜻이었다.

"우린 그 아이가 죽은 줄만 알았어. 그런데 그 아이가 살아서 악마가 되어 있다니……."

그것만으로도 이미 경악스러웠지만, 더 놀라운 일은 그 후에 벌어졌다.

"그 아이를 그런 식으로 만나게 될 거라곤, 꿈에도 알지 못했지."

가까스로 판의 손아귀에서 도망쳐 나온 희수는 사랑하는 남자와 결혼해 안나를 낳았다. 하연도 일찍이 희수의 도움으로 계약자였던 몽마에게서 벗어나, 일족의 남자와 결혼해 은재를 키우고 있었다. 하연은 저와 희수가 불행한 과거에서 벗어나 행복한 삶을 살아갈 수 있을 거라고 믿었다. 어느 날 희수가 승혜의 낡은 회중시계를 들고 결계를 만들어달라며 찾아오기 전까지만 해도, 그렇게 굳게 믿고 있었다.

놀랍게도 희수가 사랑에 빠진 남자는 대대로 몽마와 계약을 맺어온 집안의 아들이었다. 그 악마가 바로 오래 전 승혜가 바닷속에서 낳은 아이였다.

그 몽마의 이름은 차시하. 희수는 그가 자신의 딸마저 불행하게 만들까 봐 두려워했다. 누구보다 희수가 느끼는 불안을 가장 잘 아는 하연은 그녀를 필사적으로 도왔다. 희수가 자신을 몽마의 계약에서 구해줬던 은혜를 갚을 기회라고 여겼다.

결국 하연은 자그마치 20년이라는 오랜 세월에 걸쳐 몽마를 차단할 수 있는 향료 추출에 성공했고, 완벽한 결계 향수를 만들어냈다. 그렇게 드디어 희수의 가족에게도 온전한 행복이 찾아오리라 여겼다. 하지만 그 후 들려온 소식은 청천벽력 같았다.

희수 부부가 죽었다. 이제 겨우 열아홉 살이 된 딸을 혼자 남겨두고. 교통 사고로 위장된 명백한 살인이었다.

"난 직감했어. 희수 부부를 죽인 자가 바로 판이라는 걸."

아마 그자는 오랫동안 도망친 판의 신부를 찾았을 것이고, 그녀가 향의 마녀로서의 능력을 상실했다는 걸 알았을 때엔 크나큰 분노를 느꼈을 것이다. 분노의 감정이 한 치의 망설임도 없이 살인으로 이어진 게 분명했다. 판은 그만큼 이기적이고 잔악한 자였다.

그런 무도한 자가 만약 안나의 존재를 알게 된다면……? 안나의 미래는 불을 보듯 뻔했다.

그런데 운명은 왜 이리도 고약한 건지. 더 잔인해질 수 없을 거로 여긴 운명은 더 큰 시련을 준비해놓고 그들을 기다리고 있었다. 안나가 제 부모를 죽인 악마의 아들과 사랑에 빠진 것이다. 차시하의 곁에 있는 것만으로도 이미 안나의 정체가 판에게 노출될 위험이 꽤 커진 상태였다.

그렇기에 하연은 시하와 안나를 떼어놓기 위해 필사적으로 노력했다. 하지만 미움의 향수를 사용해 둘을 갈라놓는 그녀의 계획은 결국 실패했다. 최후의 수단으로 차시하에게 모든 진실을 말하고 안나의 곁에서 멀어져줄 것을 부탁하려던 차, 돌연 안나의 목숨이 위험해지는 상황이 발생하고 말았다.

'난 이제 다른 건 다 필요 없어. 내 딸……. 내 딸 안나만 지킬 수 있으면 돼.'

희수가 마지막으로 했던 말이 하연의 심장을 날카롭게 할퀴고 흩어졌다.

'끔찍한 비극은 우리의 시절에서 끝나고, 안나는 그저 행복하기만 했으면 좋겠어.'

결국 희수의 간절한 바람을 이뤄주지 못했다. 안나가 끔찍한 운명에 휘말리는 걸 막지 못했다. 하연은 자책감에 얼굴을 감싸며 한숨처럼 말했다.

"부디 안나만은 끝까지 모르길 바랐는데……. 이젠 어쩔 수 없이 안나에게 모든 진실을 말하고 차시하의 곁에서 떠나라고 해야 하는 걸까?"

하연이 속상한 마음에 눈물을 훔치던 바로 그때였다.

"아니. 소용없어."

누군가가 돌연 안나가 잠들어 있는 방에서 걸어 나오며 말했다. 하연과 은재가 흠칫 놀라며 뒤를 돌아봤다.

"모든 진실을 알게 된다고 해도 안나는 결코 나를 떠나지 않을 거야."

방에서 나온 남자는 다름 아닌 시하였다.

"그러니 안나 스스로 내 곁을 떠날 결심을 하도록 만들어야 해."

그의 표정은 괴로움에 잔뜩 일그러져 있었다.

*

"저는 윤태주 비서님한테 좀 다녀올게요. 비서님도 많이 다치셨으니까 돌봐드려야 할 것 같아요."

"그래. 조심해서 다녀와."

은재가 눈치껏 자리를 피해주자, 조향실에는 하연과 시하만이 남았다. 망설이던 하연이 시하의 곁으로 다가가 조심스럽게 물었다.

"다, 들었니?"

그녀의 물음에 시하는 애써 침착하게 고개를 끄덕였다. 하연은 눈앞이 캄캄한 기분이었다. 그가 모든 걸 다 알아버렸다. 안나를 위해서 그에게 모든 걸 말하고 도움을 구할 생각이긴 했지만, 이런 식으로 마음의 준비를 할 시간도 없이 갑작스럽게 진실을 알리고 싶진 않았다. 시하가 불쑥 화가 난 듯한 표정으로 입을 열었다.

"왜 진작 나한테 말하지 않았지?"

그는 턱에 바짝 힘을 준 채 애써 감정을 억누르고 있었다.

"당신이 내게 말만 해줬다면, 난 어떻게든 안나를 곁에서 떠나보냈을 거야. 그럼 오늘처럼 안나가 다치는 일도 없었을 거라고!"

어떻게든 침착하려 했지만, 결국 그의 목소리는 날카로워지고 말았다. 하연은 죄책감에 도저히 고개를 들 수 없었다. 시하의 말이 백번 옳았다. 좀 더 빨리 그에게 진실을 말했다면, 그는 무슨 수를 써서든 안나를 자신의 곁에서 떠나보냈을 것이다. 하지만 하연은 번번이 '하루만 너, 딱 하루만 너.'라고 생각하며 진실을 말할 시기를 미뤘다. 그녀가 그럴 수밖에 없었던 이유는 그동안 시하를 바라보는 시선이 바뀌었기 때문이었다.

"처음엔 네가 승혜를 죽게 만들고, 향의 일족을 파멸시킨 악마의 자식이라고만 생각했어."

그래서 차시하를 미워하고, 원망했다. 어떻게든 성운 호텔에서 그를 다시 내쫓고, 희수 부부 대신 안나를 지켜주리라 다짐했다. 하지만 그가 안나를 진심으로 사랑하는 모습을 지켜보면서 하연은 점점 그 진심에 동화되어갔다. 아무리 해도 둘의 사랑을 갈라놓을 순 없었다.

"그런데 옆에서 너와 안나를 지켜보면서 내 마음이 변했어. 어쩌면 너는 내가 생각한 것처럼 잔인한 악마가 아닐 수도 있겠구나. 그런 생각이 들더라."

그래, 차시하는 원망스러운 판의 아들이기도 했지만, 소중한 친구 승혜의 하나뿐인 아들이기도 했다. 그래서 말하지 못했다. 도저히 시하에게 170년 전부터 시작된 잔혹한 진실을 말할 수가 없었다.

"나는…… 안나가 상처받는 것만큼, 네가 상처받는 게 싫었어."

하연이 솔직하게 꺼내놓은 진심에 시하의 명치가 찌르르 울렸다.

"미안해. 내가 너희 둘을 속이고 기만했어. 결계 향수를 깨는 척하면서 계속 결계가 유지되도록 했던 것도 나야. 비록 실패했지만, 미움의 향수를 써서 둘을 멀어지게 하려고도 했었어."

하연의 말을 가만히 듣고만 있던 시하가 주먹을 바르르 움켜쥐었다. 언젠가 제게 할 말이 있다며 망설이던 그녀의 모습이 머릿속에 떠올랐다. 그녀가 계속 고뇌했던 것이 느껴졌다.

억울하고 화가 나야 하는 상황임에도 불구하고 도리어 하연의 생이 안타깝게 느껴졌다. 제 어머니를 구해주지 못했다는 죄책감에서 시작된 그녀의 고달픈 삶이 안쓰러웠다.

그가 원망스러운 건 하연이 아니었다. 제 몸에 흐르는 판의 피였다. 어머니를 속여 죽게 만들고, 안나 부모님을 사고로 위장해 살해하고, 유현을 시켜 안나마저 빼앗으려 했던 잔인한 악마. 그리하여 소중한 친구의 딸을 구하기 위해 하연이 가족의 곁마저 떠나게 했던 그 끔찍한 악마의 피가 자신에게 흐르고 있다는 것이 참을 수 없이 괴로웠다. 차마 그런 자를 아버지라고 인정하고 싶지 않았다. 그 잔악무도한 자를 생각하면 도저히 하연 앞에서 떳떳할 수가 없었다.

뒤늦게 안나가 향의 마녀임을 알려주는 단서들이 생각났다. 지나칠 정도로 뛰어난 후각, 제 의중을 알고 싶을 때마다 냄새부터 맡는 버릇, 언젠가 교도소에서 문찬영에게 사랑의 냄새가 나지 않는다고 똑 부러지게 말하던 모습, 안나가 만졌던 자리에서 묻어난 수상한 얼룩, 그 모든 것들이 차례로 뇌리를 스치고 지나간다.

그 중요한 단서들을 그저 무심코 넘겨버렸었다. 뭔가 이상하다는 걸 알면서도 끔찍한 운명을 받아들이고 싶지 않은 본능에 끝내 외면해버렸던 단서들이 이제 와 그의 머릿속을 잔인하게 헤집었다.

'전부 다…… 나 때문에 이렇게 된 거야. 나 때문에.'

시하가 괴로운 듯 머리를 감싸고 고개를 숙였다. 잠시 후, 다시 고개를 든 그의 눈빛은 180도 바뀌어 있었다.

"안나가 이렇게 된 건, 전부 내 탓이야. 내가 바로잡아야 해. 양하연 당신이……."

그러다 하연이 자신의 어머니와 안나 어머니의 친구라는 사실을 상기한 그가 쓰게 웃으며 말했다.

"아……. 내가 앞으로 당신을 어떻게 부르면 좋지? 내 어머니, 그리고 안나 어머니의 친구를 이제까지처럼 함부로 부를 수는 없는데."

"20년도 넘게 익숙해진 호칭을 하루아침에 바꿀 수는 없겠지. 그냥 조향사님은 어때?"

"그래, 앞으론 그렇게 부를게."

시하는 고개를 끄덕이곤 황급히 아까 하려던 말을 이었다. 이제 와서 알게 된 진실은 받아들이기 버거울 정도로 충격적이었지만, 지금은 넋 놓고 있을 때가 아니었다. 판에게서 안나를 지키는 일이 무엇보다 중요했다.

"지금부터 조향사님이 날 좀 도와줘야겠어."

"어떻게?"

"아까도 말했지만, 안나는 모든 진실을 알고 나서도 날 떠나려 하지 않을 거야. 그 녀석 고집이 어지간히 세야지."

안나가 잠들어 있는 문 너머에 시선을 둔 시하가 주먹을 꽉 움켜쥐며 말을 이었다.

"제 부모가 날 떼어놓으려 결계까지 만든 사실을 알고서도 내 곁에 있기로 결심한 아이야. 내 형이 자신을 끔찍한 불행으로 몰아넣은 걸 알면서도 날 사랑한다고 말해준 아이고."

주먹 쥔 그의 손이 부들부들 떨렸다.

"억지로 내 곁에서 떠나라고 해도 절대 떠나지 않을 거야. 그러니 안나 스스로 날 떠나고 싶어지도록 만들어야 해."

"하지만 아까 너도 다 들었을 거 아니야. 향수를 써서 안나의 마음을 바꾸는 건 이미 실패했어."

"맞아. 향수로는 실패했지."

무언가 숨은 뜻이 담긴 것처럼 지독히 낮게 가라앉은 시하의 목소리에 하연이 눈을 동그랗게 떴다.

"향수로는? 그게 무슨 뜻이야? 다른 방법이 있다는 뜻이야?"

"내가 안나 꿈에 들어가서 직접 기억을 조작하면 돼."

"기억을 조작하겠다니……? 그게 무슨 소리야?"

"조향사님은 그냥 내가 거짓말을 하고 있다는 사실을 안나가 눈치채지 못하도록 하는 향수만 만들어줘."

"내가 묻는 말에 대답부터 먼저 해! 차시하, 너! 대체 안나 기억을 어떻게 조작하겠다는 거야? 너 설마……?"

바로 그때, 하연의 성화에 가까스로 덤덤한 척하던 시하의 가면이 벗겨졌다. 그의 얼굴이 순식간에 눈물로 얼룩졌다.

"안나가 날 사랑하는 마음보다 불신하는 마음을 더 크게 만들어줄 거야."

"차시하……."

"그렇게 날 믿지 못하게 해서……."

그는 결국 가장 슬픈 선택을 하고 만 것이었다.

"끝내 날 피해 도망치도록…… 만들 거야."

＊

다음 날 새벽, 성운 호텔의 정원이 한눈에 내다보이는 스위트룸. 하연이 침대 위에 안나를 조심스럽게 내려놓는 시하를 향해 물었다.

"왜 하필 여기로 왔어?"

땀에 젖은 안나의 머리칼을 정성껏 매만지고 허리를 일으켜 세운 시하가 테라스 풍경을 바라보며 대답했다.

"예전에 안나랑 약속한 적이 있거든. 생일에 여기서 진정한 내 여자가 되어주겠다고."

"뭐? 그런 소중한 장소에서 꼭 이래야 해? 다시 생각해, 차시하. 자칫하면 영영 안나가 널 오해할 수도 있다고!"

"어쩔 수 없어. 안나가 내 곁을 떠나게 만드는 방법은 이것밖에 없으니까."

"너 정말!"

하연이 깊은 한숨을 내쉬었다. 시하가 선택한 방법이 너무도 가혹해서였다. 그는 판이 저지른 죄를 모두 자신이 저지른 것으로 덮어씌우려 하고 있었다. 안나의 부모가 자신과의 계약을 끝내려 한 사실을 알고 그들을 죽이고, 그것도 모자라 결국 그 딸까지 죽이려 하는 무자비한 악마가 되려는 것이었다. 그렇게 안나가 제게서 도망치게 만들 계획이었다. 유현이 그랬던 것처럼.

"형은 강해우를 통해서 안나의 기억을 조작하려고 했지만, 번번이 안나가 꿈에서 완벽히 죽임을 당하지 않거나 곧바로 잠에서 깨는 바람에 계획에 실패했어."

안나로 하여금 시하를 살인자라고 굳게 믿게 만들기 위해서는 두 가지 조건이 필요했다. 하나는 꿈속에서 그녀의 숨통을 완전히 끊어놓는 것. 둘은 의심이 확신으로 뿌리내릴 충분한 시간을 주는 것.

"이번엔 내가 확실하게 꿈에서 안나를 죽이고 나올 테니까, 조향사님은 안나가 빨리 깨지 않도록 수면 상태를 유도하는 향수를 뿌려줘. 그리고 깨어났을 때 내 거짓말을 눈치채지 못하게 하는 향수도 뿌려주고."

"그래. 시키는 대로 할게. 하는데, 진짜 마지막으로 딱 한 번만 더 묻자. 너 정말 이래도 후회 안 할 자신 있어?"

"후회는 이미 수천 번도 더 했어. 만약 지금 내 욕심대로 안나를 내 곁에 두면 난 더 큰 후회를 하게 될 거야. 지금의 내 힘으론 절대 판에게서 안나를 지켜낼 수 없으니까."

시하는 테라스로 발걸음을 옮기며 대답을 이었다.

"지금은 안나를 되도록 멀리 떠나보내야만 해. 내가 강해질 때까지, 안나가 안전하게 지낼 수 있도록."

그러곤 테라스 난간에 서서 초록빛 잎사귀만이 무성한 벚나무를 보며 생각했다. 뜨거운 맹세를 했던 봄이 지나 벚꽃이 다 져버려서 다행이라고. 흐드러진 벚꽃을 보면 거짓말을 하기 힘들 테니까.

"부탁할게. 안나가 진심으로 날 미워할 수 있도록, 그래서 망설임 없이 날 떠날 수 있도록, 제발 도와줘."

하연은 결국 시하의 간절한 부탁을 들어줄 수밖에 없었다. 어스름한 잿빛 하늘이 주홍빛으로 물들기 시작했을 무렵. 모든 준비는 끝이 났다. 시하는 죽을힘을 다해 안나의 꿈속에서 살인자가 되었고, 하연은 안나에게 시하가 부탁했던 두 가지 향수를 모두 뿌려주었다. 시하에게 죽임을 당하는 잔인한 꿈을 꾼 안나는 지친 기색으로 잠들어 있었다. 이제 10분 정도가 더 지나면 안나는 시하가 조작한 기억을 가지고 잠에서 깨게 될 예정이었다.

시하는 가만히 잠든 안나의 곁에 앉아 그녀의 모습을 하염없이 바라보고만 있었다. 그동안 이곳에서 안나와 했던 달콤한 맹세가 그의 귓전을 맴돌았다.

'약속해요. 그땐 꼭 맨정신에 이 매듭 풀게요.'

수줍게 배스 가운의 매듭을 만지작거리던 안나의 손. 조심스럽게 그 손을 들어 올려 입을 맞춘 시하가 떨리는 목소리로 속삭였다.

"이 손에 내가 만든 반지, 꼭 끼워주고 싶었는데……."

얼마의 시간이 흐르면, 그 반지를 네 손에 끼워줄 수 있을까? 시하가 안타까운 마음에 차마 안나의 손등에 내린 입술을 거두지 못하고 있을 때였다.

"으음……."

벌써 10분이 지난 것인지 안나가 몸을 뒤척이기 시작했다. 그리고 그 순간. 안나가 비로소 눈을 떴다.

"당신!"

잠에서 깬 안나는 경악하며 몸을 뒤로 바짝 움직였다. 그녀는 예전처럼 시하에게 다정한 호칭을 쓰지 않았다. 벚꽃처럼 분홍빛으로 붉히던 뺨도 냉랭하기만 했다. 한없이 사랑스럽게 바라봐주던 눈빛도 거짓말처럼 사라져버렸다.

"지금 나한테 무슨 짓을 하려는 거예요?"

오로지 경멸과 공포만이 가득 들어찬 눈빛. 심장이 수백 개의 칼로 난도질당하는 것처럼 괴로웠다. 하지만 시하는 안나 몰래 이를 악물며 연기를 시작했다.

"몰라서 물어?"

"뭘 말이에요?"

"도저히 네 생일까지 기다릴 수가 없어서 말이지. 지금 당장 계약을 이행하고 싶은데."

시하의 차갑고 냉정한 말에 안나의 눈매가 매서워졌다. 수치심과 분노로 눈물이 그렁그렁해진 눈이 그를 날카롭게 노려봤다.

"당신, 우리 부모님한테도 이런 식으로 계약을 강요했어요?"

그 격렬한 증오를 온몸으로 느끼며 시하는 속으로 서글프게 애원했다.

"그래서 계약을 깨려는 우리 부모님을 그렇게 잔인하게 죽인 거예요?"

그래, 안나야.

"만약 내가 당신이랑 안 자겠다면요?"

부디 그렇게…….

"나도 죽일 건가요?"

……나를, 미워해.

하지만 마음과는 달리 자꾸만 울음이 터질 것 같았다. 시하는 이를 악물고 표정을 차갑게 가다듬었다. 냉정한 미소까지 입가에 머금었다. 그러곤 저벅저벅 안나의 곁으로 걸어가 그녀의 턱을 손끝으로 들어 올렸다. 눈과 눈이 마주쳤다. 동시에 아스라한 기억이 밀려들었다.

'*나도……. 나도 사랑해요.*'

그 말을 해주며 따스하게 웃어주던 눈은 지금 공포로 떨고 있었다. 울컥 치밀어 오르는 신음을 다급히 비웃음으로 내뱉으며 시하는 말했다.

"하! 설마 이렇게 맛있는 먹이를 내 손으로 죽일 리가 있겠어?"

턱을 슬쩍 쥐고 있던 손가락이 안나의 얼룩덜룩한 뺨을 쓸었다. 간밤에 조작한 기억에 얼마나 괴로웠던지 그녀의 뺨엔 눈물이 몇 겹이나 덧대어져 있었다. 하도 울어 충혈된 두 눈에 자신이 담겨 있다. 시하는 차마 끝까지 시선을 마주할 수 없어 안나를 등지고 돌아서며 차갑게 말을 이었다.

"난 할 만큼 했어. 계약대로 오정숙한테서 벗어나게 해주고, 호텔도 되찾아주고, 네 부모님을 죽인 범인까지 찾아줬잖아. 이젠 네가 대가를 치를 차례야."

그러자 등 뒤에서 안나의 차가운 목소리가 들려왔다.

"당연히 그래야겠죠. 내 부모님을 죽인 범인이 정말로 당신의 형이라면."

"그게 무슨 뜻이지?"

"당신이 이유현과 공범이라는 거, 내가 언제까지 눈치 못 챌 거라고 생각했어요?"

시하에 의해 안나의 기억은 모두 조작됐다.

"내 부모님이 성운 호텔에 결계를 치고 계약을 깨려고 하자 당신은 곧바로 이유현에게 연락했어요. 호텔에 잠입해서 우리 부모님이 이용하는 차량을 사고가 나도록 고장 내고, 운전기사를 향수로 조종하는 건 일도 아니었겠죠."

아니, 일어났던 일들은 모두 그대로였지만, 그 속에서 진실만이 사라졌다.

"하지만 부모님이 내 존재를 철저히 숨겼기 때문에 나에 관해서 알아내는 데 시간이 오래 걸렸을 거예요. 오랜 시간을 들여 내가 어디 있는지 알아낸 당신은 이유현을 통해서 강해우를 내게 접근시켰어요."

차시하와 오안나가 사랑에 빠졌던 진실은 그녀의 기억에서 완전히 지워져버렸다.

"고모의 탐욕과 강해우의 절박함을 이용해서 당신들은 날 스위트 노트로 만들었죠. 결국 불행에 빠진 내가 당신을 소환하게끔 모든 걸 계획한 거예요."

차시하가 얼마나 오안나를 사랑했는지…….

"그 후 당신은 내 꿈을 먹기 위해 내가 고모한데서 도망치도록 도왔고, 사랑하는 여자를 지켜주는 연인인 척 기자회견까지 해가면서 내가 호텔도 되찾을 수 있도록 했어요."

그녀는 모른다. 제 손으로 안나가 그 사랑을 모두 잊게 만들었다.

"마지막으로 당신은 죄를 모두 이유현에게 뒤집어씌워 우리 부모님을 죽인 진범을 그자로 몰아갔고요."

시하는 여전히 안나를 등진 채 이를 악물었다. 사랑이 사라진 기억은 마치 겉모습은 멀쩡하지만 아무도 살지 않는 빈집 같았다. 공허하고 쓸쓸했다.

"내가 요구한 계약 조건을 모두 이행했으니, 나 역시 순순히 당신의 요구 조건을 이행할 거라고 계산했을 테죠. 하지만 어림없어요. 난 내 부모님을 죽인 악마의 여자가 될 생각은 추호도 없으니까."

안나의 냉랭한 목소리를 들으며 시하는 다시 덤덤한 표정으로 뒤돌아섰다. 그리고 반겨주는 이 없는 빈집에 들어선 것처럼 텅 빈 눈동자로 안나를 바라봤다.

"당신을 만난 걸 죽도록 후회해요. 차라리 고모 손에 죽는 게 나을 뻔했어. 그럼 적어도 당신과 계약해서 살아남은 내 자신이 이렇게 끔찍할 일은 없었을 텐데. 돌아가신 부모님한테도 죄송하진 않았을 거 아니야."

그 순간, 오래 전 안나가 속삭여준 말이 그의 귓가에 함께 스며들었다.

'당신을 만나서 다행이에요. 그때 회중시계에 대고 소원을 빌길 정말 잘했어.'

안나는 잊어버린, 이제는 저 홀로 간직하고 있는 기억.

"당신 스스로 우리 부모님을 죽인 진범임을 밝히지 않는 이상, 계약은 무효예요. 당신은 내 요구 조건을 모두 들어준 게 아니니까. 그러니까 내가 당신의 여자가 될 거라는 헛된 꿈은 꾸지 말아요."

그 간절한 기억으로 무너지는 두 다리를 버틴 시하가 필사적으로 입꼬리를 끌어올렸다. 언제까지 안나 앞에서 이 차가운 표정을 유지할 수 있을지 모르겠다. 그렇다면 한시라도 빨리 이 상황을 끝내는 수밖에…….

"오안나."

시하는 흥미가 식어버린 척 문으로 다가가 차디찬 음성으로 안나의 이름을 내뱉었다. 그러곤 뒤돌아 본능적인 두려움에 몸을 움츠린 안나를 가소롭다는 듯 응시했다.

"오늘은 널 먹고 싶은 기분이 싹 사라져서 이쯤에서 물러나지만, 명심해 둬."

최대한 무자비하고 냉정해 보이도록 표정을 꾸몄다. 입맛이 떨어졌다는 듯 엄지로 입꼬리를 닦아내며 그는 안나에게 힌트를 줬다.

"네가 내 여자가 되지 않는 방법은 딱 하나야."

부디 안나가 이 힌트를 알아차리기를.

"내게서 완벽하게 도망치는 거."

바로 그때, 문이 닫히기 직전 얼핏 본 안나의 눈동자가 찰나지만 분명히 반짝였다.

"내가 절대 그렇게 두지 않을 테지만."

그는 마지막까지 안나의 무의식을 도발하는 말을 문틈으로 욱여넣었다.

그리고 쾅! 문이 닫힘과 동시에 그의 커다란 몸은 완전히 무너져 내렸다. 너 머에선 안나가 곧바로 누군가에게 전화를 거는 소리가 들려왔다. 시하는 일 부러 안나의 휴대전화를 협탁 위에 두었다. 자신이 나가자마자 그녀가 주은 재에게 연락을 할 수 있도록. 은재의 도움을 받아 안나는 아침이 오기 전에 자신의 곁을 떠날 것이다. 다시 만날 날은 기약조차 없기에, 문 하나를 사이 에 둔 지금 이 순간이 그녀와 함께하는 마지막 순간이었다.

"으윽⋯⋯!"

참았던 울음이 기어코 터져 나오자, 시하는 거칠게 손으로 입을 틀어막았 다. 이를 악물고 신음을 삼켰다. 절대 울 수 없었다. 어떻게든 이 눈물을 참 아야지만 1초라도 더 안나의 곁에 미물 수 있으니까. 우는 건, 그녀가 떠나 고 얼마든지 할 수 있는 일이니까.

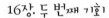

16장. 두 번째 기회

하지만 그는 마음껏 울 수 없었다. 안나가 떠나고 5년이 지난 지금도.

처음엔 수습해야 할 일이 너무나 많았다. 맨 먼저 그가 한 일은 문찬영을 안나의 납치죄와 살인미수죄로 구속시키는 것이었다. 그 후 자신을 피해 달아난 안나를 호텔 경영을 배우러 유학을 떠난 것으로 꾸몄고, 시시때때로 의심의 화살을 쏘아대는 언론 역시 통제했다.

어느덧 안나가 성운 호텔을 떠난 지 5년째. 시하가 호텔의 경영권을 쥐고 있는 것에 불만을 가진 자들이 최근 들어서 다시 안나를 불러들여야 한다고 성화를 부려대기 시작했다. 물론 그들이 원하는 것은 안나가 경영권을 이어받는 것이 아니라, 시하가 경영권에서 물러나는 것이었다. 현재 성운 호텔은 에뚜알르 호텔에서 완벽히 독립해 그 어느 때보다 최고의 실적을 자랑하고 있었지만, 그 속사정은 늘 이렇게 시끄러웠다.

오늘만 해도 임원 회의에서 안나를 다시 불러들이지 않을 거면 새롭게 대표를 뽑아야 한다며 한바탕 실랑이가 벌어졌다. 그들의 말에 의하면 시하는 어차피 안나의 대리인일 뿐이었다. 그리고 이제 더 이상 안나가 법적 미성년자가 아니니 대리인은 필요가 없었다. 하지만 시하가 성운 호텔의 경영권자로 있었던 지난 5년 동안, 그 이전에 가장 많은 수익을 벌어들였던 해보다 평균적으로 두 배의 수익을 냈다.

"자, 이래도 내가 여전히 대표 자리에 무임승차한 겁니까?"

시하가 정확한 수치를 내밀며 누가 대표 자리에 어울리는지를 증명하자 임원들은 하나같이 입을 모아 이렇게 말했다.

"지금 돈이 문제가 아니지 않습니까? 실추된 성운 호텔 이미지는 어쩔 겁니까?"

안나가 유학을 떠나고 시하에 관한 악의적인 기사는 달마다 쏟아져 나왔다. 시하가 성운 호텔 경영권을 노리고 베일에 싸인 상속녀에게 접근했다는 기사부터 시작해서, 목적을 달성한 그가 불쌍한 상속녀를 버리고 내일 밤 묘령의 여배우와 은밀한 시간을 보낸다는 기사까지.

적절한 무기를 손에 쥔 임원진들은 여전히 안나와 교제 중이라는 증거를 언론에 내밀던지, 아니면 경영에서 손을 떼라며 완강한 태도를 굽히지 않았다. 결국 시하는 조만간 언론에 반박 기사를 내보내겠다고 상황을 일단락시키고 회의를 억지로 끝냈다.

대표실로 돌아가는 잠깐 사이에도 머리가 지끈거리고 극도의 피곤이 밀려왔다. 이제 좀 쉴 수 있나 싶은 찰나, 이번엔 어떻게 알아냈는지 뉴욕에서 지내고 있는 안나의 사진을 찍은 기자가 거래를 제안해왔다.

"오안나 씨가 뉴욕에서 다른 남자랑 함께 지내고 있는 거, 알고 계셨습니까?"

기자가 내민 사진 속에는 은재와 함께 있는 안나의 모습이 담겨 있었다. 지난 5년간 보고 싶은 마음을 필사적으로 참아가며 외면했던 어여쁜 모습. 스무 살 앳됐던 그녀는 어느덧 제법 성숙한 여인이 되어 있었다. 시하는 안나의 사진을 보자마자 그녀가 있는 곳이 바다 건너 뉴욕이더라도 당장에 날아가 그녀를 만나고 싶었다. 하지만 기자 앞에서 흔들리는 모습을 들키지 않기 위해 애써 사진을 손바닥으로 덮으며 입을 열었다.

"이 남자는 그녀의 수행비서입니다. 다시 말해서 안나와 이 남자의 관계는 고용주와 고용인, 그 이상도 이하도 아니라는 얘기죠. 도가 지나친 억측은 삼가시기 바랍니다."

"억측이 아니라 내가 본 그대로를 말씀드리는 겁니다. 이걸 좀 보시라고요. 이게 단순히 고용주와 고용인의 관계라고 볼 수 있습니까?"

직후 기자는 여러 장의 사진을 더 탁자 위에 올려놓았다. 은재가 다정하게 안나의 어깨를 감싸고 있는 모습, 두 사람이 팔짱을 낀 채 함께 거리를 걷는 모습, 분위기 좋은 레스토랑에서 웃으며 식사를 즐기는 모습 등이 찍힌 사진이었다. 둘의 모습은 방금 기자가 한 말대로 단순히 고용주와 고용인의 관계라고 보기에는 무리가 있었다. 희미하게 굳어진 시하의 표정을 살피며 기자가 이곳에 온 본론을 입에 담았다.

"이 사진들이 기사로 나가면 성운 호텔의 이미지는 지금보다 더 바닥으로 떨어질 겁니다. 유학을 떠난 상속녀가 바람이나 피고 다닌다고요. 5년 전 대대적으로 기자회견까지 열어 연인임을 밝힌 남자를 버젓이 놔두고 말이죠. 자, 어떻게 하실 겁니까? 저랑 딜, 하시겠습니까?"

이미 시하에 관한 악의적인 보도가 매달 터지는 마당에 이 사진 몇 장이 화젯거리가 되지는 않을 터. 기자의 목적은 처음부터 돈이었다. 시하는 기자가 꺼내놓은 사진들 가운데 유일하게 안나 혼자 나온 사진을 집어 들며 말했다.

"딜이라……. 정말 괜찮겠습니까? 내 계약 방식은 좀 남다른데."

"예? 계약 방식이 남다르다니, 그게 무슨?"

그 순간, 기자는 미처 말을 다 끝내지도 못하고 바닥으로 털썩 쓰러졌다. 시하는 무덤덤한 표정으로 소파에서 일어서 정신을 잃은 기자에게 다가가 멈춰 섰다. 그러곤 눈을 감고 있는 기자를 서늘하게 내려다보며 말했다.

"몽마한테는 함부로 계약을 운운하는 게 아닙니다, 기자님. 기억해두세요. 아, 어차피 기억도 못 할 테지만."

후읍. 이윽고 기자에게서 나는 냄새를 깊숙이 들이마신 그가 날개를 펼쳤다. 그의 한쪽 날개에 오래전 뜯겨 나갔던 상처가 선명했다. 하연이 치료해 주면서 한 번만 더 날개가 뜯겨나갔다간 절대로 회복이 불가능할 거라고 했던 말이 어렴풋이 떠올랐다. 시하는 씁쓸하게 웃으며 중얼거렸다.

"이젠 그런 결계로는 나한테 티끌만큼도 상처를 입힐 수 없어."

지난 5년이란 시간 동안 판에게 대적하기 위해 몽마의 힘을 누구보다 강하게 키워왔다. 성운 호텔을 제 힘으로 성장시킨 것도, 몽마의 힘을 강하게 난련한 것도, 전부 나 오로시 한 가시만을 위해서였다.

"안나야……."

탁자 위에 아무렇게나 흩어져 있는 안나의 사진을 힐끗 바라본 시하가 턱에 바짝 힘을 주며 발로 바닥을 박찼다. 사진 속 그녀는 햇살보다 눈부시게 웃고 있었다.

"이제 진짜 얼마 안 남았어."

그러니 제발 날 다 잊은 것처럼, 나 없는 곳에서 그렇게 예쁘게 웃지 마. 쓸쓸한 바람과 함께 시하의 몸이 스르르 기자의 꿈속으로 빨려 들어갔다.

*

시하가 기자의 꿈에 들어가 기억을 모두 조작하고 나오는 데 걸린 시간은 정확히 1시간이었다. 기자는 한 달 전 미국에 업무 차 건너갔다가 안나를 우연히 보고 뒤를 쫓아다녔다고 했다. 한 달 치의 기억을 조작하는데 1시간이라…….

'이 정도론 부족해. 시간을 좀 더 단축해야겠어.'

속으로 힘을 더 강하게 단련해야겠다고 생각하며 시하는 곧바로 태주를 호출했다. 기억 조작을 끝낸 기자의 뒤처리는 태주의 몫이었다. 얼마 지나지 않아 태주가 대표실 문을 열고 들어왔다. 그런데 태주의 등 뒤로 한 명이 더 있었다.

"시하 씨, 나도 왔어."

라희였다. 태주가 잠든 기자를 데리고 빠져나간 후, 시하는 라희에게 방금 있었던 소동에 관해 설명했다. 소파에 다소곳이 앉아 경청하던 라희는 문득 질문을 던졌다.

"그러니까 아까 그 기자가 안나의 사진을 찍어서 거래를 하자고 했다는 거지?"

"응."

"안나의 위치는 극비기 때문에 어쩔 수 없이 기억을 조작해야 했던 거고?"

"맞아."

시하는 페르소나를 섞은 와인을 잔에 따르며 대답했다. 기자의 기억을 조작하느라 쓴 힘을 보충하기 위해선 곧바로 페르소나를 흡수해야만 했다. 라희는 마치 푸르스름한 물안개가 낀 듯한 붉은 와인을 빤히 바라보다 조심스럽게 입을 열었다.

"시하 씨. 이제 그만 안나를 다시 데려오는 건 어때?"

"뭐?"

"평범한 인간마저 안나의 위치를 알아낼 정도면 더는 숨기기 어렵다는 뜻 아니야?"

정곡을 찌르는 라희의 질문에 시하는 어색하게 고개를 저어 보였다.

"아직은 괜찮아. 그 기자도 업무 차 미국에 갔다가 우연히 안나를 보게 된 거였어."

"대체 언제까지 괜찮다고만 할 건데? 5년이면 노력할 만큼 했잖아."

라희가 답지 않게 목청을 높였다. 그녀도 5년 전 안나에게 어떤 일이 있었는지 잘 알고 있었다. 5년 전 그날. 안나가 시하의 곁을 떠났던 그날. 시하가 직접 라희를 찾아왔다.

그는 라희에게 유현이 많이 다쳤다는 소식을 전해주었다. 제 손으로 유현에게 평범한 인간의 꿈이나 페르소나를 통해서는 치료가 불가능한 치명상을 입혔다고 했다. 스위트 노트인 라희가 아니면 유현은 그대로 죽고 말 거라고.

라희는 한 치의 망설임도 없이 유현에게로 달려갔고 아낌없이 자신의 꿈을 내어주었다. 그리고 유현에게 뜨겁게 안기며 제 안에 남아 있던 마지막 미련까지 탈탈 털어냈다. 결국 그가 가장 원하는 건 사랑 같은 게 아니라, 판의 인정을 받는 거라는 사실을 깨달았기 때문이다. 그렇게 이유현이라는 남자로 가득 채워져 있던 마음을 깨끗이 비우고 나니, 그녀는 스위트 노트가 아닌 인간 민라희의 삶을 다시 살고 싶어졌다.

새롭게 시작하려는 그녀를 도운 건 다름 아닌 시하였다. 덕분에 은퇴를 결심했던 그녀는 다시 한 번 진정한 배우의 꿈을 꾸게 되었다. 불행한 삶에서 벗어나기 위해 발버둥 치며 꾸는 꿈이 아니라, 희망 속에서 피워낸 달콤한 꿈을 꾸게 된 것이다.

라희는 자신이 살아온 평생을 통틀어 지금이 가장 행복하다고 느꼈다. 이 모든 게 전부 시하의 덕분이라고 해도 과언이 아니었다.

게다가 시하는 라희만 도운 것이 아니었다. 라희가 보살피고 있는 해우도 적극적으로 도왔다. 향의 마녀인 하연이 만든 향수라면, 페르소나를 통해 몽마가 되어버린 해우를 다시 인간으로 되돌릴 수 있을지도 모른다고 먼저 제안을 해온 것도 바로 그였다. 그렇기에 라희는 저와 해우에게 희망을 준 그가 여전히 안나가 없는 불행한 시간을 살고 있는 것이 견딜 수가 없었다.

"나 어제 해우 씨 치료 때문에 양하연 조향사님 만났어. 얘기 들었는데, 당신이 가진 몽마의 능력은 거의 최상이래. 그런데 당신은 자꾸 아직 부족하다고, 더 강해져야 한다고만 해. 내가 볼 땐 시하 씬 이미 모든 준비를 끝냈는데."

용기를 북돋아주는 말에도 시하의 어깨는 축 늘어져 있었다. 방금 전 보았던 은재와 함께 행복하게 웃고 있는 안나의 모습이 뇌리에서 떠나질 않았다.

"아니야. 정말 아직 준비가 덜 돼서 그래. 안나를 완벽히 지키려면 조금 더 시간이 필요해."

기자에겐 안나와 은재가 단순히 고용주와 고용인의 관계일 뿐 그 이상도 이하도 아니라고 말했지만, 실은 나약하게 흔들렸다. 안나가 그사이 다른 남자를 사랑하게 됐을까 봐.

불안해하는 시하의 표정을 읽어낸 라희가 그를 힘껏 몰아붙였다. 이번에야말로 그가 자신의 진심을 들여다보게 해주고 싶었다. 그래서 다시 안나를 자신의 곁으로 데려올 용기를 낼 수 있도록 도와주고 싶었다.

"매번 조금 더, 조금 더. 그 '조금 더'가 대체 얼만데? 시하 씨, 솔직하게 말해봐. 자꾸 안나 데려오는 거 미루는 거, 사실은 두려워서지? 아무리 안나를 위해서였다지만 거짓말했던 거, 그거 용서받지 못할까 봐."

"그런 거 아니래도."

시하가 끝끝내 자신의 감정을 외면하자 라희가 탁자 위에 놓인 안나의 사진을 집어 들며 소리쳤다.

"아니긴 뭐가 아니야? 안나가 당신 없는 곳에서 이렇게 예쁘게 웃고 있는 모습 보니까 무서워진 거잖아. 안나는 이미 행복한 걸지도 모르는데, 내 곁에 다시 데려와도 되는 걸까, 그런 생각하고 있는 거 맞잖아!"

시하는 더 이상 아니라는 말도 하지 못했다. 애처롭게 침묵을 택한 그를 바라보며 라희가 간절하게 애원했다.

"시하 씨. 그 생각은 틀렸어. 그런 생각하지 마. 안나도 시하 씨 정말 사랑했어. 그 기억만 다시 찾아주면 된단 말이야!"

라희는 시하의 책상으로 다가가 첫 번째 서랍에서 오래된 반지 케이스를 꺼내 그의 무릎 위로 내던졌다.

"정신 차려, 차시하! 이대로 영영 안나가 당신을 오해하게 둘 거면, 이 반지는 왜 계속 가지고 있는 건데!"

충동적으로 그동안 속에 쌓여 있던 말들을 마구 쏟아내 버린 라희가 돌연 입술을 잘근 깨물었다. 왈칵 일그러진 시하의 표정 때문이었다.

"시하 씨……."

라희가 떨리는 목소리로 그를 불렀다.

"미안, 내가 너무 흥분했어. 미안해, 정말 미안해."

그것이 스위치가 된 것처럼, 시하가 비로소 진심을 고백했다.

"아니야, 라희 네 말이 전부 맞아."

지난 5년간 꼭꼭 묻어두었던 단 하나의 진심.

"보고 싶어……."

그 진심이 창백한 뺨 위로 한줄기 눈물과 함께 처절하게 쏟아졌다.

"안나가 보고 싶어서 죽을 것 같아."

*

수많은 인파로 발 디딜 틈 없이 붐비는 공항.

막 입국장을 빠져나온 무리에서 한 여자가 유독 눈에 띄었다. 하얗고 촉촉한 피부. 화사한 원피스 안에 숨겨져 있어도 태부터 남다른 늘씬한 몸매. 화보에 나오는 연예인처럼 예쁜 이목구비를 가진 그녀는 지나가는 사람들의 발길을 붙들 만큼 아름다웠다.

그러나 그중에서도 가장 눈길을 끄는 건, 분명히 실내인데도 마치 햇살을 받아 반짝이는 듯 밝은 갈색의 머리카락과 그보다 더 연하고 그윽한 색깔의 눈동자였다. 긴 속눈썹이 드리워진 눈매를 깜빡일 때마다 여자의 눈동자는 보석처럼 빛이 났다. 한 번 눈이 마주치면 절대 시선을 뗄 수 없을 만큼 그녀의 눈동자는 신비로운 빛깔을 가지고 있었다.

"드디어 한국에 왔어."

여자가 설렘이 가득 담긴 표정을 지으며 중얼거렸다. 캐리어 네임택에 적힌 그녀의 이름은 줄리였다. 작은 캐리어 하나만 덩그러니 든 줄리는 뒤늦게 생각났다는 듯, 서둘러 휴대전화를 꺼내 전원을 켰다.

휴대전화가 켜지자마자 기다렸다는 듯 전화가 걸려왔다. 아무래도 상대방은 아주 오래전부터 줄기차게 전화를 걸어댄 모양이었다. 이미 휴대전화 액정에 부재중 전화만 17통이 찍혀 있는 상태였다. 그녀가 곤란한 듯 한쪽 눈을 찡그리며 머리카락을 쓸어 올렸다. 굳이 발신인을 확인하지 않아도 알 수 있었다. 그녀를 이렇게 걱정해줄 사람도, 그녀의 이 휴대전화 번호를 알고 있는 사람도, 그밖에 없었으니까.

"어, 오빠."

전화를 받는 줄리의 목소리에 긴장감이 가득 녹아 있었다. 그 와중에도 미처 감추지 못한 설렘으로 잔뜩 들떠 있는 게 느껴졌다. 휴대전화 너머에서 줄리의 목소리를 듣자마자 안도의 한숨을 내쉬는 소리와 함께 걱정 섞인 핀잔이 흘러나왔다.

-와, 이제야 전화를 받네. 줄리 너, 내가 전화를 몇 통을 했는지 알아? 대체 어딜 갔기에 전화도 안 받아?

"미안, 미안. 비행기 안이라 휴대폰 꺼놔야 했었어."

-비행기 안?

그 순간, 남자가 불안한 목소리로 물었다.

-너 설마 혼자서 한국에 간 건 아니지?

줄리는 대답이 없었다. 그녀의 침묵에 남자가 깊은 한숨을 내뱉었다. 반 년 전부터 갑자기 계속 한국에 가고 싶다는 내색을 해온 그녀였다. 몇 번이나 한국에 가겠다는 줄리를 만류하며 남자는 말했었다.

-하아, 줄리. 내가 아직은 안 된다고 했잖아. 조금만 기다리면 꼭 데려가 주겠다고 그랬잖아.

그때마다 줄리는 실망을 감추지 못했다. 그녀는 프랑스의 조향 학교를 놀라운 성적으로 졸업하고, 곧바로 세계 3대 향료 회사로 손꼽히는 뉴욕의 회사에 입사해 조향사로서 탄탄대로를 달리고 있는 인재였다. 하지만 모두가 부러워하는 삶을 살면서도 줄리는 늘 갈증을 느끼는 사람처럼 불안해했다. 그러다 갑자기 어느 날부턴가 한국에 가고 싶다고 말하기 시작한 것이었다.

남자는 아무리 생각해도 줄리가 가고 싶어 하는 곳이 한국이라고는 생각되지 않았다. '나라'가 아니라 '사람'이었다. 그녀가 찾고 싶은 건 '누군가'였다. 남자는 입술을 깨물며 어렵게 다시 말을 꺼냈다. 줄리가 원하는 대로 해주고 싶었지만, 자신이 마음대로 할 수 있는 일이 아니었다.

-줄리. 지금이라도 다시 미국으로 돌아와. 조금만 참았다가 나랑 같이 한국 가사. 응?

하지만 남자의 애원에도 줄리의 결심은 확고했다.

"미안해, 오빠. 근데 나는 지금이 아니면 안 될 것 같아."

-줄리?

"더는 못 참겠어, 나."

-줄리!

뚝. 줄리는 그대로 전화를 끊고 휴대전화를 다시 가방에 집어넣었다. 마지막 순간 들려온 남자의 간절한 외침에 마음이 무거워졌지만, 어쩔 수 없었다.

'정말 미안해, 오빠. 오늘 이렇게 멋대로 군 건 나중에 꼭 사과할게.'

줄리가 이토록 단호한 데는 이유가 있었다. 그녀는 오래전부터 끈질기게 똑같은 꿈을 꾸었다. 아련한 꿈속에는 늘 얼굴이 보이지 않는 남자가 그녀를 기다리고 있었다. 손을 뻗어 그 남자를 만지면, 그는 더없이 다정하고 소중하게 자신을 안아주었다. 너무도 생생한 감각은 그녀로 하여금 비록 꿈이지만 그 남자가 분명 어딘가에 존재하고 있다고 믿게 만들었다.

그리고 며칠 전, 줄리는 꿈속에서 기적적으로 남자와 함께 있는 장소를 알게 되었다. 마치 지금 당장 그곳에 가보라는 계시처럼 느껴졌다. 공항 출입구를 빠져나온 줄리는 곧장 손을 흔들어 멈춰선 택시에 올라탔다.

"어디로 모실까요?"

"성운 호텔로 가주세요."

그곳에 가면 분명 그 남자를 만날 수 있을 것이다. 오랫동안 설렘을 느껴본 적 없는 그녀의 가슴이 마구 두근거리기 시작했다.

*

우거진 녹음 사이로 우뚝 솟은 성운 프라그랑스 건물. 라희와 함께 있다가 갑작스러운 연락을 받고 조향실로 찾아간 시하에게 하연이 푸념을 늘어놓았다.

"시하야, 요즘 애들은 왜 이렇게 끈기가 없니? 끈기가."

"왜 또."

시하는 하연의 레퍼토리가 익숙하다는 듯 무심하게 대꾸하며 향료로 꽉 채워진 그녀의 조향실을 둘러봤다. 지난번에 왔을 때보다 향료의 가짓수가 그새 또 늘었다. 하연은 시하의 무심한 태도가 서운했는지 입술을 배쭉 내밀며 푸념을 이어갔다.

"석 달 전에 새로 뽑은 신입이 또 사직서 냈어. 프랑스 유학파에 각종 수상 경력까지 있어서 이번엔 좀 오래가나 했더니 또 이 모양이야."

"안 봐도 뻔하네. 조향사님이 얼마나 신입을 스파르타로 굴렸으면 3개월 만에 사직서를 제출해요? 지난번 신입은 그래도 1년은 버텼지 않나? 아닌가? 1년 못 채웠나?"

5년 전, 그녀의 정체를 알고 난 후부터 그는 하연에게 꼬박꼬박 존댓말을 해줬다. 딱딱하거나 사무적인 존댓말이 아닌, 엄마의 친구에게 하듯 상냥한 존댓말이었다. 하나뿐인 아들 은재를 안나와 함께 멀리 보내고, 하연은 자신을 지극히 챙겨주는 시하를 아들처럼 여겼다. 하지만 고용주와 고용인의 관계에서 시하가 쓰는 존댓말은 왠지 기분이 나빴다. 바로 지금처럼.

"그러게 내가 신입한테 너무 과한 기대는 하지 말라고 했죠. 그들은 조향사님처럼 특별한 능력을 가진 사람들이 아니라고."

"시하 너 진짜!"

"왜요? 또 조향사님 편 안 들어준다고 서운해하려고?"

"그래! 나 엄청 서운해! 어쩜 그렇게 한 번을 내 편을 안 들어주니?"

"조향사님 편을 들어주고 싶어도 성운 호텔 대표로서 어쩔 수 없어요. 요즘 호텔 실적은 계속 좋아지는데 프라그랑스 실적은 그대로인 거, 알죠? 더 나빠지지 않는 건 다행이지만, 난 그 정도로는 만족할 수 없어요."

시하가 어심없이 써낸 실적 이야기에 하연이 끙 하고 잃는 소리를 냈다. 은재가 떠나고 하연이 대신 수석 조향사의 자리에 앉게 되면서, 완벽주의자에 까칠한 성격을 지닌 그녀를 감당하지 못한 직원들이 차례로 일을 관뒀다. 그 후 신입을 수차례 들였지만, 번번이 얼마 못 가 사직서를 제출하곤 했다.

사실 하연은 혼자 하는 작업에 익숙한 사람이었다. 향의 마녀임을 숨기고 몽마인 척 살아야 했던 탓에 관계를 맺는 것을 극도로 꺼리는 습관이 저절로 몸에 밴 탓이다. 에뚜알르 호텔에서 판의 조향사로 일하는 동안 혹독하게 제자들을 가르쳐야만 했던 그녀는 '동료'를 대하는 것에 서툴렀다.

한때 시하가 그녀를 위해 난다 긴다 하는 대한민국의 조향사들을 불러 모았지만, 그 틈에서도 하연은 결국 혼자 일을 했다. 덕분에 지난 5년 동안 성운 프라그랑스에서 일을 하는 직원의 숫자는 꾸준히 줄어들었다.

그래도 시즌마다 출시되는 향수의 숫자는 그대로였다. 하연이 그만큼 일을 많이 하고 있다는 뜻이었다. 매일 가짓수가 늘어나는 향료와 책상 위에 펼쳐져 있는 여러 권의 두툼한 조향 노트만 봐도 알 수 있었다. 그녀가 얼마나 많이 연구하고 얼마나 많은 고민을 하는지. 하지만 시하는 그것만으로는 부족했다.

"조금만 더 노력해주세요. 나는 성운 호텔을 이 나라, 아니 세계에서 알아주는 최고의 호텔로 만들고 싶어요. 그러려면 성운 프라그랑스도 힘을 보태줘야 해요."

시하는 안나가 돌아올 때까지 성운 호텔을 그 어떤 것도 흠잡을 수 없는 완벽한 낙원으로 만들고 싶었다. 그런 시하의 마음을 누구보다 잘 알기에 하연이 결국 먼저 꼬리를 내렸다.

"알아. 나도 안다고. 이번에 새로 뽑는 신입한테는 나도 노력해볼 테니까 너무 타박하지 마. 정말이지 이게 뭐야? 하소연 들어달라고 불렀다가 괜히 구박만 들었네."

하연이 민망해하자 시하도 얌전히 입을 다물었다. 그녀가 살아온 고단한 삶을 생각하면 사람을 상대하는 일에 서툴게 된 것도 저절로 이해할 수밖에 없게 되었다.

"그래요, 이번에 뽑는 신입이랑은 잘 지낼 수 있을 거예요. 필요하다면 나도 도와줄 테니까 언제든지 부탁……."

그런데 그 순간, 하연을 달래던 시하의 입술이 굳은 듯 움직이질 않았다. 문득 조향 노트에 섞여 있는 사진 한 장이 그의 눈에 들어온 탓이다. 안나가 은재와 함께 활짝 웃고 있는 사진이었다. 하연이 자신들을 무척 그리워하는 걸 알고 은재가 보내준 것이었다. 하연이 재빨리 조향 노트를 집어 들어 사진을 덮었다.

"어머! 이거 아직 개발 중인 포뮬러야! 함부로 보지 마!"

그러곤 아주 중요한 포뮬러를 숨긴 척했다. 시하가 얼마나 힘들게 그리움을 참고 있는지 알기 때문이었다. 저보다 훨씬 더 안나가 보고 싶을 텐데도 그는 단 한 번도 그리움을 입 밖에 낸 적이 없었다. 하연이 멋쩍은 표정을 지으며 마치 아무 일도 없었다는 듯이 시하에게 말을 걸었다. 하지만 당황한 탓에 그녀의 말투며 표정이며 어색하기 짝이 없었다.

"아, 그, 그러고 보니 오늘 이맘때쯤에 면접을 보러 온다는 사람이 있었는데······."

그러나 이미 시하의 머릿속에는 방금 본 사진의 잔상이 선명하게 새겨진 상태였다. 돈에 눈이 먼 기자가 거래하자며 내밀었던 파파라치 컷이 아니라, 올곧게 카메라 렌즈를 들여다보며 웃고 있는 안나의 미소는 아무리 해도 잊히지 않았다. 5년 전 자신의 곁을 떠났을 때보다 머리 색깔과 눈동자 색깔이 밝아진 것만 빼면 안나는 여전히 아름다웠다. 아니, 오히려 그 때문인지 한층 더 성숙해져서 아름답기 그지없었다. 그때였다.

"저, 여기가 양하연 조향사님 사무실이 맞으요?"

별안간 한 여자가 조향실에 조심스럽게 들어섰다.

"오늘 면접 보러 오겠냐고 한 사람인데요."

또각또각, 구두 굽 소리가 울렸다. 화사한 원피스를 입은 여자는 이내 시하와 하연 앞에 단정한 자세로 멈춰 섰다. 놀랍게도 그녀는 조금 전 시하가 사진 속에서 본 안나의 모습과 믿기지 않을 정도로 닮아 있었다.

시하는 멍하니 여자의 모습을 바라보고 또 바라봤다. 아닐 거라고, 그저 안나와 닮은 것뿐이라고 애써 부정하면서도 여자를 바라보는 그의 눈빛은 애틋하고 아련하기만 했다. 여자는 그런 시하를 고개를 갸웃하며 보다가 이내 하연을 향해 다시 시선을 옮기며 말했다.

"양하연 조향사님, 맞으시죠?"

"마, 맞긴 한데······."

하연 역시 지금 눈앞에 벌어진 상황이 믿기지 않아 얼떨떨하게 대답했다. 여자는 하연에게 다가가 반갑게 포옹하며 자기소개를 했다.

"반갑습니다, 조향사님! 전화상으로 먼저 인사드렸죠. 저, 줄리예요. 한국 이름은······."

그 순간, 시하는 확실히 깨달았다. 아니다. 닮은 게 아니다.

"······오안나라고 해요."

그녀가 바로 안나였다. 하연을 끌어안은 안나의 시선이 일어선 자세 그대로 굳어 있는 시하와 맞닿았다. 줄리, 아니, 안나가 시하를 바라보며 배시시 미소 지었다. 시하의 심장이 쿵 소리를 내며 추락했다.

*

'그럼 면접 잘 봐요.'

시하는 그렇게 어설픈 인사만 남긴 채 하연의 조향실을 빠져나왔다. 그 자리에 계속 함께 있다간 저도 모르게 안나를 끌어안고 말 것 같아서였다. 곧바로 대표실로 돌아온 그는 황급히 은재에게 전화를 걸었다. 통화연결음 을 듣는 동안, 5년 전 안나를 제 곁에서 떠나보낼 때 은재에게 했던 마지막 말이 문득 머릿속에 떠올랐다.

'모든 준비가 끝나면 연락할게. 그때까지 나 대신 안나를…… 잘 부탁한다.'

그러나 그 후 시하는 단 한 번도 은재에게 연락하지 않았다. 한국에서 프 랑스로, 프랑스에서 미국으로, 그렇게 거처를 옮길 때마다 은재가 바뀐 연 락처를 전해오긴 했지만, 아직 준비가 안 됐다는 이유로 그저 간직만 해두 고 있었다.

은재 역시 시하의 마음을 헤아린 것인지 재촉하지 않았다. 시하가 그리움 에 무너지지 않도록 전화는 물론 편지 한 통도 보내지 않았다. 흔한 사진 한 장도 전하지 않았다.

시하는 자신의 행동을 안나를 지켜주기 위해서 억지로 마음을 참고 있는 거라고 변명해왔다. 하지만 그는 라희의 말을 듣고 나서 깨달았다.

자신은 연락을 하지 않은 것이 아니라 못 한 것이었다. 안나를 다시 곁으로 데려오지 못하는 이유는 준비가 안 됐기 때문이 아니라 두렵기 때문이었다.

그녀를 지켜주기 위해서 한 일이지만, 어쨌든 자신은 그녀의 소중한 기억 을 조작했다. 한 남자를 사랑했고, 그 남자의 사랑을 받은 기억을 그녀는 한 순간에 모두 잃었다. 그건 되돌릴 수도, 바꿀 수도 없는 명백한 진실이었다.

죄책감은 이내 시하의 안에서 두려움을 이끌어냈다. 안나가 자신을 잊고 다른 남자와 사랑에 빠졌을지도 모른다는 막연한 두려움. 그 대상이 은재여도 결국엔 자신이 선택한 것에 따른 결과였다. 죄책감과 두려움이라는 두 가지 나약한 감정은 그렇게 지난 5년이란 시간 동안 시하의 안에서 차곡차곡 몸집을 키워왔다.

그러나 한없이 죄스럽고 두려우면서도 그는 이런 상황만은 꿈에도 예상치 못했다. 안나에게 미움받거나 원망받는 상황만 예상했었지, 그녀가 자신을 아예 잊었을 거라고는 만에 하나도 상상해본 적 없었다.

'전화상으로 먼저 인사드렸죠. 저, 줄리예요. 한국 이름은…… 오안나라고 해요.'

조금 전 안나는 분명 저를 알아보지 못했다. 도대체 이게 어떻게 된 일일까? 그때, 통화연결음이 멎었다.

-차시하 씨한테 전화가 걸려온 걸 보면 이미 안나가 그곳에 찾아간 모양이네요.

은재는 체념하는 투로 전화를 받았다. 시하는 자신이 안나의 곁에 없는 동안 무언가 심각한 일이 벌어졌다는 사실을 직감했다.

"주은재. 도대체 안나한테 무슨 일이 있었던 거야?"

은재는 잠시 침묵했다가 어렵게 말문을 열었다.

-5년 전 안나를 데리고 당신을 떠난 후, 얼마 지나지 않았을 무렵이었어요.

그녀가 스무 살 생일을 맞이한 밤. 향의 일족인 안나에게 어김없이 그 순간이 찾아왔다.

-안나가 향의 마녀가 되는 각성을 시작했죠.

은재도 오래전 끔찍한 각성의 순간을 경험해봤기에 안나가 조금이라도 덜 고통스러울 수 있도록 만반의 준비를 했었다. 하지만 백 년에 한 번 태어나는 특별한 향의 마녀인 안나가 겪는 고통은 은재가 예상한 고통의 범주를 훨씬 벗어난 것이었다.

각성이 시작되자 안나는 온몸에 금빛 핏줄이 돋아난 채 고통에 몸부림쳤다. 마치 투석을 받듯이 그녀의 몸 안에 흐르고 있는 피가 전부 새로운 피로 바뀌고 있었다. 안나는 금방이라도 숨이 넘어갈 듯 비명을 질러댔다. 하지만 그렇게 각성을 해야지만, 인간의 생각과 감정이 복잡하게 얽혀 있는 꿈에서 냄새를 맡을 수 있게 되었다.

안나에게 찾아온 각성의 밤은 꼬박 6시간이 넘게 지속됐다. 지켜보는 은재마저 숨조차 제대로 쉬기 힘들었던 버거운 시간. 죽음과 불멸이라는 갈림길에서 살아남기 위해 안나는 그 긴 시간 동안 극한의 고통을 감내해야만 했다.

그리고 마침내 각성의 시간이 끝났을 때. 은재는 자신의 두 눈을 몇 번이나 비벼야 했다. 눈앞에 있는 안나의 모습은 마치 꿈같았다.

검푸른 바닷속에 잠긴 인어의 모습이 이럴까. 눈부신 태양을 등지고 서 있는 천사의 모습이 이럴까.

머리카락과 눈동자 색이 모두 연한 금빛으로 바뀐 안나의 모습은 그저 보는 것만으로도 현실 감각을 잃게 했다. 그녀의 주변에 너울거리는 신비로운 금색의 연기 또한 그러했다. 그러나 그 모든 변화보다 더욱 은재를 놀라게 했던 건, 바로 안나의 상태였다.

-각성이 끝난 후, 안나의 상태가 어딘가 이상했어요. 그리고 깨달았죠. 안나는 성운 호텔에서 있었던 일도, 차시하 씨 당신도…….

은재는 그때의 충격을 다시 생생하게 느끼듯 떨리는 목소리로 말했다.

-아무것도 기억하지 못했어요.

*

기억을 잃어버렸다. 스무 살이 되던 해, 1월부터 6월까지의 길다면 길고, 짧다면 짧은 시간. 그 시간은 안나의 기억 속에서 거짓말처럼 사라졌다.

아득한 잠에서 깨어났을 때, 그녀의 마지막 기억은 고모 집에서 도망쳐 나와 미친 듯이 밤거리를 달렸던 순간이었다. 무언가에 발이 걸려 넘어지던 찰나, 기억은 거기서 끊겼다. 그날은 죽음을 각오하고 마지막으로 한 번만 더 도망쳐보자고 결심한 날이었다.

하지만 도망의 끝은 여느 때와 똑같았다. 또다시 길거리에서 정신을 잃은 것이다. 그렇다면 어김없이 다시 고모의 집으로 끌려갔을 테고, 침대에 발이 묶인 채 어두컴컴한 방에 갇혔을 테다. 그리고 뒤늦게 정신을 차리고서 아빠의 유품인 회중시계를 어루만지며 아무도 들어주지 않는 소원을 빌었을 테다.

그런데 어찌 된 영문인지 그 이후의 기억은 아무리 해도 떠오르지 않았나. 나시 고모의 집으로 끌려가긴 했는지, 침내 밑에 숨겨둔 상자에서 아빠의 유품을 꺼내긴 했는지, 아무것도 기억나지 않았다. 그날, 도대체 저에게 무슨 일이 있었던 것일까? 6개월간의 기억은 그렇게 송두리째 사라졌다.

하지만 기억을 잃었단 걸 자각한 그날의 기억만큼은 아직까지도 선명했다. 마치 누군가가 주사기로 뽑아간 것처럼 사라져버린 기억. 무엇을 잊었는지도 모르면서, 누구를 잃었는지도 모르면서……. 안나는, 울었다.

두 눈이 퉁퉁 붓도록, 온몸에 힘이 하나도 남아 있지 않을 정도로, 절망감에 사무쳐 울었다. 가장 소중한 걸 잃어버린 것 같은 상실감에 울부짖는 것 말곤 할 수 있는 게 없었다. 그 후로 그녀는 이따금 찾아오는 주인 없는 상실감을 눈물로 견뎌야만 했다.

언젠가 은재에게 물어본 적이 있었다. 그는 안나가 가끔 이유 없이 눈물을 흘리는 이유가 어쩌면 5년 전 있었던 끔찍한 사건 때문일지도 모른다고 말해주었다. 유일한 혈육인 고모와 찬영이 저를 죽이려 했고, 죄가 발각된 그들은 지금 감옥에 있다고. 그리고 한 가지 더. 그 과정에서 저를 도왔던 남자가 있었고, 그가 지금 저 대신 성운 호텔의 대표를 맡고 있다고 했다.

기억을 잃은 안나는 그저 은재의 말을 믿을 수밖에 없었다. 그리고 당분간 성운 호텔의 경영은 그 남자에게 맡기고 상속녀로서 인정받을 수 있도록 공부를 하는 게 좋겠다는 은재의 의견을 따라 기억을 잃은 채로 유학을 떠났다.

다행히 열아홉 살까지의 기억은 남아 있었기에 일상을 사는 데는 전혀 무리가 없었다. 아니, 단순히 무리가 없는 정도가 아니라 타고난 후각을 살려 여기저기서 스카우트 제의를 받는 조향사가 되었다.

그렇게 잃어버린 기억을 빼면 그녀의 삶은 모든 것이 완벽했다. 그래, 그 남자의 꿈을 꾸기 전까지는…….

'*좋아해. 옛날에 내가 어땠는지 하나도 생각 안 날 만큼.*'

어느 날 갑자기 꿈에 나타난 남자. 그는 안나가 꿈을 꿀 때마다 눈물이 날 정도로 간절한 고백을 들려주곤 했다.

'*아무래도 너한테 정말 미친 것 같다, 나.*'

처음엔 그저 꿈이라고 무심히 넘겼던 남자의 고백은 언제부턴가 그 여운에 일상생활이 어려울 정도가 되었다.

'*나는 앞으로 네가 점점 더 좋아질 것 같아. 죽을 때까지, 계속.*'

그리고 만에 하나 어쩌면……. 안나는 이것이 단지 꿈이 아닐지도 모른다는 생각을 하게 됐다.

'*사랑해, 안나야.*'

기억을 잃어버린 그 시간 속에 정말로 그 남자가 존재했고, 자신의 무의식이 다시 그 기억을 되찾길 바라고 있는 거라면……. 만나고 싶었다.

'*사랑해…….*'

듣기만 해도 눈물이 날 것 같은 고백을 들려주던 그 남자를 어떻게든 꼭 만나고 싶었다. 그 간절한 마음이 무럭무럭 커가던 어느 날이었다.

꿈에서 안나는 그 남자와 함께 어느 호숫가 벤치에 앉아 있었다. 반짝이는 물결 너머에는 아름다운 건물이 하나 우뚝 솟아 있었는데, 그녀에게는 무척이나 익숙한 건물이었다. 성운 호텔이었다.

성운 호텔에 가면 꿈속의 남자를 만날 수 있다. 그 가능성 하나를 믿고서 안나는 그 길로 예정보다 일찍 이곳으로 돌아오기 위한 준비를 시작했다. 성운 프라그랑스에서 신입 조향사를 뽑는다는 공고를 보자마자 지원했고, 다니고 있던 회사에 곧장 사직서를 제출했다.

그녀는 그때 이미 자신이 성운 호텔에 찾아가면 다시는 뉴욕으로 돌아올 수 없다는 사실을 알고 있었다. 성운 호텔로 돌아가게 되면 상속녀라는 위치에 마땅한 책임을 져야만 한다는 걸 본능적으로 느꼈던 것이다.

모두가 선망하는 회사에서 일할 수 있는 특별한 기회를 버리는 것에는 큰 각오가 필요했다. 그만큼 한국에 갈지 말지를 결정하는 것은 중요한 문제였다. 그런 결정을 지난 5년 동안 마치 가족처럼 서를 보살펴준 은새에게 상의도 하지 않고 내린 것이 미안했지만, 안나는 후회하지 않았다. 그를 꼭 만나고 싶었으니까.

그리고 대망의 면접. 아무리 성운 호텔의 상속녀라고는 하니, 낙하산 취급을 받지 않으려면 제대로 실력을 인정받아 이곳에 입사해야만 했다. 안나는 성운 프라그랑스의 수석 조향사인 하연을 마주하고서 다시 한 번 자신이 이곳으로 돌아온 의미를 되새겼다.

면접 시작부터 안나는 하연에게 자신의 기억상실에 관해 설명해야만 했다. 초면이라고 생각한 그녀가 절 보고 무척이나 반가워했기 때문이었다. 안나는 자신이 하연과도 만난 적이 있었고, 심지어 두 달 동안 함께 지내기까지 했다는 사실에 놀라지 않을 수 없었다. 안나가 기억상실이라는 이야기에 대성통곡을 했던 하연은 이야기를 전부 들은 후에야 간신히 눈물을 그치고 물었다.

"그러니까 스무 살이 되던 해, 생일이 되기 이전의 기억만 잃어버렸다는 거지? 다른 건 전부 기억이 나는데?"

그러곤 뒤늦게 한 가지 질문을 덧붙였다.

"아, 내가 말 놓아도 괜찮을까? 우리 그래도 제법 친했었거든."

안나는 그녀가 무안하지 않게 곧바로 고개를 끄덕였다.

"네. 편하게 대해주세요. 그편이 저도 좋아요."

하연이 안도의 미소를 지으며 그녀를 품에 꼭 끌어안았다.

"그래도 이렇게 다시 보니까 좋다. 정말 많이 보고 싶었어."

진심 어린 하연의 말에 안나는 입술을 꾹 깨물었다. 익숙해진 상실감이 찰나에 다시 괴롭게 느껴졌다. 도대체 어떤 이유로 이렇게 다정한 분마저 기억에서 밀어내야 했던 걸까? 어느새 눈시울이 젖어든 안나를 알아차린 하연이 일부러 밝은 목소리로 말했다.

"면접 결과는 합격. 무조건 합격. 진짜 오랜만에 마음에 드는 신입 뽑았다."

"정말요? 정말 괜찮으세요?"

"그럼. 기억을 잃어버린 건 겨우 6개월뿐이고 일상생활이나 업무에는 절대 지장 없을 거라며."

"네. 정말 전혀 문제없어요."

"그럼 됐어. 오랜만에 한국 돌아온 거라 적응할 시간도 필요할 테니까, 일은 일주일 뒤부터 시작하는 거로. 어때?"

"조, 좋아요."

안나는 기쁘면서도 동시에 얼떨떨한지 어색한 미소를 지었다. 그 모습을 빤히 바라보던 하연이 먼저 일어나더니 안나 역시 일으켜 세웠다.

"오늘 입국했다고 했지? 앞으로 어디서 지내기로 했어?"

"아, 당분간은 호텔에서 머물까 해요. 이제 가서 알아보려고요."

그녀의 대답에 하연이 무언가 골똘히 생각하듯 손가락으로 콧방울을 톡톡 두들기다 입을 열었다.

"잘됐다. 가는 길에 대표실 들러서 나 대신 신입 채용 좀 보고해주고 갈래? 성운 프라그랑스 직원 채용할 때는 차시하 대표의 최종 허가가 필요하거든."

"제가요?"

"응. 내가 바쁜 일이 있어서 그래. 대신 좀 부탁할게."

하연은 테이블 위에서 포뮬러가 적힌 노트를 아무거나 하나 집어 들었다. 정말로 일 때문에 분주한 척을 해야 안나가 자신의 말을 믿어줄 것 같아서였다. 하연의 연기에 깜빡 속아 넘어간 안나가 마지못해 조향실을 나서며 꾸벅 고개를 숙였다.

"저 합격시켜주셔서 감사합니다. 앞으로 정말 열심히 일할게요."

"그래. 가는 길에 차시하 대표한테 들러서 보고하는 거 절대 잊지 말고."

"네. 그럼 안녕히 계세요."

이윽고 안나가 조향실 문을 닫고 나갔다. 하연은 창가로 다가가 호텔 쪽으로 향하는 안나의 모습을 물끄러미 지켜봤다. 안나를 다시 봐서 반가운 마음, 기억을 잃은 그녀가 걱정스러운 마음, 그 외에도 여러 가지 마음들이 뒤섞인 그녀의 표정은 복잡했다. 안나의 모습이 시야에서 사라지자 그녀는 부리나케 조향실에 딸린 작은 방으로 들어가 책 더미를 헤집기 시작했다.

"아, 여기 있다!"

하연이 제일 먼저 꺼낸 책에는 향의 일곱의 각성에 관한 기록이 자세히 적혀 있었다. 빠른 속도로 책장을 넘기며 내용을 읽어 내려가던 하연이 돌연 탁 소리 나게 책을 덮었다.

순간, 그녀의 눈빛이 반짝였다. 안나가 왜 기억을 잃었는지, 알 것 같았다.

*

"왜 나한테 안나가 기억을 잃었다고 말하지 않았지? 설마……."

시하는 기자가 찍어온 사진 속에서 다정해 보이던 안나와 은재의 모습을 저도 모르게 머릿속에 떠올렸다가 이내 고개를 흔들었다. 순간이었지만, 은재가 자신에게 일부러 말하지 않았을지도 모른다는 생각을 했다. 그리고 곧바로 그런 생각을 한 걸 후회했다.

은재 역시 안나를 지켜주기 위해 자신의 5년을 오롯이 희생한 사람이었다. 그가 안나의 기억상실에 관해 제게 말하지 않은 건, 자신이 기억을 잃은 안나를 곧바로 다시 데려오고 싶어질까 봐 염려했기 때문이란 걸 마음속 깊은 곳에선 이미 짐작하고 있었다. 그런데도 순간적으로 후회와 불안이 이성을 마비시켜버린 것이다.

-설마 뭐요?

시하는 쓸데없는 말을 꺼낼 뻔한 입술을 엄지로 거칠게 쓸어내리며 다른 질문을 꺼냈다.

"아니야, 아무것도. 그보다 안나가 갑자기 왜 성운 호텔로 돌아온 거지?"

은재는 석연치 않은 목소리로 대답했다.

-그 이유는 저도 잘 몰라요. 한 가지 확실한 건, 안나가 6개월 전부터 갑자기 한국에서 지내고 싶다고 말해왔다는 거예요.

"6개월 전부터? 그때 무슨 일이라도 있었어?"

-제가 아는 한 여느 날과 다를 바 없었어요. 새로운 향수 출시로 일이 바빠졌던 걸 빼면 평범했어요.

"그런데 아무 이유 없이 갑자기 한국에 가고 싶어졌고, 급기야 너한테 말도 안 하고 오늘 한국에 들어왔다는 거야?"

-맞아요. 저도 그사이 한국으로 돌아갈 계획까지 짜놓고 있을 줄은 몰랐어요. 아무튼 스무 살 이전의 기억은 그대로 간직하고 있으니까 그곳에서 지내는 데 큰 무리는 없을 거예요. 다만 안나가 차시하 씨를 대하는 건 조금 어색할지도 몰라요.

"어째서지?"

-5년 전에 기자회견한 것도 있고, 그 후로도 가끔 기사에 오르락내리락할 때가 있어서 안나한테 당신에 관해서 말을 안 할 수가 없었어요. 안나는 차시하 씨가 전 오태영 대표와의 인연으로 자신을 지키기 위해서 연인인 척까지 해가며 호텔 경영을 돕고 있는 거로 알아요.

그렇다면 은재의 말대로 안나가 자신을 어색해하는 게 당연했다. 지난 5년간 만난 적도 없고, 심지어 기억도 나지 않는 남자와 공개 연인인 척을 하고 있는 셈이었으니까.

-저도 조만간 여기 정리하는 대로 한국에 들어갈게요.

"그래. 자세한 얘기는 만나서 직접 하도록 하지."

그렇게 전화는 끊어졌다. 통화를 끝낸 시하는 한참이 지나도 쉽게 충격에서 헤어나지 못했다. 애써 아닐 거라고 부정했던 추측은 결국 현실이 되고 말았다. 안나의 기억 속에서 정말로 차시하라는 존재는 사라져버렸다.

현실을 인정함과 동시에 이율배반적인 감정이 머릿속에서 마구 뒤엉켰다. 기억을 잃어버린 탓에 안나는 어쩌면 자신의 생각처럼 괴로운 시간을 보내지 않았을 수도 있었다. 도리어 행복했을 수도 있었다.

그렇다면 다행이라고 안도해야 하는데, 그렇지가 않았다. 가슴이 찢어질 듯이 아팠다. 시하는 안나의 행복을 진심으로 축하해주지 못하는 자신을 경멸하며 쓰게 웃었다. 바로 그때, 별안간 노크 소리가 들려왔다. 그리고 이어지는 누군가의 목소리.

"차시하 대표님, 저 아까 만나 뵀던 줄리라고 합니다."

'안나?'

"양하연 조향사님 심부름…… 앗!"

벌컥! 시하는 문 너머에서 들려오는 목소리가 안나의 것임을 깨닫자마자 순식간에 달려가 문부터 열었다. 당황한 안나가 노크하던 자세 그대로 뒤늦게 문장을 이었다.

"……때문에 찾아왔는데요."

말이 채 끝나기도 전에 시하를 맞닥뜨린 그녀는 어색한 미소를 지어 보였다. 그 모습에 시하는 입술을 질끈 깨물었다. 눈시울이 단숨에 뜨거워졌다.

지난 5년 동안 단 한 순간도 그리워하지 않은 적 없었던, 소중한 사람. 안나가 눈앞에 있다는 사실만으로도 그는 눈물이 날 것 같았다.

*

"마셔요."

시하는 안나에게 커피를 권하며 맞은편에 앉았다.

"네, 감사합니다."

안나가 냉큼 잔을 집어 들고 커피를 마셨다. 긴장해서 목이 탔던 모양인지 단번에 커피가 절반이나 줄었다. 시하 역시 덤덤한 표정을 짓고 있었지만, 속으로는 정신을 놓지 않으려고 안간힘을 쓰는 중이었다.

투명한 아이스용 빨대에 살짝 묻어난 안나의 립스틱 자국을 보자 속절없이 심장이 뛰어댔다. 달그락거리는 얼음 소리에도 심장이 소스라치게 놀라며 내려앉았다. 시하는 떨리는 마음을 숨긴 채 힘겹게 입을 열었다.

"다음 주부터 성운 프라그랑스에서 일하기로 했다고요."

"네? 네!"

시하가 내내 말이 없어 커피를 다 마신 뒤에도 빨대 끝만 잘근잘근 깨물고 있던 안나가 부리나케 대답했다.

"양하연 조향사님께서 차시하 대표님한테 허락을 받아오라고 하셔서요."

"내 허락을요?"

"프라그랑스 직원 채용은 최종적으로 대표님 허가가 필요하다고 해서……."

안나의 말에 시하가 눈썹 끝을 움찔거렸다. 하연에게 무슨 꿍꿍이가 있는 게 분명했다. 왜냐하면 그녀가 수석 조향사로 있었던 지난 5년 동안 성운 프라그랑스의 직원 채용은 전적으로 그녀의 몫이었기 때문이다. 게다가 성운 호텔 상속녀인 안나의 채용 허가라면 호텔 대표인 저보다 현재 프라그랑스 수석 조향사인 그녀의 권한으로 두는 게 더 정당성이 있어 보였다. 그런데 느닷없이 자신의 최종 허가가 필요하다니, 도대체 무슨 꿍꿍이인 거지?

그러다 문득, 하연의 속셈을 눈치챈 시하가 물끄러미 안나의 얼굴을 들여다봤다. 당황한 안나의 두 눈동자 속에 제 모습이 보였다. 하연은 바로 이렇게 안나와 단둘만 있는 시간을 제게 선물한 것이었다. 비록 만나고 싶었다는 말도, 많이 그리워했다는 말도……. 가슴속에 담긴 진심 어린 말들은 하나도 전할 수 없겠지만, 그래도 함께하라고. 안나를 이곳으로, 저의 곁으로 보내준 것이었다.

그리고 또 한 가지. 자신이 다시 안나를 곁에 둘 용기를 냈는지 확인하려는 것이었다. 시하는 지금 당장 이 자리에서 안나의 입사를 허락하지 않고 뉴욕으로 돌려보낼 수도 있었다. 지금까지 그랬듯 아직 준비가 안 됐다는 핑계를 대면 그만이었다.

하지만 시하는 그러고 싶지 않았다. 차라리 미워해주길 바랐으나, 안나는 아예 기억을 잃어버리고 말았다. 만약 이것이 용기가 없어 널 데려오는 걸 미뤘던 내게 내려진 벌이라면…… 달게 받겠다. 네가 날 기억하지 못해도, 네가 내 사랑을 잊었어도, 그때보다 더 좋은 추억을 만들어주고, 그때보다 더 많이 사랑하겠다.

지금 이 순간은 그의 인생에 찾아온 두 번째 기회였다. 첫 번째 기회는 용기가 없어 놓치고 말았지만, 두 번째 기회만큼은 설대 그렇게 잃지 않으리라.

각오를 다진 시하가 단호한 눈빛으로 안나를 바라봤다. 눈이 마주친 순간, 허가해달라는 요구에도 한동안 말이 없던 시하를 내내 불안한 심정으로 살피던 안나가 조심스럽게 입을 열었다.

"저기, 대표님. 혹시 제가 기억을 잃었다는 걸 알고 계신 건가요?"

시하가 기억상실에 관해 이미 알고서 결정을 주저하는 것으로 오해한 것이었다.

"만약 제가 기억을 잃은 것 때문에 고민하시는 거라면 걱정 안 하셔도 돼요. 기억을 잃어버린 시간은 아주 잠깐뿐이고, 일하는 데는 아무런 문제도……."

그 순간, 안나의 변명 사이를 시하가 가로챘다.

"나한테는 큰 문제예요."

"네?"

조금도 예상치 못한 말이었다. 화들짝 놀란 안나가 눈을 동그랗게 뜨고 되물었다.

"큰 문제라니, 혹시 제가 뭔가 중요한 걸 잊은 건가요? 경영과 관련해서 우리가 뭔가 계약을 했다거나 그런 건가요?"

은재는 이 남자가 돌아가신 아버지와 특별한 인연을 가지고 있었고, 그래서 성운 호텔이 고모의 손에 넘어가는 걸 막는 데 큰 도움을 주었다고 했다. 게다가 그는 고모가 대표 자리에서 물러난 직후, 아직 어린 저를 대신해 성운 호텔의 경영까지 대신해 맡아주고 있었다. 어쩌면 잃어버린 기억 속에 이 남자와 했던 호텔과 관련된 중요한 약속 같은 게 포함된 걸지도 몰랐다. 안나는 밀려드는 불안감에 안절부절못했다. 시하가 자신의 입사를 허락해 주지 않고 다시 미국으로 돌려보낼까 걱정이 되었다.

"대표님, 제가 뭘 잊었는지 말씀해주시면 절대 다시는 잊지 않을게요. 꼭 유념해서 성운 호텔이나 성운 프라그랑스에 폐를 끼치지 않도록 최선을 다 할 거예요. 그러니까……"

그리고 어쩌면 이 남자는 오래전부터 계속 꿈에 나타났던 그 남자일지도 몰랐다. 안나는 아직 아무것도 확인하지 못했는데, 이렇게 허무하게 이 남자에게서 멀어지고 싶지 않았다.

"제발 부탁드려요. 제가 기억을 잃은 게 그렇게 큰 문제가 된다면, 기억, 꼭 다시 찾을 테니까……"

그녀가 간절한 심정으로 고개를 숙이며 부탁했을 때였다.

"같이 찾죠, 그 기억."

"네?"

"내가 도와줄 테니까, 같이 찾아요."

시하가 환한 미소를 지으며 말했다.

"일단 오늘은 우리가 함께 가장 많은 시간을 보냈던 곳에 가보죠."

신기하게도 그 미소를 보는 순간, 안나는 가슴속에 가득했던 불안이 씻은 듯이 걷히는 것 같았다.

*

"여긴……?"

안나는 엘리베이터 문이 열리고 펼쳐진 풍경에 눈을 휘둥그레 떴다. 성운 호텔 펜트하우스. 이곳은 안나에게 가슴 아픈 기억으로 남아 있는 장소였다.

고등학교 2학년 때. 잡지에도 소개될 정도로 유명한 곳이어서 아빠에게 펜트하우스에서 생일 파티를 하게 해달라고 부탁한 적이 있었다. 하지만 안나가 어렸을 때부터 성운 호텔 상속녀라는 사실을 숨기게 했던 아빠는 역시나 허락해주지 않으셨다. 그 일로 단단히 토라져 몇 달간이나 아빠에게 데면데면하게 굴었다. 머지않아 갑작스러운 교통사고로 부모님이 영영 제 곁을 떠날 줄은 꿈에도 모르고.

'시간을 되돌릴 수만 있다면, 그때 같은 철없는 짓은 절대 하지 않을 텐데…….'

안나는 울컥 올라오는 감정을 다스리기 위해 캐리어 손잡이를 꾹 움켜쥐었다. 그 순간, 잠자코 뒤에서 지켜보던 시하가 다가와 그녀의 손 위로 자신의 손을 겹치며 속삭였다.

"여기에 슬픈 기억만 있는 건 아니야."

안나는 깜짝 놀랐다. 이 남자는 자신이 슬픈 추억을 떠올렸다는 걸 어떻게 안 걸까? 대체 저와 무슨 사이였기에 이런 일까지 다 알고 있는 것일까? 정말로 이 남자가 꿈속의 그 남자가 맞는 걸까? 온갖 의심이 다 드는 와중에 우습게도 남자의 조금은 서늘한 손의 온도에 심장이 뛰었다. 안나는 조금 전까지 사무적인 존댓말을 하던 남자가 갑자기 박력 넘치게 반말을 해서 그런 거라고 애써 변명하며 시선을 들어 올렸다.

그러나 눈이 마주치자 또 멋대로 심장이 뛰었다. 이번에는 변명할 거리가 없어 슬그머니 눈길을 피하려는데, 남자가 그렇게 놔두지 않았다. 그는 안나의 손을 포근히 감싼 채로 마주 보고 서서 말을 이었다.

"당장은 떠올릴 수 없겠지만, 여기엔 즐거운 추억도 많이 있어."

동시에 안나의 심장이 점점 더 거세게 뛰기 시작했다.

"너랑……."

두근두근.

"나랑……."

두근두근.

"같이 만든 추억이 아주 많아."

그녀와 이곳에 함께 살면서 정말 많은 추억을 만들었다. 처음엔 원수라도 되는 것처럼 티격태격하기 바빴지만, 시간이 지날수록 서로에게 스며들었고 결국엔 사랑하게 되었다.

안나가 그 사랑했던 기억을 잊은 건 전부 제 탓이었다. 시하는 5년이나 됐지만, 아직도 선명한 그날의 기억을 아득히 떠올렸다. 비록 꿈속에서 벌어진 일이었지만, 그녀에게 상처를 주는 일은 죽는 것보다 힘들었다. 가까스로 이를 악물고 버텨서 저에 관한 기억을 모조리 조작했다.

그렇게 안나는 절 미워하고, 원망하고, 의심하며 제 곁을 떠나갔다. 하지만 얼마 못 가 그녀는 그 고통스러운 기억마저 전부 잊었다고 했다. 얼마나 절 미워하는 게 힘들었으면, 기억을 전부 다 지웠을까?

시하는 자신 때문에 안나가 잃어버린 시간들을 보상해주고 싶었다. 반드시 제 손으로 그녀가 잃어버린 기억들을 되찾아 주리라. 그가 떨리는 손길로 안나의 젖은 눈 밑을 어루만지며 말했다.

"여기서 행복했던 기억들, 천천히 다 떠올리게 해줄게. 그러니까 그런 슬픈 표정 짓지 마."

분명 아무것도 기억이 나지 않는데, 안나는 이상하게 시하의 손길을 뿌리칠 수가 없었다. 그의 손바닥에 뺨을 비비고 싶은 충동을 참는 것만으로도 이미 한계였다. 먼저 손을 떼어낸 쪽은 시하였다. 그대로 두면 자신의 손길을 얌전히 받아들이는 안나를 끌어안을 것만 같았다. 필사적으로 차분한 목소리를 만들어낸 그가 말했다.

"앞으로는 여기서 지내면 돼."

"아, 네……."

시하는 그대로 안나의 캐리어를 대신 쥐고 성큼성큼 걸어 나갔다. 그가 무슨 말을 했는지 제대로 듣지도 못하고 '네.'라고 대답했던 안나는 캐리어 바퀴가 구르는 소리를 듣고서야 번뜩 정신을 차리고 되물었다.

"네? 바, 방금 뭐라고……?"

어느새 현관문 앞까지 당도한 그가 어깨를 으쓱이며 대답했다.

"여기서 지내라고."

"여, 여기서요? 제가요?"

"응."

안나는 머릿속이 뒤죽박죽이 되어 도무지 정신을 차릴 수가 없었다. 그녀는 반사적으로 시하의 옆에 세워져 있는 자신의 캐리어를 다시 손에 쥐고 뒤로 몇 걸음 물러섰다.

"잠깐만요! 제가 왜 여기서 지내요? 제가 아무리 여기 상속녀라고는 하지만, 전 그런 식으로 제 지위를 남용하고 싶지 않아요."

속사포처럼 할 말을 쏟아낸 안나가 크게 숨을 내쉬었다. 놀라고 당황해서 목소리가 좀 커진 것 같긴 한데, 지금은 그런 걸 신경 쓸 여유가 없었다.

시하는 그런 그녀의 모습을 물끄러미 바라봤다. 그의 입가에 희미한 미소가 걸려 있었다. 다시 만난 후로 계속 얌전하고 차분한 모습만 보여줬던 그녀지만, 당황하니 본래 성격이 드러났다. 그 모습이 어찌나 반가운지 절로 웃음이 나왔다. 그러다 제 웃음소리에 기분이 상한 듯 살짝 입술을 내미는 안나를 보곤 슬쩍 헛기침을 하며 질문을 던졌다.

"큼. 여기 오기 전에 내가 했던 말, 기억해?"

안나는 대표실에서 그가 마지막으로 했던 말을 찬찬히 떠올렸다. 그러고 보니 이 남자, 분명 그렇게 말했었다. 기억 찾는 걸 도와주겠다고. 그러니 일단…….

'우리가 함께 가장 많은 시간을 보냈던 곳에 가보죠.'

라고 했었지. 그 후 자신을 이곳으로 데려왔으니, 바로 이 펜트하우스가 저 남자와 가장 많은 시간을 보낸 곳이라는 뜻이었다. 그가 말한 의미를 곰곰 고민하던 안나의 속눈썹이 일순 파르르 떨렸다. 안나는 불안한 예감에 떨리는 목소리로 물었다.

"설마, 우리가 여기서 같이 살았던 건 아니죠?"

"설마……."

그는 야속하게 뜸을 들이며 대답했다. 그 잠깐의 시간도 기다리지 못한 안나가 먼저 자신이 원하는 대답을 꺼내놓았다. 제발 그가 동조해주길 바라면서.

"그렇죠? 설마 우리가 그랬을 리가 없잖아요."

"아닌데. 그랬는데."

하지만 그 바람은 산산이 부서지고 말았다. 안나는 믿을 수 없다는 표정을 지으며 되물었다.

"진짜로 여기서 우리가 같이 살았다고요?"

"응."

망설임 없이 튀어나온 그의 대답에 안나가 펄쩍 뛰었다.

"말도 안 돼!"

시하는 무심결에 이곳에서 안나와 함께 살았던 기억을 떠올렸다. 새록새록 떠오르는 추억에 그의 입가에 또 한 번 미소가 지어졌다. 안나는 또다시 혼자만 피식피식 웃고 있는 시하를 분한 눈으로 노려보며 말했다.

"왜 또 웃어요?"

"아니, 그냥. 예전에 우리가 티격태격했던 게 생각나서."

두근두근! 안나는 전혀 예상치 못한 순간에 또 한 번 소란스러워진 심장에 저도 모르게 몸을 웅크렸다. 고작 '우리'라는 말에 심장이 100미터를 전력 질주한 것처럼 뛰어대다니. 창피한 속사정을 숨긴 채 안나는 애써 태연한 척 물었다.

"우, 우리가 자주 다퉜어요?"

아, 태연한 척은 실패. '우리'라는 말이 뭐가 어렵다고 더듬고 말았다. 하지만 눈앞의 남자는 그런 건 신경 쓰지도 않는 듯, 여전히 추억에 빠져 있는 것처럼 아련한 표정으로 대답했다.

"처음엔 우리 사이가 그다지 좋지는 않았거든."

그러나 그가 떠올린 추억은 지금 그가 짓고 있는 아련한 표정에는 어울리지 않았다. 안나는 속으로 기억나지 않는 과거의 자신을 흠씬 나무랐다. 그는 아빠와의 친분으로 자신을 도와주려 했던 사람인데 사이가 안 좋았다니. 안나가 돌연 굳은 결심이 서린 표정을 짓더니 캐리어를 옆으로 밀어내고 똑바로 시하 앞에 섰다. 그러곤 정수리가 땅에 닿을 정도로 허리를 숙였다.

"기억은 안 나시만, 그때 기분 상하셨다면 이제라도 사과하겠습니다. 죄송했어요."

시하는 진심으로 용서를 구하는 안나의 모습을 복잡한 심정으로 바라봤다. 그녀는 자신이 가문과 대대로 계약을 맺어 온 악마라는 사실을 알지 못하고 예의를 차리는 것이 분명했다. 안나를 만난 후로 전에 없던 양심이란 것이 생긴 터라 그는 그녀의 사과를 받는 상황이 내심 불편했다.

"뭐, 그때 나도 딱히 예의 있게 군 건 아니라서……."

"그래도 도움 주신 분과 다투기까지 했다니. 무례한 행동이었어요. 용서해 주세요."

그 시절, 안나는 온갖 불행이란 불행은 죄다 끌어안고 있던 조그만 여자애에 불과했다. 불안감에 가시를 잔뜩 세우고 경계하던 어린 소녀일 뿐이었다. 너무 한꺼번에 많은 일을 겪은 데다 워낙 자존심이 센 성격이라 예민하고 날카로울 수밖에 없었던 그녀를 일부러 자극하고 건드렸다. 어린 인간 여자에게 일부러 사납게 굴었던 저도 분명 잘했다고 볼 수는 없었다. 어떻게든 안나가 용서를 구하는 걸 멈추게 하고 싶은데, 그녀는 제 입에서 용서하겠다는 말이 나올 때까지 그만두지 않을 셈인 듯싶었다. 한숨을 푹 내쉰 시하가 하는 수 없이 그녀의 뜻대로 입을 열었다.

"알았어. 용서할 테니까 얼른 고개 들어."

말은 그렇게 하면서도 그는 속으로 어처구니가 없었다.

'하……. 누가 누굴 용서해? 정말 용서받아야 할 사람이 누군데.'

타들어가는 그의 속도 모르고 그때야 안나가 속이 후련한 표정으로 허리를 세우며 말했다.

"정말요? 진짜 감사합니다! 너무 감사해요! 아, 그리고 저한테 말씀 편하게 하셔도 돼요."

시하가 그녀를 빤히 바라봤다. 우습게도 그 말을 듣고 나서야 자신이 줄곧 그녀에게 반말을 했다는 사실을 깨달았다. 오랜만에 펜트하우스에 그녀와 함께 있다 보니 의식하지도 못한 사이 반말을 해버린 모양이었다. 당황한 시하의 표정을 본 안나가 대수롭지 않게 몇 마디 더 덧붙였다.

"이미 편하게 하고 계시지만, 일단 허락을 해야 저도 대표님의 반말을 좀더 자연스럽게 받아들일 수 있을 것 같아서요."

이거, 왜 허락도 없이 멋대로 반말하냐고 돌려서 화내는 건가? 시하는 얼른 어설프게나마 사과를 건넸다.

"아, 의견도 안 묻고 반말해서 미안해. 아니, 미안해요."

안나가 정말로 괜찮다는 듯 미소지으며 대꾸했다.

"괜찮습니다. 그리고 이제 정말 편하게 반말하셔도 돼요."

"응. 그럼 이해 좀 해줘. 나는 이게 더 편해서. 예전에 나는 너한테 존댓말을 쓴 적이 없었거든."

시하의 말에 안나가 수긍의 뜻으로 고개를 끄덕였다. 남자의 반말이 자신보다 나이나 지위가 어린 사람을 깔보고 하는 반말이 아니라는 건 바로 알았다. 기억에서 지워진 그 시절, 남자의 말대로 그는 제게 편하게 반말을 하던 존재였을 것이다. 그렇게 상황을 정리하고 나니 안나는 남자의 반말이 금세 익숙하게 느껴졌다.

"네, 그러세요. 전 정말 괜찮으니까요. 아, 그리고 제가 앞으로 뭐라고 부르면 될까요? 대표님? ……이라고 부를까요?"

깍듯하게 '대표님'이라는 호칭을 제안한 안나를 향해 시하가 턱을 매만지며 고개를 저어 보였다.

"아니, 그건 너무 부담스러운데."

"그럼 제가 전에 대표님을 어떻게 불렀는지 알려주세요. 그대로 부를게요."

고개를 젓던 시하가 그대로 멈춰서 빤히 안나를 들여다봤다.

'시하 씨.'

달콤하게 저를 부르던 목소리가 그리웠다. 하지만 벌써부터 그런 호칭으로 불러달라는 건 저의 지나친 욕심이겠지. 시하는 입술을 꾹 깨물어 욕심을 삼긴 재 내납했나.

"그냥 차시하 씨라고 불러. 거기서부터 시작했으니까."

"그렇지민 은제 오빠힌데 들었는데……."

어쩐지 그녀는 망설이고 있었다. 시하가 왜 그러냐는 듯 빤히 쳐다보자 안나는 어렵게 입술을 떼었다.

"그…… 듣기론 우리가…… 연인 사이인 척하고 있다고……."

"아……."

그녀가 무얼 걱정하는지 눈치챈 그가 아득한 감탄사를 토해냈다.

"그럼 차시하 씨라고 부르는 건 좀 이상할 것 같은데. 아닌가요?"

확실히 연인 사이에 성까지 붙여서 부르는 건 적절하지 못했다. 시하가 마땅한 다른 후보를 고민하고 있는데, 안나가 돌연 깜짝 놀랄 만한 후보를 꺼내놓았다.

"시하 씨…… 라고 부를까요?"

기억을 잃은 안나에게 바라기엔 큰 욕심이라 여겼던 말. 홀린 듯 시선을 옮기자 눈이 마주친 그녀가 부끄러운지 시선을 바닥에 내리며 변명했다.

"연인 사이면 보통 그렇게 부를 것 같아서……. 너무 오바인가?"

"아, 아니!"

금세 호칭을 바꾸려는 그녀의 모습에 시하가 저도 모르게 목소리를 높였다.

"그냥 시하 씨라고 부르는 게 좋겠어. 그편이 훨씬 연인, 같으니까."

잠시 당황했던 안나가 이내 고개를 끄덕이며 입을 열었다.

"저는 줄리라고 불러주세요. 편하게."

그러자 이번에는 시하가 고민하는 듯한 기색으로 어떤 단어를 입에 담았다. 하지만 머뭇거리는 것치곤 그가 입에 올린 말은 상당히 과감했다.

"……안나."

그녀의 눈이 휘둥그레졌다.

"네?"

"나는 그게 편해서. 안나라고 불러도 될까?"

안나는 저도 모르게 원피스 옷감을 꾹 움켜쥐었다. 가슴이 너무 떨려서 그렇게라도 버텨야만 했다. 안나는 목소리가 떨려 나올 것 같아 대답 대신 간신히 고개만 끄덕여 보였다. 혹시나 안나가 거절할까 봐 마음 졸이던 시하는 그녀의 허락이 떨어지자마자 환하게 웃었다. 그 모습에 안나의 심장은 더욱 크게 덜컹거렸다.

"고마워, 안나야."

쑥스러워서 눈도 제대로 못 마주칠 지경이었지만, 안나는 떨리는 자신의 사정을 들키고 싶지 않아 일부러 시하와 눈을 맞추고 '시하 씨'라는 호칭을 입에 담았다.

"그 정도로 고, 고맙기는요. 시, 시, 시……."

아니, 담으려고 했다. 가까스로 눈을 맞추는 것까진 성공했지만, 목소리를 덤덤하게 내뱉는 건 완벽히 실패였다. 고장 난 라디오처럼 '시' 자만 반복해서 내뱉는 그녀의 얼굴이 점점 더 빨갛게 달아올랐다. 그 모습이 너무 귀여워 웃음이 나오려는 걸 억지로 참은 시하가 달래듯 부드러운 목소리로 말했다.

"괜찮아. 서두를 필요 없어. 지금은 좀 어색하겠지만, 천천히 나한테 마음 열어줘."

안나는 멍하니 그의 말을 듣고만 있었다.

"이번엔 끝까지 진득하게 기다려줄 테니까."

이번엔? 그럼 전에도 자신을 기다렸던 적이 있다는 뜻인가? 고개를 갸웃하는 안나에게서 다시 캐리어를 빼앗아간 시하가 이내 펜트하우스의 문을 열어젖혔다. 그 순간, 안나의 마음도 이미 활짝 열린 것만 같았다.

*

늦은 밤. 시하는 다시 하연의 소향실을 찾았다. 그녀에게 급히 와달라는 연락을 받았기 때문이다. 시하가 조향실에 들어서자 하연이 떠보듯 물었다.

"안나 입사, 허락했나 보네?"

"해줄 거 알고 나한테 보낸 거 아니었어요?"

"이제 완전히 결심한 거지? 곁에 두고 안나 지켜줄 거지?"

"네. 무슨 일이 있어도 절대 안나 안 떠나보내요. 그러니까 안심하세요."

하연이 무엇을 염려하는지 시하도 잘 알았다. 처음 만났을 때처럼 안나를 숨어 살게 할 생각도 없으니, 조만간 그녀가 돌아왔다는 사실을 판도 알게 될 것이다. 그 무자비한 자가 자신의 신부를 가만 둘 리 없었다.

하지만 이제 더는 판의 위협도 두렵지 않았다. 곁에 안나가 있다는 사실만으로 시하는 가슴속이 용기로 충만해졌다.

"판과 싸울 거예요. 내 모든 걸 걸고 안나, 반드시 지켜요."

단호한 대답에 하연이 길게 호흡하며 망설이던 말을 꺼냈다.

"그럼 나, 너 믿고 말한다?"

"뭘 말이에요?"

시하는 단번에 그녀의 분위기가 심각하다는 걸 깨달았다. 안나와 관련된 일이라는 걸 본능적으로 알아차린 그가 불안한 목소리로 물었다.

"혹시 안나가 기억을 잃은 것과 관련된 거예요?"

고개를 끄덕인 하연이 입에 담은 말은 그의 예상대로였다.

"응. 기억상실과도 관련 있어. 조만간 그것 때문에 안나의 목숨이 위험해지는 상황이 찾아올 거야."

목숨이 위험해진다는 말에 긴장한 그의 목울대가 위태롭게 출렁였다. 덜컹! 시하는 저도 모르게 벌떡 일어섰다. 그의 마음이 얼마나 다급한지를 보여주듯 그가 앉아 있던 의자가 사납게 흔들렸다.

"안나가 위험해질 거라니, 그게 대체 무슨 소리예요?"

자신의 목숨이 위험하다는 말을 들었어도 저 정도로 불안해하진 않을 것이다. 하연은 흥분한 시하를 진정시키기 위해 그의 곁으로 다가갔다.

"진정해, 시하야. 일단 내가 하는 말부터 끝까지 들어."

"방금 그 말을 듣고 어떻게 진정해요?"

그러나 시하는 쉬이 하연의 말을 듣지 않았다.

"안나가 죽는다는데! 안나가 위험하다는데!"

예상한 바였다. 안나의 목숨이 위험한 상황에 그가 냉정할 수 있을 리 없다. 하지만 하연은 인내심을 가지고 시하를 다독였다.

"설명하려면 복잡해. 하지만 네가 꼭 들어야만 하는 이야기야. 안나, 무슨 일이 있어도 지켜주겠다고 했지? 그럼 내 말, 차분하게 들어."

"조향사님……."

"제발. 얼른."

그녀의 간절한 부탁에 가까스로 흥분을 가라앉힌 시하가 천천히 고개를 끄덕였다. 하연은 새삼스럽게 차시하에게 있어 안나가 어떤 존재인지 다시 한 번 깨달았다. 안나는 이 악마를 한없이 나약하게 만들 수도, 더없이 강하게 만들 수도 있는 특별한 존재였다.

그렇기에 이 남자밖에 없었다. 절체절명의 위기에 빠진 안나를 구할 수 있는 존재는. 하연은 쓰러진 의자를 다시 일으켜 세워 시하를 앉히고 침착하게 입을 열었다.

"아무래도 안나는 5년 전 각성에 실패한 것 같아. 우리 향의 일족이 스무 살 생일에 각성을 한다는 사실은 너도 알고 있지?"

그녀의 말에 시하는 재빨리 5년 전의 기억을 떠올렸다. 그때도 정확히 이맘때쯤이었다. 안나의 생일을 한 달여 앞둔 시점. 스무 번째 생일을 축하해주지 못하고 서둘러 그녀를 떠나보내야만 했던 기억을 떠올리자 마치 어제 겪은 일처럼 심장이 욱신거렸다. 어차피 잊힐 기억이라지만, 안나가 생일만이라도 행복하게 보냈으면 하는 마음이 왜 없었을까. 하지만 그땐 그럴 수밖에 없었다.

그녀가 향의 마녀로서 완벽한 각성을 해버리면 하연이 쓰려 했던 향수는 아무 소용이 없게 되기 때문이었다. 그랬다면 안나가 시하의 조작이 채 끝나기도 전에 잠을 깨거나, 조작을 무사히 끝마쳤다 해도 하연의 향수를 도로 추출해내 그의 서슷말을 눈치챌 확률이 높았다.

결국 안나의 기억을 조작하는 계획은 그녀가 각성을 하기 이전에 진행되어야만 했다. 덕분에 생일을 얼마 남겨두지 않고 안나는 시하의 곁을 떠나갔고, 그가 준비했던 직접 만든 반지는 5년째 그대로 그의 서랍 속에 들어 있게 되었다. 안나가 없는 5년은 시하에게 있어 죽어 있는 시간이나 다름없었다.

겨우 이제야, 그녀가 곁으로 돌아오고 나서야 그의 시간은 다시 흐르기 시작했다. 그리고 어쩌면, 안나가 기억을 되찾게 되면 그 반지를 그녀의 손에 끼워줄 수 있을지도 모른다고 실낱같은 희망을 품었다. 그런데 겨우 손톱만 한 작은 희망이 생기니 기다렸다는 듯 더 큰 절망이 덮쳐왔다.

지난 5년을 어떤 심정으로 안나 없이 버텼는데. 얼마나 힘들게 용기를 내서 다시 안나를 제 곁에 두기로 결심했는데. 시하는 당장에라도 이곳을 뛰쳐나가 소리라도 지르고 싶은 심정이었다. 하지만 안나를 위해서 제 말을 끝까지 들어달라 부탁했던 하연의 말을 떠올리며 그저 주먹만 꾹 움켜쥐고서 그녀의 이야기에 귀를 기울였다.

"향의 마녀가 각성을 하는 과정은 아픈 환자가 투석을 받거나 수혈을 받는 과정과 비슷해."

하연이 설명해준 향의 일족이 겪는 각성의 과정은 듣기만 해도 끔찍했다.

각성이 시작됨과 동시에 마녀의 몸에선 원래의 피가 바짝 메마르고, 인간의 생각이나 감정, 나아가 꿈에서 향을 추출할 수 있는 능력이 담긴 새로운 피가 만들어진다. 그 후 새롭게 만들어진 피에 그동안 마녀가 살아오면서 맡았던 냄새에 관한 기억이 자연스럽게 스며들게 된다. 그 과정에서 마녀의 능력이 가진 고유의 색깔이 눈동자에 물든다. 그렇게 각성이 끝나면, 마녀는 자신이 알고 있는 냄새라면 그게 무엇이든지 향수로 만들어낼 수 있었다.

"하지만 안나의 경우, 각성 직전 6개월간의 기억이 모두 조작된 탓에 그 기간 동안 맡았던 냄새에 관한 기억이 모두 왜곡되어버렸어."

결국 그녀는 조작된 기억 때문에 냄새에 관한 기억과 새로 만들어진 피가 자연스럽게 섞이는 과정을 마무리하지 못했고, 완벽한 각성도 할 수 없었다. 그 부작용으로 6개월간의 기억을 잃게 된 것이었다.

"안나가 기억을 잃은 이유가 내가 꿈을 조작했기 때문이라는 거예요?"

시하가 절망이 가득 서린 목소리로 물었다. 바르르 떨리는 입술을 꽉 깨문 그가 비참한 표정으로 하연을 바라봤다. 하연은 차마 그와 눈을 마주치지 못한 채 대답했다.

"결과적으로는, 그래."

시하의 입에서 신음을 삼키는 소리가 새어 나왔다. 안나가 기억을 잃은 이유가 막연히 제 탓이라고는 생각했지만, 정말로 자신이 한 일 때문이라는 사실을 확인하고 나니 더더욱 죄책감을 견디기가 힘들었다. 하지만 자신의 죄는 그게 다가 아니었다.

'조만간 안나의 목숨이 위험해지는 상황이 찾아올 거야.'

하연이 이 모든 이야기를 시작했던 이유를 떠올린 시하가 불안한 눈빛으로 그녀를 바라봤다.

"설마…… 안나의 목숨이 위험해지는 이유가 각성에 실패했기 때문이에요?"

아니기를. 제발 아니기를. 부디 제 손으로 그녀의 목숨을 위험하게 만든 것만은 아니기를.

"조향사님!"

애타는 재촉에 하연의 입술이 무겁게 열렸다.

"우리 향의 마녀들은 각성을 통해 불멸과 죽음의 갈림길에 놓이게 돼. 능력을 받아들이면 불멸의 삶을 살게 되지만, 능력을 거부하면 끝내 죽음에 이르게 되지."

"하지만 각성에 실패한 안나는 그 선택을 할 기회조차 없었잖아요! 그런데 안나가 왜 죽어요?"

"맞아. 네 말대로 안나는 그 선택을 못 한 상태기 때문에 그때 당장은 숨지 않았어. 덕분에 안나는 지금 향의 마녀로서의 능력이 잠재만 되어 있을 뿐, 의식하지 못하고 있지. 당연히 능력을 사용하는 방법도 모르고 있을 거야."

그러고 보니 5년 만에 다시 만난 안나에겐 달라진 점이 있었다. 그녀는 더 이상 냄새를 맡는 습관을 가지고 있지 않았다. 과거에 그녀는 자신이 향의 마녀라는 사실을 모르고 있음에도 종종 타인의 감정을 냄새로 파악하려는 시도를 자주 하곤 했었다.

시하는 문득 오정숙이 수감된 교도소에 갔다가 문찬영을 만났던 때를 떠올렸다. 그때도 안나는 분명 문찬영에게 그렇게 말했었다. 당신한테선 사랑의 냄새가 나지 않는다고. 그날 집으로 돌아와 넌지시 사랑의 냄새가 어떤 거냐고 묻자, 안나는 제 품에 파고들며 이렇게 답을 해주었다.

'이 냄새요. 시하 씨한테서 나는 좋은 냄새. 이게 바로 사랑의 냄새가 아닐까 싶어요.'

지난 5년 동안 안나를 사랑하는 마음은 전혀 변하지 않았다. 오히려 더 깊어지고 진해졌다. 그렇다면 그녀는 냄새만으로 이미 제 감정을 알아챘어야 마땅했다. 안나가 눈치채지 못하게 억지로 진심을 숨겼으나, 그녀가 가진 능력이라면 그 거짓말까지도 알아냈어야 했다. 하지만 그녀는 저와 연인인 척 연기를 하고 있다는 은재의 말을 굳게 믿고 있었다. 마치 감정에서 냄새를 맡는 능력이 없는 것처럼.

"나 때문에 안나가 마녀로서의 능력도 잃은 건가요?"

시하의 물음에 하연은 고개를 끄덕이며 말을 이었다.

"응. 하지만 완전히 잃어버린 게 아니라, 잠시 선택의 시간이 유예된 거야."

"유예?"

"그래. 각성을 제때 하지 못한 마녀에게는 유예기간이 주어져. 그동안은 선택을 미뤄도 아무 문제도 발생하지 않아."

"그럼 유예기간이 끝나면요?"

"유예기간이 끝났을 때 마녀가 아무런 선택도 하지 않는다면, 그땐 몸이 스스로 일족의 능력을 거부한 것으로 받아들이게 돼."

"그 말은……."

시하는 불안한 듯 말끝을 흐렸다. 하연이 대신 그의 말을 이어받아 마침표를 찍었다.

"그래. 안나가 죽게 된다는 뜻이야."

그녀가 말한 안나의 목숨이 위험한 상황은 바로 이걸 뜻하는 것이었다. 시하가 끝없는 절망감에 고통스럽게 중얼거렸다.

"결국 5년 전 내가 했던 선택 때문에 안나가 위험해졌다는 뜻이네요. 나 때문에……! 또 나 때문에!"

안나에게 찾아온 위험은 모두 저로부터 비롯됐다. 그녀가 유현에 의해 스위트 노트가 된 것도, 판에게 신부의 정체를 들킨 것도, 각성을 하지 못해 죽음의 위기가 도사리게 된 것도……. 시하의 눈빛이 거칠게 흔들렸다. 그는 안나를 위험에 빠뜨린 자신을 책망하듯 두 팔로 머리를 감싸며 책상 위로 엎드렸다. 하연이 그에게 다가가 조심스럽게 어깨를 다독였다.

"자책하지 마. 그때 넌 안나를 구하기 위해서 그런 행동을 한 거잖아."

"하지만 내 선택이 오히려 안나를 위험에 빠뜨리고 말았어요! 그때 안나의 기억을 조작하지 말았어야 했는데……!"

"정신 차려, 차시하! 너 이럴 것 같아서 말 안 하려고 했었어!"

하연의 일갈에 시하가 천천히 다시 고개를 들어 올렸다. 눈이 마주치자 그녀는 더 강경한 어조로 말했다.

"근데 네가 그랬잖아. 앞으로는 무슨 일이 있어도 안나를 곁에 두고 지켜 줄 거라고! 그 말에 책임져! 네가 지금 후회나 하고 있을 때야? 안나 목숨이 위험하다고!"

흔들리던 시하의 눈빛이 다시 묵직해졌다. 방금 그녀가 말한 대로 절망도, 후회도 지금 느껴서는 안 될 감정이었다. 안나가 죽음의 위기에 놓여 있는 건 분명한 사실이지만, 그렇다고 그것이 정해진 운명인 건 아니었다.

살릴 수 있다. 아니, 무슨 일이 있어도 그녀를 살려내야만 한다. 분명 자신이 안나를 위해서 할 수 있는 일이 있을 것이다.

"……그 유예기간이라는 건 얼마나 돼요?"

"5년."

그렇다면 시간이 얼마 남지 않았다.

"유예기간이 끝나는 시기가 다가오면서 안나의 무의식도 기억과 능력을 되찾기 위해 반응하고 있었을 거야."

"어떤 반응을 말하는 거죠?"

"과거의 기억에 관한 꿈을 꾼다거나, 예전처럼 자신도 모르게 향을 추출해낸다거나, 아마 자각 없이 그런 증상들이 계속 반복됐을 거야. 본능적으로 죽음을 피하려고 할 테니까."

"그럼 나는 뭘 하면 돼요?"

"다가오는 안나의 스물다섯 번째 생일. 그날 안나는 두 번째 각성을 맞이하게 될 거야."

그녀의 생일까지 남은 시간은 고작 한 달.

"너는 그때까지 무조건 안나의 기억을 되돌려놔."

"만약 내가 그때까지 안나의 기억을 온전히 되돌려놓지 못하면……."

"당연히 안나는 죽게 되겠지. 하지만 그렇게 놔두지 않을 거잖아. 내 말이 맞지?"

하연이 확신에 찬 어조로 물었다. 시하는 자책감을 단숨에 몰아내고 다부지게 고개를 끄덕였다.

"맞아요. 절대 그런 일은 일어나지 않을 거예요. 안나는 내가 지킬 거니까."

어느새 그의 눈동자엔 아무도 범접할 수 없는 결연한 빛이 어른거리고 있었다.

17장. 기억의 섬

하연의 조향실을 나선 시하는 곧장 펜트하우스로 돌아가지 않고 대표실로 향했다. 그러곤 누군가에게 연락을 취했다.

-네, 강해우입니다.

휴대전화 너머에서 이전보다 훨씬 밝아진 해우의 목소리가 들려왔다. 아직 완벽히 인간으로 돌아가는 방법을 찾아내진 못했지만, 그래도 하연이 꾸준히 향수 테라피를 해준 덕분에 그의 상태는 눈에 띄게 좋아졌다. 환자의 꿈을 몰래 훔치는 일도, 금단 증상에 시달리다 거리로 뛰쳐나가 인간의 꿈을 빼앗는 일도 더 이상 일어나지 않았다.

무엇보다 그의 곁에는 라희가 있었다. 시하는 이따금 하연에게 치료를 받기 위해 함께 성운 호텔을 찾는 다정한 두 사람의 모습을 머릿속에 떠올리며 입을 열었다.

"차시하입니다. 강 선생님한테 부탁이 있어 연락 드렸습니다."

-저한테 부탁할 일이요? 말씀하세요.

"혹시 기억상실증 환자를 치료해본 적이 있습니까?"

-네? 그야 당연히 치료를 해본 적은 있습니다만……

비록 유현의 마수에 빠져 커리어가 망가지고 말았지만, 해우는 정신건강의학에서 두각을 나타내던 인재였다. 게다가 레플리카를 통해 몽마가 인간의 꿈에 개입하는 방법까지 알고 있는 유일한 의사이기도 했다. 안나의 기억상실을 치료하는 데 그만큼 적합한 인물은 없었다. 펜트하우스에서 곤히 잠들어 있는 안나를 생각하며 시하는 해우에게 제안했다.

"보여주고 싶은 환자가 있습니다. 만나주시겠습니까?"

해우는 곧바로 그의 제안을 승낙했다. 지난 5년간 라희와 자신을 돌봐준 시하의 부탁이라면 무엇이든 들어주고 싶었다.

-물론이죠. 제가 어디로 가면 될까요?

"내일 펜트하우스로 찾아오시면 됩니다. 아, 라희랑 같이 오세요."

-알겠습니다. 그럼 내일 뵙겠습니다.

전화를 끊고 시하는 의자 등받이를 한껏 뒤로 젖히며 피곤한 몸을 기댔다. 안나를 보면 무척 반가워할 걸 알기에 라희도 함께 불렀지만, 안나가 기억을 잃은 걸 알면 그녀는 어떤 반응을 보일까? 안나가 기억상실증에 걸린 것도 모르고 5년씩이나 그녀를 바다 건너에 둔 제게 따끔하게 화를 낼지도 모르겠다. 문득 얼른 안나를 데리고 오라며 저에게 반지를 집어던지던 라희의 모습이 떠올랐다.

시하는 서랍을 열어 조심스럽게 반지를 꺼내 책상 위에 올려놓았다. 얼마나 많이 열어봤는지 이음새가 헐거워진 반지 케이스를 열자, 주인 없이 외로운 반지가 모습을 드러냈다. 커다란 통창으로 쏟아져 들어오는 달빛에 투명한 보석이 반짝였다. 그 모습을 보고 있으니 저절로 하연과 나눈 마지막 대화가 귓가에 맴돌았다.

'다가오는 안나의 스물다섯 번째 생일. 그날 안나는 두 번째 각성을 맞이하게 될 거야.'

'만약 내가 그때까지 안나의 기억을 온전히 되돌려놓지 못하면…….'

'당연히 안나는 죽게 되겠지.'

안나에겐 천천히 자신과 만든 추억을 떠올리게 해주겠다고 말했지만, 그러기엔 시간이 턱없이 부족했다. 한 달이란 짧은 시간 동안 안나의 기억을 되찾아주기 위해 자신은 무엇을 할 수 있을까? 마치 미로 같은 고민에 시하가 한숨을 내쉬며 창가로 다가갔을 때였다.

'안나?'

저 멀리 호숫가 벤치에 앉아 있는 안나의 모습이 보였다. 이 야심한 시각에 왜 그녀 혼자 저기에 있는 거지? 반사적으로 걱정부터 들던 와중에 문득 또 다른 의문이 시하의 뇌리를 스치고 지나갔다.

분명 기억을 잃었을 텐데 안나는 어떻게 저곳을 알고 찾아간 걸까? 물론 스무 살 이전의 기억을 간직하고 있으니 호수에 대해서도 알고 있을지 모르시만, 서곳은 서와 안나에게 너무나 득별한 장소였다. 서곳에서 둘이 함께 소환을 기다리며 서로를 신경 쓰기 시작했고, 안나가 숨겨왔던 자신의 마음을 솔직하게 고백하기도 했다.

시하는 헛된 희망이라고 생각하면서도, 자꾸만 안나가 저곳에서 자신을 떠올리고 있는 것만 같았다. 그러다 돌연, 그의 머릿속에 하연이 했던 말이 떠올랐다.

'유예기간이 끝나는 시기가 다가오면서 안나의 무의식도 기억과 능력을 되찾기 위해 반응하고 있었을 거야. 과거의 기억에 관한 꿈을 꾼다거나, 예전처럼 자신도 모르게 향을 추출해낸다거나, 아마 자각 없이 그런 증상들이 계속 반복됐을 거야.'

그리고 꼬리를 물 듯 떠오르는 은재의 말.

"안나가 갑자기 왜 성운 호텔로 돌아온 거지?"

-그 이유는 저도 잘 몰라요. 한 가지 확실한 건, 안나가 6개월 전부터 갑자기 한국에서 지내고 싶다고 말해왔다는 거예요.

어쩌면 안나는 이미 꿈속에서 저와의 추억을 떠올렸던 게 아닐까? 다만 무의식이 발현된 것이기 때문에 현실에서는 온전히 기억을 떠올릴 수 없었고, 가까스로 뇌리에 남은 흔적을 따라 한국으로 돌아온 거라면? 단지 헛된 바람이 아니라 정말 안나가 저곳에서 무의식에 자리 잡은 저와의 추억을 떠올리고 있는 거라면?

거기까지 생각했을 때, 시하는 더 이상 창 너머로 안나의 모습을 바라보고만 있을 수 없었다. 그 길로 대표실을 뛰쳐나간 그는 엘리베이터를 타고 펜트하우스로 향했다. 그러곤 엘리베이터 문이 열리자마자 곧장 날개를 펼치고 하늘로 날아올랐다. 쏜살같이 별이 박힌 감청빛 밤하늘을 가로지른 그가 안나가 눈치채지 못하게 호숫가 뒤편의 숲으로 내려앉았다. 살며시 숲을 빠져나온 그는 한 걸음, 한 걸음 내디뎌 그녀에게 다가갔다.

정말 안나가 저와의 사랑을 완전히 잊지 않은 걸까? 아주 조금이라도 제 마음을 기억하고 있을까? 그런 조그만 기대가 점점 더 부풀어 올라 고요한 걸음 한 번에 그의 심장도 따라 뛰었다. 여름의 풀벌레 소리와 밤을 산책하는 바람 소리에 나직한 심장 소리가 섞여들었다. 혹 안나를 놀라게 할까 봐 숨죽여 곁으로 다가간 그가 조심스럽게 기척을 냈을 때였다.

"여기서, 뭐 해?"

호수를 바라보고 있던 안나가 흠칫 놀라며 고개를 옆으로 돌렸다. 바람이 어루만지듯 시선이 고요히 겹쳐졌다. 마주친 그녀의 눈빛은 호수의 물빛처럼 은은하게 반짝이고 있었다.

"밤늦게 혼자 위험하게……."

바로 그때였다.

"차시하 씨. 아니, 시하 씨……."

안나가 전혀 예상치 못한 부탁을 그에게 해왔다.

"한 번만 안아봐도 돼요?"

*

또 꿈을 꿨다. 이제는 눈 감고도 떠올릴 수 있을 만큼 익숙한 호수. 산들산들 부는 바람, 흔들리는 초록 잎사귀, 반짝이는 물결, 그리고…… 그 남자.

고즈넉한 풍경 속에서 안나는 어김없이 남자의 품에 안겨 있었다. 그런데 이번에 꾼 꿈은 이제껏 꿔온 꿈과 어딘가 분위기가 달랐다. 절 끌어안고 귓가에 속삭이는 남자의 목소리는 무척이나 서글펐고, 그의 품에 안겨 있는 저 역시도 울음을 참듯 슬픈 표정을 짓고 있었다.

안나는 곧장 꿈에서 봤던 호수로 찾아갔다. 꿈속에서는 이를 악물고 참았던 눈물이, 이곳에선 걷잡을 수 없이 쏟아졌다. 꿈속의 기억이 슬퍼서가 아니었다. 이토록 간절했던 남자를 잊어버리고, 그의 얼굴조차 제대로 기억해내지 못하는 자신이 원망스러워서였다. 그렇게 한참을 울다 간신히 눈물이 멈췄을 때였다.

하필 그 순간 자시하, 그가 나타났다. 호수를 등지고 서 있는 그의 모습은 꿈속의 남자와 매우 닮아 있었다. 남자를 처음 봤을 때부터 그런 이상한 감정을 느꼈다. 면접을 보러 간 조향실에서 그와 마주쳤을 때부터 알 수 없는 감정이 그녀의 마음을 흔들었다.

절 보고 무척이나 당황한 눈빛을 짓던 남자. 그러곤 이내 더없이 슬프고 아련한 표정을 짓던 남자. 어째서 자신은 기억에도 없는 이 남자가 그토록 안쓰러웠을까?

안나는 그 남자를 꼭 끌어안고 괜찮다고 속삭여주고 싶었다. 하지만 차마 그를 끌어안을 순 없어 대신 양하연 조향사를 꽉 껴안았다. 왜 그런 기분이 드는지 알 수 없기에 괜찮다는 말 대신 그저 미소만 지어주었다. 제 감정인데도 이유를 가늠할 수 없었다.

그리고 그건 차시하, 그 남자의 태도도 마찬가지였다. 양하연 조향사의 심부름 때문에 그의 사무실로 찾아갔을 때, 문이 열리고 절 발견했던 남자의 표정은 금방이라도 울 것만 같았다. 하나 금세 달아오른 눈시울을 감추고 그는 지극히 사무적인 태도로 절 대했다. 그러다가도 금세 누구라도 알아챌 만큼 동요하는 기색을 드러내고, 또 돌연 기억을 찾아주겠다며 그녀를 몰아붙였다.

'내 기억을 왜 당신이 이렇게 절실하게 찾아주려는 거야?'

끝내 묻지 못한 말이 먹먹히 가슴에 쌓여갔다. 그럴수록 안 그래도 그의 앞에서 제멋대로 흔들리는 감정은 더욱 알 수 없는 곳으로 파고들었다.

'내 마음인데, 내 마음이 아닌 것 같아.'

그런데도 신기하게 길을 헤매는 기분은 들지 않았다.

'여기서 행복했던 기억들, 천천히 다 떠올리게 해줄게. 그러니까 그런 슬픈 표정 짓지 마.'

느닷없는 반말마저 금방 익숙해질 정도로 절절한 진심. 그리하여 안나의 마음은 더는 부풀 수 없는 지경까지 부풀어버린 풍선처럼 기억나지 않는 아득한 감정을 품고 두둥실 떠올랐다. 그리고 그가 실어 보내는 달콤한 바람을 타고 흘러갔다. 그의 목소리가, 그의 표정이 이정표가 되어 그녀의 마음이 흘러갈 방향을 만들어냈다. 그렇게 그가 이끈 곳으로 흘러간 마음은 부끄러움도 잊었다.

'시하 씨라고 부를까요?'

그러니까 그런 말을 서슴없이 했지. 지금 생각해도 부끄러워서 얼굴이 다 화끈거릴 지경이었다. 여전히 안나는 왜 자신이 먼저 그런 창피한 제안을 했는지 알 수 없었다.

'시하 씨라고 부르는 게 좋겠어. 그편이 훨씬 연인, 같으니까.'

하지만 다급한 표정의 그가 내뱉은 '연인'이라는 말은 듣기 좋았다.

'……안나.'

그가 불러주는 그 이름은 더더욱, 좋았다. 안나는 확신했다.

'이 남자가 바로 꿈속의 남자야.'

분명해. 이렇게 설레는데. 이렇게 떨리는데. 아니면 말이 안 되잖아. 그래서 저도 모르게 묻고 말았다.

"한 번만 안아봐도 돼요?"

정말 충동적인 질문이었다. 잠시 당황한 듯 보였던 남자는 이내 두 팔을 벌려주었다.

"얼마든지."

달콤한 환영과 함께, 먼저 묻고서도 민망함에 머뭇거리는 안나를 그가 끌어당겨 폭 안았다.

"언제든지."

그의 품은 꿈속에서보다 훨씬 상냥했고, 따스했다. 그리고 꿈속에서보다 훨씬 더 미치게 가슴이 뛰었다.

"이, 이제 됐어요."

터져버릴 것 같은 심장을 들킬까, 안나는 재빨리 시하의 품을 빠져나왔다. 그새 넋 초도 지나지 않아 품에서 빠져나가는 그녀가 야속해 시하가 심짓 퉁명하게 물었다.

"뭐가 됐다는 거야?"

"그냥 조금, 확인해볼 게 있었거든요."

눈도 마주치지 않고 대답한 안나가 다시 벤치에 앉았다. 그 곁으로 걸어가 털썩 앉은 시하가 벤치 등받이에 팔을 기대고 턱을 괸 채 물었다.

"뭘 확인한 거야? 그것도 굳이 날 끌어안고?"

안나는 부끄러운 마음에 하염없이 손부채질을 하며 입을 열었다.

"6개월 전부터 계속 꿈에 한 남자가 나왔어요."

언뜻 듣기엔 말꼬리를 돌리려고 전혀 다른 이야기를 꺼낸 것처럼 들렸지만, 시하는 알 수 있었다. 그녀가 제 질문에 솔직하게 대답하려 한다는 것을.

"처음엔 그냥 꿈이라고만 생각했어요. 남자의 얼굴도 보이지 않았고, 꿈에서 일어나는 일도 마치 처음 본 영화처럼 낯설었거든요."

절 물끄러미 바라보는 시하의 시선이 느껴져 안나는 무릎에 올려둔 손등만 내려다보며 말을 이었다. 긴장해서 힘을 준 탓에 그녀의 하얀 손등에는 푸르스름한 핏줄이 살짝 도드라져 있었다.

"이러다 말겠지. 몇 번 꾸다 말겠지. 언젠간 잊어버리겠지."

그렇게 여겼다. 얼굴도 모르는 남자쯤이야 금방 잊게 될 거라고.

"그런데 아닌 거예요. 시간이 지날수록 꿈은 더 생생해졌어요. 해괴한 소리처럼 들리겠지만, 나는 그 남자가 정말로 어딘가에 존재한다고 느껴지기 시작했어요."

스스로 생각해도 어처구니가 없을 정도였다. 그저 꿈속에서 본 남자일 뿐인데, 안나는 속수무책으로 그에게 빠져들었다.

"특히 여기 호수가 꿈에 자주 나왔어요. 이곳에서 남자는 상냥하고 다정하게 날 안아주고, 떨리는 목소리로 좋아한다고 말해줬어요."

그의 품에 안기면 가슴이 터질 것처럼 두근거렸고, 그의 고백을 들을 때면 눈물이 날 것 같았다. 너무 설레서, 너무 뭉클해서, 꿈에서 깨고 싶지 않았다. 잠이 많은 편도 아닌데, 쉬는 날이면 종일 집에 틀어박혀 억지로 잠을 청하기까지 했다. 그 남자는 꿈에서밖에 볼 수 없었으니까. 마치 꿈속의 남자를 짝사랑하는 것만 같았다. 급기야 언젠가부터 그를 꿈에서 보는 것만으로는 만족할 수가 없게 되었다.

"찾고 싶었어요. 어딘가에 그가 존재한다면, 꼭 만나고 싶었어요."

이런. 이렇게까지 솔직하게 말할 생각은 없었는데.

"그래서 무작정 왔어요. 한국에."

저도 모르게 진심을 전부 꺼내 보인 안나가 움찔하며 고개를 들어 올렸다. 뜨겁고 진한 눈동자가 보였다. 그는 계속해서 저를 뚫어져라 바라보고 있었다. 견딜 수 없이 부끄러워진 안나가 횡설수설했다.

"아, 꿈속에서 호수 근처에 있는 호텔이 보였거든요. 어쩌면 여기에 그 남자가 있을지도 모른다고 생각해서……. 아닐 수도 있는데, 가능성을 알고 나니까 도저히 참을 수가 없어서……."

바보처럼 또 눈물이 날 것 같았다. 안나는 찡해진 코끝을 세게 문질렀다. 이쯤에서 멈춰야 한다고 생각했다. 이런 이상한 소리, 쉽게 믿지 못하겠지. 하지만 어김없이 그녀의 입에서 흘러나오는 말은 가슴 깊숙한 곳에 자리 잡은 진심이었다.

"은재 오빠가 그랬거든요. 호텔 임원진들이 상속과 관련해서 시끄럽다고, 언론도 내가 갑자기 나타나면 떠들썩해질 거라고 조심하라고 했는데. 나 때문에 당신이 곤란해질 수도 있는데, 그래도 꼭 만나고 싶었어요."

말을 하다 보니 꿈속의 남자를 만나고 싶었다는 건지, 차시하 이 남자를 보고 싶었다는 건지 모호하게 들릴 것 같았다. 하지만 아무래도 상관없었다. 지금은 이 남자와 꿈속의 그 남자가 동일인물이라고 확신하고 있으니까. 그때였다. 조금도 기대하지 않은 말이 안나의 귓가를 울렸다.

"잘 왔어."

어……? 내가 세내로 들은 게 맞나?

"하나도 안 곤란해. 나도 네가 많이 보고 싶었거든."

이 남자가 정말, 내가 보고 싶었다고 말한 건가? 너무 놀라 딸꾹질이 튀어나올 것 같은 입을 틀어막고 안나는 시하를 빤히 쳐다보았다. 그는 제대로 들은 게 맞다는 듯 눈길을 피하지 않았다. 확실한 답을 들은 셈이었지만, 어쩐지 안나는 몽롱한 기분이 들었다. 꿈속의 남자를 찾았다고 생각했는데, 지금 이 순간조차 꿈속에 있는 것만 같았다.

"용기없는 나 대신…… 먼저 용기 내 찾아와줘서 고마워."

이 남자와 저는 분명 연인인 척 연기를 하는 거라고 했는데. 그런데 그의 눈빛을 보고 있으면, 목소리를 듣고 있으면, 연기가 아니라 진심처럼 느껴졌다. 뭐라고 받아쳐야 하는지도 모르겠고, 계속 마주 보기도 민망해서 안나는 벤치에서 벌떡 일어섰다. 그러자 동시에 하늘에서 떨어지는 무언가.

"비?"

툭, 투둑. 호수에 떨어지는 물방울 소리가 유난히 컸다. 고요한 밤은 금세 시끄러워졌다. 쉽게 멈출 비 같지는 않은데, 호텔까지 뛰어서 갈 수 있으려나? 손바닥을 펼쳐 빗줄기를 가늠해보던 안나가 순간 반사적으로 몸을 움츠렸다. 언제 벗은 건지, 입고 있던 재킷으로 그녀의 머리 위를 가려준 그가 눈을 맞춰왔다. 재킷 안으로 얼굴을 내린 그와의 거리는 젖은 숨결이 느껴질 정도로 가까웠다. 깜짝 놀란 안나가 반사적으로 시하의 가슴을 밀어냈다.

"괜찮아요! 그냥 뛰어가도 돼요. 이렇게까지 할 필요는……."

"그냥 있어."

하지만 그가 곧바로 다시 몸을 밀착시켰다. 잠깐의 반항 탓에 오히려 아까보다 더 가까워졌다.

"비 맞으면 바로 감기 걸려. 지금은 어떨지 모르겠지만, 옛날엔 너 몸이 좀 약했었거든."

지금도 그랬다. 안나는 보통 사람들보다 잔병치레가 잦은 편이었다. 그녀는 저에 관해서 잘 알고 있는 시하에겐 어떤 핑계도 소용없다는 걸 깨닫고 말없이 그가 시키는 대로 했다.

"뛸까?"

젖어 든 공기 탓인지 그의 숨결이 귓가에 유난히 더 달라붙는 것처럼 느껴졌다. 재빨리 귀를 쓱쓱 매만진 안나가 고개를 끄덕이자 시하가 기다렸다는 듯 뛰기 시작했다. 보폭이 큰 그에게 끌려가느라 발밑에서 물이 많이 튀었다. 찰박찰박, 물이 튀는 소리를 따라 심장이 두근두근 뛰었다. 그 소리에 자신의 심장 소리가 잘 들리지 않아서 다행이었다. 그렇게 얼마 지나지 않아 금세 호텔 안으로 들어섰다.

"하아, 하아……."

아무도 없는 밤의 로비에는 바깥에서 들려오는 빗소리와 거친 숨소리가 한데 섞여 아득히 울려 퍼졌다. 어둠 속에서 시하의 얼굴 윤곽이 희미하게 보였다. 더욱 깊어진 눈빛은 여전히 그녀만을 향해 올곧게 뻗어 있었다. 똑같은 시선이어도 어둠 속에서 은밀하게 닿으니 묘하게 더 긴장되었다. 안나가 어색함에 침도 제대로 삼키지 못하고 있을 때였다.

"그런데 말이야."

갑자기 그가 스윽 다가왔다.

'키스…… 하려는 건가?'

아니었다. 착각이었다. 키스할 것처럼 다가왔지만, 그는 단지 뭔가를 속삭이려는 것뿐이었다.

"……아까 확인해보는 거라고 했잖아. 무슨 확인이었어? 대답, 하다 말았잖아."

찰나였지만, 안나는 만약 그가 진짜 키스를 했더라도 자연스럽게 받아들였을 것 같다는 생각이 늘었다. 이상할 성노도 이 남자한테는 보는 세 너무 쉬웠다. 진심을 말하는 것도, 스킨십을 받아들이는 것도. 늘 가까이에 있어 주던 은새에게도 힘들있던 그 모든 게 이 남자에게민큼은 하니도 어렵지 않았다. 그 바람에 이런 창피한 착각까지 하고 말았다. 안나는 본능적으로 감았던 눈을 민망해하며 슬며시 떴다. 괜히 위에서부터 빠르게 내려오고 있는 엘리베이터 층수를 바라보며 대답했다.

"당신이 그 꿈속의 남자인지 아닌지……. 그걸 확인한 거예요."

시하가 다시 조급하게 되물었다.

"그래서 어떤 것 같아?"

안나는 마치 최면이라도 걸린 것처럼 솔직하게 대답했다.

"맞는 것 같아요. 아니, 확신하고 있어요."

"어째서?"

"예전에 은재 오빠가 꿈속의 남자인 줄 알고 꿈에서 봤던 걸 따라 했던 적이 있어요."

시하는 아무리 잊으려 해도 잊을 수 없었던 사진 속 다정한 은재와 안나의 모습을 단번에 머릿속에 떠올렸다.

"그 사진이 그렇게 해서 찍힌 거였구나."

"네?"

무심코 소리 내어 속마음을 중얼거린 그가 황급히 고개를 저었다.

"아무것도 아니야. 이야기 계속해."

안나는 잠시 의아해하는 것 같더니 이내 말을 이었다.

"꿈속에서 했던 그대로 은재 오빠한테 하면 똑같은 느낌이 들 줄 알고 했는데……."

"했는데?"

"아무런 느낌도 안 들더라고요. 이상하죠. 분명 은재 오빠는 내 첫사랑인데……."

"저런."

시하는 자꾸만 멋대로 피식 새어 나오려는 웃음을 꾹 참아내며 안타까운 뉘앙스의 감탄사를 흘렸다. 그러곤 짧게 질문을 덧붙였다. 바로 이게 그의 본심이었다.

"그럼 나는?"

"네?"

갑작스런 질문에 놀란 안나가 눈을 동그랗게 치켜떴다. 하지만 시하는 물러서지 않았다. 호수에서 그녀를 끌어안았을 때부터 줄곧 이 말이 묻고 싶었다.

"날 안았을 땐 꿈속에서 느꼈던 거랑 느낌이 똑같았어?"

짓궂은 질문에 잠시 동안 입술만 꼭꼭 깨물던 그녀가 망설임 끝에 대답했다.

"아뇨."

너무도 단호한 말투에 시하의 어깨가 한순간에 축 처졌다. 그 모습이 꼭 주인에게 혼이 난 대형견 같았다. 안나는 비에 젖어 단단한 어깨 근육이 고스란히 들여다보이는 그의 드레스 셔츠를 바라보며 눈치를 살폈다. 거짓말을 한 것도 아닌데 왜 이렇게 마음이 불편한 걸까?

'아니야. 굳이 아니라고 말한 이유를 설명해줘야 할 필요는 없어.'

그렇게 머리론 냉정한 판단을 내려놓고도 그녀의 입은 곧바로 뇌의 명령을 거스른 채 멋대로 부연 설명을 쏟아냈다.

"꿈속에서보다 더 떨렸어요."

아아, 나 정말 이렇게까지 솔직한 사람 아닌데. 그런데도 이 남자에겐 마치 뭐든 솔직하게 말하겠다고 약속한 사이처럼 술술 진심을 꺼내놓게 되었다.

"그래서 아니라고 한 거예요."

결국 이번에도 끝까지 친절하게 진실만을 말한 안나는 때마침 도착한 엘리베이터에 후다닥 몸을 실었다. 부끄러워 미칠 것만 같았다. 차라리 이내로 저 혼자만 태운 채 엘리베이터 문이 닫혀버렸으면.

하지만 닫히려는 문틈 사이로 순식간에 미끄러지듯 그가 들어섰다. 곁에 나란히 서는 시하를 본 안나가 고개를 푹 숙였다. 어둠 속에서 긴장감이 배가 되었다면 환한 엘리베이터 안에서는 부끄러움이 배가 되었다. 시하도 마찬가지였는지 괜히 멀쩡한 넥타이 매무새를 정리하며 말했다.

"저기 말야. 혹시 기억이 더 잘 떠오를지도 모르니까……."

그러더니 돌연 잘 정리하던 넥타이를 헐겁게 풀어내며 말을 이었다. 어쩌면 그도 지금 이 상황이 긴장되는 걸까? 안나가 넥타이 매듭 사이에 손가락을 끼워 잡아당기는 시하의 섹시한 손끝을 몰래 훔쳐보고 있을 때였다.

"앞으로 꿈에서 본 것들, 나한테 모두 해봐도 돼."

그의 말에 괜히 숨 쉬다 사레가 걸린 안나가 기침을 쏟아냈다.

"아니, 대체 내가 어떤 꿈을 꾼 줄 알고……."

단순히 포옹 정도가 아니라 키스하는 꿈을 얼마나 많이 꿨는데. 그것도 엄청 야한 키스였는데. 차마 그 사실만큼은 솔직하게 말할 수 없어 안나는 애꿎은 입술만 깨물 수밖에 없었다. 그렇게 얼마 동안 말없이 시간이 흘러갔을까? 안나가 별안간 고개를 들어 올리더니 시하와 눈을 맞췄다.

"그러고 보니 여기 오기 며칠 전에 마음에 걸리는 꿈을 하나 꿨었는데……."

"무슨 꿈?"

"그러니까 그게요."

마치 지금 그때의 꿈을 꾸는 듯 불안한 표정의 안나가 코를 벌름거리며 대답했다.

＊

다음 날이 돼도 비는 여전히 그칠 줄을 몰랐다. 시하는 지난 5년간 한 번도 발걸음을 하지 않았던 곳에 와 있었다. 어젯밤 안나에게 들은 말이 신경 쓰여 밤새 잠도 못 이루다 고심 끝에 이곳을 찾았다.

'처음에는 당신 꿈을 꾸는 줄 알았어요. 그 남자도 얼굴이 보이지 않았거든요.'

여느 날처럼 꿈속에서 얼굴이 보이지 않는 남자와 함께 있었다던 안나. 하지만 그날은 남자가 평소처럼 상냥하고 다정하게 굴지 않았다고 했다.

'시간이 좀 흘러서 깨달았어요. 그 남자가 당신이 아니라는 걸.'

평소와 다른 행동도 그랬지만, 그녀가 다른 남자라는 사실을 깨달은 결정적인 이유는 따로 있었다.

'그 남자한테선 수상한 냄새가 났거든요.'

지금 시하가 서 있는 이곳은…….

'뭔가 불에 타는 것 같은, 매캐한 연기 냄새가요.'

유현의 집 앞이었다.

보통이라면 꿈에서 냄새를 맡는 것은 불가능했다. 꿈에서 냄새를 맡는다고 인식되는 행위는 사실 과거에 맡았던 냄새를 기억해낸 것뿐이었다. 하지만 안나는 분명 냄새를 맡았다고 했다.

그녀는 현재 시하와 관련된 기억을 잃은 상태. 당연히 유현에 관해서도 잊었을 터였다. 그런데도 그녀가 꿈에 나타난 남자에게서 유현의 냄새를 맡았다면, 그것은 두 가지를 의미했다.

하나는 일전에 하연이 말한 대로, 안나가 무의식적으로 향의 마녀의 능력을 사용하고 있다는 것. 꿈속에서 냄새를 맡는 것은 바로 향의 마녀가 지닌 능력 중 하나였다. 그리고 또 다른 하나는 유현이 안나의 꿈에 침입했다는 것이었다. 기억을 잃은 안나가 유현의 냄새를 맡는 일은 그가 그녀의 꿈에 침입하지 않고서는 불가능했다.

"설마 형이 안나의 꿈에 침입했을 줄은⋯⋯."

시하가 초인종을 누르려던 손을 꽉 주먹 쥐며 중얼거렸다. 먼 거리에 있는 인간, 그것도 어디에 있는지도 모르는 인간의 꿈에 들어가는 일은 상당히 많은 힘을 소모해야 해서 아무리 몽마일지라도 쉽게 할 수 있는 일이 아니었다. 왕쪽 몽마 중에서도 순수 혈통을 가진 소수만이 신천적으로 사용될 수 있는 힘.

지난 5년간 꾸준히 몽마의 힘을 단련해온 시하도 아직 그 정도의 능력은 갖지 못했다. 아니, 애초에 인간의 피가 섞인 태생적인 한계 때문에 몽마가 부릴 수 있는 최고의 능력을 갖는 건 혼혈에겐 거의 불가능한 일이었다. 그런데 유현은 어떻게 그 힘을 다룰 수 있게 된 걸까?

"젠장. 형의 동선만 감시한다고 해서 될 일이 아니었군."

사실 시하는 지난 5년 동안 유현을 남몰래 감시해왔다. 오래전 형제라는 이유로 막연히 유현을 믿었다가 결국 크게 다친 건 안나였다. 또다시 그런 일이 빚어지게 둘 순 없었다. 판이 그때처럼 유현을 통해서 안나에게 접근할 가능성이 있기에 시하는 그의 동선은 물론 그가 접촉한 인물은 잠깐 스쳐 가는 대상조차도 모두 치밀하게 조사했다.

그러나 물리적인 접근 가능성을 모두 차단해도 그가 안나의 꿈을 통해 접촉한다면 방어가 쉽지 않았다. 일단 그가 어느 시점에 안나의 꿈에 침입하는지 미리 알아내는 것이 불가능했다. 그리고 유현이 침입한 순간 다른 몽마의 접근을 막기 위해 안나의 꿈에 결계가 쳐지기 때문에, 시하가 아무리 그녀를 구할 의도일지언정 억지로 침입하려 한다면 안나의 의식이 다칠 수도 있었다. 최악의 사태엔 안나가 꿈속에 영영 갇히게 될 가능성도 없지 않았다.

답답한 상황에 시하의 잇새로 묵직한 한숨이 흘러나왔다. 유현이 정말 안나를 또다시 노리고 있는 거라면 자신은 어떤 선택을 해야만 할까? 그만 포기해준다면 이대로 영영 다시 만나고 싶지 않았다. 또다시 형제를 죽여야만 하는 상황에 맞닥뜨리는 게 당연히 달가울 리가 없다.

하나 아무리 괴롭다 하더라도 여기까지 와서 그냥 돌아설 수는 없었다. 희박하지만 유현이 안나에게 접근할 또 다른 가능성을 알게 됐으니 확실히 파악해둘 필요가 있었다. 그가 정말로 안나의 꿈에 침입했는지 알아낼 방법은 오직 한 가지뿐이었다. 본인 입으로 직접 듣는 것. 굳은 결심을 한 시하가 다시 초인종을 향해 손을 뻗었을 때였다.

"꺄아아악!"

고막을 찢을 듯한 날카로운 비명과 함께 벌컥 문이 열리더니 한 여자가 정신없이 뛰쳐나왔다. 여자는 문 앞에 서 있던 시하를 발견하지 못한 채 뛰다가 그의 가슴에 세게 부딪혔다. 그러곤 그대로 정신을 잃고 쓰러졌다.

기절한 여자의 손이 바닥을 향해 곤두박질치자 그녀가 움켜쥐고 있던 옷자락이 볼품없이 흐트러졌다. 흘러내린 옷 사이로 쪼그라든 피부 위에 바짝 곤두선 핏줄이 보였다. 시하가 여자를 살피는 잠깐 사이, 삽시간에 유현이 힘을 쓸 때 피어나는 매캐한 연기가 아파트 복도를 가득 채웠다.

여자의 상태와 유현의 냄새. 이 두 가지 단서로 상황을 짐작한 시하가 시선을 들자 비척비척 걸어 나오는 유현의 모습이 보였다. 팔을 뻗어 현관을 가로막은 그의 입가에 먹다 만 여자의 꿈이 지저분하게 묻어 있었다. 그의 붉은 눈동자는 마치 금단 증상에 시달리는 중독자처럼 나른했다. 몽롱하게 풀린 눈동자가 시하를 발견하고 한층 더 붉게 짙어졌다.

"차시하. 무슨 바람이 불어서 날 찾아왔지?"

시하는 유현에게서 오래전 자신의 모습을 봤다. 성운 호텔에서 쫓겨나 하급 몽마처럼 길거리에서 인간을 사냥해 꿈을 빼앗던 시절. 유현은 지금 그 때의 볼품없는 자신과 너무도 닮아 있었다.

그리고 그 모습을 보고 깨달았다. 오랫동안 제대로 된 꿈을 먹지 못했을 그가 과연 안나의 꿈에 침입할 수 있었을까? 아니. 그건 절대로 있을 수 없 는 일이었다.

그렇다면 또 다른 가능성을 생각해봐야 했다. 혹 유현이 판의 명령을 받 아서 안나의 꿈에 침입할 수 있었던 거라면? 이건 완전히 불가능한 일은 아 니었다. 그러나 이 가설이 정답인지 알아낼 방법도 직접 본인에게 듣는 방 법밖에 없었다. 시하가 조심스럽게 정신을 잃은 여자를 안아들며 단호하게 말했다.

"형한테 물어볼 게 있어서 왔어."

유현은 흥미로운 눈빛을 보내며 현관을 가로막고 있던 팔을 느슨하게 풀 었다.

"일단 들어와."

시하가 천천히 집 안으로 들어섰다.

*

"내가 이럴 줄 알았지. 아직도 네놈이 오안나 그 인간 여자한테 목메고 있 을 줄 알았어."

유현은 한껏 비아냥거렸다. 무슨 일로 차시하가 절 찾아왔나 했더니 역시 나 오안나 때문이었다. 5년 전, 오안나가 갑자기 사라져버렸을 때도 그는 각 종 언론에서 떠들어대는 이야기를 곧이곧대로 믿지 않았다. 시하가 오안나 를 어딘가에 숨긴 게 분명하다고 확신했다.

'오안나가 판의 신부라는 걸 아버지가 어떻게 알았을 것 같아? 네 몸에 흐르는 아버지의 피. 판은 그 피로 느낀 거야. 네 곁에 있었기 때문에 오안나 그런 말을 들었는데 녀석이 계속 그 여자를 옆에 둘 리가 없지 않은가. 그렇게까지 하고서도 녀석은 안심하기는커녕 자신의 일거수일투족을 감시하기까지 했다. 지금까지는 어디 한 번 헛고생이나 실컷 해보라는 심정으로 그냥 놔뒀는데, 이거야 원. 이번엔 헛다리를 짚어도 제대로 짚었다.

"너 설마, 그 계집 꿈에 나타난 자가 나라고 생각하고 있는 건 아니겠지?"

비틀거리며 1인용 소파로 걸어간 유현이 쓰러지듯 앉으며 말했다. 그는 마치 술에 취한 듯 흐트러질 대로 흐트러진 상태였다.

"지금 내 꼴을 봐. 이게 어디 있는지도 모르는 인간 꿈에 들어갈 수 있는 상탠지."

라희의 꿈을 먹지 못하니 힘이 부족해 코앞에 있는 인간조차도 제대로 지배하지 못하는 지경에 이르렀다. 급기야 꿈을 먹던 도중 인간이 잠에서 깨 달아나기까지 했다. 그 모습을 하필 시하가 목격했다. 유현의 시선이 시하가 침대에 반듯이 눕혀놓은 여자에게로 향했다. 그의 시선에 깃드는 붉은 살기를 느낀 시하가 재빨리 그의 관심을 돌렸다.

"형 상태는 언뜻 봐도 알겠어. 처음엔 형이 안나의 꿈에 침입한 건지 물어보려고 왔지만, 지금은 아니야. 내가 묻고 싶은 건……."

"내 상태를 직접 확인했어도, 오안나의 꿈에 나타난 자에게서 나와 똑같은 냄새가 났으니 의심의 여지를 완전히 거둘 수는 없겠지. 혹시 내가 판의 지시로 오안나한테 접근한 건 아닐지 미심쩍기도 할 테고. 내 말이 맞지?"

겉으로는 잔뜩 흐트러진 모습이었지만, 그 와중에도 유현은 시하의 생각을 정확히 간파해냈다. 어설프게 그를 떠보려고 했다간 도리어 진실을 듣지 못하게 될 수도 있었다. 시하는 빙빙 돌리지 않고 단도직입적으로 물었다.

"맞아. 그러니까 대답해. 판의 지시를 받았어?"

유현은 고개를 숙이고 키득키득 기분 나쁘게 웃었다. 그러다 돌연 매서운 눈빛을 지으며 시하와 눈을 마주쳤다.

"차시하. 내가 누구 때문에 판에게 완전히 버림받았는데 그딴 헛소리를 해대는 거야?"

"뭐?"

"이미 5년 전에 난 영원히 버려졌다고. 그래도 미련 못 버리고 오안나 찾아내서 갖다 바쳐보려고 했는데, 어떻게 알았는지 판이 내 꿈에 찾아와서 더는 제 신부한테 허튼짓하지 말라고 하더군. 자신이 알아서 하겠다고. 아무래도 그때 판은 이미 오안나가 있는 곳을 찾아낸 눈치였어."

이미 안나를 찾아내?

"말도 안 돼! 그게 대체 언제야?"

"한 1년쯤 됐나?"

판이 지난 5년 동안 손 놓고 있을 거라곤 생각하지 않았지만, 벌써 1년 전에 안나를 위치를 알아냈을 줄은 몰랐다. 안나는 각성에 실패하는 바람에 마녀의 능력을 일시적으로 잃은 상태인 데다 예전만큼 불행하지도 않았다. 게다가 은재를 통해 '줄리'라는 아예 새로운 인물로 재탄생해 살아가고 있었다. 아무리 판이라도 그렇게 꼭꼭 숨어 있는 안나의 위치를 쉽게 찾아낼 수는 없을 거로 여겼다. 그래서 저 역시도 안나가 어디 있는지 모르고 살아가는 편이 판으로부터 그녀를 지키는 가장 나은 방법이라고 생각했다. 하지만 그건 섣부른 착각이었다.

"설마 바보같이 오안나만 네 곁에서 멀리 떨어뜨려 놓으면 판이 알아채지 못할 거로 생각한 거야?"

유현은 그런 시하를 가소롭게 비웃었다.

"물론 그 여자를 찾아내는 시간이야 오래 걸릴 수 있지. 하지만 너, 판이 어떤 존재인지 잊었어?"

그는 오래전 제 꿈에 느닷없이 침입해 육신까지 완벽하게 장악했던 판의 힘을 떠올리며 비장하게 말했다.

"판은 무엇이든 될 수 있는 악마. 인간의 꿈속에서 그는 너도, 나도, 이 세상에 존재하는 무엇으로든 변할 수 있지. 오안나의 꿈에 나타난 남자에게서 내 냄새가 났다고 해서 그게 정말 나였을까?"

의미심장한 질문. 그 순간 시하는 둔기로 머리를 얻어맞은 듯 커다란 충격에 휩싸였다. 오래전 유현이 일루전 향수를 사용해 저로 변신해서 안나의 꿈에 침입했던 기억이 벼락처럼 떠오른 것이다.

그래, 일루전 향수는 인간의 꿈속에서 자유자재로 변신이 가능한 몽마의 힘에서 향료를 추출하여 만들어진 향수였다. 그 힘을 가장 능숙하게 사용하는 몽마가 바로 판이었다. 이제껏 매캐한 연기 냄새를 풍기는 남자를 꿈에서 마주쳤다는 안나의 말에 현혹되어 정작 중요한 사실을 놓치고 있었다.

안나의 꿈에 침입한 자는 유현이 아니었다. 그가 판의 지시를 받아 움직인 것도 아니었다.

인간의 꿈속에서 악마도, 천사도, 심지어 전지전능한 신조차 될 수 있는 자. 판이 안나의 꿈에 유현인 척 위장을 하고서 침입한 것이었다.

"그분이 직접 나선 걸 보니, 이제 슬슬 시작되려는 것 같군."

유현이 입술을 비틀며 비릿하게 미소 지었다.

"오안나. 그 여자는 과연 누구의 신부가 될까? 시하 너? 아니면 판?"

숨죽여 웃던 그는 이내 흥분을 감추지 못하고 크게 웃기 시작했다.

"하하하! 아주 볼 만하겠어. 판과 인간의 피가 섞인 그의 아들이 벌이는 신부 전쟁이라……. 그러고 보니 예전에도 그런 일이 있었지. 판이 신부를 빼앗긴 일이……."

서둘러 안나에게 돌아가려던 시하가 유현이 중얼거린 말에 잠시 걸음을 멈춰 세웠다.

"기록된 마지막 판의 신부. 그 마녀는 하필 평범한 인간과 정을 통해서 능력까지 상실했다지. 그래서 판이 자신의 신부와 그 신부가 사랑한 남자를 어떻게 했는지 알아?"

그가 어떤 일을 말하는지 단번에 감이 왔다.

"인간이 느끼는 고통 중 가장 최악의 고통 속에서 죽게 했어. 불에 온몸이 타들어 가는 끔찍한 고통이었지."

안나의 부모님이 겪은 교통사고를 말하는 것이었다. 사고사로 처리되었지만, 실은 교통사고로 위장된 명백한 살인.

"판은 죽어서도 그들이 고통에서 벗어나지 못하게 하려고 내 힘을 필요로 했어. 내 힘엔 스스로 불구덩이에 뛰어들어 목숨을 끊은 내 어미의 저주가 깃들어 있으니까. 이 힘으로 자신을 배신한 신부와 그녀를 빼앗아간 남자가 죽은 후 억겁의 시간까지 벌하고 싶었던 거야."

하연에게 들은 대로였다. 작은 뼛조각까지 모조리 다 새까맣게 불태웠던 그 끔찍한 사건은 판이 일으킨 것이었나. 불 속에서 유일하게 형체를 보존했던 회중시계에서 났던 유현의 냄새는 판이 자신에게서 도망친 신부에게 내린 지독한 형벌을 상징했다.

"나도 나지만, 우리에게 피를 물려준 그자야말로 정말이지 치가 떨릴 정도로 잔인한 악마야. 안 그래?"

유현이 아직도 떨쳐내지 못한 판에 대한 미련 탓인지 헛헛한 미소를 지어 보였다. 시하는 주먹을 으스러지게 움켜쥐며 한숨을 토해냈다. 정말 중요한 게 무엇인지 유현은 아직도 깨닫지 못하고 있었다.

시하는 주머니에서 무언가를 꺼내 그를 향해 휙 집어던졌다. 데굴데굴 굴러간 물건이 유현의 발치에서 움직임을 멈췄다. 자세히 보니 붉은 액체가 작은 병에 담겨 있었다.

"이게 뭐지?"

유현이 묻자 시하가 차갑게 대답했다.

"라희 꿈으로 만든 페르소나야."

"라희?"

안나가 없는 동안 시하는 인간의 꿈을 제대로 먹지 않아 이따금 치명적인 상황에 놓이곤 했다. 덕분에 하연이 안나의 꿈으로 만들어준 향수는 진작 바닥을 드러냈다. 그래서 어느 순간부터 라희가 자처해서 제 꿈을 시하에게 먹이곤 했다. 혹시 몰라 비상용으로 작은 병에 페르소나를 담아 챙겨 주기도 했는데, 방금 유현에게 던진 것이 바로 그것이었다.

"설마 기사에서 말하던 네가 만난다는 묘령의 여배우가 민라희였어?"

"왜, 나랑 라희 사이에 무슨 일이라도 있었을까 봐 불안해?"

시하의 말에 일순 동요한 기색이던 유현이 애써 태연한 척 병을 다시 반대쪽으로 굴렸다.

"아니, 전혀. 내가 왜 불안함 따위를 느껴야 하지?"

다시 병은 시하 쪽으로 굴러가서 힘없이 멈춰 섰다. 유현은 붉게 찰랑거리는 라희의 페르소나를 첨예하게 노려봤다.

"필요 없으니까 도로 가져가. 누가 이딴 거 달라고 했어?"

지난 5년 동안, 각종 매스컴에선 환하게 웃고 있는 라희의 모습이 연일 흘러나왔다. 한 번 은퇴했던 그녀는 다시 배우로서 재기에 성공했고, 만인의 사랑을 받으며 점점 더 아름다워졌다. 그렇게 유현의 곁을 떠난 후 그녀는 이 세상 누구보다 행복해졌다. 유현은 애써 민라희에 대한 감정을 지웠다. 더 이상 제게 민라희가 필요하지 않다고 세뇌했다. 유현이 거칠게 소리쳤다.

"이제 스위트 노트도 아닌 그런 여자 따위 나한텐 필요 없어!"

그러곤 침대에 누워 있는 여자에게로 다가갔다. 다시 여자에게서 꿈을 흡수하려는 것이었다. 병에 담긴 붉은 액체가 라희의 꿈이란 말을 들었을 때부터 돋아난 갈증 탓에 그는 버티기 힘들어 보였다.

그가 이내 여자의 꿈을 다시 흡수하기 시작했다. 하지만 진작 바닥난 여자의 꿈은 지저분한 찌꺼기만 남아 있었다. 보다 못한 시하가 라희의 페르소나가 담긴 병을 다시 유현 쪽으로 던졌다.

"괜한 고집 부리지 말고 이거나 먹어. 그럼 한동안은 버틸 수 있을 테니까. 그리고 잘 생각해 봐. 형이 정말로 미련을 가져야 하는 게 뭔지."

더 이상 꿈을 꾸지 않는 여자를 거칠게 내팽개친 유현이 분한 기색으로 외쳤다.

"차시하. 건방지게 굴지 마!"

하나 시하는 조금도 태도를 굽히지 않았다. 그의 입가에는 씁쓸한 비웃음이 걸려 있었다.

"형이 잃은 가장 소중한 건 판이 아니야. 그자는 애초부터 형을 바라봐준 적이 없었다고. 하지만 라희는 아니었지. 처음 만났을 때부터 쭉 형만 바라보고 사랑했던 여자야. 그런 여자를 형은 제 손으로 밀어낸 거야. 알아?"

시하로 인해 라희가 제 곁을 완전히 떠났다는 사실을 되새긴 유현이 무서운 기세로 나가와 멱살을 잡아챘다. 그 바람에 바닥에 놓여 있던 직은 병이 그의 발아래에서 우지끈 짓밟혔다. 사르르르. 깨진 조각 사이로 스며 나온 라희의 꿈이 찰나에 유현의 온 감각을 곤두세웠다. 그것 보라는 듯 시하가 안타까운 시선으로 그를 응시했다.

"형이 얼마나 더 라희 없이 버틸 수 있을 것 같아?"

유현은 피가 나도록 입술을 깨물며 본능을 참아냈다. 그러곤 시하의 얼굴에 거센 주먹을 날렸다.

"그만해, 차시하!"

퍽! 소리와 함께 시하의 몸이 저만치 뒤로 밀려났다. 하지만 이번에도 시하는 멈추지 않았다. 다시 똑바로 일어서서 입가에 흐르는 피를 닦아내고 그를 정면으로 마주했다.

"내가 한 번 해봐서 아는데, 그거 할 게 못 돼. 고작 5년도 죽을 것 같더라."

"그만하라고 했잖아, 이 새끼야!"

"형도 그랬잖아. 그래서 지난 5년 동안 이렇게 망가진 거잖아. 어쩌면 남은 평생을 그렇게 후회하면서 살아야 할지도 몰라. 그러기 싫다면, 아니, 조금이라도 양심이 있다면 나에 대한 복수심 같은 거 키울 시간에 라희한테 죄책감을 가져. 그리고 용서받기 위해서 뭐든 해."

유현이 무릎을 꿇으며 무너졌다. 그사이에도 라희의 꿈을 흡수한 그는 점점 더 생기가 흘러넘쳤다. 시하는 참담하게 표정을 일그러뜨렸다.

"스위트 노트가 아닌 라희는 필요가 없다고? 웃기지 마. 행복한 라희의 꿈을 흡수한 지금 형 상태를 보라고."

더는 유현에게서 그 어떤 반박의 말도 흘러나오지 않았다.

"이제 그만 인정해. 형한테 정말 필요했던 건 불행한 꿈을 꾸는 민라희가 아니라, 이유현을 온 마음을 다해 사랑해주는 민라희였다고."

애써 외면했던 상실감이 순식간에 불길처럼 유현을 덮쳐왔다.

"아아아악!"

그는 견디기 힘든 끔찍한 고통에 울부짖었다. 환청처럼 라희의 목소리가 들려왔다.

'사랑해요, 유현 씨.'

그 달콤한 목소리와 함께, 라희를 안았던 마지막 밤이 떠올랐다. 시하가 입힌 치명상에 영혼까지 소멸될 것 같았던 그 밤. 망설임 없이 제게로 달려와준 그녀를 정신없이 끌어안고 입을 맞췄다. 육신의 고통에 마음의 고삐는 완전히 풀려버렸다. 그때만큼 절절하게 라희의 이름을 불러본 적이 없었다.

'라희.'

그 밤, 라희는 제 품에 안겨 뜨겁게 울었다.

'라희야…….'

그 뜨거운 순간이 그녀와의 마지막이었다.

'안녕, 유현 씨.'

라희는 완전히 제 곁을 떠났다.

'안녕.'

이제 와 그녀가 남긴 마지막 인사가 칼날이 되어 심장을 갈기갈기 찢어놓았다.

"나는 형처럼 소중한 여자를 잃고 후회하지 않을 거야. 절대로."

유현은 눈물을 뚝뚝 흘리며 정신을 잃은 여자를 데리고 현관을 빠져나가는 시하의 뒷모습을 바라봤다. 너덜너덜한 심장이 진득한 후회로 얼룩졌다.

라희에 대한 제 감정을 조금만 더 일찍 깨달았더라면……. 그랬다면 이런 비참한 후회를 하지 않아도 됐을까?

아니, 유현은 힘없이 고개를 저었다. 언제 깨달아도 늦었을 거란 생각이 들었다.

'용서받기 위해서 뭐는 해.'

시하가 남기고 간 말이 메아리처럼 텅 빈 머릿속을 울렸다. 그러나 무슨 짓을 해도 지금의 현실이 바뀔 것 같지 않았다. 민라희는 이유현의 곁으로 돌아오지 않는다. 이유현은 민라희를 완전히 잃었다. 괴로운 깨달음에 그는 비틀거리며 바닥에 쓰러졌다. 그리고 그대로 자신을 놓아버렸다.

"흐으윽! 라희……. 윽! 으윽! 라희야."

500여 년이 넘는 긴 삶. 태어나 처음으로 소리 내 울었다. 한낮인데도 창밖은 어두웠다. 시커먼 하늘이 쏟아내는 날카로운 빗줄기가 그의 울음을 오롯이 삼켜주고 있었다.

*

쏴아아. 어젯밤부터 쏟아지기 시작한 빗줄기는 여전히 그칠 생각이 없어 보였다. 덕분에 6월에 접어들면서 기승을 부리던 더위는 한풀 꺾였다. 일찍 외출 준비를 끝낸 라희는 테라스로 나가 열기를 거두어가는 비를 물끄러미 바라보고 있었다.

비를 보면 자연스럽게 그때가 떠올랐다. 벌써 18년이나 된 오래전 기억.

당시 라희는 여러 드라마에서 얼굴을 알린 아역 배우였다. 매니저는 그녀가 자란 보육원에서 일하던 사람이었다. 쥐꼬리만 한 월급에 늘 불평을 달고 살던 직원은 어느 날 우연히 예쁜 어린이 선발대회 광고 전단을 보게 되었다. 그러곤 보육원에서 가장 눈에 띄던 한 아이를 떠올렸다.

라희는 직원의 손에 이끌려 대회에 나가 1등을 수상했다. 상금으로 백만 원을 받았다. 그 돈은 1원도 남김없이 직원의 주머니에 들어갔다. 그것이 불행의 시작이었다.

직원은 멋대로 라희를 보육원에서 데리고 나왔고, 보호자 행세를 하며 어린 그녀가 감당하기 힘든 일을 무리하게 시켰다. 그녀는 촬영 때문에 제대로 잠도 자지 못했고, 화면에 부어 나오면 안 된다는 이유로 마음껏 먹지도 못했다. 학대는 열 살이었던 그녀가 열다섯 살이 될 때까지 계속됐다. 거듭되는 학대마저 익숙해져가던 그 무렵, 결국 일이 터졌다.

짜악! 피로가 누적돼 거듭 NG를 내는 라희를 혼내던 매니저가 홧김에 그녀의 뺨을 때린 것이다. 아무도 없는 곳에서 이따금 손찌검을 당했던 적은 있지만, 그렇게 공개된 자리에서 맞은 건 처음이었다.

매니저의 아역 배우 폭행은 세간을 떠들썩하게 했다. 라희는 피해자임에도 불구하고 나날이 집요해져 가는 그릇된 관심 속에서 결국 배우 일을 그만둬야만 했다. 폭력적인 그마저 사라지니, 곁에는 아무도 없었다. 불행한 삶을 버티게 했던 '연기'라는 유일한 꿈마저 잃게 된 라희는 무너졌다. 살아 있는 게 더 고통스러워 죽음을 생각하는 날이 늘어갔다.

그러던 어느 날, 그녀가 결국 비참한 생을 스스로 끝내려 했을 때……. 세차게 쏟아지는 빗줄기 속에서 그를 만났다.

'네 꿈을 먹게 해주면 다시 배우가 될 수 있게 해주지.'

그 달콤한 유혹을 라희는 거부할 수 없었다. 덜컥 악마가 내민 손을 잡고 말았다.

그때는 미처 알지 못했다. 그 악마가 이제까지와는 비교도 할 수 없을 만큼 끔찍한 불행의 구렁텅이에 자신을 몰아넣을 줄은. 그리고 그토록 잔인한 악마를 자신이 사랑하게 될 줄도.

유현의 곁에서 라희의 인생은 비틀렸다. 배우 민라희는 그 누구보다 눈부신 삶을 살았지만, 여자 민라희는 진흙탕에 볼품없이 처박혔다.

하지만 스위트 노트의 운명이 그러하다면 어쩔 수 없다고 생각했다. 시하와 안나를 보기 전까진, 그랬다.

'이유현이랑 차시하는 달라. 헛된 희망 같은 거 갖지 마.'

헛된 희망인 줄 알면서도 난생처음으로 욕심이란 걸 냈다. 떠나려는 절 유현이 붙잡아주길 바란 건 그녀가 처음 부려본 욕심이었다. 자신이 손을 놓아버리면 그가 다시 붙잡아주지 않을 걸 알면서도 멈출 수 있었다.

'사랑해요, 유현 씨.'

문득 그에게 안겼던 마지막 밤이 떠올랐다. 비록 사랑은 없어도 뜨거웠던 그의 품.

'당신도 날 사랑하나요?'

욕심을 참지 못하고 던졌던 질문에 그는 애타게 이름만을 불러주었을 뿐이었다. 끝내 사랑한다는 말은 되돌아오지 않았다. 그래서 그녀는 결심할 수 있었다.

'나, 이제 두 번 다시 당신을 찾아오지 않을 거예요.'

'라희.'

'정말로 오늘이 마지막이야.'

'라희야⋯⋯.'

'안녕, 유현 씨.'

'⋯⋯.'

'안녕.'

한때는 그에게 이 비와 같은 존재가 되고 싶다고 생각했었다. 평생을 뜨거운 불씨를 가슴에 품고, 매캐한 연기를 피우며 살아온 그를 선선히 식혀주고 싶었다. 안타깝게도 저로는 그를 구원할 수 없었지만.

'유현 씨. 잘 지내?'

라희는 천천히 손을 뻗어 떨어지는 빗줄기를 매만졌다.

'나는 잘 지내요. 당신 없이도 보란 듯이 행복해질 거야.'

그녀가 이제는 안부조차 물을 수 없는 유현을 애틋하게 생각하고 있던 순간. 꽃 넝쿨이 그물처럼 얽힌 담장 너머로 누군가가 모습을 드러냈다.

"라희 씨!"

해우였다. 계속 쏟아질 것 같았던 비는 잠깐 사이 멎어 있었다. 쓰고 온 우산을 탈탈 털어 접은 그가 활짝 웃으며 그녀에게 말을 걸었다.

"거기서 뭐 해요?"

라희는 유현에 관한 상념을 떨치고 경쾌하게 대답했다.

"뭐 하긴요. 강 선생님 기다리고 있었죠."

"정말요? 정말 나 기다렸어요?"

"응. 도대체 언제 오나 계속 생각했죠."

"왜요? 나 여유 있게 집에서 나왔는데. 어?"

순간, 손목시계로 시간을 확인한 해우가 허둥지둥했다. 라희가 살포시 웃으며 구박했다.

"그거 봐요. 우리 지금 바로 출발해야 하죠?"

"언제 시간이 이렇게 됐지? 나와요. 점심때까지 가기로 했으니까 서둘러야 해요."

오늘 시하가 두 사람을 펜트하우스로 불러들였다. 해우는 라희를 에스코트하러 찾아온 것이었다. 재빨리 집에서 나온 그녀가 대문 앞에서 말했다.

"개인적인 일이라서 매니저 쉬라고 했으니까 강 선생님 차 얻어 타고 가도 되죠?"

"그럼요. 그런데 언제까지 강 선생님이라고 부를 거예요? 지난번에 해우 씨라고 불러주겠다고 했잖아요."

"아, 맞다. 근데 아직은 강 선생님이 더 익숙해서요."

"어색한 건 알지만, 조금만 더 노력해줘요."

"그럴게요. 해…… 우 씨."

"듣기 좋네요."

마주 보는 두 사람의 표정이 맑게 갠 하늘처럼 밝았다.

*

오랜만에 펜트하우스의 주방이 분주했다. 휴일을 맞은 윤희가 직접 아침을 차려주겠다며 찾아온 탓이었다.

"어머나."

냉장고 안을 실피던 윤희가 옷을 갈아입고 나온 안나를 보며 감탄사를 내뱉었다. 점심 무렵 중요한 손님이 올 거라던 시하의 말을 기억한 안나가 때마침 찾아온 그녀에게 어울릴 만한 옷차림을 골라달라고 부탁했다. 오랫동안 호텔 고객을 상대해온 그녀의 안목은 탁월했다.

5년 사이 더없이 성숙해진 안나에게 윤희가 골라준 옷은 완벽하게 어울렸다. 안나도 옷이 마음에 들었는지 이리저리 살피며 환하게 미소를 지었다. 그녀가 웃는 얼굴을 하염없이 바라보던 윤희가 뒤늦게 활짝 열린 냉장고 문을 보고 다시 요리 준비에 나섰다.

"아 참, 내가 이러고 있을 때가 아니지."

안나도 팔을 걷어붙이며 다가갔다.

"저도 도울게요. 뭐라도 시켜주세요."

윤희는 한사코 사양했다.

"무슨 말씀이세요. 제가 얼른 준비할 테니까 아가씨는 조금만 앉아 계세요."

싱크대 근처로 가기도 전에 저지당한 안나는 냉장고에서 요리 재료를 꺼내는 윤희의 뒷모습을 물끄러미 바라봤다. 어쩐지 이 모습이 낯설지가 않았다. 사복을 입은 윤희가 앞치마를 두르고 있는 모습도, 그리고 그 모습을 바라보고 있는 자신도.

"서 지배인님."

자신이 이곳에 왔던 날, 기억을 잃은 절 보고 펑펑 울던 윤희의 모습이 아직도 뇌리에 선명했다. 어째서 그녀는 저토록 슬프게 우는 걸까? 선뜻 생각하기에 그녀와 자신은 가까이 지낼 만한 이유가 없는 관계였다.

의아해하는 그녀에게 윤희는 시하의 부탁을 받았다고 말해주었다. 물론 돌아가신 오태영 사장님께 큰 은혜를 입어 그의 부탁이 아니더라도 도왔을 테지만, 시하가 나서주지 않았더라면 자신은 아마 무슨 일이 일어나고 있는지도 몰랐을 거라고.

윤희의 말을 들은 후로 안나는 내내 마음이 무거웠다. 고모 집에 갇혀 있던 절 구하고, 마치 제 일처럼 빼앗긴 호텔과 유산을 되찾아주기 위해 노력한 남자. 어떻게 그런 남자를 까맣게 잊어버릴 수 있었던 걸까? 정말로 그와 연인 사이였던 건 다 연극이었을까?

하지만 꿈속에서 본 그의 모습도 그렇고, 다시 만난 그의 모습도 도무지 연기처럼 느껴지지 않았다. 너무 혼란스러워서 안나는 시하에 관한 기억을 잃어버린 것이 서럽기까지 했다.

"말씀하세요, 아가씨."

그러다 윤희의 다정한 음성에 충동적으로 묻고 말았다.

"별건 아니고요. 시하 씨가 절 많이 아껴줬었나요? 아, 물론 시하 씨가 고모한테서 절 구해주고 호텔도 지켜준 건 당연히 알고 있지만요. 그러니까…… 음……. 남들 눈에도 우리가 연인 사이처럼 보였는지 궁금해서요."

다른 사람의 입으로라도 듣고 싶었다. 기억에 없는 시절 동안 그가 절 위해 얼마나 애써주었는지. 자신을 얼마나 소중하게 여겨줬는지. 그는 천천히 제가 잃어버린 기억을 떠올리게 해주겠다고 약속했지만, 실은 그가 하는 말이면 무조건 믿을 수 있을 것 같았다. 그 남자가 우리가 사랑하는 사이였다고 말해준다면 오히려 안심이 될 것 같았다.

쉬이 털어놓을 수 없는 복잡한 마음을 알아챈 윤희가 천천히 뒤를 돌아봤다. 그러곤 계란을 휘휘 젓고 있던 젓가락을 조용히 내려놓고 안나의 손을 꼭 붙잡았다.

"아가씨. 하필이면 대표님에 관한 기억을 잊어서 불안하신 거죠?"

윤희의 표정이 더없이 따스하고 인자했다. 어렸을 적 불안해하던 절 달래주던 엄마의 표정이 꼭 저랬던 것 같다.

지난 5년 동안 기억상실에 꽤 무뎌졌다고 생각했는데, 착각이었나 보다. 별거 아닌 말 한마디에도 복이 메어왔다. 자신이 누군가를 잊었다는 게 이토록 불안한 일인 줄 이제야 깨달았다. 차마 대답도 못 하고 입술을 꾹 깨문 채 고개만 끄덕이는 안나를 윤희가 꼭 끌어안아줬다.

"너무 걱정하지 마세요. 제가 본 두 분 모습은 세상에서 가장 다정한 연인이었어요."

적어도 윤희의 눈엔 그와 제가 다정한 연인처럼 보였다는 사실에 이상하게도 안도감이 밀려왔다. 꼭 그와 진짜 연인이길 바라는 사람처럼.

'나 좀 봐. 대체 지금 무슨 생각을 하는 거야?'

안나는 뒤늦게 그런 생각을 한 자신을 깨닫고 얼굴을 붉혔다. 아무것도 기억하지 못하면서 차시하 그에 관한 일에는 매번 이토록 성급했다. 어젯밤 엘리베이터 앞에서 그가 키스할 거라고 착각했던 상황도 그랬고, 지금도 그랬다. 천천히 뛰어야 할 마라톤에서 백 미터 달리기하듯 전력 질주하는 기분.

아직 꿈속의 일들이 진짜 있었던 일이란 보장도 없는데. 어쩌면 저 혼자 했던 가슴앓이일지도 모르고, 그저 망상일지도 모르는데. 그렇게 안나는 짝사랑에 빠진 소녀처럼 수줍게 피었다가도, 이내 무엇 하나 확신할 수 없는 자신의 상태에 쭈글쭈글 시들어버렸다. 한참을 유심히 그런 안나를 지켜보던 윤희가 울적한 그녀를 달래주기 위해 입을 열었다.

"맞다. 그러고 보니 그날도 이렇게 아가씨한테 요리를 해드렸었는데……."

안나에게서 즉시 반응이 왔다.

"어떤, 날이요?"

시하에 관한 일이라면 귀부터 쫑긋 세우는 그녀의 모습은 무척 귀여웠다. 윤희는 속으로 웃음을 삼키며 이야기를 시작했다.

"대표님이 아가씨를 구해서 이곳으로 데려온 다음 날이요. 제가 먼저 와 있고, 대표님이 그 후에 오셨는데. 제가 요리를 하고 있어서 아가씨께서 대신 문을 열어주러 갔었어요. 그때도 아가씬 제가 골라온 옷을 입고 있었죠. 아마 대표님은 제가 못 봤을 거로 생각하고 계실 텐데, 사실 봤거든요."

윤희가 어찌나 흥미진진하게 이야기를 하는지 안나는 저도 모르게 눈을 반짝이며 추임새를 넣듯 되물었다.

"뭘요? 뭘 봤는데요?"

"아가씨가 문 열어줬을 때 대표님이 멍한 표정을 짓는 모습이요. 그날은 눈치 못 챘는데, 지금 생각해보니 그때였던 것 같아요."

조금 전 너무 간절한 티를 냈던 것 같아 안나는 이번에는 입술을 꾹 깨물고 윤희의 말이 이어지길 얌전히 기다렸다. 하지만 이내 그녀는 안절부절못했다. 중요한 순간에 광고로 화면이 넘어간 드라마를 보듯 안타까워하는 안나의 반응에 윤희가 차마 더 애를 태우지 못하고 대답했다.

"대표님이 아가씨한테 처음 반한 순간이요."

그가 저에게 반했다니! 조금도 예상하지 못한 대답이었다. 윤희는 안나의 불안을 전부 걷어내려고 작정을 한 사람처럼 답지 않게 호들갑까지 떨어가며 말을 이었다.

"정말이지 뒤통수 제대로 얻어맞은 사람처럼 멍한 그 표정은 절대 잊을 수가 없다니까요. 천하의 포커페이스 같은 분이 어쩜 안나 아가씨만 보면 그렇게 감정을 못 숨기시는지. 그러니까 제 말 믿으세요. 대표님은 진심으로 아가씨를 좋아해요. 전혀 불안해하지 않으셔도 된다고요."

안나는 윤희의 말이 믿기지가 않았다. 연극이 아니라 정말로 그가 저를 좋아하고 있었다니. 윤희가 오해한 게 분명하다고 생각하면서도 그녀는 혹시나 하는 생각을 떨쳐낼 수가 없었다.

'그도 정말 날 좋아하는 걸까? 정말?'

자신이 무심코 '그도'라는 표현을 썼다는 사실을 그 순간의 그녀는 깨닫지 못했다.

*

쌋! 유현의 집에서 빠져나온 시하는 주변에 인적이 없는 것을 확인하고 곧장 차원 이동 능력을 발동시켰다. 1분 1초도 함부로 허비하고 싶지 않았다. 지금 당장 안나가 보고 싶어서 미칠 것 같았다.

유현에게 어서 깨달으라 소리치며 저 역시 깨달았다. 자신이야말로 안나가 없으면 절대 안 된다는 걸. 순식간에 하연의 조향실로 차원 이동을 한 그는 그녀에게 기절한 여자를 맡기고, 다시 곧바로 펜트하우스 수영장으로 이동했다. 그러곤 다급히 현관으로 가 초인종을 눌렀다. 마음속으로 열렬하게 안나가 이 문을 열어줬으면 좋겠다고 생각했다. 문을 열고 들어가 그녀가 있는 곳을 찾는 시간마저 아쉬울 것 같았다. 그때, 철컥 소리를 내며 현관문이 열렸다. 그의 바람대로 안나가 모습을 드러냈다.

"왔어요? 안 그래도 기다리고 있었어요."

그 모습이 오래전 어느 날과 퍽 닮아 있었다.

'어서 오세요, 차시하 전무님.'

피 묻은 잠옷을 입고 있던 창백한 소녀가 화사한 옷으로 갈아입고서 꽃처럼 웃어주었던 그때.

'뒤통수, 멀쩡하세요?'

'오해하지 마. 저 녀석이 예뻐서 그런 게 절대로 아니니까.'

못난 자존심 때문에 그때는 인정하지 않았지만, 지금은 솔직하게 말할 수 있었다. 세상의 온갖 불행이란 불행은 다 끌어안고 사는 듯 보였던 소녀의 눈부신 미소를 본 그 순간. 단호박에 뒤통수를 제대로 얻어맞았던 그 순간. 바로 그 순간이 자신이 그녀에게 반했던 순간이라고.

그날 처음으로 악마의 심장이 조금은 따스해졌다. 그리고 난생처음 무언가를 지키고 싶다고 생각했다. 바로 그녀의 미소였다.

그땐 감정 표현에 서툴러서 그녀를 화나게 하고 말았지만, 이번엔 절대 그러지 않을 것이다. 안나가 절 보고 환하게 웃어줬으면 좋겠다.

"서 지배인님이 식사 준비하고 계세요. 얼른 들어와서 같이 밥…… 엄마야!"

시하는 그대로 안나의 여린 몸을 꽉 부둥켜안으며 고백했다.

"예쁘다, 안나야."

"네?"

당황했는지 점점 뜨거워지는 안나의 체온이 목덜미에서 기분 좋게 느껴졌다.

"예쁘다고. 너 정말 예뻐."

"미, 밑도 끝도 없이 갑자기 그게 무슨 소리예요?"

그는 그녀가 놀라지 않게 조심스럽게 뜨거운 피부 위로 입술을 내리며 속삭였다.

"그땐 괜히 자존심 세워서 널 서운하게 했었거든. 사실은 그때, 너 정말 예뻤어."

안나는 선명하게 전해지는 입술의 감촉에 굳은 채 시하의 말에 귀를 기울였다. 너무 놀라 온몸이 다 굳어 있는데, 눈치 없는 심장만이 요란하게 뛰어댔다.

"아마 그때였을 거야. 내가 너한테 반했던 게."

두근두근.

"당황스럽겠지만, 솔직하게 말할게. 나는 너랑 연인인 척했던 게 아니었어. 그때부터 이미 널 좋아하고 있었어."

아까 윤희에게서 들었을 때도 설??지만, 그의 입으로 직접 반했다는 고백을 들으니 정말로 가슴이 터져버릴 것만 같았다.

'그는 정말로 나를 좋아해. 서 지배인님이 했던 말씀은 진짜야.'

시하의 가슴에서 들려오는 저와 똑같은 심장 소리가 계속 좋아한다고 외치는 것만 같았다. 동시에 이렇게 묻는 것만 같았다.

'그럼 나는? 나는 그를 어떻게 생각하지?'

그 순간, 안나는 자신의 요란한 심장 소리를 들으며 인정하지 않을 수 없었다. 잃어버린 기억과는 상관없이, 저 역시 이 남자를 좋아하고 있나는 설.

"천천히 기억 떠올릴 수 있게 도와주겠다고 해놓고, 못 참고 고백해버려서 미안해."

시하는 미안하다고 말하면서도 끓어오르는 감정을 참기 힘든지 안나의 허리를 꽉 부둥켜안으며 몸을 더 밀착시켰다.

"이번엔 끝까지 진득하게 기다리겠다고 해놓고, 좋아한다고 말해버린 것도……."

말을 하는 도중에 그는 심호흡 같기도, 한숨 같기도 한 숨을 길게 내뱉었다. 얼마나 애가 닳았는지 숨결이 지나치게 뜨거웠다.

"……미안해."

그의 입술이 안나의 머리카락 위로 애틋하게 내려앉았다. 안나는 조심스럽게 지분거리는 뜨거운 입술을 느끼며 그의 옷깃을 꽉 움켜쥐었다.

'지금 당신의 마음에선 어떤 냄새가 날까?'

기억을 잃으면서 동시에 향에 관한 탁월한 능력도 일시적으로 잃어버렸기 때문에 안나는 더 이상 감정에서 냄새를 맡을 수 없었다. 그래서 절 좋아한다고 뜨겁게 고백하는 시하에게서도 은은한 체취 말고는 아무것도 맡아지지 않았다.

'아쉽다. 분명 무척 달콤한 사랑의 냄새가 날 텐데……'

어렸을 땐 그저 보통 사람보다 상대의 기분을 잘 파악하는 정도로만 능력이 발휘되었다면, 스무 살이 가까워지면서 안나의 능력은 점점 아슬아슬해졌다. 상대방이 말하고 싶어 하지 않는 비밀을 저도 모르게 알게 되는 경우가 생기면서 곤란한 일도 많아졌다.

"미안한데, 정말, 정말 미안한데."

그래서 기억을 잃은 건 안타까웠지만, 능력을 잃은 사실을 알았을 땐 그다지 슬프지 않았다.

"네가 눈앞에 있는데 내 마음 참는 거 더는 도저히 못 하겠어. 미안……"

분명 그랬는데, 이 남자 때문에 처음으로 감정에서 냄새를 맡지 못하는 것이 슬퍼졌다. 자꾸만 미안하다고 덧붙이는 이 남자의 진심 앞에서 안나의 세계는 너무도 쉽게 뒤집혔다.

그녀는 이토록 갑작스럽게 누군가를 좋아할 수 있다는 사실이 믿어지지 않았다. 불과 며칠 전까지만 해도 알지도 못했던 남자였다. 아무리 그동안 꿈속의 남자를 좋아해왔다고는 하나 그녀는 자신이 꿈과 현실을 엄격하게 구분할 수 있을 줄 알았다.

하지만 그건 명백한 착각이었다. 혼란스럽기도 하고, 그 와중에 또 너무 좋기도 해서 도무지 정신을 차릴 수가 없다. 눈물샘까지 고장 난 것인지 왈칵 눈물이 쏟아질 것 같아 안나는 시하의 품으로 더욱 파고들었다. 그런데 그 힘이 지나치게 셌던 모양인지 밀어낸 것으로 오해한 그가 조심스럽게 질문해왔다.

"부담스러워?"

"네?"

놀란 안나가 딸꾹질하듯 되묻자, 시하가 부끄러워하며 대답했다.

"예전에도 너는 천천히 하고 싶어 했는데, 내가 너무 들이댔었거든."

아니, 대체 얼마나 심하게 들이댔기에?

"내가 너무 빨라?"

품에 안겨 있어 얼굴을 볼 수 없는데도 그의 표정이 다 보이는 것 같았다.

"이번에도 나 혼자 서두르는 거야?"

슬며시 새어 나오는 웃음을 꾹 눌러 삼키며 안나는 작게 속삭였다.

"……아뇨."

부끄러워 괜히 바닥만 바라보다 힐끗 그의 붉어진 목덜미를 올려다보며.

"하나도, 안 부담스러워요."

그의 고백이 좋기만 한, 당신 품에 안겨 있는 이 순간이 좋기만 한, 신기할 정도로 애가 타는 진심을 수줍게 꺼내놓았다. 그가 믿기지 않는다는 듯 다시 물었다.

"진짜 하나도 안 부담스러워?"

그의 질문에 이성은 계속 이 속도는 너무 빠르다고 했다. 하지만 가슴은 계속 그래도 너무 좋다고만 했다. 팽팽해야 할 줄다리기는 번번이 일방적이었다. 어김없이 가슴이 시키는 대로 대답이 흘러나왔다.

"네."

"진짜?"

어린아이처럼 보채는 두 번째 질문에는 창피해서 아니라고 할 법도 하건만. 거짓말이란 걸 모르는 고개는 착하게도 끄덕끄덕. 오히려 더 해줬으면 좋겠다는 듯 열심히 끄덕끄덕. 무의식 상태에서 그런 행동을 하던 안나는 일순 움직임을 멈췄다.

'하, 내가 진짜 언제부터 이렇게 쉬운 여자였지?'

지난 5년 동안 철벽 소리까지 들을 정도로 남자한테 냉정했던 자아는 도대체 어디로 갔단 말인가. 오안나는 도도하고 콧대 높은 여자였다. 들이대는 남자는 많지만, 그들은 그녀의 새끼손가락 한 번 제대로 만져보지 못했다. 친오빠 같은 은재를 빼면 보이지 않는 철벽에 그 어떤 남자도 그녀 옆에 편하게 서 있을 수조차 없었다. 그랬는데…….

이 남자 앞에선 그 높았던 콧대가 낮아지다 못해 아예 뭉개져 사라져버린 듯한 기분이 들었다. 마치 그를 위해서 그토록 수많은 남자를 거절했던 건 아닐까. 그런 황당한 생각이 들 정도로. 이 남자에게 오안나는 너무도 쉬웠다. 이곳에 온 첫날 둘이 함께 펜트하우스에 갔을 때부터 쉬웠고, 어젯밤 엘리베이터 앞에서는 더 쉬워졌고, 지금 이 순간이야 말할 것도 없었다.

지금부터라도 다시 도도하게 굴어야 하는 걸까? 그러나 머리 위에 올라가 있는 그의 입술이 빙그레 미소를 짓는 게 느껴져 무심결에 따라 웃던 안나는 결국 도도한 여자는 포기하기로 했다. 이 남자가 저 때문에 웃기만 해도 이렇게 좋은데 어쩌겠는가. 그녀는 얌전히 그의 입술을 허락하고 허리를 끌어안는 그의 손길을 받아들였다.

짜릿한 감각에 저절로 다리가 배배 꼬였다. 오안나 인생에서 무언가를 포기하고 이렇게 좋았던 적이 있었나 싶다. 도도한 여자가 되는 것보다 그의 스킨십이 훨씬 좋았다. 안나는 등 뒤로 두 손을 단단히 깍지 끼고 그를 더 꽉 끌어안았다. 순간, 탄성을 터뜨리듯 그가 귓가에 속삭였다.

"그럼 내가 이래도 하나도 안 부담스럽다고 했으니까, 나 조금만 더 할게."

뭐, 뭐, 뭐, 뭘?

"5년 동안 내가 얼마나 힘들었는데."

그러니까 대체 뭐, 뭐, 뭐, 뭐가요?

눈치를 보며 머리카락 위에만 닿던 입술이 조심스럽게 이마로, 눈두덩으로, 콧방울로 내려앉았다. 촉, 촉, 입술이 닿았다 떨어지는 소리가 부끄러워 그런 건지, 그가 선사하는 감각이 못 견디게 좋아서 그런 건지 몸이 자꾸만 부르르 떨렸다. 어느새 입술 위에서 간질간질하면서도 촉촉한 숨결이 느껴졌다. 이번엔 진짜 키스를 하려는 거구나. 그렇게 안나를 속수무책으로 만들던 시하의 입술이 마침내 목적지에 도착한 바로 그때였다.

갑자기 무언가 타는 냄새가 펜트하우스에 스멀스멀 퍼지기 시작했다. 불길한 느낌에 안나는 바르작거리며 시하의 품을 벗어나려고 애썼다. 그러자 그가 뚱한 목소리로 속삭였다.

"왜? 나 아직 아무 짓도 안 했어."

"이미 많이 했거든요? 그보다 잠깐 나 좀 놔봐요. 뭔가 타는 냄새 안 나요?"

그녀가 절대 놔주지 않으려는 시하를 어르고 달래 막 그의 품을 빠져나왔을 때였다.

"서 지배인님……?"

안나는 등 뒤에서 한 손에 뒤집개를 들고 주방 벽 뒤에 숨어 이쪽을 보고 있는 윤희를 발견했다. 얼마나 이 상황에 심숭하고 있었는지 그녀는 오믈렛이 새까만 숯덩이가 돼가는 것도 눈치채지 못하고 있었다. 눈이 마주치자 당황해서 어색한 웃음을 짓는 그녀를 향해 안나가 기어들어가는 목소리로 말했다.

"……타요, 서 지배인님."

"네?"

아무래도 목소리가 작아서 잘 들리지 않는 모양이었다. 안나는 눈을 질끈 감고 소리쳤다.

"오믈렛 탄다고요!"

그 후 정확히 3초의 정적이 흐르고.

"에구머니나!"

화들짝 놀란 윤희의 비명이 들려왔다. 그녀가 후다닥 가스레인지 불을 끄러 가는 발소리가 들려왔다. 안나는 그때까지도 허리를 감싸고 있는 시하의 손을 찰싹 소리가 나게 때리고 후다닥 방으로 들어갔다. 쾅! 문이 닫히는 소리에 뒤늦게 정신이 돌아왔다.

'맙소사. 나 지금, 서 지배인님 앞에서 무슨 행각을 벌인 거지?'

그와 키스할 뻔했다. 이번엔 분명 착각이 아니었다. 그 모습을 윤희에게 실시간으로 들켰다. 창피해서 쥐구멍에라도 숨고 싶은 심정이었다.

"흐어억!"

안나는 기괴한 비명을 내지르며 쥐구멍 대신 이불 속으로 파고들었다.

*

결국 그녀는 아침 식사를 거른 채 점심을 맞이했다. 오믈렛도 새까맣게 타버리고, 끼니 챙길 정신도 새까맣게 타버린 탓이었다.

가능하다면 당분간 아무도 마주치고 싶지 않았지만, 시하가 점심에 한 약속이 매우 중요하다고 했다. 하는 수 없이 화장대에 앉아 애써 키스 좀 하려다 들킨 게 뭐 어떠냐고 거듭 주문을 걸었다. 그 순간 기다렸다는 듯 노크 소리가 들려왔다.

"안나야, 손님 왔어."

욕망이라곤 한 톨도 담겨 있지 않은 목소리에도 솜털이 오소소 돋았다. 이래서야 손님 앞에서 덤덤하게 버틸 수 있을지 모르겠다.

"네! 나, 나가요!"

떨리는 목소리로 대답한 그녀가 벌떡 일어나 문고리를 손에 쥐었다. 다시 한 번 정말 괜찮다고 주문을 걸며 문을 열었다. 룸서비스에 사용하는 카트 위에 놓인 오믈렛이 먼저 보였다. 윤희가 다시 요리를 해두고 간 모양이었다.

"아침 안 먹었지? 배고프면 이거 먼저 먹고 이야기 나눠도 돼."

안나는 가볍게 고개를 저었다. 도저히 뭘 먹을 수 있는 상태가 아니었다. 아침부터 지금까지 아무것도 먹지 않았는데, 마치 체한 것 같은 기분이었다.

도대체 뭐가 얹힌 걸까? 고심하며 시선을 들어 올리는 순간, 안나는 바로 정답을 깨달았다. 목소리는 어떻게든 담담하게 꾸몄어도 눈빛만큼은 속일 수가 없었다. 시하의 눈동자에 담긴 욕망이 느껴졌다.

본능적으로 손부터 잡아 오는 그를 뿌리친 안나가 재빨리 응접실로 향했다. 슬쩍 보니 손님의 숫자가 그녀의 예상보다 많았다. 그중엔 태주와 하연같이 아는 얼굴도 있었고, 모르는 얼굴도 있었다. 진작 도착해 있던 모양인지 손님들이 둘러앉은 테이블 위의 커피잔은 제법 비어 있었다. 먼저 다른 얘기라도 나누고 있었던 걸까? 의아해하며 그들에게 다가가던 안나가 누군가를 발견하고 눈이 휘둥그레졌다.

"어? 미, 민라희다!"

그녀는 5년 전 은퇴를 선언하고 한동안 보이지 않다가, 다시 영화로 복귀해 세계의 각종 영향력 있는 시상식에서 상을 휩쓸고 있는 여배우였다. 이전에는 주로 드라마에서 사랑에 빠진 여자의 연기를 해왔지만, 은퇴 후 복귀한 다음부턴 영화에 집중하며 좀 더 다양한 역할을 맡아왔다.

안나는 그녀의 팬이었다. 그녀가 예전에 맡았던 사랑스럽고 청순한 캐릭터들도 좋았지만, 다시 돌아온 후 맡은 개성 강하고 멋진 캐릭터 때문에 더욱 그녀가 좋아졌다. 어느 정도로 팬이었냐면 조향 학교를 다닐 때 과제로 그녀의 이미지를 떠올리며 디자인한 향수를 제출했던 적이 있을 정도였다. 그런데 그토록 동경했던 그녀를 이렇게 실제로 마주하게 될 줄이야.

"여배우 민라희 씨 맞죠?"

그녀는 스크린에서처럼 화사하게 미소 지으며 고개를 끄덕여주었다.

"근데 왜 민라희 씨가 여기에……!"

'있는 거예요?'라고 물으며 안나가 시하를 향해 뒤돌아봤을 때였다.

"정말로 기억을 잃어버렸구나."

굉장히 슬퍼하는 라희의 목소리가 들려왔다. 반사적으로 뒤를 돌아본 안나가 그사이 눈물까지 그렁그렁 고인 라희를 보고 깜짝 놀라 다가갔다.

"왜, 왜 우세요? 설마 우리가 전에 아는 사이였나요?"

자신을 전혀 알아보지 못하는 안나의 태도에 라희의 표정이 더욱 서럽게 일그러졌다.

"응. 그냥 아는 사이가 아니라, 흑, 엄청 가까운 사이, 흐으윽, 였어. 흐엉!"

터져 나오는 울음을 참으며 힘들게 대답한 그녀는 이내 펑펑 눈물을 쏟기 시작했다. 그녀의 곁에 앉아 있던 남자는 안절부절못하며 눈물을 닦아주기 바빴다. 기억을 잃은 안나를 끌어안고 똑같이 대성통곡을 했던 하연마저 우는 라희를 보곤 또다시 눈물을 훔치고 있었다. 안나는 꼭 그녀들의 뺨이라도 때린 것 같은 미묘한 죄책감을 느꼈다. 결국 지켜보던 시하가 해결에 나섰다.

"놀라고 슬픈 건 알지만, 라희 네가 그렇게 울면 안나가 당황하잖아."

"훌쩍, 미안, 근데 너무 속상해서……."

"조향사님도요."

"나도 진짜 오늘은 안 울려고 했는데……."

벌 받는 학생처럼 주눅이 든 두 여자를 향해 시하가 제법 단호하게 말했다.

"알아요. 하지만 지금 중요한 건 따로 있는 거 알죠? 지금부터 힘 합쳐서 안나 기억 되찾아주기로 했잖아요. 그렇죠?"

그의 말에 라희와 하연이 필사적으로 눈물을 참으며 고개를 끄덕였다.

"응. 이제 안 울게."

"나도. 나도 진짜 안 울어."

그러곤 다짐을 확인시키듯 라희가 곁에 앉아 있던 남자를 쳐다보며 다부지게 말했다.

"강 선생님……. 아니, 해우 씨. 어서 시작해요."

안나에겐 아침부터 지금까지 쉼 없이 벌어지는 모든 일이 충격의 연속이었다. 자신이 시하를 좋아하고 있다는 것도 충격이고, 민라희가 과거에 저와 가까운 사이였다는 것도 충격이었다. 수많은 사실이 머릿속에서 복잡하게 뒤엉켰다. 그런 와중에도 라희가 울음을 그쳐 다행이라는 생각이 들었다. 그녀가 우는 모습을 보니 마음이 아팠다.

"그럼 시작할까요?"

그때, '해우 씨'라고 불린 남자가 그녀의 눈을 똑바로 들여다보며 그렇게 말했다. 그는 안나에게 이것저것 질문을 하기 시작했다.

*

라희의 곁에서 시종일관 다정하게 굴었던 남자의 이름은 상해우. 정신건강의학과 의사였다. 예전엔 종합병원에서 일했지만, 지금은 개인병원을 개원하고 수면 치료를 전문으로 하고 있다고 했다.

"……안나 씨의 상태로 봤을 때, 트라우마로 인한 부분 기억상실이 확실한 것 같군요."

영문도 모른 채 해우가 하는 질문에 전부 답하고 나서야 안나는 이 모든 게 자신의 기억상실의 원인을 알아내기 위한 과정이었다는 걸 깨달았다. 대체 언제 입수한 건지 몰라도 해우는 안나가 5년 전 기억을 잃었을 때 치료를 받았던 병원의 기록까지 가지고 있었다.

트라우마로 인한 부분 기억상실. 5년 전의 기록과 정확히 일치하는 진단이었다. 은재가 구체적으로 말해주진 않았지만, 안나는 자신이 고모 집에서 끔찍한 일을 겪었고 그 충격에 기억을 잃은 것으로 받아들였다. 그때만 해도 짧게는 며칠에서 몇 주, 길게는 몇 달 안에 기억이 돌아올 거라는 희망이 있었다.

하지만 벌써 5년이라는 시간이 흘렀다. 그사이 안나는 점점 잃어버린 6개월간의 기억을 전혀 신경 쓰지 않게 되었다. 기억을 되찾아야겠다는 의욕도 들지 않았고, 이대로도 괜찮다고 여겼다.

하지만 지금은 아니었다. 꿈속에서 낯선 기억과 만나게 되면서. 그리고 꿈속의 남자를 짝사랑하게 되면서. 결정적으로 차시하라는 남자를 좋아하게 된 지금엔 과거의 기억을 반드시 되찾고 싶었다.

"처음엔 할 수 있는 건 다 해봤어요. 자연적으로 기억이 돌아오는 경우가 많다고 해서 마냥 기다려도 봤고, 그게 소용없어서 최면 치료도 받아봤어요. 하지만 아무리 노력해도 기억이 안 돌아오니까 어느새 포기하게 되더라고요. 그런데 지금은……."

"기억을 다시 찾고 싶어요?"

"네. 꼭……."

그녀의 시선이 마주 앉은 시하를 향했다.

"꼭 다시 기억해내고 싶어요."

이 남자를 사랑했던 기억을 되찾고 싶어요. 조용히 안나의 눈빛을 읽은 해우가 신중하게 입을 열었다.

"꿈에 종종 과거의 기억이 나온다고 했죠?"

"네. 얼마 전까지만 해도 그게 진짜 과거의 기억인지 알 수 없었지만, 지금은 확신해요. 제 무의식에 잃어버린 과거의 기억이 존재하는 게 분명해요."

시하의 진심 어린 고백을 듣고 확신했다. 꿈에서 본 그 떨리고, 설레고, 눈물이 날 것처럼 감동적이었던 모든 순간이 정말로 과거에 존재했던 기억임을.

"그렇다면 꿈에서 본 것을 현실에서 직접 해보는 것도 치료의 한 방법일 수 있어요."

"혀, 현실에서요? 설마 꿈에서 본 그대로 하라는 건 아, 아니겠죠?"

"아니긴요. 당연히 본 그대로 해야 하는 거죠. 처음부터 끝까지, 똑같이 따라 해보는 거예요."

해우의 단호하고도 친절한 설명에 안나는 멍하니 굳어버렸다. 시하도 똑같은 말을 했다.

'저기 말야. 혹시 기억이 더 잘 떠오를지도 모르니까……. 앞으로 꿈에서

본 것들, 나한테 모두 해봐도 돼.'

꿈속에서 시하와 했던 이런 짓, 저런 짓을 떠올리며 필사적으로 고개를 저었던 안나는, 전문가인 해우의 앞에서는 꿀 먹은 벙어리가 될 수밖에 없었다.

"꼭 똑같이 해야 해요. 그래야 효과가 있어요. 알았죠?"

"네? 네에……."

"내 말 꼭 명심해요."

마지막 확인사살까지 잊지 않는 해우를 보며 그녀가 어색한 미소와 함께 고개를 끄덕였다.

＊

시하는 아침을 거른 안나를 태주와 함께 주방으로 들여보냈다. 그리고 라희가 안나와 더 함께 있고 싶다며 덩달아 주방으로 향한 후, 그는 나머지 두 사람과 함께 펜트하우스를 나섰다. 그들에게는 아직 안나 앞에서는 할 수 없는 이야기가 남아 있었다.

"강 선생님."

자리에 앉자마자 시하는 해우부터 불렀다.

"네, 시하 씨."

"아까 했던 말이 정말입니까? 정말 꿈에서 본 걸 그대로 따라 하면 안나의 기억을 다시 찾을 수 있는 거예요?"

안나가 불안해할까 봐 그녀의 앞에서만큼은 의연한 척했던 그는 이 순간, 보는 사람까지 애틋해질 정도로 간절한 표정을 짓고 있었다. 해우는 조심스럽게 자신의 의견을 말했다.

"제가 볼 땐 안나 씨의 기억상실은 단순히 각성에 실패한 부작용으로만 판단하기엔 무리가 있어요."

안나와 이야기를 나누기 전에 미리 모여 하연과도 의견을 주고받았다. 하연이 생각한 대로 안나가 기억을 잃은 이유는 인과 관계만 따지면 시하가 기억을 조작했기 때문이 맞았다. 하지만 그녀의 해석에는 그 인과 관계를 설명해줄 가장 중요한 이유가 빠져 있었다.

"뭔가 더 중요한 다른 원인이 있는 건가요?"

하연의 물음에 해우는 다시 차분히 대답을 이어나갔다.

"아무래도 안나 씨는 무의식중에 5년 전 시하 씨가 조작했던 나쁜 기억을 거부하고 있는 것 같아요."

"안나가 내가 조작한 기억을 거부하고 있다고요?"

"네. 그런데 필사적으로 거부는 했지만, 시하 씨의 힘이 워낙 강해서 조작된 기억을 밀어내고 원래 기억을 되찾는 건 불가능했어요. 대신 조작된 기억을 봉인해버린 거죠."

해우의 설명대로라면 안나가 기억을 잃은 데에는 시하의 기억 조작과 각성 실패와 같은 외부적인 트라우마 탓도 있지만, 조작을 거부하는 본인의 의지가 더 크게 작용했다는 뜻이었다. 시하가 죄책감에 손바닥으로 얼굴을 감싸 쥐고 고개를 숙였다. 파르르 떨리는 손가락 틈으로 애처로운 목소리가 흘러나왔다.

"어째서……. 어째서 안나는 그렇게까지 해야만 했던 걸까요? 대체 왜 기억을 잃으면서까지…….."

기억을 조작한 자신의 행동이 안나를 그토록 괴롭게 했다는 사실에 그는 차마 말을 잇지 못했다. 가만히 그를 지켜보고 있던 하연이 나섰다.

"시하 넌 이미 그 답을 알고 있잖아."

시하가 천천히 고개를 들어 올리자 그녀는 덤덤하게 말했다.

"조작된 기억을 받아들이면, 너와 사랑했던 기억이 거짓말이 돼버리니까."

목소리는 덤덤했지만, 마주친 그녀의 눈은 촉촉하게 젖어 있었다.

"안나는 어떻게든 너와의 추억을 지키고 싶었던 게 아닐까? 너를 미워하게 될 바에야 차라리 기억을 지워서라도."

툭. 자각도 없이 눈물이 흘러내렸다. 고일 새도 없이 또 한 방울. 그리고 또 한 방울. 쉴 새 없이 흘러내린 눈물로 잠깐 사이 얼굴이 온통 젖어버렸다. 그러나 시하는 눈물을 닦을 생각 같은 건 하지도 못했다. 심장이 찢어지는 것만 같았다. 죄책감에 마음이 끝도 없이 짓무르고 미어졌다.

그날, 안나가 제 곁을 떠나가던 날. 저는 제 슬픔에 갇혀 안나가 얼마나 힘들게 버티고 있는지 헤아려주지 못했다. 자신이 살았던 인생의 소식을 스스로 버리면서까지 저와 사랑했던 추억을 지키려고 한 그녀의 절박한 마음을 알아주지 못했다. 100년을 훨씬 넘게 사는 동안 가장 아프고 슬펐던 그 순간조차, 안나가 견뎌야 했던 참혹한 시간에 비하면 너무도 초라할 뿐이었다.

시하는 고통을 호소하는 가슴을 주먹으로 꾹 누르며 해우를 바라봤다. 안나가 조금이라도 빨리 그 괴로운 시간에서 벗어날 수 있도록 무엇이든 해주고 싶었다. 하지만 동시에 두렵기도 했다. 일부러 기억을 지운 안나에게 억지로 자극을 주면 그녀가 다칠 수도 있지 않을까? 실제로 기억을 떠올리게 하려고 자극을 줬다가 멀쩡했던 인지 능력을 상실하거나 그나마 기억하고 있던 것들까지 잊게 됐다는 환자의 사례를 기사에서 본 적이 있었다.

"강 선생님. 아까 안나가 꿈에서 봤던 것들을 그대로 따라서 해보라고 하셨는데, 그러다 안나에게 더 큰 트라우마가 생기거나 하진 않을까요?"

방금 시하가 말한 것은 실제로 자극을 통해 기억상실을 치료하려는 환자들에게 간혹 발생하는 부작용이었다. 만에 하나까지 염려되는 시하의 마음을 알기에 해우는 침착하게 자신이 내린 처방에 관해 설명을 시작했다.

"언뜻 보면 안나 씨는 기억상실을 앓는 다른 환자들과 똑같아 보이지만, 분명히 다른 점이 하나 있어요."

"그게 뭐죠?"

"바로 안나 씨가 잃어버린 기억이 진짜 기억이 아니라 시하 씨에 의해 조작된 기억이라는 사실이에요."

찰나, 해우의 말을 경청하고 있던 하연이 끼어들었다.

"그러니까 그 말은 안나의 경우는 엄밀히 말해서 기억상실이 아니다?"

그녀의 표정이 조금 전보다 훨씬 밝아져 있었다. 만약 안나가 정말로 기억상실이라면 벌써 5년이나 지난 지금에 기억을 되찾는다는 것은 말도 안 되는 일이었다. 하지만 안나가 엄격히 따져 기억을 잃어버린 게 아니라면……. 시간이 얼마가 흘렀든 상관없다는 뜻이었다.

"조향사님 말대로예요. 안나 씨의 진짜 기억은 완전히 사라진 것이 아니라 무의식에 존재하고 있어요. 무의식이 발현되는 꿈에서 종종 과거의 기억을 본다는 게 그 방증이죠."

그렇다면 그녀의 무의식에 존재하는 진짜 기억을 의식의 영역으로 끌어내기만 하면 의외로 문제는 간단하게 해결될 수도 있었다.

"그래서 꿈에서 본 것들을 똑같이 해보라고 한 거예요. 그건 안나 씨의 무의식이 간절히 되찾길 바라는 진짜 기억이고, 또 소중한 추억이니까."

안나의 진심을 듣고 있으니 가슴이 절로 뜨겁게 젖어들었다. 하지만 시하는 애써 이성을 붙들고 해우의 말을 하나도 놓치지 않도록 집중했다.

"보통은 트라우마로 인해서 부분 기억상실을 잃고 있는 환자에게 기억을 잃어버린 당시의 환경과 비슷한 환경을 만들어 자극을 주는 요법은 잘 추천하지 않아요. 시하 씨가 걱정한 것처럼 오히려 더 큰 트라우마를 남길 수도 있기 때문이에요."

"하지만 안나의 경우는 트라우마를 남긴 기억은 가짜고, 되찾으려는 진짜 기억은 시하와 사랑했던 긍정적인 기억이니까, 자극을 줘도 더 큰 충격을 받지는 않을 거라는 뜻이죠?"

하연의 부연 설명에 해우가 고개를 크게 끄덕였다.

"네. 정확하게 이해하셨어요."

"그럼 정말로 강 선생님 말대로 꿈에서 본 기억을 계속 반복적으로 따라 하게 되면 안나의 기억을 되찾을 수 있을지도 모르겠네요."

시하의 눈빛이 기대감으로 인해 반짝거렸다. 해우는 그 희망에 더욱 힘을 실어주었다.

"5년씩이나 완전히 기억을 잊고 있었다면 지금에 와서 기억을 되살리는 건 거의 기적에 가까운 일일 거예요. 하지만 안나 씨의 경우는 기억이 계속 무의식에 존재해왔으니까, 지속적으로 자극을 주면 바로 효과가 나타날 거로 생각해요. 그러니까 희망을 가져요."

해우는 마주 앉은 시하의 손을 꽉 붙잡았다. 그러곤 아주 가깝게 눈을 맞주며 말했다. 그에게 단순히 희망이 아니라, 좀 더 강한 확신을 심어주고 싶었다.

"시하 씨. 부분 기억상실 환자가 기억 가능한 부분을 '기억의 섬'이라고 불러요."

"기억의…… 섬?"

"네. 지금 안나 씨의 경우는 기억의 섬이 꿈속에 매우 제한적으로 존재하고 있죠."

그 섬은, 잃어버렸으나 실은 잃어버린 적 없는 곳이었다. 그리고 지금이라도 얼마든지 제자리에 돌려놓을 수 있는 곳이었다.

"쉽진 않겠지만, 지금부터 그 섬들을 현실로 끄집어내서 하나둘 늘려가는 거예요. 그럼 반드시 다시 찾게 될 거예요."

시하는 해우의 손을 더욱 힘껏 붙잡았다.

"서로 사랑했던 소중한 추억. 틀림없이 되찾을 수 있어요."

그렇게 절망은 순식간에 희망으로 바뀌었다.

18장. 다시, 사랑

막 착륙한 비행기에서 내린 사람들로 인해 붐비는 공항. 서둘러 입국장을 빠져나오는 은재의 표정이 어딘가 불편해 보였다.

안나가 말도 없이 회사까지 그만두고 한국에 가버린 후, 은재도 정신없이 뉴욕 생활을 정리하고 한국에 들어왔다. 하지만 아직, 짧은 시간 안에 정리할 수 없는 일이 뉴욕에 잔뜩 남아 있었다. 덕분에 안 그래도 골치가 아픈데, 예상치 못한 귀찮은 혹이 그에게 딱 달라붙어 여기까지 따라왔다. 은재가 뒤에서 느릿느릿 걸어오는 남자를 돌아보며 목청을 높였다.

"넌 진짜 대체 왜 따라온 거야?"

은재의 표정이 좋지 못한 원인은 바로 이 남자였다. 남자가 호박색 눈동자가 보이지 않을 정도로 활짝 웃으며 능청스럽게 대꾸했다.

"이미 수십 번 말했잖아, 은재. 널 따라온 게 아니라 사랑스러운 내 마드모아젤을 따라온 거라니까?"

남자는 안나의 직장 동료였다. 하지만 그가 단순한 직장 동료이기만 했다면 이렇게 골치 아플 일도 없었을 것이다.

"나도 수십 번 말했을 텐데? 여기 여행 온 거 아니라고. 앞으로 쭉 여기서 살 거야. 다시 뉴욕으로 안 돌아간다고.”

“알아. 그래서 나도 여기서 살 거야. 아, 혹시나 또 오해할까 봐 말하는 건데, 은재 너 말고 내 마드모아젤이랑.”

망설임 없이 여기서 살겠다고 말하는 그를 은재가 한심한 눈으로 쳐다봤다. 그가 매사에 제멋대로라는 건 익히 알고 있었지만, 정말이지 이 정도로 대책 없을 줄은 몰랐다.

“이래서 너한테만은 알리고 싶지 않았는데……”

지끈거리는 이마를 짚으며 은재가 숭얼거렸다. 낭연한 이야기시만, 시난 5년 동안 안나는 매우 인기가 많았다. 아름다운 외모에 당당한 매력, 거기에 조향사로서의 능력까지 출중하니 남자들이 그녀를 좋아하는 긴 당연했다.

그러나 비록 기억을 잃었어도 차시로 인해 한껏 높아진 그녀의 안목을 충족시켜줄 만한 남자는 없었다. 5년 동안 견고한 그녀의 철벽 앞에 수많은 남자가 포기를 선언하며 떠나갔다.

그 가운데 유일하게 백기를 흔들지 않은 남자가 바로 그였다. 안나가 아무리 밀어내도 그는 지치지도 않는지 끊임없이 들이댔다. 그 자신도 조각 같은 외모에 모델 같은 몸매를 가진 탓에 여자들 사이에서 인기가 매우 많았음에도 불구하고, 그는 한결같이 안나만 바라봤다.

‘내 사랑, 마드모아젤.’

그는 안나가 어디에 있건 때로는 느끼하다 싶을 만큼 달콤한 호칭으로 그녀를 부르며 나타났다. 하나 아무리 그래도 안나를 따라서 회사도 그만두고 한국까지 쫓아올 거라곤 상상도 하지 못했다.

은재는 공항을 빠져나가 낯선 나라의 풍경을 감상하는 그의 뒷모습을 말 없이 바라봤다. 아아, 어떻게 하면 저 남자를 뉴욕으로 돌려보낼 수 있을까? 혹시 한국이란 나라가 마음에 들지 않아서 곧장 돌아가고 싶어지지는 않을까? 실낱같은 희망을 기대하던 은재는 이내 그가 중얼거리는 말을 듣고 그를 뉴욕으로 돌려보내는 걸 포기했다.

"은재."

그가 살짝 뒤돌아보며 은재를 불렀다. 뜨겁게 내리쬐는 태양 빛에 남자의 금발이 눈부시게 살랑였다.

"왜?"

대놓고 불편한 기색을 드러내도, 그는 일관되게 상큼한 미소를 지어 보이며 말했다.

"여기가 내 마드모아젤이 있는 곳이란 말이지? 그녀를 닮아서 아주 사랑스러운 나라야. 무척 마음에 들어."

애석하게도 그는 이곳을 아주 마음에 들어 하고 있었다.

*

하연은 며칠 전 대표실에서 시하와 나눈 대화를 떠올리고 있었다. 모두에게 안나가 돌아왔다는 기쁜 소식과 그녀가 기억상실을 앓고 있다는 슬픈 소식을 함께 전한 그날.

시하는 하연에게만 따로 한 가지 부탁을 더 했었다. 유현에게서 알아낸 정보를 들려주고, 판이 안나의 꿈에 또다시 침입할 수 없게끔 꿈의 통로를 차단하는 수단을 만들어달라 부탁한 것이었다.

안나가 기억을 되찾고, 두 번째 각성을 무사히 끝내려면 절대 판이 그녀의 꿈에 접근할 수 없도록 해야 했다. 만에 하나 판이 안나의 꿈에 침입해 기억을 조작하거나 그녀의 의식을 다치게 한다면 시하와 모두의 노력은 물거품이 돼버리고 만다. 그래서 꿈속으로의 침입은 막기가 쉽지 않다는 걸 알면서도 그는 최대한 빨리 방어 수단을 만들어달라고 요구했다.

'어렵다는 거 알아요. 그래도 해야만 해요. 할 수 있겠어요?'

하연은 고민 끝에 묘안을 떠올리고 대답했다.

'응. 일단 널 포함해서 다른 형제들의 피를 최대한 많이 구해다 줘.'

'내 형제들의 피를요?'

'그래, 안나는 꿈의 궤적이 보통 사람보다 복잡하고, 출입구도 많은 편이라 일일이 차단하는 게 쉽지 않을 거야. 물론 통로 하나하나 꼼꼼히 막는 시도도 해보겠지만, 보다 빠른 방법을 이미 알고 있더라고, 내가.'

'어떤 방법인데요?'

'바로 그거.'

하연은 손가락으로 시하의 주머니 속에 들어 있는 회중시계를 가리키며 대답했다. 시하는 그녀의 생각을 가늠해보듯 눈매를 가늘게 좁혔다가 이내 알겠다는 듯 탄성을 터뜨렸다.

'회중시계에 뿌린 걸세 향수와 똑같은 걸 안나의 꿈에도 뿌리겠다는 거예요?'

'맞아. 사실은 판의 피가 있으면 더 좋겠지만, 그걸 구해오는 건 무리일 테니까. 네 형제들의 피를 조합해서 최대한 근사치를 만들어내는 거지. 그다음에 그 피를 가진 존재가 안나의 꿈에 접근하지 못하도록 결계 향수를 만드는 거야. 결계 향수는 이전에도 만들어본 적 있으니까 판의 피만 근사치로 조합해내면 완성하는 건 시간문제야.'

그녀의 설명을 들은 시하의 표정엔 잠시였지만, 무척 어두운 그림자가 드리워졌다. 당연했다. 안나를 지키기 위해 제 몸에 흐르는 판의 피를 이용해야 하는 상황이 아이러니하게 느껴질 수밖에. 그러나 고작 그런 문제로 안나를 지키는 방법을 포기할 수는 없다고 판단했는지 그는 재빨리 상념을 털어내고 하연을 향해 고개를 끄덕여 보였다.

'알겠어요. 피 구하는 건 나한테 맡겨둬요.'

'응. 부탁할게.'

고민은 찰나에 불과했지만, 하연은 그 잠시 동안 그가 얼마나 참담한 심정이었을지 어렵지 않게 상상할 수 있었다. 하지만 어두운 그림자를 애써 모른 척하며 그저 그의 어깨를 두드려주는 게 그녀가 할 수 있는 전부였다.

지금은 오로지 안나를 지키는 것만 생각할 때였다. 그렇게 하연이 상념에 빠져 있던 그때. 갑자기 조향실 문이 벌컥 열리더니, 누군가가 순식간에 안으로 들어와 그녀를 와락 껴안았다.

"꺄아악!"

본능적으로 비명을 지르긴 했지만, 이내 코끝에 맴도는 그리운 향기에 하연의 눈시울이 촉촉하게 젖어 들었다.

"어머니……."

갑작스러운 방문자는 바로 은재였다. 하연은 경계심을 풀고 곧바로 은재를 꽉 끌어안았다. 하지만 아무리 힘주어 끌어안아도 벅차오르는 가슴이 달래질 리 없었다.

5년 전, 20년 만에 만난 아들을 채 두 달도 못 보고 기약 없는 이별을 해야만 했다. 그러나 그녀는 누구도 탓할 수 없었고, 아무도 탓해서는 안 되었다. 오래전 소중한 친구를 위해 자신이 가족과의 이별을 선택했듯, 은재 역시 그런 선택을 할 수밖에 없는 상황이었음을 그녀는 받아들여야만 했었다.

꼬박 5년 만에 다시 품에 안은 아들의 냄새에 눈물부터 왈칵 쏟아졌다. 어느덧 서른을 넘긴 아들에게선 성숙한 어른의 냄새가 물씬 풍겼다. 그럼에도 불구하고 그녀에겐 여전히 품에 안고 다니던 갓난아기처럼 귀여운 아들이었다.

'내…… 아들.'

하연이 열기가 느껴질 정도로 뺨을 비비며 오랫동안 입에 담길 염원했던 말을 막 내뱉으려던 순간이었다.

"우리 은재. 내 아……."

그러나 '아들'이란 단어를 막 꺼내기 직전, 조향실로 들어서는 누군가를 본 그녀의 입이 절로 다물어졌다. 창백하게 굳어버린 하연과 달리 반가움에 미소 짓는 남자는 눈에 띄는 금발에 반짝이는 호박색 눈동자를 가지고 있었다.

"오랜만이에요, 선생님! 보고 싶었어요!"

"……위고?"

그는 하연이 에뚜알르 호텔에서 향의 능력을 전수했던 그녀의 네 번째 제자, 위고였다.

*

"그러니까 위고 네가 안…… 아니, 줄리랑 같은 회사에서 일했다는 거니?"

하연은 위고가 갑자기 나타난 서보노 보사라 은새와 함께 안나를 만나러 이곳에 왔다는 이야기에 깜짝 놀랐다. 너무 놀란 나머지 하마터면 위고가 안나를 '줄리'라는 전혀 다른 사람으로 알고 있다는 중요한 사실도 깜빡하고 진짜 이름을 말할 뻔했다.

판이 안나의 꿈에 침입했다고 해도 아직 그녀의 정확한 위치까지는 알아내지 못했을 수도 있으니 각별히 조심해야만 했다. 특히 얼마 전까지 판의 조향사로 일했던 위고의 과거를 보면, 그가 안나를 쫓아 한국까지 온 상황이 마냥 순수하게 보이지만은 않았다. 비록 그가 지금 안나를 '줄리'라는 전혀 다른 인물로 알고 있다고 해도 말이다. 하연의 눈동자가 불안하게 흔들렸다. 그러나 그녀는 최대한 속내를 드러내지 않기 위해 노련한 연기를 펼쳤다.

"정말 세상 좁다. 어떻게 이런 우연이 다……."

하지만 그녀의 입술은 금세 다시 어색하게 굳어지고 말았다.

"아뇨. 우연 같은 게 아니에요."

그녀의 말을 예민하게 끊어낸 위고의 발언 때문이었다.

"나와 내 사랑스러운 마드모아젤은 운명으로 맺어져 있거든요."

안나를 상상하는 그의 호박색 눈동자가 마치 노란 안개가 서린 듯 아스라해졌다. 위고의 어깨너머로 은재가 못 말리겠다는 듯 고개를 절레절레 흔들었다. 하연은 당혹스럽고 혼란스러운 심정을 애써 숨기며 은재의 우스워하는 분위기에 장단을 맞췄다.

"그런데요, 선생님."

"으, 응?"

뒤돌아 잠시 은재를 향해 고개를 갸웃해 보인 위고가 다시 하연을 향해 돌아서며 물었다.

"왜 은재가 선생님을 어머니라고 부르는 거예요?"

조향실 안에 싸늘한 정적이 감돌았다. 은재가 들어오고 한참 후에 들어와서 못 들은 줄 알았는데, 대체 어떻게 된 걸까? 조금 전까지도 웃고 있던 하연의 입매는 더 이상 호선을 그리고 있지 않았다. 도리어 위고만이 의뭉스러운 미소를 짓고 있을 뿐이었다.

*

"그럼 저는 당분간 머물 숙소도 구해야 해서 먼저 일어나 볼게요."

문을 향해 걸어가는 위고의 뒷모습을 바라보며 하연이 자신도 모르게 따라 일어섰다. 그 순간 뒤늦게 무언가 생각났다는 듯 위고가 손뼉을 부딪치며 뒤돌아섰다. 그러곤 하연의 뺨에 입을 맞추며 속삭였다.

"참, 선생님. 저 여기서 제 마드모아젤이랑 같이 일하고 싶으니까 꼭 뽑아주셔야 해요. 아셨죠?"

윗! 하연은 순간 저도 모르게 튀어나오려는 신음을 꾹 눌러 삼켰다. 볼에 닿는 위고의 체온이 서늘하다 못해 시렸다. 그녀는 불현듯 자신이 체온을 낮추는 향수를 뿌리지 않았단 사실을 깨달았다. 성운 호텔에 있는 동안은 일부러 몽마인 척 위장을 하지 않아도 됐기 때문에 방심하고 만 것이었다. 따뜻한 체온 탓에 자신이 몽마가 아니라는 사실을 위고에게 들킬까 하연이 반사적으로 그의 품을 뿌리쳤다.

"……선생님?"

느닷없이 뒤로 밀려난 위고가 의아한 눈빛으로 그녀를 바라봤다. 하연은 재빨리 조향대에서 냄새가 역한 향료를 찾아내 몰래 손에 조금 묻히며 말했다.

"미안. 내가 아까 냄새가 지독한 향료를 만져서……."

위고가 안도의 미소를 싱긋 지어 보였다.

"전 또. 그런 거라면 걱정 마세요. 예전에도 말씀드렸잖아요. 선생님이 뿌리는 페르소나 향수, 무척이나 달콤하다고. 기분 나쁜 냄새는 조금도 안 났어요."

인간 세상에 섞여 사는 몽마. 특히 하급 몽마는 제게서 풍기는 악취를 숨기기 위해 페르소나를 필연적으로 뿌리게 되어 있었다. 일정 시간이 지나면 몽마 특유의 체취가 다시 배어 나오기 때문에 그들은 주기적으로 페르소나를 뿌렸다. 하연은 에뚜알르 호텔에 몽마인 척 잠입했을 때, 혹시 모를 경우를 대비해 자신의 체향을 향료로 추출해 페르소나 향수를 만들었다. 부득이하게 몽마 위장을 못 했을 때도 쉽게 들키지 않을 수 있기 때문이었다. 지금도 위고는 자신의 체향을 페르소나 향수라고 생각하고 있었다.

"근데 페르소나 뿌린 지 얼마 안 됐나 봐요. 향이 무척 강해요. 몽마 특유의 냄새는 전혀 안 나네요."

"어? 으응. 여기선 몽마보다 인간을 더 많이 상대하니까, 자주 뿌리고 있어."

에뚜알르 호텔에서 지낼 때, 하연은 일부러 하급 몽마의 역한 체취를 뿌려 몽마인 척해야만 했다. 몽마가 주 고객이었던 그곳에서는 불필요하게 페르소나 향수를 자주 뿌리는 것이 더 의심을 살 수 있기 때문이었다.

하지만 이곳은 성운 호텔. 혹시라도 판이 접촉해오진 않을까 시하가 몽마의 출입을 철저하게 금한 탓에 이곳엔 몽마가 거의 없었다. 에뚜알르 호텔과는 다른 성운 호텔의 특성을 이유로 적절한 변명을 만들어낸 하연은 남몰래 손에 난 땀을 옷에 닦아냈다.

"그러셨구나."

한 번쯤 의심해볼 법도 한데 위고는 순순히 그녀의 말을 믿어주었다. 그런 그를 하연은 물끄러미 응시했다.

'정말로 내 말을 조금도 의심하지 않는 걸까?'

그의 말 한마디, 움직임 하나에도 온 신경이 곤두섰다. 그가 자신의 아끼는 제자이기 이전에, 판의 조향사였던 몽마인 까닭이었다. 태양 빛을 닮은 위고의 호박색 눈동자는 아득해서 그 속을 가늠하기 어려웠다. 지금 그녀의 심장을 두근거리게 하는 이 감정은, 지난날 그에게 향료를 추출하는 법을 가르쳐줄 때는 느껴본 적 없는 것이었다.

"그럼 바, 바쁠 텐데 얼른 가봐."

하연은 더는 위고에게 거짓말을 하는 것이 버거워 얼른 그를 내보내려고 했다. 그녀의 권유에 위고가 다시 문을 향해 다가가며 말했다.

"그럼 전 이제 진짜로 가볼게요. 좋은 소식 기다릴게요, 선생님."

꾸벅 고개를 숙인 그가 이번에는 미련 없이 조향실을 나섰다. 끼이익. 무거운 문이 느릿하게 닫히는 소리에 하연은 이마를 짚으며 의자에 힘없이 주저앉았다. 은재가 걱정스러운 기색으로 다가와 물었다.

"괜찮으세요?"

하연은 별일 아니라는 듯 고개를 저었다. 하지만 애써 웃는 그녀의 얼굴엔 수심이 가득했다. 은재는 조금 전 위고가 했던 질문에 얼굴이 창백하게 질렸던 하연의 모습을 떠올렸다.

'왜 은재가 선생님을 어머니라고 부르는 거예요?'

위고는 하연을 하급 몽마로 알고 있었다. 그러니 은재가 그녀의 아들이라는 건 말도 안 되는 일이었다. 하연뿐만 아니라 은재도 처음엔 어떻게 변명하면 좋을지 눈앞이 캄캄했다. 하지만 위고가 먼저 나서서 이렇게 말을 했다.

'제가 잘못 들은 거겠죠? 선생님과 은재가 모자 사이라니, 있을 수 없는 일이잖아요.'

그래서 안심했다.

"걱정하지 마세요, 어머니. 아까 위고도 자신이 잘못 들은 거라고 이해하고 넘어갔잖아요."

"그렇긴 한데……."

"괜찮을 거예요."

말은 이렇게 하지만, 사실 은재도 적잖이 놀랐다. 무엇보다 지난 6개월간 안나를 쫓아다녔던 남자가 몽마인 것도 모자라 한때 어머니의 제자였으며 판의 조향사였다는 사실에는 큰 충격을 받았다. 비록 어머니와의 관계를 숨겨야 해서 그 모든 사실을 알고 있단 티는 내지 못했지만.

그간 향의 일족이 지닌 능력으로도 그의 정체를 전혀 눈치채지 못했다. 당연한 일이었다. 위고가 완벽하게 몽마의 체취를 지웠기 때문이다. 하급 몽마는 페르소나 향수를 통해 흉측한 외모와 몸에서 풍기는 악취를 숨겼지만, 선천적으로 아름다운 외모를 가지고 태어나는 귀족 이상의 몽마는 박쥐와 비슷한 생김새를 가진 검은 날개를 감췄다. 그 과정에서 몽마 특유의 체취도 함께 가려지는데, 위고 역시 그런 경우일 터였다.

물론 안나의 능력이라면 아무리 숨기려 해도 그 냄새를 맡아냈을 테지만, 그녀 역시 능력을 잃어버린 상황. 덕분에 위고는 끝까지 자신의 정체를 숨길 수 있었다. 그러나 그 모든 상황을 감안해도 은재는 자꾸만 석연치 않은 기분이 들었다.

"……설마, 판이 안나의 위치를 알아낸 건 아니겠죠?"

시하는 지난 5년 동안 판으로부터 안나를 숨기기 위해 필사적이었다. 그러기 위해서 안나의 기억을 조작했고, 그녀를 멀리 떠나보내기까지 했다. 기억을 조작하기 전에 안나와 어코드를 했다면 더 빠르게 강해질 수 있는데도 그것을 하지 않은 이유는, 혹시나 제 힘이 안나에게 스며들어 판이 그녀의 위치를 알게 되는 것을 막기 위해서였다.

하지만 그렇게 철저하게 안나의 위치를 숨겼어도 상대가 판이기에 무조건 안심할 수는 없었다. 정말로 만약 판이 안나의 위치를 알아냈고, 위고를 시켜 그녀에게 접근한 거라면? 바로 이 가능성이 은재를 꺼림칙하게 만드는 원인이었다.

"어머니는 위고가 판의 명령으로 안나에게 접근한 거라고 보세요?"

"확실하진 않아. 굳이 왕족이 아니어도 몽마가 안나 같은 스위트 노트한테 끌리는 건 본능이라……. 하지만 조심해서 나쁠 건 없으니까, 위고가 안나 가까이 있는 건 최대한 막는 게 좋겠지."

게다가 위고는 지금 안나를 '줄리'라는 전혀 다른 인물로 알고 있는 상황. 그가 판을 지시를 받고 움직이는 것이든 아니든, 어쨌거나 그 앞에서 안나의 진짜 이름을 발설하는 것은 조심해야만 했다. 따라서 그와 함께 성운 프라그랑스에서 일하는 건 위험부담이 너무 컸다.

"위고한텐 내가 사정을 잘 둘러대 볼게. 여기서 일하는 건 어려울 것 같다고. 그래도 그의 성격이라면 쉽게 포기 안 할 것 같긴 하지만……."

"맞아요. 쉽게 포기 안 할 거예요. 대신 제가 앞으로 더 유심히 위고를 지켜볼게요."

"그래. 부탁 좀 할게."

하연은 애써 웃음을 지어 보였다. 불안한 그녀의 시선은 위고가 성운 프라그랑스에서 일하고 싶다며 두고 간 이력서에 오랫동안 머물고 있었다.

*

안나가 이곳에 온 지 어느덧 사흘째가 되었다. 시하와 안나는 처음으로 단둘이서 외출에 나섰다. 해우의 조언대로 꿈에서 봤던 일을 따라 해보기 위해서였다. 일종의 미션 수행이었다.

시하를 꿈속의 남자라고 확신한 후부터, 잘 보이지 않던 남자의 얼굴은 그의 얼굴로 대체되어 꿈은 보다 더 선명해졌다. 그래서인지 키스를 하는 꿈을 꿀 때마다 안나는 더욱 부끄러운 기분이 들었다. 미션을 수행할 첫 장소가 서점이 된 건 순전히 그 탓이었다. 하도 꿈속에서 시하와 여기저기에서 키스를 한 덕분에 고민을 정말 많이 하고 고른 장소였다.

'설마 공공장소에서 키스 같은 걸 할 수 있겠어?'

꿈에서 본 걸 똑같이 따라 하더라도 심장이 버틸 수 있는 장소. 그건 서점뿐이라고 생각했다.

꿈에서 봤던 서점은 꽤 규모가 큰 곳이었다. 위로는 백화점, 아래로는 지하철역과도 연결되어 있어 지나다니는 사람이 무척 많은 곳이기도 했다.

'역시 탁월한 선택이었어!'

이런 곳에서 키스는 무리였다. 꿈에서 본 짤막한 장면 속에서도 키스 같은 걸 하려는 분위기는 티끌만큼도 없어 보였다. 안나는 서점을 고른 자신의 선택에 만족스러워하며 읽을 만한 책이 없나 이곳저곳을 탐색하기 시작했다. 역시나 습관이 무섭다고 그녀의 발길이 향한 곳은 향수와 관련된 책이 있는 코너였다. 그런데 그때, 불쑥 그녀의 몸이 뒤로 휙 끌어당겨졌다.

"왜, 왜요?"

시하였다. 긴장한 안나가 침을 꿀꺽 삼키며 물었다. 조금 전 서점을 택한 자신에게 특급 칭찬을 해놓고도 시하의 돌발 행동에는 저절로 긴장부터 됐다. 시하는 긴 손가락으로 그녀가 가려던 방향을 가리킨 후, 이어 반대 방향을 가리키며 말했다.

"그쪽이 아니라 이쪽."

그러곤 성큼성큼 걸어가 각종 학습 교재들이 가득한 곳으로 그녀를 이끌었다. 보기만 해도 머리가 지끈거리는 분야를 총망라한 교재의 향연에 어리둥절해진 안나가 다시 물었다.

"여긴 왜 데리고 왔어요?"

"안나 너. 강 선생님이 했던 말, 벌써 잊은 거야?"

순간, 안나의 머릿속에 강해우 선생님이 내린 처방이 전광판에 흐르는 글자처럼 선명하게 새겨졌다.

'꿈에서 본 것을 현실에서 직접 해보는 것도 치료의 한 방법일 수 있어요.'

'꼭 똑같이 해야 해요. 그래야 효과가 있어요.'

'내 말 꼭 명심해요.'

그러고 보니 오늘의 미션은 꿈속에서 본 장소에 가기만 한다고 해서 끝나는 게 아니었다. 이곳에서 5년 전 있었던 일을 똑같이 따라 하는 것이 진짜 제대로 미션을 수행하는 것이었다. 막막해진 안나는 한숨을 푹 내쉬며 말했다.

"그런데 벌써 5년 전 일인데 정말 똑같이 재현할 수가 있는 거예요?"

"안나 너 꿈속 어디서부터 봤는데?"

안나는 곰곰이 꿈속에서 본 장면을 떠올려봤다. 그는 잔뜩 불만스러운 표정으로 품이 큰 코트를 입고 있는 제 소매를 접어주고 있었다. 사나운 표정과 다정한 손길이 불협화음 같으면서도 나쁘진 않았다. 그런 그에게 자신은 이렇게 묻고 있었다.

'……정말로 내가 좋아요?'

'내가 정말 저런 미친 질문을 했단 말이야?'

안나는 키스만큼이나 부끄러운 자신의 발언을 기억해내고 시하의 시선을 슬쩍 피했다. 그가 좋아한다고 고백한 것도 아닌데, 왜 먼저 묻고 난리인지 모르겠다. 마치 좋아한다는 말을 듣고 싶어서 안달이 난 사람처럼.

"어디서부터 봤냐니까, 왜 대답이 없어?"

슬쩍 상체를 기울여 눈을 맞춰오는 그에게 안나는 딱 붙인 입술에 힘을 바짝 주고 고개를 살살 흔들어 보였다.

"그 행동은 무슨 뜻이야?"

"그게 잘…… 기억이 안 나서요."

창피함은 25년 묵은 신념을 손쉽게 무찔렀다. 거짓말은 목에 칼이 들어온다고 해도 못 할 줄 알았는데…….

한참이나 진실을 파악하듯 빤히 눈을 들여다보던 시하는 이내 안나의 앞머리를 헝클고 다시 상체를 꼿꼿이 세웠다. 그러곤 휙 뒤돌아 주변을 두리번거리며 말했다.

"하는 수 없지. 처음부터 끝까지 다 해보는 수밖에."

처음부터 끝까지? 당황한 안나가 황급히 그의 팔을 붙잡으며 물었다.

"여기서 있었던 일을 다 해보겠다고요? 그게 말이 돼요?"

시하는 뭐가 문제냐는 듯 어깨를 으쓱해 보였다.

"왜 안 돼? 여기까지 와서 기억 안 난다고 아무것도 안 하고 돌아갈 수는 없잖아."

"아까도 말했지만, 무려 5년 전에 있었던 일이에요. 굳이 나처럼 기억상실에 걸리지 않더라도 그렇게 오래된 일을 완벽하게 기억하는 건 무리예요."

그러자 시하가 갑자기 뜬금없는 질문을 던져왔다.

"아까 밥 제대로 못 먹은 것 같던데, 배 안 고파?"

"갑자기 웬 밥 타령이에요? 배 별로 안 고픈데. 아침에 같이 밥 먹고 나왔잖아요."

그는 자연스럽게 튀어나온 안나의 대답에 가볍게 웃었다. 아니, 사람이 웃는데 왜 이렇게 무서운 기분이 드는 거지?

"왜 웃어요?"

"방금 한 질문. 5년 전에 이 서점 들어와서 맨 처음 내가 너한테 했던 질문이야."

안나는 저도 모르게 멍하니 입을 크게 벌렸다.

"말도 안 돼…….."

"말 돼. 나 기억력 무지 좋은 편이거든. 물론 오안나 관련 한정."

정말 별거 아니라는 듯, 시하가 눈을 찡긋하며 안나에게 한 걸음 다가섰다. 그러곤 입고 있던 재킷을 벗어 그녀에게 입혀주고는 꿈속에서처럼 긴

소맷자락을 조심스럽게 접어주며 말했다.

"그날 여기 오기 전에 넌 주은재랑 같이 이탈리안 레스토랑에 밥을 먹으러 갔었어. 3년 만이라고 했어. 첫사랑과 다시 만나서 기쁘다고도 했었지."

소매를 접어 올리는 손길이 희미하게 떨고 있는 것처럼 느껴졌다. 그 모습이 마치 고해성사를 하는 죄인처럼 보여서 안나는 저도 모르게 미소를 짓다가 의식적으로 입매를 굳혔다. 시하의 고백은 계속 이어졌다.

"그런데 그런 자리에 내가 미행을 해서 따라갔어. 두 사람이 중요한 이야기를 나눌 타이밍에 내가 훼방을 놨고, 덕분에 넌 제대로 밥도 못 먹고 주은재랑 헤어졌지. 아마 내 무례한 행동에 화가 좀 났던 것 같아. 레스토랑에서 여기까지 오는 내내 한 마디도 없었거든."

아아, 그래서 내가 좋냐고 물어봤던 거구나. 그가 설명한 행동은 언뜻 들어도 질투에 눈이 먼 남자의 행동이었다. 그때 질투심이 폭발했던 이 남자는 제 질문에 뭐라고 대답했더라? 안나는 시하 몰래 차근차근 꿈속에서 그와 나눈 대화를 머릿속으로 떠올려봤다.

'⋯⋯정말로 내가 좋아요?'

'나도 몰라. 이런 적이 처음이라서.'

'아까는 잘 아는 것처럼 말했잖아요.'

'몰라. 아무리 생각해도 모르겠는 걸 어떡하라고. 내가 확실하게 아는 건 오안나 네가 주은재를 만나는 게 상당히 화가 난다는 거, 그거 하나야.'

'잘 모르겠으면 그런 말 하지 마요. 사람 헷갈리게 왜 그래요?'

'나도 지금 헷갈려 죽겠거든? 그러니까 너나 그런 거 묻지 마.'

'지금 나한테 화내는 거예요?'

'너한테 화내는 거 아니야. 그냥 나도 혼란스럽다고.'

'하. 나더러 대체 뭘 어쩌라는 거야?'

'누가 너더러 뭐 하래? 아무것도 하지 마.'

'뭐라고요?'

'주은재고 뭐고. 내 마음이 확실해질 때까진, 나 말고 다른 남자 만나지 말라고, 오안나. 다음번엔 나도 내가 무슨 짓을 할지 모르겠으니까.'

꿈에서 본 건 거기까지였다. 짤막한 대화만 엿들어도 둘 다 서툴기 짝이 없었다. 자기 마음을 제대로 모르는 건 시하뿐 아니라 저 역시도 마찬가지였다.

"그런데, 안나 너."

마치 드라마를 보듯 신나게 꿈속 서점 장면을 리플레이하고 있던 안나가 느닷없이 끼어든 시하의 목소리에 퍼뜩 정신을 차렸다.

"정말로 우리가 여기서 뭐 했는지 기억이 잘 안 나?"

눈을 뜨니 어느새 그의 얼굴이 코앞에 있었다. 그는 자연스럽게 책장에서 얇고 넓으면서 큰 책을 하나 꺼내 펼쳐 앞을 가렸다. 책이 꽤 커서 안나와 시하의 얼굴이 한꺼번에 가려질 정도였다.

꿀꺽. 안나는 저도 모르게 침을 크게 삼켰다. 설마 저 뒤에 키스라도 했었던 거야? 뒤로는 책장이 가로막고 있고 앞으로는 그가 손에 들고 있는 책이 시야를 가리고 있는 어쩐지 위험한 상황. 은밀하게 다가온 그가 속삭거렸다.

"우리, 이렇게 책으로 가리고 사람들 몰래 키스했었는데."

진짜로? 안나는 속으로 찢어질 듯한 비명을 질렀다. 하지만 안타깝게도 잘 기억이 안 난다는 말을 이미 해버린 터라 그를 추궁할 수도 없었다. 서점 안은 추울 정도로 냉방이 잘 되어 있는데, 이상하게 자꾸만 식은땀이 났다. 시하가 천천히 고개를 기울여 다가왔다.

50센티. 30센티. 10센티……. 어느새 책을 다시 덮어도 사람들의 시야를 가릴 수 있을 만큼 둘의 간격이 좁아졌다. 야금야금 다가오는 그의 입술을 바라보다 안나가 가슴이 터질 것 같아서 질끈 눈을 감아버린 순간이었다.

피식, 바람 빠지는 소리가 들렸다. 다시 슬며시 눈을 뜨니 생크림이 녹아내리듯 부드럽게 미소 짓고 있는 그의 모습이 보였다.

"바, 방금 뭐였어요?"

"미안. 우리 여기서 키스 같은 거 안 했어. 곧장 집으로 다시 갔어."

"나 놀린 거예요?"

"긴장한 모습이 너무 귀여워서 그만. 많이 놀랐어?"

놀랐다기보다…… 아쉬웠다. 그것도 굉장히. 안나는 자신이 느끼는 감정이 당혹스러웠다. 왜 입에 물고 있던 사탕 뺏긴 아이처럼 서러운 기분이 드는 건지 알 수 없었다.

'내가 이렇게 밝히는 여자였었나? 오안나, 쉬운 거로도 모자라 밝히기까지 하는 거야?'

안나는 느닷없이 자아 성찰에 돌입했다. 그러곤 한참 만에야 자신이 쉬운 여자도, 밝히는 여자도 아니라는 결론을 내렸다. 단순명료하게 생각했다. 그는 자신을 좋아하고 있다고 고백했다. 저도 속으로 그를 좋아하고 있다고 인정했다. 그럼 키스하고 싶은 생각이 드는 거야 당연한 거지! 6개월 전부터 꿈속에선 시도 때도 없이 했는데!

자신의 욕구에 정당성이 확립되자 안나는 과감해졌다. 일단 책과 그의 얼굴 사이로 쏙 들어갔다.

"안나?"

놀란 그의 눈이 화등잔만 하게 커지는 것이 보였다. 그의 그윽한 눈동자 속에 담긴 제 모습을 보며 안나는 두 손으로 그의 얼굴을 붙잡고 저돌적으로 입술을 밀어붙였다.

"읍!"

그의 입술 사이로 흘러나오는 신음이 선율처럼 듣기 좋았다. 안나는 노크하듯 잔뜩 굳어 있는 그의 입술을 앙 깨물었다.

"읏!"

그가 야한 신음을 토해내고는 이내 긴장을 풀고 자연스럽게 입술을 벌려주었다. 환영의 인사를 건네듯 책을 들지 않은 손으로 허리를 바짝 끌어안는 것도 그는 잊지 않았다. 그렇게 입술이 뜨거워질 때까지 맞대고 있다가 이쯤이면 됐다 싶어 안나는 천천히 그에게서 얼굴을 떼어냈다. 정확히 말하자면 떼어내려고 했다. 하지만 그녀는 그러지 못했다. 그럴 수 없었다. 이번엔 시하가 안나를 밀어붙였다.

"어떻게 된 게 스무 살 때보다 키스를 더 못하는 것 같아."

"네?"

"이번 기회에 제대로 가르쳐줄 테니까 머릿속에 확실히 새겨둬."

그는 아무도 볼 수 없는 건물 비상계단으로 그녀를 끌고 갔다. 바로 옆에 비상계단으로 통하는 문이 있다니 정말이지 기가 막힌 자리 선정이 아닐 수 없었다. 쾅! 문이 닫히고, 잠시 웅성웅성대는 소리가 들리다 잦아들었다.

사위가 고요해진 것을 확인한 그가 다시 갈급하게 입술을 겹쳐왔다. 입술이 맞물리나가 일순 촉촉한 것이 입 안으로 파고들었다. 그것이 뭔지를 깨닫는 동시에 짜릿함이 등줄기를 훑고 지나갔다. 아까 전의 제가 무식하게 입술만 붙이고 있었다는 깨달음이 절로 드는 키스였다. 순식간에 다리가 풀려버려서 안나는 그에게 매달리며 목을 끌어안았다.

키스는 더욱 집요해지고 깊어졌으며 진해졌다. 사람들이 분주히 오가는 서점과는 전혀 다른 공기가 비상계단을 점점 뜨겁게 데웠다. 겨우 문 하나를 사이에 두고 전혀 다른 세계가 펼쳐졌다. 안나의 어설픈 도둑 키스를 가려주던 책만이 비상구 너머 그들이 있던 자리에 쓸쓸히 떨어져 있었다.

*

'숨 막혀서 죽을 것 같아.'

입술을 물어뜯고 깨물고 집어삼키는 짐승 같은 키스의 후폭풍은 거셌다. 서점에서 나와 시하와 나란히 거리를 걸으며, 안나는 공기 중의 산소 농도가 급속도로 줄어든 듯한 느낌을 받았다. 평소보다 숨소리가 거칠었다. 시하에게 들킬까 숨죽여 호흡을 내뱉다 보니 더 숨을 쉬기 어려워지는 악순환이 발생했다. 머리는 어지럽고, 멀쩡한 바닥이 핑글핑글 도는 것처럼 느껴졌다.

그와의 키스는 절대 떨어지고 싶지 않을 정도로 중독적이었다. 이래서 과거의 저는 그렇게 시도 때도 없이 이 남자와 키스를 했었구나, 고개가 절로 끄덕여질 만큼.

하지만 그 후유증은 꽤 타격이 컸다. 기억에서 지워진 스무 살의 오안나에겐 어떨지 몰라도, 스물다섯의 오안나에겐 이번이 첫 키스나 다름없었다. 그런데 첫 키스부터 이렇게 격렬하게 할 줄이야. 지난 5년, 뭇 남자들의 구애를 거절하면서 안나는 자신이 이런 짐승 같은 첫 키스를 하게 될 거라고는 상상조차 해본 적 없었다.

입술이 불에 덴 것처럼 화끈거렸다. 앞으로 한동안은 시하의 얼굴에서 입술만 보일 것 같았다. 키스의 부작용으로 정신적 트라우마와 심각한 호흡곤란, 빈혈과 화상, 환각 증상을 차례로 체크한 안나는 걸음을 빨리했다. 그렇게 그녀가 무작정 발길 닿는 대로 걷고 있을 때였다. 말없이 걷는 그녀의 뒤에서 시하가 불쑥 물었다.

"이제 어디 갈 거야? 강 선생님이 최대한 많이 따라 해보랬어."

그가 마치 이 상황을 즐기고 있는 것처럼 보이는 건 착각일까? 안나는 우뚝 걸음을 멈춰 세우고 깊은 한숨을 내쉬었다. 시하의 입에서 '강 선생님'이라는 말이 나온 순간, 자동으로 그가 했던 말이 뇌에 주입되었다. 꿈에서 본 것들을 현실에서 직접 해보는 것도 도움이……. 꼭 똑같이 해야……. 명심……. 마치 뇌에 대고 타자하는 소리가 들리는 것 같았다.

"아무 데나 가요."

안나는 힘없이 대답했다. 어차피 서점 같은 공공장소도 사각지대는 있는데. 마음만 먹으면 이 남자는 어디서든 짐승으로 돌변할 수 있는데.

'아니! 짐승은 바로 나였잖아! 조심해야 할 건 그가 아니라 바로 나라고, 나!'

안나는 이제 더 이상 자기 자신을 믿을 수가 없었다. 그녀는 지금 위험한 짐승이었다. 이제 막 키스의 매력에 눈을 뜬 새끼 짐승.

그렇다면 적어도 비상계단 같은 은밀한 사각지대가 없는 곳으로 미션 장소를 골라야만 했다. 그래야만 제 안 깊숙한 곳에 자리 잡은 은밀한 욕구를 자제할 수 있을 테니. 그녀는 또다시 깊은 고민에 빠졌다. 길 한복판에서 심각한 결정 장애를 겪고 있는 그녀를 보다 못한 시하가 몇 가지 보기를 제시했다.

"혹시 꿈에서 부티크는 안 나왔어? 내가 너한테 옷 선물한 적 있었거든."

그때만 해도 솔직하면 어디 덧나는 줄 알았던 시절이라, 웃는 모습이 보고 싶어 데려가 놓고 먹이에 조미료 친다는 허튼소리나 해댔었다. 지금이라면 훨씬 더 상냥하게 안나를 기쁘게 해줄 수 있을 터였다.

기대하는 시하의 눈빛을 바라보며 안나가 즉시 부티크에서의 시뮬레이션을 실행했다. 그곳이라면 꿈에서 봤던 기억이 났다. 게다가 손님이나 직원들이 계속 들락날락할 테고, 여차하면 CCTV 핑계를 댈 수도 있으니 괜찮을 것 같았다. 열정을 가진 직원이 시종일관 따라다녀 준다면 더욱 금상첨화였다. 그러나 등잔 밑이 어둡다고 그곳엔 그녀가 전혀 생각지 못한 공간이 존재했다.

"그때 너 내가 옷을 스무 벌이나 사줘서 그거 갈아입느라 엄청 힘들어했었는데. 진짜 탈의실에 옷이 산더미처럼……."

'맞다, 탈의실!'

안나는 머리카락이 쭈뼛 서는 기분을 느끼며 도리도리 고개를 저었다. 그후로도 시하가 몇 가지의 보기를 더 제시했지만, 안나는 다 칼같이 거부했다. 차이니즈 레스토랑의 룸이라든가, 병원의 VIP용 병실이라든가, 그의 사무실이라든가, 차 안이라든가. 어째 말하는 장소마다 사방이 꽉꽉 막힌, 짐승이 서식하기에 딱 알맞은 장소뿐이었다. 게다가 개중엔 '차 안'처럼 안나가 꿈에서 본 적 없는 장소도 섞여 있었다.

안나는 더 이상 시하의 손에 맡겨둘 수 없는 판단이 들어 다시 스스로 장소를 고민하기 시작했다. 그러다 검정고시 교재를 사러 이 서점에 들렀다는 사실에서 힌트를 얻어 마땅한 장소를 선택했다.

"우리 그럼, 이번에는 내가 검정고시 시험 봤었던 학교로 가요."

꿈에서 본 대로라면 그날은 오랫동안 시험공부를 하느라 서로 얼굴 한 번 제대로 못 보고 지내다 정말 오랜만에 그를 만나는 날이었다. 그래서인지 꿈속의 자신은 시험을 보러 가면서 옷차림에도 꽤 신경 쓴 모습이었다. 화사한 옷차림. 선선하게 부는 봄바람 교정을 가득 채운 푸릇푸릇한 잎사귀.

'나 보여? 고작 100미터밖에 안 되는데 멀게 느껴진다. 내가 뛰어갈까?'

'아뇨, 내가 갈게요.'

탁, 탁, 탁 뛰어가 연인의 품에 안기는 자신과…….

'언제부터 기다렸어요?'

'1시간 전부터.'

'그렇게나 일찍?'

'응. 네가 보고 싶어서 견딜 수가 있어야지.'

'나도요. 나도 보고 싶어 죽는 줄 알았어.'

이토록 애틋하고 사랑스러운 연인들의 대화라니. 음란마귀가 끼어들 틈이라곤 전혀 보이지 않는 꿈속의 장면은 무척이나 만족스러웠다. 물론 그에게 뛰어가 안겼을 때 얼굴 여기저기며 목이며 자잘한 키스를 당하긴 했지만, 서점에서의 짐승 같은 키스와는 분위기가 달라서인지 부작용은 일어나지 않았다. 그렇게 검정고시 시험장까지 클리어한 다음에는 내친김에 고모를 보러 교도소에 갔던 꿈속 장면도 따라 했다.

'안나를 사랑해!'

이 교도소에서 비록 찬영에게 소름 끼치는 고백을 듣긴 했지만, 동시에 처음으로 안나는 그에게 제대로 목소리를 내기도 했었다.

'아뇨! 오빠가 하는 건 사랑이 아니야! 착각하지 마요!'

'대체 내가 어떻게 해야 내 말을 믿어줄 거야? 정말이야. 진심으로 널 사랑한단 말이야!'

'소용없어요. 나는 이제 사랑에서 어떤 냄새가 나는지 아니까. 이제 다신 오빠 거짓말에 속지 않아.'

꿈속에서 자신은 더없이 당당하고 확고했다. 고모의 집에 갇힌 뒤로 찬영

앞에선 언제나 숨죽이고 있었는데. 안나는 저때 자신이 저토록 용기를 낼 수 있었던 이유가 바로 곁에 있던 시하 덕분이라고 생각했다. 그에게서 풍기는 사랑의 냄새 덕분에 확신을 갖고 말할 수 있었던 게 틀림없었다.

이렇게 하나하나 꿈속의 장면들을 따라 하다 보니 새삼 그와 정말 많은 추억을 쌓았다는 실감이 났다. 교도소를 나서 주차장으로 향하면서는 안나가 먼저 시하의 손을 잡았다. 서늘한 그의 체온이 기분 좋았다. 그도 함께 꿈속에서 본 기억을 따라 하며 이런저런 생각이 들었던 모양인지 놀라지 않고 그저 더 꽉 그녀의 손을 잡아줄 뿐이었다. 어느새 날이 검기울어 하늘이 어둑어둑했다.

"이제 그만 펜트하우스로 돌아갈까요?"

안나가 세안했다. 온풍일 해우의 처방내로 미션을 수행하고 나넜너니, 쉬고 싶은 마음이 간절했다.

"그래, 이만 돌아가자."

안나의 물음에 시하는 곧장 고개를 끄덕여주었다. 자신이 쉬고 싶다기보다 안나를 쉬게 해주고 싶었다. 그가 재빨리 안나를 위해 보조석 문을 열어주었다. 그 순간, 안전띠를 매다 뒤를 살짝 돌아본 안나의 눈에 뒷좌석에 놓인 쇼핑백이 보였다. 그러고 보니 자신이 키스에 정신 못 차리고 있는 사이, 그는 서점에서 살 게 있다며 잠시 사라졌다 돌아왔었다.

"근데 아까 서점에서 뭐 산 거예요?"

안나는 그가 대체 그런 짐승 같은 키스를 한 후에 사야만 했던 물건이 뭐였는지 호기심이 일었다.

"봐도 돼요?"

시하는 망설임 없이 고개를 끄덕였다. 잠시 후, 자동차 시동이 걸리는 소리를 뚫고 안나의 새된 비명이 터져 나왔다.

"뭐, 뭐예요? 이, 이, 이걸 왜 샀어요?"

경악에 떠는 그녀의 손이 책을 으스러지게 꾹 움켜쥐었다. 시하가 재빨리 그녀에게서 책을 빼앗아오며 말했다.

"구기면 안 돼. 소중한 거야."

그러더니 책에 묻은 먼지 한 톨을 훅 불며 애지중지 다시 쇼핑백에 담아 그녀의 손이 닿지 않는 곳에 두는 게 아닌가. 안나는 정말이지 기가 막혔다. 그가 저토록 귀하게 여기는 책이 바로 서점에서 키스할 때 가림막으로 사용했던 그 책이었기 때문이다.

"아니, 그걸 대체 왜 산 건데요? 네? 호텔 대표가 검정고시 모의고사 문제집이 왜 필요하냐고요?"

"몰라서 물어? 이건 안나 네가 나한테 입술을 허락해준 기념으로…… 읍!"

이 남자가 진짜 못 하는 말이 없어! 안나는 손을 뻗어 화끈거리는 말을 뻔뻔하게도 늘어놓는 시하의 입을 틀어막았다. 정말이지 한순간도 방심할 수가 없는 남자였다. 그녀의 생각을 증명하기라도 하듯 그가 다시 기습을 해왔다. 할짝. 손바닥에서 느껴지는 야릇한 감각에 안나는 저도 모르게 몸을 부르르 떨었다.

"지금 뭐 한 거예요?"

그녀는 잠깐 사이 눈물이 그렁그렁 고인 눈으로 시하를 바라보며 물었다. 그가 더없이 짓궂은 표정으로 대답했다.

"다짜고짜 내 입술에 갖다 대기에 난 또 키스해주라는 뜻인 줄 알았지."

"말도 안 돼. 이게 어떻게 키스해달라는 뜻이에요? 제발 좀 조용히 해달라는 뜻이지. 그리고 내가 언제 입술 갖다 댔어요? 손바닥 좀 댄 거잖아요."

"키스가 꼭 입술에만 하는 건 아니잖아?"

"와! 무슨 그런 억지가 다…… 어라?"

바로 그때였다. 밀폐된 차 안, 손바닥에 닿은 촉촉한 혀, 키스가 꼭 입술에만 하는 건 아니라는 시하의 말. 이 세 가지가 느닷없이 뒤섞이더니 순식간에 안나를 과거의 한 지점으로 데려갔다.

'키스가 꼭 입술에만 하는 건 아니잖아?'

'못 본 사이에 왜 이렇게 야해졌어요?'

'한 달 동안 자주 못 봐서 잊었나 본데, 네 남자 원래 야했어.'

아무리 더듬어봐도 이 기억은 꿈에서 본 적이 없었다. 아까 시하가 미션 수행 후보지로 제시했을 때도 '차 안'은 아무것도 떠오르지 않은 장소였다. 그런데 느닷없이 머릿속에 떠오른 이 장면은 마치 한 번도 잊어버린 적 없는 기억인 양 너무도 선명했다. 검정고시 시험장에서 출발해 고모를 만나러 교도소로 향하던 차 안에서의 기억이었다.

"안나야, 갑자기 왜 그래? 어디 아파?"

갑자기 멍해진 그녀를 시하가 걱정스러운 기색으로 바라봤다. 그러곤 무척 조심스러운 손길로 안나의 어깨를 다독이고 머리카락을 어루만져주며 달랬다. 간신히 진정이 된 안나가 입을 열었다.

"나 방금 기억이 떠올랐어요."

"……어?"

"우리 전에도 차 안에서 이랬던 적 있었죠? 같이 고모 보러 교도소에 가던 길이요. 그때도 당신이 이렇게 내 손바닥에다 키스했었죠? 맞죠?"

안나는 울먹이며 시하에게 거듭 사실을 확인했다. 시하도 그녀만큼 가슴이 벅차올라서 차마 말도 못 하고 고개만 연신 끄덕여주었다. 안나가 기쁨의 눈물을 쏟아내며 속삭였다.

"진짜 신기해요. 강해우 선생님 말대로 꿈에서 본 것들을 그대로 따라 했더니 기억끼리 연결됐어. 나 정말 기억을 다시 찾을 수 있을지도 몰라요."

조금씩, 조금씩, 안나의 꿈속에만 존재하던 기억이 현실 세계로 끌려 나온다.

"당신을 사랑한 기억, 되찾을 수 있을지도 모른다고요."

시하는 감정을 주체하지 못하고 그대로 안나를 품에 꽉 끌어안았다. 그 순간, 그의 귓가에 해우가 해준 말이 어른거렸다.

'부분 기억 상실 환자가 기억 가능한 부분을 '기억의 섬'이라고 불러요. 지금 안나 씨의 경우는 기억의 섬이 꿈속에 매우 제한적으로 존재하고 있죠.'

안나가 잃어버렸으나 실은 잃어버린 적 없는 섬. 지금이라도 얼마든지 제자리에 돌려놓을 수 있는 섬.

'쉽진 않겠지만, 지금부터 그 섬들을 현실로 끄집어내서 하나둘 늘려가는 거예요. 그럼 반드시 다시 찾게 될 거예요. 서로 사랑했던 소중한 추억. 틀림없이 되찾을 수 있어요.'

정말로, 섬과 섬이…… 이어졌다.

*

기억의 섬을 발견한 시하와 안나는 밝은 표정으로 펜트하우스에 돌아왔다. 쉬고 싶은 마음이 간절했던지라 곧바로 안으로 들어가려던 안나가 문득 걸음을 멈추고 수영장을 바라봤다. 일순 꿈에서 봤던 한 장면이 또 생각났다.

'이거, 내 탓 아니다? 네가 먼저 시작한 거야.'

달콤한 목소리로 경고한 그는 거부할 새도 없이 자신에게 키스해왔다. 마치 집어삼켜지듯 열렬한 키스였다. 그저 떠올리는 것만으로도 온몸에 열이 오르는 것 같은, 그런 키스. 수영장을 바라보며 서 있는 안나의 등 뒤로 시하가 다가와 낮게 속삭였다.

"혹시 여기도 꿈에 나왔어?"

반사적으로 뒤돌아선 안나가 빠르게 고개를 저으며 대답했다.

"아뇨! 안 나왔어요!"

"그래? 정말?"

"네! 진짜 안 나왔어요!"

언제나 그렇듯 그녀의 거짓말은 어설프기 짝이 없었다. 시하가 희미하게 미소 지으며 안나의 턱을 들어 올려 눈을 맞췄다.

"정말 안 나왔어? 여기 우리한테 정말 특별한 곳인데."

"그, 그래요?"

시하에게 턱을 붙잡힌 탓에 안나는 괜스레 까만 하늘을 올려다보며 어색하게 발뺌했다. 언제까지 모른 척할 수 있는지 해보자는 듯, 시하는 고개를 기울여 안나의 귓가에 속삭였다.

"여기, 우리가 진짜 첫 키스를 한 곳이야."

영역 표시를 하기 위해서. 혹은 약을 먹이기 위해서. 그런 구차한 이유 없이 정말로 마음이 통해서 처음 입을 맞췄던 곳. 그래서 이곳은 시하에게 안나와 진짜 첫 키스를 한 장소였다. 시하는 그때를 떠올리듯 황홀한 표정을 지으며 나른해진 목소리로 말을 이었다.

"특별한 기억 중에서도 가장 특별한 기억이지."

아아, 스물다섯의 오안나뿐만 아니라 스무 살의 오안나도 첫 키스는 격렬했구나. 안나는 꿈속에서 본 뜨거운 장면을 회상하며 저도 모르게 달뜬 숨을 내뱉었다. 말뺌의 강도가 느슨해진 것이 아련한 표정에서도 여실히 드러났다. 안나가 방심한 틈을 타 시하가 그녀를 천천히 수영장 쪽으로 이끌며 말했다.

"해볼래? 이런 특별한 기억을 안 따라 하면 뭘 따라 하겠어?"

"하지만…… 그러려면 시하 씨가 물속에 들어가야 하는데."

결국 그의 계략에 넘어간 안나의 입에서 진실이 흘러나왔다. 시하가 씨익 웃으며 팔짱을 꼈다.

"꿈에서 본 적 없다면서 나 혼자 물에 들어간 건 어떻게 알아?"

"헙!"

뒤늦게 자신의 실수를 깨달은 안나가 두 손으로 입을 틀어막았다.

"우리 안나, 거짓말 못 하는 건 여전하네."

허리를 살짝 숙여 얼굴을 가까이 들이민 시하가 입을 가리고 있는 그녀의 손등 위에 쪽 입을 맞추고 뒤돌아섰다. 그는 말릴 틈도 없이 그대로 수영장 안으로 뛰어들었다. 깜짝 놀란 안나가 무릎을 굽히고 앉아 물속으로 사라져버린 시하를 찾았다.

"시, 시하 씨? 어딨어요?"

그가 자신을 놀린다는 걸 알면서도 괜한 두려움이 엄습했다. 그렇게 얼마나 지났을까? 느닷없이 물 밖으로 튀어 오르듯 나온 시하가 그녀와 얼굴을 마주했다. 푸른 달이 그의 눈동자 안에서 이지러지고 있었다. 홀린 듯 그의 얼굴을 들여다보는데, 어느 순간 뺨에 물기로 촉촉해진 손끝이 닿았다.

"그날, 내가 얼마나 기뻤는지 넌 모르지?"

시하는 안나의 볼을 조심스럽게 쓰다듬으며 말했다.

"넌 항상 날 밀어내고 거부하기 바빴는데, 그날 처음으로 날 받아들여줬어."

물기에 미끄러지듯 내려간 그의 손은 이내 뜨거운 입술을 매만졌다.

"……좋아해. 옛날에 내가 어땠는지 하나도 생각 안 날 만큼."

그날, 안나에게 전한 고백. 시하는 아직까지도 그때 느꼈던 떨림이 생생했다.

"만약 너도 조금이라도 나와 같은 마음이라면, 날 다시 불러줘. 네 곁으로."

그땐 안나가 자신을 거절해도 어쩔 수 없다고 생각했었다. 하지만 그녀는 절 받아들여줬다.

"그리고 넌 날 네 곁으로 불러주었고, 그 마음을 증명하듯이 내게 짧게 입을 맞춰주었어."

어떻게 그 순간을 잊을 수 있을까? 안나가 떠난 후에도 시하는 그 순간만큼은 단 한 번도 잊어본 적 없었다.

"난 너무 기뻐서, 너무 좋아서, 참을 수가 없었어."

수영장 물에 반사된 달빛 때문일까. 안나는 문득 그의 눈동자가 촉촉하다고 생각했다.

"그래서 난 네 핑계를 대고 입술을 훔쳤지. 이렇게……."

부드럽게 목을 감싸고 있던 시하의 손에 단단한 힘이 들어가는 게 느껴졌다.

"이거, 내 탓 아니다?"

거부할 틈도 없이 고개가 기울어졌다.

"네가 먼저 시작한 거야."

과거와 현재가 겹쳐지듯 이내 맞물린 입술. 꿈속에서 본 대로라면 키스하는 내내 물에 빠질 것 같다느니 어서 내려달라느니 그와 옥신각신해야만 했다. 하지만 안나는 그러고 싶지 않았다. 스무 살의 오안나가 자신의 욕망에 솔직하지 못했다면, 스물다섯의 오안나는 달랐다.

잠시 고민한 그녀가 이윽고 천천히 시하에게 손을 뻗었다. 꿈속 레퍼토리와는 다른 안나의 행동에 시하가 움찔했다. 그가 그때처럼 어쩔 줄 몰라 하는 것이 아니라 은근한 힘으로 넥타이를 쥐어오는 그녀의 손길에 의아한 듯 물었다.

"뭐, 뭐 해? 꿈이랑 다른…… 데?"

"알아요. 근데 지금 나한텐 기억 되찾는 일보다 더 중요한 게 있어서요."

"더 중요한 거? 그게, 뭔데?"

"……내 감정에 솔직해지는 거."

안나는 그대로 시하의 넥타이를 잡아당겨 더 깊게 입을 맞췄다. 놀라움에 시하의 눈이 커졌다. 새빨리 입술을 떼어낸 시하가 당황한 표정으로 안나를 바라봤다. 그녀가 부끄러운 듯 손으로 빨개진 얼굴을 감싸며 말했다.

"왜요? 싫어요? 5년 전처럼 계속 밀어내고 거부할까요?"

부끄러워하는 것치곤 그녀의 말은 상당히 도발적이었다. 덕분에 시하는 도무지 정신을 차릴 수가 없었다.

"그때의 난 두려운 것도 많고 자존심만 세서 솔직하지 못했겠지만, 지금의 나는 달라요. 내가 이러는 게 싫으면 말해요."

아까 서점에서도 느꼈지만, 그토록 부끄러워할 땐 언제고 결정적인 순간이면 안나는 저보다 훨씬 더 대담해졌다.

나는, 네가 보여주는 이 솔직한 마음에 휩쓸려도 되는 걸까? 키스를 원하는 너의 마음이 날 사랑했던 기억 때문이라고 멋대로 믿어도 되는 걸까?

아직 기억도 전부 찾지 못한 그녀에게 이런 식으로 급하게 다가가려던 건 아니었다. 하지만 지금은 적절한 속도가 어느 정도인지 생각할 겨를조차 없었다. 갈등 끝에 시하는 안나의 뺨을 감싸 쥐었다.

"바보. 싫을 리가 없잖아."

"그럼 계속해요. 하고 싶어요, 나도."

"진짜 너무 좋아서 미쳐버릴 것 같아."

몸살을 앓듯 정신없이 진심을 내뱉은 그가 다시 갈급하게 입술을 겹쳤다. 꿈속에서처럼 행동하려던 계획은 그의 머릿속에서 아예 증발해버리고 말았다. 원래라면 수영장 중앙으로 안나를 안고 이동해야 했지만, 그는 그저 그녀가 이끄는 대로 수영장 턱까지 바짝 다가갈 뿐이었다. 그는 안나의 초대에 열렬히 응했다.

전세는 곧바로 역전됐다. 수영장 턱을 한 손으로 단단히 짚은 그가 상체를 더욱 높이 들어 올려 입술을 한결 밀착시켰다. 숨이 차서 저도 모르게 고개를 세우고 멀어지려는 안나의 가녀린 목을 그의 커다란 손이 부드러우면서도 단호하게 끌어내렸다.

"도망치지 마. 하아……. 이번에는 진짜…… 네가 먼저 시작한 거야."

"도망…… 안 쳤거든요? 나는 그냥 숨이 차서…… 하읍!"

반박하는 안나의 입술을 시하가 다시 거칠게 물었다. 물에 젖어 더욱 서늘해진 입술이 순식간에 뭉근한 마찰에 의해 뜨거워졌다. 입술뿐만 아니라 물속에 잠겨 있는 발끝까지 찌릿찌릿한 열기가 느껴졌다.

두 번째로 나누는 첫 키스는 처음보다 훨씬 솔직했다. 뜨겁고 깊었다. 분명 5년 전의 안나에겐 키스 이상에 대한 두려움이 있었는데, 지금은 아니었다. 떨어지고 싶지 않다는 듯 목을 한껏 끌어안는 그녀에게선 그때와 같은 두려움이 전혀 느껴지지 않았다. 안나가 자신을 사랑하고 있음이 여실히 느껴졌다.

그렇게 기적처럼 다시, 사랑이 시작되었다. 마치 사랑하지 않은 적 없는 것처럼.

*

정신없이 키스하는 사이, 시간이 얼마나 흐른 건지 알 수 없었다. 희미한 어둠이 더욱 짙어진 걸 보며 그저 밤이 깊었구나 짐작만 할 뿐. 안나는 흐려진 시야를 가득 채우고 있는 달을 바라보다 흠칫 놀랐다. 푸른 달처럼 반짝이는 시하의 눈동자려니 생각했는데, 정말로 달이었다. 어째서 하늘에 떠 있는 달이 보이는 걸까? 분명 그와 마주 보며 키스를 나누고 있었는데…….

의아한 생각이 끝나기도 전에 안나는 자신이 선베드 위에 누워 있다는 사실을 깨달았다. 그래서 하늘이 보이는 것이었다. 물에 젖어 반투명해진 시하의 셔츠 어깨 부분이 달 끝자락에 이어져 있었다. 그 위로 보이는 날렵한 얼굴. 그런데 시하의 얼굴은 무언가를 참는 듯 잔뜩 일그러져 있었다. 안나는 갑자기 키스를 멈춘 그를 몽롱한 시선으로 바라봤다.

"왜…… 그만해요?"

눈을 감고 있던 시하가 안나의 질문에 허탈하게 웃었다. 멋쩍어진 그녀가 새치름하게 물었다.

"왜 또 웃는데요?"

"네 반응이 예상 밖이라서."

"내가 어떨 것 같았는데요?"

"언제 널 눕혔냐고, 제발 속도 좀 줄이라고 혼이라도 낼 줄 알았지. 왜 멈추냐고 물어볼 줄은 전혀 생각 못 했거든."

그러지 않아서 다행이라는 듯한 말투였지만, 표정은 그 반대였다. 안나는 이해할 수 없었다. 왜 그가 제발 혼이라도 내주길 바라는 표정을 짓고 있는 건지. 어째서 여기서 멈춰주길 바라는 것 같은 기분이 드는지도. 서운한 심정을 애써 숨긴 채 그녀가 퉁명하게 말했다.

"잊었어요? 내가 먼저 키스했어요, 서점에서."

그러곤 손을 뻗어 입맞춤으로 붉어진 그의 입술을 매만졌다. 그의 입술은 뜨거웠다. 닿을 때마다 서늘했던 피부에서도 온기가 느껴졌다.

'봐, 나 혼자만 이런 거 아니잖아. 근데 왜…….'

차마 말도 못 하고 안나는 시하의 눈만 빤히 들여다봤다. 민망하고 서운해서 눈가가 촉촉해진 안나의 심정을 알아차린 그가 그녀의 양팔을 두 손으로 쥐고 고개를 숙였다. 그가 뜨거운 한숨을 내쉬니, 우물처럼 움푹 파인 빗

장뼈 위에 간지러운 숨결이 고였다.

"내가……."

그 위로 그의 진심이 고요히 내려앉았다.

"더 하면 못 멈출 것 같아서 그래."

안나를 다시 만난 지 이제 고작 며칠밖에 되지 않았다. 지난 5년 동안 안나가 죽을 만큼 그리워도 참고 버텼던 시간이 허무하리만큼, 곁에 그녀가 있으니 제 마음을 숨기기가 너무 어려웠다.

서점에서 안나가 입을 맞춰준 후로는 더욱 그랬다. 그때 했던 키스는 그녀의 기억을 되찾아주려는 행위가 아니었다. 지극히 본능적이고 은밀한 욕망이 담긴 행위였다. 자신을 오롯이 받아들여 주는 안나로 인해 욕망은 끝을 모르고 부풀어 올랐다.

그래서 잠깐 잊고 말았다. 자신이 왜 안나를 떠나보내고 그 죽을 것 같은 시간을 견디기로 결심했는지. 어째서 5년씩이나 그 끔찍한 고통을 감내했어야만 했는지.

'오안나가 판의 신부라는 걸 아버지가 어떻게 알았을 것 같아? 네 몸에 흐르는 아버지의 피. 판은 그 피로 느낀 거야. 네 곁에 있었기 때문에 오안나의 정체를 판에게 들킨 거라고.'

물론 다시 안나를 곁에 두기로 다짐하면서 또다시 저로 인해 안나가 위험해지는 상황을 각오하지 않은 건 아니었다. 시하는 지난 5년간 안나를 다시 제 곁에 데려와도 거뜬히 지켜줄 수 있게끔 끊임없이 힘을 단련해왔다. 이미 몇 번의 경험을 통해 자신의 힘이 웬만한 순혈 왕족의 몽마에게도 뒤지지 않는다는 것도 확인했다. 그러니 절대로 쉽게 판의 손에 안나를 빼앗기는 일은 없을 것이다.

하지만 그렇다고 해서 지금 당장 모든 경계심을 풀 수는 없었다. 적어도 더 이상 판이 쉽게 안나의 꿈에 침입할 수 없도록 막는 결계 향수를 완성할 때까진 그녀와 깊은 접촉을 하지 않는 편이 좋을 것이다.

몽마인 자신과 접촉을 하면 할수록 판이 안나의 꿈에 침입하는 것이 더 수월해진다. 저에 관한 기억이 안나의 꿈에 많이 저장되면, 판이 그녀의 꿈의 궤적을 더 쉽게 찾아낼 수 있기 때문이다.

뒤늦게 냉정을 찾고 나니 시하는 이미 오늘 나눈 두 번의 키스만으로도 덜컥 불안해졌다. 덕분에 그는 조금 전보다 한결 수월하게 쥐고 있던 안나의 두 팔을 놓을 수 있었다.

"오늘은 여기까지만……"

하지만 그런 그를 안나는 또다시 속수무책으로 흔들었다.

"이럴 거면 아까 서점에서 제대로 가르쳐주겠다고 말이나 하지 말지."

"뭐?"

"브레이크 밟을 거면 아까 내가 수영상 보그노 보튼 적했을 때, 그내 밟았어야죠. 이제 와서 이러는 게 어딨어요?"

"하……"

시하는 안나의 도발에 진심으로 깊은 한숨을 토해냈다. 스무 살 오안나는 겁을 내고 달아나서 피를 마르게 하더니, 스물다섯 오안나는 정반대의 태도로 그를 마구 흔들었다.

"며칠만……"

시하는 제 안에 존재하는 모든 인내심을 끌어모아 안나에게 애원했다. 태주에게 형제들의 피를 구해다 달라고 했으니 며칠 안에 결계 향수가 완성될 것이다.

"며칠만 기다려줘."

네 꿈에 판이 침입할 수 없게 됐을 때. 내가 가진 힘으로 너를 온전히 지켜줄 수 있을 때. 그때까지만 제발…….

그가 차마 입 밖으로 꺼내지 못한 애원을 듣기라도 한 것인지 안나가 조금 전보다 한결 누그러진 목소리로 입을 열었다.

"나 여전히 자존심 세요."

"어?"

"언제까지 솔직하게 내 마음 표현할지 모른다고요. 지금이야 감정이 뜨

거워져서 대책 없이 솔직한 거지만, 자고 일어나면 창피해서 막 모른 척할
지도 몰라요. 그러니까……."

"늦지 않게 용기 낼게."

내가 얼마나 널 원하는지. 얼마나 오랫동안 널 갖는 순간을 기다려왔는
지. 전부 고백할게.

"그땐 꼭 나도 내 마음 다 표현할게."

시하의 진심 어린 고백에 안나가 결국 백기를 흔들었다. 자존심은 있는
대로 상하게 해놓고 제대로 화도 못 내게 하는 나쁜 남자. 그런데도 왜 미워
할 수가 없는 건지.

"솔직히 말해봐요. 당신은 들이대고, 나는 항상 밀어내고 거부하기 바빴
다는 거 다 거짓말이죠? 실은 그 반대였죠?"

"아닌데. 진짜 내가 먼저 좋아했어. 너한테 좋아한다는 말 듣기까지 내가
고백을 몇 번이나 했는지 셀 수가 없을 정도야."

"거짓말."

"진짜야."

"못 믿겠어요. 지금도 나만 이렇게 애타 하는데. 좀 더 구체적으로 말해봐
요. 우리 어떻게 만났어요? 날 고모한테서 구해줬다는 얘긴 들었어요."

널 처음 만났던 순간을 어떻게 솔직하게 말할 수 있을까? 시하는 복잡한
심경으로 입을 열었다.

"처음엔 우리 둘, 계약 관계였어."

"계약 관계?"

"말했잖아. 우리 처음엔 사이가 그다지 좋지 않았다고."

"그러니까 일종의 비즈니스 관계였다는 뜻이네요?"

"……비슷해."

최대한 이득을 얻을 수 있게끔 계약을 조율하는 관계. 공정하고 공평한
계약을 원한다며 조건을 셋씩이나 말하던 안나의 모습이 떠올라 시하는 조

용히 고개를 끄덕였다.

"계약 조건이 뭐였는데요?"

"널 오정숙에게서 구해주고, 호텔을 되찾도록 협력하고, 마지막으로 네 부모님을 죽인 범인을 찾을 수 있게 도와주는 거."

"세 개 중 두 개는 이뤄줬네요. 그럼 당신이 나한테 원했던 건 뭐였어요? 나도 이뤄줬어요?"

"원래 내가 바랐던 것보다 더 좋은 걸 이뤄줬지."

"너 좋은 거? 그게 뭔데요?"

"사랑."

나는 너 아니었으면 절대 몰랐을 거야. 그런 소중한 감정이 이 세상에 있다는 걸.

"뭐, 뭐예요, 그게!"

느닷없는 고백에 안나가 화끈거리는 얼굴을 부채질하며 벌떡 일어섰다.

"드, 들어갈래요."

이런. 한 번 거절당한 상처가 여자의 자존심을 더욱 강력하게 만들어버린 모양이었다. 야속하리만치 뒤도 안 돌아보고 펜트하우스 안으로 들어가 버리는 안나를 보며 시하가 힘없이 선베드에서 일어섰다. 오늘은 안나 먼저 들여보내고 외로운 밤 홀로 버티지 않아도 될 줄 알았더니……. 어김없이 그때와 똑같은 결말이었다.

"태주야, 빨리 와라."

형제들의 피를 구하러 간 태주가 빨리 돌아오길 기원하며, 시하는 다시 수영장으로 뛰어들었다.

*

그 시각, 태주는 시하의 명령으로 성재를 만나고 있었다.

"여기 부탁한 피. 내가 연락하고 지내는 다른 나라 형제들한테도 말해서 몇 개 더 구해놨어. 그리고 예상했겠지만, 유현 형한테는 거절당했어."

태주가 찾아오기 하루 전, 시하에게서 먼저 연락을 받았다. 가급적 많은 형제들의 피가 필요하다고. 다른 몽마들과 교류가 거의 없이 지낸 시하와 달리 성재는 엔터테인먼트 사업을 하고 있는 만큼 제법 많은 인맥을 쌓은 편이었다. 방금 씻고 나와 배스 가운 차림인 그가 시약병에 담긴 피를 조심스럽게 챙기는 태주를 바라보며 물었다.

"그 녀석, 정말로 판과 싸울 생각이래?"

시하는 판이 안나의 꿈에 침입하는 걸 막기 위해 형제들의 피가 필요하다고 했다. 그것이 무엇을 의미하는지 성재도 모르지 않았다. 지난 5년간 시하가 몽마의 힘을 강하게 단련시키는 모습을 옆에서 지켜보긴 했지만, 그렇다 해도 상대는 몽마의 왕인 판이었다. 시하가 간단히 그를 제압할 수 있을 리 없었다. 아니, 판이 제대로 마음만 먹는다면 시하의 목숨이 위험했다. 게다가 힘을 단련하는 시하의 방식은 너무 무모했다.

"불리한 싸움이야. 태주 너라도 말려. 네 주인 살리고 싶으면."

태주는 단호한 눈빛으로 대답했다.

"이게 시하 님을 살리는 방법이에요."

"뭐?"

"지난 5년간 시하 님이 어땠는지 아세요? 안나 님이 곁에 안 계시는 그 시간 동안 시하 님은 죽은 거나 다름없으셨어요. 그런데 안나 님이 돌아오시고 단 며칠 만에 다시 시하 님이 웃으세요."

성재는 그런 태주를 물끄러미 바라봤다.

"그러니 제가 어떤 선택을 할 수 있겠어요? 시하 님이 그분과 싸우기로 결심했다면 저도 제 목숨을 바쳐 싸울 거예요."

감히 판의 이름을 입에 올리지도 못해 '그분'이라고 부르면서도, 태주는 결연했다. 겨우 식물의 꿈이나 훔쳐 먹는 하급 몽마 주제에 판과 싸울 생각을 하다니, 정말이지 무모하기로는 제 주인과 환상의 콤비였다. 그런 와중에 저렇게 느긋하게 웃는 얼굴이라니.

"성재 님도 수민 님을 지키기 위해서라면 뭐든 하실 거잖아요?"

성재는 기가 막힌 표정으로 반문했다.

"무슨 헛소리야?"

"스위트 노트는 불행해져야만 몽마를 강하게 만들어주는 존재죠. 하지만 성재 님은 수민 님이 불행해지기를 바라지 않았어요. 그래서 그토록 오랫동안 사랑하지 않는 척 외면해 왔던 서 아닌가요?"

"대체 태주 네가 무슨 소리를 하는 건지 도통 모르겠네."

끝까지 시치미를 떼는 성재를 바라보며 태주가 살포시 웃음을 지었다. 사실은 수민을 무척 아끼면서도 애써 모른 척하는 성재도, 마음 한 자락 내어 주지 않는 성재가 미워 가출한다는 말을 입에 달고 살면서도 끝내 그의 곁을 떠나지 못하는 수민도 안타깝긴 매한가지였다.

"저는요. 시하 님이 질 거로 생각하지 않아요. 안나 님을 위해서 시하 님은 반드시 이 일을 해낼 거예요. 그러니까 어쩌면 이건 성재 님한테도 기회가 될 수 있어요."

"기회?"

"수민 님한테 사랑한다고 말할 수 있는 기회요."

성재는 태주의 말에 뒤통수라도 한 대 맞은 것처럼 멍하니 굳어 있다가 한참 만에야 격렬한 실소를 토해냈다.

"하! 별 웃기는 소리를 다 듣는군."

태주는 그 반응이 진심을 감추기 위한 것임을 곧바로 눈치챘다. 그래서 더욱 정중하게 고개 숙여 부탁했다.

"시하 님을 도와주세요. 시하 님과 함께 싸워서, 그 기회를 잡으세요."

태주는 저 혼자 시하를 돕는 것만으로는 역부족이란 걸 누구보다 잘 알고 있었다. 더 많은 이가 제 주인을 도와주길 바랐다. 하지만 제 주인은 절대 누구에게도 이런 위험한 부탁을 할 수 있는 성격이 못 됐다. 그렇다면 저라도 나서야지. 어쩐지 처절해 보이기까지 하는 태주의 모습에 성재가 더욱 차갑게 말했다.

"말도 안 되는 소리는 그만 하고, 볼일 끝났으면 돌아가."

처음부터 성재가 단번에 제안을 받아들일 거로 생각하지 않았다. 태주는 더 이상 귀찮게 굴면 안 되겠다는 판단에 곧바로 허리를 세웠다.

"그럼 전 이만 돌아가 보겠습니다. 마지막으로 제 부탁, 한 번만 더 생각해주세요."

그러곤 곧장 뒤돌아섰다. 그 순간에도 태주는 믿어 의심치 않았다. 성재가 수민을 마음껏 사랑할 수 있는 기회를 절대 포기하지 않을 거라고. 물론 고민이야 좀 하겠지만. 단호한 태주의 뒷모습을 예상대로 성재가 한껏 복잡한 시선으로 바라보고 있었다.

19장. 솔직해질 용기

은재는 안나에게 자신이 돌아왔다는 소식을 전하기 위해 아침 일찍 펜트하우스를 찾았다. 하지만 쫄딱 젖은 모습으로 선베드 위에 잠들어 있는 시하를 발견한 후로, 선뜻 안으로 발을 들이지 못했다. 시하를 깨울까 말까 한참을 망설이던 은재가 결국 그의 어깨를 슬쩍 흔들었다.

"……안나?"

잠결이었는지 눈을 반쯤 뜬 시하가 헛소리를 했다. 이내 시야가 바로 돌아왔는지 그가 미간을 구기고서 이름을 정정했다.

"주은재? 네가 왜 여기 있어?"

노골적으로 실망한 목소리라서 은재도 불만스럽게 대답했다.

"네, 저 주은재입니다. 어제 한국으로 돌아왔어요."

시하가 비몽사몽 간에 몸을 일으켰다.

"근데 왜 여기서 자고 있어요? 설마 안나 덮치려다 쫓겨난 건 아니겠죠?"

은재의 구박에 흐물흐물하던 시하의 표정이 날카롭게 변했다. 자신을 깨운 상대가 안나가 아니라 주은재라는 사실만으로도 맥이 쭉 빠지는데, 그가 늘어놓는 말은 더욱 어처구니가 없었다.

"이럴 줄 알았어. 어쩐지 불안하더라. 아무리 마음을 참기 힘들어도 천천히 해야 하는 거 몰라요? 안나가 얼마나 놀랐겠어요? 지난 5년 동안 안나, 연애 한 번 해본 적 없다고요. 그런 애한테 대체 무슨 짓을 한 거예요?"

흥분한 상태를 보아하니, 간밤의 역사를 사실대로 말한다 해도 은재는 거짓말이라고 치부할 게 뻔했다. 안나에게 그런 솔직하다 못해 대담한 구석이 있을 거라고 그가 과연 상상이나 할 수 있을까? 시하는 선베드에서 불편한 자세로 잠들었던 탓에 찌뿌듯한 몸을 기지개 켜며 입을 열었다.

"네가 걱정할 만한 짓은 안 했어."

하루 사이에 몇 번의 키스를 하긴 했지만, 안나가 놀라거나 싫어하지 않았으니 은재에게 한 말은 거짓이 아니었다.

"방금 그 말, 진짜죠?"

"진짜야."

시하는 안나의 친오빠라도 되는 양 귀찮게 구는 은재를 피해 재빨리 펜트하우스로 향했다. 그런데 그가 미처 손을 대기도 전에 현관문이 벌컥 열렸다. 곧 안나가 모습을 드러냈다.

"아, 안나야. 잘…… 잤어?"

시하는 어색함을 겨우 물리치고 인사를 건넸다. 하지만 안나는 마치 그를 못 본 것처럼 눈도 마주치지 않았다. 자고 일어나면 창피함에 모른 척할지도 모른다더니, 정말이었다. 게다가 어젯밤 느꼈던 열기마저 다 식어버렸으니 거절당한 기억이 더 무안할 법도 했다. 어떻게 달래주지? 곤란한 듯 마른 세수를 한 시하가 어떻게든 안나의 기분을 풀어주고자 입을 열었을 때였다.

"있지. 어제 일은……."

그러나 시하가 말을 끝내기도 전에 은재를 발견한 안나가 냉큼 그에게로 달려갔다.

"은재 오빠! 언제 왔어요?"

"어제 도착했어. 바로 너한테 오려고 했는데 일이 좀 생겨서."

다정한 두 사람의 모습을 본 시하의 얼굴이 찌푸려졌다. 안나가 은재를 남자로 보지 않는다는 사실을 알면서도, 그녀가 다른 남자에게 서슴없이 스킨십을 하는 건 싫었다. 엄청.

"내가 말도 없이 한국 들어와서 놀랐죠? 미안해요. 근데 나도 어쩔 수가 없었어요. 도저히 여기 오지 않고서는 참을 수가 없어서……."

"알아, 네 마음 다 알아. 그러니까 나한테 미안해하지 않아도 돼."

은재가 손을 뻗어 부드럽게 안나의 머리를 쓰다듬었다. 안나는 그런 그를 올려다보며 배시시 미소 지었다. 절 투명인간 취급하는 두 사람의 태도에 시하의 속만 부글부글 끓었다.

"이헤헤줘서 고마워요."

"우리 사이에 뭘 이런 일로 고마워하고 그래? 그나저나 아무 일 없었지?"

질문을 던지는 은재의 시선이 은근슬쩍 시하에게로 향했다. 안나가 곧바로 눈치를 채고 대답했다.

"일은 무슨 일이 있었겠어요? 아무 일도 없었어요."

그녀의 시선 역시 시하를 빤히 향하고 있었다. 투명인간 취급할 땐 언제고 눈빛만으로 제법 따끔한 공격을 해오는 두 사람이었다. 무슨 일을 하면 안 된다는 눈빛과 무슨 일을 안 해서 서운하다는 눈빛. 명백히 상반되는 의미를 담고 있는 두 시선을 받아내느라 시하는 무척 곤욕스러웠다. 그런 사정도 모르고 안나는 연달아 시하를 곤란하게 하는 말만 골라 했다.

"아직 아침 안 먹었죠? 태주 씨가 식사 준비하고 있는데, 같이 먹어요."

지난 5년간 열심히 노력해서 인간의 음식도 곧잘 먹게 됐는데, 오랜만에 체한 기분 좀 느껴보겠네. 시하가 속으로 불만을 중얼거리고 있는데, 은재가 무슨 바람이 불었는지 안나의 제안을 거절했다.

"아냐. 나 곧바로 일하러 가야 해."

아침이 아니라 점심, 저녁까지 끼어들어서 두 눈에 불을 켜고 절 감시할 줄 알았는데, 웬일?

"일? 오빠 어제 왔다면서 여기서 무슨 일을 해요?"

"이곳 수석 조향사님이 일손이 좀 필요하다고 해서. 예전에 잠깐이지만, 같이 일한 적 있었거든."

시하는 은재가 말하는 일이 자신이 하연에게 의뢰한 일이란 걸 단번에 알아차렸다. 향의 일족의 능력을 물려받은 은재라면 확실히 도움을 줄 수 있을 것이다.

"그런 거면 나도 같이 가요."

은재는 이번에도 고개를 저었다.

"안나 너는 일주일 후부터 일하기로 했다면서. 그리고 당분간 집중해야 할 다른 일도 있다고 들었는데?"

기억을 잃은 안나에게 결계 향수를 만드는 모습을 보여줄 수는 없었다. 은재의 잇따른 거절에 안나가 시무룩하게 어깨를 늘어뜨렸다. 시하의 눈을 보면 어제의 창피한 기억이 떠올라 어떻게든 둘만 있는 상황을 피하고 싶었건만, 더 이상 은재를 곤란하게 할 수는 없었다.

"알았어요. 바빠 보이는데 얼른 가 봐요."

"그래, 나중에 연락할게. 참, 안나야."

"왜요?"

"어? 아니야. 그냥, 아침 맛있게 먹으라고."

은재는 안나에게 위고에 관해서 말을 해줄까 하다가 그만두었다. 아직 기억을 전부 떠올리지 못한 안나에게 위고가 찾아왔으니 마주치지 않도록 조심하라는 말을 할 수는 없었다. 안나는 위고를 조금 귀찮지만, 재밌고 친절한 동료 정도로 여기고 있기 때문이었다. 지금의 안나에게 위고를 조심하라는 말은 오히려 혼란만 가져다줄 것 같았다.

어머니는 당분간 시하와 안나가 기억을 되찾기 위해 줄곧 함께 있을 거라고 했다. 은재는 나중에 시하에게만 따로 위고에 관해서 당부해야겠다고 생각하며 엘리베이터에 올라탔다. 그 후 곧바로 안나가 위고와 마주치게 될 거라곤, 전혀 예상치 못한 채로.

*

쾅! 문이 세게 닫히는 줄도 모르고 다급히 방 안으로 들어온 안나가 화끈거리는 얼굴을 감싸 쥐었다. 아침밥을 입으로 먹었는지 코로 먹었는지 알수 없었다. 식사를 차려준 태주가 급한 일이 있다며 나가버리는 바람에 시하와 단둘이 앉게 된 식탁. 아침을 먹는 동안 머릿속엔 내내 어제 수영장에서 있었던 일이 맴돌았다.

무심결에 시계를 본 그녀가 아직 10시도 되지 않았다는 사실에 크게 절망했다. 오늘도 그와 온종일 함께 있어야 할 텐데 잘 버틸 수 있을까? 사라진 콧대는 돌아올 기미가 전혀 보이지 않는데. 게다가 어제 협박했던 것처럼 정말로 아침에 그를 모른 척해버려서 갑자기 아무렇지 않은 척 쿨해지는 것도 어색한 상황. 궁지에 몰린 안나가 막막함에 그대로 침대에 드러누웠다.

'오늘은 아파서 쉬어야겠다고 할까?'

아닌 게 아니라, 마치 한여름에 감기라도 걸린 것처럼 머리가 멍하고 온몸이 뜨거웠다. 당연히 진짜 감기에 걸린 것은 아니었다. 시하를 생각하면 그냥 이런 증상들이 나타났다. 처음엔 그와 키스를 하면 이러더니, 이제는 그냥 생각만 해도 난리였다. 조금씩 과거의 기억이 보태질수록 증상은 더욱 심해졌다. 안나는 모로 누워 몸을 웅크리며 생각했다. 대체 그에겐 어떤 사정이 있는 걸까?

'늦지 않게 용기 낼게. 그땐 꼭 나도 내 마음 다 표현할게.'

그도 저와 같은 마음인 듯한데. 간절히 애원하는 말, 심장이 두근두근 뛰는 소리, 애틋한 눈빛, 안절부절못하는 몸짓, 그 모든 것에서 전부 절 원하는 마음이 느껴지는데.

그런데도 그는 결정적인 순간에 달아나버렸다. 이해해주고 싶고, 이해해보려고 노력도 했는데, 그래도 서운한 건 어쩔 수가 없다.

뭔가 비밀이라도 숨기고 있는 걸까? 시하가 제게 비밀이 있을지 모른다는 추측만으로도 심장이 아프게 옥죄어 왔다.

손톱만큼 작았던 불안의 씨앗이 멋대로 커진다. 안나는 몸을 더 웅크려 아픈 심장 부근을 꾹 눌렀다. 비밀스러운 사정이 있는 거라면, 나도 널 안고 싶다고 말만이라도 절 안심시켜주면 좋겠는데……. 하지만 그가 이런 제 마음을 알게 되면 부담스러워할까 봐 차마 아무런 말도 할 수가 없었다. 그렇게 그녀가 불안한 생각에 깊이 빠져 있던 때였다. 똑똑, 노크 소리와 함께 시하의 목소리가 들렸다.

"안나야. 준비 다 됐어? 지금 나갈까 하는데."

아프다고 핑계 댈까 했던 게 무색하게 안나는 벌떡 일어나 옷장에서 손에 집히는 대로 옷을 꺼내 들고 소리쳤다.

"1, 1분만요! 금방 나갈게요!"

아무리 창피하고 서운해도, 결국엔 그녀도 그와 함께 있고 싶었다. 그러니 그가 빨리 용기를 내주길. 절 원하는 마음을 전부 표현해주길.

안나는 엘리베이터에서 시하에게 아침에 모른 척했던 거 미안하다고 사과할 계획을 세우며 서둘러 옷을 갈아입었다. 이렇게 서먹서먹하게 그와의 소중한 하루를 망치고 싶지 않았다. 솔직하게 진심을 전하고, 오늘도 그와 즐거운 하루를 보내고 싶었다. 시하에게 예뻐 보이고 싶어 한 번 더 립스틱을 덧바른 그녀가 씩씩하게 방을 나섰다.

*

하지만 애석하게도 그녀가 야무지게 세운 계획은 실패로 돌아가고 말았다. 시하와 함께 엘리베이터에 타자마자 바로 아래층에서 사람이 타고 만 것이다. VIP만 이용하는 엘리베이터라 이런 경우가 잘 없는데, 완전히 낭패였다.

차마 다른 사람 앞에서 어제 진도를 안 나가서 서운했다, 나 혼자만 애가 닳은 것 같아서 창피했다, 그래서 아침에 모른 척한 거다, 투명인간 취급한 건 미안했다, 약속한 대로 얌전히 며칠 더 기다릴 테니 어색함 풀고 오늘 하루도 잘 지내보자, 그렇게 구구절절 솔직하게 털어놓을 수는 없었다. 결국 그녀는 엘리베이터에서 내려 차에 단둘만 있게 되면 말을 하자고 계획을 바꿨다.

하나 그마저도 상황이 따라주지 않았다. 시하와 안나가 막 엘리베이터를 타고 1층에 도착했을 때, 유리가 와장창 깨지는 소리가 로비에서 선명하게 들려왔다.

'대체 무슨 일이지?'

순간석으로 불길한 시선을 마주한 시하와 안나가 동시에 프런트 데스크가 있는 곳으로 향했다. 그곳엔 성운 호텔의 객실에 사용되는 시그니처 향수가 전시된 진열장이 있었는데, 웬 남자가 그 진열장에 뭔가를 집어 던지며 소란을 피우고 있었다. 덕분에 진열장뿐만 아니라 안에 들어 있던 향수까지 죄다 깨져 바닥에 나뒹굴었다. 머리가 아플 정도로 온갖 향수 냄새가 뒤섞여 안나의 예민한 후각을 괴롭혔다.

"그 새끼 여기 있는 거 다 알고 찾아왔어! 그러니까 당장 불러와!"

남자는 로비를 쑥대밭으로 만들어놓고도 진정을 못 하고 계속 누군가를 불러 달라 성화였다.

"내 동생 식물인간 만든 그 새끼 당장 데려오라고!"

식물인간? 언뜻 듣기에도 남자가 하는 말은 심각한 내용이었다. 직원 혼자서 남자를 상대하기에는 버거워 보였다.

"여기서 기다려. 내가 괜찮다고 할 때까지 절대 다가오지 말고. 알았지?"

혹시나 안나가 소란에 휘말려 다치기라도 할까 봐 시하는 단단히 주의하고 남자에게 다가갔다. 남자는 시하가 다가가자 더욱 흥분해 날뛰었다.

"나 지금 눈에 뵈는 거 없으니까 말릴 생각 하지 마! 얼른 그 새끼나 데려오라고!"

시하는 남자를 부드럽게 저지하며 명함을 꺼내 내밀었다.

"성운 호텔 대표 차시하입니다. 여기서 이러실 게 아니라 자리를 옮겨서 저랑 얘기 나누시죠."

바로 그때였다.

"너 이 새끼!"

남자가 돌연 시하의 어깨너머를 손가락으로 가리키며 한껏 격앙된 목소리로 소리쳤다. 정확하게는 안나가 서 있는 쪽, 방금 도착한 엘리베이터에서 내리는 누군가를 가리킨 것이었다.

저도 모르게 남자의 손끝을 따라 뒤돌아본 안나의 눈이 커다래졌다. 대체 그가 어떻게 이곳에 있는 걸까? 그녀를 향해 서글서글한 미소를 지어 보이는 남자. 그는 안나가 무척이나 잘 아는 사람이었다.

"드디어 찾았네, 위고 마틴!"

바로 지난 6개월간 안나에게 프러포즈를 백 번도 넘게 했던 남자, 위고였다. 로비가 쩌렁쩌렁 울릴 정도로 시끄러운 소란은 안중에도 없다는 듯이, 안나를 발견한 그는 더없이 화사하게 웃으며 그녀에게로 다가왔다.

"……위고."

안나의 입에서 흘러나온 자신의 이름에 위고가 독한 술을 단숨에 들이켠 것처럼 몸을 부르르 떨었다. 그러곤 미처 거절할 틈도 주지 않고 안나를 와락 껴안았다.

"보고 싶었어, 내 마드모아젤!"

시하가 위고의 갑작스러운 행동에 곧바로 남자를 붙잡고 있던 손을 놓고 움직였다. 하지만 시하가 채 한 걸음도 떼기 전에 그에게서 풀려난 남자가 위고를 향해 물건을 집어 던졌다. 미처 시하가 붙잡을 틈도 없이 날아간 물건은 순식간에 위고가 끌어안고 있는 안나의 등을 가격했다.

"아악!"

유리로 된 병이 빠른 속도로 날아와 부딪히자 안나의 입에서 절로 비명이 토해졌다. 그녀의 등을 맞춘 유리병은 이내 바닥으로 추락했다. 날카로운 파열음과 함께 산산조각이 난 유리병에서 달콤하면서도 기이한 향이 새어 나왔다. 그 향은 안나의 옷과 신발에도 짙게 배어들었다.

아무래도 남자가 던진 물건은 향수인 것 같았다. 안나가 고통스러운 와중에도 난생처음 맡아보는 특이한 냄새에 코를 움찔거렸을 때였다. 등 뒤에서 분노를 꾹꾹 눌러 담은 시하의 목소리가 들려왔다.

"이게 무슨 짓입니까!"

깨진 유리 조각이 안나의 발복에 날카로운 상처를 새겼다. 그 모습을 똑똑히 지켜본 시하가 무서운 표정으로 뒤돌아섰다. 대표로서 어떤 행동을 해야 하는지 그따위 건 생각도 나지 않았다. 조금 전의 끈적한 밀투도, 온화한 표정도 먼지처럼 사라졌다. 그는 단단히 화가 난 기세로 안나를 다치게 한 남자를 거칠게 내동댕이쳤다. 남자는 방어할 틈도 없이 바닥에 쓰러졌다.

화들짝 놀란 직원이 남자에게 다가갔지만, 시하는 거들떠보지도 않았다. 순식간에 다시 몸을 튼 그가 안나에게 다가가 그녀의 손을 잡아 끌어당겼다. 하지만 위고가 안나를 놓아주지 않았다.

"당장 그 손 놔!"

시하가 사납게 일갈했다. 그가 위협하는 소리를 들은 안나가 위고의 품에서 벗어나기 위해 바둥거렸다.

"위고? 뭐 하는 거야? 얼른 이거 놔줘!"

하지만 위고는 안나를 더욱 꽉 끌어안고는 호박색 눈동자를 매섭게 빛내며 시하를 마주 바라볼 뿐이었다. 위고의 도전적인 태도에 도리어 시하의 눈빛이 차갑게 가라앉았다.

"안나한테서 손 떼라는 말 안 들려?"

위고가 코웃음을 치며 안나의 머리카락에 뺨을 비볐다.

"내가 왜 네 말을 들어야 하지? 너한테 무슨 자격이 있다고?"

사달이 나도 크게 날 것 같은 심각한 상황에 안나가 재빨리 끼어들었다.

"이러지 마, 위고. 그는 내가 좋아하는 사람이야."

"뭐?"

위고가 헛소리를 들었다는 듯 귀를 후비며 되물었다. 안나는 시하 대신 나서서 단호하게 대답했다. 어지간한 대답으로는 위고를 단념시킬 수 없다는 걸 잘 알아서이기도 했지만, 방금 한 말은 그녀의 진심이기도 했다.

"내가 좋아하는 남자라고. 너한테 이런 말 할 자격 충분히 있는 사람이니까, 제발 나 좀 놔줘."

안나의 말에 그때야 위고가 그녀를 끌어안고 있던 손에서 힘을 풀었다. 계속 위고를 밀어내고 있던 안나가 순간적인 반동으로 튕겨 나와 휘청거렸다. 시하는 곧바로 안나를 끌어당겨 자신의 품에 안았다.

"괜찮아?"

다정하게 속삭이는 시하의 품에서 안나가 괜찮다는 의미로 고개를 끄덕였다.

"병원 가봐야 하는 거 아니야?"

"그 정도로 다치진 않았어요."

걱정을 가득 담아 향수병에 부딪힌 등을 매만지는 손길이 무척 자연스러웠다. 그 손길을 받아들이는 안나의 태도도 매한가지.

"정말 괜찮은 거지?"

"응. 나 진짜 괜찮아요."

위고는 어떤 감정의 동요도 느껴지지 않는 눈으로 둘의 모습을 응시했다. 그러더니 돌연 바람 빠지듯 피식 웃어 젖혔다.

"우리 마드모아젤, 언제는 애인 없다더니?"

능청스러운 말투 속에 숨겨진 감정은 잘 벼려진 칼날처럼 예리했다.

"설마 갑자기 한국으로 떠난 이유가 고작 이 남자 때문이었어?"

시하의 품에서 놀란 가슴을 진정시키던 안나가 화가 난 목소리로 대답했다.

"위고가 상관할 일 아니야. 그리고 고작이라니. 이 사람에 대해서 함부로 말하지 마."

"어떻게 상관을 안 할까? 응? 나는 네 파트너이기도 했어. 파트너가 아무 말도 없이 갑자기 회사를 그만두고 떠났는데, 신경 쓰이는 게 당연하잖아."

"그러는 위고야말로 그렇게 중요한 회사는 어쩌고 대체 왜 여기 있어?"

"그걸 몰라서 물어?"

일순 감정이 전혀 느껴지지 않던 위고의 눈빛이 뜨겁게 들끓었다. 호박색 눈동자가 삽시간에 흐려졌다.

"네가 여기에 있으니까."

어쩐지 섬뜩하기까지 한 목소리로 그가 말했다. 위고의 노골적인 소유욕에 시하가 감히 넘보지 말라는 듯 안나의 어깨를 단단히 그러쥐었다. 하지만 그것도 잠시.

"바늘 가는 데 실도 가야지. 안 그래, 마드모아젤?"

그가 하얀 이를 드러내며 장난스럽게 웃어 보였다. 조금 전 호박색 눈동자가 어둡게 흐려질 정도로 격렬했던 소유욕은 온데간데없이 태연한 얼굴. 안나가 늘 봐왔던, 익숙한 모습이었다.

덕분에 긴장이 풀렸는지 그녀가 작게 한숨을 토해냈다. 그러나 시하의 손에는 위고가 노골적으로 적대감을 드러냈을 때보다 더욱 단단한 힘이 들어가 있었다. 시하의 동요를 눈치챈 안나가 다시 불안해진 눈빛으로 그를 올려다봤다.

남자가 소란을 피웠을 때보다 더한 긴장감이 일순 로비에 감돌았다. 그 모습을 태주에게 몽마의 피를 받으러 온 하연이 멀찍이서 의심스러운 눈초리로 바라보고 있었다.

*

한바탕 난리를 겪고 원래 계획대로 호텔 바깥으로 나갈 수는 없었다. 안나가 많이 놀라기도 했고, 등을 다치기까지 해서 시하는 그녀를 데리고 펜트하우스로 돌아왔다.

"정말 병원에 안 가봐도 괜찮겠어?"

시하가 안나를 조심스레 소파에 앉히며 물었다.

"네, 괜찮…… 윽!"

최대한 주의해서 앉는다고 했는데, 미약한 반동에도 통증이 심했다. 소파에 제대로 앉지도 못하고 자신의 품으로 무너진 안나를 감싸며 시하가 말했다.

"이럴 줄 알았어. 안 되겠다. 병원에 가는 것도 무리일 것 같으니까 태주 시켜서 의사 부를게."

말을 다 끝내기도 전에 다급히 휴대전화를 꺼내 든 그가 태주의 단축번호를 꾹 눌렀다. 안나도 이번에는 차마 괜찮다는 말이 나오지 않아 얌전히 그가 하자는 대로 따랐다. 곧바로 태주가 전화를 받았다.

-네, 저 지금 정우 님 만나서 피 건네받고, 양하연 조향사님께 전하러 가는 중이에요. 무슨 일이세요?

"조금 전에 호텔 로비에서 소동이 좀 있었어. 태주 네가 나 대신 가서 마무리 좀 지어줘."

이어 시하는 마치 자신이 다친 것처럼 아픈 표정으로 입을 열었다.

"그리고 안나가 다쳤어. 펜트하우스로 의사를 불러줘."

-네? 안나 님이 다쳐요? 왜요? 얼마나요?

"말하자면 복잡해. 근데 안나가 의자에 앉는 것도 힘들어해. 그러니까 가능한 한 서둘러줘."

-알겠어요. 바로 호텔 닥터 측에 연락할게요. 저도 일 끝내는 대로 곧바로 들어가겠습니다.

"어, 부탁해. 끊을게."

안나가 내색은 안 해도 아픔을 끙끙 참고 있는 게 눈에 보여 시하가 재빨리 전화를 끊으려는 때였다.

"자, 잠깐만요, 태주 씨!"

안나가 전화가 끊어지는 걸 막으며 곤란한 표정으로 소리쳤다. 시하는 무슨 용건인지도 모르면서 반사적으로 안나의 귀에 휴대전화를 대주었다.

　-왜 그러세요, 안나 님?

　"의사분, 여자분으로 부탁드려요."

　-네? 그거야 어렵지 않은데, 특별한 이유라도 있으세요?

　"그게, 하필이면 등을 다쳐서 상처 부위를 보이려면 옷을……. 그러니까 오, 옷을……."

　시하의 시선을 의식한 안나가 창피한지 말끝을 흐렸다. 눈치 빠른 태주는 더는 묻지 않고 곧바로 대답했다.

　-알겠어요, 안나 님. 여자분으로 보내달라고 말할게요.

　"고마워요. 태주 씨."

　달칵, 전화가 끊어지는 소리가 들리자 안나가 시하의 손을 살짝 밀어냈다. 시하는 통화가 끝난 걸 확인하고 휴대전화를 테이블 위에 내려놓았다. 그러곤 시선을 내리깐 채 달아오른 얼굴을 숨기기에 여념이 없는 안나를 말없이 내려다봤다.

　아무리 고개를 숙이고 있어 봤자 앙증맞은 귀며, 하얀 목덜미, 둥근 어깨까지 전부 빨갛게 달아올라 도저히 붉어진 상태를 숨길 수 없는데도 참 애를 쓴다. 그런데 그 모습이 또 참을 수 없을 만큼 사랑스러웠다. 그녀가 아침에 절 모른 척했던 게 서운해서 아침 식사 자리에서도 덩달아 어색하게 굴고 말았는데, 더는 무리였다. 단 1분도, 아니 단 1초도 안나와 이렇게 서먹서먹하게 지내기 싫었다. 시하가 안나의 앞에 무릎을 굽히고 앉아 시선을 마주쳤다.

　"뭐, 뭐 해요, 지금?"

　"자존심 센 오안나는 내가 아무리 불러도 모른 척할 테니까 이 방법밖에 없다고 생각했어."

　정답이었다. 지금 같은 상황에선 그가 아무리 이름을 불러도 안 들리는 척했을 거다. 등이 욱신거려서 옆으로 살짝 움직이는 것조차 힘든 안나는 시하의 사정거리 안에서 최대한 눈이 마주치지 않도록 노력하며 퉁명하게 물었다.

"왜요? 무슨 할 말 있어요?"

"이렇게 부끄럼이 많으면서 나한테는 어떻게 그렇게 대담하지?"

"내가 뭘요……."

"의사 앞에서 상처 부위 보여주는 것도 쑥스러워하면서 내 앞에선 미쳐버리게 유혹적이잖아."

"그걸 지금 말이라고…… 아야야!"

안나가 저도 모르게 몸을 일으키다가 통증에 다시 주저앉았다. 걱정스러운 손길로 안나의 허리를 받쳐주며 시하가 말했다.

"그러게 왜 일어서. 내가 일부러 무릎까지 꿇고 눈 맞추고 있는데."

안나는 어처구니가 없다는 표정을 지으며 다시금 목청을 높였다.

"내가 지금 흥분 안 하게 생겼어요? 아까 내가 위고한테 한 말 다 들었으면서 어떻게 이래요? 나, 당신더러 좋아하는 남자라고 했어요. 좋아하는 남자요. 근데 의사 앞에서 옷 벗는 거랑 좋아하는 남자 앞에서 옷 벗는 걸 어떻게 비교할 수가 있어요? 흡!"

흥분해서 조금 전 끝내 꺼내지 못했던 말을 내뱉고 만 안나가 당혹스러운 얼굴로 스스로 입을 틀어막았다. 그야말로 확인사살이었다. 어젯밤 수영장에서 키스보다 더한 걸 하고 싶었다는 은밀한 고백을 한 거나 다름없었다.

창피함에 얼굴은 말할 것도 없고 입을 틀어막은 손등마저 붉게 변했다. 손톱 끝까지 꽃처럼 붉어진 안나를 바라보던 시하가 묵직한 한숨을 토해냈다. 안나를 마주한 그의 시선이 용암처럼 끓었다.

바로 이거였다. 순수할 정도로 솔직하게 자신을 원하는 안나의 마음이 그를 미치게 만들었다. 그녀의 꿈이 안전해질 때까지만 버텨보자고 거듭 다짐해봐도, 그 며칠도 못 참고 미친놈처럼 굴게 만든다. 차마 내뱉을 수 없는 진심을 꿀꺽 삼킨 그가 고개를 기울여 간신히 안나의 손끝에 입을 맞추고 한숨처럼 속삭였다.

"그러면서 아침에는 왜 나 모른 척했어? 주은재랑은 그렇게 다정하게 굴어놓고?"

시하가 앓듯이 신음을 뱉어냈다. 조심스레 안나의 손을 끌어내려 자신의 손을 포갰다. 최대한 안나에게 충격을 주지 않게, 무게가 거의 느껴지지 않게 올라온 손은 아이러니하게도 그래서 더 자극적이었다.

"좋아한다면서 내가 겨우 한 번 거절했다고 진짜로 모른 척하면 나보고 어쩌라고. 내 속이 얼마나 타들어갔는 줄 알아?"

그가 이런 생각을 할까 봐 미안하다고 말하려고 했는데, 안나는 불현듯 제 계획을 방해했던 엘리베이터에 탔던 이름도 모르는 사람과 로비에서 난동을 피웠던 남자가 미치도록 원망스러워졌다. 위고는 말할 것도 없었다. 아침에 인사하러 들른 은재소자노 미워셨다. 생각할수록 하나부터 열까시 원망스러운 것투성이라 서러워진 안나가 울먹이며 말했다.

"……불안해서 그래요."

시하에게 부담이 될까 봐 절대 말하지 않으려 했던 진심이 끝내 봇물 터지듯 흘러나왔다.

"난 당신과 사랑했던 기억이 불완전하니까……. 시하 씨가 조금이라도 내게 거리를 두려고 하면 불안해진단 말이에요. 시하 씨도 나 좋아한다는 거 알고는 있는데. 날 원한다는 거 알고는 있는데. 그래도 말해주지 않으면 불안한 걸 어떡해."

참고 참다가 꺼내놓은 안나의 진심에 시하의 얼굴이 굳었다. 눈물이 고인 예쁜 눈망울을 보고 있으니 이루 말할 수 없이 미안해졌다. 스스로에게 욕이 한 바가지 쏟아졌다.

기억을 잃은 안나 앞에서 못나게도 제 감정만 생각했었다. 저만 욕구를 힘들게 참고 버틴다고, 바보 같은 생각을 했다.

사정이야 어쨌든 안나에게 기다려달라고 말하기 전에 솔직하게 제 마음을 표현했어야 했다. 기억을 잃은 채로 제 옆에 있으면서 불안했을 안나를 달래주는 게 먼저였다. 많이 늦었지만, 그는 이제라도 안나를 안심시켜주고 싶었다.

"안나야."

시하가 최대한 아프지 않게 그녀를 끌어안으며 속삭였다. 그의 입에서 안나는 차마 입에 담지도 못했던 노골적인 진심이 흘러나왔다.

"나도 너 미치게 안고 싶어."

*

'나도 너 미치게 안고 싶어.'

그 말을 할 때 시하의 표정과 목소리를 떠올린 안나가 저도 모르게 허리를 부르르 떨었다. 단지 떠올렸을 뿐인데 등줄기에 고통 대신 아찔한 감각이 흘러내렸다. 안나는 멋대로 신음이 나오려는 걸 입술을 꽉 깨물어 참았다. 등에 찜질을 해주던 의사가 당황한 목소리로 물었다.

"왜 그러세요? 혹시 많이 뜨거우세요?"

"네? 아뇨! 괜찮으니까 계속하세요."

안나는 엎드린 채로 열심히 고개를 저었다. 뜨거운 건 등이 아니라 얼굴이었다. 시하가 솔직하게 말해주길 바랐지만, 막상 그토록 야한 말을 직접 듣고 나니 얼굴이 화끈거려서 참을 수가 없었다. 태주가 보낸 의사가 마침 도착하지 않았더라면 부끄러운 나머지 그대로 기절해버렸을지도 모를 일이었다. 도저히 머릿속에서 사라지지 않는 시하의 모습에 안나는 베개에 얼굴을 푹 파묻었다.

'남자가 어떻게 그렇게 야할 수 있지……?'

눈빛, 표정, 목소리, 말투까지. 그의 모든 것이 감당하기 어려울 만큼 야했다. 절로 다리가 꼬여 안나는 발가락에 힘을 꾹 주고 버텼다. 이번에도 찜질이 뜨거워서 그런 줄 안 의사가 황급히 치료를 끝냈다.

"다친 부위 때문에 옷을 갈아입기 불편하실 것 같아서 가운 준비해놨어요. 입고 나오세요."

의사가 손으로 가리킨 방향에 하얗고 보송해 보이는 가운이 놓여 있었다. 찜질 도구를 챙긴 의사가 먼저 방을 나서고, 안나도 황급히 가운을 입고 따라나섰다. 방문을 열고 나가니 시하가 의사를 배웅하며 이야기를 나누고 있었다.

"찜질은 하루에 한두 번 정도씩 꾸준히 해주시고요. 약도 빼놓지 말고 챙겨주세요."

"그렇게만 하면 금방 낫는 건가요?"

"네. 며칠 푹 쉬면 좋아지실 거예요. 아, 절대 무리하게 하지 마시고요."

"알겠습니다."

그는 정중하게 의사를 엘리베이터 앞까지 배웅하고 돌아왔다. 멀어졌다 다시 조금씩 가까워지는 그를 바라보던 안나는 황급히 방 안으로 들어가려다가 애꿎은 문손잡이만 꾹 움켜쥐었다. 이제 와서 부끄러워하는 게 그의 눈에 얼마나 이상해 보일지 알기 때문이었다. 마치 죄인처럼 고개를 푹 숙이고 방문 앞에 서 있는 안나의 모습을 본 시하가 다정한 미소와 함께 다가왔다. 그러곤 손잡이를 꼭 쥐고 있는 안나의 손등을 부드럽게 덮으며 말했다.

"……아!"

저도 모르게 고개를 번쩍 들었던 안나는 시하와 눈이 마주치자 신음을 토해내며 질끈 두 눈을 감았다. 아직도 시하의 손이 뜨거웠다. 평소엔 얼음장처럼 서늘했던 손이, 찜질을 받고 나온 자신보다 훨씬 더 뜨거웠다. 절 안고 싶다고 말하던 그는, 아직도 그 말을 했던 때의 열기를 그대로 간직하고 있었다.

"아무리 그런 표정 지어도 이제 못 물러."

"네?"

"너 안고 싶다는 말, 취소 안 한다고."

애초에 열기를 식힐 생각도 없어 보였다. 아찔한 기분에 다리가 풀린 안나가 미처 붙들 틈도 없이 바닥에 주저앉았다. 시하는 망설임 없이 안나를 품에 안아들었다. 그러곤 느긋하게 소파를 향해 걸어갔다. 갑작스러운 행동에 놀란 안나가 다급히 그의 목을 감싸 안았다. 시하는 그 밀착된 손길이 마음에 들었는지 소파 앞에서도 한참을 가만히 서 있다가 그녀를 내려놓았다. 그러곤 한쪽 무릎을 굽히고 앉아 아까 향수병 파편에 베였던 안나의 발목을 조심스레 끌어왔다.

많이는 아니지만, 피가 살짝 배어 나올 정도로 다친 걸 봤기에 치료는 잘 받았는지 걱정이 되었다. 하지만 상처 위로 거즈가 잘 붙어 있는 걸 확인하고도 그는 안나의 발목에서 손을 떼어내지 못했다. 조금 전엔 파편에 의해 생긴 상처에만 집중하느라 보지 못했는데, 오래전 족쇄 때문에 났던 상처가 이젠 제법 희미해진 상태였다.

자신이 조작한 기억으로 인해 받았던 상처도 조금은 아물었을까? 괜스레 울컥 목이 메어왔다. 시하가 안나의 다리를 조심스레 들어 올려 가느다란 발목 위에 쪽, 입을 맞췄다. 깜짝 놀란 그녀가 반사적으로 두 발을 소파 위에 올리고 몸을 웅크렸다. 꽤 놀랐는지 두 눈동자에 당혹감이 짙게 서려 있었다. 시하는 겁에 질린 안나를 양팔 사이에 가두며 그녀의 어깨 위로 뜨거운 이마를 기댔다. 그녀를 원하는 마음이 흘러넘쳐서 도무지 주체할 수가 없었다.

"하아……. 참고 참다가 말해버렸더니, 더 참기 힘들다."

그가 무엇을 참기 힘들다고 말하는 건지 안나도 느껴졌다. 소파를 짚은 그의 손등 위로 푸르스름한 핏줄이 도드라져 있었다. 이렇게 힘들어하면서 왜 참느냐고, 대체 이유가 뭐냐고 묻고 싶었지만 차마 물어볼 수 없었다.

그가 저를 안고 싶어 하지 않는다고 생각할 땐 별별 오기가 다 들더니, 그의 마음을 확인하고 나니까 뒤늦게 준비할 시간이 필요해졌다. 제 속을 저도 모르겠다고 생각하며 안나가 속으로 고개를 저었을 때였다. 시하가 문득 벼락같은 다짐을 속삭여왔다.

"약속한 것처럼 며칠만 참아줘. 며칠 후엔 진짜 행동으로 보여줄 테니까."

안달 난 듯 되묻는 음성이 미칠 만큼 자극적이었다.

"하필 왜 이런 차림으로 나온 거야. 더 참기 힘들게……."

시하가 고개를 들더니 몽롱한 시선으로 안나를 바라봤다. 눈앞에 있는 안나의 모습이 너무나 자극적이었다. 그가 그녀가 입고 있는 가운의 매듭을 손가락 끝에 감아 매만지며 말끝을 흐렸다. 그의 손길을 따라 시선을 내린 안나가 풀어지기 직전의 아슬아슬한 가운 매듭을 발견하곤 소스라치게 놀라며 변명했다.

"이, 이건 일부러 유혹하려고 그런 게 아니라, 찜질 받고 나서 어쩔 수 없이……!"

"알아. 근데 늦었어. 이미 유혹당했으니까."

"흐읏!"

그가 가운이 살짝 흘러내려 드러난 안나의 하얀 어깨에 입을 맞추며 물었다.

"안나야. 나랑 했던 약속, 기억나?"

아릿한 기분이 들게 하는 그의 목소리에 멍하니 굳어 있던 안나가 만 박자 늦게 되물었다.

"무, 무슨 약속이요?"

"스위트룸에서 했던 약속."

안나가 조금씩 과거의 기억을 되찾고 있었고, 또 스위트룸에서의 기억은 특별했기에 시하는 어쩌면 그녀가 그때의 기억을 이미 꿈에서 봤을지도 모른다는 기대감을 가지고 있었다. 하지만 안나에게선 별다른 반응이 없었다. 시하는 왠지 마음이 초조해져 저도 모르게 추궁하듯 묻고 말았다.

"그때 나한테 약속했잖아. 꼭 맨정신에 매듭 풀겠다고."

"내가 그런 말을 했어요? 근데 전혀 생각이 안 나요."

"정말로, 기억이 안 나?"

안나는 어쩐지 미안한 기분이 들어서 머뭇거리며 고개를 끄덕였다. 시하의 얼굴이 더욱 슬프게 일그러졌다.

"꿈에서 본 적 없어?"

"네. 아무리 떠올려보려고 해도 기억이 잘…… 읏!"

상처받은 듯한 그의 모습이 너무도 안쓰러워 어떻게든 기억을 되살려보려던 안나가 돌연 머리를 감싸며 고통스러워했다. 지금까지 시하와 함께하며 떠올렸던 기억들이 마치 늪으로 빨려 들어가는 것처럼 어지럽게 뒤섞였다. 마치 그때의 기억을 떠올리는 걸 몸이 거부하고 있는 것 같았다. 어떻게든 참아보려고 했으나 급격히 심해지는 고통에 안나의 비명도 덩달아 커져갔다.

"아아악!"

"안나야? 왜 그래?"

다급한 시하의 목소리가 귓가를 울렸지만, 정신은 계속 아득한 어둠 속으로 잠겨들 뿐이었다.

"안나야! 오안나!"

결국 그렇게, 안나의 의식은 까맣게 암전되고 말았다.

*

하연은 로비에서 태주와 만나 피를 건네받고 성운 프라그랑스로 돌아가는 중이었다. 그런데 그녀보다 한발 먼저 도착해 어두운 조향실에서 그녀를 기다리고 있던 존재가 있었다.

"왜 이렇게 늦게 와요? 나 한참 전부터 기다리고 있었는데."

불을 켜자 드러난 얼굴에 하연은 자신도 모르게 잠시 숨을 멈추었다.

"선생님."

바로 위고였다.

"위고 네가 왜 여기에⋯⋯?"

하연의 물음이 채 끝나기도 전에 위고가 성급하게 대답했다.

"왜긴요? 저 언제부터 여기에서 일하면 되는지 물어보려고 왔죠."

하연은 갑작스러운 위고의 등장에 놀랐던 심정을 애써 가라앉히고 냉정하게 입을 열었다.

"그전에 여기서 일할 수 있는지 없는지, 그것부터 물어봐야 하는 거 아닐까?"

이렇게 긴박하게 위고를 마주칠 줄은 몰랐지만, 언제가 됐든 그와 이야기를 나눌 생각이었다. 그에게 꼭 확인해야만 하는 게 있었으니까.

"에이, 그런 당연한 걸 뭐하러 물어봐요? 보나 마나 합격일 텐데. 제 실력 아시잖아요."

"그래. 위고 네 실력이야 누구보다 내가 잘 알지. 하지만 이곳의 직원 채용 권한은 나한테 없어. 게다가 이미 정원도 채워진 상태라서 내 마음대로 직원을 더 들일 수가 없는 상황이야."

예상과는 전혀 다른 하연의 대답에 위고의 눈동자가 어둡게 가라앉았다.

"그 말씀은 제가 불합격이라는 뜻인가요?"

"미안해, 위고. 나도 어쩔 수가 없어."

"정말 어쩔 수 없는 거 맞아요?"

되묻는 위고의 목소리가 얼음장처럼 차가웠다. 냉장고 문을 열던 하연의 동작이 일순 멈칫했다. 그러나 그녀는 최대한 자연스럽게 시하 형제의 피가 담긴 시약병을 냉장고에 집어넣고 돌아서서 천천히 위고에게 다가갔다. 그녀의 눈빛 또한 위고와 마찬가지로 낮게 가라앉아 있었다.

"솔직히 말하면, 아니. 어쩔 수 없는 게 아니야."

"이유가 뭐예요? 왜 갑자기 저를 경계하시는 건데요?"

서운함이 가득 담긴 질문에 하연이 짙은 한숨을 토해냈다. 머리카락을 쓸어 올린 그녀가 예리한 눈길로 위고를 똑바로 쳐다봤다.

"그걸 몰라서 물어?"

그녀의 목소리 끝이 날카롭게 치솟아 있었다.

"위고 너, 나한테 말하지 않은 게 있지?"

위고는 하연의 물음에도 의식적으로 고개를 들지 않았다. 보이지 않는 그의 표정을 가늠하며 하연은 말을 이었다.

"아까 나더러 왜 이렇게 늦었냐고 물었지? 여기 오기 전에 누굴 좀 만나고 오느라고 늦었어. 그게 누굴까?"

"……"

"성유준."

하연은 낯선 이름 세 글자를 입에 올리고 위고의 반응을 살폈다. 유준의 이름에는 반응을 할 줄 알았건만, 위고는 미동조차 없었다. 성유준은 조금 전 로비에서 위고를 찾기 위해 난동을 피운 남자의 이름이었다. 마치 굳어 버린 듯 전혀 움직일 기미가 보이지 않던 그가 고개를 든 것은, 그 직후 하연이 다른 누군가의 이름을 입에 담았을 때였다.

"그리고 성유이."

하연의 입에서 두 번째로 흘러나온 이름에 위고의 호박색 눈동자가 거칠게 일렁였다.

"선생님이 그 여자를 어떻게……?"

"어때? 이제야 나랑 얘기할 마음이 좀 들어?"

"대체 선생님이 그 여자를 어떻게 만났냐니까요!"

단언하건대 위고가 이토록 흥분한 모습을 본 것은 처음이었다. 하연은 본능적으로 뒷걸음질 쳤다가 발뒤꿈치에 힘을 꽉 주고 버텼다. 물러서면 안 된다. 이건 절대 물러설 수 없는 문제였다. 빨리 대답해달라는 매서운 위고의 눈초리에 그녀는 마지못해 입술을 떼었다.

"성유이를 직접 만난 건 아니야. 성유준한테서 그녀에 관해 들었을 뿐이지."

그러자 위고가 안도의 한숨을 길게 내쉬었다. 성유이를 만난 게 아니라는 사실에 왜 그는 이토록 안심하는 걸까? 하연의 눈매가 의심을 가득 품고 기름해졌다. 위고는 그 시선을 피하지 않고 응수하며 말했다.

"아까 로비에서 선생님 봤어요. 거기서 성유준하고 접촉한 거예요?"

이번엔 그의 눈매가 가늘어졌다.

"성유준을 따로 만날 생각을 한 걸 보면 그전부터 날 의심하고 있었다는 건데……."

분명 나긋나긋한 목소리인데도 더없이 섬뜩하게 귓전을 파고들어 온다.

"언제부터예요?"

그리고 머릿속으로 시기를 곰곰이 계산해보다가, 확실히 하고 싶다는 듯 다시 한 번 되묻는다.

"언제부터 날 의심한 거냐고요."

하연은 순간적으로 긴장한 기색을 감추고 대수롭지 않게 대답했다.

"언제부터겠어? 아까 로비에서 네 수상한 행동을 보고 난 후부터였지."

"수상한 행동을 했다고요? 제가?"

"그래. 넌 안나를 처음부터 알고 있었어. 로비에서 차시하 대표가 안나한테 손대지 말라고 했을 때, 네겐 일말의 당황하는 기색도 없었어. 그녀를 술리라고 알고 있어야 할 네가, 지극히 자연스럽게 굴고 있었다고."

그내야 위고가 세 실수를 깨닫고 허덜하게 웃있다.

"이런, 이런. 혹시라도 이름 때문에 실수할까 봐 항상 마드모아젤이라고 부르는 습관을 들여왔는데. 남이 부르는 호칭까지는 미처 신경 쓰지 못했네요."

의외로 순순히 안나를 알고 있었다는 사실을 인정하는 위고의 모습에 하연은 더더욱 상황 파악이 되지 않았다. 그가 판의 지시로 안나에게 접근한 거라면 어떻게든 안나를 모른다고 잡아떼는 것이 맞았다. 시하가 안나라는 이름을 썼건 말건 경황이 없어서 몰랐다고 하면 그만이었다. 그래야만 안나의 곁에서 다시 판의 명령을 수행할 기회를 노릴 수 있을 테니 말이다. 반대로 만약 판의 지시를 받은 것이 아니더라도 적어도 억울해하는 모습 정도는 보여야 했다. 하지만 위고는 둘 중 어떤 반응도 보이지 않았다. 그것이 하연을 더욱 혼란스럽게 만들었다.

"위고 너, 여기에 온 진짜 목적이 뭐야?"

"진짜 목적?"

"그래. 네가 안나한테 접근한 이유. 그게 뭔지 말해."

"저야말로 선생님이 안나에게 이렇게까지 집착하는 이유, 그게 궁금한데."

말꼬리를 잡고 늘어지는 위고의 태도에 하연이 화가 난 듯 표정을 차갑게 굳혔다. 그녀의 날 선 기세에 위고가 알겠다는 듯 어깨를 으쓱이며 입을 열었다.

"좋아요. 선생님이 궁금해하시는 거, 전부 말씀드릴게요. 대신 저도 조건이 있어요."

"조건?"

"네. 걱정 마세요. 선생님이 어렵지 않게 들어주실 수 있는 거니까."

위고의 입매가 꿍꿍이 짙은 미소를 그리고 있었다.

*

갑작스러운 두통으로 정신을 잃은 안나를 다시 의사를 불러와 치료를 받도록 한 후, 시하는 곧바로 하연이 있는 프라그랑스 건물로 향했다.

안나의 반응을 보고 계속 마음에 걸리는 것이 있었다. 이제까지 그 어떤 기억을 떠올려도 안나는 아까처럼 강한 거부 반응을 보인 적이 없었다. 혹시 해우와 하연의 처방에 예상치 못한 부작용이 있었던 것은 아닐까? 자신이 요 며칠 안나에게 무리하게 치료를 받게 했던 것은 아니었을까?

불안과 죄책감이 뒤섞인 머릿속은 엉망진창이었다. 초조한 마음만큼 조급해진 걸음 탓에 금방 프라그랑스 건물에 도착한 그가 빠르게 하연의 조향실로 향했다. 그러곤 거침없이 문을 열어젖히고 서둘러 하연의 모습을 찾았다.

그러나 애타게 찾는 하연 대신 다른 누군가가 그녀의 조향대에서 작업하는 모습이 먼저 눈에 띄었다. 애써 유심히 살피지 않아도 저절로 눈에 들어오는 화려한 금발. 대체 저자가 왜 이곳에 있는 걸까? 게다가 그가 하연의 조향대에 놓인 도구를 만지는 손길은 마치 제 물건인 양 대범하기 그지없었다. 매서운 눈빛으로 한동안 그의 행동을 지켜보던 시하의 입에서 싸늘한 목소리가 흘러나왔다.

"……위고 마틴."

갑자기 나타나 안나를 다치게 했던 자다. 시하의 주먹에 감정을 참느라 단단히 힘이 들어갔다.

"대체 지금 여기서 무슨 짓을 하고 있는 거지?"

한창 작업에 집중하느라 시하가 온 줄도 알아차리지 못하고 있던 위고가 느릿하게 고개를 들어 올렸다.

"……차시하?"

잔뜩 화가 난 시하를 발견한 위고의 입에서 흥미로운 음성이 흘러나왔다.

"안 그래도 제대로 다시 당신과 만나고 싶었는데. 안나는 괜찮아?"

그의 태연한 모습에 시하의 이성이 뚝 끊겼다.

"여기서 대체 뭘 하고 있냐고 물었어!"

시하가 끝내 화를 참지 못하고 소리쳤다. 바로 그때였다.

"잠깐만, 시하야!"

돌연 하연이 그의 앞을 가로막으며 나타났다.

"내가……. 내가 다 설명할게!"

*

"저 남자가 조향사님의 제자였다고? 그것도 판의 전속 조향사로 키우려고 가르친 제자?"

하연의 설명을 들은 시하가 위고를 무서운 눈빛으로 노려봤다. 왜 그런 이력을 가진 자가 안나의 곁에 있는지 그 의도가 충분히 의심스러운 상황이었다.

"나는 저자가 여기서 일하는 거 용납 못 해. 그러니까 당장 내보내."

시하의 단호한 말에 하연의 눈빛에 일순 난감한 기색이 스쳐 지나갔다. 뭔가 더 말해줄 것이 남아 있는 듯한 그녀의 표정에 시하가 턱 끝을 느릿하게 매만졌다. 하연이 어째서 저자를 이곳에서 일하게 했는지 방금 들은 설명만으로는 납득하기 힘들었다. 저자가 그녀가 판의 전속 조향사로 키우기 위해 한때 가르쳤던 제자라면, 도리어 그를 더욱 경계해야 정상인 상황 아닌가?

"조향사님."

시하가 낮게 가라앉은 목소리로 하연을 불렀다.

"나한테 아직 못 한 말이 있는 거죠?"

정곡을 찌르는 질문에 하연의 눈빛이 옅게 흔들렸다. 위고에게서 들은 사실을 시하에게 어떻게 전해야 좋을지 알 수 없었다. 하지만 5년 전 자신의 선택으로 시하와 안나를 더욱 괴롭게 했던 그 일 이후, 그녀는 다시는 둘에게 어떤 거짓말도 하지 않겠다고 맹세했었다. 그렇기에 시하가 충격을 받으리란 걸 알면서도 하연이 굳은 결심을 하고 입술을 뗀 순간이었다.

"여기서부턴 제가 설명할게요."

위고가 끼어들었다.

"내 선택이었고, 그에 따른 결과였으니까, 내가 설명하는 게 맞아요."

그가 시하를 똑바로 쳐다보며 말했다.

"이미 의심하고 있겠지만, 맞아."

"뭐가 맞다는 거지?"

"난 판에서 오안나라는 여자를 찾아 데려오라는 명을 받고 마드모아젤에게 접근한 거야."

덜컹! 조향실 안에 의자가 흔들리는 소리가 요란하게 울려 퍼졌다. 분노한 시하가 벌떡 일어나 위고의 멱살을 잡아챈 까닭이었다. 시하의 푸른색 눈동자와 위고의 호박색 눈동자가 허공에서 첨예하게 대립했다. 위고는 바다를 떠올리게 하는 시하의 푸른 눈동자를 나른하게 들여다보며 한마디를 덧붙였다.

"처음에는."

"뭐?"

"처음에는 그랬었다고."

일부러 모호한 투로 내뱉은 위고의 말에 시하가 눈썹 끝을 꿈틀거리며 되물었다.

"그게, 무슨 뜻이야?"

"판의 명령 때문에 그녀에게 접근했지만, 난 판의 명령을 따르지 않았어."

"그러니까 그게 무슨 뜻이냐고!"

"무슨 뜻이겠어? 내가 마드모아젤한테 첫눈에 반했다는 거지. 남자라면 모름지기 사랑하는 여자를 지켜줘야 하는 법이잖아?"

"그래서 네가 안나를 지켜줬다는 거야?"

"그래."

능청스러운 대답에 위고의 멱살을 움켜쥔 시하의 손이 부들부들 떨렸다.

"판이 내게 신부를 찾아오라고 명령한 게 2년 전. 난 1년 만에 마드모아젤을 찾아냈지만, 그때까지도 못 찾은 척하고 있었어. 하지만 그것도 더는 한계였지. 계속 결과물을 내지 못하면 내 목이 떨어져 나갈 상황이었거든."

위고는 안나를 대신할 만한 인간 여자를 찾아 나섰다. 얼마가 될지 장담할 순 없지만, 조금이라도 더 안나를 판에게서 자유롭게 할 수 있도록.

"나는 안나와 최대한 비슷한 꿈의 궤적을 가지고 있는 여자를 찾아냈어. 판에겐 그 여자를 마드모아젤로 속이고, 향의 마녀로서 각성할 때까지 기다리는 게 좋을 것 같다고 말했어. 물론 판은 자신의 신부를 얌전히 그냥 지켜보기만 하진 않았어. 주기적으로 꿈을 추출해서 바치게 했었지. 그게 1년 전쯤부터 있었던 일이야."

위고의 말에 시하는 문득 언젠가 유현과 주고받았던 대화를 머릿속에 떠올렸다.

'판은 이미 오안나가 있는 곳을 찾아낸 눈치였어.'

'그게 대체 언제야?'

'한 1년쯤 됐나?'

유현이 말한 시기와 위고가 언급한 시기가 정확히 일치했다. 그렇다면 1년 전 판이 찾았다는 여자는 안나가 아니라 다른 여자였다는 말인가?

아귀가 딱딱 맞아떨어지는 상황에도 시하는 위고의 말이 도무지 믿기지가 않았다. 그의 시선이 위고의 곁에 앉은 하연을 향했다. 그녀는 시하가 방금 전한 진실에 충격을 받을까 전전긍긍하고 있었다. 그도 그럴 게 지난 5년을 그가 어떤 심정으로 안나를 먼 곳에 두고 버렸는지 누구보다도 그녀가 잘 알고 있기 때문이었다.

그런데 판의 명령을 받은 자가 이미 1년 전에 안나의 위치를 알아냈고, 하물며 그녀를 지키기 위해 판을 속이기까지 했다니. 시하가 죽을 것처럼 외롭게 버틴 지난 시간과 안나를 지켜주겠다고 맹세한 처절한 마음까지, 모두 지독히 허무하게 만들어버리는 진실이 아닌가. 시하는 하연이 왜 말을 꺼내는 걸 망설였는지 이제야 이해가 되었다.

"……당신이 안나 대신 판에게 신부라고 속였던 여자가 누구야?"

"아까 호텔 로비에서 난동 피운 남자, 기억해?"

머리가 지끈거릴 만큼 진동하던 온갖 향수 냄새와 함께 잔뜩 흥분했던 남자의 모습이 시하의 머릿속에 떠올랐다. 혈안이 돼서 위고를 찾았던 남자.

"갑자기 그 남자는 왜?"

"그 남자의 이름은 성유준. 내가 판에게 신부라고 속였던 여자, 성유이의 오빠야."

그 순간, 시하의 뇌리에 성유준이 소리쳤던 말이 스치듯 지나갔다.

'내 동생 식물인간 만든 그 새끼 당장 데려오라고!'

분명히 그는 자신의 동생이 식물인간이 됐다고 말했다.

"설마 그 여자를 식물인간으로 만든 게 너야? 왜 그런 짓을 했지?"

"말했잖아. 판은 자신의 신부를 얌전히 지켜보기만 하지 않았다고. 주기적으로 꿈을 추출해서 바쳐야 했는데 그녀는 스위트 노트도, 하물며 진짜 판의 신부도 아니었으니까 버틸 수가 없었던 거지. 결국 억지로 꿈을 꾸게 하려다 도리어 그녀가 꿈에 갇히고 만 거야."

위고는 지극히 냉정했다. 안나 이외의 인간이야 어떻게 되든 전혀 상관없어 보였다. 그것이 위고가 안나를 지키는 방식이었다.

시하는 자신이 강력한 힘을 얻겠다는 이유로 안나를 다시 데려오는 걸 미뤘던 시간 동안 벌어진 일에 참담한 심정을 금할 수 없었다. 후에 안나의 기억이 돌아왔을 때, 저로 인해 희생당한 성유이에 관해 알면 얼마나 죄책감을 느낄까? 위고의 멱살을 쥐고 있던 그의 손에 더욱더 힘이 들어갔다.

"너 이 자식! 정말 그런 게 안나를 지켜주는 일이라고 생각하는 거야? 나중에 안나가 그 일을 알게 됐을 때 어떤 기분일 것 같아? 안나 마음이 다치는 건 생각도 안 해?"

자신을 감금하고 학대했던 오정숙과 문찬영도 함부로 목숨을 빼앗거나 다치게 하는 것만큼은 끝까지 반대했던 안나였다. 그만큼 그녀는 사람의 목숨을 소중하게 여기고, 법 앞에 당당하게 살아가기를 원하는 정의롭고 따뜻한 성품을 가지고 있었다. 안나를 사랑한다면서 그녀의 마음이 다치는 건 조금도 배려하지 않은 위고의 방식에 시하는 치가 떨렸다. 그러나 위고는 자신을 경멸의 눈으로 노려보는 시하를 비웃었다.

"하! 그래서 너는 어떻게 그녀를 지켜줄 수 있다는 거지?"

"뭐?"

"모르지 않을 텐데? 마드모아젤이 네 곁으로 돌아온 이상 판이 그녀의 위치를 알아차리는 건 시간문제야."

애석하게도 위고가 판이 안나를 발견하기까지 시간을 벌어줬다는 건 바뀌지 않는 명백한 사실이었다. 그의 말대로 판은 이제 곧 안나의 위치를 정확하게 알게 될 것이다.

"차라리 내가 그녀를 데리고 떠나는 편이 낫지 않겠어? 어때? 마드모아젤은 무슨 일이 있어도 내가 지켜줄게."

그 말에 시하는 도리어 정신이 번쩍 들었다. 부질없다는 듯 그가 위고의 멱살을 쥔 손을 풀며 대답했다.

"아니. 두 번 다시 그런 어리석은 짓은 하지 않아."

안나가 제 곁에 있고 싶어 한다면 무슨 수를 써서라도 그녀가 원하는 대로 해줄 것이다. 반대의 경우도 마찬가지였다. 5년 전에도 그랬어야만 했다. 시하는 두 번 다시 뼈아픈 실수를 저지르고 후회하고 싶지 않았다.

"안나는 자신의 의지로 이곳에 돌아왔어. 그러니 절대 억지로 떠나보내지 않아. 곁에 두고 지킬 거야. 판에게 빼앗기지도 않을 거고, 안나의 마음이 다치는 짓도 절대로 안 해."

"과연 네가 할 수 있을까?"

"할 수 있어. 나라고 지난 5년간 아무 노력도 안 했을 것 같아?"

"괜한 허풍은 아니고?"

"두고 보면 알게 되겠지. 허풍인지, 아닌지."

일순, 시하의 푸른 눈동자에서 주변의 공기가 얼어붙을 정도로 차가운 기운이 뿜어져 나왔다. 위고가 화들짝 놀라며 저도 모르게 한발 뒤로 물러났다. 시하가 순간적으로 발산한 힘은 스위트 노트도 없이 5년이란 시간을 보낸 혼혈 몽마가 내뿜을 수 있는 성질과 정도의 범주를 훨씬 웃돌고 있었다.

'대체 어떻게 한 거지?'

시하는 영문을 모르겠다는 표정을 짓는 위고를 빤히 바라보며 비릿하게 미소 지었다.

"참. 아까부터 계속 거슬렸던 건데……."

그러곤 날카롭게 경고했다.

"안나, 네 마드모아젤이 아니라 내 여자야. 앞으론 호칭 제대로 해."

＊

한바탕 소란은 있었지만, 위고는 결국 하연의 조향실에서 일을 할 수 있게 되었다. 하지만 아무리 타당한 이유가 있다 한들, 당연히 시하로서는 불만을 가질 수밖에 없는 결정이었다.

위고가 떠나고, 둘이서만 할 얘기가 있다며 남은 그의 표정은 역시나 심각해 보였다. 마주 앉은 상태에서 한참을 아무 말 없이 생각에 잠겨 있는 시하를 살피던 하연이 마지못해 입을 열었다.

"시하야, 저기……."

그런데 하연이 채 운을 떼기도 전에 생각을 끝낸 시하가 질문을 던져왔다.

"조향사님, 혹시 안나가 특정한 기억만 되찾는 걸 거부할 수도 있을까요?"

그때야 하연은 시하가 내내 고민하고 있던 것이 위고에 관한 일이 아님을 깨달았다. 조금 전까지 심각했던 그의 표정을 떠올린 그녀가 덩달아 진지한 기색으로 되물었다.

"특정한 기억이라면 어떤 거?"

"전에 나랑 같이 안나 데리고 갔던 스위트룸, 기억해요?"

당연히 기억했다. 둘의 가장 소중한 기억이자 가장 잔인한 기억이 새겨진 공간인데.

"기억해. 근데 그곳이 왜?"

"제가 그곳에 대해서 말한 순간, 안나가 갑자기 쓰러졌어요."

"쓰러져?"

"네. 그 스위트룸을 꿈에서조차 본 적이 없대요. 그래서 제가 그곳에서 우리 둘이 나눈 약속을 말해줬는데, 느닷없이 정신을 잃은 거예요. 이상하지 않아요? 다른 기억은 그렇게까지 거부 반응을 보이지 않았어요. 그런데 왜 그 기억만……."

"시하야."

"네?"

"내 생각엔 그 장소에 두 가지 기억이 혼재해 있기 때문이 아닐까 싶은데."

"두 가지, 기억?"

하연은 시하를 향해 신중하게 고개를 끄덕여 보였다.

"응. 그 스위트룸엔 안나가 시하 너만의 여자가 되기로 맹세한 소중한 기억이 담겨 있기도 하지만, 반대로 네가 조작한 잔인한 기억이 새겨져 있기도 하잖아."

"설마 안나가 아까 거부 반응을 일으켰던 이유가……?"

"그래. 만일 스위트룸에 관해 떠올리면 너와의 소중한 약속도 생각이 나겠지만, 동시에 조작된 기억도 떠오르겠지. 안나의 무의식은 이번에도 선택한 거야. 너에 관해서 조작된 기억을 떠올릴 바에야 차라리 너와의 소중한 기억도 떠올리지 않기로."

하연의 설명에 시하가 아득한 한숨을 토해냈다. 순식간에 눈시울이 뜨거워지고 가슴이 먹먹해진다.

"그럼 나는 어떻게 해야 하는 거예요?"

시하의 절박한 물음에 하연이 무겁게 입을 열었다.

"안타깝지만 조작된 기억이 섞여 있는 기억은 안나가 되도록 떠올리지 않도록 하는 게 나을 거야."

"하지만 안나가 기억을 전부 떠올리지 못하면 각성할 때 위험해진다고 했잖아요."

"바로 그것 때문이야. 안나가 만약 조작된 기억을 떠올려서 진실과 혼동을 겪게 된다면, 그 경우야말로 안나를 위험하게 만들 수 있어."

"조작된 기억을 피하려다 진짜 기억까지 묻혀버리게 되면요?"

"괜찮아, 시하야. 약간의 기억을 잊었다고 해도 각성에 실패하지는 않아. 인간의 뇌는 자연스러운 망각으로 받아들이니까. 하지만 만에 하나 안나가 조작된 기억을 떠올리게 됐을 경우, 너에 대한 안나의 신뢰가 완전히 무너질 수가 있어. 그렇게 되면 안나는 이번에야말로 정말로 너를 미워하게 될 거야."

하연은 어떻게든 시하를 위로해주고 싶어서 한 말이었지만, 그는 단호하게 고개를 저었다.

"안 돼요. 그렇게는 못 해요. 그 스위트룸은…… 거기서 우리가 했던 맹세만큼은…… 잊어도 되는 기억이 아니에요. 안나가 반드시 떠올려야 하는 추억이에요."

"하지만 시하야. 아까 말한 것처럼 만약 최악의 결과가 나오면……."

"조향사님 마음 알아요. 더 이상 안나랑 내가 아파하지 않으면 하는 거.

근데요."

　시하는 자신이 애처로워 입술만 꾹 깨물고 있는 하연을 애써 덤덤한 시
선으로 바라보며 말했다.

　"안나가 날 미워하게 된다고 해도 이번에는 내가 절대 안나 곁에서 안 떠
나요. 어떻게든 원래대로 모든 기억을 되돌려놓을 테니까."

　"……."

　"그러니까 나는 안나가 다시 떠올려줬으면 좋겠어요."

　"……."

　"우리가 사랑했던 기억."

　하연은 시하의 슬픈 각오 앞에서 그 어떤 말도 할 수가 없었다.

*

　그로부터 며칠 후. 시하는 열심히 안나가 꿈에서 봤던 기억을 따라 하며 그
녀가 하루라도 더 빨리 기억을 되찾을 수 있도록 온 정성을 다했다. 그 노력이
통한 것인지, 그동안 안나의 뇌리에서는 몇 차례 더 기억의 섬이 연결됐다.

　하지만 안나가 되찾은 대부분의 기억은 시하와 사랑에 빠져 있던 순간에
관련된 것들이었다. 그와 사랑에 빠지기 전 했던 계약이나 자신의 부모님이
돌아가신 이유에 관해서는 여전히 기억해내지 못했다. 일전에 하연이 얘기
했던 대로, 그 기억들에 진실과 조작이 뒤섞여 있기 때문인 듯했다.

　진실과 조작이 뒤섞인 기억은 안나의 무의식이 거부할 거라던 하연의 예
측이 정확히 맞아떨어진 것이다. 그렇다는 건 안나가 자신의 기억이 조작당
한 시점을 떠올리는 순간, 진심으로 시하를 미워하게 될지도 모른다는 하연
의 예상 역시도 어쩌면 현실이 될지도 모른다는 의미였다.

　시하는 불안했지만, 그 역시도 자신이 감당해야 할 몫이라고 생각했다.
그는 자신에게 닥쳐올 미래가 무엇이든 간에 최선을 다해 안나의 기억을 되

찾아주려고 노력했다.

안나에게 솔직하게 제 진심을 전해야만 했다. 용기를 내야만 했다. 널 안고 싶다고, 오랫동안 널 갖는 순간만을 기다려왔다고 고백하고 더 이상 그녀를 불안하지 않게 해주고 싶었다.

덕분에 안나의 기억은 시하를 처음 만났던 순간과 그의 곁을 떠났던 순간, 두 극단을 향해 매일 조금씩 섬과 섬이 연결되어가고 있었다. 그렇게 어느덧, 안나가 성운 프라그랑스에서 일을 시작하기로 한 날이 찾아왔다.

"파이팅, 오안나! 넌 잘 할 수 있어!"

현관을 나서기 전, 거울을 바라보며 안나가 씩씩하게 외쳤다. 낯선 곳에서 새롭게 일을 시작하는 긴장과 두려움을 이렇게나마 무찌르려는 것이었다. 짧게 자신만의 의식을 끝낸 그녀가 가방에서 향수를 꺼내 칙칙 뿌렸다. 하연이 첫 출근을 축하한다며 선물해준 향수였다. 달콤한 향기에 금세 기분이 좋아졌다. 바로 그 순간.

"걱정하지 마. 안나 넌 분명히 잘 해낼 거니까."

언제 온 건지 시하가 애정이 담뿍 담긴 응원을 해줬다. 같은 말도 시하가 해주니 더욱 자신감이 생기는 것 같았다. 안나가 그 어느 때보다 화사하게 웃으며 두 주먹을 귀엽게 불끈 쥐어 보였다.

"고마워요. 그럼 다녀올게요."

기억을 되찾기 위해서라는 이유로 몇 번이나 대담한 키스를 나눴으면서도, 고작 응원 한마디에 가슴이 숨차게 뛰어댔다. 차마 시하의 눈을 똑바로 바라볼 수 없어 안나가 황급히 현관을 빠져나가려던 찰나였다.

"오늘 첫 출근 날이지? 가자. 데려다줄게."

시하가 성큼성큼 다가와 먼저 현관문을 열었다. 안나는 어쩐지 부끄러워 반사적으로 고개를 저었다.

"괜찮아요. 멀지도 않은데 혼자 갈 수 있어요."

그러자 시하가 불쑥 그녀의 손을 꼭 잡으며 말했다.

"데려다준다는 건 핑계. 이렇게 너랑 손잡고 걷고 싶어서가 진짜 이유야."

그는 부끄러움에 쉴 새 없이 꼼지락거리는 안나의 손을 단단히 깍지 끼고 걸음을 옮겼다. 처음에는 얼떨떨하게 끌려갔던 안나도 나중엔 얌전히 그와 보폭을 맞췄다. 본격적인 여름에 접어든 날씨가 무척이나 더웠지만, 손에서 느껴지는 열기는 마냥 설레기만 했다. 마치 출근을 하는 게 아니라 데이트라도 나가는 것처럼 가슴이 두근거렸다. 엘리베이터를 기다리면서 문득 이런 바보 같은 생각을 했을 정도였다. 눈 깜짝할 사이 1층에 도착하는 엘리베이터가 아니라 40층이 넘는 계단을 걸어 내려가도 괜찮을 것 같다고.

잃어버린 기억을 전부 되찾지 못했어도, 그렇게 안나는 이미 시하를 사랑하고 있었다. 마주 잡은 손을 통해 그녀의 마음을 여실히 느낀 시하가 입가에 미소를 매단 채 문이 열린 엘리베이터 안으로 안나를 이끌었다. 좁은 공간에 오롯이 단둘만 남겨졌을 때, 그는 오랫동안 준비했던 그 말을 하기 위해 입을 열었다.

"안나야."

"네?"

바로 어제, 하연이 드디어 결계 향수를 완성해 안나에게 선물했다. 아까 안나가 그 향수를 뿌리는 걸 두 눈으로 똑똑히 봤다. 이제 그녀를 원하는 마음을 참을 이유는 더 이상 존재하지 않았다. 이토록 솔직해지기까지 수없이 자기 자신에게 용기를 북돋아야만 했다. 이제 정말 용기를 낼 순간이었다. 몰래 심호흡을 한 시하가 천천히 안나의 귓가에 다가갔다. 단지 다가가는 것만으로도 발개지는 뽀얀 피부를 눈에 담으며 그가 솔직한 마음을 속삭였다.

"오늘 밤, 나랑 같이 있을래?"

20장. 나의 전부

'오늘 밤, 나랑 같이 있을래?'

또다시 떠오른 시하의 말에 안나는 그대로 머리를 감싸 쥐며 테이블 위에 엎드렸다. 쿵! 정신이 없어서 속도 조절이 안 된 나머지 엄청난 소리가 났다. 하지만 그녀는 아픔조차 느끼지 못했다. 머릿속에서 지우려고 해도 자꾸만 아침의 일이 생각나서 도무지 일에 집중할 수가 없었다. 하연과 은재가 자꾸만 이쪽을 흘깃거리는 걸 보면 제가 어지간히 일을 엉망으로 하고 있는 것 같은데. 출근 첫날부터 이렇게 흐트러진 모습을 보이다니, 스스로가 한심하게 느껴졌다. 안나는 급기야 양 손바닥으로 찰싹찰싹 뺨을 두드리며 정신을 다잡았다. 잠자코 그녀를 지켜보던 하연이 안 되겠다 싶었는지 말을 건네왔다.

"안나야."

"네?"

얼마나 세게 때린 건지 뺨이 제법 붉어진 안나가 화들짝 놀라며 대답했다.

"호텔 로비에 가서 이번 신제품 향수에 관해서 투숙객들한테 설문 조사

348

한 자료 좀 가져다줄래?"

"신제품 설문 자료요?"

"응. 전화해뒀으니까 가면 바로 줄 거야."

"알겠습니다. 다녀올게요."

마침 바람이라도 쐬고 싶던 참이기에 안나는 곧바로 일어섰다. 안나가 문을 닫고 조향실을 빠져나가자 내내 그녀의 눈치를 살피느라 긴장하고 있던 하연과 은재가 동시에 한숨을 푹 내쉬며 눈을 마주쳤다.

"안나한테 무슨 일 있는 것 같지? 이마랑 뺨이랑 다 엄청 빨개졌어."

"네, 뭔가 심란한 일이 있는 게 분명해요."

하연의 의견에 은재가 격하게 고개를 끄덕였다. 아침에 조향실에 들어설 때도 얼굴이 잔뜩 빨개진 채 허둥대더니, 내내 멍하니 생각에 빠져 있는 모습이 어딘가 이상해 보였다. 가만히 수상했던 안나의 모습을 떠올려보던 은재가 문득 한숨을 내쉬었다.

"이따가 위고 출근해서 마주치면 애 더 당황할 텐데……."

지난 며칠 동안 위고와 함께 작업했던 널찍한 테이블을 바라보는 그의 시선은 퍽 복잡해 보였다. 안나가 다친 등을 치료받는 동안 위고는 성운 프라그랑스에서 정식으로 일을 하게 됐다. 하연에게서 위고의 입사와 관련해 속사정을 전해 들은 은재는 차마 안나에게 소식을 전할 수 없었다. 안나가 채용되면서 필요한 정원도 다 채운 마당에 왜 위고가 성운 프라그랑스에서 일하게 되었는지 이유를 떳떳하게 밝힐 수 없기 때문이었다.

그가 안나를 찾기 위해 판이 사주한 몽마라는 것. 하지만 실은 판의 명령을 따르는 척하면서 도리어 안나를 보호해왔다는 것. 위고와 관련된 진실은 그 어느 것도 안나에게 솔직하게 말할 수 없는 것들뿐이었다.

결국 안나의 기억이 돌아오기 전까지 위고의 입사를 그럴싸하게 해명할 방법은 없었다. 그럴싸한 변명을 고민하는 사이 어느새 안나의 첫 출근날이 되고 말았다.

은재는 뉴욕의 회사에서 매일같이 봐왔던 한 장면을 머릿속에 떠올리곤 이마를 짚었다. 안나가 아무리 차갑게 거절해도 끊임없이 구애하던 위고의 모습. 가뜩이나 심란해 보이는데, 갑자기 위고가 나타나면 안나가 더 피곤해질 게 뻔했다. 그러다 문득 뒤늦게 의문 하나가 은재의 뇌리를 스치고 지나갔다.

'그러고 보니 위고 이 녀석……'

벌써 출근 시간이 한참이나 지났는데 그의 모습이 코빼기도 보이질 않았다.

'대체 어디서 뭘 하느라 안 나타나는 거지? 오늘 안나 출근하는 거 알고 있을 텐데……'

위고라면 안나를 볼 수 있는 기회를 별다른 이유 없이 놓칠 리 없었다. 은재의 시선이 굳게 닫혀 있는 조향실 문을 향했다.

*

"여기 설문 자료요."

"감사합니다."

프런트 데스크 직원에게서 신제품 설문 자료를 전달받은 안나가 고개를 꾸벅 숙이고 돌아섰다. 동시에 그녀의 얼굴이 발그레 달아올랐다. 안나는 당황한 모습을 들키지 않기 위해 서늘한 손등을 뺨에 가져다 대는 대신, 그대로 주먹을 꾹 쥐고 앞을 향해 걸어갔다. 직원들 앞에서 침착한 표정을 유지하려고 얼마나 안간힘을 썼는지 모른다. 자료를 부탁하기 전 우연히 듣게 된 그들의 담소 때문이었다.

'그거 들었어? 아까 아침에 대표님이 직접 오셔서 스위트룸 예약하고 갔대.'

'대표님이 직접?'

'응. 이제까지 여배우랑 만난다느니 XX그룹 손녀랑 만난다느니 뜬구름 같은 소문만 무성했지, 이렇게 결정적인 증거를, 그것도 제 손으로 넙죽 뿌린 경우는 처음이지 않니?'

'그러게. 그럼 우리 호텔 상속녀랑은 정말 아예 끝낸 건가?'

아무래도 아직 안나가 호텔에 돌아온 사실은 알려지지 않은 모양이었다. 조금 더 수다를 듣고 싶었지만, 애석하게도 이야기는 거기서 끝이 났다. 그들이 안나를 발견한 것이다.

눈동자 색과 머리카락 색이 바뀐 데다 앳된 소녀에서 어엿한 숙녀로 변한 안나를 알아보는 직원은 없었다. 안나가 손님인 줄만 알고 재빨리 입을 다물었던 직원들은 그녀가 하언의 심부름을 하러 온 걸 확인하고 곧바로 사료를 건네주곤 업무에 집중했다.

몰래 다시 한 번 프런트 데스크 쪽을 힐끗 쳐다본 안나가 이내 호텔 출입구를 빠르게 빠져나갔다. 대체 언제부터 숨을 참고 있었던 건지 바람이 피부로 느껴진 순간 거친 호흡이 터져 나왔다. 그녀가 이토록 긴장한 이유는 너무나도 자명했다. 시하가 룸을 예약했다. 그것도 직접.

그 사실을 알고 나니 그가 말한 '오늘 밤'의 의미가 한층 실감이 났다. 무심결에 입고 있는 속옷 디자인을 떠올리며 멍하니 걷던 안나가 짧막한 비명을 토해냈다. 반대쪽에서 다가오던 누군가와 부딪힌 까닭이었다.

"조심해야지, 마드모아젤?"

귓전을 파고드는 익숙한 호칭에 그녀가 번쩍 고개를 들었다.

"위고?"

안나는 얼떨떨한 기색으로 눈을 깜빡였다. 로비에서 대놓고 다른 남자를 좋아한다고 말했으니 틀림없이 그가 다시 뉴욕으로 돌아갔을 줄 알았다. 열 번 대시하면 열 번을 거절하는데도 위고가 포기하지 않는 이유는 자신이 누구에게도 마음을 열지 않기 때문이었다. 다른 사람을 좋아한다. 그 말로 지금껏 했던 수백 번의 거절 중에서 가장 강하고 분명하게 그를 거부했다고 여겼다.

그런데도 위고는 아직도 이곳에 있었다. 안나는 의아함을 넘어 경악 수준의 눈빛을 담아 그를 올려다봤다. 그러나 그녀의 눈동자에 담긴 의미는 전혀 개의치 않는다는 듯, 눈이 마주치자 위고가 눈매를 예쁘게 접어 웃었다.

그런데 그 순간, 그에게서 예쁜 눈웃음과는 전혀 어울리지 않는 냄새가 맡아졌다. 너무도 자극이 강한 향에 안나는 그만 충동적으로 묻고 말았다.

"위고, 지금 어디서 뭘 하고 온 거야?"

그에게선 희미하지만, 분명 피 냄새가 났다. 안나가 살짝 코를 킁킁거리는 걸 본 위고가 손가락을 들어 보이며 말했다.

"혹시 이거 때문에 그래? 아까 손가락을 좀 벴어. 역시 우리 마드모아젤, 후각이 정말 기가 막히다니까."

잔뜩 긴장했던 게 무색하게 피 냄새는 다친 손가락에서 나는 것이었다. 안나는 다소 허무한 기분으로 조향실로 돌아왔다. 그리고 위고를 다시 마주친 것보다 더 큰 충격을 받았다. 위고가 며칠 전부터 성운 프라그랑스에서 조향사로 일하기 시작했다는 얘길 들었기 때문이다.

안나는 익숙하다고 느껴질 정도로 숱하게 겪어온 그의 집착이 새삼 두렵게 느껴졌다. 물론 뉴욕에서 그를 알고 지낼 때도 정도가 지나치다고 종종 느낀 적은 있었지만, 자신의 삶을 바꾸는 데 전혀 주저하지 않을 정도일 줄은 미처 몰랐다. 쉽게 무시해 넘겼던 위고의 눈빛이 이젠 부담스럽기만 했다. 저도 모르게 자꾸만 그를 피하게 되었다. 하연의 지시로 신제품 향수의 설문 조사 자료를 정리하는 동안 안나는 내내 위고의 시선이며 질문을 노골적으로 피했다.

"마드모아젤, 우리 오랜만에 만났는데 오늘 저녁에 같이 밥 먹을까?"

그랬더니 급기야 그도 저 질문을 마지막으로 불만을 터뜨렸다.

"왜 자꾸 나 피해? 내가 말 걸어도 번번이 무시하고!"

직접적으로 위고에게서 질문을 받고 나서야 안나도 곰곰이 이유를 생각해보게 되었다. 그의 마음의 크기를 알고 나서 부담스러워진 것도 물론 이유는 되었다. 하지만 그것보다 더 큰 이유가 있었다. 좋아하는 남자가 생겼는데, 더는 전처럼 위고의 마음을 알면서도 어울려줄 수 없었다. 안나는 위고의 시선을 피하는 데 유용하게 사용했던 설문 조사지를 손에서 놓고 그의 눈을 똑바로 마주 봤다.

"위고."

서운함이 가득 담긴 눈동자가 들여다보인다. 그 눈에 담긴 뚜렷한 집착이 무서운 동시에 그 마음을 거절하는 것이 미안하기도 했다. 하지만 안나는 약해지려는 마음을 굳게 다잡고 입을 열었다.

"얼마 선에노 말했시만, 나 좋아하는 사람 생겼어. 그 사람이 너무 좋아서, 나는 그가 오해할 만한 다른 관계는 만들고 싶지 않아."

위고는 아무런 말도 하지 않았다. 속내를 알 수 없는 눈동자는 깜빡임조차 없었다.

"그러니까 오늘 저녁 같이 못 먹어. 앞으로도 그런 일은 없을 거야. 미안해, 위고."

호박색 눈동자가 어둡게 흐려졌지만, 단지 그뿐이었다.

*

그 시각, 시하는 직접 예약한 스위트룸에서 침대에 걸터앉아 반지 케이스를 열었다 닫았다 하는 무의미한 동작을 반복하고 있었다. 오늘은 도저히 업무에 집중할 수가 없어서 휴가를 냈다. 안나가 이곳을 떠난 뒤 텅 빈 마음을 일만 하며 버티느라 그가 휴가를 쓴 것은 무려 5년 만의 일이었다. 체력적으로 한계가 느껴질 만큼 자신을 몰아붙였던 그 시간들이 이제는 거짓말처럼 아득해졌다. 하지만 5년 전 안나를 떠나보냈던 그 순간만큼은 바로 어제처럼 선명하게 기억했다. 탁, 탁. 케이스가 열렸다 다시 닫히는 찰나에 5년 전 이곳에서 벌어졌던 일들이 그의 머릿속에 사진처럼 찍혔다.

　탁.

　'만약 내가 당신이랑 안 자겠다면요?'

　탁.

　'그럼 나도 죽일 건가요?'

　탁.

　'당신을 만난 걸 죽도록 후회해요.'

　탁.

　'내가 당신의 여자가 될 거라는 헛된 꿈은 꾸지 말아요.'

　두려움을 부추기는 기억들이 케이스 안에서 끊임없이 쏟아져 나왔다. 진짜 내 여자가 되어달라 했던, 평생 곁에 있겠다 맹세했던 반지에 담긴 간절한 의미가 산산이 부서지던 그날의 기억이 자꾸만 케이스 밖으로 흘러넘쳤다. 끝내 아픈 기억이 스위트룸 가득 고여 시하는 옴짝달싹할 수 없었다. 제 손으로 조작한 기억에 상처받은 안나가 내뱉은 가시 같은 말들이 심장을 아프게 파고들었다. 쓰린 통증과 함께 문득 하연의 말이 떠올랐다.

　'안나가 조작된 기억을 떠올리게 됐을 경우, 너에 대한 안나의 신뢰가 완전히 무너질 수가 있어. 그렇게 되면 안나는 이번에야말로 정말로 너를 미워하게 될 거야.'

　하연의 말대로 오늘 밤 안나를 가진 대가가 어떤 결과가 돌아올지 알 수 없었다. 하룻밤의 행복으로 또다시 안나의 마음을 잃을 수도 있었다. 이별보다 더한 고통의 시간을 보내게 될지도 몰랐다.

　하지만 시하는 각오했다. 안나가 조작한 기억을 떠올리지 못하더라도, 오늘 밤이 지나면 제 입으로 그날의 일을 낱낱이 고백하기로.

　더는 안나의 삶을 진실이 없는 빈껍데기처럼 두지 않을 것이다. 푸른색 눈동자를 슬프게 빛낸 시하가 두려움에 차마 다시 열지 못했던 반지 케이스를 힘주어 열었다. 오늘 밤 안나의 손가락에 끼워줄 보석이 영롱하게 반짝이고 있었다.

*

안나는 말의 힘이 얼마나 강력한 것인지 깨달았다. 시하를 좋아한다고 말하고 나니 감정이 주체가 되지 않았다. 기억을 잃은 불안감, 처음에 대한 두려움, 망설임의 원인이 되는 그 모든 감정을 시하를 좋아하는 감정이 가뿐하게 압도했다. 온종일 오늘 밤 함께 있자는 그의 말 한마디에 풍랑 속에 놓인 조각배처럼 위태롭게 보낼 땐 언제고, 지금은 설렘과 기대감이 그녀의 삼사을 온통 자지했다.

혹시나 그가 약속을 안 지키진 않을까 하는 두려움이 아주 조금 들기는 했다. 하지만 그런 불안도 금세 사그라들었다. 시하가 퇴근 시간에 맞춰 장소를 문자로 보내왔다. 그가 알려준 장소로 향하는 안나의 발걸음이 점차 빨라졌다.

진득한 한여름의 열기가 피부로 느껴졌지만, 전혀 덥다는 생각이 들지 않았다. 온몸의 솜털이 전부 짜릿하게 일어서는 감각에 열기 사이로 기묘한 한기마저 느껴졌다.

로비에 들어서자 아까 낮에 만났던 직원들이 시하가 예약한 룸으로 향하는 자신을 가느다란 시선으로 쫓는 것이 느껴졌다. 그사이 소문이 퍼졌는지 그때와는 달리 자신이 이곳의 상속녀라는 사실을 분명히 인지하고 있는 시선이었다. 안나의 마음속에서 기이한 욕구가 스멀스멀 피어올랐다.

'그럼 우리 호텔 상속녀랑은 정말 아예 끝낸 건가?'

아니. 끝나지 않았다. 우리의 사랑은, 끝난 적 없었다.

'이제까지 여배우랑 만난다느니 XX그룹 손녀랑 만난다느니 뜬구름 같은 소문만 무성했지,'

절대 그가 다른 사람을 사랑했을 리 없었다. 한 번도 느껴본 적 없었던 강렬한 과시 욕구가 마구 일었다. 안나는 걸음을 빨리하는 대신 일부러 느리게 걸어 자신의 얼굴을 그들에게 또렷이 확인시켰다. 호들갑스러운 소음이 들려왔다. 순식간에 기분이 좋아졌다.

느린 걸음으로 어느덧 시하가 알려준 룸 번호가 적힌 문 앞에 도착했다. 안나는 그가 문자로 알려준 대로 벨을 누르지 않고 천천히 문을 열었다. 문틈으로 한여름에 어울리지 않는 달큰한 벚꽃 향기가 불어왔다. 일순 의아한 기색이 어리던 그녀의 눈빛이 이내 크게 요동쳤다.

숨이 막힐 정도로 아름다운 시하의 모습이 보였다. 하얀 배스 가운을 입은 채 느른한 손길로 매듭을 만지작거리던 그가 문이 열리자 고개를 들어 시선을 맞췄다. 안나는 저도 모르게 홀린 듯이 룸 안으로 발을 떼었다. 하지만 다음 순간, 그녀의 발은 허공에 오도카니 붙들렸다.

"안나야. 아직 들어오지 말고 잠시 거기 서서 내 얘길 들어줘."

멈칫하며 허공에서 멈춘 발은 시하의 부드러운 말투에 얌전히 다시 문 바깥으로 돌아갔다. 복도와 현관의 경계선, 그 너머에 있는 안나의 발을 물끄러미 바라보며 시하는 이야기를 시작했다.

"5년 전, 이 방에서 두 가지 전혀 다른 일이 있었어."

시선을 피하지 않는 그의 눈빛에는 설렘과 죄책감이 교차하고 있었다. 안나는 본능적으로 그가 지금 하려는 말이 오랫동안 고민하고 갈등했던 말이라는 걸 알 수 있었다. 그래서 재촉하지 않았다. 묵묵히 기다렸다.

"안나 너는 언젠가 이곳에서 나와 함께 밤을 보내기로 약속했었어."

며칠 전에도 그는 똑같은 얘기를 한 적이 있었다. 그때와 비슷한 감각이 섬광 같은 통증으로 뇌리를 할퀴어왔다. 하지만 이어 시하의 입에서 흘러나온 말에 통증은 순식간에 가라앉았다.

"그리고 동시에 이곳에서 너는 나를 떠나기로 결심했어."

기이한 일이었다. 그와 사랑한 기억에 극도로 거부 반응을 일으키던 무의식이, 도리어 그와 이별한 기억에 잠잠해지다니.

"내가 지금 말해줄 수 있는 건, 나와 함께 밤을 보내기로 약속한 건 네 선택이었고, 나를 떠나기로 한 건 네 선택이 아니었다는 거야."

그가 지금 무슨 말을 하는 걸까? 그렇다면 그가 억지로 저를 떠나게 만들기라도 했다는 건가? 불완전한 기억이 꿈틀거렸다. 그러나 열릴 것처럼 계속 달싹거리던 기억의 문은 마치 걸림돌에 가로막힌 것처럼 끝내 열리지 않았다. 답답함에 나지막한 한숨을 내쉬는 안나에게 시하가 말했다.

"너무 애쓰지 않아도 돼. 네가 나를 떠나기로 결심한 이유는 아마 오늘 밤이 지나면 알 수 있을 테니까."

오늘 밤 안나와 함께하는 의미는 연인과 사랑을 나누는 것이었지만, 그와 그녀가 계약을 맺은 봉마와 스위트 노트의 관계인 이상 어쩔 수 없이 어긋드는 이뤄질 수밖에 없었다. 그렇다면 시하가 가진 봉마의 힘이 안나의 체내로 흡수되는 것은 뻔히 예견되는 결과였다. 당연하게도 오늘 밤의 행위는 그간 안나가 억지로 몰아냈던 시하의 정체를 떠올리는 데 결정적인 매개가 될 것이었다. 시하와 사랑했던 기억이 연쇄적으로 다른 행복한 기억들을 떠올리게 했듯, 오늘 밤이 지난 후 깨닫게 될 시하의 정체는 그와 관련된 다른 불행한 기억들도 떠올리게 할 가능성이 컸다.

자신의 집안이 대대로 봉마와 계약해온 가문이었다는 사실도, 고모에게서 벗어나기 위해 악마를 소환했던 사실도, 사랑하는 남자의 형에 의해 꿈을 조작 당했던 기억도, 어쩌면 전부 한꺼번에 되살아날지도 몰랐다. 무의식의 가장 깊은 곳. 판도라의 상자처럼 봉인되어 있던 기억의 섬이 결국 떠오르게 되는 것이다.

지난 5년 동안 기억상실을 빼면 평범하게 살아온 안나에게 잃어버린 진실은 꽤 큰 충격일 것이다. 나아가 멋대로 기억을 조작한 연인에게 배신감도 느낄 것이었다. 그리고…….

'안나는 이번에야말로 정말로 너를 미워하게 될 거야.'

어쩌면 영원히 자신과 사랑했던 기억을 잃어버리게 될지도 모른다. 영영 안나의 마음을 돌릴 수 없게 될지도 모른다는 가혹한 가능성에 시하는 이를 악물었다.

하지만 지금부터라도 안나의 삶은 그녀 스스로 선택할 수 있게 해야만 했다. 시하는 다시 한 번 각오를 다지며 말을 이었다.

"오늘 밤이 지나고 네가 어떤 선택을 하든 기꺼이 받아들일게."

네가 나를 미워해도. 네가 나를 원망해도.

"그 어떤 것도 네가 내 곁에 없는 것보다 더 아플 것 같지 않거든."

지난 5년 동안 뼈저리게 겪었다. 안나가 옆에 없다는 사실이 얼마나 고통스러운지.

"그러니까 안나야."

고백하는 동안 눈을 맞추고 있던 시하의 시선이 다시금 복도와 현관의 경계로 향했다. 그가 안나의 조그맣고 하얀 발을 간절한 눈빛으로 응시했다.

"만약 네가 그 문을 지나 한 발자국만 내 세계로 건너와도, 나는 너 절대 안 놔."

안나 역시 시하를 오롯이 마주 바라봤다.

"두 번 다신 안 놔줄 거야."

도대체 제가 아직 떠올리지 못한 기억이 무엇이기에…….

"그래도 나한테 올래?"

그를 저토록 절박하게 만드는 걸까?

"오늘이야말로 이 매듭, 풀어줄래?"

그의 말대로 지금 당장은 떠올릴 수 없는 기억이었다. 아무리 생각해내려 해도 머릿속은 깜깜하기만 했다. 하지만 그런 겨를에도 불꽃처럼 반짝이는 기억 하나가 암흑 속에서 고요히 타올랐다.

'약속해요. 그땐 꼭 맨정신에 이 매듭 풀게요.'

왜 자신이 그를 떠나려 했는지 그런 이유 따윈 모르겠다. 하지만 저 말을 할 때 자신이 얼마나 가슴 두근거렸는지는 알겠다. 안나의 눈길이 시하가 입고 있는 배스 가운의 매듭으로 넌지시 향했다. 그녀는 더 이상 망설이지 않았다.

탁! 안나가 순식간에 경계를 뛰어넘었다. 그녀가 자신의 세계로 넘어온 순간, 시하도 더는 망설이지 않았다. 그가 손을 뻗어 안나의 손목을 잡아당겼다. 그대로 그녀가 그의 품으로 쏟아졌다. 마치 자석처럼 몸이 겹쳐지고 입술이 맞물렸다. 한 몸처럼 뜨겁게 부둥켜안은 그들의 뒤로 쿵, 큰 소리를 내며 문이 닫혔다.

시하는 휘청거리며 제 품에 쏟아져 들어온 안나를 단숨에 벽으로 밀어붙였다. 한여름에 뷘 벚꽃이 신기한 듯 사부란 테라스를 바라보는 그녀의 벽을 손끝으로 쥐고 시선을 제게로 빼앗아왔다. 몽롱하게 풀려 있던 눈빛이 그와 마주 보자 색이 선명해졌다. 세상의 그 어떤 어둠도 밝힐 수 있는 태양빛처럼, 아름답고 고귀한 색깔. 그는 고개를 기울여 그 빛깔에 입 맞췄다.

살짝 눈을 내리깐 안나의 시야에 그의 입술이 아래로 향하는 것이 보였다. 미끄러지듯 내려간 그의 입술은 차례로 그녀의 사랑스러운 곳에 모두 흔적을 남기고, 마지막으로 집어삼키듯 붉은 입술을 점령했다.

"홋!"

그녀에게서 울음 같기도, 감탄사 같기도 한 아슬아슬한 신음이 터져 나왔다. 시하는 바르작거리는 안나의 허리를 바싹 끌어안았다. 벽과 그녀 사이에 그의 커다란 손이 들어가고도 남을 만한 공간이 생겼다. 손끝으로 어림짐작해 지퍼의 끝부분을 찾아낸 그가 안나의 허리를 촘촘히 더듬어가며 길을 찾아 헤맸다. 단호한 손끝이 천천히 위로 더듬어 올라가 기어코 도드라진 날개뼈 사이에서 지퍼의 손잡이를 찾아냈다.

원하는 것을 손에 쥐고도 아주 잠깐, 그는 숨죽인 채 아무것도 하지 않았다. 찰나의 정적이 주는 감각은 믿을 수 없을 만큼 격렬했고 숨이 막혔다.

"……아!"

단말마의 비명이 터져 나왔다. 지이익. 작은 손잡이에 가해지는 압력을 시작으로 순식간에 옷 사이가 벌어졌다. 고요한 방 안에 희미하게 울려 퍼지는 소리에 안나는 등줄기가 오싹해졌다. 오감이 한계를 모르고 예민해졌다. 강렬한 자극을 견디기 버거워진 그녀가 하나의 감각이라도 덜어내고자 눈을 질끈 감고 몸을 웅크렸다.

하지만 시각을 차단하자 더 미칠 것 같은 감각이 그녀를 공격했다. 시하의 손이 안으로 훅 들어왔다. 얇은 슬립 위를 어루만지는 손길에 살결이 마치 불에 덴 듯 화끈거렸다. 머릿속이 하얘진 안나가 시하의 너른 어깨를 두 손으로 꽉 쥐고 매달렸다.

그가 그녀를 달래듯 어깨를 둥글게 어루만졌다. 상냥한 손길에 안나가 긴장이 풀린 듯 어깨를 축 늘어뜨렸을 때, 그는 기습적으로 원피스의 어깨 부분을 잡아 끌어내렸다. 순식간에 안나가 입고 있던 원피스가 바닥으로 떨어졌다. 얇은 슬립 차림이 된 그녀가 귀여운 토끼처럼 눈을 동그랗게 뜨고 그를 올려다봤다. 당황한 금빛 눈동자 속에 거울처럼 담긴 자신의 모습을 들여다보던 시하는 안나에게 부드럽게 키스하며 손을 아래로 미끄러트렸다.

오목한 무릎 뒤를 움켜쥔 손이 단호하게 다리를 위로 들어 올렸다. 원피스가 안나의 오른쪽 다리를 빠져나오자 그는 거침없이 왼쪽 다리를 쥐었다. 그러나 이번엔 원피스가 샌들 스트랩에 걸려 빠지질 않았다. 시하는 망설임 없이 안나를 허공으로 들어 올렸다. 반사적으로 자신의 허리에 다리를 꼭 감은 안나를 끌어안으며 시하가 살며시 입가에 미소를 띠었다. 그는 안나의 몸을 두 팔로 단단히 받친 채 침대가 있는 곳으로 걸음을 옮겼다.

풀썩, 부드럽게 안나를 침대 위에 내려놓은 그가 그녀의 발에 걸려 있는 원피스를 빼내 등 뒤로 던지고, 샌들의 스트랩도 풀어냈다. 뜨거운 숨결이 예고하듯 발등 위로 내려앉았다. 하얀 발등을 소중히 감싸 입을 맞춘 시하가 가녀린 발목에도, 둥근 무릎에도 자신의 흔적을 새기며 위로 올라갔다.

끼이익. 그의 두 무릎이 침대 매트리스를 디디자 압력이 가해지는 소리가 고요를 파고들었다. 이윽고 그가 천장을 보고 있던 안나의 시야를 온통 채웠다. 그는 다시 입을 맞추기 전 잠시 고개를 치켜들어 테라스를 바라봤다. 5년 전 그때처럼 감청색 밤하늘을 반짝이는 벚꽃의 분홍빛이 가득 수놓은 그리운 풍경이 눈에 들어왔다.

'오늘이야말로 안나의 기억이…… 되돌아올 거야.'

마치 그때가 되살아난 듯한 감각에 시하는 오늘 밤 후의 미래를 확신했다.

'난 어떤 식으로든…… 대가를 치러야만 하고.'

안도와 불안이 엉망으로 뒤섞여 감정이 울컥 치달았다. 그는 정신없이 안나에게 입 맞췄다. 한참의 격렬한 키스 후에 얼굴을 떼어내니, 슬립 차림의 안나가 수줍은 표정을 짓고서 자신을 올려다보고 있었다. 그때와 똑같은 순간. 파르르 떠는 하얀 어깨가 눈에 밟혔다. 시하는 조심스레 내려가 입술을 꾹 누르며 물었다.

"……두려워?"

내 세계로 들어와버린 것이.

"……겁나?"

내 여자가 되는 의미가.

그 언젠가 제 욕심에 눈이 멀어 안나를 울렸던 밤이 떠오른다. 절로 이가 악물어졌다.

'나는…… 절대 너만은 다치게 하고 싶지 않아.'

그 순간, 고개를 들지 못하는 시하의 귓가에 입을 맞추며 안나가 되물었다.

"그 말, 지금 누구한테 묻는 거예요?"

내가 당신의 세상에 파고드는 게 두려워요? 내가 당신의 여자가 되는 것이 겁이 나요?

"나는……."

시하는 안나의 질문에 생각하고 또 생각했다. 수백 번, 수천 번 각오했어도 어찌 두렵지 않을까? 이 순간을 시작해버리면, 제 몸에 흐르는 피가 판에게 안나가 이곳으로 돌아왔다는 사실을 알려줄 것이다. 제 손으로 다시금 안나를 판의 손이 닿는 위험한 세계에 끌어들이게 되는 것이다.

부정할 수 없었다. 안나는 그에게 치명적인 약점이었다. 그녀를 잃는다고 생각하면 차시하는 세상에서 가장 겁쟁이가 되어버린다. 그러나…….

"두렵지 않아요."

동시에 오안나는 차시하를 가장 강하게 만들어주는 존재이기도 했다.

"겁나지 않아요."

그녀의 믿음은 시하에게 불안보다 더욱 강하게, 자기 자신을 믿는 힘을 이끌어냈다.

"스무 살의 오안나는 어땠을지 몰라도, 스물다섯의 오안나는 차시하라는 남자를 미치게 원해요."

안나의 고백은 어김없이 시하의 불안과 두려움과 죄책감을 모두 거두어갔다.

"내가 지금 떠는 건 처음이라서 그런 거예요. 두렵고 겁이 나는 건 단지 그 때문인 거지, 다른 이유는 없어요. 내 발로 여기 들어온 거, 잊었어요?"

그녀가 시하의 얼굴을 끌어당겨 당돌하게 그의 입술을 훔쳤다.

"그러니까 내가 용기를 낼 수 있게, 당신도 용기를 내줘요."

부디 당신을 원하는 이 간절한 마음을 알아줘요.

순간, 날렵한 얼굴을 감싸고 있던 안나의 손이 스르륵 어딘가로 향했다.

"망설이지 마요. 5년이나 기다렸으면 됐잖아."

단단히 매듭지어진 끈을 잡아당기는 손.

"가져요. 내 전부."

느릿느릿하던 속도가 한순간에 빨라진다. 안나는 입술을 달싹이며 순식 간에 시하가 입고 있는 배스 가운의 매듭을 풀어헤쳤다.

"사랑……."

그러나 그녀는 고백을 다 전하지 못했다. 그녀가 마음을 모두 전하기도 전에 시하가 덮쳤으니까. 하지만 제 진심이 전부 전해졌으리란 건 확실히 느껴졌다. 맞닿은 입술이 뜨거웠다. 단단한 근육에 시선을 빼앗기기 무섭게 눈앞이 아득해졌다. 손끝으로 시야에서 사라진 가슴 근육을 매만지며 안나도 그를 열렬히 끌어안았다.

"사랑해."

모든 걸 내던진 고백과 함께 뜨거운 입술을 벌리고 파고 들어오는 그가 느껴졌다.

"……사랑해, 안나야."

입 안을 온통 헤집고, 샅샅이 훔쳐 장악한다. 그녀를 갖는 데 망설임이 없어진 그의 움직임은 격렬했지만, 동시에 눈물이 나올 만큼 애틋했다. 안나도 그런 그에게 적극적으로 응했다. 한참을 숨도 못 쉬고 키스하다 간신히 입술이 떨어지자, 안나가 그의 가슴을 때리며 말했다.

"내가 먼저 사랑한다고 말하려고 했는데. 나빴어."

귀여운 투정에 오물거리는 그녀의 입술을 또 한 번 삼킨 시하가 그대로 입술을 맞붙인 채 속삭였다.

"미안하지만, 그 말, 이미 5년 전에 내가 먼저 했어."

어쩐지 그의 눈빛이 슬퍼 보였다. 안나는 부드럽게 밀어붙이는 그의 입술을 버티며 마저 고백했다.

"그래도……. 그래도요. 나도 사랑해요."

왜인지 나도 사랑한다는 말을 하면서 가슴이 아팠다. 그래서 더 간절히 이 말을 그에게 전하고 싶었다.

"정말 많이 사……!"

하나 이번에도 그녀의 말은 시하의 입술에 졌다. 얇은 이불을 펄럭이며 거칠게 움직인 그가 안나의 목에 입술을 묻었다. 취해버릴 것만 같았다. 안나가 꾸는 꿈이 아니라, 그냥 오안나라는 사람 자체가 황홀하고 아찔했다.

시하가 안나의 어깨에 아슬아슬하게 걸쳐져 있는 얇은 슬립 끈을 움켜쥐고 그대로 끌어내렸다. 눈 앞에 펼쳐진 달콤한 살결에 한동안 멍하니 굳어 있다가 갈급히 고개를 숙였다. 그의 손과 입술이 안나의 설원 같은 피부 위에 붉은 꽃이 피도록 집요하게 머금고 어루만졌다. 자극을 견디지 못한 그녀의 입에서 끝내 그의 이름이 앓듯이 흘러나왔다.

"시하 씨……."

"안나야……."

열기가 녹아든 목소리에 시하가 감전이라도 된 것처럼 몸을 움찔 떨며 안나를 부둥켜안았다. 그는 그대로 다시 달콤한 입술을 찾아들며 점점 더 안나의 깊은 곳으로 파고들었다. 안나 역시 땀에 젖은 시하의 등을 힘껏 끌어안으며 오롯이 그를 받아들였다.

일순 강렬한 자극이 머리끝부터 발끝까지 휘몰아쳤다. 숨도 제대로 못 쉴 만큼 짜릿한 감각이 지나간 다음에는 가슴이 크게 부풀었다 가라앉을 정도로 아늑한 호흡이 찾아왔다. 시린 바다에 따스한 햇살이 내려앉듯, 황홀하면서 뭉클한 감각이 후희로 찾아왔다.

그리고 그 순간, 둘의 가슴 속 깊은 곳에 고여 있던 오래된 외로움이 허물어져 내렸다. 짙은 갈증으로 메말랐던 심장이 따스해지고 촉촉해졌다. 텅 빈 마음이 온전히 채워지는 것을 느끼며 시하와 안나가 동시에 또 한 번 사랑을 속삭였다.

"사랑해요."

"사랑해."

오래 그리워하고 오래 기다렸던 만큼, 더할 나위 없이 완벽한 밤이었다.

*

몇 번이나 안나를 가졌던 밤이 지나고, 달빛과 함께 찾아온 어스름한 새벽녘. 시하는 쉬이 잠들지 못하고 자신의 팔을 베개 삼아 잠든 안나를 물끄러미 들여다보고 있었다. 단잠을 깨울까 하얀 피부 위에 입술을 누르고 싶은 욕구를 참고 또 참으며 그녀를 눈에 담았다. 세상 어디에서도 맡을 수 없는 안나의 달콤한 체향을 들이마시는 동안, 그의 머릿속엔 계속 같은 생각만 맴돌았다.

'나는…… 어떻게 너 없이 지난 5년을 버텼을까?'

한때는 안나를 만나게 하고, 안나를 사랑하게 한 잔인한 운명에 괴로운 후회만 거듭했었다. 그러나 지금에 와선 오히려 그 운명에 감사했다.

그래도 그녀를 만나게 해주어서. 그럼에도 불구하고 그녀를 사랑할 수 있게 해주어서. 참으로 고맙고, 다행이었다.

"안나."

시하는 그녀의 이름을 삭세 불렀다. 단시 이름을 부르는 것만으로도 가슴이 벅차올랐다. 자신의 인생에서 한 여자를 이토록 사랑하게 될 거라고 감히 생각조차 해본 적 없었다. 누군가가 보고 싶고, 안고 싶고, 그리워 미칠 것 같아서 갈증을 느끼는 것이 얼마나 달콤한 일인지도, 안나를 만나지 못했다면 절대 알지 못했을 터였다. 안나는 그에게, 그야말로 기적 같은 존재였다.

"내 여자. 오안나."

간밤 안나의 품에서 수없이 무너져내렸던 열렬한 순간을 떠올리며 시하는 자신의 외로운 인생에 찾아와준 기적을 소중히 끌어안았다.

"응……. 나도 사랑해요."

잠결에도 저를 오롯이 받아들여 주는 그녀가 사랑스러워 웃고 있는데도 눈물이 날 것만 같았다. 그는 이제 그녀가 없는 삶은 상상할 수조차 없었다. 안나를 만나기 이전의 삶은 하얗게 잊히고, 오직 그녀만이 제 인생의 전부인 것처럼 느껴졌다.

"나의 전부."

안나의 머리카락에 입을 맞추며 시하는 지그시 눈을 감았다. 따뜻한 체온에 뒤늦게 잠이 쏟아졌다. 테라스 밖 저 먼 곳에서부터 어둠이 조금씩 조금씩 주홍색 미명에 잡아 먹혀가고 있었다.

*

시하가 다시 눈을 뜬 건, 간밤의 여운이 남아 있던 새벽마저 모두 물러간 환한 아침 무렵이었다. 품에 가두고 있던 온기가 사라진 걸 느낀 그는 무의 식중에 손바닥으로 옆자리를 더듬었다. 그러나 침대 끝까지 더듬었어도 그 무엇도 손끝에 닿지 않았다. 안나는 침대 위에 없었다.

"……안나야!"

그는 벼락처럼 눈을 뜨곤 넓은 방 안을 샅샅이 살폈다.

"오안나!"

눈에 보이는 문이란 문은 죄다 열고 안나의 이름을 외쳤다. 안나가 곁에 없다는 사실 하나에 그의 시간은 삽시간에 악몽으로 탈바꿈했다. 발밑으로 피가 모두 빠져나가 온몸이 차갑게 식어버린 것만 같았다.

털썩. 스위트룸 안의 모든 곳을 살피고 결국 혼자서 다시 침대로 돌아온 시하가 휘청이며 주저앉아버렸을 때였다. 바람에 얇은 레이스 커튼이 흩날 리고, 그 사이로 테라스에 나가 있는 안나의 모습이 보였다.

그러나 안나를 발견했어도 시하는 곧바로 그녀에게 다가가지 못했다. 눈 이 부실 만큼 파란 하늘. 흩날리는 벚꽃 속에서……. 그녀는 눈물을 흘리고 있었다. 왜…….

'왜 울고 있어? 내가 조작한 기억만 떠오른 거야? 그래서 날 미워하게 된 거야?'

안나를 안기 전에도, 잠든 안나를 바라보는 동안에도, 내내 마음 한구석 에서 그를 불안에 떨게 했던 이유. 그녀의 기억을 조작한 죄. 그 죄책감이 그 의 두 발에 긴 못을 박아놓은 듯 몸이 움직이질 않았다. 어젯밤을 각오할 때 만 해도 이 순간이 오면 안나에게 사죄하고, 그녀가 용서해줄 때까지 매달려야겠다고 생각했는데……. 그런데 아무 말도, 아무런 행동도 할 수가 없다. 그때, 안나가 그를 망연히 바라보며 입을 열었다.

"나……."

휘이잉. 눈물 한줄기도 거둬가지 못하는 연약한 바람이 둘 사이에 불었다. 풀썩였다 도로 내려앉는 커튼 사이로 무언가 말하는 안나의 입술이 보였다. 시하는 집중해서 그 입술이 그리는 말을 바라봤다.

"기억났어요. 전부."

이어지는 안나의 목소리에선 울먹임이 느껴졌다. 주저앉은 채로 무릎을 움켜쥔 시하의 손에 바짝 힘이 들어갔다.

"나한테 왜 그랬어요?"

안나는 결국 그가 조작한 기억만을 떠올렸다. 하연이 예측한 최악의 상황이 찾아오고 만 것이었다.

"윽……!"

끝내 자신의 지난 잘못과 마주한 시하의 표정이 괴롭게 일그러졌다. 참고 참다 내뱉어진 신음과 함께 흐르기 시작한 눈물이 그의 얼굴을 온통 적셨다. 안간힘을 쓰며 눈물을 참아보지만, 소용없었다. 위태롭게 턱 끝에 고여 있던 눈물이 끝을 모르고 추락하는 그의 심장처럼 바닥으로 뚝, 뚝, 떨어졌다.

*

시하에게 안긴 밤, 안나는 깊은 잠에 빠져들어 꽤 오랫동안 꿈을 꾸었다. 꿈에서 마주한 과거의 기억은 처음에는 달콤하기만 했다.

좋아한다 속삭여주는 그의 달콤한 목소리. 사랑스러워 견딜 수 없다는 듯 절 어루만져주던 다정한 손길. 절 만질 때면 유난히 뜨거워지던 체온과 저에게만 보여주던 환한 웃음.

그러나 이내 그 평범한 연인의 기억 속에 도무지 믿기지 않는 기억들이 섞이기 시작했다. 그 시작은 족쇄에 묶인 채 갇혀 지냈던 고모의 집, 깜깜한 방에서였다. 돌연 회중시계 속에서 물보라를 일으키며 튀어나온 악마는 그녀에게 알 수 없는 말을 했다.

'드디어 찾았다, 내 스위트 노트.'

스위트 노트. 분명 처음 듣는 단어인데도, 알 수 없는 말인데도, 그런데도 어째서인지 그 말의 의미를 그녀는 명확히 알고 있었다. 그 후에 속속 떠오르는 과거의 장면들은 모두 그런 식이었다. 몽마, 페르소나, 엔트란스, 레플리카, 어코드…… 완벽하게 낯선 동시에 완벽하게 뇌리에 새겨져 있는 존재. 그리고 그 의미들.

수면 아래 잠겨 있던 섬들이 떠올라 연결되는 것처럼 기억은 끊임없이 이어졌다. 꿈을 먹는 악마와 서서히 사랑에 빠졌던 기억이 마치 수혈을 받는 것처럼 그녀의 피에 스며들었다.

그러나 거기까지만 기억해냈다면 차라리 행복했을까? 마지막에 마주한 기억에 안나는 숨을 쉴 수가 없었다. 마치 그 순간으로 되돌아가 서 있는 듯, 두 다리가 파르르 떨려왔다.

'지금 나한테 무슨 짓을 하려는 거예요?'

'도저히 네 생일까지 기다릴 수가 없어서 말이지. 지금 당장 계약을 이행하고 싶은데.'

차시하. 그는 눈 하나 깜짝 않고 자신을 배신했다. 계약 같은 거 없던 일로 해도 좋을 만큼 절 좋아한다고 말하던 남자가, 그 말이 사탕발림이었음을 확인시켜주듯 더없이 잔인하게 웃으며 계약 이행을 강요했다.

'당신, 우리 부모님한테도 이런 식으로 계약을 강요했어요? 그래서 계약을 깨려는 우리 부모님을 그렇게 잔인하게 죽인 거예요?'

그의 형 유현이 한 짓이라고 의심하고 있던 부모님의 죽음에도 실은 그가 연관되어 있었다. 꿈속에서 자신은, 배신감에 치를 떨며 이렇게 말했다.

'만약 내가 당신이랑 안 자겠다면요? 그럼 나도 죽일 건가요?'

악마와의 계약 같은 건 절대 지키지 않겠다는 선언에도 그는 눈 하나 깜짝하지 않았다.

'당신을 만난 걸 죽도록 후회해요. 그러니 내가 당신의 여자가 될 거라는 헛된 꿈은 꾸지 말아요.'

마치 자신의 반응을 예상했던 것처럼, 지독히도 담담한 태도였다. 아니, 담담한 것을 넘어서 그는 한없이 냉정하고 싸늘했다.

'명심해둬. 네가 내 여자가 되지 않는 방법은 딱 하나야.'

그 순간, 안나는 그가 말한 그 딱 한 가지 방법에 모든 걸 걸었다.

'내게서 완벽하게 도망치는 거.'

그가 방을 나서자마자 그녀는 곧바로 은재에게 전화를 걸었다. 몽마와 향수에 관해서도 잘 알고, 부모님의 유언대로 어떻게든 차시하의 손아귀에서 자신을 벗어나게 하고자 했던 그라면⋯⋯. 악마의 곁에서 떠날 수 있도록 도와줄 거라고 생각했다.

그 믿음은 통했다. 은재는 곧장 안나에게 달려왔고, 체취를 지우는 향수를 사용해서 악마의 곁에서 달아날 수 있도록 해줬다. 뿐만 아니라 계속 그녀의 곁을 떠나지 않고 보살펴주었다. 그런데 그때는 아무리 해도 떠오르지 않던 기억 하나가 별안간 희미하게 생각났다.

'아마 너한테 이 말을 하는 건 처음일 거야.'

'사랑해, 안나야.'

'사랑해⋯⋯.'

피투성이가 된 그가 울면서 전하는 고백에 저 역시도 필사적으로 답하려 애쓰는 모습.

'나도⋯⋯. 나도 사랑해요.'

그 아련한 기억과 함께 안나는 시하가 자신을 안기 직전 나눴던 대화가 불현듯 떠올랐다.

'내가 먼저 사랑한다고 말하려고 했는데. 나빴어.'

'미안하지만, 그 말, 이미 5년 전에 내가 먼저 했어.'

이제야 알겠다. 왜 그가 자신을 안기 직전에 그토록 슬픈 눈빛을 지었는지. 저 역시 왜 사랑한다는 말을 하면서도 그토록 가슴이 아팠는지. 이 기억을 떠올리고 나니 확실히 알 수 있었다. 그러자 5년 전에는 맡을 수 없었던 냄새가, 지금 이 순간 꾸는 꿈에서는 확연히 맡아졌다.

'네가 내 여자가 되지 않는 방법은 딱 하나야.'

그 말을 할 때 그에게서 나던 냄새. 그건 분명히⋯⋯.

'내게서 완벽하게 도망치는 거.'

슬픈 거짓말에서 나는 냄새였다.

*

꿈에서 깼을 때 안나는 눈물이 멈추지 않았다. 마치 그가 제 앞에서 완벽한 위장을 하느라 흘리지 못했던 눈물을 대신 쏟아내는 것처럼.

그때 그가 했던 말에는 이중, 삼중으로 거짓이 덧대어져 있었다. 자신에게서 절대 도망칠 수 없다는 잔인한 거짓말로 포장되어 있었지만, 실은 그 속엔 자신에게서 떠나달라는 의미가 담겨 있었다. 그리고 그 의미보다 더 깊숙한 곳에 죽도록 널 떠나보내기 싫다는 진심이 숨겨져 있었다.

왜 그가 그런 슬픈 거짓말까지 해가며 자신을 떠나보내야 했는지, 5년이 지난 지금도 그녀는 알지 못했다. 그래서 물었다.

"나한테 왜 그랬어요?"

그 한마디에 그가 이토록 처절하게 눈물을 흘릴 줄은 꿈에도 모르고.

"⋯⋯윽!"

그는 속수무책이었다. 얼굴은 온통 젖어버렸고, 그래도 넘치는 눈물이 바닥으로 뚝, 뚝, 떨어져 내렸다. 안나는 안절부절못하며 그에게로 다가갔다.

남자의 눈물 앞에서 어쩌면 좋은지 알 수 없었다.

그 순간, 스스럼없이 자신에게 손을 뻗어오는 안나를 본 시하의 눈이 휘둥그레졌다. 시하가 놀란 것도 눈치채지 못한 채, 당황한 안나가 그의 눈물을 닦아내며 횡설수설했다.

"뭐예요. 갑자기 왜 울고 그래요. 나는 그냥 왜 그런 거짓말까지 하면서 날 떠나보냈는지 물은 것뿐인데. 아니, 지금 울어야 할 사람은 오히려 나잖아요!"

"아……."

안나의 말에 믿을 수 없다는 듯 시하가 아득한 감탄사를 토해냈다. 주저없이 그녀를 와락 껴안았다. 거부하지 않고 그의 품에 안긴 채 안나가 소근맣게 물었다.

"이유, 이제라도 말해줄 거예요?"

시하는 하염없이 고개를 끄덕였다. 안나는 조작된 기억만 떠올린 것이 아니었다. 그가 했던 거짓말까지 전부 떠올린 것이었다. 시하는 자신에게 주어진 더없이 소중한 기회에 감사하고 또 감사하며 안나의 눈을 바라보며 입을 열었다. 이제는 이렇게 너의 눈을 들여다보며 진실만을 말할 것이다.

"전부 다……."

몽마와 판의 신부. 그 잔인한 운명.

"전부 다 말해줄게."

지금이 바로 그 운명 앞에서 어리석은 선택을 했던 자신을 고백하고, 용서 받을 수 있는 유일한 순간이었다. 시하는 울음을 가라앉히고 5년 전 있었던 일에 관해 안나에게 설명해주었다.

그녀가 향의 일족의 얼마 남지 않은 후손이라는 것. 그중에서도 백 년에 한 번 태어난다는 특별한 마녀의 힘을 물려받았다는 것. 그 귀한 힘을 손에 넣기 위해 몽마의 왕인 판이 그녀를 노리고 있다는 것. 그녀의 부모님을 교통사고로 위장해 살해한 것도 실은 판이었다는 것. 그래서 그녀를 판으로부터 지키기 위해 기억을 조작하고 멀리 떠나보냈다는 것까지.

"……미안해."

이야기를 다 전한 시하는 마지막으로 안나에게 진심으로 사과했다.

"내 멋대로 그런 결정을 내려서."

어떤 변명을 보태도 결국 안나는 자신의 선택으로 인해 상처받았고, 기억까지 잃었다. 무슨 짓을 해도 그 사실은 바뀌지 않는다. 준비가 되면 다시 데려오려고 했다는 말도, 영원히 기억이 조작된 채로 두려고 했던 것이 아니라는 말도, 안나에게 위로가 될 수 없다는 사실 역시 그가 제일 잘 알고 있었다. 시하는 안나가 5년 전의 사정을 알았다고 해서 무조건 자신을 용서해주길 바라지 않았다.

"날 용서하지 않아도 좋아. 미워하고 원망해도 달게 받아들일게. 그런데 안나야."

다만, 그는 그때와 똑같은 대가를 지금은 감당할 수 없었다.

"난 이제 너 없이는 살 수가 없어."

5년 전에는 알지 못했기에 그런 어리석은 선택을 할 수 있었다. 안나가 없는 삶이 얼마나 외롭고 허무한지. 다시 안나를 만나고, 사랑에 빠지고, 또다시 그녀를 잃을지도 모른다는 절망을 겪은 지금은 절대로 이별만은 선택할 수 없었다.

"화도 나고, 내가 많이 원망스럽겠지만, 그래도 네 옆에만 있게 해줘. 제발."

안나는 바로 조금 전에야 떠올린 기억이라고는 믿기지 않을 만큼 자연스럽게 뇌리에 새겨져 있는 시하와의 첫 만남을 무심코 떠올렸다.

'내 것이 돼라. 오안나.'

그토록 오만하게 절 원했던 악마가 지금은 잔뜩 젖은 눈으로 애원하고 있었다. 미워해도 좋으니 제발 곁에만 있게 해달라며. 안나는 조심스럽게 손을 뻗어 시하의 젖은 눈 밑을 매만졌다. 그가 다소 놀란 듯 눈을 크게 뜨며 그녀를 바라봤다.

솔직히 말하면 막 꿈에서 깼을 땐 그에게 배신감까지 느꼈었다. 하지만 잠든 시하에게서 나는 향기가 안나의 마음을 순식간에 녹여버렸다. 그는 잠든 와중에도 불안해하고 있었다. 눈 뜨면 곁에 자신이 없을까 봐. 복잡한 마음에 안나는 쓰라릴 정도로 그의 눈 밑을 세게 문지르며 말했다.

"맞아요. 미워 죽겠어요."

"윽!"

시하의 입에서 신음이 흘러나왔지만, 안나는 아랑곳하지 않고 손끝에 힘을 주며 말을 이었다.

"원망스럽고, 와도 진짜 많이 나요."

입이 열 개라도 할 말이 없는 시하는 턱에 꽉 힘을 주고 그녀의 손길을 받아냈다. 그사이 안나의 눈시울이 점점 빨개지고 있었다. 그래, 이 정도 고통은 지금 그녀가 겪고 있을 혼란이나 아픔에 비하면 아무것도 아니었다.

"마음 같아선 꼴도 보기 싫다면서 당장 여기서 뛰쳐나가야 맞는데. 그런데 그럴 수가 없어요. 당신을 사랑하니까."

안나의 예쁜 눈에서 눈물이 떨어져 내렸다.

"그러니까 무슨 일이 있어도 내 의지로는 당신 옆에서 안 떠나요. 아니, 못 떠나."

하얀 눈가가 분홍빛으로 물들 정도로 안나는 제 눈가도 거칠게 닦아냈다.

"생각할수록 어이가 없어, 진짜. 누가 누구한테 할 부탁을 하는 거야. 자기야말로 멋대로 날 떠나게 만들었으면서…… 앗!"

두 손 들고 벌을 서도 모자란 입장이었지만, 시하는 참을 수가 없었다. 그는 화조차도 사랑스럽게 내는 안나를 와락 끌어안았다. 안나가 그의 품에서 작게 바르작거렸다.

"이거 놔요. 누가 멋대로 끌어안으래요?"

"미안."

안나의 귀여운 반항마저 으스러지게 끌어안은 시하가 다정하게 속삭였다.

"정말 미안해. 앞으론 두 번 다시 그런 일은 없을 거야. 약속할게."

"제대로 말해요. 앞으로 무슨 일이 없게 할 건데요?"

앙칼진 말투였지만, 안나의 목소리는 파르르 떨고 있었다. 시하는 안나의 기분을 금방 알아차렸다. 저 역시도 조금 전까지 똑같은 기분을 느꼈으니까.

"불안해하지 않아도 돼. 이제 정말, 우리가 이별하는 일은 없을 테니까."

안나는 불안한 것이었다. 판은 여전히 그녀를 노리고 있었다. 혹 또다시 위험한 상황이 닥쳐와 시하가 자신을 곁에서 떠나보내려 한다면……. 처음 한 번이 어렵지, 두 번째는 쉬울 거라는 생각이 그녀의 머릿속을 떠나지 않았다. 그에게서 진심의 냄새가 여실히 맡아지는데도, 불안은 쉽게 걷히질 않았다. 시하는 불안한 상상이 고스란히 담겨 있는 안나의 눈을 똑바로 마주하며 다시 한 번 또박또박 말했다.

"앞으로 절대 우리가 헤어지는 일은 없어. 맹세해."

그의 다짐에 안나의 눈가가 금세 젖어들었다. 고집스럽게 눈물을 참아낸 그녀가 시하의 두 팔을 붙잡고 다시금 되물었다.

"진짜죠? 진짜 절대로 이별 같은 건 없는 거죠? 또다시 그런 상황이 와도 계속 내 옆에 있는 거죠?"

"응. 진짜. 어젯밤에도 말했잖아. 이 방 안에 네가 들어오면 그땐 절대 너 안 놔준다고. 그 말, 진심이야."

시하에게서 거듭 다짐을 받은 후에야 안심이 됐는지, 안나가 그때야 참았던 눈물을 쏟아냈다. 시하는 절대 안 놔준다는 말을 증명하듯 그녀를 더욱 꽉 끌어안으며 쉬지 않고 사랑한다 속삭였다.

"사랑해."

"흐윽!"

그의 고백에 안나는 더 북받친 눈물을 쏟아냈다. 하지만 시하는 고백을 멈추지 않았다.

"사랑해⋯⋯."

조금 전에는 안나의 눈물 한 방울에 세상이 끝난 것처럼 절망하던 그가, 이번엔 굴하지 않고 계속해서 마음을 고백했다. 지난 5년간 표현하지 못했던 제 마음을 지금이라도 마음껏 표현하고 싶었다.

"사랑해, 안나야."

그렇게 한참을, 안나가 제발 그만하라고 할 때까지 고백을 멈추지 않던 그가 돌연 무언가 생각이 난 듯 끌어안고 있던 몸을 살짝 떼어냈다.

"아, 맞다."

그가 손을 뻗어 협탁 서랍에서 물건 하나를 꺼내 안나의 눈앞에 내밀었다. 안나는 눈을 동그랗게 뜨고 그를 바라봤다.

"이게⋯⋯ 뭐예요?"

"5년 전 네 생일에 주려고 했던 선물."

상자를 열자, 오래전 그가 직접 세공한 반지가 여전히 반짝거리는 모습을 드러냈다. 케이스는 비록 낡았지만, 지난 5년 동안 안나가 보고 싶을 때마다 꺼내서 닦고 문지르고 했던 탓에 반지는 마치 새것처럼 광이 났다.

"내가 직접 만든 거야. 네 생일에 딱 맞춰서 주려고 몰래 준비했는데⋯⋯."

시하는 차마 끝까지 말을 잇지 못했다. 의도야 어쨌든 안나에게 비밀을 만들었고, 그로 인해 안나 혼자 유현과 문찬영이 쳐놓은 위험한 덫에 걸려들게 됐다. 그날 안나의 참혹했던 모습을 다시금 떠올린 시하가 이를 악물었다. 생각할수록 안나에게 잘못한 것투성이라 고개를 들 수가 없었다. 안나가 그가 손에 들고 있는 상자를 조금 더 당겨 가까운 곳에서 내려다보며 말했다.

"이것 때문이었구나. 그때 당신이 밤마다 몰래 호텔을 빠져나갔던 이유."

시하가 느릿하게 고개를 끄덕였다. 물끄러미 반지를 쳐다보던 안나가 어느 순간 활짝 미소 지었다.

"……예쁘다."

그러곤 수줍게 손가락을 까딱거려 보인다.

"뭐 해요? 얼른 안 끼워주고."

"어? 어어."

시하가 떨리는 손길로 안나의 네 번째 손가락에 반지를 끼웠다.

"꼭 맞네."

안나가 반지가 끼워진 제 손을 바라보며 감탄했다. 5년 만에 주인을 찾아간 반지는 반짝반짝 빛이 났다. 시하는 입술을 꾹 깨물었다. 오랜 시간이 걸려 결국 안나의 손가락에 끼워진 반지를 보고 있으니, 온갖 복잡한 감정이 가슴속에서 뒤엉켰다. 울컥하는 감정을 눌러 삼키듯 크게 출렁이는 시하의 목울대를 따라 시선을 옮긴 안나가 불시에 그를 끌어안고 속삭였다.

"시하 씨."

"응?"

"지난번에는 우리 맹세 못 지켰지만, 이번에는 무슨 일이 있어도 꼭 지킬게요. 그러니까 당신도 평생 내 곁에 있겠다는 약속, 반드시 지켜줘요."

"응, 지킬게. 무조건 지킬게."

누군가는 눈만 마주쳐도 심장이 철렁 내려앉을 만큼 서늘한 남자가 마치 대형견처럼 그녀의 말이라면 무조건 듣겠다고 고개를 끄덕인다. 안나는 그런 그가 무척이나 사랑스럽게 느껴졌다. 밤사이 떠올린 기억들은 무섭고 믿기 어려운 일투성이인데도, 이 남자의 사랑에 마음이 계속 간질간질했다. 그의 목을 껴안은 채 약지에 끼워진 반지를 매만지던 안나가 문득 질문을 던졌다.

"근데 이 반지, 왜 하나밖에 없어요?"

"아, 그게……. 내가 반지 세공 같은 건 처음 해봐서 시간 안에 하나 완성하는 것도 빠듯했어."

반지에서 나는 냄새도 그의 말을 여실히 증명해주었다. 익숙지 않은 일에 진땀 흘려가며 고생한 그의 흔적이 고스란히 맡아졌다. 다시 돌아온 능력은 이렇듯 그의 말 한마디 한마디, 행동 하나하나에서 전부 다 그의 진심을 느끼게 해주었다. 감동하여 코끝이 찡해진 안나가 그의 단단한 어깨에 콧등을 비비며 말했다.

"그럼 다음에 나도 이 반지 만든 곳에 데려가줘요. 시하 씨 반지는 내가 만들어줄게요."

"정말?"

"응. 내가 당신보다 훨씬 예쁘게 만들 거야."

안나의 귀여운 승부욕이 담긴 말을 들으며 시하는 숨을 크게 들이마셨다가 내쉬었다. 이제야 좀, 숨이 쉬어지는 것 같았다.

*

안나는 울어서 엉망이 된 얼굴도 좀 씻고, 옷도 갈아입고 싶다며 부끄러운 기색으로 욕실에 들어갔다. 간밤 온전히 그의 여자가 되고도 그녀는 아직도 부끄러운 일이 많았다.

시하는 그 틈에 재빨리 편한 옷으로 갈아입고 테라스로 나갔다. 여전히 바깥에는 분홍색 벚꽃이 마치 봄의 절정에 피어난 것처럼 눈부시게 피어 있었다. 이 벚꽃이 비처럼 쏟아지는 정원의 모습은 오직 이 스위트룸에서만 볼 수 있는 특별한 광경이었다. 물론 봄이 아닌 계절에도 매력적인 운치를 자랑하는 곳이긴 했지만, 그 어떤 풍경도 봄에만 볼 수 있는 이 풍경의 매력에 비할 바가 못 되었다.

한여름에 접어든 이맘때 봄의 절정을 감상할 수 있었던 건 전부 태주 덕분이었다. 테라스 난간에 기대 바짝 허리를 숙인 시하가 지름이 가장 넓은 벚나무 뒤에서 꽃을 피우기 바쁜 태주를 발견하곤 부드러이 미소 지었다. 어제저녁, 안나에게 기억을 되찾아주러 간다고 했더니 태주가 이 일을 하겠다고 자처했다.

'제가 벚꽃을 피울게요. 안나 님이 행복한 기억도 꼭 함께 되찾으실 수 있게.'

시하는 태주의 마음을 충분히 이해할 수 있었다. 안나가 벚꽃이 피어 있지 않았던 아픈 날의 기억 말고, 벚꽃이 가득 피어 있었던 사랑스러운 순간의 기억만 잔뜩 떠올리도록 응원하고 싶었던 것이다. 밤새 수많은 벚꽃을 피우느라 태주는 제법 기력을 소진한 기색이었다.

"태주야."

시하는 나무 기둥 뒤에 있는 태주를 나지막하게 불렀다. 그가 벌떡 일어나 뒤를 돌아봤다.

"시, 시하 님! 어떻게 됐어요? 안나 님 기억은, 무사히 돌아왔나요?"

숨넘어가게 다급한 질문이 쏟아졌다. 그러나 곧 안나와 둘이서 나온 게 아니라 혼자 나온 시하의 모습을 확인한 태주의 눈빛이 엷게 흔들렸다. 빨개진 채 젖어 있는 주인의 눈. 그 모습은 태주의 불안을 부채질하기에 충분했다.

"혹시 안나 님이 이 풍경도 보셨나요? 제가 벚꽃을 더 많이 피게 하면……."

울먹이며 벚나무의 뿌리에 힘을 쏟아 넣는 그를 시하가 다급히 말렸다.

"태주야, 이제 그만해도 돼. 그러다 또 며칠 못 일어나겠다."

오래전에도 따스한 봄에 동백꽃을 피우느라 태주가 무리를 한 적이 있었다. 그때의 기억에 걱정을 담아 한 말인데, 태주의 심장은 덜컥 내려앉았다. 그가 울먹거리는 목소리로 물었다.

"설마 잘 안 된 거예요? 안나 님 기억 안 돌아왔어요? 아니면……."

차라리 안나가 기억을 되찾지 못한 거라면 그나마 다행이었다. 만에 하나 이곳에서 조작됐던 기억만 떠올린 거라면……. 그럼 시하 님은 어떡하지? 태주가 불안한 시선을 거두지 못하고 있을 때였다.

"저 기억 돌아왔어요."

시하의 허리춤에서 갑자기 하얗고 가는 손이 튀어나왔다. 이윽고 그의 어깨너머로 얼굴을 드러내는 이는 다름 아닌 안나였다. 갑작스러운 상황에 태주가 멍하니 굳어 있자, 시하가 반지를 끼고 있는 안나의 손을 잡아 천천히 그에게 잘 보이게끔 들어 올렸다.

"보여?"

"……아."

수많은 감정이 담겨 있는 탄성이 조그맣게 태주에게서 흘러나왔다. 시하의 다른 한 손은 허리를 끌어안은 안나의 손을 다정하게 어루만지고 있었다. 그 모습을 꿈인 양 아련히 바라보던 태주가 이내 젖은 눈으로 환하게 미소 지었다. 시하와 안나도 잠시 시모를 마주 보며 웃다가, 다시 고개를 돌려 태주와 행복한 미소를 주고받았다. 안나가 볼이 핼쑥 들어간 태주를 안쓰러운 눈으로 바라보며 감사의 말을 전했다.

"벚꽃, 예쁘게 피워줘서 고마워요. 덕분에 기억, 무사히 되찾았어요."

태주는 눈물이 흐르려 하는 눈가를 냉큼 닦아내곤 고개를 저었다. 제 보잘것없는 노력이 안나가 기억을 되찾는 데 도움이 됐다면, 그것만으로도 이미 더할 나위 없는 기쁨이었다.

"아니에요. 저야말로 너무 감사해요, 안나 님. 시하 님 곁으로 돌아와주셔서, 정말 정말 감사해요."

한없이 감사한 태주의 마음처럼, 더욱 풍성해진 벚꽃잎이 한여름의 푸른 정원을 가득 수놓고 있었다.

＊

안나가 온전히 기억을 되찾았다는 소식은 금세 전해졌다. 불과 1시간도 지나지 않아서 하연과 은재는 물론, 영화 촬영이 한창인 라희와 그녀의 전화를 받고 병원 문도 닫고 달려 나온 해우까지, 모두 프라그랑스 건물에 모였다. 이곳에 온 지 이틀째 되었을 때도 뉴욕에 있던 은재를 뺀 지금과 똑같은 인원이 펜트하우스에 모인 적이 있었다. 그때도 분명 라희는 이렇게 울고 있었는데.

"정말로 기억, 돌아온 거야?"

눈가가 빨개져 울고 있는데도 행복한 기운이 듬뿍 묻어나는 라희의 모습에 안나가 입가에 미소를 띠운 채로 고개를 끄덕였다. 라희가 감격해 안나를 끌어안으려고 다가오던 순간이었다.

"흐음……. 라희 언니가 시하 씨랑 매일 밤 은밀한 시간을 보낸다던 바로 그 묘령의 여배우였군요."

"뭐?"

예상치 못한 안나의 말에 라희의 얼굴이 사색이 되었다.

"아니야, 안나야! 그거 완전 헛소문이야! 시하 씨가 나랑 해우 씨 보살펴 준 건 사실이지만, 매일 밤 은밀한 시간이라니, 말도 안 돼. 안 그래요, 해우 씨?"

"맞아요, 안나 씨. 라희 씨는 저랑……. 저랑……."

기세 좋게 끼어들어 놓고도 귀가 터질 것처럼 붉어진 해우는 차마 말을 끝맺지 못했다. 그 모습을 가만히 지켜보다 이번엔 하연을 향해 안나가 말했다.

"하연 언니."

하연이 어쩐지 불길한 느낌에 잔뜩 긴장한 표정을 지으며 대꾸했다.

"어? 나, 나는 갑자기 왜?"

"예전에 저한테 뿌려준 향수, 미움의 향수였다면서요? 집중력에 도움 되는 아로마 향수라고 그랬으면서."

"어머, 시하 너, 내가 왜 그랬는지 안나한테 설명 안 했어? 물론 그때 일이라면 내가 입이 열 개라도 할 말 없는데, 그래도 나한테도 사정이……!"

급기야 고개 숙인 안나가 어깨까지 들썩이자 하연은 다급히 그녀에게 다가갔다.

“아니야. 사정 같은 게 다 무슨 소용이야. 널 속인 게 진실인데. 미안해. 정말 미안해, 안나야. 내가 진짜 잘못……!”

바로 그때였다. 와락. 안나가 안절부절못하며 절 지켜보던 두 여자를 느닷없이 격하게 끌어안았다. 당황해서 굳어버린 두 사람의 귓가에 그녀가 애틋한 목소리로 속삭였다.

“라희 언니, 하연 언니, 저 돌아왔어요. 이렇게 다시 만나서 너무 좋아요.”

안나에게 깜찍하게 속아 넘어간 사실을 깨달은 라희와 하연이 슬쩍 화난 척을 했다가, 이내 동시에 눈과 코끝에 바짝 힘을 줬다. 하지만 둘 모두 결국엔 흘러내리는 눈물을 막을 수 없었다.

이미 스위트룸에서 진심을 털어놓았던 시하나 지난 5년 동안 쭉 함께 지냈던 은재, 그리고 그다지 마음을 교류하는 사이까진 아니었던 해우와는 달리, 자매처럼 돈독한 정을 나눴던 라희, 하연과는 이렇게 그리움을 달랠 시간이 필요했다.

다만 그 시간을 눈물로 젖게 하고 싶지 않았다. 그래서 울지 않으려고 나름 깜짝 쇼를 계획했건만, 안나 역시 끝내 눈물을 흘리고 말았다. 세 여자는 한참을 부둥켜안고 울었다. 지켜보는 세 남자 역시도 코끝이 살짝 빨개져 있었다. 그렇게 얼마의 시간이 지나고, 모두가 간신히 감정을 추슬렀을 때였다.

“오안나!”

누군가 안나의 이름을 사납게 부르며 조향실 안으로 들어섰다. 상대방의 얼굴을 확인한 안나의 눈이 휘둥그레졌다. 언제나 마드모아젤이니, 내 사랑이니 달갑지 않은 호칭으로 절 부르던 남자는 하다못해 ‘줄리’라는 이름조차도 제대로 불러준 적이 없었다. 그런데 그는 방금 분명 자신을 안나라고 불렀다.

“위고……?”

당황한 안나가 일어서서 그에게 다가갔을 때였다. 그가 돌연 그녀의 두 팔을 아프리만큼 옥죄며 싸늘하게 물었다.

"너 어젯밤에 뭐 했어? 저 남자랑 잤어?"

"뭐? 위고 네가 그걸 어떻게……?"

안나가 위고에게 어떻게 그 사실을 안 거냐고 묻기도 전이었다. 그가 그 자리에 모여 있는 모두를 향해 이유를 말해왔다.

"판이 안나가 이곳으로 돌아온 거 알았어요."

모두의 표정이 자못 심각해졌다. 위고는 판이란 말에도 의아해하지 않는 안나를 보곤 그녀가 기억이 돌아왔단 사실을 곧바로 눈치챘다. 상황 파악이 끝난 그가 마지막 말은 안나에게 직접 전했다.

"곧 판의 신부를 데리러 오겠다고 하셨어."

*

화가 난 위고가 뛰쳐나가고, 조향실 안은 한동안 침묵에 잠겨 있었다. 시하와 안나, 둘만의 사적인 일에 관해 타인이 말을 꺼내는 것이 조심스러운 까닭이었다. 모두가 눈치만 살피고 있던 그때, 먼저 입을 연 것은 시하였다.

"그래, 우리 잤어."

그가 안나의 손을 꼭 잡으며 모두에게 말했다. 부끄러웠는지 움찔하며 놀라는 안나를 달래듯 잠시 바라보는 그의 눈빛은 더없이 다정했다. 그러나 그 후 위고가 전하고 간 소식에 걱정이 가득해진 다른 사람들을 향해 지어 보인 눈빛은 더없이 단호하고 날카로웠다.

"하지만 순간적인 감정에 취해서 대책 없이 저지른 일은 아니었어요. 그 결과에 대해서 수십 번 고민했고, 충분히 감당할 수 있다고 판단했기 때문에 내가, 안나를 위해서 선택한 겁니다."

안나는 믿음직스럽게 자신의 손을 꽉 쥐고 있는 시하의 커다란 손을 물끄러미 내려다봤다. 모두의 앞에서 그런 개인적인 부분까지 밝혀야 하는 것이 부끄럽긴 했지만, 그런 기분은 아주 잠시였다. 창피함보다 미안함이 더 컸다.

선택은 그가 했지만, 그를 부추긴 것은 자신이었다. 몽마와 스위트 노트의 관계도, 판과 향의 마녀의 관계도, 그 어떤 기억도 떠올리지 못한 채 그 모든 것을 고민하고 계획해야 하는 시하를 더욱 힘들게 했다. 그는 어젯밤의 선택으로 인해서 벌어진 모든 일을 자신의 책임으로 돌리고 있었다.

5년씩이나 억지로 절 멀리 떠나보내는 괴로운 선택을 해야 할 만큼 그의 사랑은 절박했는데. 예고도 없이 다시 만나 매일매일 절 눈앞에 두고도 마음을 참아야 했던 그가 어쩌면 서보나 더 힘들었을 텐데. 안나는 시하에게 절 원하는 마음을 표현해달라 요구했을 때, 그가 얼마나 힘들었을지 이제야 헤아려졌다. 미안한 마음에 고개를 떨구자 그가 더욱 단단히 손을 쥐어왔다. 시하는 정말 괜찮다는 듯 부드러운 미소를 머금은 채로 말을 이었다.

"내가 간밤에 깨달은 몇 가지 사실이 있어요. 그것들로 인해서 난 더더욱 내 선택이 옳았다고 확신해요."

확신이 가득한 말에도 모두가 여전히 조심스러운 눈빛으로 그를 바라봤다. 물론 시하가 지난 5년 동안 그 어떤 몽마보다 강한 힘을 단련해왔다는 걸 여기 있는 모두가 가장 잘 알고 있었다.

하나 상대는 다름 아닌 판. 이 세상 모든 몽마들의 군주이자 가장 강하고 잔인한 존재이기에 그 어느 때보다 더욱 신중한 선택이 요구되는 상황이었다. 그러나 모두의 불안한 눈빛을 마주하고서도 시하는 전혀 흔들림이 없었다.

"다들 알고 있겠지만, 이미 6개월 전부터 꿈을 통해서 안나의 기억이 조금씩 돌아오면서 안나의 능력도 함께 돌아오고 있었어요. 난 본능적으로 안나 안에 잠재된 능력이 느껴져요. 아마도 판 역시 그럴 거라 생각하고요."

충분히 예상 가능한 일이었기에 모두는 고개를 끄덕였다. 몽마는 자신의 먹이를 본능적으로 감지할 수 있었다. 더군다나 안나와 같이 백 년에 한 번 태어나는 특별한 향의 마녀라면, 판을 비롯해 왕이 될 자격이 있는 후계자들이 그녀의 존재를 모르는 것이 더 말이 안 되는 일이었다.

"그러니까 그 말은 안나가 두 번째 각성을 통해서 능력을 완전히 되찾게 되면, 판이 안나의 위치를 본능적으로 알게 될 거란 뜻이죠?"

은재가 정확히 제 말의 의미를 짚어내자, 시하가 고개를 끄덕이며 이야기를 이어나갔다.

"그래, 맞아. 그리고 그 가정이 맞다면, 판은 안나가 각성을 완료한 시점부터 더는 내 몸에 흐르는 피를 통해서 안나를 감지할 필요가 없을 거예요. 동시에 그건 내가 더 이상 안나를 멀리할 필요성이 없어졌다는 뜻이기도 하죠."

시하의 말대로였다. 하지만 은재를 비롯해 모두의 머릿속에는 반대의 경우가 떠올랐다. 하연이 순간적으로 떠오른 가정을 입에 담았다.

"그렇지만 그런 이유라면, 반대로 안나가 두 번째 각성을 통해서 완전히 능력을 되찾을 때까지는 판이 네 피를 통해서만 안나를 느낄 수 있다는 뜻이잖아. 그럼 그때까진 기다렸어야……."

"나도 처음엔 그렇게 생각했었어요. 그래서 망설였고."

시하 역시 모두가 느끼는 우려를 깊이 공감하고 있었다. 바로 그것이 안나를 불안하게 만들면서까지 그가 망설였던 이유였다.

하지만 그 망설임을 단번에 뿌리 뽑아준 결정적인 사건이 있었다. 바로 안나가 스위트룸을 떠올리려다 정신을 잃고 쓰러진 날, 하연에게 상담을 하러 갔다가 위고 마틴과 마주쳤을 때였다. 그자에게서 들었던 말이 시하의 생각을 180도 바꿔놓았다.

"조향사님. 위고 그자가 자신이 성운 프라그랑스에서 일을 해야만 하는 이유를 설명했던 거, 기억해요?"

시하의 물음에 하연은 곧바로 고개를 끄덕였다. 그러곤 곰곰이 그날 위고가 했던 말들을 머릿속에 떠올렸다. 위고가 들려준 판과 안나에 관한 충격적인 이야기들. 그 대화 어디에 시하가 안나를 지키는 방식을 바꿀 만큼 결정적인 힌트가 숨어 있었던 걸까?

하지만 아무리 토씨 하나까지 정확하게 위고의 말을 기억해내도 하연은 좀처럼 감이 오지 않았다. 하연을 비롯한 모두가 속 시원한 대답을 바라며 시하를 응시했다. 시하는 신중하게 입을 열었다.

"위고는 안나가 향의 마녀로서 완전히 각성할 때까지 기다리는 게 좋을 것 같다는 이유로 그녀를 곧바로 판에게 데려가는 걸 막았다고 했어요."

그 말을 똑똑히 기억하고 있는 하연이 힘차게 고개를 끄덕였다.

"그건 즉, 안나가 두 번째 각성을 무사히 지러내고 향의 마녀로서 온전해지는 것이 판이 안나를 신부로 취하는 필수 조건이라는 뜻이죠."

그리고 반드시 충족되어야만 하는 조건은, 반대로 그 조건이 채워질 때까지는 절대 아무런 일도 일어나지 않을 거라는 강력한 전제로 작용했다. 안나와 판의 관계에서 각성이라는 조건도 그랬다. 해우가 고개를 주억이며 시하의 말에 설명을 보탰다.

"그러니까 안나 씨가 각성을 끝낼 때까지, 판은 절대로 안나 씨에게 위해를 가하지 못할 거라는 뜻이군요. 판이 필요로 하는 건 향의 마녀로서의 능력을 완벽히 갖춘 안나 씨일 테니까요."

"맞아요. 그때까진 판이 안나의 위치를 안다 해도 안나는 무사할 거예요. 하지만……."

동시에 이 강력한 방어 수단은 가장 위험한 순간을 예견하고 있었다.

"안나가 무사히 각성을 끝내면? 판은 앞뒤 재지 않고 오로지 안나를 빼앗는 일에만 혈안이 되겠죠."

시하가 냉철하게 덧붙인 말에 모두의 안색이 창백해졌다. 지금까지 판이 안나에게 접근하지 못하도록 막는 것만 생각했지, 반대로 안나가 판에게 끌려갔을 경우를 대비한 방법은 고민하지 않았다. 만일 안나가 판에게 납치라도 당한다면……? 최악의 상황을 머릿속에 그린 모두는 아무 말도 할 수가 없었다. 안나의 손을 더욱 단단히 그러쥔 시하가 필사적인 목소리로 말했다.

"죽어도 그런 상황은 상상하고 싶지 않지만, 만에 하나라도 그런 일이 벌어졌을 경우……. 난 판이 곧바로 안나를 속박할 수 없도록 지켜줄 수단이 필요했어요."

그 순간, 모두의 머릿속에 시하가 내린 어젯밤의 결정에 관한 정당한 이유가 그려지기 시작했다. 그는 자신이 말한 대로 단순히 욕망에 휩쓸려 안나를 안은 것이 아니었다. 안나를 원하는 마음과 더불어, 그녀를 안는 행위가 초래할 미래까지 확실하게 예측하고서 행동한 것이었다. 라희가 무의식 중에 머릿속에 떠오른 생각을 중얼거렸다.

"시하 씨가 안나와 어코드를 해서, 반대로 판은 안나와 어코드를 할 수 없게 만들었다는 뜻이야?"

모두는 몽마가 스위트 노트와 관계를 맺는 방식인 어코드에 대해서 잘 알고 있었다. 성적인 행위를 통해 몽마가 가진 자극적이고 강렬한 향과 스위트 노트가 가진 달콤한 향기가 조화롭게 섞여, 몽마의 힘을 더욱 강하게 만들어주는 특별한 작용.

이 어코드는 몽마와 스위트 노트 사이에 반드시 1 대 1로밖에 작용하지 않았다. 한 스위트 노트가 어코드를 통해 몽마의 각인을 새기고 나면, 다른 몽마와는 어코드를 하는 것이 불가능해지는 것이다. 여러 몽마가 한 명의 스위트 노트에게서 꿈을 흡수하는 것까진 가능해도, 그 꿈과 몽마의 힘을 조화시켜 더 강한 힘을 이끌어내는 작용을 하는 건 불가능하다는 뜻이었다.

물론 판의 능력이라면 시하가 어코드를 통해 안나에게 새겨놓은 각인을 없애는 것도 가능했다. 하지만 짧은 시간에 진실한 사랑으로 새겨놓은 각인을 제거하는 것은 그가 가진 능력으로도 쉽지 않은 일이었다. 그렇다면 적어도 그가 각인을 제거하는 사이에 시하가 안나를 구하러 갈 시간은 벌 수 있었다.

어코드를 하는 바람에 비록 안나의 위치를 판에게 대놓고 알려주는 꼴이 되고 말았지만, 덕분에 안나가 판에게 붙잡히는 위험한 상황이 찾아와도 그녀를 구할 수 있는 최후의 보루를 만들어놓은 셈이었다. 안나가 위험해지는 상황에 경중을 따질 수는 없지만, 자신이 곁에 있는 것과 없는 것, 둘 중에 시하는 당연히 후자의 경우에 더 예민해질 수밖에 없었다.

모두가 이제야 어젯밤 시하의 선택을 완전히 이해하게 되었다. 그럼에도 시하는 신중하게 말을 이었다.

"하지만 최악의 상황을 대비했다고 해도, 내 선택으로 인해 안나가 전보다 더 큰 위험에 노출됐다는 건 부정할 수 없어요. 판은 이제 안나가 내 곁에 있다는 걸 확실히 느끼고 있겠죠. 안나의 위치를 냉확하게 알고 있으니, 각성을 마칠 때를 노려 그녀를 데려가기 위해 철저한 계획을 세우고 있을 거예요. 그러니 우리도 최선을 다해서 안나를 지켜야만 해요."

시하의 말대로 모두가 온 힘을 다해서 안나를 지킬 것이다. 그 정도는 5년 전부터 각오하고 있었다. 하지만 과연 판을 상대로 끝까지 무사하게 안나를 지켜낼 수 있을까? 모두의 눈동자 속에서 또다시 순식간에 피어오른 불안을 읽어낸 시하가 이번에도 역시 단호한 목소리로 입을 열었다.

"알아요. 다들 불안할 거예요. 그렇지만 내가 지난 5년 동안 어떤 방식으로 몽마의 힘을 강하게 단련해왔는지 잘 알죠?"

시하의 말에 모두가 열렬하게 고개를 끄덕였다. 안나만이 호기심이 가득한 눈빛으로 그를 올려다보고 있었다. 시하가 대체 어떤 방식으로 몽마의 힘을 단련해왔다는 건지 쉽게 이해가 가지 않는 모양이었다.

그도 그럴 게 그녀가 다시 떠올린 기억 속에서 시하는 자신을 사랑하기 때문에 꿈을 먹지 않으려고 했었다. 그가 저 없이 보낸 지난 5년은 더욱 말할 것도 없었다. 떠나기 전에 하연을 통해서 자신의 꿈을 페르소나 향수로 만들어두긴 했지만, 그것만으로 몽마의 힘을 강하게 만드는 것은 불가능했다.

"대체 어떻게 힘을 단련했다는 거예요? 그동안 꿈도 제대로 먹지 못했을 거면서."

안나는 궁금증을 참지 못하고 물었다. 그가 저 아닌 다른 불행한 인간의 꿈을 먹었을 것 같지도 않았다. 저와 사랑에 빠진 후로 그는 더 이상 몽마로서가 아닌 비록 반쪽짜리나마 인간으로서의 삶을 살고 싶어 했다. 그래서 그녀를 끔찍하게 괴롭혔던 오정숙과 문찬영도 악마의 본능대로 죽이지 않고 인간의 규칙대로 법 앞에 심판받도록 한 것이었다.

바로 그 순간, 시하가 돌연 안나를 끌어당겨 이마에 입을 맞췄다. 그는 이어 뜨거운 입술을 그녀의 눈, 코, 두 뺨에도 천천히 가져갔다. 그러곤 마지막으로 입술에 머물며 애틋하게 고백했다.

"안나야, 사랑해."

느닷없는 그의 고백을 들은 안나의 얼굴이 붉어졌다. 안절부절못하며 자신을 지켜보고 있는 모두를 살피는데, 갑작스러운 애정 표현에 질색할 줄 알았던 그들의 표정이 하나같이 시하와 마찬가지로 애틋하기만 했다. 의아해하는 안나의 어깨를 껴안아 모두와 마주보게 한 시하가 말했다.

"그리고 여기 있는 모두가 널 사랑해."

그의 시선이 처음으로 맨 왼쪽에 앉아 있는 은재를 향했다.

"누군가는 너와 만나서 외롭지 않을 수 있었어."

은재는 찰나에 교복을 입은 어린 소녀를 떠올렸다. 오래전, 사랑스러운 눈빛과 귀여운 목소리로 앙큼한 고백을 들려주던 아이.

'흐어엉. 오빠 돌아올 때쯤이면 나도 대학생이 돼 있을 거예요. 그럼 나랑 사귈 수 있는 거죠? 흐엉. 까짓것 3년. 조신하게 기다리고 있을 테니까. 응?'

안나가 기다린다고 생각하니, 향의 능력을 가진 덕분에 마음의 문을 닫아버렸던 황량한 시절도 외롭지 않게 보낼 수 있었다. 비록 너무 늦게 깨달아 마음이 닿는 기적은 일어나지 않았지만, 그래도 이렇게 곁에서 지켜보는 것만으로도 충분히 행복했다. 여전히 그는 안나가 있어 외롭지 않았다.

"누군가에게는 너의 행복이 살아가는 이유 그 자체였어."

이번에 시하의 시선이 향한 곳은 하연이었다. 하연은 시하와 눈이 마주친 순간, 마녀의 운명을 타고나 오랜 불멸의 삶을 사는 동안 자신을 지탱해주었던 소중한 벗의 얼굴을 떠올렸다.

'내 딸……. 내 딸 안나만 지킬 수 있으면 돼.'

소중한 친구가 제 목숨보다도 더 간절히 지키고 싶어 했던 딸.

'끔찍한 비극은 우리의 시절에서 끝나고, 안나는 그저 행복하기만 했으면 좋겠어.'

그 아이가 행복해신다면 그녀는 무엇이는 할 수 있었나. 한때 사신의 실수로 안나가 더욱 위태해진 적도 있었지만, 그래도 포기하지 않았다.

하연의 눈가에 눈물이 차올랐다. 이도록 이슬이슬하고 위험힌 상황에서도 시하의 품에 안겨 있는 안나의 모습이 너무도 행복해 보인 까닭이었다. 안나는 금방이라도 울 것 같은 하연을 달래려는 듯 활짝 미소를 지어 보였다. 그 미소와 마주하자 결국 하연의 눈에서 눈물이 흘러내렸다.

그러나 그녀는 슬프지 않았다. 지금 마주한 안나의 이 미소만 기억하고 있다면, 언젠가 먼저 간 희수를 다시 만나더라도 저 역시 환하게 웃을 수 있을 거라고 믿어 의심치 않았다.

하연의 행복한 눈물을 바라보던 시하의 시선이 이번에는 라희에게로 향했다. 라희는 자신의 차례를 기다렸던 것처럼 설레는 표정을 짓고 있었다.

"안나야. 또한 너는 누군가에게 용기를 주는 단 하나의 존재였어."

라희의 머릿속에 오래전 성재를 찾아가 울부짖었던 순간이 떠올랐다.

'민라희. 내가 처음부터 말했지. 우리 몽마들한테 사랑 같은 거 기대하지 말라고.'

'나도 지금까지 몽마가 인간을 사랑하는 건 말도 안 된다고 체념하고 살았어. 그런데 아니잖아. 사랑, 할 수 있잖아.'

시하와 안나가 사랑에 빠진 모습을 지켜보면서 그녀는 처음으로 유현과의 사랑을 욕심냈었다. 비록 그 마음은 유현에게 닿지 못했지만, 몽마는 절

대 스위트 노트를 사랑해주지 않는다고 내내 체념하고 포기하며 살았던 그
녀에겐 그 실패조차도 충분히 의미 있는 일이었다.

'이유현이랑 차시하는 달라. 헛된 희망 같은 거 갖지 마.'

결코 헛된 희망이 아니었다. '사랑'이란 건 인간이라면 당연히 가질 수 있
는 마음이었다. 사랑하고 싶고, 사랑에 실패하면 아픈 그 마음…… 라희
에게 또 다른 소중한 인연을 가져다주었다. 라희가 제게 희망을 선물해준
시하와 안나에게 다가가 둘을 꼭 끌어안으며 속삭였다.

"……고마워. 둘 덕분에 나도 행복해질 수 있었어."

그러곤 원래 자리로 돌아와 해우의 손을 조심스럽게 마주 잡았다. 해우의
눈이 휘둥그레졌다. 지금껏 조금씩 조금씩 서로에게 스며든다는 느낌은 있
었지만, 이런 스킨십은 처음이었기에 놀란 것이었다. 하지만 이내 그의 눈
시울도 라희처럼 따뜻하게 젖어들었다. 시하는 그런 두 사람을 바라보며 안
나의 귓가에 상냥하게 속삭였다.

"그리고 넌 평생 용서받지 못할 죄를 지은 누군가를 구원해주기도 했어."

라희의 손을 뜨겁게 마주 쥔 해우의 기억이, 아주 오랫동안 그의 어깨를
짓눌러왔던 죄를 비로소 고백했던 그날로 거슬러 올라갔다.

'그동안 제가 저질렀던 일에 대해서 진심으로 사죄하고 싶습니다. 정말
로……! 정말로 미안합니다.'

'아무리 그래도 나는 당신을, 쉽게 용서할 수 없어요. 강해우 씨 당신은
내게 해서는 안 되는 일을 저질렀어요. 당신의 불행도 내겐 변명이 되지 않
아요. 당신 때문에 난, 똑같은 지옥을 살았으니까.'

'……'

'그러니까 당신은 날 도와야 해요. 난 이제, 고모의 악행을 모조리 밝힐
거예요. 내가 고모의 악행을 밝힐 때, 강해우 씨가 증인이 되어주세요.'

안나는 그의 무거운 죄를 쉽게 용서해주지 않았다. 대신 그가 스스로 자
신의 죄를 갚을 수 있도록 해주었다. 그것은 용서보다 더욱 값진 구원이 되

었다. 안나가 오정숙의 죄를 밝히도록 도왔기 때문에 해우는 지금껏 버틸 수 있었다. 인간처럼 숨을 쉴 수도, 라희에게 연정을 품을 수도 있었다. 해우가 천천히 일어서서 안나를 향해 온 마음을 다해 고개를 숙였다.

'고맙습니다. 정말로…… 고맙습니다.'

백 번, 천 번을 말해도 이 마음의 빚을 다 갚을 수 없으리라. 해우의 마음을 눈빛으로 읽은 시하가 그것이면 충분하다는 듯 고개를 끄덕이며 마지막 남은 제 이야기를 꺼냈다.

"마지막으로 나한테 너는……."

저에게 오안나라는 존재가 얼마나 소중하고 특별한지, 과연 말로 설명할 수 있을까?

"한마디로는 설명할 수 없는 존재야. 널 만나서 나 역시 더 이상 외롭지 않게 됐어. 네 행복이 내가 살아가는 이유이기도 하지. 너는 늘 내게 악마의 본성과 맞서 싸울 용기를 주고, 그간 내가 내 상처에 눈이 멀어 저지른 죄를 구원해주기도 했어. 그래, 이 자리에 있는 모두를 합쳐도 나만큼 너의 존재가 커다란 이는 없을 거라고 확신해. 왜냐하면……."

안나는 두근거리는 가슴을 다독이며 시하의 눈을 올곧게 쳐다봤다. 이 순간 그의 눈빛, 그의 목소리, 그의 마음, 무엇 하나도 놓치고 싶지 않았다.

"너는 나의 전부니까."

눈물이 나올 것 같았지만 꾹 참았다. 그의 얼굴을 똑바로 보고 싶었다. 그의 목소리를 또렷이 듣고 싶었다. 있는 그대로 이 순간을 기억하고 싶었다.

"그렇게 안나 너는 우리 모두에게 아주 특별한 존재고, 또 매우 행복한 기억이야."

눈물을 참느라 정신이 없는 안나에게 시하가 전혀 예상치 못한 말을 해왔다.

"나는 바로 안나 너와 관련된 그 행복한 기억을 먹고 힘을 키웠어. 안나 너를 위해서, 모두가 선뜻 자신의 소중한 꿈을 내어주었거든."

인간의 불행이 아니라, 인간의 행복을 먹고 단련한 몽마의 힘이라니…….
그게 정말 가능한 걸까? 시하는 믿기지 않는 듯 눈을 동그랗게 뜬 안나를
향해 확신에 가득 찬 목소리로 말했다.

"맹세하건대, 우리는 이 힘으로 반드시 안나 널 지켜낼 거야."

시하가 들려준 이야기는 그야말로 놀라움의 연속이었다. 그저 단순히 판
이 제 위치를 모르게 멀리 떠나보냈거니 생각했는데, 그의 계획은 거기서
끝이 아니었다.

판과 대적하려고, 싸워서 이기려고. 그렇게 그는 누가 생각해도 터무니없
는 싸움을 5년씩이나 필사적으로 준비하고 있었다.

이 자리에 모인 모두가 그런 시하를 적극적으로 도왔다. 모두는 그에게
소중한 추억이 담긴 꿈을 대가 없이 건넸다. 시하는 그 꿈을 먹고 힘을 강하
게 단련했다. 판과 똑같은 방식으로 꿈을 취해서는 그를 이길 수 없다고 판
단했기 때문이다.

그렇다고는 해도 시하가 택한 방식은 그간 몽마들이 인간의 불행한 꿈을
빼앗아온 것과는 전혀 다른 방식이었다. 아무리 혼혈이라고는 하나 성공 가
능성이 매우 희박한 도전이었다.

모두는 수많은 실패와 시행착오를 겪었을 것이고, 때로는 치명적인 상처
도 입었을 것이고, 그때마다 고민을 거듭하며 계획을 수정해야만 했을 것이
다. 아마도 5년이란 시간은 그다지 긴 시간은 아니었을 테다. 겉으로는 평범
한 삶을 살아가는 것처럼 보여도, 그들 모두는 이 방식을 성공시키기 위해
뼈를 깎는 노력을 했을 게 분명했다.

기억을 잃은 안나의 시간이 멈춰 있던 것처럼, 그렇게 안나가 곁에 없는
모두의 시간도 멈춰 있었다. 그녀가 이곳으로 돌아오고서야 다시 모두에게
도 시간이 흐르기 시작했다.

안나는 제 안에 있던 아주 약간의 원망조차도 전부 사르르 녹아내리는
것을 느꼈다. 시하가 자신의 기억을 조작하면서까지 멀리 떠나보낸 데에는

그만한 이유가 있었다. 판이 그만큼 위험한 자이기 때문이었다. 저를 지키기 위해서 모두가 얼마나 필사적이었는지 느껴졌다.

"정말 고마워요. 날 위해서 노력해줘서……."

갖은 감정이 뒤섞여 있는 모두의 눈을 바라보면서 안나는 주먹을 꾹 움켜쥔 채로 말했다.

"하지만 앞으로는 이 일에 나만 빼놓지 말아요. 날 지키기 위한 일인데 나만 아무것도 모르는 건 이상하잖아요."

고마운 한편, 동시에 그녀의 머릿속엔 더는 모두에게 짐이 되어서는 안 되겠다는 생각으로 가득했다. 지난 5년이면 충분했다. 더는 모두에게 보호받기만 할 수는 없었나.

"그런 의미에서 꼭 물어보고 싶은 게 있어요."

자신의 정체도, 자신의 능력도, 자신의 운명도, 아무것도 알지 못했던 스무 살의 오안나는 이제 없다. 안나는 이제 자신이 어떤 피와 운명을 가지고 태어난 존재인지, 왜 판으로부터 잔인한 위협을 받고 있는지도 잘 알았다. 그러니…….

"과거에 일족이 판에게 잡혀 있던 우리 엄마를 빼내 왔다고 들었어요."

앞으로는 모두에게 짐이 아니라 힘이 되고 싶었다. 언제 판이 그녀를 해칠까 전전긍긍하는 존재가 아니라, 설사 판에게 끌려가도 그녀라면 괜찮을 거라고 안심할 수 있는 존재가 되고 싶었다.

"내게도 어떻게 엄마가 판의 손아귀에서 빠져나올 수 있었는지 알려줘요."

"안나야, 그건……."

순간적으로 하연의 안색이 창백해졌다. 아마도 그 방식이 판에게 노려지는 것만큼이나 위험한 모양이겠지. 안나도 예상하던 부분이었다. 그 방법이 식은 죽 먹기였다면 5년 전에 하연이 저와 시하를 떨어트리려 그렇게 애쓰지도 않았을 테니.

"괜찮아요. 말해줘요. 지난 5년간 모두가 나를 위해서 노력해줬던 것처럼, 나도 노력할게요. 나 자신을 지킬 수 있도록. 그래서 모두에게 힘이 될 수 있도록."

시하의 품을 빠져나온 안나가 단호하게 말했다. 하연도 더는 망설이지 않았다. 이제 모든 것은 안나 스스로 선택하게 두어야 했다. 자신은 그 선택을 믿고 돕는 역할을 하면 그것으로 되었다.

"그래. 전부 말해줄게."

심호흡을 한 하연이 천천히 오래전 이야기를 시작했다.

*

펜트하우스로 돌아온 안나는 하연이 해준 이야기를 되새기며 무언가를 빤히 바라보고 있었다. 그녀가 보고 있는 물건은 언젠가 은재가 엄마의 공방 '부케'에서 찾았다며 전해주었던 부모님의 유품이었다.

엄마가 직접 쓴 몽마에 관한 책과 검은색 향수 한 병. 거기에 은재는 이제 너에게 전부 돌려줄 수 있게 되어 기쁘다는 말과 함께 또 한 권의 책을 안나에게 건넸다. 이 책 역시도 엄마의 필체로 손수 적혀 있었고, 향의 일족과 관련된 세세한 설명이 담겨 있었다. 또한 판을 무찌르기 위해 엄마가 개발한 다양한 향수의 포뮬러도 함께 적혀 있었다.

그중에서도 안나의 눈길을 끄는 건 판의 신부에 관한 내용이었다. 한참을 턱을 괴고서 내용을 읽는 데 집중하던 안나가 조용히 책장을 덮었다. 그녀는 검은색 향수가 담긴 병을 물끄러미 바라봤다.

"판의 힘으로 만들어진 레플리카……."

안나는 조금 전 하연에게서 들었던 말을 곰곰이 떠올렸다.

'판의 신부가 된 향의 마녀는 주기적으로 어코드를 하기 때문에 판의 힘이 체내에 쌓일 수밖에 없어. 희수는 그 점을 이용했어. 판의 힘에 장악당한

척했던 거야.'

엄마는 몽마와 어코드를 하는 스위트 노트들이 끝내 몽마의 힘을 버티지 못하고 죽게 되는 것에서 힌트를 얻어 판에게서 탈출할 계획을 세웠다. 그리고 오랜 시간에 걸쳐 몰래 판의 힘으로 레플리카를 만들었고, 어느 날 그것을 한꺼번에 체내에 흡수시켰다고 했다. 마치 어코드를 하던 도중 판의 힘에 잡아먹힌 것처럼 보이게 한 것이었다.

그녀의 연극에 속아넘어간 판은 어떻게든 신부를 회복시키려고 노력했다. 그녀는 계속해서 몰래 판의 레플리카를 몸에 주입시켜 그로 하여금 자신을 회복 불가능한 상태로 인식하게끔 상황을 유도했다. 그렇게 몇 달씩이나 그녀는 자신의 몸 안에서 판의 힘과 괴로운 사투를 벌였다.

아무리 백 년에 한 번 태어나는 특별한 힘을 지닌 마녀라고는 해도 결코 쉽지 않은 일이었다. 지속적으로 판의 힘에 노출되어야만 했고, 그 와중에도 자기 자신을 잃지 않아야 했기 때문에 향의 능력뿐 아니라 어마어마한 정신력이 소모되었다.

실제로 은재는 이 레플리카를 겨우 한 방울 사용했을 뿐인데도 그 힘에서 빠져나오는 것은 고사하고 목숨까지 위험했다고 말했다. 비록 모든 기억을 떠올렸고, 조금씩 능력이 돌아오고 있다고는 하나 지금의 안나 역시도 이 레플리카를 사용하는 것은 무리였다.

혹시나 하는 마음에 향수 뚜껑을 열었다가 그저 냄새만으로도 악몽을 꾸는 듯한 아찔한 고통을 느껴야만 했다. 안나는 황급히 뚜껑을 닫으며 생각했다.

'아직 각성을 하지도 않았는데, 과연 내가 엄마처럼 이 레플리카를 사용할 수 있을까? 시도했다가 크게 다치기라도 하면 도리어 모두가 걱정할 텐데.'

하지만 두려움에 마냥 손 놓고 있을 수만은 없었다. 어코드에만 의지할 게 아니라, 만에 하나 판에게 끌려갈 경우를 대비해 저 역시 뭔가를 해야만 했다. 만약 자신이 판의 레플리카를 능숙하게 다룰 수 있게 된다면, 모두를 더욱 안심시킬 수 있다.

거기까지 생각한 안나는 각오하고 또 각오했다. 아무리 끔찍하고 괴로운 고통을 겪게 될지라도 무조건 참아내고 이겨낼 것이라고. 자신을 지키기 위해 애써준 모두를 위해서. 그렇게 안나가 판과의 전쟁에서 자신이 할 수 있는 일이 무엇일까, 깊은 생각에 빠져 있을 때였다.

"네가 우리에게 짐이라고 생각하지 마."

언제 온 건지 시하가 문을 열고서 그녀를 바라보고 있었다. 그의 눈빛은 깊었다. 모든 걸 꿰뚫어 보듯이. 입 밖으로 절대 꺼낸 적 없는 자신의 속마음을 어떻게 알아챈 걸까? 안나가 놀란 눈으로 멍하니 바라보자, 시하가 성큼성큼 다가와 그녀를 꽉 끌어안으며 속삭였다.

"넌 우리에게 가장 소중한 존재야. 아니, 그 표현으로도 부족해. 말했잖아. 넌 나의 전부라고."

진심 어린 말에 안나도 본능적으로 그의 등을 힘껏 끌어안았다. 동시에 그의 절절한 고백이 귓가로 흘러들었다.

"그러니까 잊지 마."

안나는 열심히 고개를 끄덕였다. 그가 지금 하는 말을 잊지 않을 것이다.

"너를 지키는 게 나를 지키는 거야."

그 어떤 상황이 오더라도. 절대로.

21장. 불길한 밤

안나가 기억을 되찾고 한동안 평온한 날들이 계속되었다. 위고는 판의 소식을 전한 후로 며칠 동안 모습을 보이지 않았다. 안나는 하연에게서 그간 위고가 절 위해서 했던 일에 관해 전해 들었다. 마냥 가볍게만 보였던 그의 진지한 마음이 느껴져 고맙기도 했고, 한편으론 미안하기도 했다.

그에게 묻고 싶은 것도 많았다. 저 대신 판에게 꿈을 바쳐야 했던 성유이라는 여자의 상태는 어떤지, 그녀의 오빠를 만나려면 어디로 가야 하는지. 너무 늦었지만, 지금이라도 저로 인해 고통받았을 그들에게 용서를 구하고 싶었다. 하지만 위고와 만날 수 없으니 그들을 만날 방법 역시도 알 수 없었다.

'오늘도 안 나타나려나.'

답답한 마음에 한숨을 길게 내쉬며 안나가 조향실에 들어섰을 때였다. 거짓말처럼 위고의 모습이 보였다.

"위고!"

안나는 한달음에 그에게로 달려갔다. 그런데 가까이에서 본 위고의 얼굴이 엉망이었다. 검은 핏줄이 흉측하게 돋아 있는 피부며 본래의 보석 같은 호박색이 거짓말처럼 자취를 감춘 흐린 눈동자. 불과 며칠 사이에 그의 모습은 형편없이 수척해져 있었다.

"대체 무슨 일이 있었던 거야?"

찰나에 든 불길한 상상에 안나의 목소리가 떨려 나왔다.

"설마 판이…… 널 이렇게 만든 거야?"

안나의 물음에 입술을 꾹 깨물어 신음을 참아낸 위고가 힘겹게 고개를 끄덕였다. 털썩. 위고가 결국 버티지 못하고 그대로 바닥에 주저앉았다.

"미안해. 미안해, 위고. 정말 미안해……."

안나는 무너진 위고를 감싸며 연신 미안하다고 속삭였다. 위고의 마음에 보답해줄 수도 없는데, 저 때문에 이런 상처까지 입었으니 크나큰 죄책감이 들었다. 안나가 등을 어루만져주는 손길에 위고가 잔뜩 갈라진 목소리로 말했다.

"조심해……."

"어?"

"판이 움직이기 시작했어. 이곳도 더는 안전하지 않아."

시하가 하연과 함께 견고하게 결계를 쳐놓은 성운 호텔조차 안전하지 않다니? 아직 아무 일도 일어나지 않았기에 안나는 애써 위고의 말을 부정하고 싶었다. 하지만 도무지 믿기지 않던 그 말은 불과 1분도 지나지 않아서 사실로 증명되었다.

"안나야!"

갑자기 조향실로 뛰어들어온 시하와 하연의 얼굴은 사색이 되어 있었다. 시하는 곧바로 안나를 보호하듯 꽉 끌어안았고, 하연은 위고를 발견하자마자 다급한 목소리로 물었다.

"위고, 네가 안나 대신 판의 신부라고 속였던 여자. 그 여자 오빠랑 최근에 연락한 게 언제야?"

위고는 아직도 불안이 가시지 않았는지 더듬거리며 대답했다.

"서, 성유준이랑은 오늘 저녁에 만나기로 했는데……."

"뭐? 오늘 저녁? 언제 그 남자랑 연락했어?"

"로비에서 난동을 부리고 난 후 한동안 연락이 닿지 않다가, 오늘 아침에 갑자기 날 다시 만나고 싶다고 연락을 해왔어요. 그런데 그 남자는 왜……?"

하연은 위고의 질문에 대답하는 대신 시하와 심각한 눈빛을 주고받았다. 그 눈빛에서 뭔가 불길한 일이 일어났음을 직감한 안나가 조심스럽게 물었다.

"그 남자한테 무슨 일이 생긴 거죠? 나한테도 말해줘요."

더 이상 안나에게 그 무엇도 숨기지 않겠다고 약속했기에 시하와 하연은 순순히 입을 열었다. 그 내용은 안나의 불길한 상상을 훨씬 뛰어넘을 만큼 끔찍했다.

"호텔 객실에서 시체가 발견됐어."

"시체요?"

"응. 사정이 있어서 경찰을 부르진 못했어. 체크인이 이루어진 방도 아니고, 사체 훼손이 심해서 아직 신원 확인이 제대로 안 된 상태야. 그런데 조향사님이 냄새를 맡아본 의견으로는 성유준일 가능성이 크대."

하연이 설명을 보탰다.

"성유준이 로비에서 난동 부릴 때 나도 그 자리에 있었거든. 멀리서 그 남자 냄새를 맡았던 데다 그때 진열장에 들어 있던 향수가 죄다 깨지는 바람에 온갖 냄새가 섞여 있어서 확신할 수는 없지만, 분명히 그 남자한테서 났던 냄새가 시체에서도 풍겼어."

그때였다.

"으아아아악!"

위고가 느닷없이 비명을 질러댔다.

"판이야! 판이 성유준을 죽인 거야! 분명 그 일과 관련된 자 전부를 죽일 거야! 나도…… 나도 죽을 거라고!"

"위고, 진정해!"

하연이 서둘러 잔뜩 흥분한 위고를 말렸다. 하지만 역부족이었다. 흥분하면 할수록 위고의 눈에서 검은색 연기가 부글부글 끓었다. 그 참담한 모습을 바라보던 안나가 이내 시하를 똑바로 올려다보며 말했다.

"나를 현장에 데려가줘요. 난 그 남자랑 가까이 있어서 비교적 정확하게 냄새를 맡았어요. 객실에서 발견된 시체가 성유준인지 아닌지 나라면 확실하게 알아낼 수 있어요."

시하는 그리 말하는 안나의 두 손을 몰래 바라봤다.

"정말로 판이 성유준을 죽인 거라면 뭔가 흔적을 남겼을 거예요. 내가 살펴볼게요."

다부지게 목소리를 내고 있었지만, 그녀는 두려움에 파르르 떠는 두 손을 필사적으로 마주 쥐고 있었다. 절 지키려고 애써준 모두를 위해서, 그리고 너를 지키는 게 나를 지키는 거라던 시하를 위해서, 아무리 두려워도 맞서 싸우려는 것이었다. 그런 그녀를 응원하듯 시하가 안나가 움켜쥔 두 손 위에 제 손을 포개며 천천히 그녀를 이끌었다.

"가자. 대신 내 옆에서 절대 떨어지면 안 돼."

"응. 알았어요."

간신히 발작이 가라앉은 위고를 하연에게 맡겨두고 둘은 함께 조향실을 나섰다. 판이 정말 결계를 뚫고 이곳까지 침입한 거라면 더 이상 머뭇거릴 시간이 없었다.

시하의 말대로 시체가 있는 객실은 참혹했다. 창밖은 눈부신 햇살이 넘실거리는데도 창문 안쪽 객실은 완벽한 어둠에 휩싸여 있었다. 조명을 켜도 소용없었다. 마치 판이 객실을 통째로 집어삼킨 것처럼 어둡고 살풍경했다. 몇 번을 더 스위치를 껐다 켰다 하던 안나가 이내 포기하고 시체가 있는 곳으로 걸음을 옮겼다. 얼른 휴대전화를 꺼내 불빛을 비춰보지만, 그마저도 통하지 않았다.

인간 세계의 물리적인 작용은 이 공간 안에서 무용지물이었다. 왜 시하가 경찰을 부르지 못했는지 그 사정이 이해가 됐다. 그 후로도 시체를 살피기 위해 이런저런 시도를 하던 안나가 결국 한숨을 내쉬었다.

"잠깐만, 안나야."

그 순간, 시하가 돌연 손끝에 힘을 응집시켰다. 그의 눈동자가 어둠 속에서 푸르게 빛나고, 그의 손끝에서 흘러나온 푸른색 물방울이 천장을 가득 채웠다. 물방울은 이내 마치 조명처럼 반짝이며 시체를 비췄다.

"고마워요. 시하 씨."

시하에게 살짝 미소를 지어 보인 안나가 시체 앞에 조심스럽게 무릎을 굽히고 앉았다. 제일 먼저 그녀가 한 행동은 소의를 표하는 것이었다.

'미안해요, 성유준 씨. 당신 여동생만큼은 무슨 일이 있어도 내가 지켜줄 게요.'

그러곤 후각을 한껏 집중해 주변의 냄새를 맡기 시작했다. 맨 처음 확 풍겨온 냄새는 판에게 대적하기 위해 안나가 매일같이 맡고 있는 냄새였다. 어머니의 유품인 레플리카 향수에서 맡았던 바로 그 검은 냄새. 두 번째로 풍긴 냄새는 로비에서 성유준을 마주쳤을 때 맡은 냄새였다. 이로써 불확실했던 두 가지 가설이 확실해졌다.

"이 남자는 성유준이 맞아요. 전에 로비에서 맡았던 냄새랑 똑같은 냄새가 나요. 그리고 그의 시체에 잔뜩 판의 냄새가 끼얹어져 있어요."

"판이 성유준을 죽인 게 확실하다는 뜻이군."

"맞아요. 그리고 한 가지 더, 평범하지 않은 냄새가 나요."

안나는 다시 한 번 코를 킁킁거려 냄새를 맡았다. 앞서 맡은 두 가지 냄새에 비하면 그 농도가 희미하지만, 성유준의 시체에서는 또 하나의 독특한 냄새가 풍겼다.

"이 냄새도 분명 전에 맡아본 적 있는 냄새예요."

냄새의 흔적을 쫓던 안나가 성유준이 입고 있는 재킷 안주머니를 조심스럽게 들춰 무언가를 꺼냈다. 안나가 꺼낸 물건은 성유준의 지갑이었다. 그 안에는 새까맣게 변해버린 종이 한 장과 카드, 지폐, 영수증 등이 들어 있었다. 조심스럽게 종이를 꺼낸 안나가 코를 대고 신중하게 냄새를 맡았다. 종이에도 판의 냄새가 강하게 배어 있긴 했지만, 분명히 다른 냄새가 맡아졌다.

'정말 어디선가 맡아본 냄샌데……'

좀처럼 떠오르지 않는 기억에 안나가 몇 번이고 다시 종이에서 냄새를 맡은 바로 그때였다.

"……아!"

일순 등에서 아찔한 통증을 느낌과 동시에 안나는 이 냄새를 맡았던 과거의 기억을 분명하게 떠올렸다. 로비에서 성유준이 자신에게 집어 던진 향수병이 깨진 순간 풍기던 바로 그 냄새였다.

위고는 저 대신 성유이의 꿈으로 페르소나를 만들어 판에게 바쳤다고 했다. 이 까만 종이에서 그 향수와 똑같은 냄새가 난다는 것은, 바로 이것이 성유이가 성유준에게 준 물건일지도 모른다는 뜻이었다.

동시에 안나의 머릿속에 최악의 상황 하나가 스쳐 지나갔다. 냄새를 맡아 차원 이동이 가능한 몽마의 특성상 판은 성유이의 냄새를 맡는 것만으로도 그녀가 있는 곳으로 갈 수 있었다. 어쩌면 판은 이미 성유이에게 향했을지도 몰랐다. 까맣게 변해버린 종이를 움켜쥔 안나의 눈동자가 거칠게 흔들렸다. 곧이어 그녀가 객실의 다른 공간을 살피고 있던 시하를 불렀다.

"……시하 씨!"

황급히 다가온 시하에게 안나가 떨리는 목소리로 말했다.

"성유이 씨가 위험해요."

"성유이가 위험하다니? 그걸 어떻게 알았어?"

안나는 손에 들고 있던 까만 종이를 그에게 내밀었다. 시하는 고개를 갸웃하며 천천히 종이를 향해 손을 뻗었다.

"이게, 뭔데?"

"전에 위고가 성유이의 꿈을 페르소나로 만들어서 판에게 바쳤다고 한 말 기억해요? 아마 성유준이 나한테 던졌던 향수가 바로 그 페르소나였던 것 같아요. 독특한 냄새가 나서 기억하거든요. 이 종이는 성유준의 지갑에서 찾은 건데, 그 향수랑 같은 냄새가 나요."

시하는 안나가 말하는 의미를 곧바로 이해하고 한 번 더 확인했다.

"그럼 이 종이가 성유이가 성유준에게 건넨 물건이라는 뜻이잖아. 뭘까? 사진? 편지?"

"지금으로선 사진인지 편지인지 알 방도도 없죠. 이렇게 새까맣게 변해 버렸는데."

시무룩한 목소리로 안나가 대답했다. 시하는 실망할 필요 없다는 듯 손을 저었다.

"괜찮아. 뭐가 됐든 단순히 냄새만 지운 게 아니라 아예 내용까지 볼 수 없게 새까맣게 만든 걸 보면, 이게 우리한테 들켜서는 안 될 굉장히 중요한 단서라는 뜻이야. 조향사님께 가져가서 복원을 부탁하면 돼."

마음이 급해진 시하가 종이를 가져가려는데, 안나가 돌연 그의 팔을 붙잡았다.

"잠깐만요!"

"왜?"

"판이 이 종이에서 냄새를 맡고 흔적을 지운 거라면, 내 말대로 지금 성유이 씨가 위험하다는 뜻이잖아요. 몽마는 냄새만으로도 성유이 씨가 있는 곳으로 이동이 가능하니까. 그럼 우리도 얼른 성유이 씨한테 가봐야……."

"미안하지만, 안나야."

그가 자신을 절박하게 붙잡고 있는 안나의 손을 감싸 내렸다. 그러곤 안타까운 표정을 지으며 말했다.

"나는 이 종이에서 몽마의 냄새밖에는 맡을 수가 없어. 안나 네 특별한 능력으로도 간신히 맡을 수 있는 냄새를 내가 무슨 수로 맡겠어?"

"그럴 수가……. 그럼 정말 지금 당장 성유이 씨를 구하러 갈 방법이 없다는 거예요?"

어두워진 안나의 얼굴을 쓰다듬으며 시하는 어쩔 수 없다는 듯 고개를 끄덕였다.

"응. 조향사님께 부탁해서 빨리 이 종이를 원래 상태로 복원하는 방법밖에는……. 아, 잠깐만."

순간, 시하가 돌연 무언가를 떠올린 것처럼 동작을 굳혔다. 그 모습에 안나가 눈에 띄게 밝아진 기색으로 물었다.

"무슨 방법이라도 생각난 거예요?"

"어쩌면 말이야. 우리가 어코드를 해서 서로에게 교감한다면, 네가 맡은 냄새를 통해서 내 차원 이동 능력으로 성유이한테 갈 수 있을지도 몰라."

"어코드요? 여기서?"

일순 안나의 두 뺨이 언젠가 밤하늘을 수놓았던 벚꽃처럼 분홍빛으로 물들었다. 그 빛깔의 의미를 알아차린 시하가 상냥한 손길로 그녀의 뺨을 어루만지며 말했다.

"그렇게 걱정할 거 없어. 우리는 이미 어코드를 한 사이니까, 이제는 입맞춤 정도로도 교감이 가능해."

"입맞춤?"

고작 키스로도 해결이 가능한 일에 가장 야한 상상을 해버린 안나의 얼굴이 터질 것처럼 빨개졌다. 그녀는 당황해서 갑자기 말을 더듬었다.

"아, 그, 그렇구나. 입맞춤만 하, 하면 되는 거였구나. 하……. 하하……. 다행이다. 그죠? 앗!"

창피한 생각을 들킨 안나가 어색하게 웃는 사이, 시하가 그녀의 두 뺨을 양손으로 감싸 끌어당겼다. 속절없이 끌려가는 찰나에 매끄럽게 미소 짓고 있는 그의 입술이 보였다. 얄밉다는 생각을 하기도 전에 입술이 맞닿았다.

부끄러워 저도 모르게 깨문 입술을 맞닿은 입술이 부드럽게 열어젖혔다.

본래의 목적을 잊을 만큼 다정하고 따뜻한 입맞춤이었다. 이런 키스를 나눌 거라고 절대 생각하지 않은 장소여서 그런지, 분위기에 취하지 않은 탓에 시하의 움직임 하나하나가 세밀하게 느껴졌다.

촉, 촉촉. 그가 다녀갈 때마다 은밀한 소리가 울렸다. 입 안 곳곳이 자극점이 된 듯 그가 스친 자리마다 움찔거렸다. 절로 발끝이 오므라드는 야릇한 감각에 안나는 그만 눈을 질끈 감아버렸다.

농시에 어코드가 본격적으로 시작됐다. 조금씩 뻗어나오기 시작한 시하의 푸른 힘 위로 안나의 금빛 꿈이 베일처럼 드리워졌다. 차가운 바다 위에 따뜻한 햇살이 내리쬐는 듯 나른하고 아늑한 감각이 둘을 감싸 안았다. 그때였다. 시하가 별안간 입술을 맞붙인 채로 속삭였다.

"……안나야."

"……네?"

어쩐지 그의 목소리가 입을 맞추기 전보다 훨씬 탁해졌다는 생각이 든 순간. 그가 간절히 애원했다.

"빨리 냄새 좀 맡아줄래?"

말을 하는 와중에도 그는 갈급히 몇 번을 더 안나의 아랫입술을 깨물어 당겼다.

"나 지금, 엄청 위험해서."

"……아!"

위험하다는 말의 의미를 알아차린 안나가 황급히 시하에게서 떨어졌다.

"미, 미안해요! 얼른 맡을게요! 냄새!"

그러곤 그가 손에 쥐고 있는 종이에서 냉큼 냄새를 맡았다. 안나의 능력과 교감한 시하의 힘이 서서히 차원을 비틀어 깨진 찻잔 아래 작은 물웅덩이에 문을 만들었다. 찰나 시하는 필사적으로 인내심을 발휘해 안나에게 키스하는 대신 그녀를 꽉 끌어안았다.

"하아……. 정말 위험했어."

안도인지 탄식인지 모호한 한숨 소리와 함께, 그렇게 둘은 함께 차원 속으로 빨려 들어갔다.

*

팟! 푸른 물보라와 함께 시하와 안나가 차원을 빠져나왔다. 삐이이, 날카롭기 그지없는 기계 소리밖에는 들리지 않는 곳. 어두워서 사위가 잘 분간이 가지 않았지만, 후각이 예민한 안나는 각종 약품 냄새가 진동하는 이곳이 어디인지 금방 알아차렸다. 성유준의 사체가 있던 객실에서 눈 깜짝할사이 이동한 곳은 병원이었다.

하지만 애타게 찾던 성유이의 모습은 어디에서도 찾을 수가 없었다. 성유이의 이름이 적혀 있는 침대도 텅 비어 있었다. 허망하리만치 깔끔하게 정돈된 병실을 바라보고 있던 안나가 돌연 시하의 품을 빠져나가 어디론가 달려갔다.

'이건 피 냄새인데?'

벌컥! 다급히 뛰어간 안나가 병실 한편에 마련된 욕실 문을 열어젖혔다. 욕실 안은 뜨거운 수증기로 가득 차 있어 아무것도 보이지 않았다.

잠시 후 수증기가 걷히자, 이윽고 시야가 뚜렷해지기 시작했다. 솨아아. 계속 물이 쏟아지는 샤워기 아래, 욕조 안에 누워 있는 여자의 모습이 보였다. 냄새로 보아 그녀는 성유이가 분명했다. 성유이는 마치 죽은 듯 눈을 감고 있었다. 게다가 욕조를 가득 채운 물속에 양손을 모두 담그고 있었는데, 물 빛깔이 기묘하게 붉었다. 안나는 곧바로 그 물에서 나는 냄새가 줄곧 자신의 코를 자극했던 피 냄새라는 사실을 알아차리고 소리쳤다.

"성유이 씨!"

안나의 다급한 외침에 나신인 성유이에게서 본능적으로 시선을 돌리고 있던 시하가 재빨리 욕실 안으로 뛰어들어갔다. 그러곤 커다란 수건으로 성유이의 몸을 감싸 안아 들었다.

"아직 살아 있어! 안나야, 빨리!"

성유이에게서 희미한 심장 박동을 느낀 시하가 외쳤다. 안나가 재빨리 그의 곁으로 다가가 함께 성유이를 끌어안았다. 안나가 자신을 붙잡은 걸 확인하자마자 시하는 곧바로 하연의 체취가 묻은 페르소나 향수병을 꺼내 냄새를 맡았다. 지금 당장 테라피 향수를 써서 성유이를 치료한다면 충분히 그녀를 살릴 수 있었다.

"조금만 더 버텨줘요, 성유이 씨."

제발 늦지 않았길. 간설한 기도와 함께 셋은 그렇게 자원을 통해 성운 호텔로 이동했다.

＊

그날 이후 성운 프라그랑스는 한동안 비상 체제로 운영됐다. 모든 향수 관련 업무가 중단되고 성유이를 치료하는 테라피 향수를 만드는 데 매달렸다. 판에게 입은 상처를 회복하자마자 위고도 합류했다. 다만 까맣게 변해 버린 눈동자 색깔만은 회복되지 못한 채였다.

'나한테는 더 이상 선택권이 없어. 널 지키기 위해서 했던 내 선택 때문에 성유준은 죽임을 당했고, 성유이마저 목숨이 위험해졌잖아. 내 상황도 그들과 다르지 않아. 판의 눈 밖에 난 이상 아무리 가망이 없더라도 나 역시 살기 위해선 판과 싸우는 수밖에. 판에게서 도망치는 건 더 불가능하니까.'

까만 얼룩 같은 눈동자로 지었던 위고의 쓸쓸한 표정을 떠올린 안나가 입술을 꾹 깨물었다. 저 하나 때문에 도대체 몇이 이런 희생을 해야만 하는 건지…… 시하를 비롯한 모두가 지난 5년을 저를 구하기 위해 애써주었고, 위고는 저를 지키려다 판에게 목숨을 위협받는 처지가 되고 말았다. 제 의지와는 상관없이 자신의 대리가 되었던 성유이는 그 보복으로 목숨을 잃을 뻔했고, 여동생을 지키려던 성유준은 잔인하게 살해당했다.

'판……! 용서 못 해. 절대로.'

안나가 주먹을 꽉 움켜쥐며 인공호흡기에 의지하고 있는 성유이를 내려다봤다. 그녀를 치료하는 동안 호텔에 수상한 소문이 나지 않도록 은밀히 프라그랑스 건물 내에 병실을 마련했다. 다행히 모두가 애써준 덕분에 성유이의 상태는 호전되고 있었다. 하나 나날이 신체적 징후가 좋아지고 있어도, 그녀는 여전히 눈을 뜨지 못했다. 안나가 성유이의 손을 꼭 붙잡으며 작게 애원했다.

"제발 깨어나요."

성유이 씨 오빠한테 당신만은 꼭 살리겠다고 약속했어요, 나.

"그러니 제발……. 제발 눈 좀 떠봐요."

그 순간, 성유이의 손을 쥔 안나의 손 안에서 돌연 금빛 연기가 가득 차올랐다.

"이, 이게 뭐지?"

당황한 안나가 황급히 성유이에게서 손을 떼어냈다가 다시금 붙잡자, 선명한 금빛 연기가 또다시 생겨났다. 그녀가 자신도 모르는 사이 테라피 향수를 생성해낸 것이었다.

향의 일족이 보통 인간은 추출이 불가능한 향료를 조합해 다양한 향수를 만들어낸다면, 백 년에 한 번 태어난다는 특별한 마녀의 능력은 그보다 더욱 강력했다. 그들은 향료가 없어도 기억과 염원만으로도 원하는 향수를 만들어낼 수 있었다.

몇 번을 반복해서 테라피 향수를 만들어낸 안나가 요령이 생겼는지 성유이의 몸 안에 빠르게 향수를 주입시켰다. 순식간에 놀라울 정도로 성유이의 혈색이 좋아졌다.

"와……."

안나는 자신의 능력에 감탄하며 테라피 향수를 계속 만들어내 성유이에게 흡수시켰다. 그녀의 머릿속엔 오로지 성유이를 깨워야 한다는 일념만이 가득했다. 그렇게 시간이 얼마쯤 흘렀을까? 성유이의 속눈썹이 파르르 떨렸다.

"서, 성유이 씨?"

안나는 벌떡 일어선 채 성유이의 얼굴을 뚫어져라 응시했다. 혹 제 간절한 염원이 불러일으킨 착각일지도 모르니까. 하지만 또 한 번 성유이의 눈매가 짧게 진동했다. 이내 그 자잘한 진동은 커다란 깜빡임으로 변했다. 천천히 긴 속눈썹이 들어 올려졌다. 마침내 연한 다갈색 눈동자가 속눈썹 아래로 모습을 드러냈다. 착각이 아니었다. 안나는 성유이에게 바싹 다가가 큰 목소리로 말했다.

"성유이 씨! 나 보여요?"

그러자 성유이가 차고 있는 인공호흡기 안에 뿌연 김이 서리고, 잔뜩 잠긴 목소리가 안나의 귓전을 울려왔다.

"……누…… 구…… 세…… 요?"

"흐윽!"

띄엄띄엄하지만, 선명하게 들려오는 성유이의 목소리에 안나는 지난 며칠 동안 꾹꾹 참았던 눈물을 터뜨렸다.

"내 이름은 오안나라고 해요."

안나는 벅찬 마음을 이기지 못하고 떨리는 목소리로 자신을 소개했다.

"오…… 안…… 나?"

성유이는 그런 안나가 낯선 듯 눈을 깜빡였지만, 안나는 조급하게 굴지 않았다. 지금은 그녀가 무사히 깨어난 것만으로도 감사했다.

"네. 내가 누군지 궁금하죠? 나도 당신한테 하고 싶은 이야기가 참 많아요. 깨어나줘서 고마워요. 성유이 씨……."

바로 그 순간, 성유이의 눈동자가 거칠게 흔들렸다.

"오……!"

털썩!

"오안나 씨……!"

안나가 갑자기 휘청거리며 바닥으로 쓰러졌기 때문이었다.

*

어둠에 잠긴 고요한 방. 나긋나긋한 숨소리만 들려오던 방 안에 별안간 작은 신음이 흘렀다.

"으음……."

동시에 얇은 커튼을 투과해 스며든 달빛이 침대 위에 누워 있는 누군가의 꿈틀거리는 모습을 살며시 비춰주었다. 이내 아스라한 달빛에 고운 얼굴이 오롯이 드러났다. 안나였다. 안나는 몸이 찌뿌듯했던지 양팔과 두 다리를 쭉 뻗어 기지개를 켰다. 그 순간, 누군가가 그녀를 꽉 부둥켜안았다.

"엄마야!"

갑작스러운 압박감에 안나는 깜짝 놀라며 상대에게서 벗어나려 바둥거렸다. 하지만 그럴수록 상대는 그녀를 더 꽉 끌어안을 뿐이었다. 한참을 씨름하다 뒤늦게 상대의 냄새를 맡은 안나가 도리어 상대의 허리를 두 팔로 감싸 안았다. 상대가 그녀에게 있어 세상에서 가장 소중한 존재였기 때문이다.

"시하 씨……."

안나가 찰나에 밀려드는 이상한 기분에 그를 더 꽉 껴안았다.

"왜 이렇게 오랜만에 보는 것 같죠?"

이상하다는 듯 중얼거리는 안나를 향해 시하가 턱에 힘을 꾹 주고서 속삭였다. 그의 목소리는 위태롭게 잔뜩 갈라져 있었다.

"당연하지. 너, 이틀 만에 깨어난 거니까."

"이틀? 내가요?"

안나는 믿을 수 없다는 듯 벌떡 몸을 일으켰다. 시하가 그녀를 다시 억지로 눕혀 품에 안았다. 자신이 이틀이나 잠들어 있었다는 사실이 여전히 믿기지 않았지만, 그에게서 풍기는 냄새가 너무도 처절하고 간절해서 안나는 더 이상 반항하지 못하고 얌전히 품에 안긴 채 물었다.

"⋯⋯나, 어떻게 된 거예요?"

"성유이 구하려고 향의 능력을 한계치까지 쓰는 바람에 정신을 잃고 쓰러졌어."

설명을 끝내고 그는 안나의 허리를 더욱 으스러지게 끌어안았다. 제 품에 안겨 있는 안나를 아무리 느끼고 또 느껴도 마음은 불안하기만 했다.

"바보야. 적당히 했어야지. 다른 사람 구하겠다고 널 다치게 하면 돼?"

찰나에 안나의 머릿속에 성유이가 깨어난 순간이 주마등처럼 떠올랐다. 안나는 반사적으로 물었다.

"성유이 씨는요? 괜찮아요? 완전히 깨어났어요?"

그녀의 반응에 시하가 낮은 한숨을 내쉬며 마지못해 대답했다.

"⋯⋯그녀는 괜찮아. 너는 안 괜찮고."

그는 자신의 이마로 안나의 이마를 콩 쥐어박았다. 어쩐지 그의 목소리가 화난 것처럼 들려서 안나는 당장 성유이를 보러 가기 위해 움찔거린 몸을 다시 얌전히 그의 품에 기댔다.

"미안해요. 성유이 씨 혈색이 좋아지는 게 눈에 보여서 나도 모르게 무리해서 힘을 썼나 봐요. 걱정 많이 했어요?"

"당연하지. 단순히 무리한 정도가 아니었다고. 네가 얼마나 위험했는지 알아? 네가 가진 힘을 거의 다 소진했어. 조향사님이 발견하고 재빨리 치료해주지 않으면 넌⋯⋯!"

시하가 더는 입에 담기도 싫다는 듯 이를 악물었다. 안나의 눈에는 침대 위에 누워 있는데도 그가 무너지는 것처럼 보였다. 힘없이 안나의 어깨에 얼굴을 묻은 그가 속삭였다.

"말했잖아. 너를 지키는 게 나를 지키는 거라고."

속삭임과 함께 쏟아진 한숨이 피부 속으로 스며드는 것처럼 뜨거웠다. 마치 심장 소리를 들으려는 듯 더 깊이 파고들며 그가 덧붙인 말은, 귀 기울이고 있던 안나마저 덩달아 눈물이 날 만큼 서러웠다.

"안나야. 제발 나 좀 살려주라."

찰나에 어떤 끔찍한 상상을 한 것인지 시하에게서 끔찍한 절망의 냄새가 풍기기 시작했다.

"나 정말 너 없으면 안 돼."

안나는 곧 그가 자신을 잃는 상상을 했다는 걸 알아차렸다. 코가 따끔거릴 정도로 그에게서 점점 더 절망의 냄새가 짙어졌다. 이러다 그가 이 고약한 절망에 잠식되어버릴 것만 같다.

안나는 그때야 자신이 얼마나 큰 잘못을 저질렀는지 깨달을 수 있었다. 그리고 자신의 잘못을 깨닫자마자 그에게 진심으로 용서를 빌었다.

"미안해요. 내가 다 잘못했어요. 다신 안 그럴게. 몰라서 그랬어. 알았으면 중간에 그만뒀을 거야. 나 당신이 한 말 안 잊었단 말이에요. 어떤 상황이 오더라도 잊지 않겠다고 다짐했는걸. 내 말 듣고 있어요? 들었으면 뭐라고 말 좀…… 흡!"

한동안 말이 없던 시하는 제 절망 앞에서 어쩔 줄 몰라 하는 안나의 입술을 덮쳤다. 그대로 뜨겁게 삼키고 그녀가 내뱉는 숨을 모조리 빼앗았다. 살아 있음을 증명하는 호흡이 달고 뜨겁다. 그렇게라도 안나가 제 곁에서 살아 있다는 것을 느껴야만 했다. 절박한 만큼 그는 평소보다 더 집요하게 안나의 입 안을 파고들었다.

"하아……!"

그러곤 한참만에야 거친 숨을 토해내며 입술을 떼어내고 안나와 눈을 마주쳤다. 격렬한 입맞춤 탓인지, 제게 미안한 마음 탓인지, 젖은 눈시울이 어둠 속에서 구슬프게 반짝이고 있었다. 그 눈물을 혀끝으로 훔치며 시하가 물었다.

"······정말이지? 다신 안 그럴 거지?"

안나는 열렬하게 고개를 끄덕였다. 보잘것없으나 이렇게나마 그의 절망이 거두어지길 진심으로 바랐다.

"절대로 다시는 무리해서 능력 같은 거 쓰지 마. 각성 후에도 조심하겠다고 약속해."

"······응. 약속할게요."

"그 약속 꼭 지켜야 해. 내가 너 요새 판의 레플리카 나 몰래 연습하고 있는 거 모를 줄 알아?"

"알고······ 있었어요?"

"그걸 어떻게 몰라? 내 여자가 위험한 냄새를 폴폴 풍기고 다니는데."

알면서 모르는 척. 당신은 내내 불안했겠구나. 안나는 손을 뻗어 그간 힘들었을 제 남자의 볼을 부드럽게 쓰다듬었다. 그 손길에 기대며 시하가 다시 한 번 부탁했다.

"널 다치게 하는 일은 아무것도 하지 마. 오로지 널 지키는 일만 생각해. 알았어?"

"그럴게요. 진짜 맹세해요."

뺨을 쓰다듬던 손에 힘을 줘 그의 고개를 기울이게 만든 안나가 맹세의 의미로 깊게 입을 맞췄다. 그때야 무슨 짓을 해도 가시지 않던 그의 불안이 서서히 걷히기 시작했다.

제발, 내 여자야. 이대로 내 안에서 불안을 아주 몰아내주었으면. 그런 그의 마음을 아는지 모르는지 잠시 입술을 떼어낸 안나가 물었다.

"근데······."

"왜?"

"나 정말 이틀이나 잤어요? 아무리 생각해도 그 정도로 힘을 쓴 것 같지 않은데……."

안나는 여전히 자신에게 일어났던 일을 믿을 수 없다는 얼굴이었다. 시하가 그녀가 실감을 할 수 있도록 확실한 설명을 보탰다.

"너 정말로 이틀 동안 안 깨어났어. 그 말은 네 생일이 이제 오늘 하루밤에 안 남았다는 뜻이고. 다들 이번에도 네 생일 못 챙겨주게 될까 봐 얼마나 걱정한 줄 알아?"

"정말요?"

제 생일이 내일로 다가왔다는 말까지 듣고 나니 안나는 더는 의심을 내색할 수 없었다. 그녀가 민망한 표정을 지으며 천연덕스럽게 말꼬리를 돌렸다.

"와, 그럼 나 내일 생일 파티 하는 거예요? 어디서? 어렸을 때 소원이 우리 호텔 펜트하우스에서 생일 파티 하는 거였는데."

시하는 어물쩍 말꼬리를 돌리는 안나의 어깨를 꽉 움켜쥐었다.

"안나, 너. 이대로 넘어갈 생각 하지 마."

"네? 뭐, 뭐가요?"

"나 아직 화 안 풀렸어. 풀리려면 멀었어. 내일이 네 생일이라고 생각하니까 더 불안하기만 해. 그러니까……."

그러곤 고개 숙여 입술이 닿을락 말락 한 아슬아슬한 거리에서 야릇하게 속삭였다.

"내가 됐다고 할 때까지, 계속 맹세해줘."

그 밤, 시하는 안나를 결코 놔주지 않았다. 밤이 깊을수록 맹세는 더욱 뜨겁고 격렬해지기만 할 뿐이었다.

*

안나의 생일을 맞아 그 어느 때보다 화려하고 사랑스럽게 꾸며진 펜트하우스의 분위기는 반대로 착 가라앉아 있었다. 성유이를 치료하다가 안나가 갑자기 쓰러진 것이 이틀 전. 순조롭게 건강을 회복하고 있는 성유이 대신, 지금은 안나가 프라그랑스 건물 안 은밀히 마련된 병실에 누워 있었다.

생일을 목전에 두고 깨어나지 못하는 안나를 지켜보며 모두가 지난 이틀 내내 가슴을 졸였다. 특히 오랫동안 안나의 생일만을 벼르고 있던 하연과 라희의 상심은 이루 말할 수 없이 컸다. 판이 시시각각 안나를 위협해 오고 목숨이 걸린 두 번째 각성이 당장 오늘 밤 시작될 예정이었지만, 그런 상황에서도 모두는 낫낫하게 안나의 스물나섯 번째 생일을 축하해주고 싶었다.

세상에 태어난 걸 진심으로 축하한다고. 끔찍한 불행 속에서도 잘 견뎌주어서 기특하고 대견하다고. 그렇게 우리에게 찾아와줘서 진심으로 고맙다고. 앞으로 함께 행복해지자고. 스무 살에 해주지 못했던 말을 이제라도 꼭 전하고 싶었는데.

그 간절한 마음은 다들 똑같았는지, 생일 파티를 할 수 있을지 없을지조차 불확실한 상황에서도 하연과 은재, 라희와 해우, 그리고 태주는 약속이나 한 듯 이른 아침부터 펜트하우스에 모여 있었다.

그러나 꽃과 갖가지 장식으로 화려하게 꾸며진 테이블 위에는 빈 접시만 덩그러니 놓인 채였다. 주인 없이 흐트러져 있는 커트러리를 단정히 정리하며 은재가 입을 열었다.

"안나, 깨어났을까요?"

모두가 각자 울리지 않는 자신의 휴대전화를 물끄러미 응시했다. 다들 걱정하고 있는 걸 아니 안나가 깨어났으면 시하가 진작 연락을 했을 것이다. 아직 아무 소식이 없다는 건 안나가 정신을 차리지 못했다는 뜻이나 다름없었다. 모두가 실망한 기색을 감추지 못하고 있던 바로 그 무렵이었다.

별안간 누군가의 전화벨이 울렸다. 모두의 시선이 일제히 벨소리가 나는 곳을 향했다. 주방이었다. 그 안에는 시하에게서 연락만 오면 당장 요리를 시작할 수 있게 모든 준비를 해놓겠다던 태주가 있었다.

"네. 네. 그렇게 전할게요. 알겠습니다."

도대체 무슨 소식을 전하겠다는 건지, 힌트 하나 없이 전화를 끊고 주방에서 나오는 태주를 모두가 빤히 주시했다. 모두를 향해 태주가 느릿하게 입을 열었다.

"요리 재료 말이에요."

"요리 재료?"

"못 쓰게 될까 봐 걱정했는데 다행이에요."

처음엔 웬 뚱딴지같은 소린가 싶었다. 하지만 찬찬히 생각해보니 요리 재료를 사용할 수 있게 되었다는 말은 안나의 생일 파티를 예정대로 치를 수 있게 되었다는 뜻과 통했다.

"그러니까 태주 씨, 방금 그 말뜻은……?"

라희가 눈물을 글썽이며 묻자, 태주가 환하게 웃으며 대답했다.

"안나 님. 깨어나셨대요."

펜트하우스가 떠나가라 환호하는 소리가 울려 퍼졌다.

*

하지만 불과 몇 시간 만에 기쁨의 환호는 분노의 구박으로 바뀌고 말았다. 전화를 끊고 한달음에 달려올 거라 믿었던 시하와 안나가 요리가 차갑게 식어버릴 때까지 펜트하우스에 나타나지 않았던 것이다.

"그러니까 잠에서 깨자마자 소식 전하려고 전화를 건 게 아니라, 잠들기 전에 전화를 걸었던 거라고?"

게다가 뒤늦게 나타나 한다는 변명이 기가 찼다.

"아니, 대체 그 시간까지 뭘 했기에 잠도 안 자고……."

무심코 머릿속에 떠오른 대로 중얼거리던 하연이 갑자기 얼굴이 빨개지는 안나를 발견하곤 입을 크게 벌렸다. 설마 그런 이유였을 줄이야. 늦게 배운 도둑이 날 새는 줄 모른다더니.

"와, 아무리 그래도 그렇지, 이틀씩이나 잠들었다가 막 깨어난 애를 데리고……."

"조향사님. 연인 간의 일에 제삼자는 빠져주시죠."

시하는 하연이 정곡을 찌르자 굉장히 유치한 속내를 어른스럽고 사무적인 말투에 숨겨 달아났다. 그러곤 민망함에 슬금슬금 간격을 벌리던 안나를 공범으로 확인사살하듯, 그녀의 허리를 홱 낚아채 끌어안았다. 그때였다.

"시하 씨 짐승."

정말 짐승이 된 것처럼 양심의 가책을 느끼게 하는 라희의 핀잔을 시작으로.

"과도한 애정행각은 안나 씨 회복에 좋지 않습니다. 당분간은 자제하시는 게……."

"음식 차려놓고 기다리고 있는 저희들 생각도 좀 해주시죠? 대표님."

"여러분, 진정하세요. 제가 대신 사과드릴게요. 제 주인님이 짐승이라 죄송합니다."

해우, 은재, 태주가 차례로 짓궂은 핀잔을 한 마디씩 던졌다. 그러나 모두의 눈치에 안나만 창피해 어쩔 줄 몰라 할 뿐, 시하는 콧방귀도 뀌지 않았다. 그때, 별안간 초인종 소리가 들려왔다.

"대표님. 서윤희 지배인입니다. 안나 아가씨 생일 파티에 초대받은 손님들 모시고 왔습니다."

누구의 앞에서도 꿋꿋이 뻔뻔하게 굴던 시하의 얼굴에 순식간에 긴장감이 감돌았다. 윤희는 깍듯하게 허리를 숙여 인사한 후 마치 어머니처럼 인자한 미소를 지으며 안나에게 다가왔다.

"안나 아가씨!"

"서 지배인님!"

"무슨 일 있으셨던 건 아니죠? 이틀 동안 안 보이셔서 제가 얼마나 걱정했는지 몰라요."

"정말요? 개인적으로 좀 바쁜 일이 있었어요. 걱정 많이 하셨어요?"

"그랬지만 이렇게 모습 뵈니 그저 좋기만 해요."

시하가 물끄러미 안나와 친밀한 대화를 나누는 윤희를 바라봤다. 이상하게도 안나 어머니와 친구 사이인 하연 앞에서도 별로 긴장이 되지 않는데, 윤희 앞에서는 마치 장모님을 대하는 것처럼 신경이 쓰였다. 그건 아마도 그녀가 몽마나 향의 일족과 같은 특수한 존재와 전혀 관련이 없는 평범한 인간이기 때문일지 몰랐다.

얼굴에 세월이 자연스럽게 묻어난 윤희와 함께 있는 안나의 모습은 정말 모녀 사이처럼 보여서, 이따금 보고만 있어도 시하의 마음을 어지럽게 흔들어놓았다. 지금도 그랬다. 코앞에 도사리고 있는 위험이 모두 사라진 날, 저와 안나는 어떤 삶을 살아가게 될까? 공연히 그런 상념에 빠져들게 했다. 안나가 윤희처럼 자연스럽게 늙어가고, 그 곁에서 저도 함께 세월을 맞이하고 싶다는 막연한 바람이 가슴을 적셨다.

그러나 그것은 반은 몽마의 피가 섞인 자신과 향의 마녀의 운명대로 불멸의 삶을 살아야만 하는 안나에겐 절대 이뤄질 수 없는 소원이었다. 누군가에게는 평범하지만, 그들에게는 결코 평범하지 않은 소원.

자신이 이토록 평범한 인간의 삶을 간절히 원하게 될 줄, 안나를 사랑하기 전에는 결코 알지 못했다. 절로 입 안이 쓰게 변했다. 시하가 윤희와 안나 몰래 다소 씁쓸한 미소를 흘려보낸 그 순간이었다.

"우리 왔어."

윤희가 말한 손님이 뒤늦게 펜트하우스 안에 들어섰다. 성재와 정우였다. 그들은 안나에게 줄 커다란 선물을 들고서 다소 어색한 기색으로 인사를 건넸다.

"처음 뵙겠습니다. 아니지, 처음은 아닌데. 나, 기억합니까?"

성재가 손가락으로 제 얼굴을 가리키며 묻자, 안나가 조심스럽게 고개를 끄덕였다. 어찌 잊을까? 시하와 어코드를 하기 전, 한꺼번에 셋이나 되는 왕족 몽마를 맞닥뜨리는 바람에 기절까지 했었는데. 게다가 그곳에서 이유현에게 먹어버리겠다는 끔찍한 소리까지 들었지 않은가. 안색이 파리해져서 억지로 웃는 안나의 모습에, 그녀에겐 그날의 기억이 그다지 좋은 기억이 아니라는 걸 깨달은 성재가 재빨리 화제를 돌렸다.

"다시 정식으로 소개하죠. 마성재라고 합니다."

"저는 한정우라고 해요."

그간 라희에게서 성재에 관한 얘기는 몇 번 들은 적이 있었다. 스위트 노트에도 사랑에도 무심한 척 냉정하게 굴지만, 실은 누구보다 자신의 스위트 노트를 아끼고 있다는 말을 들어서인지 그의 무표정한 얼굴이 그리 무섭지만은 않았다. 그 곁에서 덩달아 통성명을 하는 정우의 인상도 악마라고는 조금도 생각되지 않을 만큼 순수하고 귀여워 보였다. 덕분에 조금이나마 긴장감을 떨쳐낸 안나가 자연스럽게 인사를 건넸다.

"반갑습니다. 오안나라고 합니다."

하지만 더 이상 딱히 주고받을 말이 없었다. 한참을 어색하게 마주 보고 서 있는데 시하가 다가와 말했다.

"성재 형, 한정우. 와줘서 고마워."

"처음이니까 온 거야. 귀찮으니까 다음부턴 부르지 마."

"안 그래도 다음 생일부턴 이렇게 다 같이 모이는 파티 같은 건 안 할 생각이야. 귀찮아하는 손님 상대하는 것도 만만치 않게 귀찮아서."

도무지 형제간에 나누는 거라고는 생각할 수 없는 신랄한 대화였다.

"잘됐네. 나도 피차 바쁘거든."

성재는 난감한 얼굴로 저와 시하 사이에 서 있는 안나에게 쿨하게 선물을 전달하고 뒤돌아섰다. 정우가 서운한 목소리로 물었다.

"벌써 가게?"

"정우 너, 네 공주님 마중 나가야 한다며."

"아, 맞다. 미안해요, 안나 씨. 아주 중요한 일이 있어서. 다음에 또 봐요."

성재의 대답에 정우가 아차 싶은 표정을 지으며, 마찬가지로 안나에게 선물을 쥐여 주고 급히 그를 따라나섰다.

"조심해서 가세요."

얼떨결에 양손 가득 선물을 받아 든 안나가 어설픈 배웅 인사를 건네는데, 쏜살같이 그 뒤를 따라나서는 시하의 등이 보였다. 하지만 그는 멈춰 서서 무슨 말인가 하려다 말았다. 한참을 그렇게 망설이다 다시금 주먹을 꾹움켜쥔 그가 용기를 내 입을 열었다.

"안나 생일 파티 말고!"

성재와 정우의 걸음이 우뚝 멈췄다.

"다음엔 그냥 봐."

"그냥?"

우리가 아무 이유 없이 그냥 볼 사이였던가? 뒤도 돌아보지 않고 되묻는 성재의 말에 시하는 이번엔 망설임 없이 대답했다.

"응, 그냥. 그냥 얼굴 보자. 형이나 정우 스위트 노트, 아니, 수민 씨랑 소담 씨도 함께 보면 더 좋고."

"나는 찬성!"

냉큼 좋다고 웃는 정우와는 달리 성재는 별다른 반응이 없었다.

"성재 형?"

뭔가 이상하다고 느꼈는지 정우가 굳어 있는 성재의 어깨너머로 그의 표정을 살폈다. 예전이었다면 인간인 척하려고 애쓰는 시하 녀석을 실컷 비웃었을 텐데, 예상 밖에 성재는 혼란스러운 표정을 짓고 있었다.

"……형?"

하! 정우의 두 번째 부름에 성재가 도리어 자신을 비웃었다. 이만큼이나 갈등했다면, 그것은 이미 자신이 시하의 생각에 동화되었다는 뜻이었다. 그의 시야에 언제 온 건지 현관문을 열어주기 위해 문고리를 손에 쥐고 있는 태주의 모습이 보였다.

성재는 그런 태주를 한참이나 바라봤다. 식물의 꿈이나 흡수해 겨우 목숨을 연명하는 하급 몽마. 주인 목숨 살리고 싶으면, 무모한 짓 못 하게 막으라던 제게 그 보잘것없는 녀석이 두 눈을 똑바로 보며 했던 말이 다시금 귓가에 맴돌았다.

'스위트 노트는 불행해져야만 몽마를 강하게 만들어주는 존재죠. 하지만 성재 님은 수민 님이 불행해지기를 바라지 않았어요. 그래서 그토록 오랫동안 사랑하지 않는 척 외면해 왔던 거 아닌가요?'

수민을 사랑하지 않는다고 생각했다. 그런 일, 가당치도 않다고 여겼다. 그렇기에 라희에게도 번번이 유현에 사랑받는 선 꿈도 꾸지 말라고 했었다.

'저는요. 시하 님이 질 거로 생각하지 않아요. 안나 님을 위해서 시하 님은 반드시 이 일을 해낼 거예요. 그러니까 어쩌면 이건 성재 님한테도 기회가 될 수 있어요.'

그런데 아니었나 보다. 사실은 저도, 사랑이 하고 싶었나 보다.

겉으론 털털해 보여도 한없이 사랑스러운 성격의 녀석에게…… 사랑한다는 소리가 듣고 싶어 번번이 협박조로 가출을 선언하는 그녀에게…… 실은 처음 만났을 때부터 눈길이 가고 마음이 갔던 아이에게…… 그렇게 그 누구보다 소중한 수민이에게……

'수민 님한테 사랑한다고 말할 수 있는 기회요.'

사랑한다고 말하고 싶었나 보다.

'시하 님을 도와주세요. 시하 님과 함께 싸워서, 그 기회를 잡으세요.'

귀찮은 척 퉁명하게 굴며 이곳에 찾아와 시하와 안나의 모습을 보고 나서야, 그는 자신의 마음을 인정할 수 있었다. 그리고 태주가 말한 그 기회를 잡고 싶어졌다.

"하하……. 하하하……."

성재는 그간 고집스럽게 버틴 세월이 허무해 싱겁게 웃었다. 그러곤 이제는 돌이킬 수 없는 자신의 선택을 시하에게도 전했다.

"내 힘이 필요하면 말해."

"뭐?"

"도와줄 테니까."

힘껏 싸우고 나면 수민이에게 당당하게 말할 수 있을지도 모르지. 사랑, 한다고.

"정말? 방금 한 말, 진심이야?"

그러나 이제껏 살아온 긴 세월을 단숨에 뒤집어엎을 결심을 했어도, 좋게 말하면 쿨하고 나쁘게 말하면 쌀쌀맞은 성격은 쉽게 바뀌지 않는 법이었다.

"속고만 살았어?"

"형 같으면 형이 그렇게 말하는데 믿어지겠어?"

"귀찮아 죽겠네, 진짜. 연락하라고. 도와준다고."

"진짜네. 진심으로 한 말이었어."

성재가 진심을 전했으니 됐다는 생각에 미련 없이 걸음을 옮겼다. 그러다 얼마 못 가 또 한 번 멈춰서더니, 어김없이 귀찮다는 투로 중얼거렸다.

"그러고 보니 밖에 기회가 필요한 놈이 하나 더 있던데."

"기회? 그게 무슨 소리야?"

"무슨 소리인지는 밖에 있는 놈 불러다 확인해보면 알 거고. 그럼 난 이만."

성재는 제 할 말만 하고 이내 다시 현관문을 향해 걸어갔다. 대기하고 있던 태주가 문을 열어주며 예의를 갖춰 허리를 숙였다. 꼭 동그란 머리통에다 고맙다고 써놓은 것처럼, 태주의 정수리를 보는 것만으로도 머쓱한 기분이 들었다. 성재는 결코 네 녀석 때문에 결심을 바꾼 게 아니라는 듯, 무심하게 태주의 어깨를 두드려주고 펜트하우스를 빠져나갔다.

정우까지 손을 흔들며 밖으로 나서자 펜트하우스 안의 모두가 넌지시 밖을 내다봤다. 아닌 척해도 성재가 말한 '기회가 필요한 놈'이 누구인지 내심

궁금했던 모양이다. 그렇게 모두가 현관 밖을 내다보고 있을 때였다.

챙그랑! 갑자기 식기가 바닥에 떨어지는 날카로운 소리가 울려 퍼졌다. 곧이어 의자가 덜컥거리며 뒤로 넘어가는 소리가 들려왔다.

무슨 일이지? 안나가 화들짝 놀라 뒤를 돌아보니 라희가 당혹감이 가득한 눈빛으로 현관문 쪽을 바라보고 있었다. 그녀의 얼굴은 괴로움으로 잔뜩 일그러져 있었고, 젖은 눈에선 금방이라도 눈물이 쏟아질 것 같았다. 라희를 부축하고 있는 해우 또한 사시나무처럼 몸을 떨어댔다.

문득 불안한 예감이 안나의 뇌리를 스치고 지나갔다. 안나가 무심결에 라희를 따라 시선을 옮기자, 그곳에 그녀가 방금 했던 불안한 상상과 맞아떨어지는 남자가 서 있었다. 하마터면 두 손에 들고 있던 선물을 바닥에 떨어트릴 뻔한 안나가 손가락에 사정없이 힘을 주며 버텼다.

펜트하우스 바깥에서 서성이고 있는 자는…… 다름 아닌 유현이었다.

*

때마침 위고와 함께 성유이가 찾아와 안나는 불편한 자리를 피할 수 있었다. 시하가 불안해하는 안나의 등을 떠밀며 하연, 은재와 함께 그들을 데리고 방으로 들어가도록 한 것이었다.

그러나 그토록 걱정하고 보고 싶었던 유이를 눈앞에 두고도 안나는 좀처럼 그녀에게 집중할 수가 없었다. 유현은 대체 무슨 연유로 이곳에 나타난 것일까? 내내 그 생각만 머릿속에 맴돌았다. 이유현, 그로 인해 깊은 상처를 입은 시하와 라희, 그리고 강해우 선생님까지 걱정이 돼서 견딜 수가 없었다.

그런 마음은 하연과 은재도 별반 다르지 않았다. 그렇게 방 안 가득 어수선한 분위기가 맴돌던 찰나였다. 위고가 문득 심각한 표정으로 말했다.

"유이가 안나 너한테 전할 말이 있대."

그때야 방 바깥의 동태를 살피느라 미처 보지 못한 유이의 표정이 안나의 눈에 들어왔다. 그녀는 어째서인지 잔뜩 불안해하며 떨고 있었다.

"유이 씨……? 왜 그래요? 무슨 일 있어요?"

안나가 걱정스러운 얼굴로 묻자 유이가 간신히 입술을 떼어냈다.

"판이……."

하지만 무엇이 그리 무서운지 그녀의 입은 금세 다시 다물어졌다. 안나는 유이가 용기를 낼 수 있도록 상냥하게 다독여주었다.

"괜찮으니까 말해봐요. 나한테 할 말이 뭐예요?"

겨우 마음을 먹은 유이가 천천히 말했다.

"판이 오늘 밤 날 죽이러 오겠대요."

"네? 그게 무슨 소리예요? 그가 언제 그런 말을 했는데요?"

"어제 꿈에 그가 나왔어요. 이번에는 어설프게 살아날 틈조차 남겨놓지 않겠다고 했어요."

말을 하다 말고 유이는 서러움에 눈물을 터뜨렸다. 그녀는 안나에게 매달리며 애원했다.

"나 죽기 싫어요. 진짜 죽고 싶지 않아요. 안나 씨, 제발 나 좀 살려줘요. 제발……!"

안나는 금방이라도 실신할 것 같은 유이를 끌어안아 달랬다. 그러곤 두려움이 가실 때까지 메마른 그녀의 등을 쓰다듬어주며 다부지게 속삭여주었다.

"걱정하지 마요, 유이 씨. 내가 무슨 일이 있어도 당신을 지켜줄게요."

안나의 스물다섯 번째 생일. 그녀의 태양 빛을 닮은 눈동자가 성유이가 전한 불길한 전조 앞에서도 더없이 결연하게 반짝였다.

*

시하는 안나를 방 안으로 들여보내고 문이 완전히 닫힌 것을 확인한 뒤에야 유현과 마주했다. 유현을 바라보는 그의 눈빛은 지독히도 서늘했다. 당장이라도 그의 멱살을 잡아 펜트하우스 바깥으로 끌어내고 싶어 하는 경멸의 눈빛이었다.

얼마 전 그가 먼저 유현을 찾아가 마주한 적이 있긴 했지만, 그때와 지금은 달랐다. 이곳엔 안나가 있었다. 더구나 오늘은 안나의 생일이었다. 유현은 오늘, 이곳에 나타날 자격이 없었다.

"형이 여길…… 왜 왔어?"

이를 악문 목소리에서 애써 억누른 분노가 고스란히 느껴졌다. 그러나 유현에게선 별다른 반응이 없었다. 마치 무언가에 홀린 것 같은 그의 시선은 펜트하우스에 들어온 뒤로 내내 어느 한 곳을 아스라이 향하고 있었다. 해우와 손을 꼭 잡고 있는 라희였다. 좀처럼 감정을 드러내는 일 없는 그의 눈동자는 미세하게 떨고 있었다. 그러길 한참.

"대체 무슨 낯으로 이곳에 나타난 거냐고 묻잖아!"

결국 시하의 언성이 높아진 후에야 유현은 라희에게서 시선을 거두고 앞을 바라봤다. 그는 테이블 위에 먹음직스럽게 차려진 요리가 차갑게 식어가는 걸 보곤 자신이 불청객임을 뼈저리게 상기했다. 그러곤 빠르게 주머니에서 뭔가를 꺼내 테이블 위에 내려놓았다.

"이게 뭐지?"

시하가 경계심 가득한 목소리로 묻자, 유현은 대답했다.

"내 피야. 필요하다고…… 들었는데."

시하의 표정이 더욱 싸늘하게 변했다.

"피? 이걸 갑자기 왜 넘기는 거야? 지난번에 부탁했을 땐 고민도 안 하고 거절했다고 들었어."

시하는 갑자기 변한 유현의 태도가 미심쩍은 듯, 그가 건넨 피를 노려보기만 할 뿐이었다. 이제까지 그가 했던 일들이 있는데, 의심 없이 덥석 받아드는 것이 더 이상했다. 유현은 느릿하게 마른세수를 하며 입을 열었다.

"최근에 수상한 소문을 하나 들었어."

"수상한 소문?"

"판이 혼혈 후계자들의 씨를 말리기 위해 그들이 소유한 스위트 노트들을 죽이고 있다는 소문."

"웃기지 마. 그런 소문, 난 듣지 못했어. 성재 형도 그런 말은 단 한마디도……!"

"시하 너. 성재도 요새 이쪽 세계에서 슬슬 배척당하는 분위기인 거, 알아? 그 녀석 그렇게 만든 건 바로 너야."

유현의 지적에 시하는 얌전히 입을 다물 수밖에 없었다. 판이 머무는 프랑스 에뚜알르 호텔에 정보원을 잠입시키고 싶어도, 목숨 걸고 자신의 정보원이 되어주려는 몽마는 단 한 명도 없었다. 그래서 그나마 인맥이 넓은 성재가 전해주는 소식에 어쩔 수 없이 의지해왔던 게 사실이었다.

그런데 이제는 그런 성재마저 저로 인해 몽마의 세계에서 배척당하고 있는 상황이라니. 시하는 참담한 심정에 이를 악물었다. 유현은 그런 그를 건조한 눈빛으로 응시하며 말을 이었다.

"뻔해. 그동안 판에 관한 정보를 알아내는 게 쉽지 않았을 거야. 하기야 누가 감히 널 도우려고 하겠어?"

유현의 말은 정확히 정곡을 찌르고 있었다. 그래서 시하는 그동안 더더욱 힘을 키우는 데 매달려왔다. 정보 같은 거 없어도 안나를 거뜬히 지켜낼 수 있도록. 하지만 그것만으로는 부족했던 걸까?

"확실한 정보통한테서 들은 거니까 신빙성 있어. 실제로 프랑스에서 스위트 노트의 돌연사가 올해 들어 빈번하게 발생하고 있다고 해. 꿈을 너무 많이 빼앗겨서라는 이유로 묻히고는 있지만, 그 수가 지나치게 많아. 그리고 갑자기 죽은 스위트 노트의 주인은 대부분 일전에 반란을 일으켰던 혼혈 몽마들이었다고 하더군."

프랑스는 판이 잉태되고 오랫동안 몽마들의 왕으로서 군림해온 요지였다. 그리고 판이 지배하는 긴긴 세월, 그가 뿌린 악마의 씨앗의 숫자가 다른 나라의 수백 배에 달하는 곳이기도 했다.

그만큼 그곳에 있는 혼혈 후계자의 수는 다른 나라보다 월등히 많았다. 덕분에 주기적으로 판에게 대항하는 혼혈 무리가 생겨났고, 피비린내가 진동하는 반란이 백 년에 한 번꼴로 일어났다. 가장 마지막으로 일어났던 반란이 진압된 것이 불과 몇십 년 전이었다. 그 끝에서도 꺼지지 않은 희망의 불씨야 남아 있겠지만, 그 불씨가 판을 위협할 만한 횃불이 되려면 또다시 백여 년의 시간이 필요할 터.

그러나 판은 이제껏 그 아등바등하는 희망의 불씨를 꺼트리려 한 적이 없었나. 그는 세 반쪽싸리 후손의 불행과 고통나서 별미로밖에 취급하시 않는 비정하고 잔인한 아버지였다.

하지만 그로서는 반쪽짜리들이 불행한 것은 마음에 드나, 그들이 힘을 키우는 것은 심히 못마땅할 수밖에 없었다. 최고의 만찬인 판의 신부가 나타난 까닭이었다. 혹여 주제도 모르는 반쪽짜리들이 판의 신부를 가로채려고 든다면, 그로선 그것만큼 골치 아픈 일도 없었다.

그런 이유로 오래전 마지막 판의 신부였던 강희수를 곁에 두는 동안 판은 수많은 혼혈 후계자들을 학살했다. 그리고 지금, 아무도 알아채지 못하게 베일에 감싸여 있던 안나의 존재가 드러나면서 다시 그때와 같은 피바람이 불기 시작한 것이다. 다만 안나가 각성을 하기 전이므로 아직까진 조심하고 있는 것뿐이었다. 제가 먼저 판의 신부가 존재한다는 사실을 드러내버리면, 궁지에 몰린 쥐새끼들이 발악을 해댈 게 뻔하기 때문이었다.

"프랑스 쪽에선 소문이 새어 나가는 걸 필사적으로 막고 있는 모양이야. 하지만 이미 프랑스와 미국에 있는 대부분 혼혈 왕족의 스위트 노트가 제거되었어. 몽마 수백이 스위트 노트를 잃은 이 일이, 불과 몇 주 전까지 벌어졌던 일이야."

유현이 말한 프랑스와 미국, 두 나라의 이름에 시하는 저도 모르게 동요했다. 그도 그럴 게 두 나라 모두 안나가 살았던 곳이었다. 그리고 지금, 안나는 이곳에 있었다. 대한민국 성운 호텔, 시하의 곁에.

"네가 자신과 싸우려 한다는 건 이미 알고 있고. 판은 아마도 이 땅에 존재하는 나머지 세 혼혈이 너와 결탁하진 않을까 신경이 곤두서 있을 거야. 무슨 수를 써서든 그걸 막으려 들 테고."

또한 판도 이곳에 있는 것이 분명했다. 오늘 밤 안나의 각성이 끝나는 대로 그녀를 데려가기 위해 혈안이 돼 있을 테니까.

"내 말 무슨 뜻인지 알아들어? 위험한 건 오안나뿐만이 아니라는 소리야. 아니, 위험하기로 따지면 오안나보다 나나 다른 형제들의 스위트 노트가 훨씬 더 위험해."

시하의 머릿속에 조금 전 자신을 도와주겠다고 약속한 성재와 정우의 얼굴이 떠올랐다. 유현의 말대로라면 지금 그들의 스위트 노트는 무척이나 위험한 상황이었다.

"당장 성재랑 정우한테도 알려서 스위트 노트들 데리고 이곳으로 피신하라고 해. 그나마 여기가 결계가 가장 많은 곳이니까. 그리고 가급적 빨리 내 피에서 추출한 꿈의 궤적도 보태서 결계 향수를 보완하는 게 좋을 거야. 아마도 내 피가 가장 효과적으로 판이 접근하는 걸 막아줄 테니까."

하지만 그간 유현이 해왔던 배신으로 인해 시하는 그의 말을 섣불리 믿을 수 없었다. 단순히 그를 한 번 더 믿고 말고의 문제가 아니었다. 안나, 라희, 그리고 성재와 정우의 소중한 그녀들까지 위험해질 수도 있는 문제였다. 유현이 테이블 위에 내려놓은 빨간 피를 물끄러미 바라보던 시하가 조심스럽지만, 더없이 날카롭게 물었다.

"형 말을 어떻게 믿지?"

"뭐?"

"그렇잖아. 갑자기 왜 날 도우려는 건데? 또다시 안나한테 어떻게든 접근해보려는 수작일지도 모르는데, 무턱대고 내가 이 피로 결계 향수를 만들

것 같아?"

"차시하. 내 말을 믿고 안 믿고는 네 선택에 달렸어. 하지만 내 말이 진실이라는 걸 넌 이미 알고 있잖아."

"그게 무슨 소리야? 내가 뭘 알고 있는데?"

"나는 너를 도우려는 것도, 오안나를 판에게서 지키려는 것도 아니야. 하물며 성재나 정우의 스위트 노트 따위는 내 알 바도 아니고."

유현의 눈길이 다시 한 번 라희를 향했다. 동시에 시하는 깨달았다. 유현이 지키고자 하는 게 무엇인지. 자신이 저지른 잘못 때문에 차마 눈앞에 두고도 이름조차 부를 수 없는 존재. 그는 라희를 지키기 위해 필사적으로 손에 넣은 정보와 자신의 피를 가시고 이곳에 찾아온 것이었다. 너무 늦어 라희의 마음 한 조각도 다시 제게로 가져올 수 없다는 걸 알면서도, 이럴 수밖에는 없었던 것이다.

차마 드러낼 수도, 무시해버릴 수도 없는 감정. 그 진심을 읽어낸 시하가 천천히 손을 뻗어 유현의 피를 집어 들었다. 그의 말대로라면 더 이상 시간이 없었다. 판이 안나가 각성을 하기 전 다른 스위트 노트들을 제거하려 든다면, 1분 1초라도 더 빨리 결계 향수를 보완해서 호텔 곳곳에 뿌려야만 했다.

"태주야, 지금 당장 성재 형이랑 정우한테 다시 연락해서 수민 씨랑 소담 씨 데리고 이곳으로 오라고 해. 오늘 밤은 여기서 머물러야 할 것 같으니까 필요한 게 있으면 챙겨오라고 전하고."

"알겠습니다, 시하 님."

신속하게 태주에게 지시를 전한 시하는 곧바로 라희에게도 당부했다.

"그리고 라희 너도 오늘은 강 선생님이랑 어디 가지 말고 여기 있어."

"알았어. 내 걱정은 하지 마. 곁에 해우 씨도 있으니까."

"네, 제가 라희 씨 곁에서 한시도 떨어지지 않고 지키겠습니다. 저만 믿으세요. 저도 그동안 열심히 힘을 단련해왔으니까요."

해우가 유현의 레플리카에 중독되었다가 극복한 방법 역시도 인간의 불행한 꿈이 아닌 행복하고 소중한 꿈을 흡수하는 것이었다. 덕분에 그는 더 이상 괴로운 금단 증상에 시달리지도 않았고, 라희의 꿈을 흡수하는 동안 끔찍한 죄책감을 느끼지 않아도 되었다. 동시에 그는 라희와 교감을 나누고, 서로를 소중히 아끼는 그 마음을 버팀목 삼아 몽마로서의 후천적인 능력을 키워왔다.

그래서 더욱 그의 말에 믿음이 갔다. 시하는 절 믿으라는 해우를 신뢰가 가득 넘치는 눈으로 마주 보곤 자리에서 일어섰다. 당장 하연에게 유현의 피를 건네서 결계 향수를 보완하는 작업을 진행할 계획이었다. 그때, 유현이 의미심장한 목소리로 그의 걸음을 붙들었다.

"그리고 한 가지 더, 너한테 알려줄 게 있는데……."

그는 안나가 들어간 방을 바라보며 시하에게만 들릴 목소리로 작게 속삭였다. 그로부터 얼마 후, 그는 자신이 알고 있는 판에 관한 중요한 정보를 아낌없이 넘겨주고 돌아갔다.

펜트하우스를 나서기 직전, 그는 마지막으로 한 번 더 라희를 눈에 담았다. 눈빛에 수많은 말들을 담아놓고도 무엇 하나 입에 담지 않은 그에게 라희 역시 아무 말도 해줄 수 없었다. 한참을 시선을 마주하다 유현은 돌아섰다. 그렇게 라희의 시야에서 그의 뒷모습이 점점 더 멀어져갔다.

*

유현의 등장으로 잠시 소란스러웠던 펜트하우스는 이후 한동안 분주했다. 유현에게서 건네받은 정보를 가지고 판에 대비하는 작업이 한창 진행된 까닭이었다. 결전을 앞두고 모두가 필사적이었다.

그렇게 하연과 은재가 유현의 피를 보태 결계 향수 보완에 성공했을 무렵, 성재와 정우가 자신의 스위트 노트를 데리고 펜트하우스에 찾아왔다.

하연은 곧장 네 명의 스위트 노트와 성유이가 머무를 곳에 결계 향수를 뿌리고, 호텔 주변의 결계를 더욱 강화했다. 또한 혹시 모르니 시하의 형제들과 해우에게 오늘 밤 어코드를 해두는 편이 좋을 거라고 조언했다. 그녀의 조언대로 모두는 각자의 스위트 노트들과 함께 시하가 마련해준 룸으로 향했다.

이제 마지막으로 결계를 보완할 곳이 바로 시하와 안나가 머무는 이 펜트하우스였다. 두 사람은 펜트하우스에 결계를 치는 데 마지막 남은 향의 능력을 아낌없이 쏟아부었다.

그렇게 하연의 마지막 능력이 펜트하우스 주변에 보이지 않는 벽을 완성했을 때. 쌋- 하는 소리와 함께 보랏빛 연기가 사방으로 흩어졌다. 곧 하연이 비틀거리며 쓰러졌다. 모든 기력을 소진하고 허물어지는 하연을 은재가 받아 안았다.

잠시 후, 천천히 눈을 뜬 그녀의 눈동자는 본래의 보랏빛을 잃어버리고 까맣게 변해 있었다. 그녀의 능력이 완전히 소멸됐다는 신호였다. 본래 향의 마녀는 자신이 가진 능력치를 전부 써버리면 향의 능력을 잃고, 불멸의 생을 끝낼 수 있었다. 이것으로 하연의 능력은 다했다.

그녀의 입가에 온화한 미소가 맴돌았다. 이 순간은 불멸의 삶을 사는 동안, 소중했던 두 친구와 사랑하는 남편을 먼저 떠나보내며 늘 그녀가 염원해오던 순간이었다.

그러나 안나는 저를 지켜주려다 하연이 능력을 잃었다는 사실을 좀처럼 받아들이기 힘들었다. 어느새 눈물이 그렁그렁해진 안나를 향해 가까이 다가오라 손짓한 하연이 그녀의 귓가에 상냥하게 속삭였다.

“울지 마, 안나야. 나는 지금 너무 행복하니까.”

나는 이제 언젠가 승혜와 희수, 그리고 남편의 곁으로 갈 수 있게 된 거야. 그때까지 아들 은재와 함께 남부럽지 않게 행복하게 살아갈 수 있게 된 거고. 말하지 않아도 전해지는 하연의 속내에 은재가 부드럽게 이마를 맞대며 화답했다.

"그래요, 어머니. 그동안 고생 많으셨어요. 이제 저랑 함께 평범하게 늙어
가요. 제가 많이 효도할게요."

지켜보는 안나의 눈에도 조금 전과는 또 다른 의미로 뜨거운 눈물이 고
였다. 하연과 은재의 앞날에 이제는 행복만이 기다리고 있기를. 두 사람을
꼭 끌어안으며 고마움을 표현한 안나가 성유이가 잠들어 있는 방을 눈짓으
로 가리키며 입을 열었다.

"마지막으로 두 분께 부탁할 게 있어요."

"응. 뭐든지 부탁해, 안나야."

은재의 망설임 없는 대답에 안나는 안심하고 부탁을 전했다.

"다들 알고 있다시피 오늘 밤 판이 노리는 건 저뿐만이 아니에요. 그릇된
자존심이 강한 악마니, 성유이 씨의 숨통을 제대로 끊어놓으려고 반드시 다
시 찾아올 거예요. 혹 제가 각성 중일 때 판이 그녀를 노린다면, 저는 괜찮으
니까 성유이 씨를 꼭 좀 지켜주세요."

안나의 부탁에 하연과 은재가 곤란한 낯빛을 띠었다. 성유이를 구하는 것
도 물론 중요했지만, 그보다 더 중요한 것은 판이 안나를 데려가지 못하게
지키는 일이었다. 혹 성유이를 구하는 사이에 판이 손을 써서 안나를 납치
하기라도 하면 큰 낭패였다. 모두가 무엇을 가장 불안해하는지 잘 알기에
안나는 그들을 향해 더없이 씩씩하게 말했다.

"제 걱정은 하지 마세요. 저, 이제 제법 강해졌으니까."

그러곤 손에 들고 있던 검은색 향수를 제 몸에 분사시켰다.

"안나야!"

하연과 은재가 동시에 사색이 되어서 소리쳤다. 안나가 방금 자신에게 뿌
린 향수가 다름 아닌 판의 레플리카였기 때문이다.

"윽!"

한꺼번에 많은 양을 분사했기 때문에 안나에게서 곧바로 신체적 반응이

나타났다. 그녀의 하얀 피부 위로 금세 메마른 나뭇가지 같은 시커먼 핏줄이 돋아나고, 그윽하고 부드러운 빛깔의 눈동자는 한순간 탁하게 흐려졌다.

"으아아악!"

안나의 고통에 찬 비명을 듣는 순간, 은재의 머릿속엔 절로 오래전 이 향수를 뿌리고 하룻밤을 꼬박 악마가 선사하는 고통 속에서 치열한 사투를 벌였던 기억이 떠올랐다. 그가 사시나무처럼 떨며 안나의 각성에 대비하기 위해 챙겨온 테라피 향수를 막 꺼냈을 때였다. 돌연 안나가 그의 손을 붙잡았다.

"자, 잠시만 기다려주세요. 금방 괜찮아질…… 거예요."

하연도, 은재도 안나의 말이 이해가 되지 않았다. 판의 레플리카를 뿌렸는데 어떻게 이토록 짧은 시간 안에 회복이 가능하단 말인가. 당상 테라피 향수를 써도 어느 정도로 몸 상태를 회복시킬 수 있을지 알 수 없었다.

하지만 그 순간, 그런 두 사람의 생각을 비웃기라도 하듯 정말로 안나의 몸에서 판의 레플리카가 희미해지기 시작했다. 울룩불룩하던 검은 핏줄이 서서히 가라앉고, 금방이라도 새까만 먹물 같은 눈물을 흘릴 듯했던 눈동자가 점차 본래의 태양 빛을 되찾아갔다.

그렇게 겨우 5분. 5분 만에 안나는 레플리카를 뿌리기 전의 상태를 회복했다. 그녀의 몸에서 빠져나온 레플리카는 다시 거짓말처럼 얌전히 향수 용기에 담겨 있었다.

"맙소사. 이게 도대체 어떻게 된 일이야? 은재야, 나 지금 꿈 꾸는 거 아니지?"

하연이 힘이 하나도 없어 축 늘어진 상태에서 눈만 간신히 깜빡이며 묻자, 은재도 자신의 볼을 꼬집으며 대답했다.

"꿈 아니에요. 저도 분명히 두 눈으로 똑똑히 봤어요."

마치 귀신이라도 본 것처럼 크게 벌린 입을 다물지 못하는 두 사람을 향해 안나가 배시시 웃으며 말했다.

"사실 저, 그동안 판의 레플리카 다루는 법 무지 열심히 연습했거든요. 내

몸은 내 스스로 지키고 싶어서. 더는 모두한테 도움만 받고 싶지 않아서요. 엄마가 남겨준 책에 자세히 설명돼 있어서 생각보다 금방 터득했어요."

안나의 부연 설명에도 하연은 믿을 수가 없었다. 이런 대단한 능력을 가진 마녀는 단 한 번도 본 적이 없었다.

"아무리 그래도 우리가 안나 너한테 그 책 돌려준 게 겨우 일주일 전이야. 그런데 벌써 그 정도로 레플리카를 다룰 수 있게 되다니……."

심지어 그녀는 아직 각성 전이었다. 곁에서 오랫동안 희수의 특별한 능력을 봐왔지만, 그녀의 딸 안나의 능력은 대체 어디까지인지 감도 잡히지 않았다.

"눈으로 보셨으니까 이제 안심이 되죠? 그러니까 제 걱정은 마시고, 성유이 씨한테 무슨 일이 생기거든 곧바로 그녀부터 구해주세요. 그리고……."

안나는 자신의 능력이 얼마나 대단하든지 간에 그건 중요한 게 아니라는 듯, 입술 가운데에 검지를 가져다대며 신신당부를 했다.

"제가 판의 레플리카 다루는 거 연습한 거는 시하 씨한텐 절대 비밀이에요. 몸 상하게 하는 일은 절대로 안 하겠다고 약속했거든요."

바로 그때였다. 두 눈이 휘둥그레진 하연과 은재의 시선이 돌연 안나의 어깨너머를 약속이나 한 듯 바라봤다.

"두 분, 왜 그러세요……?"

안나가 떨리는 목소리로 물어도 두 사람은 말없이 그녀의 뒤만 가리킬 뿐이었다. 안나는 불길한 예감에도 어쩔 수 없이 뒤를 돌아봐야만 했다.

아니나 다를까. 그곳엔 하연과 은재가 친 결계가 완벽한지를 확인하러 나갔다 방금 막 차원 이동을 한 시하가 화가 난 얼굴로 그녀를 내려다보고 서 있었다.

＊

시하는 곧장 안나를 자신의 방으로 데려갔다.

"시, 시하 씨……."

최대한 애처롭게 그를 불러보지만, 그의 눈빛만 봐도 너무 늦었다는 걸 본능적으로 알 수 있었다.

"안나 너, 아까 판의 레플리카 몇 분이나 사용했어?"

"그, 그건 왜요?"

"조금이라도 덜 혼나고 싶으면 빨리 답하는 게 좋을 거야."

시하의 으름장에 안나가 냉큼 대답했다.

"5, 5분이요!"

"5분이라. 그럼 혈관에 침투하기 직전까지 아슬아슬하게 사용했다는 거네."

그가 안나를 결박했던 손을 풀어 턱을 매만지며 생각에 잠겼다. 안나는 지금이 마지막 기회라고 생각하며 구구절절 변명에 나섰다.

"맞아요. 그 말은 바꿔 말해서 레플리카가 혈관에 침투하지 않았다는 뜻이죠. 즉, 나는 이제 판의 힘에 완전히 잠식당하지 않을 만큼 레플리카 제어가 가능하다는 뜻이고요. 봐요, 나 멀쩡한 거."

이 정도로 어필을 하면 시하도 모두를 안심시키고픈 제 간절한 마음을 이해하고, 그동안 판의 레플리카를 연습하면서 몇 번 마주했던 위험한 고비의 순간을 그냥 넘어가줄 거라고 생각했다. 하지만 그건 그를 너무나 얕잡아 본 생각이었다.

"정말로 멀쩡한지 아닌지는 이제부터 내가 직접 판단해."

"네?"

그 순간, 시하가 예고도 없이 안나가 입고 있는 옷의 어깨를 끌어내렸다. 적나라하게 드러난 살결에 레플리카의 흔적이 멍 자국처럼 남아 있는 것이 보였다. 시하의 표정이 단번에 찌푸려졌다. 시작할 때만 해도 조금은 장난기가 섞여 있던 얼굴이 속상함으로 처참하게 일그러졌다.

안나는 직접 보지 않아도 그가 무엇을 본 건지 알 수 있었다. 가슴에 난

멍 자국은 아무것도 아니었다. 보이지 않는 곳 여기저기에 칼에 베인 듯한 상처며, 불에 지진 듯한 상처, 온갖 상처들이 새겨져 있었다. 전부 초반에 판의 힘을 제대로 다루지 못해 생긴 상처였다.

상처가 하나둘 늘어갈 때마다 절대 다치지 말라던 시하의 목소리가 떠올라 너무나 괴로웠다. 그를 위해서라도 상처를 입었을 때 곧바로 멈춰야 했지만, 판에게 붙잡힐 상황을 대비해놓지 않으면 모두를 안심시킬 수 없기에 도저히 연습을 그만둘 수가 없었다. 아이러니하게도 자신을 지키기 위해서 스스로 상처를 내야만 했다. 그토록 필사적으로 연습한 끝에 더는 그 어떤 상처도 입지 않게 되었다. 하지만 그것이 시하의 마음을 얼마나 달래줄 수 있을지 알 수 없었다.

"거짓말한 거 미안해요. 근데 나 정말 괜찮아요. 이제 레플리카 다루는 것도 능숙해졌고, 더 이상 이렇게 다치는 일도 없으니까……."

안나는 혹 시하에게 나머지 상처들까지 들킬까 안절부절못했다. 그때, 돌연 시하가 고개를 기울여 안나의 가슴 위로 입술을 내렸다.

"……훗!"

갑작스러운 자극에 안나의 허리가 둥글게 휘었다. 시하는 한 손으로 안나의 허리 아래를 단단히 받쳐 안고, 입술을 더욱 집요하게 묻었다. 뜨거운 입술이 하얀 피부 위를 지분거리자 시커멓던 멍 자국이 거짓말처럼 사라져갔다. 어코드로 주인의 각인을 새겼기 때문에 그는 안나의 몸에 새겨진 다른 몽마의 흔적을 지울 수 있었다. 이윽고 가슴에 새겨진 시커먼 자국이 흔적도 없이 사라지자, 시하는 그 자리를 이로 잘근잘근 깨물었다.

"으읏."

고통과 쾌락의 중간쯤에서 튀어나온 단말마의 신음이 방 안에 스며들었다. 시하는 자신이 새긴 표식이 안나의 하얀 피부 위에 꽃물처럼 붉게 물들어 있는 것을 보고 나서야 다시 고개를 들었다. 그러곤 다소 조급한 목소리로 물었다.

"······몇 개야?"

주어 없는 질문에 안나가 고개를 갸웃하며 되물었다.

"뭐, 뭐가요?"

"이런 상처, 몇 개나 더 있냐고."

시하가 다시 구체적으로 질문하자, 안나의 두 눈이 휘둥그레졌다.

"설마 다른 상처들도 다 이런 식으로 없애려고요?"

"어. 그러니까 얼른 말해."

불현듯 좀 더 깊은 상처가 새겨져 있는, 도저히 말할 수 없이 은밀한 곳이 떠올라 안나의 얼굴이 붉게 달아올랐다. 그녀가 용수철처럼 튀어 올라 시하의 팔을 붙잡고 고개를 저었다.

"괘, 괜찮아요! 조금 시간 지나면 다 자연스럽게 아물 거예요!"

하지만 그녀의 변명은 이번에도 시하에게 통하지 않았다.

"그때까지 내가 못 기다려."

그는 제 입술에 묻은 레플리카의 흔적을 거칠게 닦아내며 으르렁거리듯 말했다.

"내 여자 몸에 다른 새끼 흔적 묻어 있는 거 1분 1초도 못 견딘다고."

그러곤 다시 거침없이 고개를 숙였다.

"내가 다 없애버릴 거야."

안나가 입고 있던 옷이 완전히 벗겨져 침대 아래로 굴러떨어졌다.

"오로지 내 흔적으로만 가득 채워줄 거야."

그렇게 상처를 치료하는 건지, 연인을 안는 건지 종잡을 수 없는 밤의 문은 활짝 열리고 말았다.

*

다행히 열렬했던 밤의 문은 평소보다 조금 이르게 닫혔다. 안나가 각성을 앞두고 있었고, 동시에 판이 찾아올 거라고 예견된 시각 역시 성큼성큼 다가오고 있기 때문이었다.

불길한 전조처럼 창밖에서 잔잔하게 불던 바람이 일순 거칠어졌다. 나풀거리는 커튼 자락을 바라보던 시하가 이불을 끌어올려 안나의 벗은 몸을 덮어주었다. 안나의 하얀 피부 곳곳에 예쁘게 핀 붉은 꽃을 보지 못하는 건 아쉬웠지만, 그에겐 그녀가 따뜻한 게 더 중요했다. 시하는 이불을 덮어준 거로도 모자라 안나를 품에 꼭 끌어안고 더없이 달콤하게 속삭였다.

"생일 축하해, 내 여자."

그 다정한 속삭임에 잠든 줄만 알았던 안나가 이불 속에서 팔베개를 해주고 있던 시하의 단단한 팔을 살짝 깨물며 타박했다.

"이제 와서 그렇게 다정하게 말해도 소용없거든요? 방금 전까지 그렇게 사납게 굴어놓고."

잔뜩 삐쳤는지 입술을 쭉 내밀고 있는 안나에게 짧게 도둑 키스를 하며 시하도 지지 않고 대꾸했다.

"그러게 누가 혼날 짓 하래? 또 나한테 거짓말하다가 들키기만 해봐, 아주."

"내가 잘못한 건 맞지만, 그래도 그럴 수밖에 없었던 내 마음도 좀 알아줘요. 이게 나를 지키는 방법이었다고요."

"알아. 아니까 이 정도로 넘어갔지."

"봐준 게 이 정도였어요?"

"안 봐주면 어느 정도인지 지금 당장 확인시켜줄 수도 있어."

"사양할게요. 지금도 너무 피곤하거든요."

시하는 새침하게 손끝으로 가슴을 밀어내는 안나를 더 꽉 끌어안았다. 안나도 반항하지 않고 얌전히 그의 따뜻한 품으로 파고들었다.

"생일 선물은 오늘 밤이 무사히 지나가고 나면 줄게."

"어? 이거 받았는데 뭘 또 준비했어요?"

안나가 이불 속에서 꼼지락거리며 반지를 낀 손을 빼내 보이자, 시하가 약지 위로 입을 맞추며 말했다.

"당연하지. 네가 스물한 살 때, 스물두 살 때, 셋, 넷, 다섯, 못 챙겨줬던 선물까지 다 챙겨줄 거야. 그러니까 안나야. 오늘 밤, 무슨 일이 있어도 꼭 무사해야 해."

그와 멀리 떨어져서 보낸 생일이 무려 다섯 번. 안나는 새삼스럽게 그와 함께하지 못했던 시간이 그렇게나 길었다는 것이 실감이 났다. 찡해진 코끝을 들키고 싶지 않아 그녀는 두 팔을 쭉 뻗어 시하의 목을 끌어안았다.

그의 어깨너머로 협탁 위에 놓인 물건이 보였다. 성유준의 지갑에서 발견한 바로 그 까만 송이였다.

시하와 안나는 다친 성유이를 데리고 돌아오자마자 하연에게 복원을 부탁했다. 하연은 복원 향수가 가득 담겨 있는 유리병에 종이를 담아 다시 안나에게 건네주었다. 이 상태로 하루 정도 두면 판의 힘이 빠져나가고 종이가 본래의 색과 형태로 되돌아갈 거라고 했다. 서서히 귀퉁이가 본래의 색으로 변하고 있는 종이를 바라보며 안나는 시하를 더욱 꽉 껴안은 채 다짐하듯 중얼거렸다.

"걱정 마요. 오늘 밤은 무사히 지나갈 거예요. 그러고 나면 난 당신이 준비한 다섯 개나 되는 선물을 받고 더없이 기뻐하겠죠. 이번에는 진짜로 맹세할게요. 우리에게 더 이상 슬픈 일은 일어나지 않을 거예요."

안나의 말에 그간의 고통스러웠던 시간들이 주마등처럼 시하의 머릿속을 스쳐 지나갔다. 저를 만난 후로 몽마와 스위트 노트의 불행한 관계로도 모자라 판의 신부라는 끔찍한 운명까지 겪어야 했던 안나. 차라리 절 만나지 않았더라면 그녀가 행복했을까? 한때는 그런 사무치는 후회로 아까운 시간을 허비한 적도 있었다.

하지만 더는 아니었다. 안나는 그런 어리석은 자신의 곁으로 돌아와 먼저 손을 잡아주었다. 그리고 다시 행복해질 거라는 귀한 희망을 안겨주었다.

이토록 소중한 그녀를 두 번 다시 잃을 수는 없었다. 시하는 안나의 이마에 입술을 누르며 마찬가지로 맹세했다.

"그래. 네 말 믿어. 우린 이제 정말 행복해질 거야."

비록 평범한 인간들처럼 자연스럽게 늙어가지는 못할 테지만……. 그래도 평생을 안나 너만 사랑하며, 이 감정을 소중하게 여기며 살아갈게.

"사랑해, 안나야."

"사랑해요, 시하 씨."

둘이 뜨거운 진심을 담아 서로에게 사랑을 고백한 바로 그 순간이었다.

"윽!"

안나가 갑자기 고통에 찬 신음을 토해냈다.

"안나야!"

깜짝 놀란 시하가 얼른 몸을 떼어내고 안나의 상태를 살피려 했지만, 그녀는 이미 무슨 일이 일어났는지 깨달은 사람처럼 더 꽉 그를 끌어안을 뿐이었다.

"시하 씨, 이대로 나 좀 꽉 끌어안아줘요. 내가 무너지지 않게, 내가 잘 이겨낼 수 있게 힘을 줘요."

그녀의 목소리가 위태롭게 떨렸다. 불길한 예감에 시하 역시 파르르 떨리는 목소리로 물었다.

"안나야……? 대체 무슨 일이 일어난 거야?"

안나가 고통을 참느라 잔뜩 갈라진 목소리로 대답했다.

"두 번째 각성이…… 시작됐어요."

그때야 시하의 눈에 안나의 헐벗은 등에서 일어나고 있는 변화가 보였다. 그녀의 하얀 피부 위로 칠흑 같은 어둠조차 집어삼킨 금빛 핏줄이 울룩불룩 솟아오르고 있었다. 금빛의 파동은 점점 더 안나의 여린 살갗을 뚫고 나올 것처럼 거세어졌다.

"아아악!"

고통을 견디지 못한 안나의 입에서 끔찍한 비명이 터져 나왔다. 시하는 황급히 안나의 몸을 힘껏 부둥켜안았다. 그리고 금빛 핏줄이 쉼 없이 부풀었다 가라앉는 그녀의 몸을 샅샅이 어루만지며 목이 쉬어라 속삭이고 또 속삭였다.

　　"괜찮아! 괜찮아, 안나야! 내가 네 옆에 있어. 금방 다 지나갈 거야. 그러니 조금만 참아. 조금만……."

　　안나의 각성과 동시에, 호텔 곳곳에 쳐놓은 결계가 기괴하게 꿈틀거리기 시작했다. 언제 어떤 일이 벌어질지 아무도 예측하지 못했다. 한 지 앞노 내다볼 수 없는, 불길한 밤이 시작되고 있었다.

22장. 어둠 속에서 핀 꽃

밤은 고요한 가면을 벗어던졌다. 사납고 흉포한 진짜 얼굴을 드러낸 밤. 다디단 꿈에 빠져든 인간들 모르게 성운 호텔의 곳곳에서는 치열한 사투가 벌어지고 있었다. 판이 보내온 몽마들이 시하와 안나가 있는 펜트하우스는 물론 라희와 해우, 성재와 정우의 스위트 노트가 머물고 있는 룸까지 일제히 공격을 가한 것이다.

판의 힘을 뒤집어쓴 몽마들은 시간이 조금 걸렸지만, 결국 결계를 뚫었다. 그나마 혼혈 왕족으로서 뛰어난 능력을 가진 성재는 혼자서도 침입한 몽마들을 상대하는 게 가능했다. 하지만 자신이 몽마라는 사실을 깨달은 지 얼마 되지 않은 정우와 아무리 부단한 노력을 했더라도 태생이 인간이었던 해우는 혼자서 몽마들을 상대하기엔 역부족이었다.

결국 하연과 은재가 다시 결계 향수를 가지고 위험에 처한 그들을 도우러 가야만 했다. 덕분에 펜트하우스에는 각성을 시작한 안나와 그 곁을 지키는 시하. 그리고 공포에 떨다 잠이 든 성유이와 그녀의 엄호를 맡은 태주. 이렇게 넷만이 남아 있었다.

그런데 그때, 돌연 펜트하우스의 고요한 허공에 검고 커다란 발자국이 새

442

겨졌다. 저벅저벅, 발소리는 숨통을 조여 오듯 느릿하게 들려오다, 한순간 미친 듯이 빨라졌다. 그리고 그 순간……!

"꺄아아아악!"

여자의 날카로운 비명이 밤을 찢듯이 울려 퍼졌다. 그러나 그건 각성의 고통에 몸부림치는 안나의 것이 아니었다.

"끄윽……! 으으윽!"

애써 고통을 억누르는 안나의 비명과는 전혀 달랐다. 시하는 안나를 끌어안은 채, 굳게 닫힌 문 너머로 유이가 있는 곳을 바라봤다. 태수를 그녀의 곁에 두었지만, 애초에 몽마의 왕인 판을 상대하기에 하급 몽마는 턱없이 힘이 부족한 존재였다. 이대로 두면 태수의 목숨마저 위험한 상황.

여전히 안나는 땀에 젖어 숨을 헐떡이며 거듭되는 각성 반응에 고통스러워하고 있었다. 그런 그녀를 혼자 남겨두고 시하가 이곳을 떠날 수 있을 리 없었다. 하지만 유이가 위험에 처했다는 걸 본능적으로 안 것인지, 안나는 어서 가라는 듯 시하가 붙잡은 손을 자꾸만 밀어냈다.

'제 걱정은 마시고, 성유이 씨한테 무슨 일이 생기거든 곧바로 그녀부터 구해주세요.'

문득 그녀가 하연과 은재에게 간절히 했던 부탁이 머릿속에 떠올랐다. 만약 성유이가 잘못되기라도 하면 안나는 커다란 죄책감을 짊어지고 살아가게 될 것이다. 성유이를 지키고 있는 태주의 안위도 걱정되었다.

"약속했잖아요. 그러니까…… 으윽! 어서……! 어서 가봐요!"

안나의 재촉에 시하는 그녀와 나눈 맹세를 떠올렸다.

'약속해요. ……절대 다치지 않을게요.'

"이번엔 약속 꼭 지켜야 해."

"응. 꼭."

간신히 제 말에 대답하는 안나에게 짙게 입을 맞춘 후, 시하는 그녀를 안고 있던 손을 천천히 풀었다. 그러곤 괴로움에 잔뜩 웅크리고 누워 있는 안나의 심장 부근에 자신의 푸른 힘을 일부 넘겨주었다. 잠시 후 제 힘이 안나에게 오롯이 스며든 걸 확인한 그가 이윽고 방문을 열어젖혔다. 그렇게 안나 혼자 남겨진 방 안.

"하아, 하아……."

각성이 서서히 마무리 단계에 접어들어 고통에 찬 신음 대신 탁한 호흡 소리만 들려오는 공간에 문득 낯선 변화가 일어났다. 창밖의 달빛이 새어 들어오던 자리가 돌연 깜깜한 암흑으로 뒤덮였다. 마치 성유준의 사체가 놓여 있던 방처럼, 바깥의 빛은 이 방 안으로 전혀 들어오지 못했다. 질식할 정도로 끔찍하고 역겨운 냄새를 풍기는 어둠은 이내 방 안의 빛을 모두 집어삼켰다. 이곳에서 유일하게 빛을 뿜어낼 수 있는 건 안나를 둘러싼 금빛 연기뿐이었다.

그 순간, 돌연 협탁 위에 올려둔 종이에서 심상치 않은 조짐이 발견됐다. 빠져나온 판의 힘이 유리병 바닥에 고여 있었고, 복원이 끝난 종이 위로는 서서히 글씨가 새겨지고 있었다.

그 신호를 감지한 안나가 잔뜩 탈진한 상태에서도 필사적으로 고개를 돌려 종이를 주시했다. 어둠에 파묻혀 있던 글씨는 이내 각성을 끝낸 안나가 발하는 금빛으로 인해 선명하게 드러나기 시작했다.

[유준 오빠에게.]

그렇게 시작되는 걸로 보아 아무래도 이 종이는 성유이가 성유준에게 쓴 편지 같았다. 앞면에는 얼핏 성유준과 성유이가 함께 찍은 사진이 보였다. 안나는 힘겹게 몸을 일으켜 한 줄 한 줄 드러나기 시작한 성유이의 편지를 읽어 내려갔다.

[미안해, 오빠.

나는 이제 판, 그자에게서 벗어날 수 없어.

그와 계약을 해버렸거든.

그의 말이라면 난 무조건 복종할 수밖에 없어.

오빠가 날 구하기 위해 애썼다는 거 알아.

하지만 무슨 짓을 해도 소용없을 거야.

내가 그자와 한 계약을 깰 수 있는 유일한 방법은……]

거기까지 읽고 난 뒤 안나는 다음 글씨가 떠오르길 기다렸다. 이윽고 마지막 문장이 종이 위에 쓰였을 때. 안나의 두 눈은 경악으로 물들었다.

[오안나. 진짜 판의 신부인 그녀를 판에게 바치는 것뿐이야.]

바로 그 순간, 휘이익! 방을 뒤덮은 어둠이 한순간 안나를 향해 달려들었다.

*

시하는 단숨에 성유이가 있는 방에 도착했다. 그런데 방에 들어서자마자 기이한 감각이 온몸을 휘감아왔다. 방 안의 공기는 지독하게 서늘하고 건조했다. 게다가 빛이라곤 단 한 줌도 존재하지 않았다. 시하가 들어온 문도 어느새 어둠에 잡아먹혀 사라진 상태였다.

시하는 황급히 자신의 힘을 방출시켜 어둠을 밝히고 방 안을 살폈다. 그러나 그의 푸른 시선이 닿는 곳 어디에도 성유이는 없었다. 바로 그 순간, 문득 아래를 본 시하의 동공이 팽창되었다. 태주가 바닥에 쓰러져 있었다.

"태주야!"

시하가 달려가 다급히 태주의 상태를 살폈다. 다행히 크게 다친 곳은 없어 보였다. 아마도 누군가가 뒤에서 덮쳐 향수를 써서 기절시킨 것 같았다. 찰나에 피가 얼음처럼 차갑게 식었던 그가 나지막이 안도의 한숨을 내쉬었다.

그때, 별안간 욕실 쪽에서 기묘한 소리가 들려왔다. 처음 성유이를 찾으러 갔을 때도 욕실에서 그녀를 발견했었기에 시하는 본능적으로 그곳을 향해 걸음을 옮겼다.

벌컥! 욕실 문을 열자 성유이의 모습이 보였다. 그녀는 마른 수건으로 욕실의 물기를 꼼꼼히 닦아내고 있었다. 자세히 보니 변기 안도 물을 모조리 빼내고 시멘트를 부어 완벽히 막아놓은 상태였다.

시하는 조금 전 방에 들어서자마자 느꼈던 불편한 감각의 원인이 무엇인지 비로소 알 수 있었다. 고개를 돌려 다시 방 안을 살핀 시하는 이곳에 물이 담겨 있을 만한 물건이 하나도 없다는 사실을 알아차렸다.

심지어 방 안에 혹시 모르게 남아 있을 물기조차 용납할 수 없다는 듯, 에어컨이 최저 온도로 가동되고 있었다. 건조 향수를 뿌려놓았는지 입 안마저 바짝 메말라갔다.

사태 파악을 끝낸 시하의 푸른 눈동자가 충격과 분노로 이글거렸다. 그의 시선이 다시금 욕조 안에서 무릎을 꿇은 채 물기를 닦아내는 데 열중하고 있는 성유이에게 향했다. 시하는 분노를 꾹 억누른 참담한 목소리로 그녀를 불렀다.

"성유이……."

유이는 그때야 시하의 존재를 알아차린 듯 천천히 고개를 들어 올렸다. 진득한 어둠 속에서 둘의 시선이 맞물렸다. 잠시 탐색하듯 시하를 올려다보던 그녀는 이내 다시 고개를 숙이고 욕조 바닥을 손끝으로 쓸며 말했다.

"잘 왔어요. 이제 여기만 닦으면 끝이에요."

"끝?"

손끝에 묻어난 물기를 마찰열로 말끔히 없앤 유이가 시하와 눈을 맞추며 말했다.

"네, 끝."

그녀의 표정은 마치 악마에 영혼이라도 팔아넘긴 인간이 짓는 것처럼 기괴하고 소름 끼쳤다. 시하는 그 모습을 바라보며 대체 이 방에서 무슨 일이 일어난 건지를 확실히 깨달았다.

그는 물이 없으면 차원 이동이 불가능한 악마였다. 성유이는 방금 이 방에 남아 있던 마지막 물기를 제거함으로써 시하를 이 방에 완벽하게 가둔 것이었다. 시하의 뇌리에 순간적으로 불길한 상상이 스치고 지나갔다. 그가 성유이에게 빠르게 다가가며 소리쳤다.

"안나 지금 어디 있어?"

하지만 성유이는 멱살을 잡아채는 위협적인 시하의 태도에도 그저 태연하기만 했다.

"설마 날 죽이기라도 할 생각인가요? 그럼 안 될 텐데. 오안나 씨가 나한테 약속했거든요. 무슨 일이 있어도 날 지켜주겠다고. 내가 살못뇌면 오안나 씨가 많이 슬퍼할 거예요."

성유이의 뻔뻔한 말에도 시하의 손아귀 힘은 느슨해졌다. 성유이기 무슨 짓을 벌였건, 안나가 그녀에게 죄책감을 느끼고 있는 건 사실이었으니까. 그는 대신 어서 대답하라는 듯 목청을 높였다.

"말해! 대체 안나한테 무슨 짓을 한 거냐니까!"

유이는 마치 아무것도 모르는 양 순진한 표정으로 대답했다.

"오안나 씨한텐 아무 짓도 하지 않았어요. 그저 판이 당신을 가두라기에 시키는 대로 했을 뿐."

그러곤 욕조를 닦아내느라 맺힌 이마의 땀까지 꼼꼼히 닦아내며 환희에 가득 찬 표정으로 말했다.

"고마워요. 나한테 속아줘서."

물기 하나 없이 건조한 성유이의 손이 시하의 뺨을 차갑게 쓸었다.

"판이 신부를 되찾았으니, 난 이제 자유예요."

성유이는 더없이 기쁜 듯이 웃었다. 시하의 푸른 눈동자가 순간 흔들렸다. 하지만 동요의 기색은 거기까지였다.

"꺄악!"

가차 없이 성유이를 밀쳐낸 그가 다시 태주에게로 가서 상태를 살폈다. 고르게 숨을 내뱉고 있는 태주를 확인하고, 시하는 다시 한 번 성유이가 있

는 욕실 쪽을 바라봤다. 욕조에 쓰러진 상태로도 유이는 계속해서 소름 끼
치는 웃음소리를 내고 있었다.

시하의 푸른 눈동자가 주변을 샅샅이 헤집었다. 그녀가 미처 없애지 못한
물기가 어딘가에 분명 남아 있을 것이다. 반드시 찾아내서 안나의 곁으로
가야만 했다. 그때까지 안나가 무사하기를. 시하가 바라는 건 오직 그 하나
였다.

＊

'여기가…… 어디지?'

까마득한 어둠 속에서 눈을 뜬 안나가 주위를 두리번거렸다. 하지만 그녀
가 있는 공간은 완벽히 어둠에 잡아먹혀 방향조차 분간이 되질 않았다. 게
다가 사지가 족쇄에 단단히 묶여 있었고, 입에도 재갈이 물린 상태였다.

"으으……!"

얼마나 이러고 있었던 건지, 자신의 상태를 인식하자마자 족쇄에 묶인 손
목과 발목, 그리고 재갈의 무게를 버티는 턱이 끔찍하게 아파왔다. 조금이
라도 압박감을 줄이기 위해 안나는 고개를 숙인 채 엎드렸다. 그러곤 대체
자신에게 무슨 일이 일어난 것인지 생각했다. 각성이 시작되고 얼마 지나지
않아 성유이의 비명을 들은 순간이 불현듯 떠올랐다.

망설이며 쉽사리 자신의 곁을 떠나지 못하는 시하를 어서 가보라며 떠밀
었다. 결국 시하가 방을 나서고, 그 후 얼마 지나지 않아 짙은 어둠이 땅거
미처럼 방에 찾아왔다. 그리고 각성이 끝나는 것과 동시에 성유이가 성유준
에게 줬던 편지가 복원이 완료된 순간.

[오안나. 진짜 판의 신부인 그녀를 판에게 바치는 것뿐이야.]

그 어둠에 집어삼켜졌다.

"하아, 하아……!"

모든 기억이 떠오른 안나가 마치 악몽에서 깬 듯 거친 숨을 몰아쉬었다. 아마 어둠에 삼켜진 순간, 그대로 이곳으로 차원 이동을 한 듯했다. 안나는 눈을 가늘게 뜨며 아무것도 보이지 않는 어둠 속을 주시했다.

대체 이곳은 어디일까? 자신이 사라졌다는 사실을 알면 모두가 걱정할 텐데. 성유이를 구하러 간 시하는 무사할까? 성운 호텔로 피신 온 다른 이들은? 지금 이 시각에도 판의 수하들과 싸우고 있을 모두가 걱정이 되었다. 그렇게 불안한 마음속에서 걱정이 꼬리에 꼬리를 물고 이어지던 와중.

돌연 안나가 주머니에서 투명한 향수를 하나 꺼내 어둠 속에 흩뿌렸다. 순간, 시하가 안나의 심장에 흘려보낸 푸른 힘이 반짝이다 빛을 잃고 깜깜해졌나. 곧 다시 어둠이 찾아왔다. 안나는 숨죽인 채 그 두려운 순간을 애써 버티고 또 버텼다.

*

같은 시각, 성운 호텔의 한 객실. 그곳의 옷장 안에서 희미한 울음이 흘러나왔다. 해우는 라희를 옷장 안에 들어가게 한 뒤 홀로 적과 싸우고 있었다. 이 옷장에는 가장 강력한 결계 향수가 뿌려져 있었다. 객실 전체에 뿌리면 더할 나위 없이 좋았겠지만, 그 정도의 양을 만들어내기에는 시간이 부족했다. 겨우 만들어낸 향수가 방어할 수 있는 크기는 라희 혼자 들어갈 수 있는 옷장 크기 정도가 한계였다.

라희는 앤틱 풍의 옷장 안에 웅크린 채, 가는 틈으로 해우가 힘겹게 몽마와 싸우는 광경을 지켜볼 수밖에 없었다. 인간인 그녀의 능력으로는 몽마를 상대할 수 없다는 걸 알면서도, 해우에게 아무런 도움도 되지 못하는 자신이 한심해서 견딜 수 없이 괴로웠다. 해우는 저를 위해 이렇게 목숨까지 바쳐가며 애써주고 있는데…….

"미안해요, 해우 씨. 조금만……. 조금만 더 힘을 내줘요."

라희가 젖은 목소리로 애원하던 바로 그때였다. 하연으로부터 전화가 걸려왔다.

"네, 하연 씨!"

라희가 다급히 전화를 받자, 하연이 걱정스러운 목소리로 물었다.

-라희 씨, 괜찮아?

"네, 전 괜찮아요."

정우의 방 역시도 상황은 이곳과 다르지 않은지 주변이 소란스러웠다. 향의 능력을 상실한 하연은 몽마를 직접 상대하는 건 불가능했고, 정우와 은재를 향수로 지원해주고 있었다. 그렇기에 라희에게 연락도 할 수 있었다.

-거긴 상황이 좀 어때?

하연의 물음에 라희는 눈물을 애써 참으며 부탁했다.

"해우 씨 혼자서 어떻게든 막아내고 있는데, 얼마나 버틸 수 있을지 모르겠어요. 제발 해우 씨 좀 도와주세요. 제발요……."

-울지 마, 라희 씨. 안 그래도 위고한테 연락해서 그쪽으로 가라고 했어. 금방 도착할 거야. 조금만 버텨줘. 알았지?

"네. 하연 씨도요."

힘겹게 싸우고 있는 하연의 상황을 알기에 더는 애원조차 할 수 없었다. 간신히 전화를 끊은 라희가 다시 옷장 문틈으로 해우를 바라봤다. 그녀의 행복한 꿈을 먹고서 힘을 축적한 탓에 해우는 붉은색 연기에 휘감겨 있었다. 힘을 쓰면 쓸수록 그 빛깔이 점점 진해져서 마치 피를 뒤집어쓴 것처럼 보였다.

그가 몽마를 상대로 언제까지 버틸 수 있을까? 불안한 마음이 스멀스멀 피어오르던 그때였다. 푹! 돌연 해우의 몸이 검은 연기로 꿰뚫렸다. 몽마는 순식간에 해우를 덮쳐 그를 감싼 붉은색 힘을 게걸스럽게 핥아먹기 시작했다.

"해우 씨!"

참혹한 광경에 라희가 비명을 쏟아냈다. 그 애타는 비명은 강력한 결계마저 뚫고 울려 퍼졌다. 그 순간, 문틈으로 라희와 방금 해우를 쓰러트린 몽마의 눈이 마주쳤다. 마치 새까만 어둠이 녹아 흘러내리는 듯한 기괴한 형상을 한 악마는 먹다 만 해우의 힘을 마치 피처럼 흘리고 있었다.

몽마는 조금 전까지 먹어 치우기 바빴던 해우의 힘을 퉤 뱉어내더니, 허공에서 흩어지는 라희의 비명을 순식간에 집어삼켰다. 샤아아. 소름 끼치는 소리가 귓전을 아프게 울려왔다. 꿀꺽 삼킨 라희의 슬픔이 요동을 치며 악마에게로 흡수되었다. 끔찍한 광경을 목격한 충격 탓에 목구멍이 꽉 조여왔다. 제대로 비명도 내지르지 못해 라희가 헐떡이는 숨만 간신히 내뱉고 있던 찰나였다.

타다다닥! 몽마가 갑자기 그녀를 향해 돌진해오기 시작했다. 너무 좁아 달아날 수도 없는 옷장 안에서 라희는 미친 듯이 발을 쿵쿵 움직였다. 단단한 나무에 몸 이곳저곳이 부딪히는 고통보다도 공포심이 더욱 강렬히 들끓었다. 마침내 몽마가 바로 옷장 앞까지 다가온 순간이었다.

"끄아아악!"

난데없이 몽마가 비명을 지르며 쓰러졌다. 라희는 몸을 바들바들 떨며 그대로 축 늘어졌다. 하연이 말한 위고라는 분이 구하러 와준 것일까? 그런 생각을 하고 있는데, 조심스럽게 옷장 문이 열렸다. 긴장이 풀린 탓에 라희에겐 일어서서 인사를 할 힘조차 남아 있지 않았다.

"구해주셔서 감사합⋯⋯."

대신 간신히 감사하다는 말을 꺼내다가, 라희는 이내 황망한 표정으로 말끝을 흐렸다. 눈 앞에 그녀의 예상과는 전혀 다른 인물이 걱정스러운 표정을 지으며 서 있었다.

"괜찮아?"

유현이었다. 그가 내민 손을 바라보면서도 도무지 현실 같지 않아 라희는 멍하니 굳어버리고 말았다. 그러다 뒤늦게 유현의 뒤로 바닥에 쓰러져 있는 해우를 발견한 그녀가 믿을 수 없는 힘으로 옷장을 뛰쳐나갔다.

"해우 씨!"

해우는 마치 죽은 것처럼 눈을 감고 있었다. 그러나 라희의 목소리를 듣고 기적처럼 반응했다. 속눈썹이 느릿하게 깜빡이더니, 이내 그의 따뜻한 눈동자가 보였다.

"라희 씨……."

해우가 울먹이는 그녀의 뺨을 매만져주려고 손을 뻗었지만, 기력을 잃은 탓에 허공에서 다시 추락하고 말았다. 그 손을 곧바로 붙잡아 라희가 자신의 뺨에 가만히 대주었다. 그가 살아 있다는 사실이 실감이 나서 참았던 눈물이 마구 터져 나왔다. 라희가 엉엉 울자 해우는 안절부절못했다.

"울지 마요, 라희 씨. 나…… 살아 있어요. 라희 씨를 위해서, 살겠다고, 약속했잖아요."

그는 상처투성이 손가락으로 어떻게든 라희의 눈물을 걷어주려고 애썼다. 동시에 그의 눈시울 역시 뜨겁게 젖어 들고 있었다.

"흑. 해우 씨야말로…… 울고 있으면서…….."

결국 둘 다 눈물범벅이 된 채로 서로를 꽉 끌어안았다. 그 간절한 모습을 유현은 뒤에서 그저 쓸쓸히 지켜볼 수밖에 없었다. 그가 허공에서 길을 잃은 손을 말없이 주머니에 찔러 넣었다. 주머니 속에서 그는 상실감을 이겨 내 보려는 듯 주먹을 꾹 움켜쥐었다. 하지만 무슨 짓을 한다 해도, 이 손으로 다시 붙잡을 인연은 더는 어디에도 없었다.

*

끝나지 않을 것 같던 싸움은 거짓말처럼 순식간에 끝이 났다. 애석하게 도 모두가 승리를 거뒀기 때문이 아니었다. 갑작스럽게 몽마들이 싸움을 멈 추고 사라진 탓이었다. 그건 몽마들이 더 이상 혼혈들의 스위트 노트를 살 해할 필요가 없어졌다는 뜻이었다.

불길한 예감에 모두는 약속이나 한 듯 곧바로 펜트하우스로 향했다. 그리고 그곳에서 안나가 사라졌다는 사실을 깨달았다. 안나를 데려갔기에 목적을 달성한 몽마들은 더 이상 싸울 필요가 없었던 것이다.

게다가 사라진 건 안나뿐만이 아니었다. 시하도 종적을 알 수 없었다. 황급히 성유이가 있는 방으로 달려갔지만, 그곳엔 정신을 잃은 성유이와 태주만이 쓰러져 있을 뿐, 시하의 모습은 보이지 않았다.

대책을 강구하기 위해 모두가 응접실에 모였다. 그러나 판이 시하와 안나를 대체 어디로 데려갔는지 알 수 없기에 섣불리 의견조차 낼 수 없었다. 다만 모두는 불안한 상상을 하지 않기 위해 애쓰고 있었다.

그러나 문득 해우와 라희에서 넬씨삼지 넬어서 서 있는 유현의 모습을 본 하연이 의아한 듯 고개를 갸웃거렸다. 정우의 방으로 뛰어가면서 위고와 했던 통화 내용이 빠르게 그녀의 머릿속을 스치고 지나갔다.

"위고, 부탁이 있어. 해우 씨랑 라희 씨 좀 도와줘. 나는 지금 상황이 여의치가 않아서."

상대적으로 다른 형제에 비해 힘이 약한 편인 정우를 돕는 데는 은재만으로는 역부족이었다. 비록 능력을 잃었을지언정 향수 사용 능력이 뛰어난 그녀가 뒤에서 지원해주지 않으면 안 되는 상황이었다. 다행히 위고는 곧바로 알겠다고 답해주었다.

-네, 지금 바로 가볼게요. 걱정 마세요.

하지만 그렇게 굳은 대답을 하고서 정작 위고는 해우와 라희가 있는 객실에 나타나지 않았다. 두 사람이 피신한 객실은 펜트하우스에서 아주 가까웠다. 혹시 그들을 구하러 가다가 안나를 납치하러 온 판과 맞닥뜨린 것은 아닐까? 온갖 불안한 상상이 머릿속을 헤집었다. 하연은 황급히 위고에게 전화를 걸었다. 그러나 아무리 전화를 걸어도 그는 받지 않았다.

-연결이 되지 않아 음성사서함으로 연결되며 삐 소리 이후 통화료가 부과됩니다.

그 후로도 수차례, 불길한 신호음이 하연의 귓가에 이명처럼 울려 퍼졌다.

*

"하, 정말로 끈질기네. 우리 선생님."

끈질기게 울려대는 벨소리에 소파에 느른하게 기대 앉아 있던 위고가 고개만 까딱 들어 탁자 위에 놓인 휴대전화를 내려다봤다. 벌써 여섯 통째. 하연에게서 전화가 오고 있었다. 드드드드. 진동과 함께 다시 일곱 번째 전화벨이 울리려는 찰나, 위고는 가볍게 손을 뻗어 휴대전화를 집어 들었다. 그러곤 일말의 망설임도 없이 바닥에 내던져 박살을 냈다. 쩌어억. 액정에 거미줄처럼 금이 간 휴대전화를 우지끈 지르밟으며 그가 서늘하게 중얼거렸다.

"이제야 좀 조용해졌네."

이내 그의 입가에 만족스러운 미소가 떠올랐다. 향의 능력을 배워 신분 상승을 꿈꾸는 미천한 하급 몽마. 혹은 주제도 모르고 주인의 신부를 사랑하게 된 판의 조향사. 더는 그런 쓸데없는 위장을 할 필요가 없게 됐으니, 휴대전화 같은 물건도 가지고 있을 필요가 없었다.

이윽고 그는 한껏 기지개를 켜는 자세를 취하더니 거침없이 검고 커다란 날개를 드러냈다. 창백한 피부, 눈부신 금발, 시린 벽안, 그 모든 것과 검은 날개의 조화는 가히 위압적이었다. 그의 몸을 휘감고 있는 검은 연기에선 살벌한 기운이 연신 뿜어져 나오고 있었다.

위고는 오랜만에 펼쳐보는 날개가 어색한 듯 몇 번 펄럭거리다가 이내 손끝으로 가볍게 허공을 그었다. 아무것도 없던 허공에 순식간에 장막이 생겨났다. 장막을 살짝 들추자 그 안에 묶여 있는 누군가의 모습이 보였다.

안나였다. 족쇄에 묶인 채 힘없이 고개를 숙이고 있던 안나가 돌연 느껴진 인기척에 천천히 고개를 들어올렸다. 위고를 발견한 그녀의 눈동자가 점차 처참한 빛으로 물들어갔다. 그 모습을 무척이나 기껍게 바라보며 위고가 입을 열었다.

"나의 낙원에 온 걸 환영해, 마드모아젤."

"으으으……!"

재갈을 문 안나의 말은 신음밖에는 되지 못했다.

"아니지. 이제는 달리 불러야겠지. 제대로."

"으으으으!"

"나의 신부, 오안나."

오랫동안 기다린 신부를 되찾은 밤. 모두를 속인 왕이 잔인하게 미소 지었다. 선언이나 다름없는 말에는 오만한 소유욕이 가득 담겨 있있다.

"으으……."

입에 물린 재갈 때문에 말이 되지 못하고 다시 목구멍으로 넘어가는 감정이 지독히도 썼다. 안나는 분노로 몸서리치며 위고의 푸른 눈동자를 들여다보았다. 늘 호박색으로 반짝거리던 그의 눈동자는 지금 이 순간 완연한 푸른빛을 띠고 있었다.

170여 년 전, 향의 일족이 살던 마을에 나타났다던 이방인과 똑같은 금발과 벽안. 위고. 그가 바로 판이었다. 위고가 제게서 시선을 떼지 못하는 안나를 보더니, 이내 그 의미를 알아차리고 검지로 자신의 눈동자를 가리켰다.

"아아, 내 눈동자 색깔이 신경 쓰이는 거지?"

그러곤 허리를 숙여 그녀와의 간격을 좁히곤 아주 가까이에서 눈을 맞추며 말했다.

"궁금해? 어떻게 한 건지?"

"……."

"네 꿈 때문이었어. 줄곧 네 꿈을 몰래 흡수하고 있었거든. 그동안 네 꿈을 이용해서 적당히 위장해왔는데, 갑자기 네가 차시하랑 어코드를 하는 바람에 너한테 각인이 생겨버렸지 뭐야. 그때부터 네 꿈을 내 힘으로 만드는 게 불가능해진 바람에 무척 곤란했다고."

그러고 보니 위고는 안나가 시하와 함께 밤을 보낸 걸 알고 화를 낸 후 며칠간 사라졌다가, 돌연 판에게 당했다며 검고 흉측한 눈동자로 변해 나타났었다.

'그럼 그때 몰골이 엉망이 되어서 나타났던 이유가……?'

위고는 안나의 눈빛만 보고도 마치 속마음을 읽은 것처럼 대답했다.

"맞아. 더는 내 정체를 숨길 수가 없어서 골치가 아팠는데 마침 역으로 이용한 거지. 내가 내 냄새를 잔뜩 풍겨도, 판한테 당했다고 하면 그만이니까. 역시나 착한 내 신부는 판에게 보복당했다는 말을 철석같이 믿고, 나를 전혀 의심하지 않더군."

그가 짓궂은 웃음소리를 내며 눈매를 활짝 휘었다.

"덕분에 이렇게 무사히 신부를 데려올 수 있었으니. 차시하가 빌어먹을 어코드를 해준 것에 감사 표시라도 해야 하는 건가?"

하지만 그는 소년의 것처럼 해사한 미소를 금세 거두었다. 미소가 걷히고 나니 비로소 진짜 그의 눈빛이 보였다. 지적에서 마주한 눈동자는 거친 풍랑이 몰아치는 바다처럼 검푸르게 들끓고 있었다. 그렇게 어떤 위험이 도사리고 있는지 알 수 없는 바다가 흘려보낸 파도가, 악마의 눈동자 안에서 안나의 마음속으로 밀려들어왔다.

안나는 그 순간 깨달았다. 아, 이 악마는 이렇게 인간을 홀리는 거구나. 파도에 발만 담그고 물장구만 조금 치려던 거였는데……. 어느새 온몸이 흠뻑 젖고, 결국엔 흉포한 바다에 집어삼켜지고 만다. 안나는 그의 그물에 낚이려는 의식을 간신히 다잡으며 눈을 질끈 감았다. 그가 흘리는 웃음이 물안개처럼 축축하게 귓가에 흐드러졌다.

"귀엽네, 발악하는 게. 어차피 나한테 전부 주게 될 텐데."

위고는 검은 연기가 휘감긴 차가운 손으로 안나가 질끈 감은 눈을 더듬었다. 파르르 떠는 눈꺼풀을, 젖어드는 속눈썹을, 붉어진 눈 밑을 차례로 어루만지며 내려온 손에 예고도 없이 악력이 실렸다. 강한 힘으로 안나의 턱을 움켜쥔 위고가 안나의 귓가에 잔인하게 속삭였다.

"그만 포기해. 네 몸도, 네 꿈도, 네 영혼도, 곧 전부 내 것이 될 테니까."

그의 손이 미끄러지듯 뒤로 움직여 안나의 입을 막고 있던 재갈을 풀어냈다. 동시에 소름 끼치는 숨결이 뺨을 스쳐 입술로 향하는 것이 느껴졌다. 안나는 반사적으로 고개를 돌려 그의 일방적인 키스를 피했다.

"……하!"

온몸으로 자신을 거부하는 안나의 모습에 위고가 탄식하듯 웃으며 허리를 세웠다. 그러곤 손을 들어 올려 끝내 안나에게 닿지 못한 입술을 신경질적으로 분지르며 말했다.

"네 어미도 그랬었지. 마지막까지 포기를 몰랐어."

위고의 입에서 어머니에 관한 이야기가 나오자 안나의 몸이 뻣뻣하게 굳었다. 아무렇지 않은 척 애를 써보지만, 소용이 없었다. 부모님을 모욕하는 말을 듣고도 덤덤하긴 힘들었다. 몸이 부들부들 떨리는 바람에 금속으로 된 족쇄가 진동하는 소리가 낮게 들려왔다. 비로소 안나에게서 동요의 기색이 엿보이자, 위고는 그 모습을 매우 기쁜 듯이 관찰하며 말을 이었다.

"내 힘에 잡아먹힌 척, 금방이라도 죽을 것 같이 굴더니 뻔뻔하게 날 속이고 달아나 널 낳았지. 어떻게든 절 회복시켜보겠다고 어코드를 안 하는 건물론이고 밤에도 찾아가지 않았는데, 그 틈을 이용해서 도망을 갈 줄이야."

"……."

"날 기만했어, 네 어미가. 심지어 자기 스스로 능력마저 상실해버렸지. 네 아비와 정을 통해서."

"……그 입, 다물어."

안나는 어머니가 목숨을 걸고서 택했던 진실한 사랑을 모욕하는 위고의 말을 더는 가만히 듣고 있을 수가 없었다. 뻔뻔하게 속였다. 기만했다. 위고가 어머니를 상대로 쏟아붓는 표현은 어처구니가 없었다. 하지만 아집에 가득 찬 그는 도무지 멈출 줄을 몰랐다.

"어떻게 그렇게 어리석을 수 있을까? 그 능력이 어떤 능력인데. 백 년에 한 번 나올까 말까 한 귀한 능력을 스스로 상실하는 길을 택하다니. 고작 사랑 때문에 말이야."

"그 입 다물라고 했지!"

날카롭게 소리치는 안나를 위고가 잠시 입을 다문 채로 바라봤다. 오래전 제게서 달아난 여자를 바라보듯, 그의 시린 눈동자에는 지나간 세월이 어른거리고 있었다. 사랑하는 남자와 아이를 낳고 행복하게 살아가던 여자를 뜨거운 불구덩이 속에서 죽게 한 지독하고 처참한 감정의 화살은 고스란히 그녀의 딸에게로 이어졌다. 어미도, 그 딸도, 치가 떨릴 정도로 어리석었다. 사랑, 대체 그깟 게 뭐라고.

"왜 그렇게 화를 내지? 아아, 너도 지금 차시하랑 하고 있다 이건가? 고작, 사랑?"

위고가 빈정거리자, 안나가 그의 멱살을 잡아채려는 듯 손을 뻗으며 소리쳤다.

"고작이란 말은 그런 데다 붙이는 게 아니야!"

철컹! 족쇄에 묶여 그의 멱살을 잡기는커녕 반동으로 다시 주저앉아버리고 말았지만, 안나는 끝까지 소리쳤다.

"고작은 겨우 허기나 채우자고 한 여자의 일생을 멋대로 휘두르려고 했던 너 같은 악마의 더러운 욕심 앞에나 붙이는 말이야. 고작 네 욕심 때문에 우리 엄마가 어떻게 살았는데! 우리 엄마가 어떻게 죽었는데!"

끼익, 끼익. 족쇄에 쓸린 피부가 불에 덴 것처럼 아팠지만, 그보다 가슴이 더 천 갈래 만 갈래 찢어지듯 아팠다. 평생을 이 악마에게 이용만 당하다 고통스러운 죽음을 맞이한 엄마의 마지막이 마치 눈앞에 생생하게 펼쳐지는 것 같았다.

"너 같은 악마는 천 년을 살아도 절대 모를 거야."

하지만 그럼에도 불구하고 다행이라고 생각되는 건······.

"사랑이 얼마나 대단한 건지."

엄마가 진실한 사랑을 했다는 사실이다. 비록 그 행복마저 다시 빼앗기고 말았지만. 그래도 안나는 확신할 수 있었다. 아빠와 사랑할 수 있어서, 그래서 절 낳아서 엄마는 세상에서 가장 행복했을 거라고.

'그렇지, 엄마? 행복했지?'

더는 고함을 치지 않았지만, 이어지는 말을 내뱉는 안나의 목소리는 이전보다 더욱 또렷하고 분명하게 위고에게 흘러갔다.

"백 년에 한 번 태어나는 특별한 마녀의 능력이라든가, 그 때문에 억지로 끌려와 네 옆에서 보내야 했던 긴 세월보다…… 아빠와 함께 가족이 되어 살았던 난 몇 십 년의 삶이 엄마한테는 무엇과도 바꿀 수 없는 소중한 보물이었다는 걸, 네가 어떻게 알겠어. 사랑을 고작이라고밖에 표현 못 하는 너는 절대로 몰라."

이번엔 위고가 동요했다.

"평생 외로울 거야. 인간의 불행밖에는 먹지 못한 채 영원히 행복해질 수 없어."

느긋했던 그의 표정에 조바심이 어렸다. 안나는 그가 가장 치욕스럽게 느낄 만한 말을 일부러 마지막 순간, 결정적으로 터뜨렸다.

"그래서 다행이야. 내 남자가 당신을 닮지 않아서. 그는 사랑이 얼마나 귀한지 아니까. 그래서 소중하게 여기고 있으니까."

"하! 헛소리 한번 구구절절하군!"

동요의 기색이 짙어진 위고는 반사적으로 웃음소리를 크게 내고 있었다.

"방금 네가 한 말, 얼마나 역설적인지 알고는 있는 거야? 차시하는 내가 없었다면 아예 이 세상에 존재하지 못했어. 결국 나로 인해서 너희가 그 귀한 사랑도 할 수 있었다는 뜻이라고."

이를 까드득 소리가 나게 악물며 그는 또 한 번 더없이 오만하게 선언했다.

"좋아. 시작이 나였으니, 끝도 내가 내주지!"

그러곤 품에서 까맣고 아득한 색깔을 지닌 향수 하나를 꺼내 보였다.

"이게 뭔지 알아?"

위고가 손을 흔들자 까만색 액체가 투명한 용기 안에서 사납게 출렁였다.

"블랙홀이라는 향수야. 모든 걸 빨아들이는 향수지."

정말이지 블랙홀이라는 이름이 딱 어울리는 위험한 향수였다.

"난 주로 이걸 힘을 빼앗는 용도로 사용하거든?"

그리고 그 이름만큼이나 쓰이는 곳도 위험했다. 문득 판이 이유현의 힘을 이용해 제 부모님의 죽음을 그의 짓으로 위장했던 기억이 떠올랐다. 아마도 이유현이 가진 불의 힘을 추출할 때도 이 향수를 이용했겠지. 그렇게 생각하니 향수가 출렁이는 것만 봐도 속이 울렁거렸다.

"한 방울만 뿌리면 힘만 빼앗기고 목숨에는 지장이 없지만, 치사량을 뿌리면 생명까지 잃게 되는 치명적인 향수야."

찰나에 불길한 상상이 안나의 뒤통수를 탁 치고 지나갔다.

"이걸 지금 나 말고 누가 또 가지고 있을까?"

어김없이 예상은 딱 맞아떨어졌다.

"성유이."

위고의 입에서 흘러나온 이름에 안나의 몸이 다시금 긴장으로 굳어졌다.

"처음엔 너와 비슷한 꿈을 꾸는 인간이기에 입가심이나 할 생각이었는데, 생각보다 꽤 쓸 만한 구석이 있더군. 시키는 대로만 하면 나와 계약한 걸 없던 일로 해주겠다고 하니, 무슨 짓이든 할 것 같은 눈빛을 지어 보였어."

그녀를 구하러 간 시하는 지금쯤 어떻게 됐을까?

"지금쯤 차시하는 서서히 죽어가고 있을 거야. 숨을 쉴 때마다 생명이 갉아 먹히는 고통을 느끼고 있겠지."

또다시 마치 자신의 속마음을 읽은 듯 무자비한 대답을 꺼내놓는 위고를 안나는 분노의 눈빛으로 올려다봤다. 하나 그 눈빛은 도리어 위고에게 만족감만 가져다줄 뿐이었다.

"어때? 모든 전말을 알게 된 기분이?"

그의 얼굴엔 더 이상 평생 외로울 거라는 안나의 말에 동요했던 기색은 온데간데없었다. 위고는 더욱 잔인한 말을 서슴없이 내뱉었다.

"차시하 그 녀석, 어차피 그렇게 죽게 될 거, 네가 각성할 때까지 괜히 살려둔 것 같네. 혹시나 각성에 문제가 생길까 봐 그냥 놔뒀더니 결국 어코드를 해버리고 말았잖아."

그의 눈이 안나의 봄 이곳저곳에 선명하게 남아 있는 시하의 흔석을 내섭게 더듬었다. 안나의 하얀 피부에는 깨물고 머금어 붉어진 자국 위에 시하의 푸른 힘이 덧내진 흔직이 어기저기 남이 있었디.

"그때 수영장에서…… 어코드를 할 빌미가 보였을 때 놈의 목을 비틀어 버렸어야 했어."

수영장이라면 아마도 기억을 되찾기 전, 첫 키스를 흉내 내다가 감정에 솔직해졌던 그때를 말하는 건가?

'소름 끼쳐.'

위고가 어둠 속에 숨어서 몰래 자신들을 지켜봤을 섬뜩한 광경을 상상한 안나가 저도 모르게 뒤로 물러났다. 그가 안나의 발을 묶은 족쇄를 잡아당겨 그녀를 다시 제 앞으로 끌어다 놓으며 말했다. 차라라락. 뇌를 긁는 듯한 금속성의 날카로운 소음 끝에 잔인한 말이 이어졌다.

"아니면 성유준을 죽일 때 함께 처리하든가."

족쇄에서 풍기는 비릿한 쇠 냄새는 그리 오래되지 않은 기억 하나를 불러왔다.

'위고, 지금 어디서 뭘 하고 온 거야?'

그날, 위고에게서 분명히 맡았던 피 냄새.

'혹시 이거 때문에 그래? 아까 손가락을 좀 벴어. 역시 우리 마드모아젤, 후각이 정말 기가 막히다니까.'

상처에서 나는 냄새라고 넘어갔던 그 냄새가 정말로 성유준에게서 묻힌 수상한 피 냄새였던 것이다. 하나부터 열까지 위고의 말에 진실은 없었다. 안나의 눈빛에 자신을 향한 경계심이 더욱 짙어지는 걸 본 위고는 진심으로 안타까운 표정을 지었다.

"차시하가 다시 네 마음을 가져가는 건 예상했지만, 네 몸까지 선수를 칠 줄은 예상 못 했어. 어코드를 하면 몽마의 피를 통해서 내가 네 꿈에 접근하는 게 쉬워진다는 사실을 알면서도 너를 안을 줄이야."

안나는 걷잡을 수 없이 화가 났다. 제 몸에 흐르는 몽마의 피 때문에 시하가 얼마나 고뇌하고 괴로워했는데. 그로 인해 자그마치 5년씩이나 절 멀리 두고 죽은 것처럼 살았고, 다시 돌아온 저를 곁에 두고도 마음껏 안지 못하고 힘들어했다.

그토록 깊고 처절했던 시하의 사랑을 단순히 욕망 따위로 싸구려 취급하는 위고의 행태에 가슴이 무섭게 들끓었다. 하지만 일부러 화를 폭발시키지 않았다. 자신의 분노가 그에게 좋은 먹이가 될 거라는 걸 알기에 기를 쓰고 눌러 삼키고 또 눌러 삼켰다.

"어코드 각인 덕분에 몰래 네 꿈을 훔치는 것도 더는 할 수 없게 됐고. 결국 각성을 기다려서 얻은 이득보다 손해가 더 막심해."

위고의 시선이 다시금 안나의 몸에 피어 있는 붉고 푸른 흔적으로 향했다. 그의 눈동자는 마치 제 것을 빼앗긴 것처럼 비틀린 소유욕을 뿜어내고 있었다. 시하와 같은 파란색. 하지만 그 둘이 눈빛에 품고 있는 온도는 너무나도 달랐다. 안나는 눈앞의 잔악무도한 악마를 아버지로 둔 시하가 가여워 마음이 아팠다. 그녀가 통증을 견디기 위해 가슴 부근의 옷깃을 움켜쥔 순간이었다.

"그래도 다행인 건, 네가 사랑에 빠진 상대가 내 아들이라는 거야."

기막히게도 방금 안나를 슬프게 만든 시하의 비극을 위고가 입에 담았다. 한없이 가볍게. 너무나도 잔인하게.

"너도 이미 알고 있지? 차시하. 그 녀석한테도 향의 일족의 피가 조금이나마 섞여 있다는 거."

애초에 다른 일족과 피가 섞인 데다, 170여 년의 세월이 흐르는 동안 그의 몸에 깃든 향의 능력은 희미해질 대로 희미해졌다. 하지만 선천적인 흔적은 여전히 시하도 모르는 은밀한 곳에 남아 있었다. 그랬기에 시하와 사랑해서 아이를 낳아도, 안나가 가진 향의 능력은 상실되지 않는다. 그렇다고 안나가 판으로부터 달아나자고 시하 아닌 다른 남자의 품에 안길 리도 없었다. 결국 판에게서 벗어날 수 있는 최후의 수단이 사라진 셈.

"그 녀석이 아닌 다른 사내와 정을 통하지 않는 이상, 앞으로도 네가 향의 능력을 잃는 일은 없겠지. 너희가 말하는 그 숭고한 사랑을 하고 있으니 말이야."

위고는 그들이 택한 사랑이 도리어 그들을 제게서 벗어나지 못하게 하는 거미줄이 된 것을 실컷 비웃고 조롱했다.

"아무리 그래도 내 것에 다른 녀석이 손을 댔다는 사실은 마음에 안 들어. 하지만 정식으로 내 신부가 되기 전의 일이었으니 나무라지 않겠어. 덕분에 네 기억도 돌아왔고, 각성도 무사히 치러서 내 훌륭한 먹이가 되어주었으니 한 번은 봐주지."

그러곤 마치 안나를 완벽히 가진 것처럼 여유롭게 속삭였다.

"하지만 두 번은 용서 안 해."

또다시 그의 차가운 손이 안나의 뺨을 감싸 끌어당겼다. 그의 손에 휘감겨 있던 검은 연기가 서서히 안나의 피부 속으로 스며들었다. 검은 연기는 시하가 안나의 살결에 피운 꽃을 서서히 시들게 하며 어느덧 그녀를 그물처럼 촘촘히 둘러쌌다.

"좀 아플 거야. 무례한 아들이 아버지의 여자한테 어찌나 흔적을 많이 남겨놨는지, 지우려면 내 힘을 꽤 흡수시켜야 할 것 같거든. 시간은 제법 걸리겠지만, 그래도 차시하의 각인은 완벽히 지워두는 게 나중에 탈이 없을 테니까."

얇은 실처럼 스며들었던 위고의 힘이 삽시간에 터지기 직전의 풍선처럼 팽창했다. 그의 힘을 받아내느라 안나의 여린 피부가 울룩불룩 솟아올랐다. 어떤 곳은 압력을 견디지 못하고 터져버려 검은 피를 울컥울컥 쏟아내고 있었다.

"으으윽!"

끔찍한 고통에 입술을 피가 나도록 깨물어도 신음이 새어 나왔다. 위고는 그런 안나의 뺨에 얼굴을 비비며 나른한 목소리로 말했다.

"향의 마녀의 각성은 무척이나 위험하다고 들었어. 피가 전부 빠져나왔다가 다시 채워지는 거라고. 그러니 이 정도 고통쯤은 버텨낼 수 있겠지."

"흐으……."

"버텨, 오안나. 그리고 완벽한 나의 신부가 되는 거야."

고통에 헐떡이는 안나를 끌어안고, 그는 가혹하기 그지없는 일방적인 서약을 했다. 그러곤 마치 결혼식에서 신랑 신부가 맹세의 입맞춤이라도 하듯 안나의 턱을 들어 올리고 입술을 향해 다가갔다. 그러다 문득, 조금 전 안나가 자신의 키스를 거부했던 순간이 떠오른 듯 사납게 눈을 빛내며 경고했다.

"이번엔 피하지 마. 말했지? 나는 두 번은 용서 안 한다고."

안나는 마치 모든 걸 포기한 듯 힘이 전혀 실리지 않은 그의 손가락이 이끄는 대로 고개를 치켜들었다. 위고는 만족스러운 표정으로 안나의 메마른 입술을 쓰다듬으며 고개를 숙였다. 마침내 둘의 입술이 맞닿으려는 바로 그 순간.

피식. 돌연 차가운 숨결이 입술 사이에서 흩어졌다. 뒤늦게 안나가 비소를 내뱉었다는 걸 깨달은 위고가 경악한 눈을 깜빡이며 물었다.

"……웃어?"

안나가 한결 더 뚜렷하게 미소를 지으며 혼잣말하듯 말했다.

"내가 아주 재미있는 사실을 하나 알고 있는데 말이야."

안나는 조금 전까지 판의 힘에 지배당해 처참했던 모습을 깨끗이 지우고, 멀쩡해진 모습으로 그의 앞에 똑바로 일어섰다. 판이 그녀에게 힘을 주입하고 정확히 5분이 흘러 있었다.

　수없이 반복한 연습을 통해서 판의 힘을 다스릴 수 있게 된 시간, 5분. 그 길고도 짧은 시간이 흘러 더는 이 힘으로 인해 고통스럽지 않았다. 안나는 더없이 자신감 넘치는 모습으로 판을 내려다보며 말했다.

　"판. 당신이 알고 있는 전말은 모두 가짜야."

　판의 표정이 아주 보기 좋게 일그러졌다. 반대로 안나는 화사하게 미소를 지었다.

　"내가 진짜 전말이 뭔지 알려줄까?"

　"진짜 전말?"

　되묻는 위고의 목소리에는 힘이 가득 실려 있었지만, 그것이 오히려 그가 흔들리고 있음을 반증하고 있었다. 만약 그가 전혀 동요하지 않았다면, 조금 전처럼 낮고 여유로운 목소리로 되물었을 것이다. 느긋한 미소까지 곁들여서.

　하지만 지금의 그는 눈매가 무척 매서웠고, 입가 역시 딱딱하게 굳어 있었다. 떨려 나오는 목소리를 감추려 억지로 힘을 잔뜩 준 것이었다. 그는 그런 자신의 상태가 분한 듯 주먹을 꾹 쥔 채였다.

　족쇄에 묶여 있는 연약한 인간 계집의 말에 벌써 두 번이나 동요한 것에 자존심이 상했겠지. 위고의 모습을 지켜보면서 안나는 한 글자 한 글자 힘주어 대답했다.

　"그래, 진짜 전말."

　안나의 의식이 이틀 전의 밤으로 휘몰아치듯 흘러갔다. 시하가 울 것 같은 얼굴로 자신을 보고 있던 그날 밤, 바로 그때의 기억 속으로.

＊

　"왜 이렇게 오랜만에 보는 것 같죠?"

　안나의 순진한 질문에 그는 짐짓 화가 난 얼굴로 대답했다.

"당연하지. 너, 이틀 만에 깨어난 거니까."

"이틀? 내가요? ……나, 어떻게 된 거예요?"

"성유이 구하려고 향의 능력을 한계치까지 쓰는 바람에 정신을 잃고 쓰러졌어."

갑자기 기절한 뒤로 내리 이틀을 눈을 뜨지 못했다고 했다. 하지만 안나는 도무지 믿기지가 않았다.

"나 정말 이틀이나 잤어요? 아무리 생각해도 그 정도로 힘을 쓴 것 같지 않은데……."

몇 번씩이나 그에게 진실을 다시 물었다. 그도 그럴 게 정말로 성유이를 치료하면서 쓰러질 만큼, 그것도 이틀씩이나 깨어나지 못할 만큼 힘을 쓴 것 같지 않았으니까. 머리가 어지럽다거나, 열이 난다거나, 특별히 그런 위험한 자각 증상 같은 것이 있었던 것도 아니었다.

기억이 암전된 순간은, 정말로 갑자기 찾아왔다. 마치 불시에 마취를 당한 것처럼. 의심의 화살은 같은 공간에 유일하게 있었던 성유이에게로 향했다.

'유이 씨. 내가 무슨 일이 있어도 당신을 지켜줄게요..'

지켜주겠다고 약속했는데. 그녀의 오빠에게도 여동생만은 지키겠다고 맹세했는데. 그런데도 안나는 성유이에 대한 의심을 멈출 수 없었다. 그 의문은 밤새도록 불안한 시하를 달래준 후에도 가시지 않았다.

결국 안나는 눈을 뜨자마자 병실에 남아 있는 성유이의 흔적을 조사했다. 안나가 잠든 곳은 직전까지 성유이가 계속 치료를 받았던 곳이었으므로, 뭔가 티끌만 한 단서라도 발견할 수 있지 않을까 생각했기 때문이었다.

덕분에 방 안을 샅샅이 뒤지느라 모두가 열심히 준비한 생일 파티에 늦고 말았다. 미안했지만, 그럴 만큼의 수확은 있었다. 시하가 풍기던 불안의 냄새가 거둬진 자리에서 성유이가 꾼 꿈의 찌꺼기를 발견했다. 찌꺼기에는 판의 냄새와 불안과 공포를 느낄 때 나는 냄새가 뒤섞여 있었다. 특히 그중에서도 유독 불안의 냄새가 강했다. 그로 인해 안나가 영영 눈을 뜨지 않을까 봐 깊은 불안에 빠져 있던 시하의 냄새에 가려져 미처 성유이의 찌꺼기를 발견하지 못했던 것이다.

찌꺼기를 통해 성유이가 무슨 꿈을 꿨는지 알아낼 수만 있다면, 그녀에게 드는 의심을 지울 수 있을 텐데. 그녀가 정말로 판에게 위협을 받고 있고, 그 때문에 두려움에 떨고 있다는 걸 직접 확인할 수만 있다면⋯⋯!

하지만 시하는 찌꺼기만 가지고선 대상의 꿈속으로 들어가 엿보는 것이 불가능하다고 했다. 찌꺼기는 말 그대로 찌꺼기여서 완벽한 숨의 형태와 색, 냄새를 가지고 있지 않기 때문이라고. 그때, 안나가 한 가지 묘안을 떠올렸다.

"그럼 이렇게 한 번 해볼까요?"

"어떻게?"

"지난번에 내가 맡은 냄새를 가지고 시하 씨가 차원 이동을 했던 것처럼, 이번에는 내가 냄새를 맡아서 성유이 씨 꿈으로 향수를 만드는 거예요. 시하 씨는 그 향수를 뿌려서 꿈에 들어가는 거고요."

"전혀 불가능한 얘기는 아니지만, 안나 네가 그렇게 금방 향수를 추출해 낼 수 있⋯⋯?"

그러나 안나는 시하의 질문이 채 끝나기도 전에 성유이의 찌꺼기로 향수를 만들어냈다. 사라락. 그녀의 손이 스친 자리에는 어느새 탁한 검은색의 액체가 고여 있었다. 안나는 향이 날아가지 않도록 재빨리 조향실에서 시향지를 가져와 방금 추출한 향수를 묻혀 살살 흔들었다.

그 모습을 코앞에서 지켜본 시하는 너무 놀라 입을 다물 수가 없었다. 안나가 백 년에 한 번 태어나는 특별한 향의 마녀라는 사실은 알고 있었지만, 직접 눈으로 보니 놀라움은 배가 되었다. 아마도 판 역시도 아직 각성 전인 안나가 이 정도로 뛰어난 능력을 발휘할 거라고는 예상하지 못했을 것이다. 알았다면 반드시 성유이에게 꿈의 흔적을 지우는 향수를 뿌렸을 테니까.

판에게는 치명적인 실수였지만, 시하와 안나에게는 절호의 기회였다. 시하는 안나의 능력에 감탄하는 것을 잠시 미루고 그녀가 살랑살랑 흔들고 있는 시향지의 냄새를 흠뻑 빨아들여 성유이의 꿈속으로 들어갔다.

찌꺼기에서 추출해낸 향을 맡아서 들어온 꿈속이라고는 믿기지 않을 만큼, 그녀가 재현해낸 성유이의 꿈은 형태와 색, 냄새가 거의 완벽에 가까웠다. 직접 잠든 인간의 꿈속으로 들어온 것과 진배없었다.

그러나 꿈속에서도 그가 감탄할 수 있는 시간은 짧았다. 그곳에서 시하는 도저히 믿기 힘든 광경을 목격했다.

성유이는 시하와 안나가 찾아가기 몇 시간 전에 식물인간 상태에서 기적적으로 깨어났다. 아마도 판이 그녀의 의식을 깨운 것일 테다. 그녀는 스스로 판의 레플리카를 병실 이곳저곳에 잔뜩 뿌리고, 욕실로 들어가 손목을 그었다. 판의 소행이라고 믿었던 일 전부가 실은 그녀의 위장이었던 것이다.

이상하다 싶었다. 성유준처럼 쉽게 몽마의 힘으로 죽이면 될 것을, 굳이 욕실로 데려가 자살로 위장하다니. 게다가 판은 그녀의 숨통을 완벽히 끊어 놓지도 못했다. 이제 보니 전부 성유이 스스로 한 행동이기 때문에 그토록 허술했던 것이었다.

그렇다면 처음부터 성유이는 판의 스파이였던 걸까? 하지만 안나는 그녀의 꿈에서 불안과 공포의 냄새가 진하게 맡아졌다고 했다. 그렇다면 그녀는 스스로 원해서가 아니라 억지로 이 일에 휘말리게 된 걸지도 몰랐다.

이대로 조금 더 성유이를 지켜보고 싶었지만, 찌꺼기로 만든 향수의 지속 시간은 턱없이 짧았다. 의도와는 상관없이 튕기듯 꿈에서 나온 시하에게 안나는 다급히 물었다.

"어떻게 됐어요? 뭐라도 봤어요?"

안나가 상심할 게 불을 보듯 뻔해 시하는 잠시 망설였다.

"왜 말이 없어요? 대체 뭘 본 건데요?"

하지만 그는 이내 솔직하게 털어놓았다. 당장 안나에게 찾아올 위험을 대비해야만 했다.

"아무래도 판이 성유이를 통해서 함정을 판 것 같아."

그리고 시하가 꿈속에서 본 정황을 토대로 추측한 판의 계획은, 이후 펜트하우스를 찾아온 유현에 의해서 더욱 사실 쪽으로 힘이 실렸다.

"판은 절대로 인간을 죽이려다 실패하는 그런 실수를 할 자가 아니야. 강희수랑 오태영을 죽였을 때도 몇 번이나 확인할 만큼 치밀했었다고."

자신의 의견을 피력하려다 안나의 아픈 곳을 건드리고 만 유현은 딥지 않게 입을 다물더니 바로 말꼬리를 돌렸다.

"아무튼 성유이를 실려놓은 데는 분명 이유가 있을 거야. 그 여자 관련해서는 좀 더 신중하게 굴어."

설마 미안해하는 걸까? 안나를 좀처럼 쳐다보지 못하며 이야기를 끝낸 유현은 서둘러 펜트하우스를 빠져나갔다.

도리어 안나가 훨씬 담담했다. 유난히 아플 말도 이유현이 해놓고 미안해하니 웃기게도 덜 아픈 것 같았다. 원래 자기밖에 모르고, 냉정하고, 누군가를 배려하는 걸 아예 못 하는 자였다. 그래서 라희에게도 상처를 많이 줬고, 결국엔 그녀를 잃고 말았다.

그는 지금 그 벌을 달게 받고 있는 중이었다. 가장 간절히 원하는 것을 죽어도 손에 넣을 수 없게 됐으니, 그것만큼 가혹한 형벌이 어디 있을까? 예전엔 강한 힘을 손에 넣으려 미친 듯이 악행을 저질렀다면, 지금의 그는 대체 무얼 할 수 있을까? 아무리 고민해도 그가 라희를 되찾을 수 있는 방법이란 건 존재하지 않았다.

평생 그녀를 그리워하면서 살아가겠지. 그녀가 다른 남자와 행복한 모습을 지켜보면서. 그녀가 죽고 난 후에도 긴긴 세월을 그리움과 외로움에 파묻혀서.

판도 그렇게 가장 비참하고 괴로운 벌을 받게 해줘야겠다. 안나는 쓸쓸하게 뒤돌아서는 유현의 모습을 바라보며 그런 다짐을 했었다.

그리고 성유이가 스파이인 걸 안 시점에서 거짓 정황을 둘러댔던 위고 역시 의심의 대상이 되었다. 위고는 하연의 제자였던 시절까지 합하면 자그마치 7년이 넘는 시간을 철저하게 자기 자신을 위장해온 자였다. 아마 그 역시도 성유이처럼 판의 스파이거나 혹은 그가 바로 판일 확률이 높았다. 긴 시간 정체를 숨기고 안나에게 접근한 치밀함과 집요함으로 볼 때, 위고가 판일 거라는 추측이 더 신빙성 있게 느껴졌다.

거기까지 예측했을 때, 시하와 안나의 의견은 엇갈렸다. 시하는 곧바로 성유이를 제압해 판이 성운 호텔에 침입하지 못하도록 막자고 했다. 하지만 안나는 성유이에게 속은 척하며 판에게 접근해 반격해야 한다고 주장했다. 당연히 시하가 선뜻 허락해줄 리 없었다.

"절대 안 돼! 제 발로 판의 소굴에 들어가겠다니! 그러다 네가 잘못되기라도 하면……!"

"그럼 매번 이렇게 판을 피해 도망치면서 살까요?"

"뭐?"

"그렇잖아요. 5년 전엔 판의 접근을 막기 위해 내 기억을 조작해서 멀리 떠나보냈고, 이번엔 성유이 씨가 판의 계약자인 걸 미리 알아서 피하고……. 그럼 이다음에는요?"

안나는 일부러 시하가 아파할 말도 서슴지 않았다. 이렇게라도 하지 않으면 시하는 또 혼자서 모든 걸 짊어지려고 할 테니까.

"우리 같이 행복해지기로 했잖아요. 그럼 오늘 밤 모든 걸 끝내야만 해요."

"내가 해, 안나야. 내가 전부 끝낼 수 있어. 그러니까 안나 너는……."

"고집부리지 마요. 판이 포기할 리 없잖아요. 지금이 기회예요. 우리가 성유이 씨한테 꼼짝없이 속은 줄 알고 방심하고 있을 테니까."

"아무리 그래도 판의 계획대로 움직여주는 건 네가 너무 위험하다고."

"걱정 말아요. 내가 판의 레플리카 다루는 거 봤잖아요. 5분이면 완벽하게 제어할 수 있어요."

시하는 간절한 목소리로 자신을 설득하려 애쓰는 안나를 물끄러미 내려다봤다. 사실은 그도 안나의 말이 맞다는 걸 알고 있었다. 그러나 머리로는 이해해도 가슴으로 받아들이기는 쉽지 않았다.

시하가 손을 뻗어 안나의 두 뺨을 감쌌다. 이 여자를 또다시 잃게 되면 자신은 절대로 버틸 수 없을 것이다. 그러니 판이 있는 곳으로 절대 그녀 혼자 보낼 수 없다. 하지만……

안나가 평생을 판에게 쫓기며 살게 하고 싶지 않았다. 결국 그가 선택할 수 있는 선 하나였다. 그는 그녀의 이께에 머리를 기대며 뜨거운 한숨처럼 목소리를 토해냈다.

"약속해. 내가 갈 때까지 무사하기로."

안나는 제 품에 기댄 시하의 머리카락을 쓰다듬으며 고개를 끄덕였다.

"약속해요. 당신이 올 때까지 절대 다치지 않을게요."

시하는 안나의 허리를 꽉 끌어안으며 끓어오르는 불안함을 달랬다. 그렇게 얼마나 서로를 끌어안고 있었을까. 안나가 시하의 품에서 빠져나와 물었다.

"일단 내가 미끼가 돼서 판을 방심하게 만드는 것까진 오케이. 그다음엔 뭘 하면 돼요?"

다소 대책 없는 질문에 그가 황당한 표정을 지어 보였다.

"시작은 네가 저질러놓고, 끝은 나보고 내라는 거야?"

"언제는 혼자 다 할 수 있다면서요?"

"대책도 없이 거기가 어디라고 쳐들어가려고 한 거야? 오안나, 왜 이렇게 겁이 없어졌어?"

"세상에서 가장 든든한 애인을 둬서요."

시하는 배시시 웃는 안나의 코를 살짝 쥐며 덩달아 미소 지었다. 불안한 저를 달래주려는 안나의 노력에 조금은 긴장이 풀렸다. 사랑스럽게 웃던 안나가 이내 진지하고 다부진 표정으로 물었다.

"나를 미끼로 쓸 생각은 없었겠지만, 그래도 판을 무찌르기 위한 계획은 있었죠?"

시하 역시 진지한 기색으로 대답했다.

"거울 향수를 이용할 생각이야."

그 순간, 안나의 머릿속에 엄마의 책에서 봤던 향수 포뮬러가 떠올랐다.

"거울 향수? 그건 우리 엄마가 개발한 향수인데……."

"맞아. 네 어머니의 아이디어를 빌린 거야."

시하는 어머니 이야기가 나오자 금세 눈망울이 촉촉해지는 안나의 뺨을 감싸 엄지로 부드럽게 매만졌다. 그녀의 안면 근육에 힘이 바짝 들어가는 것이 느껴졌다. 울음을 참는 거겠지. 시하는 안나의 모습을 지켜보면서 마지못해 안나를 끌어들이기로 한 판과의 전쟁에 기필코 종지부를 찍으리라 다짐했다.

"그러고 보니 너는 어머님을 많이 닮았네."

"그죠? 내가 우리 엄마 닮아서 좀 예뻐요."

눈물을 감추려 애써 밝게 웃는 안나를 품에 안으며 시하는 속삭였다.

"예쁜 얼굴도 닮았는데, 마음이. 용기 있는 마음이 더 닮았어."

안나의 어머니 역시 판을 피해 도망치는 삶이 아니라, 판의 만행을 멈추기 위해 용기 있는 삶을 선택했다. 판과의 싸움 앞에서 그녀는 도망치지 않았다. 지금의 안나처럼.

결국 안나의 어머니는 판에 의해 결국 죽임을 당하고 말았지만, 기필코 안나만은 지켜낼 것이다. 시하는 안나에게 그녀의 어머니가 얼마나 용기 있는 사람이었는지, 그녀가 판을 무찌르기 위해 만들어낸 거울 향수가 무엇인지에 대해서 자세히 설명해주었다.

거울 향수는 거울의 원리를 추출해 향수로 만든 것이었다. 꿈속에 거울 향수를 뿌리면, 진짜 꿈속 세상과 마주 보는 가짜 꿈속 세상이 만들어진다. 그렇게 설계된 가짜 꿈은 서서히 진짜 꿈을 흡수하고, 결국 진짜 꿈에 깃들어 있는 모든 걸 빼앗아온다. 그녀는 꿈에 모든 힘이 깃들어 있는 몽마를 완벽하게 제압할 수 있는 무기를 만들어낸 셈이었다.

하지만 아무리 향의 일족이라 하더라도 몽마가 아닌 인간이 판을 상대하는 데는 한계가 있었다. 그녀는 거울의 치명적인 약점인 진짜와 가짜의 왼쪽과 오른쪽이 반대라는 점을 극복해내지 못했다. 시시각각 가짜의 왼쪽과 오른쪽을 진짜와 똑같이 조작해내는 것에는 실패한 것이다.

그건 몽마처럼 아무런 제약이나 조건 없이 꿈을 조작하는 것이 가능한 존재만이 할 수 있는 일이었다. 거기까지 설명을 마친 시하는 단호하게 눈을 빛내며 말했다.

"가짜 꿈을 소삭하는 선 나한테 맡겨. 판이 가짜라는 길 질내 눈치채지 못하게 완벽히 조작해낼 테니까."

그는 지난 5년간 판을 무찌르기 위해서 단련해온 몽마의 힘을 모두 쏟아부어 판을 속일 계획이었다.

"그러니까 너는 내가 갈 때까지 무사하겠다는 약속만 지키면 돼."

"응, 약속 꼭 지킬게요."

모든 건 시하와의 약속을 지키기 위해서였다. 안나는 판의 꿈속에서 눈을 뜨자마자 곧장 몰래 가져온 거울 향수를 뿌렸다. 판이 절대 눈치채지 못하도록 납치당한 상황을 두려워하는 연기까지 완벽하게 펼쳤다. 이윽고 판의 꿈과 똑같은 거울이 완성되고, 시하는 판이 안나를 데려가기 직전 그녀의 몸에 불어넣었던 자신의 힘으로 멀리서 판의 가짜 꿈을 시시각각 조작했다.

……그렇게 모든 준비가 끝났다.

*

안나는 시하의 푸른 힘이 함께 박동하고 있는 심장 위로 손을 올리며 단호하게 말했다.

"위고. 아니, 판. 진짜 전말은 말이지."

철컹. 안나는 두 손과 두 발에 채워진 기분 나쁜 족쇄를 잡아 뜯으며 말했다. 위고의 두 눈이 방금 본 것을 믿을 수 없다는 듯 커다래졌다.

"속은 건 우리가 아니라 너라는 거야."

그는 이제 아예 냉정함을 잃어버린 상태였다.

"내가……? 속아?"

"그래. 우린 성유이가 미끼라는 걸 알고 있었어. 그런데도 여기까지 순순히 따라온 이유가 뭐일 것 같아?"

"따라와?"

위고가 기가 막히다는 듯 헛웃음을 흘리며 되묻자, 안나가 입꼬리를 씩 끌어올리며 대답했다.

"당연하지. 나는 납치당해서 여기 있는 게 아니야. 내 발로 걸어 들어온 거지."

안나의 시선은 그의 어깨너머, 아득한 어둠을 바라보고 있었다. 바로 그 순간! 지지직, 지지직. 그녀가 응시하던 까만 어둠에 순식간에 균열이 생기기 시작하더니 그 틈으로 푸른빛이 쏟아져 나오기 시작했다. 그때야 뭔가 이상하다는 걸 눈치챈 위고가 뒤돌아 마치 거미줄처럼 금 간 어둠을 노려보며 소리를 질렀다.

"도대체 내 꿈에 무슨 짓을 한 거야!"

위고가 경악하며 던진 질문에 대한 대답은, 시야를 방해할 정도로 어둠을 온통 뒤덮은 푸른 빛 속에서 들려왔다.

"그걸 아직까지도 깨닫지 못한 거야?"

"차시하?"

시하의 목소리가 쩌렁쩌렁 울리자 위고는 분노했고, 안나는 환하게 미소 지었다.

"판, 당신은 이제 끝났어!"

푸른빛은 순식간에 압도적인 힘으로 어둠을 집어삼켰다.

"으아아아아악!"

판의 끔찍한 비명이 뒤틀린 어둠 속에 메아리쳤다. 동시에 와장창! 판의 진짜 꿈속 세계를 온전히 흡수한 가짜 꿈이 산산조각이 나며 깨지기 시작했다.

"안 돼! 내 낙원이⋯⋯! 이건 말도 안 돼! 말도 안 된다고!"

허무하리만치 쉽게 붕괴되는 자신의 낙원을 바라보며 판은 울부짖었다. 행복한 꿈을 먹고 힘을 키운 혼혈 몽마, 시하. 백 년에 한 번 내어나는 특별한 힘을 가진 향의 마녀, 안나. 사랑하는 연인을 지키고자 하는 간절한 마음 앞에서 몽나의 왕은 완벽하게 패배했다.

긴 세월 동안 무고한 인간의 꿈을 빼앗아 이룩해온 그의 꿈의 낙원은 무참히 무너졌다. 판의 모든 힘이 응집되어 있던 거울이 깨지고, 다시 그의 진짜 꿈속 세상이 펼쳐졌다. 그러나 이곳은 더는 어둠에 둘러싸여 있지 않았다. 거울이 깨진 잔해와 판이 먹지 않고 버려둔 불행한 꿈들이 마치 썩은 고기처럼 악취를 풍기며 여기저기 놓여 있었지만, 그뿐이었다.

나약한 인간을 홀리고 착취하던 어둠은 완전히 자취를 감췄다. 이곳엔 이제, 흐릿하지만 빛이 새어 들어오고 있었다. 크고 검은 날개로 쏟아지는 거울의 파편으로부터 안나를 보호한 시하가 살갗에 닿는 따뜻한 빛을 느끼고 황급히 안나를 품에서 떼어내 물었다.

"괜찮아? 어디 다친 데는 없어? 판의 힘은 무사히 추출해낸 거지?"

질문은 그녀가 대답할 틈도 없이 쏟아졌다. 잠자코 있던 안나는 이윽고 그가 질문을 끝내고 또다시 한 마리의 대형견처럼 자신을 바라보자 피식 웃고 말았다.

"나 괜찮아요. 다친 데도 없고요. 판의 힘도 이렇게, 전부 추출했어요."

그녀가 몰래 숨겨왔던 향수 용기에 완벽하게 담겨 있는 판의 힘을 시하의 눈앞에서 살살 흔들어 보였다. 비로소 두 눈으로 안나의 안전을 확인하고서야 안심이 된 시하가 참았던 숨을 길게 토해냈다.

"미안. 생각보다 오래 걸렸지? 판이 성유이한테 내 차원 이동을 막도록 방 안의 모든 물을 없애라고 지시를 내린 모양이야. 그 바람에 차원 이동이 늦어져서 조금 오래 걸렸어."

"물을 다 없앴다고요? 그럼 여기엔 어떻게 올 수 있었던 거예요?"

"태주 꿈속에 저장된 물로."

"아……."

식물의 꿈을 흡수하는 태주라면 가능한 이야기였다. 혹시 몰라 태주에게 성유이를 감시하도록 했던 건 정말 잘한 결정이었다.

"그럼 성유이 씨는 앞으로 어떻게 되는 거예요? 판과 했던 계약은……."

"판이 몽마의 힘을 잃었으니 성유이와 했던 계약도 무효가 되겠지."

"정말요? 다행이다. 진짜 다행이에요."

안나는 순수한 마음으로 기뻐했지만, 시하는 여전히 안나를 위험에 빠트렸던 그녀가 못마땅한 기색이었다.

"판에게서 벗어나려고 널 죽이려고 했던 여자야. 그 여자 구해준 게 그렇게 기뻐?"

"당연하죠. 어쨌든 성유이 씨도 희생양이었잖아요."

안나가 마뜩잖은 속내를 여실히 드러내는 시하의 품으로 파고들며 물었다.

"이제 더는 판에게 희생당하는 사람이 없기를 바라요. 그럴 수 있겠죠?"

"물론. 앞으론 절대 그런 일은 없을 거야."

확신에 차서 대답하는 시하의 시선이 피투성이가 된 채로 바닥에 쓰러져 있는 판에게 향했다. 한때는 저자의 후계자가 아니면 목숨을 부지하기 어렵다는 헛된 생각을 한 적도 있었다. 아무리 비정해도, 핏줄이라는 이유만으로 맹목적으로 저 악마에게 애정을 바란 적도 있었다.

하지만 안나를 만나고, 많은 것이 변했다. 시하는 제 안에 가득한 따뜻하고 사랑스럽고 소중한 저마다의 꿈을 느끼며 판을 내려다봤다.

'당신은 이런 감정을 절대 느낄 수 없겠지.'

어머니가 당신을 얼마나 사랑했는지. 유현 형이 당신을 얼마나 간절히 원했는지. 그토록 소중한 감정을 손에 쥐고서도 몰랐겠지. 누군가의 사랑을 잔인하게 짓밟았던 당신은 절대 모를 거야.

시하는 온통 추악하고 불행한 꿈투성이인 수많은 거울 파편을 싸늘하게 바라봤다. 판은 거울 파편에 무수한 치명상을 입은 상태였다. 순간 울컥하며 그에게서 피가 쏟아졌다. 그의 피가 메마른 바닥을 적시며 퍼져나갔다.

끝내 판의 피가 물들이지 못한 곳. 따사롭게 내리쬐는 빛 속에 꽃 한 송이가 피어 있었다. 어둠 속에서 핀 꽃. 그것은 희망이고 행복이었다. 그 꽃을 눈에 담지도 못한 채 쓰러져 있는 초라한 왕의 모습을 내려다보며 시하가 선언했다.

"이제 정말 다 끝났어."

모두 끝이라는 그의 말에 안나의 눈가에 눈물이 차올랐다. 저를 지키기 위해 그동안 애써준 이들의 얼굴이 하나하나 머릿속에 떠올랐다. 돌아가신 부모님, 하연과 은재, 라희와 해우, 그리고 태주까지. 안나가 왜 우는지 이유를 너무나 잘 아는 시하는 그저 따스한 손길로 그녀의 눈물을 닦아줄 뿐이었다.

"오늘만 허락해주는 거야. 오늘까지만 울고, 내일부터는 웃자."

바로 그 순간, 시하의 손끝에 묻어난 안나의 눈물이 파르르 진동하기 시작했다. 그것이 의미하는 바는 뻔했다. 태주가 그들을 부르고 있었다. 모두가 그들이 돌아오길 간절히 바라고 있었다.

눈을 맞춘 시하와 안나가 약속이나 한 듯 서로를 꼭 끌어안았다. 곧 푸른 물보라가 둘을 감싸 안았다. 차원의 문이 열리기 직전, 시하가 안나에게 입 맞추며 속삭였다.

"돌아가자."

모두가 있는 곳으로.

*

"뭐? 그러니까 시하랑 안나가 판에게 끌려간 게 아니라 제 발로 찾아갔다는 거야, 지금?"

펜트하우스 응접실에 모인 모두가 놀라움에 입을 다물지 못했다. 사라져버린 시하와 안나. 계속 전화를 받지 않는 위고. 모두가 불안과 걱정으로 떨고 있던 그때, 언제 정신을 차린 건지 태주가 방에서 나왔다. 그리고 그는 펜트하우스에서 벌어졌던 사건과 관련해 도무지 믿기 힘든 전말을 들려주었다.

시하와 안나가 위고가 판이라는 사실은 물론 성유이가 판의 스파이라는 사실도 미리 알고 있었고, 몰래 오늘을 대비해왔다는 것이다. 가만히 태주의 설명을 듣고만 있던 하연은 내내 이곳에 어떻게 찾아온 건지 의문을 품었던 유현에게 물었다.

"이유현 씨. 이 사실, 당신도 알고 있었어요?"

유현은 말없이 고개를 끄덕였다. 사실 성유이를 처음 봤을 때, 판이 살해에 실패한 인간이라는 이야기를 전해 듣고 의심을 품었었다. 판은 절대 그런 실수를 할 만한 자가 아니었다. 그래서 라희를 지키기 위해 제 피를 가지고 펜트하우스에 찾아간 날, 시하에게도 제 의견을 전달했다.

'그리고 한 가지 더, 너한테 알려줄 게 있는데…….'

하지만 시하는 유현이 알려주기 전에 이미 많은 것들을 알고 있었다. 성유이를 치료하던 도중 안나가 쓰러졌을 때, 그때부터 이미 위고와 그녀를 의심하고 있던 모양이었다. 게다가 시하는 도리어 하연과 은재만으로는 모든 스위트 노트들을 지켜내는 것이 무리라는 걸 예견하고, 유현에게 해우를 도와 라희를 지켜줄 것을 부탁하기까지 했다. 그때부터 유현은 호텔 안에서 동태를 살피며 지냈다. 그렇게 유현의 이야기까지 전부 들은 하연과 모두는 서운한 표정을 지었다.

"어떻게 우리한텐 아무 말도 안 해주고……."

하연이 속상해하자 가만히 물러나 있던 태주가 그녀를 달랬다.

"조향사님은 위고랑 함께 일하는 시간이 많으셨잖아요. 그래서 어쩔 수 없으셨던 거예요."

"알아. 알지만, 그래도……."

"서운한 건, 두 분 무사히 돌아오면 그때 전부 말해주자고요. 시하 님, 꼭 안나 님을 무사히 데리고 돌아온다고 하셨으니까."

성유이가 방 안에 물 한 방울 남겨놓지 않은 탓에 차원 이동을 할 수 없었던 시하는 문득 태주가 식물의 뿌리에서 꿈을 흡수한다는 사실을 떠올렸다. 태주의 꿈속에 들어가면 식물에서 흡수한 영양분이 잔뜩 있을 것이다. 햇볕과 수분도 물론이고 말이다.

시하는 갑자기 검은색 향수를 꺼내놓더니, 이어 자신의 몸에 또 다른 향수를 뿌리느라 분주한 성유이 몰래 곧바로 태주의 꿈속으로 들어갔다. 그리고 태주의 꿈속에 저장된 물을 통해 차원 이동을 하기 직전, 이렇게 말했다.

'태주야.'

'네?'

'안나, 무사히 데려올게. 그러니까 얌전히 기다리고 있어.'

'네, 오실 때까지 기다릴게요. 대신 얼른 오세요. 아셨죠?'

'그래. 금방 올게. 우리, 이제 진짜 행복해지자.'

태주는 제 주인의 말을 믿었다. 제 주인은 결코 거짓말을 할 분이 아니니까.

"아마도 시하 님은 지금쯤 안나 님이 있는 곳에 도착하시지 않았을까요?"

창밖으로 마치 바다처럼 반짝이는 수영장의 수면을 바라보며 태주가 말했다. 그의 손에는 시하를 다시 소환하기 위한 회중시계가 소중히 들려 있었다.

"곧 언제나처럼 저곳으로 돌아오실 거예요."

기도와도 같은 말에 모두는 같은 곳을 바라봤다. 햇살에 수영장 표면이 마치 거울처럼 보였다. 그 속에 나란히 웃는 얼굴로 서 있는 시하와 안나의 모습이 보이는 것 같은 착각이 들었다.

"그러니까 믿고 기다려요, 우리."

태주의 말에 모두 불안한 표정을 지우고 고개를 끄덕였다. 시하와 안나는 분명 무사히 이곳으로, 모두의 곁으로 돌아올 것이다. 반드시.

에필로그

위태로운 밤이 지나고, 초조했던 새벽마저 모두 물러간 아침. 시하의 형제들은 자신의 몸에 흐르는 피로 몽마의 왕이 힘을 완전히 잃었다는 사실을 깨닫고, 모두에게 그 소식을 전했다.

비로소 모두는 긴장했던 어깨를 축 늘어뜨리고 안도의 한숨을 내쉬었다. 이제는 정말 마음 놓고 시하와 안나가 돌아오기만을 기다리면 되는 것이다.

성재와 정우는 서둘러 스위트 노트를 데리고 자신의 거처로 돌아가고 싶다고 말했다. 비록 다친 것은 아니었으나 갑작스러운 몽마의 공격에 놀랐을 그녀들을 1분 1초라도 더 빨리 편안한 곳으로 데려가고 싶은 마음은 당연했다. 시하에겐 나중에 다시 찾아오겠다는 말을 남기고 펜트하우스를 나서는 그들의 뒤를 유현도 따라나섰다.

누군가는 그들을 배웅해야 했지만, 해우는 몽마와 싸울 때 입은 상처를 치료 중이었고, 은재는 해우뿐 아니라 성유이까지 돌보느라 바쁜 상황이었다. 하연도 별안간 준비할 게 있다는 말을 하더니, 시하의 서재와 응접실을 분주히 오가며 뭔가를 테이블 위에 나르기 시작했다.

결국 라희와 태주만 배웅을 나섰다. 엘리베이터가 도착하고 하나둘 그 안에 오르기 시작했다. 성재와 수민, 정우와 소담의 모습을 바라보며 라희는 묘한 기분을 느꼈다.

그들은 사랑을 지키고자 몽마의 왕인 판까지 물리친 시하와 안나를 지켜보면서 어떤 생각을 했을까? 몽마와 스위트 노트 사이에 진실한 사랑 같은 건 절대 존재할 수 없다던 그 잔인한 생각은 이제 달라졌을까?

착각일지도 모르지만, 전보다 조금은 가까워진 듯한 그들의 모습을 바라보던 라희가 돌연 흠칫 놀라며 뒤로 물러섰다. 유현과 눈이 마주친 까닭이었다. 그는 마치 지금 이 순간이 마지막인 것처럼 그녀에게서 시선을 떼지 못하고 있었다. 그가 저를 이런 눈빛으로 바라봐준 것은 처음이었다. 도저히 마주 보고 있을 수 없을 만큼 뜨겁고 그윽한 눈빛. 다행인지 불행인지 때마침 엘리베이터 문이 닫히려 했다.

"……아!"

그러나 그보다 조금 더 빨리 안에서 불쑥 튀어나온 손이 뒷걸음질 치는 라희를 붙잡았다. 덜커덩. 끝까지 닫히지 못하고 다시 열리는 문틈으로 다급히 몸을 빼낸 유현이 라희의 귓가에 속삭였다.

그리고 속삭임 끝에 그는 미련 없이 멀어졌다. 이윽고 문이 닫히고, 엘리베이터는 거침없이 아래를 향해 내려갔다.

"안녕, 유현 씨."

라희는 닫힌 문 앞에서 안녕을 고했다.

"조금만 아프고, 조금만 외로워해요."

그사이 떠난 이들에게 예를 갖춰 오랫동안 인사를 건네던 태주가 고개를 들어 올리곤 허둥지둥 댔다. 라희가 별안간 눈물을 흘리고 있었다.

"라, 라희 님, 왜 그러세요? 어디 아프세요?"

어쩔 줄 몰라 하는 태주를 향해 라희는 고개를 저었다.

"아뇨. 원래 이별할 때는 눈물이 나는 법이잖아요."

"이, 이별이요? 설마 라희 님 강 선생님이랑 헤어지셨어요?"

"네? 그럴 리가요. 강 선생님이랑은 아직 사귀는 사이도 아닌데요? 이러다 내가 먼저 연애하자고 고백하게 생겼어요."

"어, 음, 그럼 왜 갑자기 눈물을……. 이별은 또 무슨 말인지."

"그런 게 있어요, 태주 씨."

어리둥절한 표정으로 고개를 갸웃하는 태주를 보며 라희는 홀가분하게 웃었다. 비로소 사랑을 새로 시작할 수 있을 것 같은 기분이 들었다. 한결같이 곁에 머물러주는 해우에게 마음이 흐르고는 있었지만, 그 마음은 잘 흐르다가도 늘 무언가에 가로막히곤 했었다.

라희는 그 이유를 이제야 알 것 같았다. 유현과 제대로 이별하지 못했기 때문이었다. 늘 홀로 해왔던 이별. 그 이별에 유현이 드디어 답을 해주었다.

'아무 말도 안 하고 가려고 했는데, 마지막이라고 생각하니까 이 정도는 전해도 될 것 같아서.'

그의 이별은 그렇게 시작되었다.

'이번 생에는 너한테 용서를 구하지 않을 거야. 그것조차 너를 괴롭게 할 거라는 걸 아니까. 어떻게 해도 내 죄가 용서받지 못할 거라는 걸 아니까.'

'……'

'하지만 네 다음 생에는 내 무릎이 닳도록 용서를 구하러 갈게. 다음 생에 용서받지 못하면, 그다음 생에. 용서받을 때까지 널 찾아갈게.'

'……'

'그러니까 네 생에 한 번쯤은, 내가 널 사랑할 기회를 줘.'

'……'

'네가 몇 번의 생을 사는 동안 나는 행복한 너를 지켜보면서 열심히 벌 받을 테니, 너만큼 아프고 외로울 테니. 딱 한 번만.'

'……'

'내게도 기회를 줘. 기다릴게. 얼마가 걸리더라도.'

'……'

'행복해라, 민라희.'

끝까지 라희가 말할 기회는 주지 않은 채 이번 생에서의 그의 이별은 끝이 났다. 하지만 그것으로 충분했다. 그는 이번 생에는 용서를 구하지 않겠다고 했지만, 이미 용서를 빌었다. 이제야 비로소 진정으로 행복해질 수 있을 것 같은 기분이 들었다.

라희는 가슴속에 아프도록 꽁꽁 굳어 있던 무언가가 풀어지는 걸 느끼며 곧장 해우가 있는 곳으로 달려갔다. 막 치료를 끝낸 해우는 곤히 잠들어 있었다.

"아마 반나절 정도는 못 깨어날 거예요. 조금 효력이 강한 테라피 향수를 써서요. 그래도 깨면 상처는 다 치료되어 있을 테니까 염려 안 해도 돼요."

해우의 치료를 마무리 짓고 치료에 썼던 향수를 정리하며 은재가 말했다. 라희는 살짝 아쉬운 얼굴로 해우의 곁에 앉아 그의 손에 얼굴을 기댔다.

"내가 진짜 큰맘 먹고 용기 내려고 달려왔는데……. 이렇게 잠들어버리는 게 어딨어요. 아픈 사람 깨울 수도 없잖아요."

어느 날 갑자기 몽마가 되어버린 후로 고생이 많았던 그의 손은 거칠었다. 그 거친 손에 뺨을 비비며 라희는 마치 꿈결처럼 속삭였다.

"지난번에 내가 먼저 손잡은 거로도 그렇게 놀란 사람인데, 이 말을 들으면 얼마나 놀랄까요?"

상상만으로도 행복한지 라희는 살포시 미소지었다.

"상처 다 낫고 나면……."

부끄러웠는지 말끝을 길게 늘이던 그녀가 아예 해우의 커다란 손에 얼굴을 파묻으며 고백했다.

"나랑 연애할래요? 해우 씨."

어차피 당장 대답을 들을 수 있는 것도 아닌데, 왜 이렇게 심장이 뛰는 거람. 라희가 창피함에 뜨거워진 얼굴을 해우의 차가운 손에 연신 비비고 있던 그때였다.

"······네."

조용하지만 단호한 음성이 귓가에 내려앉았다. 깜짝 놀란 라희가 벌떡 일어섰다. 해우가 눈을 초롱초롱하게 뜨고 있었다.

"해, 해우 씨! 어, 언제부터 깨 있었어요?"

말도 안 돼! 분명 반나절은 안 깬다고 그랬는데!

"라희 씨가 제 손에 뺨을 대고 있을 때부터."

해우의 대답에 라희는 목덜미까지 온통 빨개졌다. 그럼 처음부터 다 들었다는 소리였다. 해우는 수줍어하는 라희의 모습을 희미하게 웃는 얼굴로 바라보며 말을 이었다.

"라희 씨가 닿으면, 심장이 먼저 반응해요. 떨려서. 전에 손잡았을 때도, 그랬어요."

"해우 씨······."

테라피 향수 때문에 그는 지금 혼몽한 상태였다. 그래서 어린아이처럼 더없이 순수하고 솔직하게 자신의 마음을 내비치고 있었다. 라희는 그의 진실한 애정에 눈시울을 붉히며 다시 주저앉았다.

"그래서 나랑 연애, 할 거예요?"

"할 거예요. 하고 싶어요, 라희 씨랑."

해우의 대답을 들은 라희가 무릎을 세워 그의 얼굴로 천천히 다가갔다. 그녀가 콧등을 부드럽게 부딪치며 속삭였다.

"사랑해요, 해우 씨."

"나도 사랑해요, 라희 씨. 아무리 표현해도 부족하겠지만, 정말 사랑해······ 흡!"

오롯이 자신의 마음을 전할 길 없어 애타 하는 해우에게 방법을 알려주듯 라희가 입술을 겹쳤다. 말로는 전하기 힘든 뜨거운 마음이 입술 새로 스며들었다. 해우는 이내 제 마음도 전하려 한껏 입술을 열고 그녀를 받아들였다.

서둘러 향수를 챙긴 은재가 눈치껏 자리를 비켜주었다. 닫히는 문틈으로 보이는 두 사람의 얼굴엔 더없이 행복한 미소가 가득했다. 탁. 은재가 문이 완벽하게 닫힌 걸 확인하고 뒤돌아선 순간이었다. 태주가 그에게 다가왔다.

"강 선생님 치료는 다 끝나신 거예요?"

은재는 살짝 상기된 기색을 재빨리 숨기고 침착하게 대답했다.

"네, 반나절 정도 테라피 향수를 몸에 주입하고 나면 괜찮아질 거예요."

"그래요? 정말 다행이네요. 그나저나 라희 님은 좀 어떠세요? 아까 상태가 좀 이상하셨는데. 계속 살펴보려고 했는데, 양하연 조향사님이 갑자기 일을 시키시는 바람에……."

조금 전, 펜트하우스로 뛰어들어가는 라희를 뒤쫓다가 태주는 하연에게 붙잡히고 말았다. 하연의 일을 도우면서도 내내 라희의 눈물이 마음에 걸렸던 태주의 얼굴에는 걱정스러운 기색이 가득했다.

"지금 들어가도 되죠?"

서둘러 문고리를 향해 손을 뻗는 태주를 은재가 다급히 만류했다.

"왜 그러세요? 주은재 조향사님."

"그게, 강 선생님이 지금 안정을 취해야 해서 라희 씨만 곁에서 돌봐주는 편이 나을 것 같아서요."

은재의 말에 태주가 황급히 손을 놓고 고개를 끄덕였다.

"그렇네요. 제가 생각이 짧았어요."

"참, 그리고 보니 성유이 씨한테는 무슨 일이 있었던 거예요? 치료는 하긴 했지만, 제법 내상이 크던데."

은재는 태주의 관심을 완벽히 돌리기 위해 성유이에 관한 이야기를 꺼냈다. 태주가 난감한 얼굴로 그녀에게 있었던 일을 설명했다.

"아, 그게 그러니까, 어떻게 된 거냐면요."

성유이는 시하가 사라진 것을 알고 계획이 실패했다는 사실을 깨닫자마자 스스로 블랙홀 향수를 몸에 뿌려 자결하려고 했다. 영원히 판에게서 벗어날 수 없다고 생각한 것이었다. 원래는 시하에게 블랙홀 향수를 사용할 계획이었기 때문에, 그녀는 미리 자신의 몸에 보호막이 될 향수를 뿌려놓은 상태였다.

하지만 블랙홀 향수 한 통을 전부 다 뿌리자, 그 보호막도 소용이 없었다. 결국 태주가 뛰어들어 자신의 몸에 블랙홀 향수의 일부를 흡수시켰고, 덕분에 그녀는 죽음만은 면할 수 있었다. 그 바람에 모두가 돌아왔을 때 태주와 성유이 둘 다 정신을 잃고 쓰러져 있던 것이다. 이야기를 다 들은 은재가 태주를 걱정스러운 눈으로 살피며 말했다.

"태주 씨는 괜찮아요?"

"아, 저는 멀쩡해요. 다만 제가 흡수했던 식물의 꿈을 전부 빼앗기긴 했지만요. 근데 정말 괜찮아요. 시하 님이 펜트하우스 정원에 제가 좋아하는 꽃을 잔뜩 심어주셨거든요. 덕분에 요즘 과식을 좀 했었는데, 그래서 살았죠."

태주는 별거 아니라는 듯 덤덤하게 말했지만, 은재의 얼굴엔 걱정스러운 기색이 가득했다.

"태주 씨한테 아무 일 없어서 다행이지만, 자칫 위험해지기라도 했으면 어쩌려고 그런 일을 했어요."

"성유이 씨가 잘못되면 시하 님이랑 안나 님이 돌아오셨을 때, 마냥 행복하게 웃으실 수 없을까 봐요."

태주의 말에 은재는 저도 모르게 고개를 끄덕였다. 시하는 몰라도, 안나는 성유이가 저 때문에 판과 계약까지 하게 된 거라고 죄책감을 느끼고 있을 게 뻔했으니까.

"태주 씨 덕분에 안나 마음이 편해지겠네요. 그럼 이제 둘, 이곳으로 불러도 되지 않을까요?"

"슬슬 그래도 될 것 같죠? 시하 님 형제분들도 다 끝난 것 같다고 말씀하셨으니까."

"여기도 준비 끝났어! 이제 시하랑 안나 부르기만 하면 돼!"

시하의 서재와 응접실을 분주히 오가며 무언가를 준비 중이던 하연이 외쳤다. 그녀는 대체 무슨 준비를 끝냈다는 것일까? 은재와 태주가 의아한 눈길을 주고받으며 응접실로 향했다.

하연이 뿌듯한 표정으로 응접실 테이블을 가리켰다. 응접실 테이블은 불을 켠 초와 화사한 꽃으로 장식이 되어 있었고, 그 위에 정성스럽게 포장된 크고 작은 다섯 개의 상자가 놓여 있었다.

"이게 다 뭐예요?"

은재가 묻자 하연을 도왔던 태주도 잘 모르겠다는 표정을 지으며 어깨를 으쓱였다. 하연은 의미심장한 미소를 지으며 태주에게 성화를 부렸다.

"이게 뭔지는 금방 알게 될 거니까, 얼른 시하랑 안나부터 부르자. 태주 씨, 뭐 해? 빨리 둘 소환하지 않고."

"네? 아, 네!"

하연의 등쌀에 떠밀려 태주는 수영장이 있는 곳으로 향했다. 그러곤 회중시계를 수영장 물에 담갔다 빼며 소환을 시작했다. 고요하던 수면이 출렁이기 시작하더니 이내 작은 물살이 모여 물보라를 만들어냈다. 물보라는 순식간에 허공으로 치솟았다가 커다란 파도 소리를 내며 사라졌다.

"아……."

태주가 눈물을 글썽이며 허공을 바라봤다. 뒤에서 지켜보던 하연과 은재도, 언제 나온 건지 알 수 없는 라희와 해우도, 모두 태주처럼 감격스러운 표정을 짓고 있었다.

물보라가 사라진 자리에 시하가 안나의 어깨를 다정히 끌어안고 서 있었다. 둘의 행복한 모습을 본 것만으로도 모두는 목이 메어왔다.

"다녀…… 오셨어요?"

태주가 힘겹게 건넨 인사에 시하와 안나는 그 어느 때보다 환한 미소를 지으며 답해주었다.

"돌아왔어."

"돌아왔어요, 우리."

사뿐히 바닥으로 내려앉는 둘을, 모두가 약속이나 한 듯 다가와 끌어안았다. 모두는 똑같이 벅찬 생각을 하고 있었다.

이제 정말 행복해질 수 있다고. 바로 지금이 그 행복이 시작되는 순간이라고.

*

"이게 다, 뭐예요?"

잔의 꿈속에서 한바탕 전쟁을 치르느라 지저분해진 품을 깨끗이 씻고 응접실로 나온 안나가 조금 전 은재가 했던 질문을 똑같이 던졌다. 그도 그럴 게 응접실 테이블 위에 놓인 다섯 개의 상자는 누구라도 상당한 궁금증을 자아낼 만한 물건들이었기 때문이다. 그러나 하연은 정작 질문을 한 안나 대신 그 뒤에 서 있는 시하를 향해 한쪽 눈을 찡긋하며 입을 열었다. 시하도 어느새 멋진 옷으로 갈아입은 상태였다.

"곧바로 필요할 것 같아서 내가 대신 준비했는데. 어때? 괜찮아?"

시하가 거침없이 고개를 끄덕였다.

"완벽해요. 고마워요, 조향사님."

도대체 뭐가 완벽하고 뭐가 고맙다는 건지. 시하와 하연 사이에 대화가 오갈수록 모두의 궁금증만 커져갈 뿐이었다.

그때, 별안간 어리둥절해 하는 안나의 손을 잡은 시하가 그녀를 소파로 이끌었다. 다섯 가지 선물 상자가 한눈에 보이는 자리에 안나를 앉힌 그가 조심스럽게 그녀의 앞에 한쪽 무릎을 굽히고 앉았다. 그러곤 첫 번째 상자를 집어 들어 안나의 무릎 위에 올려주며 말했다.

"열어봐."

"설마 이거 다 나한테 주는 거예요?"

"응. 그러니까 얼른 열어봐."

안나는 눈앞에 놓인 선물이 전부 자신을 위한 거라는 시하의 말에 불현듯 생일이 끝나가던 밤이 떠올랐다.

'생일 선물은 오늘 밤이 무사히 지나가고 나면 줄게.'

'네가 스물한 살 때, 스물두 살 때, 셋, 넷, 다섯, 못 챙겨줬던 선물까지 다 챙겨줄 거야.'

그는 분명 스무 살 생일에 주지 못했던 반지 외에도 다섯 가지 선물을 더 준비했다고 했다. 무사히 판과의 전쟁을 치르고 나면 전해주겠다고. 아마도 그 선물을 지금 주려는 모양이었다. 안나는 설레는 마음으로 첫 번째 상자의 뚜껑을 열었다.

"와, 너무 예뻐요."

상자 안에는 하얀색 구두 한 켤레가 들어 있었다. 흔치 않은 디자인에 소재도 고급스러워서 어떤 여자가 봐도 첫눈에 반할 법한 구두였다. 황홀한 표정으로 구두를 감상하던 안나가 문득 짓궂게 장난을 쳤다.

"근데 구두 선물해주면 도망간다던데, 괜찮겠어요?"

시하가 자신만만한 표정으로 고개를 끄덕였다.

"괜찮아. 이건 네가 내 곁에서 절대 도망 못 치게 만드는 구두니까."

"에이, 그런 게 어딨어요."

"정말이야. 그러니까 걱정은 그만하고 다음 상자도 빨리 열어봐."

시하의 성화에 못 이겨 안나는 나머지 상자들도 차례로 열어봤다. 두 번째 상자에서는 구두와 어울리는 하얀색 카라 꽃다발이, 세 번째 상자에서는 예쁘게 반짝이는 목걸이와 귀걸이를 비롯한 액세서리가, 네 번째 상자에서는 황홀한 디자인의 란제리가 나왔다.

"고마워요. 다 너무 예쁘다. 속옷은 조금 부끄럽지만……."

카라 꽃다발의 향기를 맡는 척 얼굴을 가린 안나가 수줍게 고마움을 표시했다. 시하가 가장 커다란 다섯 번째 상자를 안나의 앞으로 가져오며 말했다.

"아직 고맙다고 말하긴 일러. 이것도 열어봐야지."

"아, 맞다. 안 그래도 제일 부피가 커서 뭔지 궁금했었는데."

깜빡했다는 듯 서둘러 상자 뚜껑을 열려고 하는 안나의 손을 시하가 부드럽게 잡아챘다. 그러곤 그녀의 손등에 입을 꾹 맞추며 속삭였다.

"휴우…… 이 선물까지 다 받고난 다음에도 네가 기뻐했으면 좋겠어."

갑자기 한숨을 내쉴 만큼 그는 무척 긴장한 기색이었다. 마주잡고 있는 손도 조금 떨고 있었다. 안나는 시하가 생일 선물을 선해주면서 이렇게까지 긴장하는 게 의아했지만, 곧 대수롭지 않게 여기고 다시 상자로 손을 뻗었다.

"무슨 그런 걱정을 해요. 이미 말로 다 표현 못 할 만큼 기쁜데……"

하지만 마지막 상자를 연 순간, 안나는 더 이상 웃지 못하고 그저 입술만 꼭 깨물었다. 시하가 왜 그렇게 긴장했는지 이제야 알 것 같았다. 구두를 가리키며 절대 도망 못 치게 만드는 거라고 하던 그 말의 의미도.

마지막 상자에 담겨 있는 건 순백의 드레스였다. 이제껏 본 선물 모두가 다 하나의 의미였다. 웨딩 슈즈, 웨딩 부케, 웨딩 액세서리, 웨딩 속옷……. 그리고 웨딩드레스. 안나는 울컥 흘러넘치는 감정을 애써 억누르며 떨리는 목소리로 시하에게 물었다.

"이거 정말 생일 선물 맞아요?"

"응."

"거짓말."

"거짓말 아닌데. 그렇지만 여기 있는 것들 모두 생일 선물이면서 동시에……"

시하는 선물을 전해주느라 흐트러졌던 자세를 바로 한 후에 안나의 눈을 똑바로 올려다보며 말했다.

"프러포즈 선물이기도 해."

"흑……!"

결국 안나에게서 참았던 눈물이 터져 나왔다. 안나가 울음을 터뜨릴 걸 예상했다는 듯, 시하는 손수건을 꺼내 눈물이 그렁그렁해진 그녀의 눈가를 상냥하게 닦아주며 고백을 시작했다.

"안나야, 내가 이 말을 하는 날을 얼마나 오래 기다려왔는지 모를 거야."

그래, 참 오랜 시간을 기다렸다. 안나를 만나고 사랑하게 된 후로 지금까지. 아니, 어쩌면 안나를 만나기 훨씬 전부터. 누군가를 사랑하게 될 거라고는 전혀 상상조차 못 했던 그 아득하고 외로운 시절부터, 시하는 자신이 마치 지금 이 순간만을 기다리며 살아왔던 것처럼 느껴졌다.

"내가 누군가에게 이런 말을 하게 될 거라고는 생각도 못 했는데……. 아니, 그전에 내가 누군가를 이렇게 사랑하게 될 줄도 몰랐어."

시하는 자신에게 찾아온 기적과도 같은 사랑이 여전히 믿기지 않는지 감탄과도 같은 벅찬 숨을 토해내며 말을 이었다.

"우리에겐 다른 연인들처럼 평범하게 늙어가고, 평범하게 아이를 낳고, 그런 삶은 주어지지 않겠지."

악마의 피가 섞인 시하와 향의 마녀로서 각성을 끝낸 안나는 아마 평생 늙지 않고 때가 될 때마다 신분을 바꾸며 살아가야 할 것이다. 그러다 어느 날인가는 태어날 아이가 혹 끔찍한 악마의 피를 물려받지는 않았는지, 가혹한 향의 마녀의 능력을 잇지는 않았는지 걱정하게 될지도 모른다.

"그래도 안나야."

그럼에도 불구하고 시하는 그런 삶조차도 행복할 거라고 믿었다.

"나는 너랑 함께하면, 늙지 않고 영원히 사는 것도 나쁘지 않을 것 같아. 우리 아이가 우리의 운명을 이어받는다고 해도 괜찮을 것 같아. 아니, 너만 내 곁에 있어준다면 그런 영원한 삶도, 극복해야 할 운명조차도 분명 행복이 될 거라고 생각해. 그러니……."

영원히 끝나지 않는 삶을 안나와 함께할 수 있어서. 제 아이들 역시 비밀까지 전부 끌어안아 줄 소중한 이를 만날 거라는 확실한 믿음이 있어서. 그 래서 시하는 망설임 없이 고백할 수 있었다.

"나와 결혼해줄래?"

그가 안나의 손가락에서 눈부시게 반짝이고 있는 반지를 눈에 담으며 청혼했다. 시하에게 선물 받은 후로 단 한 번도 뺀 적 없는 반지 위로 안나의 눈물이 톡 떨어져 내렸다. 안나는 당황한 얼굴로 곧바로 손수건을 가져다 대려는 시하를 와락 끌어안으며 대답했다.

"응. 결혼해요. 평생 함께해요, 우리."

안나의 허락에 시하는 눈물을 닦아주려던 것도 잊고 그녀의 허리를 부둥켜안았다. 누가 먼저랄 것도 없이 둘은 뜨겁게 입술을 포갰다. 동시에 기쁨의 박수 소리가 터져 나왔다.

뒤늦게 모두가 지켜보고 있다는 사실을 깨달았지만, 시하도 안나도 신경 쓰지 않았다. 마치 이곳에 둘만 있는 것처럼, 그렇게 천년의 사랑을 뜻하는 카라 꽃다발과 신부를 아름답게 만들어줄 선물들 사이에서 간절한 마음을 담아 키스했다.

'안나야. 빨리 너를 신부로 맞이할 그 날이 왔으면 좋겠다.'

벌써부터 기다리기 힘들어진 그가 지금 당장 할 수 있는 거라곤, 그저 안나를 더욱 세게 끌어안고 입을 맞추는 것뿐이었다. 그렇게 그가 숨이 막히도록 그녀를 탐하는데, 안나가 문득 입술을 떼어내더니 말했다.

"당장 내일부터 시하 씨 반지 만들러 갈 거예요. 반지가 완성되면, 결혼해요, 우리."

아무래도 조급한 건 그뿐만이 아니었나 보다.

"나는 누구랑 달리 손재주가 좋아서요. 아마 한 달이면 완성할 수 있을 거예요."

시하는 반지를 만드는 데 한 달 반이 넘게 걸렸지만, 지금 안나의 각오라면 정말로 한 달 안에 완성하고도 남을 것 같았다. 그녀의 예상보다 기간이 더 짧아져도 좋을 것 같다고 생각하며 시하는 다시 안나에게 키스했다. 어느새 지켜보던 사람들마저 모두 자리를 피해주고, 오직 둘만이 존재하는 공간.

"사랑해, 안나야."

"사랑해요, 시하 씨."

둘은 입술이 닿았다 떨어지는 찰나마다 사랑을 고백하며 더욱더 서로를 간절히 끌어안았다. 그러다가도 아주 잠깐 입술이 떨어지는 순간이면 지독한 갈증이 덮쳐왔다. 아니, 입술이 닿아 있는 순간조차도 그랬다.

하지만 시하와 안나는 더 이상 불안해하지도, 안달내지도 않았다. 이 갈증은 앞으로 평생 함께하며 채워가면 될 테니까. 함께하는 동안은 분명 갈증마저도 더없이 달콤하게 느껴질 것이다.

시하가 예쁘게 눈을 감은 채 키스에 열중하고 있는 안나를 조심스럽게 품에 안았다. 그러곤 천천히 둘만 있을 수 있는 곳을 향해 걸음을 옮겼다. 반지를 만드는 건 내일부터라고 했으니, 오늘은 자신이 그녀를 오롯이 독차지해야겠다고 생각하며. 그렇게 둘만의 아주 달콤한 갈증을 달래는 시간이 시작되었다.

-마침-

작가의 말

드디어 세 번째 종이책이 나왔습니다. 전자책까지 포함하면 다섯 번째 글에 온전한 마침표를 찍은 셈이네요. 쌓인 작품 수만큼, 벌써 글을 쓰며 산 지도 햇수로 5년째가 되었습니다.

『아주 달콤한 갈증』은 제가 처음으로 시도해본 판타지가 섞인 글입니다. 처음엔 단순히 '꿈을 먹는 악마'라는 설정에 매력을 느껴 시작한 글이었어요. 그저 흥미로운 설정에 불과했던 악마 캐릭터는 이야기를 구상하는 동안 '진실한 사랑에 빠지면서 인간이 되고 싶어진 악마' 캐릭터로 변화했지요. 반쪽짜리 악마와 그를 변화시킨 정의롭고 따뜻한 성품을 지닌 소녀, 두 캐릭터가 이끌어가는 이야기 속에 제 생각과 가치관을 담기 위해 오랜 시간 공을 들여 작업했습니다. 그런 제 메시지가 잘 전해졌는지는, 언제나 그랬듯 이 글을 읽어주신 여러분이 판단할 몫이지만요.

늘 독자님의 그 판단 앞에서 한없이 작아지곤 하지만, 『아주 달콤한 갈증』은 이미 그 자체만으로도 저에게 많은 의미를 남긴 글입니다. 긴 슬럼프를 이겨낼 수 있게 해준 계기였고, 글을 쓰는 기쁨을 다시 깨닫게 해준 소중한 선물이었으며, 앞으로 제가 쓰고 싶은 글의 방향을 제시해준 이정표이기도 하거든요. 덕분에 다음 이야기는 슬럼프 없이 더 행복하고 즐겁게 쓸 수 있지 않을까 싶습니다. 열심히 준비할 테니, 기대 많이 해주세요.

『아주 달콤한 갈증』을 쓰기 전 의도치 않게 꽤 긴 시간을 쉬었던 바람에 오랜만에 종이책에 작가의 말을 적는 감회가 남다릅니다. 이어서 어떤 말을 적을까 곰곰이 고민하다 소중한 분들께 고마운 마음을 전하고 싶어졌습니다. 욕심껏 적어볼게요.

무조건 내 편이 되어주는 우리 가족. 아빠, 엄마, 동생. 앞으로 더 자랑스러운 작가 딸, 작가 누나가 되겠습니다. 고맙고, 사랑해요. 늘 건강하길!

비타민 뺨치는 수다 테라피로 원기회복 시켜주시는 작가님들, 공모전부터 함께해온 작가님들, 자주 연락하진 못해도 이따금 떠오르는 작가님들, 감사합니다. 덕분에 혼자서 글 쓸 때도 외롭지 않아요. 저도 늘 여러분을 응원하겠습니다.

스무 살에 처음 만나 지금까지 쭉 우정 이어온 친구들. 미진, 민서, 민정, 소영, 수정, 수진, 은지, 주란, 초롱. 내 인생에 너희가 있어서 너무 행복하다. 매번 새로 작품 시작할 때마다 응원해줘서 고마워. 언젠가 너희와 했던 약속, 진짜 꼭 지킬게!

좋은 기회 주시는 와이엠북스, 네이버 웹소설에도 감사합니다. 어설픈 완벽주의자인 절 돌봐주시느라 늘 고생이 많으세요. 열심히 노력해서 더 멋지고 성숙한 작가가 되겠습니다.

1년 가까이 네이버 웹소설에서 멋진 삽화 작업해주셨던 DELTA 님께도 다시 한 번 감사드립니다. 덕분에 『아주 달콤한 갈증』이 더 빛날 수 있었어요.

마지막으로 지금 이 페이지를 읽고 계신 독자님들, 제일 고맙습니다. 여러분이 제가 글을 쓰는 이유입니다. 더 자주, 그리고 더 오래 찾아뵙겠습니다.

이번에 『아주 달콤한 갈증』을 쓰면서 상상하는 즐거움에 눈을 떴습니다. 반짝반짝 빛나는 이야기 가지고 다시 찾아올게요. 그때까지 안녕히.

-2018년 3월에, 서별아 드림.